KB160333

비밀의 간격

비밀의 간격

1판 1쇄 찍음 2017년 5월 23일
1판 1쇄 펴냄 2017년 5월 30일

지은이 빛가람
펴낸이 정 필
펴낸곳 **(주)뿔미디어**

편집장 박경희
기획 · 편집 박경희, 고수민
표지 디자인 박현진

출판등록 2002년 9월 11일 (제1081-1-132호)
주소 경기도 부천시 원미구 소향로 17, 303(두성프라자)
전화 032)651-6513 **팩스** 032)651-6094
E-mail scarlets2012@hanmail.net
블로그 http://blog.naver.com/dahyangs
비북스 http://b-books.co.kr

ISBN 979-11-315-7900-8 03810

※파본은 구입하신 서점에서 교환하여 드립니다.

SCARLET ROMANCE STORY

비밀의 간격

빛가람 장편 소설

IN BETWEEN SECRETS

contents

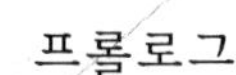

프롤로그

어느새 어둠이 짙게 내려앉은 공원의 인공 호수에서는 푸른빛의 물줄기가 아름다운 곡선을 그리며 역류했다. 물 밑에 설치된 조명으로 화사한 불빛이 도는 인공 호수를 감싸고, 길게 뻗은 가로등이 공원을 가로지르는 산책로를 밝게 비추고 있었다.

낮 시간에는 자전거를 타거나 산책을 즐기던 가족 단위의 방문객으로 붐비던 공원이 해가 기울어 버린 저녁 시간에는 젊은 커플들의 데이트 장소로 활기를 띠고 있었다.

— 이사는 잘 마무리했지?

"알면서 뭘 물어."

— 성깔머리하고는. 대답을 해도 꼭 저렇게 정 없이 해요. 그래서 기어이 하겠다 이거지?

핸드폰의 블루투스 이어폰 너머로 주변의 시끄러운 음악 소리에 묻히지 않게 톤이 올라가는 굵직한 음성에 강한은 인상을 찌푸렸다.

"알면서, 왜 자꾸, 물어?"

조깅으로 인해 거칠어진 호흡 때문에 말소리가 부자연스럽게 뚝뚝 끊어졌다.

— 답답해서 그러잖아. 분명 다른 해결 방안이 있을 거야. 그러니까 그런 데서 아까운 재능 낭비하지 말고, 다른 방도를 찾아보자고. 요즘 같은 물질 만능주의 세상에 돈으로 안 되는 게 어딨어?

"쓸데없는 소리, 계속할 거면, 끊어, 형."

— 이게 왜 쓸데없는 소리야. 똑똑한 녀석이 꼭두각시놀음에서 모양새 빠지는 어릿광대를 하겠다는데, 그걸 그냥 보고만 있으라고?

"끊는다."

신경질적으로 블루투스 이어폰을 귀에서 뺀 강한은 북적대는 사람들을 피해 공원 안쪽으로 방향을 틀었다. 보통은 동이 틀 무렵의 새벽 공기를 즐기며 달리는 습관을 가지고 있지만, 오늘은 이사를 하느라 뒤엉킨 스케줄 탓에 저녁 시간임에도 운동을 나왔다. 그리고 지금은 그 결정을 절실히 후회하는 중이었다. 앞을 가로막는 사람들로 인해 제대로 된 속도를 내지도 못할뿐더러, 귀찮은 상호의 전화 공세에 없던 두통도 생길 지경이었다.

나무의 풍성한 이파리들이 가로등 불빛을 가리는 어두컴컴한 벤치 옆을 지나칠 때였다. 한차례 고성이 오가고, 거친 남자의 욕설에 강한의 미간에 저절로 주름이 잡혔다. 취객끼리 시비가 붙었나. 그 곁을 무심히 지나쳐 가려는데 바닥에 놓인 종이 가방에서 삐죽이 나와 있던 교복이 강한의 발목을 붙잡았다.

달리기를 멈춘 강한은 호흡을 가다듬으며 소리의 행방을 찾아 주위를 두리번거렸다. 어둑한 벤치 뒤편에 한 무리의 사람들이 웅성거리고 있었다. 자세히 들여다보니 덩치가 커다란 남자 두 명과 키가 크고 마른 여자가 대치 중이었다. 긴 머리를 하나로 묶고 있는 여자 뒤쪽으로 교복을 입은 두 명의 여학생이 더 있었다. 보아하니 남자들이 학생들에게 치근덕대는 것을 여자가 말리려다가 시비가 붙은 모양이었다.

여자는 심한 욕설에도 별다른 대꾸가 없었다. 제자리에서 머리를 만지는 것에만 집중하던 여자가 처음으로 몸을 움직인 것은 무스탕 재킷을 입은 남자가 여학생을 향해 손을 뻗었을 때였다. 팔을 잡아채려는 남자의 손목을 여자가 운동화를 신은 발로 유연하게 쳐 냈다.

그가 다가가서 말릴 새도 없었다. 무스탕 재킷을 입은 남자가 그대로 반대편 팔을 여자의 얼굴을 향해 날렸다. 한 대 맞고 쓰러지겠다 싶은 아찔한 순간이었다. 여학생들 사이에서 비명이 터져 나왔다. 그 순간 제대로 된 이성을 발휘하는 사람은 오히려 젊은 여자였다. 여자는 상반신을 뒤로 제치며 날아드는 손을 피하더니 곧바로 예상치 못한 반격을 가하기 시작했다.

연약해 보이는 몸 어디에서 그런 파워가 나오는지 실로 놀라웠다. 손에 들고 있는 가느다란 물건을 휙휙 휘저으며 얼굴을 공격해 혼을 빼놓는다 싶더니, 거침없는 돌려차기로 아래턱을 가격했다. 그러고는 눈 깜짝할 사이에 턱을 맞고 비틀거리는 남자의 복부를 걷어차서 땅으로 쓰러뜨렸다.

쓰러진 동료를 보며 당황하던 또 다른 덩치가 거친 욕설을 내뱉으며 여자에게 덤벼들었다. 워낙 덩치가 커서인지 오히려 몸놀림이 둔해 보이는 남자였다. 멀리서 보기에도 우락부락하게 생긴 남자가 주먹부터 휘둘렀다. 다행히 남자의 움직임을 먼저 읽었는지, 여자가 여유 있게 뒤로 물러났다. 그러고는 기다렸다는 듯이 남자의 손목을 가느다란 물건으로 인정사정없이 내려쳤다.

쒸익. 그녀가 손을 휘두를 때마다 공중에서 나는 바람 소리가 섬뜩했다. 연속적으로 가해지는 공격에 비명을 터트리며 그 남자도 힘없이 바닥으로 주저앉았다. 그 순간 땅에서 몸을 추스르고 일어서던 무스탕 재킷의 남자가 돌진해 왔다. 바로 앞까지 뻗어 나온 주먹을 여자가 양팔을 교차해서 가두고는 순식간에 몸을 회전시켰다. 팔에 가둔 남자의 팔도 자연스럽게 뒤로 꺾이면서 덩치는 몸의 균형을 잃었다.

무력하게 비틀거리는 종아리와 허벅지가 순차적으로 강한 발길질에 공격당하자, 남자는 고통 어린 비명과 함께 맥없이 바닥으로 쓰러졌다. 땅에 무릎을 꿇은 자세로 주저앉은 무스탕의 남자를 몸놀림이 둔해 보이던 덩치가 부축하며 일으켜 세웠다. 자신들과는 급이 다르다는 것을 제대로 깨달은 모양이었다.

여자가 다가서자 움찔하며 한참을 뒤로 물러섰다. 급기야 그녀와의 사이에 거리를 두며 슬슬 눈치를 보더니 강한이 서 있는 곳과 반대편으로 줄행랑을 쳤다.

환호성을 질러 대는 여학생들을 내버려 두고 여자는 종이 가방을 찾아 강한의 앞으로 달려왔다. 달려오면서 묶었던 머리를 풀었는지 흘러내리는 머리카락이 여자의 얼굴을 반 이상 덮어 버렸다. 궁금했던 가느다란 물건은 시중에서 흔히 볼 수 있는 스틸로 만든 기다란 잣대였다. 길이를 재는 데 사용되는 평범한 잣대가 오늘은 제대로 된 무기 역할을 해 준 것이다.

여자는 흐트러진 숨결로 종이 가방을 집어 들었다. 종이 가방의 겉면에는 유명한 교복 브랜드 마크가 찍혀 있었다. 어느새 호흡을 가다듬은 그녀는 한쪽으로 빠져나온 교복을 단정하게 안으로 집어넣고, 스틸로 된 자도 교복 아래로 깊숙이 찔러 넣었다.

방금 전에 엄청난 몸싸움을 벌였던 사람이라고는 믿을 수 없을 정도로 태연한 동작이었다. 강한의 호기심 어린 시선이 그녀를 향해 있다는 것을 알면서도 눈길 한 번 주지 않고 돌아섰다. 종이 가방만을 챙겨, 왔던 길을 서둘러 되돌아가는 품새가 그의 존재가 달갑지 않은 게 분명했다.

그녀가 떠난 자리에 하얀색 바탕에 초록색 자수 이름표가 떨어져 있었다. 종이 가방이 바닥에 떨어지면서 교복과 함께 튕겨져 나온 모양이었다. 명찰을 집어 든 강한은 저만큼 멀어져 가는 여자를 뭐라고 불러야 하나 망설였다. 설마 이름표의 주인은 아니겠지.

"저기, 이봐요."

강한의 부름은 철저하게 무시당했다.

"호주머니에 감춘 것 이리 내놔."

여자의 요구에 여학생들이 쭈뼛거리며 뭔가를 꺼냈다.

"내가 이럴 줄 알았다. 교복 입고 담배 피울 곳 찾느라, 이런 으슥한 곳으로 찾아들었지?"

"죄송해요."

"나한테 사과할 필요는 없어. 하지만 진짜 큰일 당할 수도 있었다는 사실은 잊지 마. 세상에는 좋은 사람들도 많지만, 나쁜 사람들도 한가득이야. 가능하면 저런 쌩양아치들이랑은 아예 상종을 안 하는 게 최선이야."

"네, 잘못했어요."

"담배는 압수다. 그래도 몰래 숨어 피우는 것을 보니 아직 양심은 남아 있네. 너희들 집에서 기다리는 부모님 계시지?"

"네."

"너희들 다치면 속상해하실 부모님 생각해서라도, 앞으로는 밝은 길로만 다녀. 지금 너희들한테는 부모님의 사랑과 보호가 간섭처럼 느껴지겠지만, 나 같은 사람은 받고 싶어도 못 받아. 가능하면 담배 같은 해로운 물건은 멀리하고."

"앞으로는 담배 안 피울게요."

"잘 생각했어. 잊지 마, 오늘 너희가 보는 부모님의 얼굴이 앞으로 살아가면서 보게 될 가장 젊은 모습이라는 것을 말이야. 나이 들어 가시는 부모님, 속 썩이지 말고 열심히 살아. 알았지?"

부드러우면서도 강단 있는 말투. 여자치고는 낮게 깔린 저음의 목소리는 한번 들으면 쉽게 잊을 수가 없을 것 같았다. 무엇보다 담담하게 내뱉는 마지막 말에 깃들인 여운이 강한의 마음에 생각지도 못한 불협화음을 일으켰다.

CHAPTER 01

좁은 블라인드 틈 사이로 내비치는 밝은 빛의 형체를 쫓아 설영의 손가락이 바쁘게 움직이고 있었다. 공기 중에 부유하는 투명한 형체의 입자들이 빛에 갇혀 제자리에서 맴돌고 있다. 한곳에만 집중적으로 뭉쳐 떠도는 것들이 답답해 보였다. 손가락을 움직일 때마다 작은 입자들이 공기 중에서 흩어지며 춤을 춘다. 자유롭게 떠다니는 입자들을 바라보며 설영은 보이지 않게 작은 한숨을 내쉬었다.

한낮의 태양이 바깥세상에 활기찬 에너지를 제공하고 있을 시간이었다. 바쁘게 움직이고 있을 담장 너머 세상을 상상하자, 설영의 입매가 옆으로 길게 늘어졌다. 막힌 공간에서 벗어나 자유롭게 뛰어다니고 싶다. 따듯한 햇살을 등줄기에 맞으며 땀에 흠뻑 젖을 정도로 마음껏 운동장을 뛰고 싶어 몸이 근질근질 들썩대고 있었다. 그러나 불행히도 지금 그녀가 속해 있는 세상은 음침하게 내려진 블라인드로 인해 자유는커녕 햇빛 구경조차 마음대로 하기 어려웠다.

“반장. 짝꿍이랑 같이 나와서 이번 문제 풀어 봐.”

옆자리 의자가 끌리는 소리에도 설영은 정신이 딴 곳에 팔려 있는 사람처럼 미동이 없었다. 반장이라 불렸던 여학생이 어깨를 건드리자 그제야 초점을 잃은 눈동자가 정면을 향했다. 흘러내린 앞머리를 손으로 쓸어 올리는 동작으로 여학생들의 찬탄을 끌어낸 수학 선생 최강한이 칠판에 쓰인 함수 문제를 가리켰다.

조급하게 자리를 털고 일어난 설영은 칠판에 시선을 고정한 채 앞만 보고 걸었다. 책상의 좁은 틈 사이로 갑자기 빠져나온 책가방을 굳이 의식하지 않았다. 넘어지지 않기 위해 버둥대던 그녀가 강한의 품 안으로 쓰러진 것은 순식간이었다. 순간 교실 안에는 절규에 가까운 비명이 터져 나왔다.

설영은 사춘기 소녀의 부끄러움으로 고개를 떨어뜨리고 두 손으로 얼굴을 감싸 안았다. 그녀가 얼굴을 손바닥에 묻고 중얼거리는 소리는 여학생들의 비명 소리에 묻혀 다른 사람들에게는 들리지도 않았다. 다만 설영을 품 안에 안고 있던 강한의 귀에는 정확하게 전달이 되었다.

"죽어라, 죽어라 하는구나."

풋. 설영을 품에 안고 연한 미소를 흘리는 강한으로 인해 교실은 순식간에 아수라장으로 변해 버렸다. 그녀를 칠판 앞으로 밀어 주고 간신히 여학생들을 진정시킨 강한이 칠판 옆에 한쪽 어깨를 기대었다. 선생님보다는 패션모델이 어울릴 법한 날렵하고 균형 잡힌 몸이었다.

185cm가 훌쩍 넘는 키에 타고난 비율이 예술이었다. 옷으로 감추고 있지만 탄탄해 보이는 가슴 근육은 오랜 시간 운동으로 만들어진 몸이라는 것을 말해 주고 있었다. 긴 다리를 겹치고 어깨를 비스듬히 벽에 기댄 모습에 여기저기서 감탄사가 흘러나왔다.

어느새 복잡한 삼각 함수의 공식을 이용해서 정답을 유추해 낸 반장은 자기 자리로 돌아갔다. 설영은 혼자만 뻘쭘하게 칠판 앞에 남아 있었다. 분필로 의미 없는 동그라미만 그려 대고 있는 설영을 보며 강한이 한숨을 내쉬었다.

“류설영, 수업 시간에 집중 안 하고 딴생각만 하니깐 방금 배운 문제도 못 풀고 헤매는 거잖아. 고3인데 대학은 안 갈 거야?”

정면을 향한 설영이 핀잔을 듣고 아랫입술을 질끈 깨무는 모습도 바로 옆에 서 있는 강한만이 볼 수 있었다.

“류설영. 대답 안 하지?”

“저는 대학 안 갈 건데요.”

3면 다목적 칠판을 두드리며 강한이 또다시 깊은 한숨을 내쉬었다.

“그렇더라도 매시간마다 이런 식이면 곤란해. 오늘 중으로 이 문제 풀어서 반성문이랑 같이 제출하고 집에 간다. 알았어?”

“네.”

기어들어 가는 목소리로 간신히 대답한 설영은 뒤로 돌아서기 전에 잠시 주춤거렸다. 뒤통수가 따갑다고 느끼는 것은 결코 그녀만의 착각이 아닐 것이다. 어쩐다. 곤란한 듯 인상을 찌푸리던 설영은 최대한 불쌍한 표정으로 돌아섰다. 교실 내 모든 여학생들의 시선이 그녀에게 집중되어 있었다. 오늘도 조용히 넘어가기는 틀린 건가.

확실히 컨셉을 잘못 잡았다. 분명 출발은 공부도, 외모도 평범한 그저 그런 여학생이었다. 눈에 띄지 않는, 있으나 마나 한 여학생. 갑작스럽게 병가를 낸 수학 선생의 공석을 메우기 위해 강한이 나타나기 한 달 전까지 설영은 유성고등학교에서 바로 그런 존재였다. 조용한 전학생. 언젠가 고3 시절의 추억을 떠올릴 때조차 아무도 기억하지 못할 그런 존재.

그러던 것이 어쩌다 수학 선생의 눈에 내숭 떠는 문제아로 찍혀서 특급관리대상이 되어 버렸는지. 게다가 그 수학 선생은 하필이면 학교 내에서 팬클럽까지 거느리고 있는 최고의 인기남이었다. 이제는 있으나 마나 하기는커녕 까딱 잘못했다가는 전교 왕따 신세로 전락하기 일보 직전이었다.

길다고도 그렇다고 짧다고도 할 수 없는 생을 살아오면서 흔히들 예감이라고 부르는 촉이 생겼다. 처음 그에게 이름을 불린 순간 느꼈던 미묘한 이질감. 흥분으로 살짝 들떠 있는 그의 목소리를 듣는 순간 순탄한 만남이 아닐 거라는 예감이 들었다. 그리고 그 예감은 다음 날부터 현실로 나타났다.

수학 시간 다음이 점심시간이었다. 유성고등학교로 등교를 하게 되면서 유일하게 행복을 만끽하는 시간이 점심시간이었다. 재단이 운영하는 사립고등학교인 이곳은 등록금이 비싼 만큼 본관 건물뿐 아니라 부대시설도 훌륭했다. 학교 식당에서는 매 끼니마다 웬만한 레스토랑 수준에 버금가는 식단을 제공하고 있었다. 학생들 입맛과 더불어 영양까지 고려해서 짜인 식단이었다. 집 안에 인스턴트 음식만 가득 채워 둔 설영으로서는 하루의 중요 영양분을 5대 영양소가 고루 갖춰진 유성고 점심 식단을 통해 공급받고 있다고 해도 과언이 아니었다. 가능하다면 절대 놓치고 싶지 않은 시간이었다.

점심시간을 떠올리는 것만으로도 설영의 입매가 처량하게 내려앉았다. 덕분에 부러움과 질투의 시선이 어느 정도 동정심을 품은 눈빛으로 바뀌었다는 것이 유일한 위로라면 위로였다. 반성문까지 써 오라는데 부러워하는 게 이상한 거지. 자리에 앉자마자 교실 내에 설치된 스피커에서 종이 울렸다. 프로젝터 화면이 꺼지자마자 설영은 머리를 깊숙이 책상에 파묻었다. 양팔로 머리를 감싸는 척, 티 안 나게 양쪽 귀를 틀어막는 것을 잊지 않았다.

"약았다, 너! 솔직히 털어놔. 일부러 넘어진 거지?"

"어땠어? 가슴이 근육질이던? 혼자만 느끼지 말고 말 좀 해 봐."

"세상에, 나는 보기만 해도 심장이 터지는 줄 알았어."

"완전 부럽다, 류설영. 뭐라고 말 좀 해 봐. 느낌이 어땠어?"

"계집애. 너 은근히 꼬리 치더라……."

머리 위로 쏟아지는 질문의 홍수들을 무시하고 팔을 더욱 안쪽으로 감싸 안았다. 충분히 예상했던 질문들이었다. 그렇다 하더라도 여학생들의 재잘대는 소리는 도무지 적응이 되지 않았다. 도대체 뭘 확인받고 싶은 건지. 어차피 집중하는 모습을 보였더라도 앞으로 불려 나가는 것은 마찬가지지 않았을까. 충분히 정답을 적어 낼 수 있었지만 모르는 척 행동한 것도 분명 의도적이었다. 중위권 내에서도 하위권에 머물러 있는 성적이니 당연히 답을 모르는 게 정석이었다.

관심 자체가 부담스러워 죽겠는데 일부러 넘어졌냐는 질문은 진짜 억울했다. 안기고 싶은 생각 따위도 없을뿐더러, 재수 없는 수학 선생에게 꼬리를 칠 생각은 추호도 없었다. 발 앞에 놓인 장애물에 걸려 넘어질 것을 먼저 예견한 것도 수학 선생이었고, 어울리지도 않는 기사도 정신을 발휘해서 도움을 주러 나선 것도 엄연히 강한이였다. 결코 달갑지 않은 기사도 정신.

설영이 미리 그의 행동을 예측했더라면 앞으로 넘어지는 것만은 피했을 것이다. 단순하게 눈에 보이는 것만을 보고 받아들이는 아이들에게 이제 와서 억울함을 호소한다고 해도 믿어 줄 것 같지도 않았다. 어중간한 변명보다는 망신을 당해 창피해 죽겠다는 태도로 대답을 회피하는 것이 최선이었다.

"그만 좀 해. 일부러 넘어진 것도 아니잖아. 얘가 어디 그럴 만한 배짱이라도 있는 애니? 다들 점심 먹으러 안 갈 거야? 점심 다음이 체육시간이야. 체육복 갈아입으려면 빨리 서둘러야 해. 지난 시간에도 늦었다고 벌칙받았잖아. 이번에 또 늦으면 운동장 3바퀴라는 경고, 잊지 않았지?"

그래도 짝꿍이라고 편들어 주는 반장 덕에 와글대던 소리가 잦아들고 있었다. 반장의 말에 수긍이라도 한 건지, 차츰 하나둘씩 설영의 곁에서 멀어져 갔다. 화제가 수학 선생에서 점심 메뉴로 바뀌고, 학생들이 우르르 뒷문으로 몰려 나가는 소리가 들렸다.

왁자지껄 떠들어 대던 학생들이 모두 뒷문으로 빠져나갔다고 생각했을 찰나에 볼펜이 교실 바닥을 구르는 소리가 들렸다. 똑똑. 나무 책상을 두드리는 작은 소리에 설영이 천천히 고개를 들어 올렸다.

"저기……. 이거 칠판에 적힌 문제에 대한 문제 풀이랑 정답이야. 오늘 중으로 정답 알아내서 제출하라고 하셨잖아."

선생님들의 질문에 대답하는 것 외에는 들어 본 적이 없는 청아한 목소리였다. 반으로 곱게 접힌 하얀 종이를 바라보며 설영은 의외라는 생각을 했다. 모든 것에 무관심해 보이던 아이가 베풀어 준 뜻밖의 호의. 전교 1등이라며 선생님들의 사랑을 독차지하고 있는 아이였다. 엄마가 꽤 이름 있는 레스토랑을 운영하신다고 들었던 것도 같았다. 곱상한 외모와 더불어 신비스러운 분위기로 남학생들 사이에서도 인기가 많았다.

반면에 유나를 향한 여학생들의 반감은 상당했다. 어느 학교에서든지 화제의 중심에 있는 학생은 공공의 적처럼 반감을 사기 쉬운 대상이었다. 그래서인지 이상하게 눈길이 가던 아이였다.

"고마워. 덕분에 한숨 놨다."

유나가 종이를 책상 위에 올려놓으며 조심스럽게 미소를 지었다. 웃을 때 입술 끝이 위로 당겨지는 것이 누군가를 떠올리게 했다. 그 누군가가 김민호라는 결론에 도달하기까지 약 10초 정도의 시간이 흘렀다. 왜 갑자기 그 녀석이 떠올랐을까.

불편한 듯 한쪽 다리를 끄는 유나의 뒷모습을 바라보며 설영의 고개가 한쪽으로 갸웃하며 기울어졌다. 다시 고개가 원위치로 돌아왔을 때는 불편한 의구심은 이미 머릿속에서 사라지고 없었다. 웃을 때 입꼬리가 유난스럽게 올라가는 사람이 어디 그 녀석 하나뿐인가.

접힌 종이를 펼치니 단정한 글씨로 써 내려간 숫자와 공식들이 한눈에 들어왔다. 차분한 성격답게 줄 간격도 일정했다. 문제 풀이를 한 번 슬쩍 읽어 보고는 그대로 다시 접었다. 쓸데없는 생각은 여기까지. 당장은 따로 해결해야 할 문제가 있었다.

교실에 혼자 남았다는 것을 확인한 설영은 가장 먼저 체육복부터 챙겼다. 지금쯤이면 그녀가 수학 선생의 품에 안겼다는 사실이 전교에 빠르게 퍼지고 있을 것이다. 같은 반 학우들은 상황이 어쩔 수 없었음을 이해해 준다 치더라도, 눈으로 직접 보지 못한 여학생들에게는 설영이 꼬리 아홉 개 달린 불여우로 둔갑했을지도 모르는 일이다.

강한의 팬클럽과 마주치기라도 한다면 잘 대처해 낼 수 있을까. 팬클럽 회장이라는 고선미와 일당들. 그 아이들의 안하무인 태도를 감당해 낼 자신이 없었다. 이미 트집거리는 제공했다. 트러블에서 벗어나기 위해서는 다른 학생들 눈에 띄지 않게 조용히 사라졌다가, 체육 시간에 맞춰서 나타나는 게 그녀가 선택할 수 있는 최선이었다.

교실의 앞문으로 다가간 설영은 문을 살짝 열고 귀를 기울였다. 시끌벅적 떠들어 대는 소리가 뒤쪽으로 멀어져 가고 있었다. 설영은 과학실을 향해 빠르게 걸음을 옮겼다.

서울시 중심부의 아파트 숲을 벗어나 주택가가 즐비한 노른자 땅 위에 세워진 5층짜리 건물 두 개. 유성재단에 의해 운영되는 유성중학교와 유성고등학교 본관이었다. 명망 있는 사립학교로서의 명성에 걸맞게 유럽의 고성을 연상케 하는 운치 있는 건물 외관을 녹음이 짙은 나무가 둘러싸고 있었다.

건물을 지으면서 오래된 나무들을 보존하기 위해 노력한 흔적들이 교정 곳곳에서 엿보였다. 두 건물을 사이에 두고 자리한 운동장과 그 주변을 둘러싼 등나무 벤치. 날씨가 풀리면서 앙상하던 가지에 푸른 잎이 무성하게 자라 자연이 주는 쉼터로서의 역할을 그럴싸하게 해 주고 있었다. 녹음이 짙은 교정은 어린 학생들의 정서 함양 측면에서 그럴싸한 플러스알파 효과를 제대로 발휘해 주고 있었다.

등록금이 일반 공립학교에 비해 턱없이 비싸 귀족 학교라 불리는 만큼 등하교 시간에 맞추어 교문 앞에는 고급 세단의 행렬이 줄을 이었다. TV에서나 주로 볼 수 있던 비싼 외제 차들이 줄을 지어 서 있는 신기한 풍경이 이곳에서는 평범한 하루의 일과 중 하나였다. 반면 대중교통을 이용하는 학생들은 큰길까지 걸어 나가야 했다. 주택가 안쪽에 자리한 정문에서 버스 정류장까지는 걸어서 20분 거리였다.

높은 언덕배기에 위치한 학교까지 걸어오는 등굣길은 가파른 오르막길로 등산로나 마찬가지였다. 게다가 온통 돌담으로 둘러싸인 주택가라서 그 흔한 편의점 하나가 없었다. 정문에서 번화가까지 나갔다 돌아오는 데 걸리는 시간이 무려 40분. 한번 학교에 들어오면 누구 하나 쉽사리 나갔다, 다시 들어올 엄두를 낼 수가 없었다.

야간 자율 학습을 신청하고 자습실에 남아 공부하는 아이들을 빼놓고는 대부분 하교를 마친 시간이었다. 평지보다 하늘이 더 가깝게 느껴지는 언덕배기에 있어서인지는 몰라도 초저녁의 하늘은 붉은 잿빛으로 물들어 낮의 파란 하늘보다는 한층 가깝게 느껴졌다.

손을 높게 뻗으면 노을색으로 물들은 회색빛 구름이 손끝에 닿을 것만 같았다. 설영은 제자리에서 몇 번인가 펄쩍거리며 뛰어올랐다. 잡힐 듯 아무것도 잡히지 않자 전력 질주를 다해 언덕배기를 뛰어 내려가기 시작했다.

강한이 나타난 후로 평범해야 할 일상이 자꾸만 엉망으로 꼬여 가고 있었다. 하다 하다 별것도 아닌 반성문까지 퇴짜를 맞았다. 논술학원에 특강까지 나갔다는 해수를 시켜 작성한 반성문이었다. 그런 반성문을 진정성이 없다는 이유로 퇴짜를 맞고, 그 자리에서 A4 용지에 빈틈없이 빽빽하게 새로이 글자들로 채워 놓고 나오는 길이었다.

아무리 생각해도 반성문에 대한 진정성 여부를 따지는 게 이해가 되지 않았다. 일부러 골탕 먹이려고 작정한 게 아니라면 수업 시간에 집중을 안 했다는 이유만으로 반성문을 쓰라는 것 자체가 말이 안 되는 것이었다. 그런 이유라면 절반 이상의 학생들이 같이 반성문을 써야 옳았다.

그래서 이번에는 반성문 대신에 그녀가 받아야 하는 벌칙이 얼마나 공평성과 형평성에 어긋나는 행위인지, 그가 교권을 등에 업고 휘두르는 무소불위의 권위가 얼마나 부당한 행위인지에 대한 고발 형식의 투고문을 작성해서 제출했다.

큰길로 내려오자마자 쫄쫄 굶은 배를 안고 버스 정류장 앞에 있는 편의점으로 들어갔다. 다행히 교복을 입은 학생들은 눈에 띄지 않았다. 즐비하게 늘어선 제품들 중에서 무조건 손에 잡히는 컵라면을 골랐다. 시원한 음료수라도 같이 살까 하다 우선은 배부터 채우자는 생각에 계산대로 향했다. 컵라면의 포장을 뜯으면서 영수증도 대충 휴지통에 흘려 버렸다. 익숙한 동작으로 컵라면 용기에 뜨거운 물을 채워 가게 앞 파라솔 테이블에 올려놓았다.

면발이 불어나기를 기다릴 여유가 없었다. 책가방은 비어 있는 의자에 대충 던져 놓았다. 그러고는 앉자마자 면발을 한두 번 휘젓고는 바로 입으로 가져갔다. 바삭거리는 것이 씹는 맛도 있고 나쁘지만은 않았다.

허겁지겁 반 정도 먹었을까. 컵라면 옆으로 주문한 적도 없는 작은 오렌지 주스 한 병이 놓여졌다.

"또 컵라면이야? 어떻게 너는 볼 때마다 편의점이냐? 캔 맥주와 컵라면이 주식은 아니지? 한창 크는 나이에 이런 인스턴트 음식만 먹으면 나중에 골골할 거다."

면발 한 무더기를 입 안으로 집어넣고 있을 때였다. 어찌나 놀랐던지 목이 메어 입으로 들어갔던 면발이 도로 밖으로 쏟아져 나왔다.

"더럽게! 굳이 시위하듯 이럴 필요까지는 없잖아. 찝찝하게 한번 뱉은 것을 다시 먹을 건 아니지?"

"사람을 뭘로 보고."

누구 때문에 점심도 못 먹고 이 고생인데. 억울한 마음에 양 눈썹 사이로 잔뜩 주름이 잡혔다. 사정을 모르는 강한은 인상을 쓴 채 기다란 손가락 하나를 들어서 주름진 이마를 퉁 하고 밀었다. 번개처럼 눈앞에 반짝하고 빛이 났다 사라졌다는 느낌이 드는 것은 착각일까. 일순간 정신이 번쩍 들었다.

설영은 다급하게 고개를 숙이며 두꺼운 뿔테 안경부터 찾았다. 컵라면의 열기로 뿌연 습기가 시야를 가리자 답답한 마음에 잠깐 벗어 두었던 안경이었다. 학교에서는 웬만해선 얼굴에서 떼어 놓지 않던 안경이었는데, 학교를 벗어났다는 생각에 잠시 방심했었다. 테이블 중앙에 얌전히 놓여 있던 안경을 집어 들면서, 앞머리를 손가락으로 부지런히 털어 냈다. 커다란 구닥다리 뿔테 안경과 풍성하게 내려온 앞머리 덕에 순식간에 얼굴의 절반이 가려졌다. 근방에 카메라를 들고 있는 학생이 없는지 조심히 살피면서 휴지통의 위치를 확인했다.

밤늦은 시간 동네 편의점에서 강한과 한 번 마주친 적이 있었다. 그래서 같은 동네에 살고 있다는 것을 알게 되었다. 그가 시내버스를 타고 출퇴근을 한다는 것도 알고 있었지만, 한 번도 등하굣길에 만난 적은 없었다. 왜 버스 정류장에서 마주칠 수 있을 확률은 염두에 두지 않았을까. 학교 교정만 벗어나면 그의 사정거리에서 벗어나는 것이라고 착각을 했었다. 가능성을 염두에 두고, 배가 고파도 참는 건데.

의자에 던져 놓은 책가방을 들어 올리면서 보니 강한이 한쪽 팔을 의자 등받이 위에 두르고 있었다. 그의 손에는 비닐 포장을 뜯지 않은 담배와 영수증이 들려 있었다. 영수증에는 검은색의 잉크로 담배와 오렌지 주스의 가격이 찍혀 있었다. 설영은 앞에 놓여 있는 주스 병을 그의 앞으로 옮겨 놓았다. 분명하게 의사 표현을 해야만 했다. 어떤 식으로도 엮이고 싶지 않다고.

"저는 오렌지 안 좋아합니다. 선생님이 사신 것은 선생님이 드세요. 그럼, 저는 이만."

"뭐냐, 류설영. 내가 권력 남용했다고 이런 식으로 항의하는 거야? 알았다, 화난 거 인정. 지금 집으로 갈 거지? 같이 가자."

"잠깐!"

자리에서 일어나려고 들썩이던 몸이 설영의 절규에 멈칫했다.

선이 곧으면서 날렵하게 뻗어 있는 콧날과 숱이 진한 속눈썹이 타원형의 눈매를 뚜렷하게 강조해 주고 수려한 이목구비가 눈에 띄게 비틀렸다. 좌우로 완벽한 대칭을 이루는 얼굴의 양미간 사이에 주름이 잡히고, 위를 향하던 고운 입매가 한일자로 다물어졌다. 못마땅한 듯 설영을 바라보는 눈매가 평상시보다 깊고 어두웠다.

그 모습이 오히려 차가운 도시적인 이미지에 남성스러운 거친 매력을 더하고 있었다. 잘난 외모가 강조될수록 설영의 불만은 커져 갔다. 남자가 쓸데없이 잘생겨도 너무 잘생겼다. 이러니 여학생들이 이유 없이 열광할 수밖에.

"제발 부탁인데, 선생님은 5분만 더 앉아 있다 일어나 주세요."

"제대로 화가 난 모양인데……."

방어적인 태도를 거둬들이지 않는 설영을 보며 강한이 의자 등받이에 편하게 기대앉아 한쪽 손으로 턱을 괴었다. 그가 초라한 편의점 플라스틱 의자에 앉아 있는 모습이 왠지 현실과 동떨어져 보였다. 붉게 변해 가는 노을빛을 배경으로 혼자 화보라도 찍고 있는 듯한 모습이었다.

비록 잡지사 화보 촬영은 아닐지라도 누군가 이 모습을 핸드폰으로 찍고 있을 거라는 것을 설영은 알고 있었다. 순간 샷이라는 게 어떤 각도에서 찍히느냐에 따라 오해의 소지를 불러일으키기에 충분했다.

같은 시간, 같은 공간에서 그와 함께 숨을 쉬고 있다는 것만으로도 말 많은 여학생들의 입방아에 오르내리기에 충분했다. 행여나 같은 동네에 산다는 둥 그와 인연이 되는 어떠한 화제도 흘러나와서는 안 된다. 하루가 다르게 화제의 중심에 그녀의 이름이 거론되고 있었다.

있는 둥 없는 둥 조용히 1년만 버티다, 조용히 잊혀 가는 게 설영이 유일하게 바라는 바였다.

"선생님, 뭔가 저에 대해 단단히 오해를 하신 것 같아요. 편의점에서 캔 맥주를 샀다고 문제아라고 생각하시나 본데, 요즘 세대들은 호기심에 맥주 정도는 다 마시거든요. 사실 그 맥주 입맛에 맞지도 않아서 달랑 한 입 마시고 버렸어요."

재미있다는 듯 옅게 퍼져 가는 미소를 보는 설영의 말이 빨라졌다.

"저 말고 관심 갖으셔야 할 진짜 문제 학생들을 찾아보세요. 그러니깐 다시 말해서 저한테는 굳이 신경 안 쓰셔도 된다는 겁니다. 안 믿으시겠지만 저는 상당히 건전한 삶을 살고 있습니다. 오죽하면 문제아를 바른길로 인도해야지, 하는 사명감까지 가지고 있다니까요. 암튼 저는 소심하고 싶어서……."

젠장. 소심하다는 표현을 쓴다는 게 말이 잘못 나왔다.

"제 말은 저는 소심해서 선생님 같은 분이 이름을 불러 주시는 것 자체가 부담스럽습니다. 수업 시간에도 집중하고 뭐든 열심히 하겠습니다. 그러니 학생들 앞에서 더 이상 제 이름 좀 부르지 말아 주세요. 진심으로 부탁드리겠습니다. 그럼 안녕히 계세요."

속사포처럼 하고 싶은 말만을 던져 놓고 설영은 버스 정류장을 향해 냅다 뛰었다. 컵라면 용기가 휴지통에 떨어지면서 국물이 튀어 교복 치마를 더럽혔지만 신경 쓰지 않았다. 번호도 확인하지 않고, 출발하는 버스에 무조건 올라탔다. 매일 타고 다니는 버스는 아니었지만, 다행히 그녀가 사는 동네를 거쳐 가는 버스였다. 공원 입구에서 내려 공원을 가로지르면 임시로 거주하고 있는 아파트로 걸어갈 수 있었다.

하교 시간이 한참 지나서인지 비어 있는 좌석이 꽤 눈에 들어왔다. 습관처럼 맨 뒷좌석에 앉아서 버스가 출발하기만을 기다리고 있는데 강한이 비어 있는 옆자리에 털썩하고 주저앉았다. 새로 산 담뱃갑을 이리저리 돌리는 손 모양이 초조해 보였다. 열고 싶어 죽겠는데 참고 있느라 애가 타는 모습이었다.

"5분간 앉아 있기로 약속했잖아요."

"약속한 적은 없지만, 분명 앉아는 있었다. 너는 떠들어 대느라 5분이 어떻게 흘러갔는지도 모르는 것 같지만."

무사태평한 강한의 반응으로 봐서 협조할 생각 따위는 처음부터 없었던 거다.

"하아, 좋아요. 선생님은 이 버스 타고 가세요, 저는 다음 버스로 가겠습니다."

한탄 섞인 신음을 내뱉으며 설영이 좌석에서 일어나자마자 버스가 출발했다. 어떻게 오늘따라 되는 일이 하나도 없었다. 하는 수 없이 앞좌석으로라도 이동하려는데, 강한이 어깨에 매달린 가방끈을 잡아당겼다. 버스가 출발하는 반동과 강한의 힘에 이끌린 설영은 넘어지듯 자리에 도로 주저앉을 수밖에 없었다.

오만상을 찌푸리며 정면에 시선을 고정하고 있는 설영을 강한이 영민한 눈으로 바라보고 있었다. 그의 시선이 그녀의 왼쪽 얼굴에 닿아 있다는 것을 피부로 느끼자 어색함에 아랫입술만 질근질근 깨물었다. 온통 신경이 몰려 있는 왼쪽 볼에 마비가 오는 느낌이 들어, 끝내는 설영이 신경질적으로 강한을 마주했다.

"선생님, 도대체 저한테 왜 이러세요?"

"너 싸움 잘하더라."

설영의 모든 감각 세포가 일순간 긴장했다. 경직되는 얼굴 근육을 들키지 않기 위해 어금니를 지그시 깨물었다. 이 순간 열아홉 살 여고생이 할 수 있는 반응이 무엇일까. 플라스틱 포장을 뜯지 않고 담뱃갑을 만지작거리고 있는 손으로 시선을 내렸다. 곱상한 외모와는 달리 강인하고 거칠어 보이는 손이었다. 기다란 손가락에 새겨진 굵은 마디를 바라보는 머릿속이 복잡했다. 뭐라고 대답하지. 이 남자가 어디까지 알고 있는 것인지 진의를 파악해야만 했다.

"금연 3일째."

그녀의 머릿속을 꿰뚫어 보는 듯 강한이 질문에 앞질러 대답을 내어놓았다. 그러고 보니 그에게서 연한 레몬 캔디의 향이 나는 것도 같았다.

"학교에서는 마땅히 담배를 피울 만한 장소가 없어서……. 거기다 학생들한테는 담배가 해로운 물건이니 멀리하라고 경고하면서, 내가 피우는 모습을 보인다는 것은 이치에 맞지 않다는 생각도 들고."

임시 교사로 수업 시간에 가르치는 것 빼놓고는 매사 무심하고 슬렁슬렁해서 무시했는데, 그래도 선생으로서의 기본 도리는 알고 있는 모양이었다. 뭐가 되었든 달갑지 않다는 생각에 고개를 들어 보니 멀리서는 볼 수 없었던 작은 흉터가 눈썹과 눈 밑에 있었다. 그러고 보니 곧게 뻗었다고 생각했던 콧등의 중간 부분도 살짝 틀어져 있었다. 꼭 누구한테 맞아서 코뼈가 부러졌다, 다시 자리를 잡으면서 원래 모습에서 틀어진 것만 같았다.

"열다섯 살 때 한 번, 열여덟 살에 한 번."

꼭 설영의 머릿속을 들여다보는 것 같았다. 그녀의 생각을 그대로 읽어 내는 강한의 예리함을 피해 시선을 다시 담뱃갑으로 돌렸다.

"3일이면 니코틴 금단 증상이 제일 심할 때인데, 담배를 손에 들고 있다는 것은 다시 피우겠다는 뜻이에요?"

"글쎄, 정면 승부라고 하는 편이 낫겠지? 담배가 이기나, 내가 이기나 한번 해보자는 거지."

이상하게 설영은 그의 대답이 대충 허투루 넘어갈 생각 하지 말라는 경고처럼 들렸다.

"이거 네 거 맞지?"

강한이 앞으로 내민 손바닥에는 초록색 명찰이 놓여 있었다. 이거였구나. 교복을 구매하면서 함께 주문했던 이름표. 교복을 찾아오던 날 뜻하지 않은 사건에 휘말리는 바람에 잃어버렸다고 생각했었는데. 다른 사람도 아닌 학교 선생인 그가 가지고 있을 거라고는 상상도 해 보지 못했다.

서늘한 한기에 목뒤의 솜털까지 쭈뼛 서는 기분이었다. 된통 잘못 걸려들었다. 단순하게 편의점에서 캔 맥주를 사다가 걸려서 찍힌 줄 알았더니. 그동안 그가 보여 왔던 지대한 관심들이 이제야 제대로 납득이 되었다. 얌전한 척, 소심한 척, 내성적인 척, 그 모든 척들이 이 사람에게는 통하지 않았던 이유가 바로 여기에 있었다. 제대로 문제아로 낙인찍혔던 것이다.

"너는 정체가 뭐냐?"

핵심을 찌르는 질문에 애써 태연한 척 굴었던 모습이 흔들렸다. 그래서 오히려 당황하는 마음을 들키지 않기 위해 당당하게 강한의 눈길을 마주 바라보았다.

"대한민국의 평범한 고등학생인데요."

피식 웃는 강한의 한쪽 입꼬리가 묘하게 틀어졌다. 그로 인해 한쪽 볼에 깊게 보조개가 팼다.

"그런데 왜 내 눈에는 평범하게 보이지가 않을까?"

투명한 눈동자에는 어린 순수한 호기심을 애써 담담하게 마주했다.

"제가 어떻게 보이는데요?"

"글쎄, 아직은 나도 확신이 안 선다. 그래서 지켜보는 거야. 과연 네가 어떤 아이일까 궁금해서."

"그런 게 왜 궁금하세요? 어려서 친구네 집이 태권도장을 했어요. 엄마가 바쁘셔서 대부분의 시간을 그 집에서 살다시피 하면서 태권도랑 합기도를 배웠어요. 누구나 겉으로 보이는 모습 외에 다른 모습 한 가지씩은 가지고 있지 않나요? 그리고 저는 그런 제 모습이 학교에 알려져 시비에 말려들고 싶지 않아서 감추고 있는 중이구요. 별다른 의미는 없어요. 그냥 전학 온 학교에 잘 적응하고 무사히 졸업하고 싶어서 그러는 것뿐이에요.”

“그렇다면 비싼 사립고등학교는 다니면서, 대학은 왜 가기 싫은데? 따로 하고 싶은 거라도 있는 거야?”

이어지는 질문들. 어서 대화가 끊어지기만을 바라는 설영으로서는 더 이상 자신을 드러내는 것은 위험하다는 생각이 들었다. 나이 어린 여학생으로 보이려면 어떤 식으로 대응해야 할까.

“선생님 혹시 식상하게 롤리타 콤플렉스 뭐 이런 건 아니시죠? 그거 엄연한 범법 행위입니다. 게다가 선생님 취향 맞추기에는 저는 좀 많이 어른 같은데요.”

쿡. 예상치 못한 반박인 듯 강한이 가볍게 웃음을 터트렸다. 그러다 주먹으로 입을 가리며 헛기침을 몇 번 하더니 웃음을 안으로 억지로 삼키는 게 티가 났다.

“어린 녀석이 못하는 말이 없다. 인마, 몸이 다 자랐다고 정신까지 다 자란 것은 아니야.”

강한이 짧은 커트 머리 위를 장난스럽게 톡톡 건드렸다. 개구지게 웃는 얼굴이 무방비한 상태의 순수한 어린아이 같았다. 이렇게 눈까지 활짝 웃는 그를 처음 보았다. 학교에서 봐 왔던 그와는 전혀 다른 사람 같다고 해야 할까. 깊게 파인 보조개와 서글서글하게 변해 버린 눈매가 설영이 미처 보지 못했던 또 다른 강한의 모습을 만들어 내었다.

위험하다. 엮기고 싶지 않은 인연이기에 아주 사소한 감정의 교류조차 달갑지 않았다. 가슴속에 이는 파동을 잠재우기 위해 머리카락에 닿는 그의 손을 거칠게 털어 냈다. 웃는 얼굴에 혹한 자신이 못마땅해서 잔뜩 인상을 찌푸리는데 뒤집힌 손바닥 위로 명찰이 놓였다.

“까칠하기는……. 걱정하지 마. 나는 내 나이대의 정신적으로 성숙한 사람이 취향이니까.”

“선생님도 제 취향 아니거든요. 특히 저는 쓸데없이 호기심 많은 남자는 별로 안 좋아합니다."

어색하게 변해 가는 표정부터 가다듬었다. 대화를 나눌수록 점점 그의 페이스에 말려들고 있다는 생각에 찜찜한 기분을 지울 수가 없었다. 담담한 표정의 설영이 명찰을 손에 쥐고 자리에서 일어났다. 아직 내려야 할 정류장까지는 한 정거장이 더 남았지만 상관없었다. 교복에서 올라오는 라면 국물 냄새가 점점 참기 힘들어지던 참이었다.

아무리 여학생들이 꽥꽥거려도 시종일관 무심한 태도를 보이던 그답지 않았다. 제대로 그의 호기심을 자극한 모양이었다. 성가시게 되었다. 어디까지 따라올 거냐는 유치한 신경전도 여기까지. 어떠한 자극에도 반응하지 말자.

설영은 제대로 기억조차 나지 않는 그들의 첫 만남, 어렴풋한 그날의 기억에서 강한과의 만남을 떠올려야 했다. 시내 버스의 하차 벨을 누르며 설영은 손안에 쥐고 있던 이름표를 교복 호주머니에 구겨 넣었다.

버스에서 내리자마자 반대 방향으로 뛰기 시작한 설영이 시야에서 사라질 때까지, 강한의 시선은 그녀를 좇았다. 인간관계에 관해서라면 무관심하기로 정평이 나 있던 그가 타인에게 이토록 강렬한 호기심이 생기기는 처음이었다. 하물며 상대는 선생과 학생으로서의 관심조차 거부하는 자그마치 열한 살이나 어린 고등학교 3학년 학생이었다.

그렇다고 이성에게 갖는 호기심은 결코 아니었다. 이성적인 관심을 배제한 순수한 호기심. 다른 학생들 앞에서는 여고생 특유의 부끄러움으로 위장하고 있지만, 그 아래 감추고 있는 시니컬한 미소를 강한은 알고 있었다.

매사 무심한 듯 흘려보내는 눈빛 아래 반짝이는 영민함을 놓치지 않았다. 평범한 여학생이라는 그녀의 주장과는 달리 분명 설영에게는 시선을 끌어당기는 독특한 분위기가 있었다. 수줍은 많은 소심한 여학생처럼 행동하지만 설영은 사내아이 같은 털털한 톰보이를 연상시켰다. 강렬했던 첫인상 때문일까. 궁금했다, 그녀의 진짜 본모습이.

다시 만났을 때 그는 그 목소리를 기억해 냈다. 부드러우면서도 여자치고는 낮게 깔린 저음의 음성은 쉽게 잊히지 않았다. 짧게 자른 머리에 유성고등학교 교복을 입은 여학생. 교복에 달려 있는 명찰에 새겨진 이름, 류설영. 무심히 지나치는 그 아이의 눈빛을 보며 확신했다.

'다시 만나서 반갑다, 류설영.'

설영이 서서히 그를 향해 돌아섰다. 의문이 담긴 시선과 확신이 담긴 시선이 허공에서 그대로 얽히었다. 새까만 눈동자 안에 그를 담는 순간 스파크가 튀는 듯 반짝하고 빛이 났다. 그를 기억해 내려 예리하게 꿈틀대던 눈빛이 순식간에 무심한 가면 뒤로 사라지는 것을 강한은 놓치지 않았다.

'너 진짜 정체가 뭐냐?'

계단을 올라가는 설영의 다리 근육이 부들부들 떨렸다. 간신히 난간에 매달려 힘겹게 계단을 오르는 중이었다. 체력이 예전 같지 않았다. 빌어먹을 오리걸음.

지난밤에 집으로 돌아가자마자 라면 국물을 쏟은 교복을 세탁기에 넣고 빨았다. 빨래 건조대에 대충 펼쳐 놓으면서도 별다른 걱정을 하지 않았다. 여분의 교복을 세탁소에 맡겨 둬서 다음 날 등교는 문제가 없을 거라고 생각했었다. 불행히도 그 동네 세탁소가 8시에 문을 연다는 사실을 오늘 아침에야 알게 되었다. 세탁소 앞에서 낭패 본 시간을 보충하느라 버스 정류장에서 교문까지 전력 질주를 했다.

당연히 지각, 거기에 체육복을 입고 등교한 설영은 벌칙으로 책가방을 머리에 이고 오리걸음으로 교문에서 본관 건물까지 뒤뚱거리며 걸어와야 했다. 언덕배기를 죽기 살기로 뛰고 오리걸음까지. 그렇다고 이 정도에 다리가 후들거리며 초주검이 될 줄은 몰랐다. 한동안 운동을 게을리했던 것이 단박에 티가 났다.

아침 조회 시간이라서인지 계단 층계에 설영 외에는 사람의 그림자가 없었다. 첫 수업을 시작할 시간이었다. 조회를 마치고 이동하는 선생님들과 부딪치지 않기 위해서라도 서둘러야만 했다.

텅 빈 복도에 첫발을 내딛는 순간 1교시 시작을 알리는 타임 벨이 요란하게 울려 댔다. 불길한데. 오늘 그녀가 속한 3학년 4반 첫 수업은 수학이었다. 강한을 다시 대면해야 한다는 생각에 마음 한쪽이 껄끄러웠다. 담뱃갑을 만지작거리던 마디 굵은 손가락이 떠올랐다. 곱상한 외모와 상반되는 굳은살이 박여 있던 손. 결코 교과서만 만지던 손이 아니었다.

혼자만의 생각에 빠져 있을 때 담임을 맡고 있는 영어 김제니 선생이 복도로 걸어 나왔다. 풍만한 몸매를 강조하려는지 가슴 바로 위까지 열린 블라우스 단추가 어딘가 아슬아슬해 보였다. 또각또각. 작은 키를 만회하려 슬리퍼 대신 신은 하이힐. 그녀가 걸을 때마다 하이힐의 뒤축이 화강석 바닥에 불편한 파열음을 만들고 있었다.

"잘한다, 고3이나 되어서는……. 체육복 입고 등교하면서 지각이나 하고. 책가방은 또 그게 뭐니? 똑바로 못 드니?"

안정을 찾아 가던 설영의 호흡이 다시 거친 바람을 토해 냈다. 최강한 팬클럽이 여기도 있었지. 요즘 들어 담임이 설영을 못마땅해하는 것은 눈치채고 있었다. 오늘은 어제보다 더 피곤한 하루가 될 것 같았다.

이럴 줄 알았으면 차라리 여유 있게 1교시 끝나는 시간에 맞춰서 올걸 그랬나. 출석부에 빨간 줄 하나 긋는다고 크게 달라질 것도 없는데. 쓸데없이 성실했다는 뒤늦은 후회가 들었다.

"계속 그러고 서 있을 거니? 수업 종 울렸는데 안 뛰어?"

설영의 상태는 안중에도 없다는 식으로 담임이 히스테릭하게 손을 옆으로 휙휙 흔들었다. 빨리 시야에서 사라져 달라는 무언의 압박. 아마도 강한을 기다리고 있는 거겠지. 설영이야말로 그가 나타나기 전에 사라지고 싶은 마음이 굴뚝같았다. 그럼에도 다리에 무거운 추라도 매달아 놓은 것처럼 한 발 앞으로 내딛기가 쉽지 않았다.

"복도 한가운데 서서 뭐 해?"

레몬 캔디의 상큼한 냄새가 연하게 났다. 멀찍이 계단을 뛰어 올라오던 가벼운 발자국 소리의 주인공은 강한이였다.

"죄송합니다."

습관처럼 고개를 꾸벅 숙이며 사과하는 설영의 옆을 강한이 무심하게 지나쳐 갔다. 성큼 앞서가는 강한을 따라 설영도 걸음을 옮기는데 휘청거리는 어깨에서 가방이 툭 하고 바닥으로 떨어졌다.

넘어질 듯 불안하게, 힘겹게 가방을 들어 올리는 설영의 몸이 순간 붕 하고 떠올랐다. 허리와 다리를 감싸 안은 팔이 안기지 않으려 버티는 몸을 단단히 지탱하고 있었다. 대충 접어 올린 소매 아래로 매끈하고 탄력이 넘치는 팔에 굵은 힘줄이 돋아 있었다. 척 보기에도 운동을 많이 한 사람의 팔 근육이었다.

"괜찮습니다. 내려 주세요."

"너 바보냐? 대충 흉내만 내다 말 것이지. 그 엄청난 거리를 오리걸음으로 걸어오면 하루 종일 어떻게 버틸 생각이야?"

볼멘소리로 내려 달라고 요구했지만, 그대로 묵살당했다. 설영은 다리를 버둥거렸지만, 단단한 팔에 갇힌 몸은 쉽사리 빠져나올 수가 없었다.

"어머나! 최 선생님. 지금 뭐 하시는 거예요?"

담임의 히스테릭한 외침에 학생들이 유리창 너머로 고개를 내밀었다. 뒤를 이어 들려오는 비명 소리에 설영은 모든 동작을 멈추었다. 버둥댈수록 강한의 품 안으로 더 안길 뿐이라는 것을 그제야 제대로 깨달았다. 제대로 꼬이는구나. 여학생들로도 모자라 이제는 학교 여직원들에게까지 눈엣가시 같은 존재가 되어 버렸다.

다발적으로 터져 나오는 함성과 야유 소리에 설영은 두 눈을 질끈 감았다. 떨어지지 않기 위해 매달리기는커녕, 오히려 떨어뜨려 주기를 바라는 마음에 몸에서 최대한 힘을 뺐다. 여자치고는 키가 크고 몸무게가 나가는 편이라 무게가 꽤나 실렸을 텐데도, 강한은 안정적인 자세로 교실을 향해 걸음을 옮겼다.

진한 여자 향수 냄새가 코끝을 스쳐가고 곧이어 교실 특유의 후끈한 열기가 느껴졌다. 시기 어린 한숨 소리와 야유 섞인 농담. 책상과 의자가 밀리는 소리가 나고 인내심의 한계에 도달했다고 느낄 때쯤 두 다리가 바닥에 닿았다. 커다란 손바닥이 설영의 머리를 눌렀다. 쩌렁쩌렁 울려 대는 여학생들의 비명 소리에 관자놀이가 욱신거리고 머리가 무겁게 가라앉았다.

탕탕.

교탁을 두드리는 소리에 강한이 멀어졌음을 깨달았다. 시장통처럼 북적대던 교실이 그 작은 동작 하나만으로 고요한 정적에 휩싸였다.

"좋은 아침! 모두 아침밥 든든하게 먹고 등교했을 거라고 믿는다."

"네."

"대답은 잘하네. 자, 그럼 본론으로 들어가서……. 교문에서 본관까지 오리걸음으로 걸어가라는 벌칙 받은 적 있는 사람 손 들어 봐."

강한의 질문에 학생들이 두서없이 손을 들었다.

"부반장, 네가 대표로 오리걸음으로 이 자리까지 나왔다 들어간다."

"네, 선생님."

굵직한 목소리의 남학생이 복도 쪽 맨 끝자리에서 일어나 두 손을 머리에 얹고, 오리의 입 모양을 흉내 내며 걸었다. 그러고는 장난스럽게 설영을 가리키더니, 쭈그려 앉은 자세에서 양손으로 귀를 잡고 완전히 일어서지 않으면서 천천히 앞으로 걸어 나갔다. 몇 발자국 걷지도 않고 다리가 아프다며 엄살을 부리는 통에 학생들 사이에서 킥킥거리는 웃음소리가 새어 나왔다.

머리를 한차례 얻어맞은 것 같은 얼떨떨한 기분이었다. 맥이 탁 풀렸다고 해야 할까. 유리창 너머로 들려오던 야유 섞인 환호성의 의미를 이제야 제대로 이해했다. 내내 찜찜한 기분을 지울 수가 없더라니. 장난과도 같은 벌칙에 죽자고 덤벼들었으니. 인연이 아닌 학교에 들어오다 보니 하는 일마다 뒤엉키는 느낌이었다.

"류설영, 봤지? 이게 이 학교 벌칙이라는 거다. 고3이면 수업 시간에 방해가 되지 않는 범위 내에서 적당히 몸을 사릴 줄도 알아야지. 반성문은 엉터리면서, 벌칙은 뭘 그렇게 진정성 있게 수행해?"

설영을 힐끗 쳐다보며 강한이 무심하게 한마디 덧붙였다.

"2교시 끝나고 운동장 집합이지? 류설영은 오늘 체력 단련 제대로 했다고 치고, 단체 체조 시간에 빠져도 좋다. 담임 선생님한테는 내가 말해 둘게."

강한은 어딘가 모르게 심기가 불편해 보였다. 일부러 신경을 써 주는 것 같으면서도, 툭툭 내뱉는 무신경한 말투에 감정이 상했다. 내가 바보같이 굴든 말든 자기가 무슨 상관이야. 삐질삐질 이마에 흐르는 땀을 손등으로 닦는데, 어디선가 달콤한 라벤더 향이 후각을 자극했다. 그러고 보니 강한의 셔츠에서는 향긋한 라벤더 향이 났던 것도 같다. 반쯤 넋 나간 표정으로 설영은 칠판의 상단에 있는 날짜를 주시했다.

오늘은 5월 첫째 주 수요일. 마지막으로 체육복을 세탁기에 돌렸던 것이 언제였더라. 쉽게 떠오르지 않는 걸로 봐서 이번 주는 분명히 아니었다. 곱게 다림질된 셔츠의 소매를 걷어 올리며 강한이 교과서를 펼쳐 들었다. 연한 하늘색 셔츠에 물 빠진 청바지가 유난히 청결해 보였다. 일부러 의식해서인지 호흡마저도 단정해 보였다.

젠장. 첫 만남은 기억조차 못 하고, 어제는 라면 국물 냄새, 오늘은 찌든 땀 냄새. 체육관에서 고된 훈련을 하다 보면 남녀 구분 없이 땀에 젖은 몸으로 부대끼는 것은 흔한 일이었다. 몸에서 나는 시큼한 땀 냄새가 새삼스러운 것도 아니었다. 훈련 상대가 대부분 남자들이었지만, 운동을 하면서 한 번도 몸에서 나는 냄새에 신경을 써 본 적이 없었다. 그들이 나를 어떤 시선으로 바라볼까 하는 것 따위는 그녀의 관심사가 아니었다.

오로지 어떻게 공격해야 상대방보다 우위를 점할 수 있을까, 어떤 방식으로 접근해야 나보다 덩치가 큰 상대방을 쉽게 제압할 수 있을까 하는 것에 온 정신이 집중되어 있었다. 태어날 때부터 체력으로나 신체 조건에서 우위를 점하는 남자들은 설영에게 있어서 사랑받고 싶은 대상이기보다는 정복해야 할 산 같은 존재였다. 그런데 지금은 묘하게 강한이 신경 쓰였다. 가능하면 엮이고 싶지 않은 인연인데, 자꾸 신경 쓰이는 일들이 늘어만 간다.

설영은 다소곳하게 고개를 떨어뜨렸다. 괜히 눈이라도 마주쳐서 복잡한 머릿속에 어색한 감정을 더하고 싶지 않았다. 단순하게 머릿속을 비우고 오늘 해야 할 일들을 떠올렸다. 집에 도착하면 가장 먼저 체육복을 세탁기에 돌려야지. 그 외에 또 뭐가 필요했더라. 그나저나 병원에 입원한 민호는 언제쯤 퇴원을 하려나.

누군가 어깨를 흔들어 대자 설영은 자리에서 벌떡 일어났다. 시계를 확인하니 무려 두 시간이나 지나 있었다. 강한 때문에 밤에 잠을 설친 데다, 아침에 제대로 굴렀나 보다. 교실에서 정신없이 잠들기는 이번이 처음이었다. 덕분에 극도로 저하되었던 체력이 어느 정도 정상 컨디션으로 되돌아온 것 같았다.

"야! 잠깐 좀 따라 나와."

목소리의 주인은 같은 반 학생인 민지였다. 어제 책가방으로 설영을 곤란에 빠뜨린 아이였다. 대충 감이 왔다. 최강한 팬클럽이 몰려왔구나. 점심시간에나 나타날 줄 알았더니. 그녀가 가는 방향에 따라 고개를 돌려 보니, 곱게 파마한 머리를 손가락으로 꼬고 있는 여자아이를 중심으로 사물함 앞에 한 무리의 여학생들이 운집해 있었다. 언제 학생들이 빠져나갔는지 교실은 비어 있었다. 일주일에 두 번 있는 전교생 체조 시간에 맞추어서 다들 운동장에 집합한 모양이었다.

남아 있는 학생을 찾아 빈 교실을 둘러보았다. 얼마 전 교통사고로 다리를 다쳤다던 박유나가 유일하게 교실에 남아 있었다. 모범생답게 교탁 바로 앞에 앉은 그녀가 제법 걱정이 담긴 눈으로 설영을 바라보고 있었다.

무리들 중의 맨 앞에 고선미가 있었다. 눈에 띄게 예쁘장한 얼굴이었다. 학부모회 회장을 엄마로 둔 덕에 기세가 당당했다. 서클렌즈를 꼈는지 고양이처럼 새치름한 눈이 다가오는 설영을 위아래로 훑어보고 있었다. 자느라 벗어 둔 뿔테 안경이 어디로 갔는지 찾을 수가 없었다. 그동안은 커다란 뿔테 안경에 가려 보이지 않던 선이 분명한 눈매를 바라보는 선미의 눈빛이 곱지 않았다. 설영의 민얼굴을 바라보던 선미가 탁 하고 파마머리를 뒤로 날렸다.

"너 은근 노안이다."

안경을 벗은 그녀의 민낯을 처음 본 고선미가 던진 첫마디였다. 숱이 많은 속눈썹 때문인지 타원형의 깊은 눈매가 또렷해 보이자, 얼굴의 윤곽이 선명해 보였다. 볼살이 통통한 여학생들에 비해 날렵한 턱선과 적당히 솟은 광대뼈가 어딘가 모르게 성숙한 분위기를 풍겼다. 잔뜩 겁에 질려 있을 줄 알았는데, 의외로 담담해 보이는 눈동자가 떼거지로 몰려온 학생들을 쓰윽 살펴보기까지 하는 여유가 있었다.

"맞네, 완전 삭아 보여. 혹시 어디서 몇 년 꿇다 전학 온 거 아닐까?"

"그래도 안경 벗으니까 훨씬 나은데. 개성 있다고 해야 하나."

설영의 얼굴을 올려다보던 키 작은 민지에게 고선미의 날카로운 눈길이 꽂혔다.

"전형적인 미인은 아닌데 분위기 있게 생겼어. 머리를 기르면 남자들이 좋아하는 타입일 것 같아. 왜 있잖아?"

입술을 삐죽거리는 선미의 못마땅함을 알아채지 못하는 그녀의 팔을 누군가 뒤로 잡아챘다.

"민지, 너 미쳤어? 저게 뭐가 개성 있는 얼굴이야?"

"민지 말도 영 틀린 말은 아니야. 원래 마땅히 칭찬할 만한 걸 찾을 수 없을 때, 갖다 붙이는 말이 개성 있다는 거야. 키만 멀대같이 커서는, 몸매도 그렇고, 영 볼품이 없잖아."

"그러게. 얼굴도 몸매도 안 되는 주제에 뭘 믿고 감히 다비드한테 꼬리를 쳐?"

"얼빵한 게 존나 재수 없게 생겨서는. 지가 뭔데, 자꾸 우리 다비드 조각상 주위에서 얼쩡대는 거야?"

기다렸다는 듯이 여자아이들이 벌 떼처럼 달려들었다. 몸매 타령에 설영의 고개가 저절로 아래를 향했다. 후줄근한 체육복을 입고 있으니 한층 초라해 보이기까지 했다. 어제 수업 시간에도 그렇고 오늘까지. 강한에게 두 번이나 안긴 것처럼 보였을 테니 다들 제대로 열 좀 받았을 것이다. 오늘 중으로 뭔가 일이 터지지 않을까, 어느 정도 예측은 하고 있었다.

그렇다 해도 듣는 사람의 기분은 일절 무시하고, 생각 없이 쏟아져 나오는 말들에 불쾌하지 않을 수는 없었다. 순간순간 울컥하고 올라오는 울분을 삭히느라 얼굴이 벌겋게 달아오를 지경이었다. 무조건 참자. 설영은 파란색 사물함에 꽂혀 있는 이름표를 하나씩 읽으면서 주먹을 아플 정도로 꽉 쥐었다.

고선미가 한 발 앞으로 나섰다. 거만하게 팔짱을 끼고 있던 손을 풀고 한 손을 위로 향하자, 미리 짜기라도 한 것처럼 여학생들이 일제히 입을 다물었다.

"너냐? 다비드한테 대놓고 꼬리 친다는 애가? 시골에서 올라온 촌년 주제에 너 요즘 엄청 재수 없게 굴었던 거 알지? 웬만하면 봐주고 넘어갈까 했는데 오늘은 아주 깝을 제대로 쳤더라."

한참 어린애한테 제대로 깝쳤다는 말까지 들었다. 새삼스레 모든 원망이 강한을 향했다. 왜 쓸데없이 도와준다고 나서서 이 사달을 만드는 건지. 목 아래로 울컥하고 올라오는 무언가를 가벼운 한숨 소리와 함께 억지로 가라앉혔다. 어린애들 말장난에 흔들려서 날뛰어 봤자 남는 것은 아무것도 없었다. 무조건 참고 보자.

"오해야. 아마도 수학 선생님이 내가 전학생이라 도움이 필요한 학생이라고 생각하신 것 같아. 너도 말했다시피 지방에서 올라와서 아직 서울 학교에 완벽하게 적응을 못 해서 말이야. 그래서 안타깝게 생각하셨나 봐. 불행히도 나는 도움을 청한 적도 없는데 말이야……."

마지막 말은 덧붙이지 말 걸 그랬나? 나름 적당한 변명이라고 생각했는데 마음에 안 들었는지 선미의 얼굴이 붉으락푸르락 사납게 변해 가고 있었다.

"뭐? 네까짓 게 선생님을 안 좋아한다고? 그럼 선생님이 혼자 너를 일방적으로 좋아한다는 거야?"

얘가 지금 뭐라는 걸까. 설영은 멍한 표정으로 자신이 한 말을 곱씹어 보았다. 도와줬다는 표현이 어떻게 좋아한다는 것으로 확대 해석이 된 것인지 이해가 되지 않았다.

"왜 대답이 없어? 그래서 너는 관심도 없는데 선생님이 일방적으로 너를 짝사랑한다 이거잖아? 네가 그렇게 잘났어?"

이게 말로만 듣던 백치미라는 건가. 말귀 못 알아먹는 유치원생도 아니고. 아니꼽다는 식으로 눈을 치켜뜨는 선미를 상대하자니 그저 한숨만 나왔다. 한숨을 내쉴 때마다 선미의 표정이 험해지고 있다는 것을 알면서도 한심하다는 생각에 숨을 쉬는 것처럼 자연스럽게 흘러

나오는 한숨을 설영도 어찌할 수가 없었다.

"너희들이 오해하는 거야. 어제는 걸어가다가 책가방에 발이 걸려 넘어지는 것을 선생님이 잡아 주셨고, 오늘은 내가 벌칙을 받느라 다리에 힘이 풀려서 넘어지려는 것을 선생님이 잡아 주신 거야. 두 번 다 넘어질 뻔한 것을 도와주신 거야. 그 대상이 누구라도 결과는 같았을 거야."

"이게 어디서 구라를 쳐. 결론은 일부러 다비드 앞에서 쇼했다는 거 아냐."

"내가 오해라고 말했는데……."

하아. 같은 언어를 쓰는 것 같은데 해석은 듣는 사람 마음대로다. 결론이 날 것 같지 않은 말싸움에 또다시 한숨이 새어 나왔다. 상대방은 이미 트집을 잡겠다고 맘먹고 왔으니 어떤 식으로 대응을 해도 결과는 마찬가지일 것 같았다.

"알았어. 내가 쇼를 한 거로 치자. 그럼 앞으로는 수학 선생님 눈에 안 띄게 조용히 찌그러져 있으면 되는 거지?"

"그럴 줄 알았어. 그래 놓고 뭐, 오해라고? 이게 다비드가 좀 예뻐한다고 어디서 눈을 치켜뜨고 바락바락 대들어?"

선미는 분통이 터져 제자리에서 발을 구르며 씩씩거렸다. 지금쯤이면 눈물이 그렁그렁한 눈으로 잘못했다 빌며 매달렸어야 옳았다. 여럿이 몰려들면 잔뜩 겁에 질려 납작 엎드릴 줄 알았다. 상대방을 초라하게 만드는 한숨이나 내쉬며, 또박또박 말대꾸를 하는 설영의 배짱이 마음에 안 들었다.

"조용히 넘어가 줄라고 했더니 안 되겠네. 너 같은 애는 한 대 맞아야 겁을 집어먹지?"

자기 분을 이기지 못한 선미가 끝내는 오른손을 치켜들었다. 팔을 풀 스윙 하는 동작으로 손바닥에 힘을 싣고자 상체를 오른쪽으로 크게 틀었다. 그녀가 때리려는 모션을 취하는 순간 설영의 동물적인 반사 신경이 위험을 감지했다. 평생 반사 신경 좋다는 말을 귀가 닳도록 들었다. 눈에 뻔히 보이는 동작을 기다렸다 맞고 있기에는 훈련받은 몸이 본능에 너무 충실했다.

상반신을 여유 있게 뒤로 빼면서 거리를 유지하는 순간 아차 싶었다. 운동 신경 좋은 것까지 들켜서 일을 더 복잡하게 만들고 싶지 않았다. 설영은 조용히 바닥으로 철퍼덕 쓰러졌다. 때마침 선미의 손이 허공을 가르는 순간이었다.

"엄마야!"

"어떡해!"

놀란 아이들이 소리를 지르며 오히려 겁에 질렸다. 교실에서 폭력이 오고 가는 것은 심각한 교칙 위반이었다. 겁에 질린 그들의 눈에는 분명 설영은 맞았고, 바닥으로 쓰러졌다.

"씨댕이, 어디서 쇼를……."

손에 닿지도 않았는데, 맞아 쓰러진 것처럼 주저앉은 설영 때문에 선미는 화가 머리끝까지 치솟았다. 자신을 가지고 노는 것만 같아서 분한 마음에 머리끄덩이라도 잡고 흔들어야 분이 풀릴 것 같았다.

다가서는 그녀를 향해 설영이 고개를 들어 올렸다. 안경 너머로는 순해 보이기만 했던 눈빛이 일순간 번쩍하고 위험하게 빛을 발했다. 그러고는 언제 그랬냐는 듯이 서늘하게 가라앉자 선미는 저도 모르게 한기가 들었다. 겁에 질려 물러나다 동동거리는 아이들에 부딪쳐 발까지 헛디뎠다. 중심을 잡아 주는 아이들의 팔을 신경질적으로 뿌리치며 설영을 사납게 노려보았다. 겁에 질렸다는 사실을 들킬세라 목소리에 앙칼지게 힘을 주었다.

"너 사람 잘못 건드렸어. 내가 이대로 당하고만 있을 것 같아?"

쿵쾅. 선미의 앙칼진 목소리 뒤로 누군가 교실 문을 발로 차는 소리에 여학생들이 일제히 뒤를 돌아보았다. 교복 재킷을 한쪽 어깨에 삐뚜름하게 걸친 민호가 신경질적인 모습으로 문간에 기대서 있었다.

한쪽 이마에 커다란 반창고를 붙이고 있는 모습은 전형적인 불량 학생의 표본 같았다.

"적당히 했으면 다들 꺼져. 나는 계집애들 칭얼거리는 소리는 딱 질색이야."

오토바이를 타다 사고를 당해 오늘까지는 병원에 입원해 있어야 한다더니. 녀석의 갑작스러운 등장에 여학생들이 동요하기 시작했다. 어려서부터 수영을 해서 청소년 대표 선수로까지 발탁이 될 정도로 수영에 남다른 재주를 보였던 녀석이었다. 고등학교 1학년 말쯤에 그만두었다지만, 오랜 기간 수영을 한 덕분에 딱 벌어진 어깨가 건장해 보였다.

그에 비해 얼굴은 유달리 작고, 남자치고는 잡티 하나 없이 깨끗한 피부가 인상적이었다. 넓은 어깨와 작은 얼굴이 주는 오묘한 조화가 여학생들의 섬세한 감수성을 자극했다. 오로지 외모만으로는 기대고 싶은 마음과 돌봐 주고 싶은 보호 본능을 동시에 자극했다. 그렇지만 거친 말투 때문인지 누구 하나 가까이 다가가려 선뜻 용기를 내는 여학생이 없었다.

"저기 민호야, 오해하지 마. 우리는 단지 류설영이……."

같은 반인 민지가 용기를 내서 앞으로 나섰다.

"빨리 안 꺼져?"

흡사 으르렁대는 소리에 놀란 여학생들이 그를 피해 우르르 앞문으로 몰려갔다.

"잠깐……."

작고 낮은 저음이었음에도 여학생들은 제자리에 얼어붙은 듯 움직임을 멈추고 민호의 다음 말을 기다렸다.

"잘 들어. 저기 있는 류설영은 내가 이미 찍었어. 내 허락 없이 머리털 하나라도 건드리면……. 그게 누가 됐던 가만 안 둬. 알아들었으면 꺼져."

여학생들이 새된 호흡과 더불어 상기된 얼굴로 교실을 빠져나갔다. 아마도 민호가 3학년에 올라와서 가장 길게 한 말일 것이다. 겁먹고 달아나는 여학생들의 표정이 마음에 걸렸다. 설영을 돌아보는 눈길에 언뜻 부러움이 서려 있었다.

설마 이상한 의미로 확대 해석 하는 것은 아니겠지. 워낙 매사에 무심하던 녀석이라 무심코 내뱉은 한마디의 파급력을 무시할 수는 없었다.

설영의 존재를 일체 무시해 오던 녀석에게 갑자기 무슨 고약한 심보가 들었을까. 특별한 사이라도 되는 것처럼 떠들어 대는 이유를 도무지 알다가도 모르겠다. 곤란에 처한 모습을 보니 새삼 안쓰러운 마음이 들기라도 했던 걸까. 종잡을 수 없는 변덕에 어떻게 장단을 맞춰야 하는 건지.

“설영아, 괜찮아? 내가 담임 선생님한테 말해 줄까?”

유나의 목소리가 불안정하게 떨리고 있었다. 책상 사이를 천천히 걸어오는 그녀의 얼굴에 걱정이 묻어났다. 많이 놀랐는지 딸꾹질을 참느라 목에서 이상한 소리를 내고 있었다.

“괜찮아. 공부하는 데 방해됐지?”

바닥에서 가뿐히 일어난 설영이 사물함에 넣어 둔 물병을 꺼내 유나에게 내밀었다.

“미안해. 끅……! 내가. 끅……!”

문가에 여전히 장승처럼 서 있는 민호의 눈치를 보며 유나가 정갈한 손놀림으로 가슴을 몇 번 두들겼다. 어깨를 한 번 으쓱거린 설영은 물병의 마개를 따서 유나의 손에 안겨 주다시피 넘겨주었다.

“고마워. 어려서부터 놀라면 딸꾹질을 하는 버릇이 있어서.”

“그래? 신기하다. 나는 겁이 많아서 놀라면 항상 울었는데.”

“웃기고 있네. 겁 많은 거 좋아하시네.”

설영의 말에 가소롭다는 듯이 코웃음을 치며 민호가 교실 안으로 성큼성큼 걸어 들어왔다. 빈정대는 말을 못 들은 척 설영은 잔잔한 미소를 유지한 채 옷매무새를 가다듬었다. 체육복 바지의 허리춤을 만지작거리며 뒤로 손을 돌려 민호가 볼 수 있게 주먹을 움켜쥐었다.

"퍽이나 겁도 많다. 계속 시끄럽게 굴 거면, 나가서 떠들어."

발아래로 책가방을 던진 민호가 아래턱으로 교실 밖을 가리켰다. 주저주저하며 유나가 조심스럽게 말문을 열었다.

"저기, 내가 뭐 도울 일은 없을까?"

"나는 괜찮은데, 오히려 네가 놀랐나 보다. 미안해서 어쩌지?"

"아니야. 내가 나서면 오히려 네가 더 곤란한 상황에 처할까 봐……."

시선을 내려뜨리며 유나는 말끝을 흐렸다. 굳이 설명하려 들지 않아도 무슨 말을 하고 싶었는지 설영은 알 것 같았다.

"신경 쓰지 마. 그래도 누군가 나를 걱정해 줬다니 기분은 좋다. 고마워."

밝게 웃는 그녀를 유나가 한참을 들여다보았다. 진의를 파악하는 것처럼 눈빛이 조심스러웠다.

"나가란 말 못 들었어?"

민호가 잔뜩 인상을 구기며 신경질적으로 가방을 발로 찼다. 거친 발길질에 가방이 교실의 한쪽 구석으로 미끄러져 갔다.

"저 자식이……."

민호에게 한 발 다가서는 설영을 막아선 유나가 가방이 날아간 쪽으로 먼저 몸을 움직였다. 구부정한 자세로 가방을 집어 들고, 바닥을 굴러 더러워진 먼지를 털어 내는데 더 이상 딸꾹질은 하지 않았다. 선미 패거리들보다 훨씬 위협적으로 보이는 민호 앞에서 도리어 차분해 보이는 유나의 태도가 의외였다. 불편하게 한쪽 다리를 끌며 뒷문으로 나가는 유나를 지켜보던 민호는 뭐가 그리 못마땅한지 혼잣말처럼 뭔가를 중얼거렸다.

"김민호, 너 지금 제정신이야? 병원에 있어야 할 녀석이 여기서 뭐

하는 거야? 게다가 여기가 너희 집 안방이야? 누구더러 나가라 마라 야?"

"조잘조잘. 시끄러워 죽겠네."

설영이 같은 교실에 등교하고부터는 아예 대놓고 말을 놓는 민호였다. 그동안 익숙해지기라도 한 건지, 이제는 반항적인 말투에도 별다른 거부감조차 들지 않았다. 설영의 볼을 슬쩍 쳐다본 민호가 그대로 지나쳐 맨 뒷줄에 자리한 의자에 털썩 주저앉았다.

이틀은 더 병원 신세를 져야 할 거라더니 의사 허락은 받고 퇴원을 한 건지. 걱정스러운 마음에 민호를 따라간 설영도 바로 앞자리의 의자에 마주 보는 자세로 앉았다. 따라온 설영에게 불만을 표시하는 민호의 이마가 미세하게 꿈틀거렸다. 그러자 이마에 붙은 커다란 반창고도 따라 꿈틀거렸다. 반창고 옆으로 푸르게 멍든 상처 자국을 들여다보던 설영은 자기도 모르게 쯧쯧거리며 혀를 찼다.

"살 만하니까 학교에도 나왔겠지. 나까지 걱정 안 해도 되는 거지?"

"하든지 말든지. 저리 비켜. 한숨 잘 거야."

교실에 들어서면 늘 만사 귀찮다는 식으로 책상에 엎드려 있곤 하던 민호였다. 잘 거라면서도 책상에 엎드리는 대신 민호는 말간 눈을 들어 설영과 시선을 마주쳐 왔다. 비슷한 눈높이에서 시선을 마주하기는 오랜만이었다. 심연처럼 끝이 보이지 않는 까만 눈동자가 지금 무엇을 보고 있는 것인지 궁금했다.

"언제는 학교에서 눈도 마주치지 말고, 말도 섞지 말라며? 갑자기 왜 남들 앞에서 이상한 말을 하고 그래? 애들이 너랑 나랑 친하다고 오해라도 하면 어쩌려고?"

"……."

냉랭한 반응에도 설영은 개의치 않았다.

"그렇지 않아도 쓸데없는 오해로 학교생활이 복잡해 죽겠는데, 너까지 보태면 어쩌자는 건데?"

민호가 설영을 빤히 노려보고 있었다. 예사롭지 않은 눈초리로 아래턱을 씰룩대는 것이 화가 난 사람처럼 보였다.

"내가 학교에 며칠 없었다고 아주 신이 나셨더구만. 스파이 노릇 대신 연애질이나 하고, 완전 살판이 났더라."

버릇없는 말본새에 책상에 기댄 설영이 앞으로 길게 뻗어 있는 민호의 정강이를 가볍게 찼다. 살짝 건드는 수준이었다. 그렇더라도 정강이의 튀어나온 뼈에 맞았으니 아플 만도 하건만 전혀 내색하지 않았다. 엄살 꽤나 심하던 녀석이었는데. 커져 버린 덩치만큼이나 많은 것들이 변해 있었다. 뒤늦게 깨달은 변화들에 설영의 한쪽 가슴에 씁쓸한 아쉬움이 스쳐 갔다.

"살판난 사람은 너 같은데? 꼬맹이 주제에 아주 맞먹다 못해 이제는 대놓고 기어오른다?"

"누구보고 꼬맹이래? 키도 나보다 훨씬 작으면서. 서류까지 조작해서 나이 속이고 꼰대 짓 하러 학교로 들어왔으면……."

서류 조작이라는 민감한 단어가 나오자 설영이 재빨리 검지를 들어 민호의 입술 위에 가져다 대었다. 손가락 끝에 느껴지는 까칠한 부분이 수염 자국이라는 사실을 깨닫기까지는 몇 초의 시간이 걸렸다. 확실히 이제는 예전에 부르던 꼬맹이라는 별명이 어울리지 않을 만큼 훌쩍 자라 있었다.

"말을 해도 꼭! 그래서 이 기회에 아예 친구 먹자고?"

행여나 누가 듣기라도 할까 목소리를 낮추는 설영을 보며 민호는 양미간을 좁혔다. 설영의 손이 아예 닿지 못하게 고개를 한껏 뒤로 젖히더니 주먹으로 야무지게 손가락이 닿았던 입술을 문질렀다. 비벼대는 자극에 붉게 변한 입술만큼 볼도 벌겋게 달아올라 있었다.

"누가 꼰대랑 친구 한대?"

퉁명스러운 대답을 끝으로 민호는 책상 위로 엎드려 표정을 가렸다. 더 이상의 대화는 거부하겠다는 의사 표시를 몸으로 하고 있었다.

"자식이 귀염성이라고는 쥐꼬리만큼도 없어서는. 내가 사모님……."
"제기랄, 아줌마."
사모님이라는 호칭에 민호는 매번 강한 거부감을 드러냈다. 으르렁대는 소리에 설영은 그저 어깨를 으쓱했을 뿐이다. 어려서는 신경도 쓰지 않던 호칭이 부쩍 어른이 되었다고 느낀 순간 어색하게 다가왔다. 스스럼없이 부르던 호칭을 격의를 갖춰 부르기 시작하면서 설영은 스스로를 어른으로 규정지었다. 그리고 그 호칭은 보이지 않는 경계선처럼 그들과 설영의 세계를 구분 짓고 있었다.
"그래, 아줌마……. 내가 아줌마 때문에 참는다. 됐지?"
입으로는 툴툴거리고 있지만 설영은 내심 민호와의 대화가 반가웠다. 도통 입을 다물고 대화를 일절 거부하더니, 오늘은 스스럼없이 먼저 말을 걸어오기까지 했다. 이 정도로 길게 대화를 나눈 것만으로도 충분히 만족스러웠다. 의자에서 일어나 아래를 내려다보니 커다란 덩치가 불편하게 웅크리고 있는 모습이 왠지 안쓰러워 보이기까지 했다. 도대체 저 자그마한 머릿속에 무슨 고민을 끌어안고 있는 것일까. 작은 힌트라도 주면 좋을 텐데. 꿀 먹은 벙어리처럼 주변에 벽을 쌓고 자기만의 세계에 스스로를 가두고 있었다.
"잠이나 자라. 나는 네가 쫓아낸 아이나 찾으러 가야겠다."
싫어할 거라는 것을 알면서도 애처로운 마음이 들어 둥그렇게 솟아있는 뒤통수를 몇 번 쓰다듬어 주었다. 예전에 가끔 민호가 재워 달라고 어리광을 피우면 이런 식으로 만져 주곤 했던 때가 떠올랐다. 모두가 평온했던 시절. 돌이켜 보면 그때가 가장 행복했던 때가 아닐까 싶었다. 북적북적 사람 사는 소리가 끊이지 않던 시절. 기분 좋은 회상에 젖어 드는 것도 겨우 잠깐의 여유. 엄마의 얼굴이 떠오르자 묵직한 그리움이 가슴 안쪽을 여지없이 파고들었다.
언제쯤이면 무덤덤해질 수 있을까. 떠올리지 말자. 씩씩해지자고 약속했는데 어기면 안 되지. 아이들이 돌아올 시간이었다. 재빨리 감정을 추스른 설영이 들리지 않게 깊은 한숨을 내쉬며 손을 거둬들이는데, 민호가 팔을 위로 뻗어 설영의 손목을 잡아 세웠다.

"그 애가 누군지 알고 이러는 거야?"

고개를 팔 안에 묻고 있어서인지 작게 울리는 목소리는 어두운 동굴을 뚫고 나오는 소리처럼 깊은 여운이 있었다.

"누구, 박유나? 내가 알아야 하는 거야?"

대답 대신 민호는 손목을 떨어뜨렸다. 힘없이 내려진 왼쪽 손목을 설영이 손바닥으로 감싸 쥐었다. 무슨 뜻이었을까. 교차점이 없어 보이는 유나라는 아이와 무슨 연관이라도 있는 걸까.

"몰라도 돼."

복도 맞은편 운동장에서 들리던 음악 소리가 더 이상 들리지 않았다. 대신 멀리서부터 들리기 시작한 재잘거림이 점차 귓가에 가까워지고 있었다. 얼마간의 시차를 두고 복도를 내달리는 발소리와 커다란 웃음소리가 함께 뒤엉켰다. 언제 그랬냐는 듯이 고요하기만 하던 공기층이 요란하게 흔들리기 시작했다.

복도에서 누군가 노래를 부르기 시작했다. 노랫소리의 행방을 찾아 고개를 돌린 곳에는 교실 문에 기댄 채 민호의 뒷모습을 바라보는 유나가 있었다. 설영과 눈이 마주치자 곧바로 시선을 회피했다. 아주 짧은 순간이었지만, 그녀의 눈에 담겨 있던 여과되지 못한 애틋함을 설영은 알아챌 수 있었다.

"저리 비켜, 박유나."

부산스럽게 들이닥치는 아이들에게 휩쓸려 유나가 안으로 떠밀려 들어왔다.

"뭐야, 귀찮게. 그렇지 않아도 비좁아 죽겠는데……."

"어, 미안해."

밀고 들어오는 아이들을 피해 한쪽 구석으로 자리를 옮기는 유나의 움츠린 어깨가 눈에 거슬리던 참이었다. 탕. 의자가 교실 바닥으로 거칠게 넘어지는 소리에 왁자지껄하던 교실이 싸늘한 정적에 감싸였다. 교실로 들어서던 아이들이 움찔하며 일제히 제자리에 멈추어 섰다. 널브러진 의자를 발로 한 번 걷어찬 민호가 서슬 퍼런 기세로 뒷문으로 다가갔다.

바다가 갈리듯 양쪽으로 길을 내어 준 아이들 사이를 걸어가는 민호는 분명 화가 나 있었다. 여학생 두 명 정도는 충분히 드나들 수 있는 교실 입구가 민호 한 사람이 들어서므로 꽉 찬 느낌이었다. 무슨 이유로 입구를 막고 서 있는지는 아무도 알지 못했다. 건장한 어깨와 반항적인 눈빛에 기가 죽은 아이들이 슬금슬금 그를 피해 앞문으로 모여들었다.

설영은 민호가 왜 화가 났는지 어렴풋이 알 것도 같았다. 뿌연 안개에 가려진 것처럼 당장 눈으로 볼 수 있는 것은 아무것도 없었다. 상반된 에너지를 뿜어내는 두 아이. 어딘가 묘하게 닮아 있었다. 상처 입은 눈을 하고 있는 아이들이라 그런 걸까. 같은 연결고리 안에 두 사람을 끼워 넣고 바라보는 설영의 눈매가 가늘어졌다. 박유나에 대해 이성적인 관심이라도 생긴 건가? 아니면 내가 모르는 인연이라도 닿아 있는 건가. 만약 그런 거라면 어디에서부터 시작된 인연일까. 새삼스레 유나라는 아이가 궁금해졌다.

고등학교 본관을 지나면 교직원 전용 주차장 뒤편으로 작은 쪽문이 있었다. 한 사람이 드나들 정도의 작은 철문은 항상 노란색의 자물쇠가 잠겨 있었다. 오랜 기간 열리지 않은 듯 자물쇠는 녹이 슬어 있는 것으로도 모자라 주변에 녹색 이끼가 넓게 퍼져 있었다.

쪽문 옆으로 2미터 높이의 벽돌담이 세상으로부터 학교를 가로막고 있었다. 같은 공간에 놓여 있지만 전혀 다른 두 세계. 자유와 규제.

저 담장을 넘어가는 순간 학교라는 특수한 공간이 주는 압박감에서도 어느 정도 해방감을 맛볼 수 있었다.

자신의 키보다 훨씬 더 높은 벽을 뛰어넘기에 앞서 설영은 책가방을 담벼락 반대편으로 집어 던졌다. 작은 골목길 사이로 2미터보다 더 높은 담장을 가진 주택이 맞은편에 있었다. 가방이 바닥으로 떨어진 소리를 확인하고 뒤로 돌아갔다. 일정한 거리가 확보되자 힘차게 구르기 시작했다. 탄력을 받은 발로 맨땅을 치고 올라서자마자, 울퉁불퉁한 벽면을 타고 담장 위로 올라갔다. 그러고는 손으로 몸무게를 지탱한 채 무리 없이 점프해서 바닥으로 내려섰다.

예상했던 대로 텅 빈 골목길에는 지나가는 자동차도 없었다. 전체 하교 시간까지는 한 시간 정도의 여유가 남아 있었다. 민호는 2교시 쉬는 시간 이후로 돌아오지 않고 있었다. 설영은 미리 던져둔 책가방의 흔적부터 찾았다.

그런데 골목길 중간 어디쯤에 구르고 있을 줄 알았던 책가방이 눈에 보이지 않았다. 알싸한 담배 냄새가 난다고 생각한 것은 바로 그때였다. 고개를 돌리자 하얀 연기가 가느다란 흔적을 남기며 공기 중으로 소멸되어 가고 있는 것이 눈에 들어왔다.

"땡땡이?"

담장에 몸을 기대고 서 있는 강한이 오른손으로 설영의 남색 책가방을 흔들어 보였다. 반대쪽 손에는 방금까지 태우다 꺼 버린 담배꽁초가 들려 있었다. 정식 조퇴도 아니고 담장을 타고 탈출하다 걸렸으니 뭐라고 대답해야 하나.

"선생님은 금연 실패하셨네요."

언뜻 보기에 188센티는 족히 돼 보이는 신장이었다. 그와 담장의 크기를 비교하는 설영의 눈매가 가늘어졌다. 보통 사람이라면 키가 크다고 하더라도 자신의 신장보다 높은 담장을 쉽사리 넘나들 수는 없었다. 확실히 웨이트 트레이닝만으로 다져진 몸은 아니었다. 계단을 뛰어 올라오던 가벼운 발자국 소리며, 키가 큰 설영을 힘들이지 않고 안아 들던 모습만 봐도 알 수 있었다.

"들켰네. 오늘 딱 하루만 나한테 눈감아 주기로 했다."

가방을 내미는 손은 햇빛에 보기 좋게 그을려 있었다. 단순하게 어제오늘 햇볕에 노출되었다기보다는 오랜 시간 야외 활동을 통해 다져진 색이었다. 무슨 운동을 했을까. 눈가에 남아 있는 상처도 운동을 하다가 생긴 걸까. 코는 왜 부러졌던 걸까. 만남의 횟수가 늘어날수록 그에 대한 궁금증이 하나둘 늘어났다. 커져만 가는 호기심에 설영은 고개를 흔들며 앞머리를 털어 냈다. 이래저래 달갑지 않다.

"그 딱 하루가 날마다가 아니기를 바라봅니다."

"그렇게 되는 건가? 긴장해야겠는데, 예상치 못한 강적을 만날 것 같아서."

무심하게 어깨를 한 번 으쓱거리며 설영은 강한의 손에 있는 가방을 가로챘다. 그러고는 지난번처럼 귀찮게 따라붙을까 봐 멀찌감치 떨어져 빠른 걸음으로 언덕길을 내려가기 시작했다.

"아직 대답을 못 들은 것 같은데. 이 시간에 땡땡이치고 어디 좋은 데라도 가는가 보지?"

아무리 무시하려 해도 뒤따르는 발소리에 신경이 쓰일 수밖에 없었다.

"같이 땡땡이치시는 선생님이 그걸 따질 입장은 아닌 것 같은데요."

"너랑 나랑 입장이 같아? 나는 엄연한 조퇴다."

담을 넘는 조퇴도 있나. 억지스러운 대답을 설영은 무시했다.

"이모랑 같이 살아?"

서류상 보호자로 기재되어 있는 정 비서님을 말하는 것이었다. 같은 집에 10년 넘게 살았으니, 가족이 없는 설영에게는 어찌 보면 가장 가까운 보호자 같은 존재였다. 어느새 옆에서 보조를 맞추고 있는 강한이 대답을 기다리고 있었다.

"아뇨."

"그럼 혼자 사는 건가. 혼자 산 지는 얼마나 됐어?"

지금은 딱히 혼자라고 할 수는 없었지만, 그렇다고 민호랑 같은 공간에서 생활한다고 대답할 수도 없었다.

"좀 됐어요."

심드렁하게 대답하며 귀찮아하는 내색을 숨기지 않았다.

"대학은 왜 안 가려고? 따로 하고 싶은 거라도 있어? 물론 대학을 꼭 가야만 한다는 뜻은 아니야. 단지 네가 원하는 게 뭔지를 정확하게 알기 전이라면 대학도 하나의 좋은 길잡이가 돼 줄 수 있다고 말해 주고 싶어서……."

"생각해 보겠습니다."

관심에서 벗어나기 위한 최선의 대답이었다.

"선생님은 계속 따라오실 겁니까?"

"내가 왜 너를 따라간다고 생각해?"

다시 몸을 정면으로 돌리던 설영이 멈칫했다. 강한의 말이 떨어지기가 무섭게 기다렸다는 듯이 뒤로 한 걸음 물러났다.

"그럼 먼저 가세요."

설영의 고개가 한쪽으로 기울어지더니, 거만하게 아래턱이 앞으로 나왔다. 눈을 지그시 내리깔고, 턱을 앞으로 까딱거리는 폼이 상당히 도전적이었다. 어디 할 테면 해봐라. 땡땡이를 치면서도 당당한 설영을 보고 있자니 강한은 슬그머니 웃음이 나왔다. 말을 걸 때마다 귀찮다며 인상을 찌푸리는 반응이 재미있어, 더 귀찮게 매달리고 싶어지는 심보는 또 뭘까.

살면서 누군가에게 이렇게까지 하찮은 사람 취급을 받아 본 적이 있었던가. 돌이켜 생각해 보면, 대부분 강한이 사람들의 관심을 끊어내기 위해 무관심을 표출하는 편이었다. 그런데 설영에게는 묘하게 그를 자석처럼 끌어당기는 힘이 있었다. 그보다 한참이나 어린 학생인데도 인생을 다 산 것 같은 시니컬함이 느껴졌다.

움직임이 없는 그를 향해 설영이 양미간을 가운데로 모았다. 고개를 옆으로 비스듬하게 기울인 채 까딱거리는 모습에는 인내심의 한계가 엿보였다. 어차피 큰길로 나가는 방향은 이 길 하나밖에 없었다. 반대편은 뒷산의 산책로와 연결이 되어 있기 때문에 학교를 벗어나기 위해서는 싫든 좋든 설영도 이 길을 따라서 내려가는 수밖에 없었다.

곧이어 앞장서서 걸어가는 그의 뒤로 터벅거리며 걷는 발소리가 따라왔다. 불만이 가득해서 일부러 바닥을 차고 걸어가고 있었다. 가끔 작은 돌멩이가 날아 벽에 부딪치는 소리가 들렸다. 모르는 척 외면했지만 피식거리며 퍼져 가는 미소를 숨길 수는 없었다.

나뭇가지가 사각거리는 소리가 들리면 땅을 내리밟는 묵직한 발소리가 뒤를 이었다. 손을 높이 뻗어 하늘로 뛰어오르는 그림자가 바닥으로 내려올 때면 여지없이 한숨 소리가 뒤를 잇는다. 일부러 느릿느릿 걷는 강한의 뒤에 좀이 쑤셔 어쩔 줄 몰라 하는 설영이 있었다.

큰길 사거리에 도착하자 강한이 느닷없이 설영의 앞을 가로막았다. 일부러 약 올리며 천천히 걸어가는 그로 인해 설영은 약이 바짝 올라 있었다. 깡그리 무시하고 지나쳐 가려는데 책가방의 한쪽 끈이 잡아당겨졌다.

"식당에 안 내려온 것 같던데, 점심 안 먹었지?"

"먹었어요."

어떻게 알았을까 싶다가도 설마 알고서 하는 말은 아닐 거라는 생각이 들었다. 북적거리는 점심시간에 교직원에 학생들까지 300명도 넘게 드나드는 식당에 설영이 왔다 갔는지를 확신할 수는 없을 것이다.

"거짓말은 안 통해. 너희 담임 대신으로 내가 오늘 학생 식당 규율 담당이었거든. 나도 점심 건너뛰었더니 배가 고프다. 같이 밥이나 먹으러 가자."

"저는 배 안 고파요."

"무슨 소리야? 얼굴에 배고파 하고 써져 있는데."

"저는 그냥 집에 가서 먹겠습니다."

"집에 먹을 것은 있고? 오늘도 편의점 컵라면으로 때울 생각은 아니지? 너처럼 한창 자라는 나이에는……."

잔소리가 시작되려 하자 설영은 고개를 한차례 흔들었다. 오늘은 편의점 대신 분식집에 갈 생각이었는데, 강한의 집요한 태도로 봐서는 분식집까지 따라올 기세였다.

"순대국밥으로 하겠습니다."

훗. 여지없이 허를 찌르는 메뉴 선택에 강한은 억지로 웃음을 삼켰다. 은연중에 여고생다운 대답을 기대했었나. 웃음을 참느라 실룩거리는 입 모양을 설영이 한심하게 올려다보고 있었다. 짜증이 배인 눈빛을 마주하자, 마침내 큭 하고 웃음이 터져 강한이 먼저 시선을 회피했다. 한참 어린 학생을 상대로 왜 자꾸 유치한 신경전인지. 제어가 되지 않는 웃음을 억지로 삼키기 위해 마른기침과 함께 목청을 가다듬어야 했다.

"흠흠……. 앞장서."

뭐가 재미있다고 저렇게 실실거리는 건지. 찰거머리처럼 따라붙는 강한을 한 번 노려본 설영은 자포자기의 심정으로 몸을 돌렸다. 강한이 쉽사리 물러설 것 같지는 않으니, 적정선에서 타협안을 찾아봐야지. 큰길 맞은편 4층짜리 건물 1층에 순댓국집 간판이 크게 걸려 있었다. 가장 가까워서이기도 했지만, 음식을 먹느라 마주 앉아 있을 시간을 최소화할 수 있기 때문이었다.

교차로 신호등이 파란불로 바뀌는 것을 확인한 설영은 도로변으로 한 걸음 내려왔다. 횡단보도 차선에 맞춰 차들이 멈춰 선 것을 확인하고 앞으로 걸음을 옮겼다. 그때 도로 건너편에서 오토바이가 달려오고 있었다. 신호가 바뀌었는데도 무리하게 교차로를 건너가려는지 속도를 줄이지 않았다.

설영과 같은 방향으로 차들이 진입하는 차선은 비어 있었다. 그 차선의 멀찍이서 달려오던 자동차가 빨간불이 초록색으로 바뀐 것을 확인하고, 교차로 지점에서 속도를 줄이지 않은 채 사거리로 진입했다.

교차 지점에 당도해서야 서로의 존재를 알아챈 자동차와 오토바이가 속도를 줄였다. 부딪치기 일보 직전이었다. 충돌을 피하기 위해 브레이크를 잡은 오토바이가 사거리에서 왼쪽으로 회전을 했다. 핸들을 무리하게 옆으로 꺾은 오토바이는 무게 중심을 잃고 옆으로 크게 기울었다. 위태로워 보이던 오토바이가 달려오던 동력을 이기지 못하고 설영이 서 있는 방향으로 급회전을 하면서 미끄러졌다. 아찔한 순간이었다.

설영은 뒤에서 덮치듯이 감싸 안은 힘에 밀려 그대로 앞으로 굴러 넘어졌다. 어깨에 메고 있던 책가방이 바닥으로 떨어져 나갔다. 한낮의 태양열에 뜨끈하게 달아오른 아스팔트 위로 힘없이 쓰러지는 설영의 몸은 밑에서 받쳐 안은 강한과 함께 몇 바퀴를 굴렀다.

구르면서도 강한이 그녀를 보호하기 위해 양팔로 등과 허리를 단단하게 받치고 있다는 것을 인식할 수 있었다. 자동차 경적 소리와 사람들의 비명 소리에 한동안 얼이 빠져 멍한 상태로 가만히 누워만 있었다. 은색의 물체를 통해 반사되는 강한 빛이 강렬하게 눈을 자극했다.

"끙. 너 보기보다 엄청 무겁다. 아무래도 하루에 두 번은 무리인 것 같다."

속삭임처럼 울림이 있는 목소리에 천천히 고개를 들어 올렸다. 장난스럽게 비죽대는 한쪽 볼에 깊은 보조개가 패었다. 웃음이 담긴 그윽한 눈빛과 마주한 순간 설영의 심장이 쿵 하고 내려앉더니 미친 듯이 빠르게 뛰기 시작했다.

두근, 두근, 두근. 마주 닿아 있는 가슴을 통해 정상 속도보다 두 배는 빠르게 움직이는 그녀의 심장 박동을 들킬 것만 같았다. 당황으로 허둥대기 시작했다. 일어나기 위해 상반신을 꿈틀거리며 손이 햇볕에 그을린 팔을 누르자, 장난스럽게 웃고 있던 강한이 인상을 찌푸렸다. 고통에 찡그린 얼굴을 보며 설영이 더욱 허둥댔다. 급한 마음에 양손을 위로 들어 올리자 가슴에 몸무게가 실려, 헉하며 새된 호흡이 터져 나왔다.

놀란 설영은 이번에는 제대로 땅바닥에 손으로 짚고 몸을 지탱했다. 빛을 반사하는 은색의 물체가 핸드폰 케이스라는 것을 손바닥의 감각을 통해 깨달았다. 차가운 물건의 기운을 받자, 정신이 번쩍 들었다.

"괜찮으세요? 혹시 어디 부러지거나 다치신 건 아니죠? 일어설 수 있으시겠어요? 팔을 움직여 보실래요? 아니, 차라리 움직이지 않는 게 낫겠어요. 이럴 게 아니라 제가 구급차를 부를까요?"

두서없이 말을 이어 가는 설영을 보며 피식, 강한이 미소 지었다. 허둥대며 어쩔 줄 몰라 하는 설영이 처음으로 열아홉 살의 평범한 고등학생으로 보였다. 안경도 어딘가로 날아가 버린 모양이었다. 걱정으로 한층 깊어진 눈이 강한의 다리를 내려다보고 있었다.

넘어지면서 쓸렸는지 설영의 작지만 앙증맞은 코끝에 빨간 상처 자국이 있었다. 강한이 손가락을 들어 살며시 상처 부위를 건드려 보았다.

팔이 자유롭게 움직인다는 사실을 확인한 설영은 안도의 한숨을 내쉬었다. 잡고 일어서라고 내민 손을 강한이 거절했다. 대신 바닥을 짚고 일어선 강한이 손바닥에 묻은 더러운 흙먼지를 털어 냈다. 두 다리로 서서 걸어 다니는 것을 확인하고서야 크게 다친 기색이 없다는 확신이 들었다.

거센 안도감이 드는 한편 여전히 거칠게 뛰고 있는 심장 박동에 마음이 혼란스러웠다. 자꾸만 나타나서 거침없이 흔들어 대는 강한 때문에 복잡하게 얽혀 드는 마음이 불편하고 어색하기만 했다. 그래서 마음과는 반대로 쌀쌀맞은 말투가 튀어나왔다.

"선생님은 원래 그렇게 웃음이 헤프세요?"

"인마, 이럴 때는 구해 줘서 고맙다고 하는 거야."

퉁명스럽게 구는 반응에도 개의치 않고 강한이 그녀의 어깨를 잡고 한 바퀴 돌렸다. 체육복에 찢어진 부위는 없는지, 피가 묻어난 곳은 없는지 주의 깊게 살폈다.

"팔 한번 움직여 봐. 다친 곳 없나 살펴보게."

설영이 양팔을 올렸다 내리고, 제자리서 껑충껑충 점프를 했다. 다친 곳이 없다는 것을 확인한 강한이 그제야 만족스럽게 고개를 끄떡였다. 다행히 운전자도 크게 다치지는 않은 듯 바닥으로 넘어진 오토바이 상태를 살피고 있었다. 설영이 떨어뜨린 책가방은 오토바이 밑에 깔려 있었다. 오토바이가 구르면서 바퀴에 끌려 들어간 모양이었다. 이로써 오토바이가 정확하게 설영이 서 있던 방향으로 미끄러져 왔다는 것을 증명하고 있었다.

강한이 설영을 안고 몸을 피하지 않았더라면, 어쩌면 충돌 사고를 면하지 못했을지도 모른다. 생명에 지장은 없었겠지만, 분명 지금처럼 멀쩡하게 서서 사고 현장을 바라보지는 못했을 것이다. 차도를 벗어나 설영을 안전한 곳에 데려다 놓은 강한이 사람들이 몰려 있는 오토바이 주변으로 다가갔다. 누군가와 대화를 주고받고 있는 강한의 뒷모습을 보며 설영은 놀라 그 자리에 돌덩이처럼 굳어 버렸다.

설영의 책가방을 오토바이 아래에서 끄집어내는 그의 셔츠에 핏자국이 군데군데 묻어 있었다. 바닥을 구르면서 아스팔트의 거칠한 표면에 스쳤는지 팔꿈치 아래 드러난 맨살 위 쓸린 자국에서 붉은 피가 흐르고 있었다.

"류설영. 병원에 안 가 봐도 괜찮겠어?"

꽤 아팠을 텐데도 강한은 전혀 내색하지 않았다. 조금 전에 바닥에서 설영이 팔에 손을 대자 인상을 찌푸린 이유를 이제야 확연히 알았다.

"저는 괜찮은데……. 선생님은 병원에 가 보셔야 하는 거 아니에요? 계속 피 나는 것 같은데요."

강한이 팔을 비틀어 쓸린 자국을 들여다보았다. 피부가 당겨지자, 아픔이 느껴지는지 미간에 주름이 잡혔다.

"아무래도 그러는 게 좋겠지. 미안해서 어쩐다, 순댓국은 다음 기회로 미뤄야겠다."

아스팔트 바닥에 쓸려 해지고 더러워진 설영의 가방을 내려다보며 강한이 가볍게 혀를 찼다. 바지 뒤춤으로 손을 넣어 지갑을 꺼낸 그가 오만 원권 지폐 네 장을 꺼냈다.

"택시 타고 들어가. 밥도 사 먹고. 컵라면으로 대충 때울 생각 하지 말고, 제대로 된 밥 사 먹어. 아니면 집에 들어가서 배달 음식이라도 시켜 먹든가. 네 나이에 제대로 안 챙겨 먹으면 나중에 골골할 거라는 내 말 새겨듣는 게 좋을 거다."

"너무 많은데……."

"가방도 하나 새로 사야겠는데. 혹시 모르니까 약국에 들러서 근육 진통제도 사 가지고 들어가."

어정쩡한 자세로 망설이고 있는 설영 대신 강한이 열려진 가방의 호주머니에 돈을 집어넣었다. 그러고는 핸드폰을 가져다 전화번호를 입력했다.

"내 핸드폰 번호니까, 저녁에 많이 아프면 연락해. 대신 다른 학생들한테 유출하면 죽는다."

설영은 멍한 표정으로 번호를 내려다보았다. 기세에 눌렸다고 할까. 완벽한 보호자처럼 구는 강한으로 인해 설영은 진짜 고등학생으로 되돌아간 느낌이었다. 누군가에게 안전하게 보호받고 있다는 기분이 든 것은 실로 오랜만이었다. 어린 나이부터 뭐든 혼자서 척척 해내는 것에 버릇이 들어 있었다. 혼자 지내는 시간이 많다 보니 그럴 수 밖에 없었고, 어느 순간부터는 그래야만 직성이 풀렸다.

사고의 후유증일까. 밝은 대낮인데도 아득한 꿈속을 헤매는 기분이었다. 어디까지가 현실이고 꿈인지 경계선이 불분명하게 느껴졌다. 택시를 잡기 위해서 차도를 향해 돌아서는 강한의 셔츠 한 자락을 설영이 잡아당겼다.

"저기, 선생님……."

"왜? 할 말 있어?"

"그게 아니라……."

마땅히 하고 싶은 말은 없었다. 순전히 충동적인 행동이었다. 쫓아오는 그가 귀찮다고만 생각했는데, 이상하게 지금은 이대로 헤어지고 싶지 않았다.

"고맙습니다."

"나쁘지 않네."

호기심 많은 선생님과 비밀을 간직한 학생. 설영을 향한 강한의 시선에는 나이 어린 학생에 대한 호기심 외에는 아무런 감정도 담겨 있지 않았다. 여전히 그의 셔츠를 잡고 있다는 사실을 깨달은 설영이 다급하게 셔츠를 놓고 체육복 호주머니 안으로 양손을 찔러 넣었다.

심장의 불규칙한 반응은 좀처럼 가라앉을 기미가 보이지 않았다. 낯선 심장의 반응이 생소하기만 했다. 스트레스성 불안 장애가 틀림없다. 아무리 대담한 사람이라도 크게 다칠 뻔한 사건을 겪고 아무렇지도 않을 수는 없을 것이다. 배고픔과 순간적인 공포가 빚어낸 일시적인 충동. 바로 그거다. 일시적인 충동, 심리적 불안감에 바로 옆에 있는 사람에게 기대고 싶다는 충동이 드는 것은 일반적인 반응일 것이다.

다가오는 택시를 향해 손을 흔드는 강한을 보며 설영은 주먹을 쥐었다. 여전히 한쪽 손이 핸드폰을 힘겹게 감싸고 있었다. 참, 정 비서님에게 전화를 해서 민호의 행방을 물어보려고 했었지. 퇴원 수속은 제대로 마치고 나온 건지도 확인을 해야 하고. 현실적인 문제에 직면하는 순간, 머릿속을 복잡하게 만들었던 의문들이 하나둘씩 사라져 갔다.

멀리서 다가오는 사이렌 소리에 거짓말처럼 심장이 차갑게 식어 가고 있었다. 다행이다. 꼬리에 꼬리를 물고 커져만 갈 생각이라는 놈을 이쯤에서 차단할 수 있어서. 밀물이 몰고 올 하얀 포말에 허망하게 사라져 버릴 모래성 같은 것. 굳이 사치스러운 감상 따위로 머릿속을 복잡하게 채울 필요는 없었다. 이 순간만 벗어나면 저절로 없어질 일시적인 감정의 공황 상태 같은 것이었다.

"담임이 전화했더구나. 무단으로 조퇴를 했다면서? 이런 식으로 선생님들 눈 밖에 나면 좋지 않다고 사모님이 걱정을……."

설영이 냉장고에서 사과 주스를 꺼냈다. '뻥' 소리와 함께 뚜껑이 열리자, 유리병을 원형 식탁 위에 올려놓았다. 말을 중간에서 자르려는 의도는 없었는데 정 비서가 멋쩍은 시선으로 썰렁한 거실을 둘러보았다. 축구를 해도 될 만큼 넓은 공간에 3인용 가죽 소파가 유일한 가구라서 그런지 사람의 온기가 느껴지지 않는 공간이었다.

"하긴 네가 어련히 알아서 잘하겠니. 민호 교통사고 때문에 의원님이 조금 예민해 계시거든. 사모님도 사실 말을 안 해서 그렇지, 너한테 신경을 많이 쓰고 계셔. 너무 어린 나이에 혼자 밖으로 내보낸 것은 아닌가, 고등학교 졸업할 때까지만이라도 데리고 있을걸, 입버릇처럼 말씀하시곤 하셨어."

평생을 모신 분을 감싸 주고 싶은 그녀의 마음을 알기에 설영은 그저 건조하고 마른 미소를 입가에 유지했다. 민호의 아버지는 이제 겨우 오십 대 초반의 나이임에도 다음 차기 대선 주자로 이름이 오르내리고 있을 정도로 여당의 실세였다. 투표권이 있는 대한민국 국민이라면 김형태라는 이름 석 자를 모르는 사람은 없을 정도였다.

정치인 집안의 아들로 정계 진출을 위해 엘리트 코스를 순차적으로 밟은 그는 결혼도 재벌가의 외동딸과 정략적 제휴의 입장으로 받아들였다. 민호의 어머니 역시 야망이 큰 사람이었다. 차기 영부인을 목표로 그림자처럼 남편을 내조하는 데 일생을 바치고 있었다.

정계나 재계 인사들과의 사교 파티, 봉사활동 등의 사회생활로 바쁜 민호의 친엄마를 대신해서 설영의 엄마가 민호를 키웠다고 해도 과언이 아니었다. 설영의 엄마와 민호의 엄마는 초등학교 동창이었다. 같은 학교만 다녔을 뿐이지, 사는 세계가 달랐던 두 사람은 학창시절에는 별다른 교류가 없었다.

결혼과 동시에 남편을 사고로 잃고 홀로 어린 딸을 키우고 있었던 설영 엄마의 딱한 사정을 듣고, 같은 학교 동창이 다리를 놔 줌으로써 민호와의 오랜 인연이 시작되었다. 보모 역할로 민호의 집에 들어가 생활하게 된 게 설영이 일곱 살이고, 민호가 두 살이 되던 해였다.

영화에서나 볼 수 있을 것 같은 대저택의 뒤편에 설영과 엄마를 위한 작은 숙소가 마련되어 있었다. 같은 저택에 지내면서도 민호의 아버지와 마주한 적은 손가락에 꼽을 정도였다. 어려서는 아줌마라고 불렀던 사모님도 민호의 방으로 직접 찾아오실 때에야 만날 수가 있었다.

설영의 기억 속에 아줌마는 생일마다 선물로 사 주셨던 도자기 인형처럼 예쁘고 화사한 사람이었다. 예쁘지만 깨질까 무서워 함부로 만질 수 없었던 도자기 인형처럼 함부로 대할 수 없는 사람이기도 했다.

민호가 초등학교에 입학하면서 설영과 함께 보내는 시간이 확연하게 줄어들었다. 표면적으로는 스포츠며 외국어 공부를 위한 과외 선생님과의 스케줄로 민호가 놀 시간이 없어서이기도 했지만, 피고용인의 자녀인 설영과 민호가 함께 어울리는 것을 달가워하지 않는 아줌마의 입장을 존중하려는 엄마의 숨겨진 배려였다. 그 후로 설영은 본채 출입에 제한이 생겼다.

혼자서 해결해야 하는 일들이 많아지면서 독립심이 커지고, 밖에서 지내는 시간이 많아졌다. 가장 친한 친구인 해수 아빠가 운영하시는 태권도 학원에서 방과 후 대부분의 시간을 보냈다. 설영이 열여섯 살에서 열일곱 살로 넘어가던 겨울이었다.

그해 겨울은 유난히 눈도 많이 오고, 추웠던 기억이 난다. 몸살감기에 걸렸다고 밤마다 기침을 하던 엄마와 모처럼 만에 나들이를 다녀오던 날이었다. 아빠의 기일을 하루 앞두고, 백화점에 가서 예쁜 드레스를 샀다. 동네 입구 꽃집에서 꽃다발도 미리 주문하고, 제과점에 들러 아빠가 좋아하셨다던 생크림 케이크를 사서 집으로 돌아왔다.

그날 밤에 엄마는 고열에 시달리셨다. 모처럼 만의 나들이에 피곤해 깊이 잠든 설영을 깨우지 않고, 혼자 끙끙 앓으셨던 모양이었다. 다음 날 오전까지도 해열제만 먹고 버티셨다. 해열제를 먹어도 열이 내려가지 않았다. 병원에 가 보라는 주위의 권유가 있었지만, 간소하게나마 제사 음식을 스스로 장만하시고 싶어 하셨다.

주방 아줌마들의 도움을 받아 아버지가 좋아하셨다는 나물과 전 종류 위주로 음식을 장만하시던 엄마가 쓰러지신 것은 점심때가 지난 후였다. 의식을 잃고 병원으로 실려 가셨던 엄마는 폐렴 판정을 받으셨다. 그리고 며칠을 독하게 앓으시다가 아빠가 계시는 하늘나라로 떠나셨다.

엄마를 마지막으로 떠나보내던 날은 하얀 눈이 펑펑 쏟아져 내렸다. 예쁘게 웃고 있는 엄마의 사진 액자 위로 눈송이가 눈 깜짝할 사이에 쌓여 갔다. 마지막을 함께하는 길에 민호와 아줌마가 동행했다. 엄마의 미소에 쌓이는 눈을 털어 내느라 꽁꽁 얼어붙은 손을 아줌마가 따뜻한 입김으로 녹여 주셨다. 장례식을 찾아온 사람들이 말했다.

아줌마 덕에 너희 엄마는 최고의 의료진들에게 치료받고, 최고급 장례 절차를 밟게 되었다고.

대저택으로 돌아온 설영은 엄마의 빈자리를 처음으로 깨달았다. 밤새 내리는 눈이 달빛에 반사되어 유난히 밝은 밤이었다. 행여나 엄마가 눈 쌓인 마당을 밟고 집으로 돌아오진 않을까 유리창 밖을 하염없이 바라보고 있었다.

밤늦은 시간에 문을 노크하는 소리에 반갑게 뛰쳐나갔다. 얼마나 울었는지 눈이 띵띵 부은 민호가 얇은 잠옷을 입고 방문 밖에 서 있었다. 그 밤에 엄마를 그리워하던 사람은 설영 혼자만이 아니었다. 추워서 떨고 있는 민호를 이부자리 안으로 밀어 넣고, 한참을 껴안고 있었다. 울다, 달래다, 지쳐 언제 잠이 들었는지도 모르게 잠에 빠져들었다.

아침에 커튼을 젖히는 소리에 눈을 떠 보니 아줌마가 한 침대에서 잠들어 있는 민호와 설영을 내려다보고 있었다. 처음에는 엄마가 그녀를 내려다보고 있는 거라고 착각했었다. '엄마' 하고 부르며 내미는 손길을 외면하지 않았다. 따스한 체온으로 감싸 주고, 머리를 다정하게 쓰다듬어 주는 손길에 커다란 위로를 받았다. 그때의 따사로웠던 기억이 오랫동안 기억에 남아 있었다.

그래서 입학하게 될 고등학교 가까이에 거처를 마련했으니, 나가 달라는 말을 들었을 때도 원망하지 않았다. 설영이 보고 싶다며 찾아오는 민호를 멀리해 달라는 부탁을 들었을 때도, 알았다며 고분고분하게 순종했다. 아마도 그때쯤이었던 것 같다. 아줌마라고 부르던 호칭이 사모님으로 바뀌기 시작한 것이.

설영의 생활은 크게 달라지지 않았다. 혼자서 해야 하는 일들이 훨씬 더 많아졌을 뿐이었다. 학교에 가고, 수업이 끝나면 체육관에서 운동을 했다. 엄마와의 추억이 깃든 공간이 한 맺히게 그리워도, 남매의 정을 나누며 같이 자랐던 민호가 미치게 보고 싶어도, 이를 악물고 참았다.

눈가가 짓무를 정도로 울며 잠든 날들의 횟수가 줄어들고, 칼날에 베인 듯 시리기만 하던 그리움도 무뎌해져 갔다. 마음이 공허할수록 공부에 매달렸다. 심장이 약했던 아빠는 검사가 되는 것이 꿈이었다고 했다. 그래서 막연하게나마 아빠의 이루지 못한 꿈을 이루어 드리기 위해 법대에 진학했다.

법학 대학 3학년 끝 무렵, 사모님의 호출을 받았다. 그녀의 도움이 절실히 필요하다는 말에 과감하게 휴학계를 제출했다. 준비하던 공부는 잠시 미루기로 했다. 민호는 세상에서 유일하게 엄마와의 추억을 공유할 수 있는 가족과 다름없는 아이였다. 단순하게 마음에 진 빚을 덜어 내고자 내린 결정은 아니었다. 그래서 후회는 없었다.

"지금 민호는 어디에 있어요?"

정 비서의 시선을 따라 설영도 넓은 거실을 둘러보았다. 임시 거처로 마련해 준 넓은 복층 구조의 아파트에 민호의 흔적은 없었다. 병원에서 퇴원하면서 받아 왔다는 약봉지만 덩그러니 서랍장 위에 놓여 있었다. 2층으로 올라가는 목재 계단의 중간 정도에 흘리고 간 핸드폰 충전기가 그가 이 집에 기거하고 있다는 유일한 증거였다.

"아마 본가에 있을 거야. 오늘이 그날이잖니."

한 달에 딱 한 번, 민호가 부모님과 식사를 하기로 한 날. 집에서 나와 설영과 함께 사는 대신 사모님이 내건 유일한 조건이었다.

"민호는 아직까지 별다른 말은 없었지?"

"네, 아직까지 저한테 화가 많이 난 모양이에요."

"민호한테 너는 친누나나 다름없을 정도로 살가운 가족이었으니까. 어찌 보면 친부모보다도 더 가까운 존재였을 거야. 어른들 욕심이 어린 너희들에게 상처만 남겼구나."

오래된 기억을 헤집는 말에 설영의 마음에 날 선 아픔이 스며들었다. 커다란 저택에 혼자 남겨 두고 온 민호에 대한 죄책감이 여전히 마음 한구석을 괴롭히고 있었다. 설영도 겨우 열일곱 살이었다. 세상을 이해하기에는 너무 어린 나이었다. 민호를 위한 최선의 선택이라는 사모님의 말에 이의를 제기할 수 없었다.

눈물이 그렁그렁한 눈으로 찾아오던 민호를 바쁘다는 핑계로 외면하는 날이 많아질수록, 감정이 풍부하던 아이의 얼굴에서 표정이 사라져 갔다. '배신자' 라고 울먹이던 어린 민호의 모습을 떠올리자 마음이 천근만근으로 무겁게 가라앉았다.

이마에 송골송골하게 맺혀 있던 땀방울이 기어이 턱을 타고 목으로 흘러내렸다. 손등으로 땀을 훔치는 모습을 보던 정 비서가 테이블 위에 올려놓은 가방을 열었다.

"사실은 사모님 부탁도 있고, 어떻게 지내는지 궁금해서 겸사겸사 들렀어. 생활비는 통장으로 보내지만, 비상금으로 가지고 있다가 필요하면 쓰라고 따로 챙겨 주셨다. 어른이 주시는 것이니 부담 갖지 말고 받으렴."

설영의 앞으로 내밀어진 봉투가 꽤 두꺼워 보였다. 봉투를 밀어 내는 손길이 단호했다.

"제가 민호 옆에 있고 싶던 이유는 이런 것이 아니었어요."

"알아. 설영이 너는 아직 어려서 모르겠지만, 살다 보면 돈이라는 게 유용하게 쓰일 때가 있거든."

봉투는 다시 설영의 앞으로 돌아왔다. 세상 돌아가는 이치에 대해서는 아직 그녀가 모르는 게 많았다. 그럼에도 돈이 세상에서 어떤 의미로 통용되는지 정도는 어림짐작할 수 있었다. 돈으로 인해 신분이 결정되는 사회에서 살았던 적이 있었다. 그들만의 세계에서는 돈이 사람의 귀천까지도 좌우했다. 하지만 돈으로 행복을 살 수 없다는 것도 뼈저리게 배웠다. 돈에 얽매이는 순간 그들의 세계로 들어서는 것이다. 다시는 돌아가고 싶지 않은 세계. 그들이 세상을 보는 잣대에 그녀를 맞추고 싶지 않았다.

설영은 엄마가 남겨 주신 유산에 새삼 감사하는 마음이 들었다. 민호의 보모로서의 대우는 후한 편이었다. 꾸준히 모은 돈은 고스란히 은행에 저축이 되어 있었다. 법적으로 성인이 될 때까지는 보호자의 동의 없이는 함부로 꺼내 쓸 수가 없는 돈이었다. 그래서 싫든 좋든, 보호자인 사모님의 경제적인 후원을 받아야만 했었다. 하지만 성인이 된 후로는 단 한 푼의 도움도 받지 않았다. 지금도 생활비로 지원되는 돈은 민호의 몫으로 은행 계좌에 차곡차곡 쌓이고 있었다.

"그냥, 제가 원해서 있는 걸로 해 주세요. 남들 눈에는 어떻게 보일지 몰라도, 민호는 저한테 가족 같은 아이예요. 그 아이가 나를 필요로 할 때, 곁을 지켜 주고 싶어요."

다행이었다. 민호의 곁에 있는 이유가 돈 때문이 아니라서, 돈 때문에 구차해지지 않을 수 있어서.

"그리고 지난번에 말씀하셨던 유학 건은……."

정 비서의 눈에 기대감이 어려 있다는 것을 알 수 있었다. 미안한 마음에 차마 질문을 꺼내지 못했을 거라고 설영은 이해했다. 갑작스러운 방문도 사실은 유학에 대한 확답을 듣고 싶어서가 아니었을까. 설영과 살기 시작하면서 조용히 지낸다고 생각했던 민호가 오토바이 사고를 냈으니 마음이 급해지셨을 것이다.

단순한 교통사고가 아니었다. 경쟁이라도 벌이는 것처럼 치열하게 엎치락뒤치락하던 두 오토바이가 부딪쳐서 난 사고였다. 상대방 오토바이는 아슬아슬하게 가드레일을 피해 사라졌지만, 민호의 오토바이는 가드레일을 들이박고 쓰러졌다. 오토바이에서 떨어져 나와 몇 바퀴 굴렀음에도 가벼운 찰과상 정도로 그친 것은 기적에 가까웠다.

민호는 언제 터질지 모르는 시한폭탄 같은 존재였다. 차기 대선을 목표로 한발 한발 명성을 쌓아 가던 행보에 자식 문제로 치명적인 오점을 남길 수는 없었다. 그래서 김형태 의원은 어떤 식으로든 민호를 유학이라는 명분으로 하루빨리 해외로 내보내고 싶어 했다. 시도가 없었던 것은 아니었다. 그 결과 오히려 거센 반항심만 키워 주는 계기가 됐다. 그래서 김 의원은 차선의 선택으로 설영을 불러들였다.

설영이라면 그 아이를 설득할 수 있지 않을까 하는 게 김 의원에게는 실낱같은 희망이었다. 한층 더 욕심을 내서 설영이 같이 갔으면 하는 속마음도 숨기지 않았다. 민호가 어느 정도 생활에 안정을 찾고, 마음을 다잡을 수 있도록 같이 생활해 줬으면 하는 것이 김 의원과 사모님이 원하는 바였다.

"생각해 봤니? 네가 결정만 내려 준다면, 가장 좋은 환경에서 공부하게 될 거야. 물론 공부가 끝나고 나서도, 너는 상상도 하지 못했던 최고의 인생을 살게 될 거다. 내가 보장할게."

"제안은 고맙습니다. 제가 지금 민호의 옆에 있는 이유는 그 아이에게 힘이 되어 주고 싶기 때문이에요. 마음에 맺힌 응어리가 있다면 그것을 잘 풀어 나갈 수 있게 작은 보탬이 되고 싶어요. 민호가 자발적으로 유학을 가겠다면, 안정을 찾을 때까지 돌봐 줄 수는 있어요. 하지만 거기까지입니다. 제 미래는 제 스스로의 힘으로 꾸려 나가겠습니다."

정 비서는 정중하게 돌아온 돈 봉투를 차마 다시 들이밀지 못했다. 거실의 베란다 유리창 너머 어둑해진 밤하늘을 바라보는 설영의 얼굴에서 아무런 감정도 읽을 수가 없었다. 천성이 착하고 고지식한 아이였다. 물질에 크게 욕심내는 아이가 아니었다. 돈으로는 설영을 설득할 수 없다는 것을 처음부터 알고 있었다.

세상 물정을 모른다는 말로 설영의 고집을 폄하할 수는 없었다. 설영을 움직인 것은 경제적인 보상이 아니라 순수한 마음이라는 걸 아마 김형태 의원도 잘 알고 있었기에, 회유나 포섭이 아닌 동정심에 호소를 한 것이리라. 그리고 그 방법은 제대로 먹혀들어 갔다.

설영은 과연 자기가 포기한 것이 어떤 가치를 가지고 있는 것인지 알고 있을까. 세상의 부귀영화를 다 주고도 바꿀 수 없는 시간. 민호를 위해 잠시 접어 둔 꿈을 이루기 위해서는 또다시 몇 년의 시간을 앞만 보고 달려가야만 한다.

정녕 이게 최선이었을까. 설영의 엄마를 떠올리는 그녀의 마음이 미안함으로 무거워졌다. 솔직한 심정으로, 그녀의 힘이 닿는 한도 내에서 잃어버린 시간에 대해 물질의 보상을 마련해 주고 싶었다. 경제적 뒷받침이 확실하다면 굳이 힘든 길을 가지 않아도 되지 않을까 하는 얄팍한 생각이었다. 퇴색되어 버린 마음으로 꿈을 향한 열정을 너무 쉽게 생각했다. 씁쓸하게 변해 가는 그녀의 표정을 알아챘는지 설영이 아랫입술을 지그시 깨물었다.

자세히 살펴보지 않으면 잘 모르겠지만, 설영의 아랫입술에는 작은 흉터 자국이 있었다. 제법 날카로운 장식용 칼날에 찢겨 생긴 상처 자국이었다. 민호가 던진 공에 맞은 장식용 칼이 아래로 떨어지면서 만든 상처였다.

아이들의 출입이 허용되지 않았던 유일한 공간인 김형태 의원의 개인 서재. 민호의 비명 소리에 그제야 아이들이 서재로 숨어들었다는 것을 알게 되었다. 피를 흘리며 울고 있던 설영을 보고 어찌나 놀랐던지. 워낙 경황이 없어서 굳게 잠겨 있던 문을 어떻게 열고 들어갔는지 물어볼 겨를도 없었다.

그때부터 생긴 버릇이었다. 난처한 상황에 처하면 나오는 버릇. 어릴 적 모습이 겹쳐 보이니 반가운 마음이 들다가도, 여전히 민호의 그림자로 머무는 것은 아닌가 싶어 마음 한쪽이 애잔해졌다.

고풍스러운 앤티크풍의 의자를 뒤로 물리자, 설영도 자리에서 일어났다. 헤어밴드를 착용하고 있어서 둥그스름한 이마가 시원스레 제 모습을 드러내고 있었다.

"우리가 처음으로 만난 게 아마 네가 일곱 살 무렵이었을 거야. 여자아이치고는 어찌나 개구지던지. 잠시도 가만히 있지 못할 것 같더니, 책만 펼치면 한자리에서 세 시간은 기본으로 앉아서 집중하는 모습이 얼마나 신통방통했는지 몰라."

"제가 그랬어요? 사고를 워낙 많이 치고 다녀서 몸에 반창고를 덕지덕지 붙이고 다녔던 날이 많았던 것은 기억해요."

"그랬지. 영화 주인공 흉내 낸다고 벽을 타고 기어오르지를 않나, 마법사 흉내를 낸다고 앞머리를 태워 먹지 않나. 너는 기억할지 모르겠다. 넘쳐 나는 에너지 몽땅 쏟아붓고 오라고 태권도 학원으로 처음 데리고 간 사람이 나였는데……."

정 비서는 두툼한 돈 봉투를 가방 안쪽에 깊숙이 집어넣었다. 대신 반질거리는 재질의 가죽 장지갑을 꺼냈다. 지갑 안에는 아침에 은행에 들러 찾아온 현금이 한쪽 공간을 빼곡히 차지하고 있었다. 돈 봉투를 받지 않을 거라는 예감에 따로 준비를 해 온 것이었다.

설영은 지갑에서 빠져나온 지폐가 추리닝 호주머니 안으로 들어가는 모습을 물끄러미 바라보고 있었다. 난감해하는 표정에는 이것마저 거절하면 안 될 것 같다는 갈등이 숨어 있었다. 갈팡질팡하는 마음이 얼굴에 드러나자, 정 비서가 엄한 표정을 만들었다. 더 이상의 거절은 허락하지 않겠다는.

"이건 받아도 괜찮아. 부담 갖고 할 정도의 금액은 아니야. 그냥 내가 주는 용돈이라고 생각해. 이모가 조카한테 이 정도는 해 줄 수 있잖아."

"고맙습니다."

어려서부터 설영을 아끼는 마음을 알기에 순수한 호의까지 거절하고 싶지는 않았다. 가죽 장지갑을 가방에 집어넣는 정 비서의 표정이 훨씬 가벼워 보였다. 인스턴트식품 외에 따로 음식이라고 할 만한 것이 전혀 보이지 않는 주방을 한 번 훑어보며 정 비서가 가볍게 혀를 찼다. 조리대 위에는 정 비서가 사 온 과일 바구니만 덩그러니 놓여 있었다.

마주치는 일이 거의 없을뿐더러 주방으로는 아예 발걸음도 하지 않는 민호를 위해 식사를 준비할 필요가 없었다. 특별히 요리에 소질이 있는 것도 아니고, 설영도 굳이 번거롭게 식사 준비에 시간을 낭비하고 싶지 않았다. 그래서 대부분의 끼니를 밖에서 해결하고 있었다.

"귀찮더라도 나중을 생각해서 영양가 제대로 갖춰진 것들로 챙겨 먹고 다녀."

"그럴게요."

"과일이라도 떨어지지 않게 사다 놓고."

"그럴게요."

"또 내가 쓸데없는 노파심에 잔소리하고 있구나. 나도 이제 나이를 먹었는지, 느는 것은 흰머리랑 잔소리뿐인 것 같아."

핸드폰의 알람이 울렸다. 시간을 확인한 정 비서는 현관 입구를 향해 걸음을 옮겼다. 저녁 모임이 끝나 갈 시간이었다. 민호와 마주치고 싶지 않다는 것을 굳이 숨기려 들지 않았다. 행여나 만지면 깨질까, 얇은 얼음장 위를 걷는 것처럼 민호를 대하는 어른들의 태도가 조심스러웠다.

"민호가 힘들게 하거나, 필요한 것 있으면 바로바로 연락하고."

"그럴게요."

문손잡이를 돌리던 정 비서가 설영의 대답에 뒤를 돌아보았다. 녹음기라도 틀어 놓은 것처럼 반복해서 나오는 대답. 설영이 독립하고서부터였던 것 같다.

"나오지 마라. 또 연락하마."

문을 열고 밖으로 나가는 정 비서의 입가에 씁쓸한 미소가 어렸다. 너무 일찍 어른들의 세계로 내몬 것도 모자라 커다란 짐까지 떠안겼다는 죄책감에 주차장을 향하는 발걸음이 한없이 무거웠다.

CHAPTER 02

3층 계단 층계를 뛰어 올라가는 설영을 가로막는 인영이 있었다. 갈색으로 염색한 짧은 머리를 밤송이처럼 바짝 세운 남학생. 설영이 움직이는 방향에 따라 그도 움직이며 진로를 방해했다. 손목시계를 확인하니 아침 조회 시작까지 10분밖에 남지 않았다. 지난주에 땡땡이친 벌로 화단 정리와 화장실 청소까지 해 놓고 올라오는 길이었다.

"류설영?"

"오기찬?"

2학년을 상징하는 남색 실로 명찰에 새겨진 이름이었다. 이제는 하다 하다 후배한테까지 무시당하는 현실에 그저 팍팍한 한숨만 내보내고 있었다. 그녀가 나타나기만을 기다렸는지 3층 복도 오른쪽에서 다른 남학생이 모습을 드러냈다. 층계참 위에 서 있는 녀석의 뒤쪽으로 덩치 큰 세 명의 남학생이 더 있었다. 딴에는 극적인 등장이었다. 같은 미용실이라도 다니는 건지 한결같이 짧은 머리에 스프레이를 뿌려 고슴도치처럼 머리털을 꼿꼿이 세우고 있었다.

기찬이 옆으로 비켜 길을 내주며 손가락을 까닥거렸다. 따라오라는 사인이었다. 숨을 한 번 크게 몰아쉰 설영이 층계를 2계단씩 뛰어올라 나머지 녀석들과 마주 보는 위치에 섰다. 예비종이 울려서인지 복도는 텅 비어 있었다. 손목시계를 확인하니 앞으로 7분. 아침부터 담임 눈에 거슬려서 좋을 것은 없었다. 옆으로 돌아가려는데 이번에는 최정민이라는 이름이 명찰에 새겨진 3학년 남학생이 그녀의 앞길을 가로막았다.

"너냐? 김민호가 찍었다는 여학생이? 진짜 너야?"

미심쩍어하는 시선이 헐렁한 체육복 차림을 위아래로 훑어보았다.

"그러는 너는 누군데? 누구를 찾으러 왔는지는 모르겠지만, 좀 비켜 줄래? 선생님 오시기 전에 교실에 들어가야 하거든."

"씹다 버린 호떡같이 생긴 주제에, 쥐뿔도 없는 게 말대답은 꼬박꼬박 잘한다더니, 딱 너네. 김민호 이거는 아닌 것 같은데, 대체 무슨 사이야?"

새끼손가락을 들어 올리며 까닥거리는 폼에 허세가 잔뜩 들어가 있었다.

"무슨 말인지 도통 모르겠다. 김민호랑 나랑은 아무 사이도 아니야."

"발뺌해도 소용없어. 다 알고 왔어."

"지금은 시간이 없어서 오해를 못 풀어 주겠다. 쉬는 시간에 다시 올래? 사실은 나도 궁금한 게 있거든."

"헛소리 말고 조용히 따라와. 누가 너랑 긴히 할 얘기가 있으시다니깐."

"누군지는 몰라도 수업 끝날 때까지 기다리라고 해. 너희들도 종 울리기 전에 미리미리 교실로 들어가. 땡땡이치다 걸려서 벌점 쌓이면 화단 청소만으로 끝나지 않을걸."

정민이 황당하다는 표정을 지었다. 존재를 드러내는 것만으로도 충분히 겁에 질려 할 줄 알았더니, 오히려 여유 있게 충고까지 하고 있었다. 타이르는 듯한 말투에 자존심이 상한 정민이 한 팔을 높이 들고, 공중에서 주먹을 휘두르며 위협을 가했다.

"이 씹떡이 좋은 말로 해 줬더니 말귀를 못 알아 처먹네. 우리가 누군지 몰라?"

헬스를 하는지 교복 아래 이두근이 불룩 튀어나왔다. 일부러 근육을 과시하는 것처럼 주먹을 위로 치켜들고 있는 모양새가 우스웠다. 주먹이 향하는 방향이 녀석의 관자놀이 근처였다. 저 자세로 누구를 협박하겠다고. 무시하려고 애를 썼지만, 눈앞에 떡하니 버티고 서 있으니 그럴 수도 없었다. 잘못된 자세를 못 본 척 지나치려니 몸이 근질거렸다.

할 수 없이 설영은 손목을 틀어 주먹이 향할 위치를 제대로 꺾어 주었다. 그것만으로는 모양이 어정쩡했다. 팔 근육을 탁탁 쳐서 힘을 빼게 하고는 팔과 주먹의 각도를 다시 잡아 주었다. 여전히 어설픈 모양에 고개를 갸웃거리던 설영은 이번에는 주먹 쥔 손가락을 만지작거렸다.

키키킥. 그들을 에워싸고 있던 패거리들 중의 한 명이 기어이 참았던 웃음을 터트렸다. 예상치 못했던 설영의 행동에 돌덩이처럼 굳어 있던 정민의 얼굴이 순식간에 벌겋게 달아올랐다. 제대로 얼간이 취급을 당했다. 잔뜩 열받은 정민이 손을 거칠게 털어 내자, 튕겨져 나간 손이 설영의 아래턱을 제법 아프게 치고 지나쳤다.

"애들아, 지금 내가 담임 눈 밖에 나면 곤란해서 그러거든."

굳게 다문 치아 사이로 내뱉는 말투가 예사롭지 않았다.

"협조 좀 부탁한다."

대범한 그녀의 반응에 오히려 정민이 당황했다. 이상하게 설영의 기세에 말리고 있다는 생각이 들었다. 행여나 이 황당한 사태를 지켜보는 시선이 없는지 슬슬 걱정이 되기 시작했다. 텅 빈 복도를 둘러보던 정민이 교실 쪽을 향한 순간 표정이 일그러졌다. 들켜서는 안 되는 장면을 들킨 사람처럼 당혹스러운 표정이었다. 누굴 보고 저러는 걸까 싶어 설영이 어깨 너머로 고개를 내밀은 순간이었다. 상황을 만회해 보려는 듯 치기 어린 정민이 그녀의 멱살을 잡아 거칠게 위로 끌어당겼다.

"이게 어디서 사람을 바보 취급 해? 소문 못 들었어? 나는 열받으면 여자도 때리거든?"

불끈 솟아오르는 성깔머리를 참아 내느라 설영은 아랫입술을 지그시 깨물었다. 숨통이 조인다고 느끼는 순간 하마터면 주먹이 나갈 뻔했다. 잔뜩 겁을 줬다고 착각한 정민이 껄렁껄렁 으스대는 몸짓으로 멱살을 턱 밑까지 끌어 올렸다. 적당히 좀 하자니깐.

설영은 상반신이 들리자, 자연스럽게 발꿈치를 세웠다. 발꿈치를 들어 올리면서 무릎을 꺾어 급소 부분을 가볍게 가격했다. 무릎이 남자의 중심 부위를 정통으로 건드렸다고 느끼는 순간 정민이 후다닥 물러섰다.

"너 미쳤어? 감히 거기가 어디라고……."

그다지 아프게 때리지도 않았는데 무릎을 모으고 비비 꼬고 있는 모습에 설영은 기가 막혔다.

"미안. 놀라서 나도 모르게 다리가 올라갔어."

다시 한 번 무릎을 들어 올리는 제스처를 취하자 정민이 볼품사납게 엉덩이를 뒤로 뺐다. 우스운 꼴로 뒤로 물러난 정민으로 인해 다른 패거리들도 멀찍이 물러났다. 따라오라는 한마디면 충분할 줄 알았던 여학생의 대범한 반격에 다들 어찌해야 할 바를 모르고 있었다. 촌스러운 머리 스타일하며 커다란 뿔테 안경까지. 민호가 공공연하게 찍었다고 말하지만 않았어도 눈길조차 주지 않았을, 어찌 보면 평범함이라는 단어조차 어울리지 않는 여학생이었다.

"네가 그 자식 배경 하나 믿고 까부는 모양인데……. 그따위 배경은 우리한테 안 통하거든. 못 볼 꼴 보고 싶지 않으면, 좋은 말로 할 때 따라와라. 마지막 경고다."

겁은 많은 주제에 여전히 입은 살아 있었다. 정민이 급소를 가리던 손을 허겁지겁 바지 호주머니에 찔러 넣고 계단을 내려가기 시작했다. 다른 녀석들도 일제히 그를 따라 움직였다. 자기들끼리 뭉쳐서 거드름 피우며 계단을 내려가는 모습에 설영은 난감했다. 누구 하나 설영의 뒤에서 가드하는 녀석도, 따라오는지 확인하는 녀석도 없었다.

학교 터가 안 좋은가. 눈에 거치적거리는 인간들이 왜 이리 많은 건지. 보고도 모른 척하기에는 신경 쓰이는 일들이 하루가 멀다 하고 늘어 가고 있었다. 계획에 없던 복잡한 관계의 틈바구니 속으로 한발 깊숙이 빠져 버린 느낌이었다.

설영은 미련 없이 교실을 향해 몸을 돌렸다. 중앙 계단 아래쪽에서 굵직한 남자 목소리가 들린다 싶더니 계단을 뛰어 올라오는 부산한 발소리가 이어졌다. 곧이어 정민 패거리들이 그녀를 지나쳐 복도 반대편 계단을 향해 전력 질주를 했다.

"야, 도망 안 가고 뭐 해? 빨리 뛰어."

누군가 설영의 등을 밀자 몇 발자국 앞으로 떠밀려 나갔다. 대열의 마지막에 있던 정민이였다. 학생 주임을 피해 같이 도망이라도 치자는 건가. 같은 편이라고 착각이라도 하는 건가. 어째 지난주부터 이 학교 푼수들은 죄다 그녀 주변으로 꼬여 드는 것만 같았다. 명문고라더니, 알고 보니 철부지들의 집합소가 따로 없었다.

"따라가지 마, 설영아."

패거리들이 휩쓸고 지나간 복도에 박유나가 있었다. 찰랑거리는 검은 머릿결이 유리창을 통과한 빛에 반사되어 윤기 나게 반짝거렸다. 단정한 교복 차림에 눈이 부실 정도로 새하얀 실내화를 신고 있었다. 그리고 정민의 패거리가 뛰어간 방향을 바라보는 얼굴은 실내화만큼이나 하얗게 질려 있었다.

"내가 저런 떨떨한 애들을 왜 따라가? 너는 걔네들이 누군지 알아?"

"저기, 그게……. 질은 별로 좋지 않은 애들이야."

"그래 보이네. 걔들이랑 김민호랑 친해?"

"절대 그렇지 않아."

단호한 대답을 듣고 보니 유나가 생각했던 것 이상으로 민호에 대해 잘 알고 있다는 생각이 들었다. 그런데 왜 교실에선 전혀 모르는 사람처럼 시선 한 번 주고받지 않았을까. 학교를 벗어난 민호가 누구와 어울리고, 어디를 돌아다니는지 설영은 잘 알지 못했다. 본가 쪽에서 고용한 경호원들이 뒤를 따르며 감시와 보호를 맡고 있었다.

"그럼 김민호랑 사이가 안 좋다고 봐야 하는 건가? 그래서 나를 찾으러 온 거야? 나를 미끼로 뭔가를 꾸미려고? 잘못 짚어도, 한참 잘못 짚었네."

가볍게 어깨를 들썩이는 설영을 바라보는 유나의 얼굴에 어두운 그늘이 졌다.

"그렇게 쉽게 생각해서는 안 돼. 걔네들 아주 무서운 사람들하고 어울려 다녀. 네가 상상도 못 할 정도로 질이 나쁜 사람들이야. 그러니까 찾아오더라도 절대로 따라가면 안 돼, 알았지?"

"그 정도야? 그런데 너는 저 패거리들에 대해서 어떻게 그렇게 잘 알아?"

"그건……."

복잡한 감정이 얽힌 얼굴이 적당한 단어를 찾느라 고심하고 있었다.

"박유나, 이 시간에 복도에서 뭐 하니?"

가볍게 슬리퍼 끄는 소리가 바로 옆까지 들려왔다. 담임이 옆으로 다가오며 두 사람의 대화는 거기에서 끝이 났다. 치수가 큰 교사용 체육복을 레이스가 달린 블라우스 위에 걸치고 있는 담임은 근래 가장

편해 보이는 옷차림이었다. 강한이 오늘은 학교에 출근하지 않은 건가. 설영의 시선은 저도 모르게 담임의 뒤를 살피고 있었다.

"유나야, 어머님한테 지난번에 보내 주신 도시락은 맛있게 먹었다고 전해 드려. 매번 신세만 지네."

담임의 목소리가 교실 안까지 들렸는지 웅성거리던 잡음이 한순간에 사라졌다.

"언제 레스토랑에 한번 들러서 인사드리겠다고 전해 주렴."

말없이 고개만 끄덕이는 유나의 어깨 너머로 학생들이 다시 웅성거리며 수군거리기 시작했다. 반감 어린 표정만으로도 그들이 무슨 대화를 나누는지 충분히 예상할 수 있었다. 술렁거리는 소리가 커질수록 유나의 표정에서는 감정이 사라져 갔다. 조금 전에 창백한 얼굴로 초조해하던 것과는 대조되는 무심한 모습이었다. 순식간에 차가운 가면 뒤로 숨어 버린 유나를 설영은 말없이 지켜보았다.

유나가 자리로 돌아갔다. 여전히 한쪽 다리를 불편하게 절고 있었다. 그러고 보니 유나가 다리를 다친 시점과 민호의 오토바이 사고 시기가 맞물려 있었다. 상념에 잠긴 설영의 얼굴에 달콤한 풍선껌 향기가 날아왔다. 무심코 돌아보는 눈앞에 커다란 연분홍 물체가 시야를 점령하더니, 빵 하고 순식간에 사라졌다. 깜짝 놀라 밀랍 인형처럼 굳어 버린 그녀의 시선에 보기 좋게 휘어진 입매가 미묘하게 틀어졌다.

"놀란 척하는 거야? 아니면 진짜 놀라기라도 한 거야?"

과장된 목소리로 민호가 빈정거렸다. 화를 내야 하는 거야, 아니면 당황해야 하는 거야. 이번에는 설영이 스스로에게 하는 질문이었다. 집에서는 여전히 냉소적인 태도로 눈도 마주치지 않던 녀석이 학교에서는 유독 친밀하게 구는 속내를 어떻게 받아들여야 할지 몰라 혼란스러웠다.

어정쩡하게 서 있는 설영의 얼굴에서 안경이 벗겨졌다. 놀라 휘둥그레진 눈앞에 민호가 얼굴을 마주했다. 하얀 반창고가 사라진 자리에는 실로 꿰맨 흔적이 남아 있었다. 아직은 반창고가 필요해 보이는 덜 아문 상처 자국을 바라보는 설영의 눈매가 가늘어졌다.

"이러는 이유가 뭐야?"

"새삼 내가 이러는 이유가 궁금해? 원래 너한테 내 생각 따위는 중요하지 않잖아."

"중요해."

불신 어린 눈빛이 설영을 뚫어질 듯이 바라보았다.

"네가 누구 때문에 이 자리에 있는 것인지 상기시켜 주는 거야. 엉뚱한 데 눈 돌리지 말고, 행동 똑바로 하라고 경고하는 거야."

민호가 다시 안경을 얼굴에 씌워 주었다. 대충 무슨 일로 심술이 나서 변덕을 부리는지 알 것도 같았다. 이제 와서 복수라도 하고 싶은 건가. 녀석이 이렇게 나올 때는 한 가지 해석밖에는 없었다. 설영이 떠날 수밖에 없었던 이유에 대한 잘못된 오해. 혼자만 잘 살아 보겠다고 도망쳤다는 원망을 들어도 할 수 없었다. 어설픈 변명이 부모님을 향해 드리워진 불신의 감정에 어떤 악영향을 끼칠지 눈에 보듯 뻔했다.

설영이 먼저 교실로 들어섰다. 기다렸다는 듯이 비좁은 입구에 어깨를 부딪치며 민호가 설영의 진로를 방해했다. 우연히 스친 것이 아니고 누가 보기에도 의도적인 접촉이었다. 교실 곳곳에서 작은 탄성이 터져 나왔다. 감수성이 풍부한 십 대들은 아마도 남학생이 관심을 두고 있는 여학생에게 애정 표현을 장난으로 대신하는 것으로 해석한 모양이었다.

"다들 조용히 해. 벨 울린 지가 언젠데 아직도 이렇게 어수선한 거야? 류설영은 거기서 계속 그러고 있을 거니? 행동이 굼뜬 거니 아니면……."

타탕. 교실의 구석에 자리한 의자가 뒤로 넘어가며 커다란 소음을 만들어 냈다. 민호가 일부러 발로 차서 넘어뜨린 의자를 옆자리에 앉아 있던 남학생이 재빨리 일으켜 세웠다. 책가방을 아무 데나 던지다시피 떨어뜨리고는 의자에 털썩 주저앉는 민호의 눈치를 보며 담임이 말끝을 얼버무렸다. 그도 그럴 것이 유성재단은 민호 외가에서 자선사업의 일환으로 후원하고 있는 재단이었다. 실질적인 재단의 경영자인 이사장과 민호의 외가가 돈독한 우정을 나누는 사이라고 들었다.

지극히 계산적인 담임이 민호의 평범하지 않은 배경을 무시하고, 아무렇지 않게 대하기는 쉽지 않을 것이다. 더군다나 이사장실에서 무슨 특별 지시가 있었는지, 담임은 민호의 지각, 조퇴에 대해 전혀 언급이 없었다. 그것이 설영의 마음에 들지 않았다. 못 보던 사이에 민호는 주위에서 떠받들어 주는 것을 당연하게 여기는 버릇없는 응석받이로 자라 있었다.

"내일 체육 대회 어디서 하는지 다들 알지? 너희도 알겠지만 우리 학교 운동장에서는 중학교 체육 대회가 열릴 예정이야. 대회는 아침 9시부터 시작이니까, 한 사람도 늦지 말고 제시간에 초산운동장으로 집합하도록."

"네!"

환호성과도 같은 대답에 담임이 출석부로 교탁을 치며 주의를 끌었다. 체육 대회 다음 날은 개교기념일이었다. 연속 이틀 수업이 없다는 생각에 학생들은 들떠 있었다. 설영이 제자리를 찾아가는 것을 곁눈질로 확인하며 담임이 출석부를 펼쳐 들었다.

"오늘 3교시 체육이 5교시로 옮겨진 거 알고 있지? 그 시간에 실내체육관에서 3반이랑 여자 피구 예선전이 있을 거야. 모의고사가 코앞까지 다가왔으니까, 너무 힘 빼지는 말고. 남학생들은 체육 시간에……."

어디선가 울리는 둔탁한 파열음에 담임이 말을 멈췄다. 드르륵거리며 딱딱한 물체를 울리는 진동 소리가 집중력을 분산시켰다. 출석부에서 고개를 든 담임이 소리의 행방을 찾자, 학생들도 일제히 고개를 뒤로 향했다. 책상 사이의 비좁은 통로에 널브러진 민호의 책가방으로 일제히 시선이 쏠렸다. 간헐적으로 진동하던 가방에서 소리가 뚝 하고 끊어졌다 싶더니, 일정한 간격을 두고 다시 울리기 시작했다.

"오늘 핸드폰 수거해 간 사람이 누구지?"

신경질적인 담임의 호출에 마침 의자에 앉으려던 설영이 엉거주춤한 자세로 멈칫거렸다. 칠판에 적힌 주번의 이름은 김민호였다.

"류설영, 서 있는 김에 가서 핸드폰 수거해 와."

담임의 이마가 잔뜩 구겨졌다. 핸드폰 수거는 주번이 하는 형식적인 아침 일과 중의 하나였다. 잘사는 집 아이들이라 핸드폰을 두 개씩 가지고 다니는 아이들이 대부분이었다. 예비용으로 가지고 다니는 쓰지 않는 핸드폰을 압수당하고, 실제 사용하는 폰은 선생님의 눈을 피해 사용하면 그만이었다. 그것을 알기에 담임도 조회 시간에 가끔 울리는 핸드폰 벨소리를 못 들은 척 대충 넘어가는 날들이 대부분이었다. 오늘은 모르는 척 넘어가기에는 심사가 꽤 비틀려 보였다.

"남학생들은 체육 시간에 운동장에서 축구 경기 예선이 3반이랑 있을 예정이고, 체육 대회 날은 선생님 대 학생 대표랑 농구 경기가 있을 예정이니까, 우리 반에서도 대표 한 사람을 뽑아서……."

지칠지 모르고 울려 대는 벨소리에 담임의 짜증이 한계치에 도달한 모양이었다.

"류설영, 뭐 해?"

카랑카랑하게 울리는 목소리에 설영의 걸음이 빨라졌다. 일부러 그런 건지, 아니면 우연의 일치인지 책가방을 민호가 잡아당기면서, 앞으로 내디딘 설영의 왼쪽 발이 가방의 줄 안으로 말려들어 갔다. 발을 빼내려 설영이 다리를 들어 올리자, 민호가 기다렸다는 듯이 가방을 위로 잡아챘다. 설영은 본능적으로 넘어지지 않기 위해 양팔로 책상을 짚고 몸을 들어 올렸다. 그러고는 갈고리처럼 엮고 있는 가방에 매달린 왼발에 힘을 주고 무릎을 안쪽으로 잡아당겼다.

민호는 설영의 반응을 예상했는지, 팽팽하게 당겨진 가방을 내려다 보며 한쪽 입꼬리를 위로 올렸다. 묘하게 사람 기분을 뒤틀리게 만드는 저 미소. 절묘했던 타이밍은 결코 우연이 아니었다. 어떻게든 설영을 도발하고 싶어 안달이 나 있었다. 어찌 보면 심술이 난 어린아이의 치기처럼 느껴지기도 했다.

"김민호, 지금 뭐 하자는 거야?"

툭. 공중에 떠 있던 책가방이 그녀의 발 아래로 힘없이 떨어졌다. 실랑이도 시들해진 모양이었다. 한바탕 해보자며 덤빌 줄 알았더니, 금방 싫증 내는 아이처럼 심드렁한 표정으로 바지 호주머니에 손을 집어넣었다. 당최 녀석의 변덕을 종잡을 수가 없었다.

담임이 나머지 전달 사항을 형식적으로 읽어 가고 있었다. 대충 흘려들으며, 소리의 행방을 찾아 손으로 가방을 만지작거렸다. 커다란 가방 안에 책은 한 권도 없고 노트북 한 대가 전부였다. 바닥을 울리는 소리의 원인은 바로 노트북과 맞닿아 있는 핸드폰이 진동하며 내는 소리였다.

개쓰레기. 핸드폰 액정 화면에 뜬 발신자명에 호기심이 들었다. 누굴 지칭하는 걸까. 궁금증을 이기지 못한 손가락이 통화 버튼으로 향했다.

"여……."

— 이 쥐새끼야, 내 물건 어디로 빼돌렸어? 그게 얼마짜리 딜인 줄이나 알아?

거친 남자의 말소리에 설영의 미간이 구겨졌다. 친구들 사이에 오가는 단순한 농담으로는 들리지 않았다.

"당신……."

누구냐는 질문은 꺼내지도 못했다. 어느새 빼앗긴 핸드폰은 배터리가 분리된 채 민호의 교복 재킷 안주머니로 사라졌다. 민호는 아무 일도 없었다는 듯이 목에 걸린 커다란 헤드폰을 귀에 꽂았다. 무심한 눈빛이 설영을 지나쳐 운동장 너머 높은 바위산으로 향했다.

"핸드폰 수거했으면 교무실로 가져와, 나머지 학생들은 조용히 수업 준비 하고. 떠드는 사람 없게 반장이 관리 잘하고."

담임이 떠나고 교실은 금세 체육 대회에 관한 화제로 북새통이었다.

"전화기 내놔."

그녀의 요구에 민호는 반응이 없었다.

"1교시 수업에 늦지 않으려면 서둘러야 해."

나긋나긋한 목소리만으로는 통할 기미가 없었다. 웅성거리는 음악 소리가 커다란 헤드폰 너머까지 들리는 것으로 봐서 그녀의 목소리가 들렸는지도 확인할 방법이 없었다.

"뭐 하는 짓이야?"

민호의 귀에서 헤드폰이 떨어져 나갔다. 설영이 투박한 손길로 헤드폰을 책상에 올리고, 손바닥을 펼쳐 앞으로 내밀었다.

"선생님이 핸드폰 걷어 오라는 소리 못 들었어?"

민호가 책상 위에서 헤드폰을 집어 들었다. 헤드폰에서는 주절주절 신세 한탄 같은 랩이 흘러나오고 있었다. 헤드폰이 민호의 귀를 다시 덮는 순간, 설영이 커다란 귀마개 밑으로 길게 뻗은 선을 잡아당겼다. 그러자 교복 재킷의 위쪽 호주머니에서 아이팟이 딸려 나왔다. 설영은 주저 없이 아이팟에서 헤드폰의 코드를 뽑았다.

강단 있는 설영의 태도에 민호가 한쪽 눈썹을 꿈틀거렸다. 오만하게 그녀를 응시하는 민호는 휴지기에 접어든 활화산 같았다. 언제 터질지 모르는 불을 가슴에 안고 있는 화산. 앞문이 드르륵거리는 소리가 들리고, 교실 안의 분위기가 수선스럽게 변해 갔지만 두 사람 다 신경 쓰지 않았다. 서로를 향한 눈이 지지 않겠다는 의지로 불타고 있었다.

"지금 나랑 한번 해보자는 거야?"

"내가 그렇게 한가해 보여? 나는 담임이 시키시는 대로 할 뿐이야."

"담임이 미꾸라지처럼 남의 전화를 엿들으라고는 안 한 것 같은데?"

"미꾸라지?"

설영의 검은 눈동자에 위험한 빛이 번쩍하고 빛났다.

"왜, 그 호칭이 꼰대보다 마음에 들어?"

"적당히 하라고 경고했을 텐데……."

"경고 다음은 협박인가? 협박 다음은 뭐가 될지 내가 궁금해해야 하는 거야?"

"너 지금 나랑 말장난해?"

"왜, 나랑은 말장난도 하기 싫어? 말장난이 싫으면 몸장난으로 대신해?"

기가 막힌 설영은 한동안 말문이 막혔다.

"잘난 척은 혼자 다 하더니 그건 자신 없나 보지?"

어리다고 오냐오냐 봐줬더니 어른 흉내를 내며 깐죽거리는데 끝내는 인내력이 마비되었다. 꾸욱. 여지를 주지 않고 곧바로 눈앞에 보이는 발등을 인정사정없이 밟아 주었다. 가벼운 실내화를 신고 있어서 그다지 임팩트는 없겠지만 얼얼할 정도의 아픔은 느꼈을 것이다.

"야, 아프잖아!"

"몸장난 하자며? 나한테 몸장난은 바로 이런 거야. 아직 부족해? 한 번 더 밟아 줘?"

'허' 소리와 함께 기다란 다리가 비좁은 책상 사이로 숨어드는 모습을 만족스럽게 내려다보았다. 끙끙대면서도 억지로 아픔을 감추려는 모습에 속이 다 후련해졌다.

"적당히 까불어라. 나도 더 이상은 못 참는다. 인내심에……."

노기등등하던 설영이 어물거리며 뒷말을 삼켰다. 가을 바다처럼 상쾌한 기운, 시원한 감각이 목덜미를 스치고 지나갔다는 착각이 들었다. 어느덧 익숙해져 버린 레몬 캔디의 향에 설영의 심장이 저절로 반응하기 시작했다.

정상 속도보다 빠르게 뛰고 있는 왼쪽 가슴을 무시하고, 꾸벅하고 고개부터 숙였다. 머릿속을 유영하는 강렬한 이미지. 마음은 여전히 오토바이 사고의 현장 속에 갇혀 버린 듯 불쑥불쑥 떠오르는 그날의 이미지가 설영의 사고를 어지럽힌다.

언제부터 와 있던 걸까. 수학은 3교시인 걸로 알고 있었는데. 술렁거리던 소음이 사라진 교실에는 억눌린 숨소리만이 고요한 정적을 대신하고 있었다. 터지기 일보 직전의 시한폭탄 같았다.

호기심 많은 학생들의 이목이 어디를 향해 있는지 충분히 예상할 수 있었다. 히죽히죽 웃고 있는 민호를 보고 있자니, 벌써부터 후회라는 놈이 스멀스멀 기어 나왔다. 아침부터 정민이 패거리들에게 휘둘려 신경이 곤두섰던 것이 끝내는 화를 불러일으켰다. 어떻게든 설영을 곤란하게 만들려던 녀석의 도발이 보기 좋게 성공했다.

젠장, 훗날을 생각해서라도 무조건 참았어야 했는데. 뒤늦은 후회에 애꿎은 아랫입술만 질끈 깨물었다. 잠시 미뤄 뒀을 뿐, 설영의 최종 목표는 검사가 되는 것이었다. 몇 년 뒤처지는 것쯤은 문제가 아니었다. 지금은 더 중요한 일이 생겨서 가던 길을 잠시 유턴했을 뿐이었다. 마지막 도착 지점은 정해져 있었다. 그렇기에 가짜 증빙 서류를 만들어서 학생 신분으로 있는 지금의 상황이 더욱 조심스러웠다.

"두 사람, 무슨 문제 있어? 1교시 수업 시작했는데 계속 아옹다옹하고 있을 거야?"

"죄송합니다. 벨소리를 못 들었습니다."

"전선에 문제가 있는지 3층 벨소리가 작동이 안 되는 모양이다. 오늘은 모든 것이 조금씩 엉망진창이다. 체육 대회 때문에 수업 스케줄도 꼬이고. 국어 선생님이 친선 경기에 대비해서 농구 연습 하시다가 허리를 다치셨단다. 그래서 1교시는 내가 대신 들어왔다."

설영의 시선이 저절로 강한의 팔로 향했다. 연회색 셔츠가 손목까지 가리고 있어서 아스팔트 위에 쓸린 상처 부위를 제대로 치료했는지는 확인할 수 없었다. 설영은 손에 들고 있던 아이팟을 체육복 호주머니에 집어넣었다.

"뭐야, 너?"

아이팟까지 빼앗기자, 민호가 사나워졌다. 자리를 박차고 일어나는 민호의 어깨를 설영이 힘들이지 않고 눌러 주저앉혔다.

"담임 심부름이라고 몇 번을 말해? 사실 이것도 다 주번인 네 일이거든? 이거 돌려받고 싶으면 핸드폰 네가 담임한테 직접 갖다 드려."

강한의 호기심 어린 시선이 설영의 뒤를 따랐다. 겉으로 티는 안 내지만, 선생들조차 함부로 건들지 못하는 김민호를 철없는 남동생 다루듯이 대하는 설영의 배짱에 내심 감탄하고 있었다. 시건방짐이 하늘을 찌르던 민호가 얌전히 의자에 엉덩이를 붙이고 있는 것이 의외였다.

"진짜 둘이 무슨 특별한 사이라도 되나 봐?"

강한의 머릿속 질문을 대신하는 여학생의 수군거림을 시발점으로 조용하던 교실이 본격적으로 다시 술렁이기 시작했다. 술렁임이 커져갈수록 설영의 고개가 앞으로 기울었다. 땅이 꺼질 듯이 내쉬는 한숨소리가 들리는 것만 같아 픽, 웃음이 흘러나왔다.

"그런 눈으로 보지 마시죠. 남의 것에 함부로 눈독 들이다 가는 빈털터리로 쫓겨나는 수가 있습니다."

긴 다리를 앞으로 쭉 뻗고 의자 등받이에 등을 기대고 앉은 민호에게서 더 이상 사춘기 소년의 모습은 찾아볼 수 없었다. 먹이 사슬의 꼭대기 층에 앉은 포식자의 거만한 미소. 민호를 내려다보는 강한의 입가에 비릿한 미소가 어렸다.

"그 정도면 응석 부릴 나이는 지났다고 보는데?"

세상 물정 모르는 풋내기 취급에 민호의 눈에 검은 불꽃이 일렁거렸다.

"아니면 골목대장놀이라도 하고 싶은 모양인데, 대상을 잘못 골랐어. 나는 철부지 애들이랑 놀아 줄 만큼 마음이 너그러운 사람이 아니라서 말이야."

"골목도 골목 나름이겠죠. 우리 동네는 나이로 유세 떠는 것은 안 통해서요."

낮게 으르렁대는 민호의 아래턱에 잔뜩 힘이 들어갔다.

"인마, 유세는 선거판에서나 하는 거고. 학교에서는 공부를 해야지."

툭툭. 민호의 어깨를 토닥이는 손에 무게가 더해졌다. 은연중에 까불지 말라는 경고를 하고 있었다.

"자, 다들 그만 떠들고 수업 시작하자."

강한이 비좁은 책상 사이를 지나치며 성큼성큼 걸음을 옮기자 학생들이 앙탈과 비슷한 탄성을 내질렀다. 검은 표범을 연상시키는 날렵한 동작에 과장되지 않는 절제미가 있었다. 꾸미지 않아도 타고난 고상한 품위가 행동 하나하나에서 자연스럽게 뿜어져 나왔다. 몸에 배어 있는 승부욕과 자신감은 쉽사리 포장할 수 있는 것이 아니었다. 강한 적수를 만났을 때의 생존 본능과도 같은 경계심에 민호는 머리카락의 신경 세포까지 곤두서는 기분이었다.

"수업 태도 불량으로 반성문 쓰고 싶지 않으면 앙탈 그만 부리고. 수학은 반복 학습만이 살길이라는 거 알고 있겠지? 그런 의미에서 미분 활용 부분에서 속도와 가속도에 대한 문제 풀이를 복습한다."

학생들의 투정 섞인 항의에 보기 좋게 휘어진 입매가 부드러운 호선을 그렸다. 그러나 복잡한 강한의 눈빛이 설영을 향한 순간 알 수 없는 불안감에 민호의 명치끝이 불편하게 조여 왔다.

커다란 실외 운동장에는 대형 스피커를 통해 반별 대항 종목이 발

표되고 있었다.

"반장, 이건 아니지. 나는 상관없지만 유나가 못 뛰는 것을 뻔히 알면서 피구팀에 들어가라는 건 너무하잖아."

"그럼 어떡해. 민지는 다리 다쳤다고 하고, 치어리더팀은 공연 때문에 참가할 수 없다잖아. 내가 살살 던지라고 부탁해 놨어. 그냥 서 있다가 다가오는 공에 맞는 흉내만 내면 될 거야. 우리 반은 원래부터 꼴등이라고 정해져 있어서, 누가 신경도 안 써. 운이 좋아 부전승으로 여기까지 올라왔지만, 이번 게임에서 자연스럽게 탈락할 거야."

원래대로라면 설영과 유나는 피구 경기 명단에서 제외되어 있었다. 어제만 해도 말짱하던 민지가 오늘은 등교하면서 다리에 압박 붕대를 감고 나타났다. 교실에서 폭력을 행사했다는 이유로 한 달간 반성문과 화장실 청소를 맡게 된 고선미가 패거리들을 이용해 또다시 유치한 장난을 치고 있는 것이었다.

"나는 괜찮아. 반장 말대로 그냥 서 있다가 나오면 되는 거잖아. 별로 도움은 못 되겠지만."

빨간 조끼를 입은 유나가 살며시 웃어 주고는 흰색 라인 안으로 걸어 들어갔다. 그녀로 인해 유나까지 곤란한 지경에 처하게 되었다. 자진해서 피구 게임에서 열외되었던 설영도 이제는 참가할 수밖에 없었다. 파란 조끼를 입은 상대 팀에는 고선미가 속해 있었다. 팀 주장은 중학교 때까지 배구를 했다는 장신의 여학생이었다.

결코 간단하게 생각해서는 안 되는 게임이었다. 심판을 맡고 있는 선생님만 해도 무려 3명에 이르렀다. 강한도 그중의 한 명으로 주심의 역할을 맡게 되었다. 승자를 가리기보다는 치열하게 치고받는 싸움에 가까운 경기가 될 것 같았다.

얼굴은 공격하면 무효다, 라인을 밟고 상대방 팀으로 공이 넘어가면 파울이라는 등의 규칙이 나열되고, 경기의 시작을 알리는 호루라기 소리가 날카롭게 울렸다. 단순한 가위바위보를 통해 공을 선점하게 된 반장이 파란팀을 향해 먼저 공격을 시작했다.

그다지 힘이 실리지 않은 공은 땅에 먼저 닿았다. 맥없이 땅을 구르는 공을 집어 든 선미가 빨간팀 선수들이 수비 태세로 전향하기도 전에 재빠르게 움직였다. 위로 날아온 공은 곧바로 유나의 얼굴을 향했다. 환호성이 들림과 동시에 휘슬이 울렸다.

"파울! 얼굴 공격은 무효라고 말했지. 공격권은 다시 빨간팀으로."

강한의 외침에 선미가 아랫입술을 삐죽거렸다.

"죄송합니다."

선미의 공격에는 망설임이 없었다. 처음부터 유나가 서 있는 방향을 향해 시선을 고정하고 있었다. 아차, 싶었다. 처음부터 상대 팀의 목표는 설영 본인일 거라고 생각했었다. 그래서 일부러 유나가 다치지 않게 일정한 거리를 유지하고 있었다. 설영의 발걸음이 빨라졌다. 상대적으로 왜소한 유나를 뒤로 감춰 상대 팀의 시야로부터 보호했다.

강한으로부터 공이 전해지고 두 번째 공격이 이어졌다. 반장은 같은 실수를 반복하지 않기 위해 정직하게 직선으로 공을 던졌다. 날아오는 공을 무리 없이 받아 낸 상대 팀 주장이 뛰어오르며 공을 던지는 페이크 모션을 취했다. 지난 체육 대회를 통해 그녀의 파워를 직접 경험한 아이들이 겁에 질린 비명을 지르며 한쪽으로 몰려들었다.

설영의 뒤에 가려져 있던 유나도 군중 심리에 따라 아이들이 몰려가는 방향으로 몸을 움직였다. 힘이 실린 공이 바람을 가르고 정확하게 유나의 한쪽 어깨를 강타했다.

퍽. 소리만으로도 엄청난 타격을 짐작할 수 있었다. 그녀의 몸을 맞고 튕겨 나간 공이 그대로 상대방 진영으로 날아갔다. 어쩌면 더 다치기 전에 여기서 아웃된 것이 잘된 거라고 생각했다. 휘청거리던 그녀는 설영의 걱정과는 달리 달려드는 친구들을 보며 미안하다는 말을 반복하고 있었다. 잔뜩 움츠러든 모습으로 경기장 밖으로 나가려는 유나의 머리 위로 날카로운 휘슬이 울렸다.

"파울! 라인 밟아서 무효다. 공격권은 빨간팀으로."

눈에 보이는 의도적인 반칙이었다. 충분한 공간이 있음에도 일부러 선을 밟는 파울을 범했다. 반칙을 하면 아무리 공에 맞아도 아웃되지 않는다는 규칙을 역이용한 것이었다.

"이건 단순한 파울이 아니라 의도적인 반칙이었어요. 그냥 넘어갈 문제가 아니라구요."

주심을 맡고 있는 강한에게 다가간 설영이 항의했다.

"의도적인 반칙이었어?"

"아니에요, 그냥 실수였어요."

"확실해?"

"그럼요."

"알았다. 이번에는 그냥 넘어가지만, 다음번에도 의도적이라고 의심되는 파울이 나면 경고 조치 들어간다. 두 번 경고면 퇴장이라는 것은 알지?"

"네."

성의 없는 질문에 뻔한 대답이 돌아왔다.

"됐지? 경기 다시 시작한다."

강한의 무심한 태도는 중간에서 중재해 줄 생각이 전혀 없음을 시사하고 있었다. 그러면서도 예리한 눈빛은 설영에게 이렇게 말하고 있었다.

'불합리하다고 생각되면 네 능력껏 알아서 해결해라.'

비겁한 선생 같으니라고. 공에 맞은 곳을 쓰다듬으며 설영의 뒤편으로 다가오는 유나를 보고 있자니 간당간당하게 붙잡고 있던 인내심이 툭 하고 터져 버렸다. 유나가 아닌 다른 여학생이 다쳤어도 마찬가지였을 것이다. 불의를 보면 참지 못하는 설영의 의협심을 제대로 자극했다.

이로써 있는 듯 없는 듯 순둥이 코스프레는 여기까지. 디펜스만으로 게임의 결과에 영향력을 끼치고 싶지 않았던 설영의 승부욕에 방아쇠를 당긴 격이기도 했다. 작전 변경이라고 해 두자. 그동안 당하기만 한 것에 대한 유치한 복수가 아닌 우물 안 개구리 신세를 면치 못하는 어린 친구들에게 인생 공부 한번 시켜 보자며 스스로의 행동에 정당성을 부여했다.

먼저 강한에게 타임아웃을 요청했다. 이왕 이기기로 한 것 제대로 해 봐야겠지. 완벽한 시야를 확보하기 위해 얼굴의 절반을 가리고 있던 검정 뿔테 안경부터 벗었다. 구경 삼아 기웃거리고 있던 담임과 눈이 마주치자, 무턱대고 안경을 던졌다. 그러고는 양손을 까딱거려 아이들을 불러 모았다. 설영의 낯선 모습에 담임의 눈이 놀라움으로 휘둥그레졌지만 눈에 들어오지 않았다. 이제부터가 시작이었다.

"학우들, 이번 경기 이기고 싶어?"

학생들이 일제히 고개를 끄덕였다. 상대 팀의 비겁한 수에 분노한 사람은 설영 혼자만이 아니었다.

"쟤네들 진짜 너무해. 유나야, 괜찮아?"

"주심은 뭐 한다니? 저런 식으로 치사하게 경기하면 퇴장시켜야 하는 것 아냐?"

"선미 엄마가 학부모회 회장이라고 편들어 주는 거겠지."

유나를 위로해 주느라 한 마디씩 떠들어 대는 학생들을 향해 설영이 손가락을 튕겼다. 같은 반 학생이라는 동료 의식이 승부욕을 자극하고 있었다.

"내 말 잘 들어. 불합리하다고 불평만 한다면 달라질 것은 없어. 최선을 다하겠다는 마음가짐이면 지더라도 후회는 없을 거야. 최전방 공격은 내가 맡을게. 너희들은 내가 지시하는 방향에 따라 움직이면 돼. 지금처럼 뻣뻣하게 서 있는 자세는 수비하는 데 불리해."

설영이 무릎을 구부려 안정적인 자세를 취하자, 학생들이 일제히 따라서 몸을 낮췄다. 설영의 지시에 귀를 기울이는 아이들의 눈동자가 모처럼 만에 활기를 띄었다.

“기본적으로 자세는 이런 식으로 약간 낮추어서 민첩성 있게 움직이는 게 좋아. 날아오는 공을 잡을 때는 손바닥이 아니라 팔과 가슴을 이용해서 안정적으로 잡아야 해. 이런 식으로……. 섣불리 날아오는 공에 손을 대었다가는 오히려 아웃되거나, 손가락을 다칠 수가 있어. 확신이 없다면 공을 잡기보다는 잘 피하는 쪽을 권장하고 싶어.”

삐익. 휘슬 소리에 설영은 자신이 서 있는 곳을 중심으로 아이들의 대열을 재정비해 주었다. 마지막으로 유나의 어깨에 손을 얹고 설영의 등 뒤로 세웠다.

“박유나, 너는 이 자리에 가만히 서 있어. 내가 네 주위를 돌면서 날아오는 공들을 최대한 막아 줄 거야. 겁먹고 도망치지 마. 조급한 마음에 도망 다니다 넘어지면 오히려 불리해질 수도 있어. 가능한 한 무슨 수를 쓰더라도 너는 내가 지켜 줄게.”

강한이 공격의 선봉에 서 있는 설영에게 공을 패스했다. 허공에서 둘만의 시선이 부딪쳤다. 보이지 않는 전쟁을 선포하는 설영의 눈빛이 흑요석처럼 어두운 빛을 발했다.

선명한 노란색의 공을 손가락 사이에 끼우고 길들이는 느낌으로 굴려 보았다. 안쪽에 팽팽하게 들어찬 공기의 기를 느끼면서 둥글게 회전시켰다.

게임의 재개를 알리는 휘슬 소리가 운동장에 울렸다. 달라진 전열에 당황한 상대 팀이 흔들리고 있었다. 파란색 조끼가 우왕좌왕하는 상대방 진영을 향해 설영이 몸을 틀었다. 첫 번째 목표물은 정해졌다. 강한 오른팔을 옆으로 스윙하는 탄력과 손목의 스냅을 이용해서 가장 가까이에 있는 상대 팀 진영의 선수를 공격했다. 공은 정확하게 학생의 무릎 바로 위를 맞고 튕겨져 나왔다.

곡선을 그리며 다시 날아온 공을 붙잡은 설영은 시간을 낭비하지 않았다. 어설프게 뭉쳐 있는 상대 팀을 향해 몸을 날렸다. 목표 지점을 향해 정확하게 날아간 공은 눈 깜짝할 사이에 한 여학생의 허벅지 바깥쪽을 스쳐 뒤쪽에 있던 다른 학생의 다리에 맞고 땅으로 떨어졌다. 순식간에 3명의 학생이 아웃되었다. 땅을 구르던 공은 센터에 있는 주장에게 넘어갔다.

입술을 앙다문 정영진이 악에 바친 소리를 내지르며 설영을 향해 정면으로 공을 던졌다. 빠르게 날아드는 공을 보면서도 설영은 눈도 꿈쩍하지 않았다. 공에서 시선을 떼는 순간 패배는 예정되어 있었다. 턱 바로 아래로 파고드는 공을 안정적으로 받아 든 설영이 시간을 지체하지 않고 그대로 되돌려 주었다. 다리를 공격하는 것이 아웃시키는 최선의 방법이었지만 아직은 이르다.

정확하게 복부를 향해 날아온 공을 받아 든 정연진이 공이 싣고 온 파워에 주춤거리며 뒷걸음쳤다. 진동하는 손가락의 감각을 털어 내는 얼굴은 잔뜩 찡그려져 있었다. 정면 승부는 절대 불리하다는 것을 깨달은 눈치였다.

정영진이 공을 높이 띄워 올렸다. 수비수를 향해 머리 위로 날아가는 공을 향해 설영이 몸을 날렸다. 크고 날렵한 몸을 점프해서 하늘을 나는 공을 손가락으로 톡 하고 건드리자 공이 밑을 향해 직선으로 떨어졌다. 여유롭게 공을 가로채는 모습에 응원석에서 환호성이 터져 나왔다.

불만을 담은 야유 소리도, 입가를 길게 늘어뜨리는 강한도, 마음에 담지 않았다. 철저한 집중력으로 흔들림이 없었다. 인터셉트한 공을 들고 고선미 앞으로 다가갔다. 다음 공격 대상은 너라는 선전 포고 같은 것이었다.

겁을 잔뜩 집어먹은 선미가 팔을 들어 올리는 동작만으로 비명을 내질렀다. 날카로운 쇳소리에 오히려 설영이 멈칫했다. 어린애를 상대로 힘자랑을 한다는 게 썩 마음이 내키지 않았다. 그럼에도 든든한 배경을 등에 업고 힘없는 학생들을 못살게 구는 철없는 행동에 주의를 주고 싶었다.

팡팡. 다시금 눈대중으로 거리를 확인하며 공을 손바닥에 부딪쳤다. 공을 잡은 팔이 허공으로 떠올랐다. 아아악. 날카로운 울음소리와 함께 선미가 바닥으로 주저앉았다. 등을 정면으로 내보이며 머리를 양팔로 감싼 폼이 초라하게 패배를 인정하고 있었다.

그 후로 경기는 일사천리로 수월하게 풀렸다. 이건 진짜 아닌데 싶어 빠져나갈 궁리를 찾고 있을 때, 체육 대회는 이미 끝나 있었다. 운동장에 설치된 스피커에서는 설영의 이름이 반복적으로 불리고 있었다. 단상에는 수상을 위해 학년별 최우수 선수로 뽑힌 학생들과 교장 선생님이 올해의 MVP인 그녀가 나타나기만을 기다리고 있었다. 이번 해에는 개교 이래 처음으로 유성재단 이헌자 이사장님까지 참석해서 자리를 빛내 주고 계신다는 멘트가 시상식 중간중간 들려왔다.

설영은 체육 대회에 필요한 물품을 싣고 온 차량의 트레일러 위에서 마주 보이는 담장의 높이를 가늠해 보았다. 주변에 커다란 소나무들이 있어서 그나마 사람들의 시선을 피해 빠져나갈 수 있는 유일한 곳이었다.

"아무리 류설영이라도 거기서 뛰어내렸다가는 발목 부러지기 십상이다."

깜짝 놀라 내려다보니 차량의 조수석 유리창 밖으로 강한이 빼꼼히 얼굴을 내밀고 있었다. 대형 스피커에서는 이제 친선 경기 우승팀 수상자로 강한의 이름이 불리고 있었다.

"셋 세기 전에 내려오는 게 좋을 거다. 아니면 끌고 내려온다."

"거기서 뭐 하시는 거예요? 지금 선생님 이름 호명하는 소리 못 들었어요?"

"아니, 잘 들려. 안 내려올 거야? 내가 직접 움직여?"

낮게 울리는 목소리에는 범상치 않은 심각함이 깔려 있었다. 진짜 안 내려가면 직접 트레일러 위로 올라와서 끌어 내릴 생각인 모양이었다. 위에서 내려다보자니 날렵한 턱선 아래 붉게 긁힌 자국이 유독 눈에 들어왔다.

“저 상 받으시려고 그렇게 죽기 살기로 덤볐던 것 아니었어요?”

학생대표팀과 교직원대표팀의 농구 경기를 떠올리는 설영의 눈길이 운동장 상단에 마련된 단상으로 향했다. 멀리서도 고고한 자태를 잃지 않고 있는 이사장의 모습이 눈에 들어왔다. 해마다 학생대표팀의 승리로 끝나는, 말 그대로 친선 경기였다. 그러나 올해는 사정이 달랐다. 재단의 이사장이 직접 경기를 관람해서인지, 경기에 임하는 교직원들의 태도가 자못 진지했다. 말이 친선 경기지 몸싸움이나 다름없는 게임이었다.

국어 선생님 대신 경기에 투입된 강한은 처음에는 슬렁슬렁 승부에는 관심이 없다는 태도를 보였다. 그러던 것이 어느 때부터인가 몸을 사리지 않으면서 엄청난 승부욕을 발휘했다. 아마도 민호가 투입된 후였을 것이다. 학생대표팀 선수로 민호가 참여했다는 사실도 의외였지만, 혈기 왕성한 학생들을 상대로 마지막까지 팽팽한 접전을 보여준 강한의 체력도 놀라웠다. 그의 얼굴이며 목에 새겨진 선명한 스크래치 자국이 공을 차지하기 위한 경쟁이 얼마나 치열했는지를 보여주고 있었다.

“그러는 너야말로 여기서 뭐 하는 거야? 땡땡이가 취미인 줄은 알고 있었지만, 이런 식으로 무모하기까지 하면 곤란한데. 지금부터 셋 셀 거다. 하나…….”

설영이 담장 아래 우후죽순으로 자라고 있는 키 작은 관목 덤불을 힐끔 내려다보았다. 확실히 무작정 뛰다가 떨어지면 곤란한 상황이기는 했다. 셋이라는 숫자가 나오기 전에 설영은 땅을 밟고 바닥으로 내려왔다.

“이럼 됐죠?”

어느새 강한이 차량 밖으로 나와 있었다. 느긋하게 차 문에 기대고 있는 그를 향해 설영이 메마른 말투로 질문을 던졌다. 돌아가는 상황이 마음에 들지 않는다는 확실한 의사 표시였다.

“이게 본래의 류설영 모습인 건가?”

안경 없는 설영의 민얼굴을 강한이 멀뚱히 바라보았다.

“무슨 뜻으로 하시는 말씀인지 모르겠지만, 저는 시키는 대로 했으니 이만 가 보겠습니다.”

돌아서는 설영의 앞을 강한이 막아섰다. 날렵한 검은 눈썹이 한쪽으로 비틀리며 완벽한 균형을 이루던 이목구비가 틀어졌다.

“아까 시합에서 같은 편 안 들어 줬다고 아직도 나한테 화가 많이 났나 본데?”

“편들어 달라고 한 적 없습니다. 야비한 꼼수를 보고도 모르는 척해야만 하는 선생님만의 이유가 있었겠죠.”

“비겁했다 이건가? 그렇다 치자. 그렇다면 내가 나섰다고 상황이 박유나에게 유리한 쪽으로 달라졌을까?”

아마도 아니었겠지. 오히려 강한이 유나를 외면했기에, 같은 반 학우들의 힘을 쉽게 끌어낼 수 있었을 것이다. 그리고 설영의 본모습까지도. 이 모든 것이 계산된 행동이었다면, 그의 의도는 명백하게 성공이었다.

“상품이 문화상품권이던가? 액수가 꽤 큰 것 같은데. 우승에는 관심이 있지만, 상품에는 별 관심이 없나 보네. 승부욕과 상품은 별개인 모양이지?”

무시하려 노력했지만 피구 경기 내내 그의 시선이 그녀의 움직임을 좇고 있다는 것을 의식하고 있었다. 불편하게 뛰고 있는 심장의 박동을 애써 외면하고 설영은 물끄러미 강한을 응시했다.

“그러는 선생님이야말로 의외인데요. 저를 훈계하면서 시간 낭비하기보다는 지금 저기에 서 계시는 게 좋지 않겠어요? 상품보다 더 중요한 것이 기다리고 있는 것 같은데……."

설영의 손가락 끝이 가리키는 방향을 바라보며 강한은 시큰둥하게 기다란 팔을 교차시켜 팔짱을 끼었다. 손가락이 가리키는 곳에 무엇이 있는지는 굳이 돌아보지 않아도 알고 있었다. 반백에 가까운 머리를 뒤로 말끔하게 넘기고, 고희를 훌쩍 넘긴 나이에도 불구하고 허리를 꼿꼿하게 세우고 앉아 있는 유성재단의 이사장. 금테 안경 너머 영민한 눈은 고집스럽게 한 방향을 바라보고 있을 것이다. 그녀가 누구를 말하고 있는지 강한은 잘 알고 있었다.

"권력 구도의 가장 정점에 서 있는 사람에게 잘 보이고 싶지 않냐는 뜻으로 해석하면 맞는 건가. 내가 경기에 적극적이었던 이유가 그것 때문이라고 생각해? 이사장에게 잘 보이기 위해서?"

자조적인 말투는 누구를 비웃는 것인지 혼란스러웠다. 강한의 얼굴에서 감정이 사라졌다. 표정을 감춰 버린 강한은 차가운 얼음 성벽에 둘러싸인 사람 같았다. 차갑다 못해 냉혹해 보이는 시린 눈빛. 누구를 향한 것일까. 처음 보는 낯선 사람을 대하는 것처럼 설영은 복잡 미묘한 감정에 사로잡혔다. 불편한 서걱거림에 가슴 안쪽이 팽팽하게 당겨졌다.

"제가 주제넘었다면 죄송합니다. 나쁜 의미는 없었어요. 어른들의 세상은 우리랑 다르다는 것쯤은 알 나이거든요, 열아홉이라는 나이가……."

서쪽으로 기울어 가는 햇볕이 마지막 화사함을 뽐내듯 강렬한 빛을 내리쬐고 있었다. 정면으로 마주 보는 빛줄기에 강한은 시린 눈을 비스듬히 내리떴다. 성마른 어른 흉내. 강한의 입술 끝이 부드럽게 휘어졌다. 얼굴 전체로 부드럽게 퍼져 가는 미소에 일순간 어둠의 장막은 흔적도 없이 사라졌다.

"맞아, 내가 살아가는 세상과 너희가 속한 세상은 사는 법이 다르지. 네가 감히 상상조차 할 수 없을 만큼. 이상하지? 나는 너희들이 지금 살고 있는 그 세상에 오랫동안 머물렀으면 좋겠다는 생각이 든다. 너희들은 어떻게든 빨리 달아나고 싶어 발버둥을 치는 것 같은데 말이야."

시니컬한 웃음 뒤로 언뜻 따스한 빛이 어른거렸다.

"류설영, 너무 일찍 어른이 될 필요는 없어. 나는 네가 아주 천천히 어른들의 세계를 알았으면 좋겠다."

"또 시작이다. 어린애 취급은 사양입니다. 서류상의 나이는 숫자에 불과하다는 말도 모르세요?"

"너도 누구처럼 나이로 유세 떨지 말라고 불평하는 거냐? 하긴 나이와 철드는 게 비례하는 건 아니니까."

말이 떨어지기가 무섭게 축구공 하나가 강한의 무릎을 강타했다. 여전히 미소를 지우지 않는 입매가 살며시 비틀렸다. 누가 실수로 축구공을 찼다고 하기에는 날아오는 공에 제법 힘이 실려 있었다. 누가 여기까지. 의문은 금방 풀렸다.

뒷정리를 위해 축구공이 담긴 그물을 옮기던 남학생이 강한의 무릎을 맞고 튕겨 나간 공을 난감한 표정으로 바라보고 있었다. 남학생의 발밑으로 한 개의 공이 더 굴러다니고 있었다. 미간을 잔뜩 찡그린 민호가 발로 축구공을 이리저리 굴리고 있었다. 녀석의 표정을 확인한 순간 축구공이 강한을 향해 날아간 것이 결코 실수가 아니라는 것을 장담할 수 있었다.

"저 자식이……."

화가 나 앞으로 나서려는 설영의 팔을 강한이 붙잡았다.

"네 남자 친구가 나한테 화가 단단히 난 모양이다."

천연덕스럽게 웃고 있는 강한을 보며 설영은 미간을 찌푸렸다. 아무렇지도 않게 민호를 남자 친구라 지칭하는 그 때문에 왠지 심사가 뒤틀렸다.

"그런 거 아닙니다. 누구한테든 시비를 걸고 싶어 안달이 난 녀석이에요."

"아무한테나 이유 없이 시비 걸 만큼 시시한 녀석으로는 안 보이는데. 원래 철없는 사내 녀석들은 그런 식으로 호감을 표시하는 거야. 그런 것도 모를 만큼 둔한 것은 아니지?"

"절대 그럴 일 없어요."

단정적으로 말하는 강한으로 인해 설영은 더욱 곤란한 듯 미간을 잔뜩 찌푸렸다. 엉뚱한 행동으로 오해를 사게 만든 민호를 한 대 쥐어 패고 싶다는 게 솔직한 심정이었다. 더불어 철없는 행동에 맞장구를 쳐 주는 강한도 얄미웠다.

강한의 오해에 애달아 하는 스스로가 물색없다는 생각으로 눈을 치켜떴다. '뻥' 소리와 함께 축구공이 그들이 서 있는 방향을 향해 날아왔다. 힘차게 날아온 공은 강한의 가슴에 정면으로 꽂혔다. 왜 피하지 않았을까? 의문이 든 순간 가슴을 타고 땅으로 떨어진 축구공이 강한의 운동화 아래 놓였다. 한쪽으로 호선을 그리며 끌어당긴 입꼬리가 도전과도 같은 민호의 도발에 공을 순순히 보내 줄 생각은 없어 보였다.

공을 발 아래서 반복적으로 굴리던 강한이 가볍게 발의 스냅을 이용해 공을 안쪽으로 끌어당겼다. 공을 다루는 데 빈틈이 없었다. 자연스럽게 굴러오는 공의 아랫부분에 앞발을 대고 공을 발등으로 옮겨 위로 띄워 올렸다. 예리하게 반짝이는 눈동자에 짙은 승부욕이 드리워졌다.

설마, 농구 경기에 죽기 살기로 덤벼들었던 이유가 바로 민호 때문이었을까. 왜? 커다란 물음표가 설영의 머릿속을 헤집어 놓는 순간 적당히 공중으로 떠오른 공은 정확하게 민호가 서 있는 방향을 향해 날아갔다.

서쪽 하늘을 노을빛으로 곱게 물들이던 태양이 빌딩 숲 너머로 사

라져 버렸다. 대신 어스름한 어둠이 내려앉은 거리에는 네온사인의 조명들이 밤의 화려함을 치장할 준비를 끝마쳤다. 차량 진입이 통제된 도로에는 거리 음악사들의 밤 공연 준비가 한창이고, 일대는 여전히 노점상들로 북적대고 있었다.

타투 스티커라고 적힌 광고 문구 옆에 어색한 자세로 서 있는 설영은 앳된 얼굴의 젊은 여자 주위를 맴돌고 있던 외국인을 지켜보고 있었다. 연한 갈색 머리의 외국인이 영어와 한국어를 섞어 가며 꽃문양 스티커에 대해 농담을 건네자 여자가 슬쩍 웃음을 흘렸다. 기회를 놓치지 않고 그 외국인이 다음 행선지를 물어 왔다. 젊은 여자도 이국적인 마스크의 남자가 관심을 기울여 주는 것이 싫지만은 않은 눈치였다.

"언니, 이거 얼마예요?"

산들거리는 원피스를 입고 옅은 화장으로 어른 흉내를 내고 있지만 말투에서부터 풍기는 이미지가 영락없는 고등학생이었다.

"너 정릉여고 다니지?"

"아니요, 다산고등학…… 됐어요."

무의식중에 정직한 대답이 흘러나왔다. 유도 신문에 넘어갔다는 것에 기분이 나빠진 여학생이 샐쭉하게 입술을 내밀더니 타투 스티커를 좌판에 내려놓았다. 새침하게 돌아서는 여학생의 손목을 외국인 남자가 붙들었다.

「왜 그냥 가려고? 잘 어울리는데. 가지고 싶은 거 다 골라. 내가 사줄게.」

영어로만 대화를 이어 가며 남자가 타투 스티커를 여러 장 골라 여학생의 얼굴에 대보았다. 스티커를 대보는 척하면서 은근슬쩍 손가락이 볼과 귓불을 쓸어내렸다. 학생이 어깨를 움찔하는 게 보였다. 학생의 반응이 어떤지 설영은 신경 쓰지 않았다.

여학생이 순진해서 아무것도 모르고 남자를 따라가든, 아니면 알 것 다 알면서도 따라가든 설영은 굳이 알고 싶지 않았다. 중요한 것은 이 아이도 아직은 악해 빠진, 어른들로부터 보호받아야 할 힘없는 미성년자라는 것이었다.

스티커를 몇 개 고르더니 이제는 좌판 한쪽에 진열된 헤어핀을 들춰 보느라 정신이 팔린 남자의 신발을 발로 툭 하고 건드렸다.

"아저씨는 아까도 어떤 여학생한테 작업을 거시더니, 잘 안 됐나 봐요?"

설영의 까칠한 말투에도 남자는 돌아보지 않았다. 대신 큐빅이 박힌 헤어핀을 몇 개 골라 큼지막한 손바닥에 올려놓고 사이즈를 비교했다.

"내 말 못 들었나? 좀 전에 보니 한국말 좀 하는 것 같더니……."

혼잣말을 중얼거리던 설영이 이번에는 여학생의 신발을 툭 하고 건드렸다.

"다산고등학생, 조심해. 이 아저씨 눈가에 주름을 봐. 연식이 꽤 되어 보이시는 게 학생이랑은 전혀 안 어울려. 이런 나이 많은 아저씨들이 알짱거릴 때는 뻔하지. 아무한테나 막 추파 던지고 작업 걸고 하는 사람들이랑은 애초에 상대 안 하는 게 신상에 좋아. 두말할 것도 없이 속이 시커먼 변태거든."

설영의 직접적인 표현에 무안했는지 여학생의 얼굴이 붉은 홍시처럼 달아올랐다. 주위를 두리번거리며 듣는 사람이 없는지 눈치는 살피는 것을 보니 아주 질이 나쁜 학생은 아닌 것 같았다.

한시라도 빨리 자리를 뜨려는 여학생의 손을 남자가 잡고 있었다. 벗어나려고 손목을 비트는데 갈고리 같은 남자의 손은 놓아줄 생각이 없는 것 같았다. 대신 나머지 한 손으로 재킷 안주머니에서 돈을 꺼내 좌판 위로 올려놓았다. 오만 원짜리 한 장이었다. 광고 문구에 스티커 한 장에 삼천 원이라고 써진 걸로 봐서 남자가 고른 물건의 가격은 기껏해야 이만 원 안짝이었다.

「잔돈은 필요 없어. 나머지는 팁이라고 생각해.」

잔돈은 원하지 않는다는 남자의 말에 따라 지폐는 좌판 안쪽 모서리에 착실하게 챙겼다. 어차피 돈의 임자는 따로 있었다. 약속 장소를 찾지 못해 배회하던 설영이 어딘가 불편해 보이는 주인을 위해 잠시 가게를 맡아보고 있던 중이었다.

학생의 손을 쥐고 있는 남자의 손목을 설영이 감싸 쥐었다. 살이 붙어 굵은 팔목은 한 손으로 감싸기에도 벅찰 정도였다. 설영의 팔을 타고 올라온 시선이 그녀의 얼굴에 머물렀다. 가늘게 뜬 눈이 얄팍하고 은근 비열해 보이는 인상이었다.

"아저씨, 여기는 하.이.스.쿨. 학생이야. 마.이.너.라고. 그러니까 다른 데 가서 아저씨 나이에 맞는 사람을 찾아봐."

영어를 섞어 가며 어린 학생이라는 것을 큰 소리로 강조했다. 바삐 지나치던 젊은 남자 두 명이 그녀의 목소리에 관심을 기울이며 발걸음을 늦췄다. 주위의 시선을 의식한 남자의 양미간이 꿈틀거렸다. 남자가 옥죄고 있던 손가락을 느슨하게 풀었다. 남자의 강압적인 행동에 겁을 집어먹었었는지 여학생이 곧바로 손을 빼고는 젊은 남자들 뒤쪽으로 도망치듯 뛰어갔다. 설영도 기다렸다는 듯이 붙잡았던 남자의 손목을 놓고, 바지춤에 손바닥을 부지런히 닦았다. 비열한 남자의 몸에 손이 닿았다는 사실만으로도 불쾌했다.

"그러니까 뭐야? 쟤는 너무 어리니까 그냥 쫓아 버리고, 너랑 같이 놀자고 유혹하는 거야? 너무 대놓고 들이대는 거 아니야? 나야 아쉬울 것은 없지. 사실 나는 얼굴은 별로 따지지 않거든. 비리비리한 여자보다는 너같이 키 크고 강단 있는 여자가 오히려 내 취향이야."

여학생이 사라지는 방향을 바라보던 남자가 돌아섰다. 남자는 완벽한 한국어를 구사했다. 뜻밖의 반전에 설영의 얼굴에 의미심장한 미소가 떠올랐다. 그러고 보니 그가 영어를 말할 때 뭔가 어눌하다고 생각했던 것이 그녀의 착각은 아닌 모양이었다.

"아저씨 한국 사람이었어요? 어쩐지 혀를 너무 심하게 굴린다 싶더라니. 연기 잘하네요."

"진짜 잘하는 것은 따로 있는데, 확인해 보고 싶지 않아?"

바짝 엉겨 붙는 남자에게서는 진한 담배 냄새와 더불어 불쾌한 체취가 났다. 능글맞은 웃음으로 다리 한가운데를 가리키는데 그나마 없던 정나미마저 떨어져 나가고 있었다.

"무슨 향수 써? 향기 좋은데. 샴푸 냄새인가?"

귀밑으로 고개를 들이밀며 킁킁대는 남자 때문에 설영의 상반신이 뒤쪽으로 하염없이 기울어지고 있었다.

"하아, 미치겠네."

본능적으로 주먹이 나가려는 것을 꾹 참았다. 사고 치면 안 된다. 설영은 야구 모자의 챙을 아래로 깊숙이 내려 얼굴을 가렸다.

"부끄러워하기는. 적당히 튕기는 게 더 매력적이기는 하지. 여기는 대충 정리하고 나랑……."

"죽고 싶어?"

설영의 뒤에서 위협적으로 으르렁대는 목소리에 남자가 먼저 반응했다.

"너는 뭐야?"

순식간에 어깨를 붙잡힌 남자가 몸을 뒤틀었다. 그러나 미처 어찌해 볼 틈도 없이 급소를 눌린 남자의 얼굴이 고통으로 일그러졌다. 허덕대며 길바닥에 무릎을 꿇고 주저앉는 남자를 내려다보는 검은 눈동자가 냉혹한 빛을 머금고 번뜩였다. 예상하지 못했던 장소에서의 의외의 만남. 우연이라 치부하기에는 반복적인 인연이 이제는 새삼 놀랍지도 않았다. 그럼에도 검은 슈트를 근사하게 차려입은 강한이 설영에게는 낯선 타인 같았다.

고급스러운 재질의 슈트는 그를 위해 일부러 재단이라도 한 것처럼 탄력 있는 몸에 꼭 들어맞았다. 재킷보다 더 진한 블랙 셔츠. 주름 한 점 없는 블랙 팬츠 밑으로 광이 나는 검은 구두까지. 평상시에는 바람에 자연스럽게 헝클어지던 머리카락이 이마 위로 깔끔하게 정리되어 칠흑처럼 검은빛을 발하고 있었다. 온통 검은색으로 휘감은 그는 흡사 야생 동물처럼 거칠고 위험해 보였다. 어두운 골목길을 배회하는 검은 흑표범처럼.

"이봐, 오해야. 나는 단지……. 악!"

단말마의 외침과 함께 남자는 뒤로 나동그라졌다. 어깨를 부여잡고 뒹굴고 있는 남자로부터 강한이 등을 지고 서서, 남자의 시선으로부터 설영을 완벽하게 차단시켰다. 예리한 시선이 설영을 머리끝에서 발끝까지 꼼꼼하게 훑어보고 있었다. 오토바이에 부딪칠 뻔했던 날, 설영이 어디 다친 곳은 없는지 걱정스레 살펴보던 잔잔한 눈빛과는 달랐다.

"여기서 뭐 해? 다친 곳은?"

"없어요."

시선이 닿는 곳에 모든 신경 세포들이 민감하게 반응하기 시작했다. 미묘한 떨림. 의도치 않게 그의 앞에만 서면 보호받아야 할 평범한 여고생이 되는 기분이었다. 선생님과 학생이라는 역할 분담이 주는 특수성 때문이라며 어설픈 변명을 해 본다. 그러면서 자꾸만 열아홉 살 고등학생으로 감정 이입을 하고 있었다.

"가자."

"니들 뭐야? 내가 이대로 당하고만 있을 것 같아?"

다시금 목소리를 키우는 남자에게는 눈길도 주지 않고 강한이 설영의 손을 당겼다.

"따라와."

"잠깐만요, 선생님. 저는 여기 주인아주머니 오실 때까지 기다려야 해요. 잠깐 약국에 다녀온다고 하셨으니……. 아, 저기 오신다."

나이 지긋한 중년 여인이 한 손에 약봉지와 음료수 병을 들고 뛰어오고 있었다. 그녀에게 15분 정도만 좌판을 지켜봐 달라고 부탁했던 주인이었다.

"미안해요, 학생. 나는 이미 갔을 거라고 생각하고 기대도 안 하고 있었는데. 약국에 사람이 많아서 생각보다 오래 걸렸어요. 급하게 먹은 김밥이 체했는지 소화제 좀 사 오느라고……. 여기 이거 좀 마셔요."

주인이 벅찬 호흡을 간신히 다스리면서 약국에서 파는 건강 음료를 설영에게 내밀었다.

"저는 괜찮아요. 소화제가 효과가 있었으면 좋겠네요. 안 계시는 동안 손님이 타투 스티커 사시고 5만 원 주셨어요. 잔돈은 필요 없다고 하셨어요. 그럼 저는 이만 가 볼게요, 많이 파세요."

모서리에 놓여 있던 지폐를 가리키자마자, 강한이 기다렸다는 듯이 설영을 끌어당겼다. 기다란 보폭에 맞춰 걷느라 종종걸음으로 뛰다시피 하는데, 갈색 머리의 남자가 설영의 앞을 가로막았다.

"어디를 도망가. 저기서 일하는 것도 아니면서 나한테 바가지를 씌워? 그럼 나도 그냥은 못 보내지. 사람을 갖고 놀았으면 양심상 책임을 져야지."

"내가 언제요? 잔돈은 팁이라면서요?"

"그건 네가 알바생인 것처럼……."

"다치고 싶지 않으면 좋은 말로 할 때 꺼져."

설영과 남자 사이에 강한이 끼어들었다. 그러고는 남자의 어깨를 거세게 밀었다. 두 사람은 남들과 차별되는 외모만으로도 시선을 끌기에 충분했다. 그런 그들이 분란의 여지를 보이자 길을 가던 행인들이 힐끗거리기 시작했다. 자존심이 상할 대로 상한 남자는 순순히 물러날 기색은 없어 보였다. 덩치로만 보면 힘깨나 쓰게 생겼다. 불시에 뒤에서 공격을 당해 맥없이 나가떨어졌지만, 정식으로 붙으면 승산이 있다는 생각에 객기를 부리려 하고 있었다.

"네가 뭔데 명령이야? 선생님이라고 하는 것 보니까, 학교 선생이랑 학생인가 본데……. 너만 재미 보라는 법 있어? 따지고 보면 너도 어차피 그렇고 그런 놈인 거잖아."

설영의 손을 마주 잡고 있는 강한의 손을 내려다보는 눈빛이 음흉했다.

"쓰레기 같은 새끼!"

일별하는 강한의 시선에 경멸을 숨기지 않았다.

"뭐야? 이것들이 겁도 없이 어디서 쌍으로 나를 무시해?"

눈에 불똥을 튀기며 남자가 한 손으로 강한의 멱살을 틀어쥐었다. 나서서 말리려는 설영은 순식간에 강한에 의해 밀려났다. 앞으로 다시 치고 나올 틈도 없었다. 눈 깜짝할 사이에 강한이 멱살을 쥔 손을 왼손으로 꺾고, 오른손으로 손목을 잡았다. 그러고는 오른발을 한 걸음 내딛고, 상대방의 손을 안쪽으로 잡아당겨 강하게 틀었다.

채 1분도 걸리지 않았을 것 같은 짧은 시간이었다. 탁탁탁. 몇 번의 둔탁한 소리와 함께 덩치의 남자가 차가운 흙먼지를 뒤집어쓰고 맨땅에 머리를 박았다.

군더더기 하나 없이 깨끗하게 연결되는 동작에는 헛되이 낭비되는 흐트러짐이 없었다. 거듭되는 훈련으로 몸에 자연스럽게 숙지된 동작들이 틀림없었다. 남자를 내려다보는 강한의 표정은 얼음이 배어 있는 것처럼 차갑고 냉혹했다. 본능에 충실한 야생 동물처럼 자비를 베풀지 않는 잔혹한 전사, 숙련된 싸움꾼이었다.

"내가 무조건 잘못했어. 한 번만 살려 줘. 그러다가 팔이 부러지기라도 하면……."

패색이 짙은 남자의 얼굴이 고통으로 창백하게 굳어졌다. 몸싸움으로 번진 실랑이를 구경하던 시민이 핸드폰을 꺼내 들었다. 경찰에 도움을 요청할 생각인 것 같았다.

"선생님, 사람들이 쳐다봐요. 그만 가요."

설영이 곤란한 기색으로 강한의 팔을 잡아당겼다. 경찰의 조사를 받아야 한다면 곤란한 것은 설영과 강한 두 사람 다 마찬가지였다.

"당장 꺼져."

낮게 으르렁거리며 강한이 팔에서 힘을 뺐다. 남자는 육중한 몸에 비해 움직임이 빨랐다. 아픈 팔을 부여잡고 뒤뚱거리며 달려가는 모습이 우습기까지 했다. 모자챙 아래에서 슬며시 올라가는 입꼬리를 보며 강한이 고개를 옆으로 저었다.

"대범한 거냐, 아니면 미련한 거냐?"

"싸움 잘하시네요?"

설영은 대답 대신 언젠가 그가 했던 질문을 그대로 되돌려 주었다.

"우문이라 이건가. 어떻게 된 거야?"

날카로운 눈매가 완만한 포물선을 그리며 풀어졌다. 신경질적으로 굳어 있던 얼굴이 그 작은 변화 하나만으로 일순간 부드러워졌다.

"설명해 봐."

강한이 아래턱으로 남자가 사라진 방향을 가리켰다.

"설명하고 말 것도 없어요. 친구 만나러 가는 길이었고, 보셨다시피 편찮으신 아줌마를 대신해서 좌판을 봐 주고 있었고, 나이 많은 아저씨가 어린 학생한테 추파를 던지기에 그러지 마시라고 정중하게 조언을 드렸을 뿐이에요. 오늘 처음 본 사람이었고, 앞으로도 볼 일 없을 거예요. 그러니 신경 쓰실 필요 없어요."

어처구니없다는 식으로 강한이 다시 한 번 고개를 옆으로 저었다.

"간단명료해서 좋다. 같이 어울려 다니는 패거리들이 있었으면 어쩌려고? 앞으로는 경찰이나 주변 사람들한테 도와 달라고 그래. 겁 없이 직접 나서지 말고."

"저도 그러려고 그랬어요."

"과연 그랬을까?"

믿기지 않는다는 눈빛이 설영을 향했다.

"류설영이 트러블을 따라다니는 건지, 아니면 트러블이 류설영을 따라다니는 건지. 어떻게 해석해야 하는 거냐?"

장난기를 쏙 뺀 심각한 말투에 설영이 손을 청바지 주머니에 찔러 넣었다. 뭔가 억울했다. 무턱대고 몸싸움을 시작한 사람이 누군데.

"제가 보기에는 선생님이 트러블의 순간을 따라다니는 것 같은데요. 별것도 아닌 일에 흥분해서 앞뒤 분간도 안 하고 뛰어든 사람이 누군데요? 진짜 별일도 아니었는데. 전철 안 치한에 비하면 그 정도는 애교 수준입니다. 대화로 충분히 해결할 수 있는 상황이었다구요."

억울함을 토로하는 말에는 별로 설득력이 없는 모양이었다. 단호하게 다물어진 입매가 팽팽하게 당겨졌다.

"치한을 그냥 보냈어? 너 싸움 잘하잖아."

"일관성 없게 뭐가 이랬다저랬다 해요? 싸움을 부추기는 건지, 말리는 건지. 그러니 생각 없이 주먹부터 나가는 거라고요."

툭. 커다란 손이 설영의 모자를 눌렀다. 슈트 소매 아래로 화려한 자태를 뽐내는 손목시계에 저절로 시선이 갔다. 학교에 출근할 때 차고 다니던 저가 브랜드 시계와는 차원부터가 다른 종류였다. 갈색 가죽 밴드에 매달린 시계의 얼굴에는 톱니바퀴와 함께 큼직한 로마 숫자 표시가 장식되어 있었다. 크고 화려한 문양이 고급스러운 슈트와 잘 어울렸다. 학교가 아닌 바깥세상에서의 그는 다른 세계에 속한 사람 같았다.

"뭔가 얼렁뚱땅 위치가 바뀐 것 같은데. 지금 누가 누구한테 훈계를 하고 있는 거냐?"

"그런 뜻이 아니라는 것을 알잖아요."

"알아, 네가 어떤 의도였는지. 너한테 뭘 따지자는 것은 아니었는데……. 모르겠다. 나는 왜 네가 물가에 내놓은 어린애처럼 불안하고 신경이 쓰일까?"

스스로에게 묻는 질문 같았다. 단순히 선생으로서 학생을 걱정한다는 것인지, 아니면 겁 없이 날뛰는 설영이라서 신경이 더 쓰인다는 것인지. 어두운 장막에 가려진 것처럼 강한의 표정에서는 아무런 해답을 찾을 수가 없었다.

"오늘 하루 종일 운동장에서 뛰어다니는 것 같던데, 안 피곤해?"
"내일 아침에 늦잠 잘 수 있으니 괜찮아요."
"하긴. 너희들이야 한창 혈기 왕성할 때지. 친구들이랑 놀러 나온 거야? 이동 중인 것 같은데, 같은 방향이면 바래다줄까? 혹시 모를 트러블에 대비해서……."
삐뚜름히 올라간 입술 끝에 장난기가 묻어났다.
"칫. 선생님 말대로 트러블이 나를 따라다니는 건지, 아니면 내가 트러블을 따라다니는 건지는 모르겠지만, 한 가지는 확실해요. 선생님과는 매번 안 좋은 타이밍에 부딪친다는 것. 저도 트러블은 사양입니다. 그래서 하는 말인데, 오늘은 더 이상 부딪치지 않았으면 좋겠네요. 거기다 우연치고는 너무 반복되는 만남이 습관이 될까 두렵습니다."
상념에 잠긴 강한의 눈시울이 깊어졌다. 수많은 군중들 속에서 어떻게 류설영이 한눈에 들어왔을까. 설영을 바라보는 강한의 마음이 꼭 집어 설명할 수 없는 복잡한 감정으로 어우러졌다. 34명의 학생들이 옹기종기 모여 있는 좁은 교실에서 강한의 신경은 온통 한 여학생에게 집중되고 있었다. 전교생이 모여 있는 운동장에서도 의식하지 못하는 사이에 시선은 매번 설영을 좇고 있었다.
어린 학생을 상대로 그가 겪고 있는 혼란스러움의 실체를 설명할 수 있는 단어가 무엇일까. 첫 만남에서부터 설영은 그에게 잊을 수 없는 인상을 심어 주었다. 설영이 오리걸음으로 벌칙을 받던 날. 막강한 학부모회의 눈치를 보느라 벌칙 주기도 조심스럽다며 불평을 늘어놓던 생활지도부 선생이 유성고등학교에서 처음으로 제대로 된 벌칙의 개념을 이해하는 학생을 만났다며 재미있어했다.
연약한 여학생이 얼마나 버티겠냐며 대충하다 말 거라는 그의 말에 설영을 떠올렸다. 유리창으로 달려간 선생들 사이에서 설영이 얼마나 오래 버틸지 두고 보자며 내기가 오고 갔다. 아침 조회를 알리는 벨소리에 선생들의 관심이 시들해졌지만, 강한은 자리를 떠날 수가 없었다. 내기에 참여할 생각은 없었지만 그녀가 끝까지 해낼 수 있을지 궁금했다.

이왕이면 멋지게 해내 줬으면 좋겠다는 욕심까지 들었다. 뜻하지 않게 감정의 홍수 속으로 무작정 떠밀려 버린 느낌. 왜 이 아이가 특별하다는 것을 굳이 증명해 보이고 싶었을까.

"그러게. 이상하지? 자꾸 류설영이 눈에 들어오네."

묘한 여운이 남는 말투에 설영의 눈빛이 잠시 흔들렸다. 어디선가 날아온 비눗방울이 공기 중에 떠다녔다. 플라스틱 장난감을 손에 든 남자아이가 주위를 배회하고 있었다. 손잡이를 잡아당길 때마다 총구처럼 생긴 입구에서 커다란 비눗방울을 만들어 냈다. 밤거리의 화려한 조명이 반사되어 반짝거리던 비눗방울을 따라 고개를 들자, 심연처럼 깊고 그윽한 눈동자가 그녀를 내려다보고 있었다.

"저녁은 먹었어?"

"네."

"컵라면은 아니겠지?"

어두운 눈동자에 반사된 설영의 얼굴은 조금은 들떠 보였다. 고개를 옆으로 흔드는 그녀의 뒤쪽으로 검은 그림자 하나가 거리를 좁혀 왔다. 일순간 메마른 사막처럼 강한의 얼굴에서 감정이 사라졌다. 경직된 그를 보며 검은 그림자는 곧바로 뒤로 물러났다.

"잘했다."

강한이 가볍게 어깨를 토닥여 주었다. 설영은 칭찬받고 뿌듯해하는 어린아이가 된 기분이었다. 가야 할 시간이 지체되고 있는데 발걸음이 쉽게 떨어지지 않았다. 왠지 모를 아쉬움이 설영의 발목을 붙잡고 있었다.

"선생님은요?"

"체육 대회 끝나고 간단하게 교직원 회식이 있었거든. 거기서 대충 때웠어. 친구 아버님 병문안 간다고 먼저 빠져나왔으니, 여기서 나 만났다는 것은 비밀이다."

강한이 장난스럽게 코를 찡긋하자, 섬세한 콧날에 가느다란 주름이 잡혔다.

거리의 음악사가 바이올린 연주를 시작했다. 신나는 일렉트릭 바이올린과 키보드가 귀에 익숙한 선율을 선사하고 있었다. 비발디의 사계 중 봄의 1악장. 설영의 기억 속, 사모님이 즐겨 듣던 클래식 모음 중 하나였다. 설영은 야구 모자를 눈썹 아래까지 깊숙이 눌러썼다. 덕분에 산만하게 흩어졌던 집중력이 서서히 하나로 모아졌다.

"친구가 기다릴 거예요. 가 봐야 해요."

바지 뒤춤에 넣어 둔 핸드폰이 규칙적으로 진동했다. 약속 장소에 나타나지 않는 그녀를 재촉하는 전화일 것이다.

"내일 쉬는 날이라고, 너무 늦게까지 돌아다니지 말고. 가능하면 트러블은 피해 다니고."

"걱정 마세요. 선생님과 더 이상 마주치지만 않으면 아무 문제도 없을 테니까요."

작은 무대를 중심으로 사람들이 몰려 있는 곳과 동떨어진 곳에 젊은 남자가 서성이고 있었다. 귀에 대고 있던 핸드폰을 신경질적으로 호주머니에 집어넣는 모습이 상대방이 전화를 받지 않는 모양이었다. 마음이 급해졌다.

"진짜 가야 해요. 학교에서 뵐게요."

"그래, 가 봐. 내가 준 전화번호는 아직도 가지고 있지? 도움이 필요하면 언제든 연락해."

지끈. 별것 아닌 말 한마디에 설영의 가슴 안쪽이 먼저 반응했다. 혼자 꿋꿋하게 버틸 수 있다는 의지 한편에 누군가에게 의지하고 보살핌을 받고 싶다는 미련 한 자락을 감춰 두고 있었다. 그런데 강한은 자꾸만 그것을 끄집어내려 했다.

설영이 먼저 돌아섰다. 새로운 인연을 마음에 담기에는 어깨에 짊어진 무게가 그리 녹녹하지 않았다. 야경이 부리는 조화에서 벗어나

현실로 돌아올 시간이었다. 민호를 돌봐 주기로 약속한 이상, 다른 것에 마음 쓸 여유는 없었다. 복잡하게 뒤엉키는 마음으로부터 벗어나기 위해, 아니 헛된 기대를 갖게 만드는 강한으로부터 멀어지기 위해 그녀는 무작정 뛰기 시작했다.

설영이 멀어지는 것을 바라보는 강한의 뒤로 검은 그림자가 다가왔다.

"도련님."

"언제까지 쫓아다니실 겁니까?"

정중한 말투에는 철저하게 감정이 배제되어 있었다. 그렇지만 차가운 냉기가 서린 얼굴은 웬만한 배짱이 아니고서는 감히 말조차 붙이기 어려운 분위기를 풍기고 있었다. 어린 여학생을 대할 때와는 천지차이가 나는 음습한 분위기. 그럼에도 강한의 어깨 근처에 겨우 닿을까 말까 한 중년의 남자는 물러서려는 기색이 없었다.

"죄송합니다. 이사장님이 아직 저녁상을 물리지 않으셨습니다. 지금이라도 모시기를 청하면 안 되겠습니까?"

"분명히 전하세요. 우리의 계약 조건에 사적인 만남은 없었던 것으로 기억한다고요. 앞으로도 학교 이외의 사적인 자리에서 얼굴 마주할 일은 없을 겁니다. 처음부터 계약 조건을 내거신 분도 어르신입니다."

"한 번만 더 고려해 주시면 안 되겠습니까? 세월을 이기는 장사 없다고, 이사장님도 이제 많이 늙으셨습니다."

꼿꼿한 자세를 흩트리지 않던 반백의 노인을 떠올리는 강한의 입가에 비릿한 미소가 걸렸다.

"열 살의 꼬마가 서른 살이 되었으니 그 세월만큼 나이를 드셨겠죠. 불행히도 그 세월 동안 변한 것은 숫자뿐인 것 같네요. 세상이 자기 발 앞에 엎드려야 한다는 자만심은 여전하시더군요. 제대로 된 미끼를 던지는 법도 여전하시고요. 미끼에 물려 드렸으니 천천히 끌어 올리시라고 전하세요. 급하게 서두르시다가는 팽팽하게 당겨진 줄이 끊어질 수도 있다는 사실을 누구보다 잘 아실 테지요. 더 이상 쓸데없는 일에 힘 빼지 마세요. 노인네 변덕에 맞장구 쳐 드리는 것도 딱 여기까지입니다."

따라나설 기미가 전혀 없자, 중년 남자의 뒤에 서 있던 건장한 사내들이 앞으로 나섰다. 명령을 받았으니 힘으로라도 끌고 가겠다는 의미였다. 어깨를 팽팽하게 당기는 강한에게서 날 선 기가 느껴졌다. 그들의 실력으로는 그의 머리털 한 올조차 건드리지 못할 것이다. 중년 남성도 그것을 아는지 손을 들어 사내들을 저지시켰다.

"물러서. 너희들이 함부로 나설 자리가 아니야."

명령을 내리는 중년 남자의 목소리는 진중했다. 사내들이 물러나자, 강한이 도리어 앞으로 한 발자국 다가서며 거리를 좁혔다. 위협적인 접근에 중년 남자의 얼굴에서 처음으로 포커페이스가 무너졌다.

"제가 허용한 선은 딱 여기까지입니다. 이 선을 넘지 마세요."

단호한 말투에는 거역할 수 없는 힘이 있었다. 처음부터 귀찮게 꼬리처럼 따라붙는 것을 알면서도 묵인하고 있었다. 설영과 있는 자리에 위태로이 존재를 드러내려 하지 않았다면, 아마도 끝까지 모르는 척 상대하지 않았을 것이다.

보이지 않는 경계선. 그가 허용한 범위가 거기까지라는 것을 남자는 빠르게 이해했다. 그림자처럼 나타났다, 그림자처럼 사라지는 그들을 보며 강한은 억눌린 감정을 무표정으로 감추었다.

CHAPTER 03

클럽 제이크 모던의 밤은 요일에 상관없이 화려하고 분주해 보였다. 강렬한 사이키 조명과 대형 스크린의 현란한 그래픽이 신나는 비트 음과 맞물려서 분위기를 고조시키고 있었다. 아직은 이른 시간이라 그런지 숨이 막힐 듯한 열기는 없지만, 춤과 음악을 즐기는 사람들로 클럽 안은 조금씩 북적대고 있었다.

한눈에 보기에도 최고급 자재로 채워 놓은 인테리어와 가구들은 콜라 한 캔이 편의점 가격보다 스무 배는 비쌀 수밖에 없는 이유를 설명해 주고 있었다. 만만치 않은 술값으로 클럽을 찾는 손님들은 주머니가 가벼운 평범한 대학생들보다는 어느 정도 경제적인 능력을 갖춘 직장인들이나 부유층의 자제들이 주를 이루고 있었다. 금색과 검정 가죽이 적절하게 배합된 두꺼운 체인이 2층으로 올라가는 계단을 통제하고 있었다. VIP룸이 있는 2층은 아래층 테이블에 자리를 잡은 사람들보다 훨씬 더 부유한 계층이 모여들 것이다.

특수 강화 유리로 만들어진 계단을 밟고 2층으로 올라가자, 아래층의 메인 스테이지가 한눈에 내려다보이는 타원형 구조로 된 유리 난간이 나타났다. 난간을 빙 둘러싸고 춤을 출 수 있는 오픈 공간이 있고 가운데 기둥을 중심으로 칵테일 바가 설치되어 있었다. 2층 칵테일 바는 문을 닫은 상태로 바텐더가 손님 맞을 채비를 하고 있었다.

VIP룸이 있는 안쪽으로 가기 위해서는 중앙의 바를 돌아 맞은편에 보이는 기다란 복도로 들어서야 했다. 앞장서던 남자를 따라가던 설영이 마지막 계단 하나를 남겨 두고 있을 때였다. 난간에 기대고 있던 커다란 인영이 그녀의 앞을 가로막았다.

"늦었다, 류설영."

학교 계단에서 한 번 마주친 적이 있던 3학년 정민이였다. 고슴도치처럼 바짝 세운 머리스타일은 그대로인데 교복 대신 심하게 찢어진 청바지와 소매 없는 티셔츠 차림이었다. 팔뚝에 십자군 문신과 목에 걸고 있는 커다란 실버 엔틱 목걸이가 같은 디자인 문양을 하고 있었다.

"학생치고 노출이 너무 심하다."

요란뻑적지근한 차림을 훑어보며 설영이 가볍게 혀를 찼다. 정민은 설영의 평가에 대한 보복이라도 하듯 깔보는 시선으로 위아래를 훑어댔다.

"그러는 너야말로 옷차림이 그게 뭐냐? 촌티 팍팍 풍기던 애가 기본이 달라지겠어?"

무례한 시선을 무시하고, 설영은 정민의 앞으로 바짝 다가섰다.

"그러게. 서울 애들은 이런 거창한 장소에서 파티를 하는 줄 상상이나 했겠어. 이왕이면 미리 언질이라도 주지 그랬어."

얼굴의 절반을 가린 챙이 넓은 야구 모자, 헐렁한 티셔츠에 신축성 좋은 바지, 검은색 가죽 워커를 슬쩍 내려다본 정민이 입술을 삐죽거렸다. 확실히 요즘 서울에서 가장 핫하다는 고급 클럽에 어울리는 복장은 아니었다. 누군가의 특별 지시가 없었더라면, 분명 입구에서 쫓겨났을지도 모를 일이었다.

체육 대회가 끝나 가는 무렵, 정민이 패거리들을 데리고 설영을 찾아왔었다. 한 번은 지나쳐야 할 통과 의례 같은 것이었다. 민호랑 무슨 원한 관계를 가지고 있는지는 모르지만, 민호가 무슨 짓을 벌이고 다니는지 작은 정보라도 얻어 낼 수 있다면 손해 보는 일은 아니었다.

"촌뜨기가 호박에 몇 줄 긋는다고 뭐가 달라지겠냐? 원판 불변의 법칙이라잖아. 이왕 여기까지 왔으니, 오빠가 서울 구경 제대로 시켜주마. 진짜 서울이 어떤 곳인지 확실히 구경이나 해. 재미있는 구경거리가 많을 테니까."

은밀한 미소를 감추느라 정민의 입가가 벙긋대고 있었다. 덫이 놓였다는 것을 알면서도 제 발로 걸어 들어왔으니, 재미있는 구경거리의 대상이 그녀가 된다고 하더라도 도망칠 생각은 없었다.

생각보다 넓은 복도에는 방마다 태양계 행성의 명칭을 딴 이름이 붙어 있었다. 바탕색이 다른 네 개의 문에는 공통적으로 화려하게 날갯짓을 하는 나비가 새겨져 있었다. 클럽 입구를 지나오면서 가장 먼저 시선을 사로잡았던 것이 바로 이 나비 문양이었다. Mars. 복도 가장 안쪽에 자리한 룸을 지칭하는 명칭이었다. 설영을 안내하던 남자에 의해 문이 열리고, 화려하고 비밀스러운 실내가 모습을 드러냈다.

고급 브랜드의 술병과 한입에 먹기 좋은 핑거 푸드가 먹음직스럽게 세팅된 타원형의 테이블이 가장 먼저 눈에 들어왔다. 설영의 시선이 기다란 테이블 너머 L 자형의 크림색 가죽 소파를 향하는 순간, 등이 우악스럽게 떠밀렸다. 넘어지지 않기 위해 간신히 자세를 바로잡는 설영의 뒤에서 문이 굳게 닫히는 소리가 들렸다. 정민이 맡은 역할은 아마도 여기까지인 모양이었다.

"나는 또 엄청난 미인이라도 오는 줄 알고 잔뜩 기대했더니, 생각보다 의외로 수수한데?"

거만한 목소리의 주인은 테이블의 상석이라 할 수 있는 좌석에 앉아 있었다. 광택이 나는 슈트 재킷을 벗어 옆으로 던지는 동작에 계산된 과시욕이 있었다.

"모자 벗고, 편하게 앉아 있어. 아직 우리 파티의 남자 주인공이 오지 않았거든. 같이 한잔하면서 차분하게 기다리지, 뭐."

남자가 투명한 크리스탈 잔에 얼음을 집어넣었다. 남자가 가볍게 한 손으로 잔을 흔들자, 달그락 얼음 조각이 부딪치는 소리가 들렸다. 사각의 얼음 조각 사이로 호박색의 액체가 채워졌다.

"겁먹지 말고, 우선 한잔해."

앞으로 내미는 잔을 무시하고 설영은 모자를 벗었다. 그러고는 나이를 가늠할 수 없는 남자의 얼굴을 빤히 들여다보았다.

"고등학생들이랑 파티하고 놀 나이로는 보이지 않는데……. 노안인가."

고개를 갸웃거리며 중얼거리는 설영을 바라보던 남자가 갑자기 커다랗게 웃음을 터트렸다.

"큭, 너 배짱 한번 대단하다. 이래서 다들 류설영, 류설영 하는 건가."

여전히 미소를 걸치고 있는 입술로 술잔을 기울이는 남자를 보며 설영이 미간을 살짝 모았다.

"뭔가 엄청 불공평하다는 생각이 드네요. 그쪽은 나에 대해 많이 아는 것 같은데, 나는 아직 그쪽 이름도 모르거든요."

"알고 싶어? 그럼 두 번 말하게 하지 말고, 앉아."

남자가 거만하게 명령했다. 설영은 입구 쪽을 힐끗 쳐다보고는 가장 가까이에 있는 소파에 순순히 자리를 잡았다.

"겁먹을 필요는 없어. 그냥 얌전히만 앉아 있어. 말만 잘 들으면, 고이 집으로 보내 줄 생각이니까."

"먼저 자기소개부터 하죠."

"뭐?"

말뜻을 이해 못 한 남자가 술잔을 테이블 위로 내려놓았다.

"본인 소개부터 먼저 하시라구요. 그래야 나도 얌전히 앉아 있을지, 말지 결정을 하죠."

얇은 치즈와 올리브가 올려진 크래커를 집어 들던 남자는 누군가 정지 버튼을 누르기라도 한 것처럼 한동안 움직임이 없었다. 입맛이 사라진 듯, 크래커를 다시 내려놓은 남자는 대신 올리브를 입으로 톡 하고 던져 넣었다.

"싫으면, 나는 그냥 가구요."

자리를 털고 일어나려는 설영을 보며 한 팔을 소파 등받이에 걸치는 남자의 눈동자가 한층 짙어졌다. 버튼 다운 디테일이 살아 있는 크림색 가죽 소파에 올려진 남자의 손은 웬만한 여자 손보다도 가늘고 고왔다. 결단코 주먹을 쓰는 남자의 손은 아니라고 장담할 수 있었다.

"이거, 일이 재미있게 돌아가는걸. 확실히 요즘 애들은 보기보다 맹랑해. 이런 식이면 기다리는 게 지루하지만은 않겠어."

설영은 아이스 버킷에 담긴 차가운 얼음 한 조각을 입 안에 물었다. 혀에 닿는 시원한 느낌이 곤두서기 시작하는 신경을 어느 정도 차분하게 가라앉혀 주었다.

"은근 터프한 구석도 있고, 마음에 든다. 잘 새겨들어. 우리가 앞으로 어떤 식으로 엮일지 모르니까. 내 이름은 윤태상. 나이는 네가 어떻게 보고 싶어 하느냐에 따라 달라질 수도 있다고 하면, 설명이 되려나. 네 눈에는 내가 몇 살로 보여?"

올리브 하나를 집어서 입에 던져 넣은 태상을 보며 설영은 고개를 가볍게 흔들었다. 설영은 눈꺼풀을 손바닥으로 지그시 눌렀다. 강한의 말대로 하루 종일 운동장에서 뛰다시피 했더니 비축된 에너지가 서서히 바닥을 드러내고 있었다.

"내 눈에 아저씨가 몇 살로 보이는지가 중요한 것은 아니잖아요. 피곤한데, 말장난은 그만두죠. 정확하게 나한테 원하는 게 뭐예요? 시답잖게 말장난이나 하자고 불렀을 리는 없고. 김민호를 낚을 미끼가 되라, 뭐 이런 거예요?"

피식거리며 웃는 소리가 또다시 설영의 신경을 자극했다.

"빙고! 그 새끼가 내 허락도 없이 가져간 물건이 있거든. 네가 그것을 돌려받는 데 도움을 줘야겠어."

"내가 왜요?"

"왜일까?"

태상이 여유롭게 다리를 꼬며, 양팔을 넓게 벌려 소파 등받이에 걸쳤다. 설영과의 대화에 꽤나 만족하는 표정이었다. 그에 따라 셔츠의 앞깃이 벌어지면서 가슴 근육이 드러났다. 언뜻 셔츠 밑으로 보이는 날개 문양의 문신을 바라보는 설영의 시선이 잠시 흔들렸다. 클럽과 관련이 있는 사람인가. 설영의 기억이 맞는다면, 문신은 클럽 입구에 새겨진 독특한 디자인의 나비 날개와 같은 모양을 하고 있었다.

"아무래도 시간 낭비 하시는 것 같은데……."

설영은 무관심을 포장하며 커피 음료의 뚜껑을 열었다. 민호의 핸드폰으로 걸려 온 전화. 협박에 가까웠던 거친 음색과 태상의 목소리를 머릿속으로 비교해 보았다. 동일 인물이라는 확신은 없었지만, 민호를 찾고 있는 이유는 같아 보였다. 작은 경종이 묵직하게 가라앉은 신경을 일깨웠다. 민호는 생각했던 것보다 훨씬 위험한 장난을 치고 있었다.

"뭔가 앞뒤가 맞지 않아서요. 이런 경우라면 김민호가 나를 좋아한다 정도의 전제 조건이 필요한데, 보시다시피 남자한테 어필하고 하는 스타일이 아니라서요."

"그거야 두고 보면 알겠지."

“번거롭게 이럴 게 아니라, 직접 찾아가는 것이 더 빠를 것 같은데…….”

어깨를 으쓱하며 담담하게 말하는 그녀의 말투에 별다른 호기심은 느낄 수 없었다.

“할 수만 있다면 벌써 그렇게 했겠지. 너희같이 어린애들은 잘 모를 거야. 이 세상을 살다 보면 함부로 건드려서는 안 되는 부류가 있다는 것을 자연스럽게 터득하게 되거든. 돈과 권력을 함께 누리는 운 좋은 놈들, 그런 부류를 잘못 건드렸다가는 패가망신을 당하는 수가 있어. 그래서 그런 새끼들은 번거롭더라도 적당히 어르고 달래서 원하는 것을 내놓게 만들 줄도 알아야 하거든.”

이제까지 허우대만 멀쩡한 이미지와는 달리, 말하는 남자의 표정에 살기 비슷한 게 담겨 있었다. 민호를 향한 서슬 퍼런 분노. 변장술에 뛰어난 사람처럼 날카로운 발톱을 잘도 숨기고 있었다. 비틀린 표정으로 히죽 웃고 있는 상대를 보며 설영은 신중하게 말을 골랐다.

“그래도 안 내놓으면요?”

“내놓게 만들어야지. 작은 흠집을 내서라도, 반드시 토해 내게 만들어야지.”

설영을 보며 가늘게 좁혀진 눈이 위험스레 번뜩였다. 그 흠집이 민호가 중요하게 여기는 사람, 즉 설영을 향한 경고라는 것을 놓치지 않았다. 원하는 것을 얻기 위해서라면 얼마든지 잔인해질 수 있다는 남자의 엄포에 서늘한 한기가 등줄기를 타고 내렸다. 어설프게 함부로 덤벼들어서는 안 된다. 이 남자는 설영의 선에서 해결할 수 있는 철부지 고등학생이 아니었다.

“알 것도 같고, 모를 것도 같고……. 사는 게 생각만큼 단순 명료하지 않다는 것 정도는 나도 알아요.”

이해한다는 투로 어깨를 또 한 차례 으쓱댔다. 긴장은 감추고, 최대한 맹랑한 여학생을 흉내 냈다. 가장 가까이에 놓인 과일 접시에서 사과 한 조각을 집어 들었다. 동요하고 있다는 것을 들키지 않기 위해 무던함을 연출하고 있었다. 정민이 패거리를 통해 설영을 끌어들인 이상 무턱대고 무모한 짓을 벌이지는 않을 것이다. 가장 큰 걱정거리는 민호였다. 왕성한 혈기로 어느 수준까지 무모해질 수 있을지.

"그런데 어떻게 민호가 나를 찾아 여기에 나타날 거라고 확신하세요?"

한 가지 변수에 희망을 거는 수밖에. 민호는 나타나지 않을 것이다.

"뒤통수에 눈이 달리지 않는 이상, 당연히 모를 수도 있겠지."

모호한 대답에 설영이 살짝 눈을 치켜떴다.

"걱정 마. 십분 내로 튀어 온다에 내 손모가지를 건다."

왼손에 찬 금색 시계가 반짝하고 빛을 발했다. 태상이 자신만만한 미소를 입가에 드리우며 시계와 문을 교대로 쳐다보았다. 완벽한 방음으로 외부의 소음이 완전히 차단되었던 방에 쾅쾅거리는 비트가 흘러들어 온 순간 가죽을 덧댄 문이 벌컥 하고 거칠게 열렸다.

일일 매출 현황표에 적힌 숫자를 대충 눈대중으로 살피던 강한이 노트북 옆에 놓인 서류 더미로 시선을 돌렸다. 산더미처럼 쌓여 있는 서류 더미 위에 새로 추가된 주류 계약서를 노려보는 눈길에 숨길 수 없는 짜증이 일렁거렸다.

"뭐 하자는 거야? 형한테 완전하게 일임한 일이야. 나한테 일일이 보고할 의무는 없잖아."

진회색 줄무늬 슈트 재킷 안에 조끼를 받쳐 입은 남자가 서류를 한쪽으로 밀며 마호가니 책상에 걸터앉았다. 뭉친 근육을 풀어 주기 위해 어깨 위로 다가오는 손을 강한이 귀찮다는 듯이 털어 냈다.

"오늘따라 왜 이렇게 까칠하게 나오실까. 이마에 힘줄 튀어나온 것

봐라. 착한 선생님 코스프레하느라 스트레스가 장난 아닌가 본데……. 요즘 학생들 보통 아니지? 어떻게, 내가 가서 손 좀 봐 줘?"

유들거리며 재미있어 죽겠다는 표정의 상호를 마주 보며 강한은 와인색 회전의자에 상체를 묻었다. 십 대 시절을 한집에서 자라 형제나 다름없는 우정을 나누고 있는 상호를 바라보는 강한의 눈빛에는 신뢰가 담겨 있었다. 그러나 장난기가 배제된 그의 얼굴은 딱딱하게 굳어 있었다.

"내 일은 내가 알아서 해, 곤란한 일 만들지 마."

농담처럼 말하고 있지만, 상호의 말속에 진심이 내포되어 있다는 것을 누구보다 잘 알고 있었다. 강한을 보호하는 일이라면 물불을 안 가리고 덤벼드는 성격임을 알기에 단호하게 선을 그을 필요가 있었다.

"답답해서 그런다. 언제까지 노인네 변덕에 장단을 맞춰 주고 있을 거냐? 깡패 자식 핏줄이라고 내칠 때는 언제고, 이제 와서 자기 밑으로 들어오라니. 감히 누구를 호구 새끼 취급하는 거냐고?"

침까지 튀기며 상호가 목청을 높였다. 호구라는 소리에 한일자로 다물어지는 입매를 놓치지 않고, 말을 이어 갔다.

"왜, 호구 소리는 듣기 싫어? 그러면 당장 호구짓을 그만두면 되겠네. 할 일도 많은 놈이 말도 안 되는 계약 따위에 발목이 잡혀서, 적성에도 안 맞는 선생질이 말이 되냐고. 그 집을 그렇게까지 해서 물려받아야겠냐? 아닌 말로 노인네가 천년만년 살 것도 아니고, 어차피 돌아가시면 그 많은 재산이 다 어디로 가겠냐? 세상에 피붙이라고는 달랑 손자 하나밖에 없는 양반인데."

강한이 손가락 끝으로 관자놀이 부근을 지그시 눌렀다.

"그래, 노인네가 협박한 대로 유산을 사회 복지 시설에 기증한다 치자. 네가 아쉬울 게 뭐가 있냐? 네 능력이면 그까짓 집 한 채 충분히 사들이고도 남잖아."

"그까짓 집 한 채가 아니라는 것을 형도 알잖아."

낮게 울리는 목소리에 깊은 상념이 묻어 나왔다. 유일하게 친엄마의 흔적이 남겨진 장소. 그 집이 갖는 의미를 상호도 부정할 수는 없었다. 새삼스레 화가 치밀어 올라 주먹 쥔 손으로 데스크를 꽝 하고 내려쳤다.

"젠장, 독한 할망구 같으니라고. 열 살밖에 되지 않은 어린애를 그 집에서 내쫓을 때는 언제고, 이제 와서 그 집을 돌려줄 테니, 재단을 물려받으라고? 이게 말이 되냐? 사람을 갖고 노는 것도 정도가 있지……."

강한이 느릿하게 자리에서 일어났다. 체리나무 원목을 마감재로 사용한 벽면에 술병을 진열한 장식장이 마련되어 있었다. 나란히 진열된 술병들 중에서 한 병을 골라 뚜껑을 열자, 위스키 특유의 짙은 향이 배어 나왔다.

"너도 그 할망구 손자 아니랄까 봐 똑같이 독한 놈이다. 그 노인네 머릿속에 들어갔다 나온 것도 아닌데, 어떻게 미리 알고 회계 공부 하던 놈이 교육 대학원에서 수학 교육 학위 받을 생각을 했을까? 나같이 주먹 쓰는 것밖에 모르는 놈은 죽었다 깨나도 네놈 속을 모르겠다."

강한은 말없이 투명한 잔에 옅은 갈색의 위스키를 바닥에서 찰랑거릴 정도로 채웠다. 손목을 가볍게 흔들자, 유리잔 안에 호박색 잔물결이 출렁거렸다. 훅하고 스며드는 독한 향기를 코끝으로 들이마시며 입 안에 술을 한 모금 머금자, 목을 타고 넘어가는 알싸한 계피 향이 복잡한 마음을 차분하게 가라앉혔다.

"잊지 마, 그 망할 놈의 계약 조건에서 유성재단이 운영하는 학교에서 선생으로 근무하는 조건은 딱 1년이야. 더 이상은 안 돼. 내가 네 빈자리를 메울 수 있는 능력도 딱 그 1년뿐이야. 표면상으로 클럽의 대표는 나지만, 실제 소유 지분은 너한테 가장 많이 있다는 사실을 명심해. 골치 아픈 숫자들 들여다보느라 팔자에도 없는 탈모로 대머리되게 생겼어."

이십 대 후반부터 듬성듬성 머리가 빠지기 시작하면서 M자로 변해 가는 이마를 긁적거리는 상호를 보며 강한이 피식 웃음을 흘렸다.

"지금 나 비웃냐? 신경 쓸 게 어디 한두 가지인 줄 알아? 아직까지는 명성이 있어서 어느 정도 매출이 유지가 되고 있지만 서서히 틈이 보이기 시작한다고. 어떻게 된 게 요새는 무슨 이벤트다, 대회다, 굵직굵직한 행사가 없으면 클럽 매상이 현저히 하향 곡선이니……."

유리잔에 남아 있는 술을 마저 비우고 강한이 장식장 옆에 세워진 큐대를 집어 들었다.

"어설픈 핑계 갖다 붙이지 마. 처음부터 클럽 경영은 형이 알아서 하기로 되어 있었어. 그래서 홍보 전략을 맡아서 관리해 주는 컨설턴트나 회계 담당 전문가를 따로 고용했잖아."

큐대를 받아 들고, 오피스 중앙에 세워진 당구대로 다가가면서 상호는 볼멘소리로 불평을 이어 갔다.

"속 편한 소리 하고 있다. 가방끈 긴 놈들한테 컨설턴트를 맡기면 뭐가 나오는 줄 알아? 걔네들 핏속에는 먹물만 가득해서 문제야. 거들먹거리기나 할 줄 알지, 도무지 흥이 뭔지를 모르는 인간들이야. 벤치마킹이라나 뭐라나, 어려운 영어 섞어 가면서 외국의 유명한 클럽에서 유행한다는 아이디어나 들이댈 줄 알지. 지들이 대한민국 밤문화를 알면 얼마나 안다고……."

딱. 흰색 공이 하나로 뭉쳐 있던 15개의 공을 녹색 테이블에 널찍이 흩트려 놓았다. 브레이크 샷 후에 포켓에 들어간 공이 없다는 것을 확인한 상호가 큐대의 팁에 초크를 문질렀다. 넓게 펼쳐진 공들과 포켓의 각도를 재는 눈빛이 자못 심각했다. 기다란 큐대로 타깃이 된 노란색 솔리드 공을 가리키고는 흰색 공에 초점을 맞추었다. 끊이지 않고 이어지던 불평이 이제야 겨우 잠잠해졌다.

'나는 더러운 깡패 자식의 피가 흐르는 너를 손자로 인정할 수 없다. 이 집에서 당장 나가거라.'

열 살이 되던 해에 나타난 친부로 인해 처음으로 알게 된 출생의 비밀. 어둠의 세계에 속한 삶을 살아온 남자의 아들이라는 이유로 강한의 존재 자체가 부정되었다. 익숙한 세상에서 추방된 후 어느 곳에도 속할 수 없었던 아이. 친부에게 억지로 떠맡겨진 강한은 거친 세계에서 살아남기 위해 홀로 단단해져야만 했다.

온실의 화초처럼 자라 온 강한에게 친부가 내보인 유일한 친절이 바로 상호를 곁에 붙여 둔 것이었다. 어린 나이부터 쌈꾼으로 길러진 상호. 친구처럼, 때로는 보호자처럼 한결같이 그의 옆자리를 지켜 왔다. 옆으로 길게 찢어진 눈과 높이 솟은 광대뼈로 거칠어 보이는 인상이지만, 한번 마음속에 들인 사람은 쉬이 내치지 못하는 강직한 성품을 지니고 있었다.

전문적인 경영을 위한 관리팀이 따로 꾸려져 있다고는 해도, 서울 시내 한복판에서 제일 규모가 크다는 클럽을 두 개나 관리해야 하는 대표 자리를 아무나 맡을 수는 없었다. 상호는 열일곱 살 때부터 교과서 대신 술집 매상 장부와 씨름을 하며 자랐다. 술 배달을 하며 잔뼈가 굵었으며, 이 세계의 생리를 누구보다 잘 이해하고 있었다. 그런 그가 엄살을 부리며 강한이 없는 빈자리에 조급증을 내는 이유, 대충 알 것도 같았다.

"하고 싶은 말이 뭐야? 나를 여기로 따로 불러들인 이유 말이야."

흰색 공이 노란 공을 빗겨 때렸다. 포켓 근처를 배회하다 밀려 나간 공을 바라보며 상호가 짐짓 화난 표정으로 입술을 비죽거렸다.

"비겁한 자식, 하필 중요한 순간에 말을 걸 게 뭐야."

강한이 시선을 회피하며 자리를 내주는 상호를 물끄러미 바라보았다. 그러고는 무덤덤한 표정으로 노란 공과 파란 공을 순차적으로 포켓에 집어넣었다. 안정적인 자세로 큐대와 바닥이 수평을 이루는 모습을 지켜보며 상호가 담배를 입에 물었다.

"실내에서는 금연이다."

"뭐야, 진짜 꼰대 다 됐잖아."

상호는 입에 물고 있던 담배를 군말 없이 슈트 호주머니에 찔러 넣었다. 어차피 처음부터 피울 생각도 없었다. 빨간 공이 테이블의 쿠션을 맞고 가운데 있는 포켓 안으로 빠르게 파고들어 갔다. 짝짝. 어려운 위치에 놓인 공을 목표물에 정확하게 집어넣는 기술을 보며 상호가 손바닥을 마주쳤다. 큐대를 들어 올리는 강한의 표정에는 별다른 감흥이 없었다. 그러나 오랫동안 곁을 지킨 상호는 아래턱을 쓸어내리는 손길에서 사라져 가는 인내심을 엿볼 수 있었다.

"아무래도 윤태상, 그 자식이 뭔 짓을 꾸미는 눈치다. 철부지 부잣집 애들 뒤를 봐주면서 따로 뒷주머니를 채우고 있는 모양이야. 요즘은 암암리에 우리 클럽의 프라이빗 룸을 빌려서 파티도 열어 주는 모양인데, 문제는 그 철부지들 중에는 미성년자도 상당수 포함이 되어 있다는 거지."

강한과 같은 집에서 자란 태상을 언급하는 말투에 조급함이 느껴졌다. 강한이 큐대를 녹색 테이블 위로 거칠게 집어 던지자, 끙 하는 앓는 소리가 저절로 상호의 입을 통해 흘러나왔다.

"입구에서 신분증 검사 확실히 하라고 지시를 내렸을 텐데?"

"손바닥만 한 신분증에 박힌 사진이야, 대충 비슷하게 꾸미는 것은 일도 아니지. 거기다 쥐새끼처럼 비상구로 드나들면 일일이 잡아내기도 힘들고……."

냉정한 시선을 마주할 자신이 없어 상호는 살며시 시선을 아래로 내리떴다. 원칙에 철저한 강한에게는 먹히지 않을 핑곗거리였다. 하루에도 수백 명이 드나드는 클럽이었다. 입구에서 신분증을 철저히 확인한다고 해도, 속이려고 들면 속을 수밖에 없는 현실이었다. 그러나 실수로 미성년자를 출입시킨 것과 내부에서 비리가 생기는 것은 격이 다른 문제였다.

“오늘 VIP룸 예약한 명단이 어떻게 되지?”

대리석 바닥을 구르는 구두 소리가 들리고, 맞은편 벽면을 차지하고 있는 대형 스크린 모니터 화면에 불이 들어왔다. 강한은 여러 개로 갈라진 폐쇄 회로 텔레비전의 모니터 화면에서 VIP룸을 비추고 있는 화면을 눈으로 좇았다.

“자, 여기…….”

“잠깐, 화면에서 2층 복도 크게 확대해 봐.”

예약자 명단을 뒤적이던 상호가 낮게 울리는 음성에 고개를 들어 올렸다. 자석에라도 끌린 것처럼 강한의 시선은 한곳에 집중되어 있었다. 평상시와 다름없는 말투, 당구대에 느긋하게 기대선 모습에서 조급함을 찾아볼 순 없었다. 하지만 화면이 커져 가면서 가늘게 좁혀진 눈과 질끈 다물린 입매가 범상치 않은 분위기를 자아내고 있었다.

“저게 어떻게 된 거야? 이 시간에는 일반인 2층 출입이 금지되어 있는데…….”

복도를 걸어가는 키가 큰 여자 뒤를 액세서리를 과하게 걸친 남자가 따라갔다. 비트 음에 맞춰 흐느적거리며 걷는 얼굴은 한눈에 보기에도 앳돼 보였다.

“젠장, 설마 고삐리들은 아니겠지?”

“왜 아니겠어.”

시니컬한 대답에 상호는 뒷머리를 긁적이며 낭패감을 드러냈다.

“멍청한 새끼들, 도대체 눈을 어디다 달고 다니는 거야? 척 보기에도 이마에 고삐리라고 써 있구만.”

화면이 커지면서, 때마침 설영이 복도에 설치된 카메라를 향해 정면으로 고개를 들어 올렸다. 강한이 지켜보고 있다는 것을 알기라도 하는 것처럼 설영이 예의 못마땅한 표정으로 카메라 렌즈를 노려보았다.

"설마 이곳에 나타날 거라고는 상상도 못 했는데……."

"아는 얼굴이야?"

혼자만의 생각에 빠진 강한의 볼에 깊은 보조개가 패었다. 귀찮게 따라붙는 그를 떨쳐 내려 애를 쓰던 설영이 떠올랐다. 커다랗게 번져 가는 미소를 바라보는 상호의 눈에 혼란스러움이 생겼다.

"정말 트러블이 류설영을 따라다니는 건지, 아니면 류설영이 트러블을 따라다니는 건지. 진짜로 궁금해지기 시작하는데……."

친근한 사람을 바라보는 듯한 강한의 태도에 상호는 화면을 자세하게 들여다보았다. 때마침 여자가 모자를 위로 들어 올렸다. 클럽의 분위기에 전혀 어울리지 않는 복장을 하고 있는 여자는 분명 처음 보는 얼굴이었다.

"가만, 저 자식은 내가 아는 얼굴인데……."

복도에서 가장 안쪽에 자리한 VIP룸의 문을 여는 남자의 얼굴을 확인한 상호가 4번 룸의 실내를 크게 확대시켰다.

"맞네. 태상이 따라다니던 놈. 근데 태상이 저 자식은 저기서 뭐 하는 거야?"

테이블의 상단에 앉아 있는 태상을 발견한 강한의 표정이 싸늘하게 굳어졌다. 눈에 띄게 경직된 강한을 살피며 상호는 모니터 앞으로 바짝 다가섰다.

"태상이랑은 또 어떻게 아는 사이야? 저 자식 취향이 어린 애들인 것은 알고 있었지만, 설마 고등학생한테까지 껄떡대는 것은 아니겠지? 평소에 저 자식이 데리고 다니던 애들이랑은 전혀 다른 분위기인데. 느낌으로 봐서는 작업 중인 것도 같고, 아닌 것도 같고. 도대체 뭐가 어떻게 돌아가는 거야?"

등이 떠밀려 룸 안으로 튕겨져 들어간 설영의 뒤로 문이 닫히자, 강한의 눈매가 거칠어졌다. 방 안에 단 두 사람만 남겨진 것을 본 상호가 낮은 소리로 저주의 말을 퍼붓기 시작했다. 강한이 그들의 정체를 어떻게 아는지를 따져 물을 필요도 없었다. 상호는 다급하게 호주머니에서 핸드폰을 찾았다. 만에 하나 강한과 태상이 대립한다면 치기 어린 다툼으로 끝날 문제가 아니었다.

"너는 학교에서 학생들 교육을 어떻게 시키는 거냐? 저 철딱서니 없는 망나니들은 최강한 선생님의 대단한 명성을 못 들었나 보지. 그러니 감히 여기에 발을 들여놓지. 한 주먹거리도 안 되는 것들이 겁도 없이 말이야. 요즘 애들은 우리 때처럼 학주 보고 벌벌 떨지도 않지? 이참에 수학 선생님의 주먹맛을 봐야 정신을……."

강한이 신경질적으로 눈썹을 추켜올리는 것을 보고서야 상호가 입을 다물었다. 강한의 관심을 다른 곳으로 돌린다는 것이 흥분하면 할 말, 못 할 말을 구분하지 못하는 평소의 버릇이 나오고야 말았다. 발등에 불이 떨어졌는데, 한가롭게 입만 놀리고 있었으니.

"걱정하지 마. 별일 없을 거다. 학생들 타일러서 돌려보낼 테니, 너는 여기서 꼼짝도 하지 말고 기다려. 모처럼 왔으니 술이라도 한잔해야지."

호기로운 얼굴로 앞으로 내밀어진 술잔을 주시하는 여학생을 보며 강한이 낮게 저주의 말을 퍼부었다. 간혹 태상이 술잔에 약을 타서 못된 짓을 한다는 것을 들은 적이 있기에 상호의 마음도 조급해졌다. 슬쩍 눈치를 살피며 입구를 향해 몸을 돌리는데, 강한이 앞을 막았다.

"알아, 네가 무슨 말을 하려는 건지. 태상이 녀석이 저 애들 상대로 무슨 짓을 꾸미고 다니는지 자세히 알아보마. 태상이 놈 하는 짓이야 뻔하지. 쥐뿔, 능력도 없는 놈이 처음부터 자기 것도 아닌 것을 너한테 빼앗겼다고 생떼나 쓸 줄 알지. 욕심은 많아도 배짱이 없는 놈이라 별일은 아닐 거다."

자신 있게 단언하는 상호의 어깨에 강한이 손을 올려놓았다. 어두운 눈동자에 깊이가 더해졌다.

"형, 부탁 하나만 하자."

낮게 깔린 말투에 묻어나는 신중함에 상호가 말없이 고개를 끄덕였다.

눈매가 매서운 남자가 설영을 곁눈질로 훔쳐보고 있었다. 사방이 대리석인 텅 빈 복도에 사람의 그림자라고는 두 사람뿐이었다.

"도대체 언제까지 여기에 있어야 하는데요? 정민이는 어디로 데려갔어요?"

벽에 반사된 설영의 목소리가 간간이 들리는 음악 소리와 섞여 에코를 만들며 울려 퍼졌다. 높게 솟은 광대뼈로 인해 위로 치켜 올라간 눈이 사나워 보이는 상호가 작은 눈을 최대한 부라렸다.

"학생이 나쁜 짓하다 걸렸으면 반성하고 있어야지. 뭘 잘했다고, 큰소리야?"

딱. 굵은 손가락이 설영의 이마 한가운데를 제대로 튕겼다. 순간적으로 눈에서 번쩍하고 불이 났다.

"뭐 하는 거예요? 진짜 아프잖아요."

"아프라고 때리지, 그럼 예쁘다고 때렸을까."

벌겋게 부풀어 오른 이마를 내보이며 따지고 드는 설영을 향해 상호가 싱긋 웃었다.

"너 고등학생 맞냐? 무슨 여학생이 이렇게 겁이 없어? 나같이 생긴 남자한테 끌려왔으면 나 죽었소 하고 죽는 시늉이라도 내야 정상인 거지."

둘째가라면 서러울 정도로 험악하게 생긴 남자의 말이니 틀린 말은 아니었다. 보안팀을 끌고 나타난 걸로 봐서 클럽 관계자라는 생각에 어느 정도는 경계심을 내려놓고 있었다.

"그래서 어서 빨리 보내 달라는 거잖아요."

"아직은 안 돼."

"왜 안 돼요?"

"그건……."

말이 막힌 상호가 잠시 숨을 골랐다. 지정해 준 장소로 설영을 데려오기는 했지만, 아직 강한의 진의를 파악하지 못했다. 어려움에 빠진 학생을 도와주려는 의도는 알겠지만, 굳이 따로 직원 전용 출구로 데려오라는 숨은 저의를 이해하지 못했다. 정체가 들통날지도 모를 위험을 안고서까지, 그녀를 특별 대우 하려는 강한의 속내를 파악하는 중이었다.

"딱 봐도 네가 이 모든 사달의 원인인 것 같으니까 그런다. 또 무슨 말썽을 부릴 줄 알고. 학생이 하라는 공부나 할 것이지, 밤늦게 클럽에 남자나 만나러 다니고 말이야. 너희 부모님은 너 이러고 다니는 것 아시냐?"

엘리베이터의 문이 열렸다. 텅 비어 있는 내부를 확인하는 상호의 얼굴에 실망감이 스쳤다. 분명 누군가를 기다리고 있는 눈치였다.

"두 분 다 돌아가셨으니, 알 리가 없겠죠?"

무덤덤한 대답에 슈트 호주머니를 뒤적이던 상호가 천천히 고개를 돌렸다. 풀리지 않던 문제에 대한 해답을 얻은 사람처럼 크게 고개를 끄덕이는 그를 보는 설영의 미간이 좁혀졌다.

"그럼 그렇지."

설영이 새치름하게 눈을 흘겼다. 그제야 자기가 한 말이 어떤 뜻으로 받아들여졌을지를 깨달은 상호가 당혹감에 어쩔 줄 몰라 했다. 잘못된 질문에 미안하다는 말을 전한다는 것이, 오해가 풀린 속내가 먼저 나오고 말았다. 부모 없이 자라는 아이. 아마도 그들의 십 대 시절과 비슷한 환경에 처한 아이라 특별히 마음을 써 주는 것이려니 하던 생각이 잘못 표현되었다.

"오해하지 마. 나는 결코 네가 가정 교육을 제대로 못 받아서 막 산다든가, 뭐 그런 뜻으로 한 말이 아니었어. 단지 궁금해하던 것이 어느 정도 풀려서……."

허어. 탄식과도 같은 소리가 설영으로부터 흘러나왔다. 위로한다고 나온 말이 더 큰 오해를 불러일으키고 있었다.

"이게 아닌데. 나는 네가 고아라서……. 아니지, 그런 뜻이 아니라, 나는 단지 천하의 최강한이 한낱 평범한 여학생한테 관심을 두는 것이 이상해서……."

호기심 어린 눈이 반짝하고 빛을 냈다.

"저희 수학 선생님을 잘 아세요?"

말을 많이 할수록 상황이 꼬이고 있었다. 상호가 마른세수를 하듯이 손으로 얼굴을 몇 번이나 쓸어내렸다. 처음 설영을 만났을 때보다는 훨씬 피곤해 보이는 얼굴이었다.

"말을 말아야지. 요놈의 주둥이가 방정이다."

띵. 도착 음과 함께 반대편 엘리베이터의 문이 열렸다. 돌아보지 않아도 누가 타고 있을지 알 것 같았다. 바닥을 울리는 구두 소리가 가까워질수록 설영의 눈꼬리가 미세하게 꿈틀거렸다. 클럽의 보안팀이 그녀를 데리러 온 순간부터 보이지 않는 그의 존재를 의심하고 있었다.

"또 만났다, 류설영. 이번에는 다시 만나 반갑다는 말은 못 하겠는데."

설영은 마지못해 강한을 마주했다. 거리에서 헤어질 때 모습 그대로 강한이 그녀를 내려다보고 있었다.

"사고 치지 말라던 내 말은 귓등으로도 안 들은 모양이지? 어디 다치거나 한 건 아니지?"

비난처럼 들리는 말 속에 걱정이 담겨 있다는 것을 알기에 설영은 느릿하게 고개를 끄덕였다. 사실 조금은 겁을 집어먹고 있었다. 윤태상이라는 남자는 원하는 것을 갖기 위해서라면 비열하고 치사한 방법도 마다하지 않을 남자처럼 위태로워 보였다. 그로부터 벗어날 궁리를 찾고 있을 때 가장 먼저 머릿속에 떠오른 사람이 바로 강한이였다.

"그럼 됐다. 가자, 집까지 바래다줄게."

"이걸로 됐다니? 미성년자가 겁도 없이 클럽을 기어들어 왔는데, 따끔하게 혼쭐을 내 줘야지. 선생이 그렇게 나긋나긋하니 학생이 사고를 치고 다니는 거야."

또다시 이마로 날아드는 손가락을 이번에는 설영이 가볍게 쳐 냈다.

"한 번은 맞아 드렸지만, 두 번은 곤란해요."

맞았다는 표현에 강한의 눈동자가 흑요석처럼 어둡게 빛을 발했다. 당황한 상호가 귀에 꽂힌 리시버를 만지작거리며 딴짓을 하더니, 손에 들고 있던 무전기를 이용해 설영의 머리를 꽁하고 때렸다. 그러면서도 잊지 않고 강한의 사정거리에서 벗어나기 위해 뒤로 한참을 물러났다.

"두 번 때렸다. 이제 어쩔래? 너 때문에 클럽이 얼마나 시끄러웠는지 몰라서 큰소리냐?"

손에 든 무전기에서 직직거리는 소음이 흘러나왔다. 귀에 꽂힌 리시버를 만지작거리던 상호가 기다렸다는 듯이 벽에 붙은 동그란 버튼을 눌렀다. 그러고는 대기 중이던 엘리베이터의 문이 열리자마자 성큼성큼 안으로 들어갔다.

"또 한 번만 몰래 기어들어 와 봐. 그때는 진짜 눈물 쏙 빼게 혼내줄 테니까. 계집애가 세상 무서운 줄을 모르고……."

닫힘 버튼을 누르자, 승강기 문이 서서히 움직였다. 그 사이로 설영이 재빨리 팔을 집어넣었다.

"이것 보세요, 아저씨. 나한테만 이러지 말고, 아까 룸에 같이 있었던 나비 문신 한 남자한테 가서 따져 보시죠. 보아하니 그 사람도 여기 클럽에서 힘깨나 쓰는 사람 같던데. 신분증 검사도 없이 미성년자들 뒷문으로 드나들게 하는 것은 엄연한 위법 행위입니다."

"뭐, 뭐야? 그렇게 법을 잘 아는 애가 법은 왜 어겨?"

"현행 청소년보호법에 의거 청소년 출입, 고용금지업소의 업주와 종사자는 출입자의 나이를 확인하여 청소년이 그 업소에 출입하지 못하게 해야 할 의무가 있습니다. 이를 위반하여 청소년을 유해업소에 출입시킨 자는 2년 이하의 징역 또는 2천만 원 이하의 벌금을 받게 됩니다. 또한 출입 허용 횟수마다 300만 원의 과징금이 부과된다는 것은 아시죠?"

따박따박 할 말은 다 하는 설영을 보며 상호가 벌린 입을 다물 줄 몰랐다. 법 상식을 줄줄 읊어 대는 설영의 뒤에서 묘한 미소를 짓고 있는 강한에게 겨우 말려 달라는 눈짓을 보냈다.

"그만하면 됐다, 류설영. 벌금 내기 싫으면 다음부터는 알아서 하겠지."

잔뜩 가라앉은 목소리에 설영은 물러설 때라는 것을 깨달았다. 이마에 잔뜩 힘이 들어가 있던 설영이 어깨를 한 번 으쓱거리고는, 고분고분한 태도로 한 발 뒤로 물러났다.

"최강한, 너는 도대체 이 괴물을 어디서 발견한 거냐?"

닫힌 문 사이로 상호가 고개를 절레절레 흔들었다.

비상 출구를 향해 앞장서는 강한을 따라 나서는 설영의 발소리가 가벼웠다. 매끈한 대리석 바닥을 가볍게 차며 걷는다는 느낌에 뒤를 돌아보니 부드러운 질감의 가죽이 발목을 감싸고 있는 검은색 워커를 신고 있었다. 평범한 고등학생다운 차림인 것 같지만 자세히 뜯어보면 탄력성이 좋은 소재들로 달리고 뛰는 데 전혀 제한이 없는 옷차림이었다. 미리 트러블을 예견하고 나온 듯한. 지극히 류설영답다는 생각에 강한은 또다시 허탈한 웃음이 새어 나왔다.

"전에도 한 번 물어본 적이 있는 것 같은데. 선생님은 원래 그렇게 웃음이 헤프신가요, 아니면 유독 나만 그렇게 느끼는 걸까요?"

"나 때문에 쫓겨났다고 심술이 난 모양인데?"

"그런 거 아닙니다. 어차피 여기에 오고 싶어서 온 것도 아니었어요. 중간에 오해가 있었어요."

"그렇다면 다행인 거고. 여기는 이제까지 네가 상대했던 사람들하고는 노는 물이 달라. 만만히 볼 상대가 아니야."

무슨 일인 거냐고 왜 캐묻지 않을까. 모든 것을 꿰뚫어 보는 듯한 강한의 말투에 설영이 되레 질문을 던졌다.

"선생님도 윤태상이라는 사람을 아세요? 어떻게 아는데요?"

"아버지와 같이 사신 분이 데리고 온 아들이라고 하면 설명이 될까. 십 대를 한집에서 자랐지."

비상 출구 앞에서 강한이 돌아섰다. 마주 보는 눈이 진지했다.

"별로 사이좋게 지냈던 건 아니었나 봐요."

"오히려 반대라고 보는 게 진실에 가깝겠지. 보기보다 욕심이 많은 녀석이야. 자기 손에 쥔 것보다 남의 손에 쥔 것을 탐내지."

"왜 저한테 그런 말을 하세요?"

적요한 눈동자에 날 선 예리함이 어렸다. 입술을 굳게 다문 강한의 얼굴은 생소할 정도로 낯설었다.

"위험한 녀석이라고 경고하는 거야. 다시는 그 녀석 주변을 얼쩡거리지 않는 게 좋아. 네가 다칠 수도 있으니까."

"제가 분명히 말했잖아요. 오고 싶어서 온 것이 아니라고. 그런 식으로 겁주지 않아도, 다시 만날 일 없어요."

확신을 바라는 듯 강한의 시선은 설영의 얼굴에 머물러 있었다. 명확한 것은 아무것도 없었다. 남자가 민호에게 받아 내려 하는 것이 무엇인지, 민호는 왜 그 남자의 물건을 가지고 있는 것인지. 복잡한 속내를 감추기 위해 마주한 시선을 살며시 외면했다.

"긴 하루였어요. 피곤해요. 이제 집에 가도 되는 거죠?"

앞으로 치고 나간 설영이 비상 출구의 문을 힘차게 당겼다. 반복적으로 손잡이를 돌리고 힘껏 잡아당기는데 문은 꿈쩍도 안 했다. 문까지 뜻대로 되지 않자, 신경질적으로 문을 발로 찼다.

"망할 놈의 클럽. 다시는 오나 봐라. 문이 잠긴 것 같은데, 이제 어떡해요?"

짜증을 내며 돌아서는데 눈 바로 앞에 강한의 턱이 보였다. 이렇게 가까이 다가온 줄은 미처 모르고 있었다. 당황해서 뒤로 물러서려 했지만 문에 가로막혀 꼼짝도 할 수 없었다. 강한이 바짝 굳어 버린 설영의 뒤로 손을 뻗었다. 적막한 공간에 호흡을 삼키는 소리가 들렸다.

"걱정 마. 안 잡아먹어."

농담을 한 강한이 직사각형의 카드키를 눈앞에서 흔들었다. 비상키까지 가지고 있을 줄은 생각 못 했다. 누군가에게 미리 받아 둔 걸까. 아니면 클럽에 지분이라도 가지고 있다는 뜻으로 해석해야 하는 건가. 알면 알수록 미궁 속을 헤매는 기분이었다.

강한이 문 옆에 달린 사각의 키패드에 카드를 가져다 댔다. 그리고 6개의 숫자로 조합된 패스워드를 눌렀다. 잠금 장치가 해제되는 소리가 들리고, 강한이 여유 있게 문의 손잡이를 돌려 안으로 잡아당겼다. 그로 인해 등이 밀리자 설영이 그의 가슴으로 안기다시피 떠밀렸다.

까슬까슬한 수염 자국이 이마를 스쳤다. 고개를 들어 올린 설영은 물끄러미 아래턱을 바라보았다. 밤이 되면서 다시 자라기 시작한 수염이 푸르스름한 빛을 띠고 있었다. 무의식중에 거친 수염의 흔적이 느껴지는 이마를 손가락으로 만지작거렸다. 강한이 쑥스러운지 아래턱을 손바닥으로 쓸었다.

"미안하다. 면도한 지 좀 지나서……."

두 사람 사이에 미묘한 긴장감이 흘렀다. 아무리 무시하려 해도 강한의 남자다움에 설영의 감각 기관이 본능적으로 반응하고 있었다. 고요해 보이는 눈동자 너머로 넘실대는 감정의 파도가 일렁이고 있었다. 그 파도와 마주한 순간 주체할 수 없는 열기가 설영을 집어삼킬 것만 같았다. 숨을 쉬기가 불편했다. 뭔가가 강렬하게 심장을 짓누르고 있었다.

숨이 막힐 것만 같은 분위기에서 벗어나고 싶었다. 그런 설영의 마음을 읽기라도 한 듯 강한이 반 발자국 뒤로 물러나며 공간을 내주었다. 열려진 문 사이로 차가운 밤기운이 스며들었다. 낮 기온과는 확연하게 다른 싸늘한 공기가 설영의 하얀 목덜미에 오돌토돌 흔적을 남겼다.

"추워? 잠깐만 기다려."

밀랍 인형처럼 딱딱하게 굳어 있는 설영의 어깨 위로 따뜻한 온기가 남아 있는 재킷이 둘러졌다. 그가 발산했던 열기가 고스란히 설영을 감싸기 시작했다.

"그럼 이제 진짜로 가 볼까."

비상구는 좁은 뒷골목으로 연결되어 있었다. 높이 솟은 건물을 살피며 지형을 확인하는 것을 보니 강한도 이 비상구를 통해 건물 밖으로 나오기는 처음인 모양이었다.

서울의 밤은 낮과는 확연하게 달랐다. 화려한 조명들로 중무장한 밤거리는 흥에 취한 젊은이들을 유흥으로 이끌었다. 커다란 쓰레기봉투가 쌓여 있는 건물 뒤편의 음침함은 화려하게 치장한 사람들로 넘실대는 거리와는 천지 차이였다. 높다란 건물들 틈 어딘가에서 위험이라는 놈이 도사리고 있다가 쏜살같이 튀어나올 것처럼 음산함이 스며들어 있었다.

그사이에 비라도 내린 건지 물에 젖은 흙냄새와 함께 음식 쓰레기 특유의 비린내가 코끝을 자극했다. 방향을 결정한 강한은 망설임 없이 설영의 손을 감싸 쥐었다. 강철처럼 힘센 손은 반항을 용납하지 않았다. 커다란 손이 이끄는 방향에 따라 걸음을 옮겼다. 땅 위에 군데군데 물웅덩이가 고여 있었다. 키가 큰 강한이 상대적으로 넓은 보폭으로 무리 없이 건너간 물웅덩이를 피하기 위해 설영은 옆으로 돌아가는 방법을 선택했다.

혼자라면 충분히 뛰어서 건널 수 있는 범위였지만 손이 잡혀 있어 자유롭게 점프할 수 있는 상태가 아니었다. 강한이 입고 있는 고급스러운 바지에 더러운 흙탕물이라도 튀기지 않을까 보이지 않게 신경을 쓰고 있었다. 나란히 붙어 있던 두 사람의 팔이 멀찍이 벌어질 때마다, 강한은 제자리에 서서 그녀가 가까이 다가오기를 참을성 있게 기다렸다.

"별로 비싼 옷은 아니니 신경 쓰지 않아도 괜찮아. 편하게 걸어."

설영의 가슴 안쪽에서는 지각 변동이 일어나고 있었다. 무언가가 꿈틀거리는 것 같기도 하고, 간질거리는 것 같기도 하고. 살랑살랑 불어오는 미풍이 가슴 안쪽까지 치고 들어오며 둔한 감각을 일깨우고 있는 것만 같았다. 마음 한쪽을 내보일 것 같아 일부러 톡 쏘며 툴툴거렸다.

"진짜 나중에 세탁비 달라고 안 할 거죠? 차라리 손을 놔주세요. 손이 잡혀서 걷기가 불편해요."

마주 잡은 손에 힘이 들어갔다. 두 사람 사이에 흐르는 긴장감을 강한도 똑같이 느끼고 있었다. 설영의 작지만 단단한 손이 꼼지락거리자 손아귀에서 빠져나갈 수 없게 단단히 움켜쥐었다. 또래의 여학생들과 비교해서 결코 예쁘다고는 할 수 없는 손이었다. 손을 쓰는 운동을 많이 해서인지 손가락 마디가 굵고 손바닥에는 딱딱하게 굳은살이 박여 있었다.

다만 그것은 일반 사람들이 생각하는 기준일 뿐이었다. 강한은 단단하고 야무져 보이는 손이 마음에 들었다. 그의 손에 비해 적당히 작고 아담해서 쥐었을 때 손바닥에 쏙 들어오는 느낌이 좋았다.

"불편해도 조그만 참아. 어디로 튈지 모르는 녀석이라 안심이 안 돼서 이런다. 큰길로 나가면 놓지 말라고 해도, 놓을 거야."

태상이 패거리들을 풀어, 설영을 찾고 있을지도 몰랐다. 이 지역에서 벗어나기까지는 안심할 수 없었다. 사람의 흔적이 없는 뒷골목을 선택한 이유가 바로 이것이었다.

"그러지 마세요."

"뭘?"

"자꾸 보호자처럼 굴지 마시라구요. 나는 선생님이 좋은 사람인지, 나쁜 사람인지에 대한 확신도 없어요. 평범한 학교 선생님이라면 이런 뒷골목에 겁 없이 발을 들여놓지 않을 테니까요."

"내가 널 어디로 데려갈지도 모르면서 이렇게 따라올 때는 나에 대한 신뢰가 쌓여 있기 때문이 아닐까? 내가 너를 위험한 곳으로 데리고 가지 않을 거라는 확신, 그것만으로도 보호자 역할을 맡기에 충분하다고 보는데?"

"그건 손이 잡혀서……."

"네 실력이면 내가 방심할 틈을 노려서 바닥으로 내동댕이칠 수도 있었잖아. 내가 쩔쩔맬 수밖에 없는 급소에 해당하는 신체 부위도 누구보다 잘 알 테고."

틀린 말이 아니었다. 그에 대한 조그마한 불신이라고 있었다면 아무리 그가 무력을 행사한다 하더라도 어떻게든 빠져나갈 방법을 찾았을 것이다. 정정당당하게 힘으로 제압할 수는 없지만 방심한 틈을 노린다면 분명히 승산은 있었다. 처음부터 그를 완벽하게 신뢰하고 있었다. 부정할 수 없는 사실이었다.

"관두죠, 하나도 재미없는데. 이제 진짜 손 좀 풀어 주시죠. 흙탕물에 패대기당하기 싫으시면……."

투박한 협박조의 말투에 강한이 익살스러운 표정을 지었다.

"그러면 영 선생 체면이 안 살겠지? 할 수 없이 이쯤에서 물러서야겠는데."

장난기가 사라진 목소리가 신중해졌다. 설영의 뒤쪽을 살펴보던 강한이 앞으로 나서며 서 있는 위치를 달리했다. 어깨를 넓게 펴며 주변을 경계하는 모습에 덩달아 설영도 허리를 곧게 펴며 느슨해진 자세를 바로 했다. 주로 험한 욕설이 대부분인 대화가 점점 또렷이 들려왔다. 강한은 설영을 어두운 건물의 벽 쪽으로 밀어붙였다. 사람들의 눈에 띄지 않게 최대한 앞을 가로막았다.

"나한테 맡기고 너는 움직이지 않았으면 좋겠다."

허스키하게 읊조리는 목소리는 어느 때보다 진지했다. 설영의 성격을 알기에 미리 조바심을 내는 것이었다. 늦은 밤 시간에 인적이 드문 어스름한 뒷골목을 찾아드는 사람들. 그들의 행적을 살피는 강한의 눈매가 날카로웠다.

큰 소리로 거리낌 없는 대화를 나누던 대여섯 명 정도의 남자들이 앞을 지나치며 휘파람을 불었다. 강한의 그림자 뒤에 숨어 있는 여자의 실루엣을 발견한 그들이 조소와 야유를 보냈다.

"분위기 조오타. 여자가 얼마나 예쁘기에 모텔에 갈 시간도 아까워서 길바닥에서 이러고들 있을까."

"그러게. 얼마나 예쁜지 구경이나 한번 합시다."

"보여 주기 싫어서 뒤로 꽁꽁 숨겼는데. 그냥, 확 덮쳐 버려?"

한 사내가 설영을 보기 위해 가까이 다가서자 강한이 움직였다. 작은 동작만으로도 다부진 어깨선과 가슴 근육이 두드러졌다. 어두운 가로등 조명 아래서도 날렵하게 다듬어진 몸이라는 것을 쉽사리 알 수 있었다. 일행 중에 맨 앞에 서서 관망하고 있던 남자의 눈빛이 그 순간 호기롭게 반짝였다.

"잠깐만, 이게 누구야? 어두워서 확실치는 않아도, 분명 내가 본 적이 있는 얼굴인데?"

귀에 익은 목소리였다. 설영에게 타투 스티커를 샀던 남자. 유유자적한 걸음으로 무리의 한가운데로 들어서며 턱을 좌우로 한 번씩 움직였다. 그러자 다른 사내들이 군말 없이 그들을 에워싸기 시작했다.

"설마 뒤에 숨어 있는 애가 그 꽃뱀은 아니겠지? 그렇다면 이거야말로 하늘이 주신 운명이라고 봐야겠는데."

"오호라, 아는 사이였어? 꽃뱀이라면 얼굴깨나 반반하겠는데……."

"아가, 이리 나온나. 오빠하고 2차 가야지. 나는 아직까지 우리 아가 얼굴도 제대로 못 봤는데. 너 오늘 제대로 임자 만났다."

입심 좋은 다섯 명의 남자는 강한을 중심으로 넓게 공간을 확보하며 자리를 잡았다. 도망갈 틈을 사전에 차단하려는 움직임이었다.

"제대로 된 물건 구경시켜 준다는데 안 나오고 뭐 하냐. 아까는 좋다고 앵기더니, 그새 또 부끄러워지셨어요?"

설영이 꿈틀하자, 강한이 초조하게 몸을 틀어 움직임을 차단시켰다. 혹시 모를 위험에 대비해 인적이 드문 뒷골목으로 찾아 들어왔는데, 아무 소용이 없게 되었다. 확실히 트러블은 류설영을 따라다니는 모양이었다.

"구라 치시네. 딱 봐도 장식용이구만."

바닥에서 물 튀기는 소리까지 들릴 정도로 조용한 밤거리였다. 낮게 주절대는 소리가 남자들의 귀에 확연하게 들렸다. 험악한 분위기에 위축되기는커녕, 기세 좋게 한마디 거들고 있는 설영으로 인해 강한은 가벼운 한숨을 내쉬었다.

"너까지 굳이 나서지 않아도 내가 알아서 상대해. 너는 뒤쪽으로 물러서 있어."

커억, 퉤. 연한 갈색 머리 남자가 땅바닥으로 가래침을 뱉어 내며 요상한 소리를 만들어 냈다.

"기생오라비같이 생긴 놈은 입 닥치고 가만히 있어. 너, 뒤에 숨어서 입만 나불대는 계집애. 잔말 말고 이리 나와. 니가 봤어? 장식용인지, 제대로 된 대물인지, 니가 봤냐고?"

"그걸 꼭 눈으로 봐야 아나요? 그렇게 물건이 실하면 여자들이 줄을 섰겠지. 이 여자, 저 여자 껄떡대고 다니는 것을 보면 부실하다는 증거 아니겠어요? 척하면 척이지."

설영이 지지 않고 대답했다. 사내들이 시비를 붙이겠다고 마음먹은 이상, 얌전히 있는다고 달라질 상황이 아니었다. 한판 붙어야 한다면, 하고 싶은 말이라도 속 시원하게 하고 싶었다.

"나한테 맡겨 달라고 했잖아. 내 말은 죽어라 안 듣지."

"나는 얌전히 있었는데, 저 또라이 변태가 자꾸 이상한 말을 해서, 염장을 지르잖아요. 성추행범으로 경찰에 확 찔러 버릴까 보다."

"내가 말하고 싶은 것이 무슨 뜻인지 알잖아."

설영이 재킷을 벗었다. 민첩한 동작을 위해서는 몸에 맞지 않는 옷은 거추장스러운 짐일 뿐이었다.

"제가 말하고 싶은 것이 무슨 뜻인지도 잘 아시잖아요. 제 앞가림은 제가 알아서 합니다. 겁쟁이처럼 도망치고 싶지 않아요."

"겁쟁이처럼 도망치라는 뜻이 아니잖아. 내 말은 다치지 않게 한발 뒤로 물러서 있으라는 뜻이야."

"알아요. 하지만 선생님 혼자 상대하기에는 숫자가 너무 많아요."

"그거야 두고 보면 알겠지."

설영은 독특한 머스크 향이 배어 있는 재킷을 손에 들고 주위를 둘러보았다. 흙탕물이 고여 있는 길바닥에선 마땅히 놔둘 곳을 찾을 수가 없었다.

"니들 지금 뭐 하냐? 여기가 니들 학교 운동장이라도 되는 줄 아나 보지? 아주 눈꼴시어 더 이상 못 들어 주겠다."

갈색 머리 남자가 흥분했는지 선제공격을 시도했다. 상대방의 행동반경을 미리 한 수 앞서 예측하고 대비하는 강한이 차분히 움직였다. 크게 주먹을 휘두르는 남자의 손을 가볍게 한 팔로 방어한 강한이 정확하게 남자의 아래턱을 손바닥으로 가격했다. 턱을 맞고, 허덕거리며 상체를 떨구는 남자의 복부를 강한이 인정사정없이 오른발로 메다꽂았다.

근처 어딘가를 배회하고 있을지도 모를 태상의 부하들이 들이닥치기 전에, 설영을 데리고 떠나야 한다는 생각에 인정을 베풀어 줄 여유 따위는 없었다. 짧고 강력한 공격에 비명조차 지를 새도 없이 뒤로 고꾸라지는 남자를 보며 여기저기서 험한 욕설이 터져 나왔다.

만만치 않은 상대를 마주했다는 경각심이 들었는지 사내들의 어깨에 힘이 들어갔다. 시간을 지체하지 않고 목이 짧은 남자가 강한에게 덤벼들었다. 무작위로 휘두르는 주먹을 팔을 들어 어렵지 않게 쳐 냈다. 눈 깜짝할 사이에 팔목을 간단히 제압하고, 팔꿈치로 턱을 가격했다. 얼굴을 맞고 중심이 흐트러진 남자의 뒤쪽으로 돌아가 종아리 윗부분을 발로 찍어 눌렀다. 무릎이 꺾여 힘없이 비틀거리는 남자를 돌려차기로 깨끗하게 마무리했다.

탁탁탁. 강한은 공격 동작을 크게 하지 않으면서 짧고 간결하게 빈틈을 노려 공격했다. 방어와 공격이 동시에 이루어지며 상대방의 다음 공격 및 동작을 순식간에 끊어 버렸다. 절도 있는 동작들은 감탄사를 자아낼 정도로 빠르고 강력했다.

"저건 또 어디서 놀던 자식이야? 한 놈씩 덤비지 말고, 한꺼번에 덮쳐."

다급한 목소리의 주인이 호주머니에서 뭔가를 꺼냈다. 날카로운 칼날을 가진 잭나이프가 번쩍하고 조명등에 존재감을 드러냈다. 덩치 좋은 두 남자가 한꺼번에 다가오자 강한이 자세를 가다듬었다. 바닥에서 꿈틀거리고 있는 자들과는 확연하게 차이가 나는 신체 조건을 가지고 있었다. 양손을 앞으로 내밀고 가드를 잡는 폼이며, 그와의 거리를 좁히며 다가서는 스텝들이 제대로 된 싸움꾼들이었다.

강한은 뒤를 힐끗거리며 우선 설영과의 거리를 확인했다. 그녀가 몸싸움에 말려들지 않게 최대한의 안전거리를 확보하기 위해 앞쪽으로 한걸음을 내딛다가 그대로 멈춰 섰다.

"젠장, 빌어먹을……."

이번에는 공격해 들어오기를 기다리지 않고, 방어에서 선제공격으로 자세를 바꾸려던 강한이 골목길에 드리워진 기다란 그림자들을 발견하고 어쩔 수 없이 뒤로 물러났다. 여러 개의 그림자들이 흔들리는 것으로 봐서는 곧 있으면 건물의 모퉁이를 돌아 그들이 있는 뒷골목으로 들어설 것이 분명했다.

점점 옆으로 퍼져 가는 그림자 모양으로 봐서 최소 세 명 이상이었다. 이들과 같은 패거리들이라면 수적으로 불리한 싸움이었다. 얼마나 빠르고 기동력 있게 상대방을 제압해 나가느냐에 승패가 달려 있었다. 문제는 설영이 다치지 않게 보호하면서 움직이기에는 행동반경에 제한이 있다는 것이었다.

"류설영, 지금 반대 길로 무조건 뛰라고 하면 뛸래?"

아니라는 대답이 나올 거라는 것은 강한도 잘 알고 있었다. 커져 가는 그림자와 거친 말소리는 설영도 이미 눈치채고 있었다. 한결 느긋해진 남자들의 표정에서 같은 패거리들이라는 것을 짐작할 수 있었다. 잠시 주춤거리는 틈을 이용해서 잭나이프를 든 사내가 소리를 지르며 동시에 공격을 개시했다. 그사이에 모퉁이를 돌아서는 패거리들의 발걸음이 부산스러워지고 있었다. 이미 선택은 정해져 있었다.

남자들에 비해 신체적으로 불리한 설영은 무턱대고 덤벼들기보다는 적의 빈틈을 파고들어 약점을 노려야 했다. 누구도 그녀를 주시하지 않는 상황에서 바닥을 차고 벽을 타고 올랐다. 높이 솟은 강한의 어깨에 손을 짚고, 든든한 어깨를 지지대 삼아 원심력을 이용해 있는 힘껏 다가서는 사내의 얼굴을 가격했다.

예기치 못한 일격에 크게 휘청거리며 뒷걸음질 치던 사내가 손으로 코를 감싸 쥐었다. 코밑으로 축축하게 흐르는 것이 피라는 것을 확인하자 순식간에 이성을 잃었다. 얕잡아 봤던 여자한테 제대로 얻어맞고, 코피까지 흘리는 모습을 보였다는 사실 하나만으로 쪽팔리는 일이었다. 자존심을 회복해야 한다는 생각에 꽂혀 앞뒤 상황 판단 없이 그길로 달려들었다.

냉철한 판단력 없이 날뛰는 상대는 오히려 상대하기가 수월했다. 움직임을 뻔히 내다볼 수 있었다. 칼날이 허공을 갈랐다. 설영은 한 손에 들고 있던 슈트 재킷을 휘둘러 남자의 시선을 교란시켰다. 남자가 머뭇거리는 사이에 손목을 양손으로 거머쥐고 바깥쪽으로 비틀었다.

쨍강. 칼날이 바닥에 부딪치며 쇳소리를 냈다. 나이프를 손이 닿지 않는 구석으로 멀찍이 찼다. 그리고 왼발을 틀면서 목 부분을 오른손으로 강하게 눌렀다. 신속하고 정확하게 팔꿈치를 이용해 상대방의 가슴과 얼굴을 연속으로 가격했다. 균형을 잃어버린 사내는 힘없이 바닥에 무릎을 꿇고 주저앉았다. 끙끙 앓는 소리를 내며 얼굴을 싸매고 있는 사내의 어깨를 설영의 워커가 강하게 찍어 내렸다.

"이것으로 질문에 대답이 되었나요? 나름 좋은 파트너가 될 것 같은데……. 그렇게 생각되지 않아요?"

시커먼 그림자들이 순식간에 몰려들었다. 설영은 이제 적진의 한복판으로 자진해서 끼어든 셈이었다. 물러설 기회는 사라졌다. 이제 그들에게 남은 것은 정면 돌파밖에 없었다. 설영과 강한은 어깨를 나란히 한 채 새로 등장한 사내들의 움직임을 관찰했다. 대충 머릿수를 세어 보니 합이 여덟. 그중에서 싸움 좀 했을 것 같은 사내들의 수는 넷.

규칙적인 호흡으로 잔뜩 예민해져 가는 신경을 가다듬는 설영에게 강한은 '침착하라'며 작은 소리로 속삭였다. 그 속삭임과 함께 스며드는 연한 담배 냄새는 불현듯 설영의 기억을 아카시아 꽃나무가 흐드러지게 피어 있던 학교 앞 돌담길로 데려갔다.

하늘을 노을빛으로 물들인 석양과 달콤한 아카시아 꽃향기. 고즈넉한 해질 무렵의 하굣길에 두 사람이 함께 있었다. 경사진 돌담길을 뛰어가고 싶어 좀이 쑤시던 그녀와 그런 그녀를 달래 가며 느긋하게 걸음을 옮기던 강한. 그날의 느낌이 선명하게 머릿속에 떠올랐다. 그가 이렇게 말하고 있는 것만 같았다, 앞을 지켜 줄 테니 서두르지 말고 천천히 따라오라고.

“아직까지 담배 못 끊으셨나 봐요.”

속삭이는 음성이 한결 여유롭고 차분했다.

“트러블을 몰고 다니는 누구 덕분에…….”

“설마 지금 본인의 약한 의지력을 나한테 떠넘기는 거예요?”

설영이 장난스럽게 툭 하고 팔꿈치로 강한의 옆구리를 건드렸다. 가장 몸집이 건장한 사내의 움직임을 주시하며 방어 자세를 갖춰 가던 강한의 입가에 슬며시 미소가 번졌다.

“네가 트러블을 몰고 다니는 것은 인정하는구나. 시간을 조금만 벌어 줘. 최대한 짧은 시간 안에 빠져나갈 방법을 찾아볼게. 그때까지 무조건 다치지 마라.”

서서히 거리를 좁혀 오는 사내들의 움직임에 강한의 말소리가 빨라졌다. 이제 영특하게 번뜩이는 눈빛에는 적을 향한 선득한 날이 서 있었다. 적진을 향해 내달리기에 앞서 강한은 설영의 한쪽 어깨를 지긋이 잡았다 놓았다.

“이런 식의 파트너로 엮이는 것은 이게 처음이자 마지막이길 바란다.”

기세등등하게 앞으로 달려드는 사내의 주먹을 피하며 강한이 몸을 뒤로 젖혔다. 헛스윙을 하며 중심이 앞으로 쏠리는 남자가 이번에는 방향을 틀어 설영을 향해 달려들었다. 미처 한 발자국 다가서기도 전에 강한이 거침없는 욕설과 함께 남자의 어깨를 틀어쥐고 바닥으로 패대기쳤다. 철퍼덕하는 소리와 함께 더러운 흙탕물이 설영의 가슴팍까지 튀어 올랐다.

“저도 두 번은 사양입니다.”

바닥에서 일어서려는 남자의 어깨를 밟고 그대로 벽을 타고 올라선 설영은 공중으로 몸을 날렸다.

열려진 유리창을 통해 시원한 바람이 불어왔다. 청량하게 울리는 실로폰 소리와 얇은 눈꺼풀을 통과하는 투명한 빛의 움직임에 설영은 억지로 눈을 떴다. 하얀 면사포가 바람결에 춤을 춘다. 바람을 따라 나부끼는 천 조각 사이로 파란 하늘이 모습을 드러냈다. 밤새 빗줄기를 쏟아 내서인지, 하늘은 눈이 부실 정도로 맑고 청아했다. 여기가 어디더라. 기억을 더듬느라 가늘게 뜬 설영의 눈앞에 기다란 그림자가 드리워졌다.

"허락도 없이 함부로 들어와서 미안하다. 몇 번이나 노크했는데 대답이 없어서……."

잠들어 있던 후각을 자극하는 상쾌한 머스크의 향. 처음 맞이하는 낯선 풍경에 동요했던 마음이 일시에 차분하게 가라앉았다. 소리 없이 다가온 강한이 침대 옆에서 그녀를 내려다보고 있었다. 침대에 엎드려 있던 설영의 눈길이 그의 손에 들린 대나무 쟁반을 향했다.

"냉장고가 비어서 당장은 대접할 게 이것뿐이다."

바삭하게 구운 토스트 한 쪽, 물 잔, 그리고 옆에 놓인 작은 약병. 물방울이 맺힌 유리잔을 보니 새삼스레 입 안이 바짝 말라 왔다. 메마른 입술을 혀로 축이며 설영이 몸을 움직였다. 오른팔을 침대에 기대고 일어서려는데, 끙끙대며 앓는 소리가 절로 새어 나왔다.

"괜찮겠어?"

이제야 방 안의 모습이 제대로 시야에 들어왔다. 온통 하얀색의 배경에 가구라고는 단출하게 설영이 누워 있는 침대와 벽에 걸린 거울이 전부였다.

"괜찮……."

마른 논바닥처럼 버석거리며 갈라지는 목소리에 설영은 입을 다물었다.

"내 눈에는 괜찮지 않아 보이는데. 아무래도 진통제부터 먹는 게 좋을 것 같다. 움직임이 훨씬 수월해질 거야."

설영은 물과 함께 내밀어진 알약 두 알을 입 안으로 털어 넣었다. 시원한 물이 달게 느껴졌다. 빈 잔을 내밀자, 대신 토스트가 손에 쥐어졌다. 빈속에 약까지 먹었으니 이대로 물러날 강한이 아니었다. 잔소리를 피해 바싹 마른 토스트를 한입 베어 물었다. 그 흔한 버터조차 발라져 있지 않아, 까슬까슬한 모래알을 씹는 기분이었다.

"내가 냉장고가 비었다고 미리 설명했잖아."

기계적으로 입을 놀리는 설영을 향해 강한이 멋쩍은 미소를 지었다. 방금 전에 샤워를 했는지 젖은 머리가 자연스럽게 이마를 덮고 있었다. 어제의 각진 모습과 비교해서 훨씬 여유롭고, 느긋해 보였다. 그런데도 얼굴, 목, 손등 할 것 없이 지난밤의 격렬했던 몸싸움의 흔적이 여기저기 남아 있었다. 새로 생긴 생채기들을 바라보며 설영이 미간을 좁혔다.

"죄송합니다. 번번이 저 때문에 곤란한 일을 겪게 해서."

"미안해할 것 없어. 네 말대로 우리가 매번 안 좋은 타이밍에 만났을 뿐이야."

대수롭지 않다는 듯 강한이 턱 밑에 생긴 긁힌 자국을 매만졌다. 그러고는 침대 위에 살짝 걸터앉았다. 의도하지는 않았겠지만, 묵직한 무게에 매트리스가 흔들리며 몸이 한쪽으로 기울었다. 작은 자극임에도 어깨에 몰려드는 아픔을 참느라 어금니를 지그시 깨물었다.

정신이 들수록 온몸 구석구석에서 아프다며 뒤늦게 신호를 보내고 있었다. 수적으로 월등하게 열세인 상황에서 한 대도 맞지 않고 버틸 만한 재주는 없었다. 그나마 좁은 골목에서 강한이 선두에 나서 그녀에게 향하는 공격을 부분적으로 차단해 주었다. 두 명이 한꺼번에 덤벼들었으면 힘에 밀려서라도 버텨 내는 데 한계가 있었을 것이다.

"일어설 수 있겠어? 더 쉬게 놔두고 싶었는데, 골치 아픈 일이 생겨서……."

생기 없는 몰골을 살피는 강한의 눈매가 조심스러웠다. 아프다는 것을 티 내지 않으려 일부러 반대편으로 고개를 돌렸다. 열려진 욕실에 불이 켜져 있었다. 밤새 어스름한 달빛 외에는 방 안을 찾아드는 빛을 찾아볼 수 없었다. 아마도 강한이 켜 놓은 것이리라. 뒤집어쓴 흙탕물이 그대로 말라붙어 있는 머리카락을 강한이 손가락으로 살짝 건드렸다.

"먼저 씻는 게 좋겠다. 뜨거운 물이 근육을 풀어 주는 데 도움이 될 거야. 갈아입을 옷은 욕실에 준비해 뒀어. 너무 급하게 서두를 필요는 없어. 시간 여유를 갖고 천천히 준비해."

강한이 침대에서 일어서며 팔을 내밀었다.

"무슨 일이에요? 바쁜데 제가 방해되는 거라면 저는 그냥……."

천천히 침대 가에 다리를 내려놓던 설영은 조심스럽게 숨을 들이쉬었다. 묵직한 아픔이 허벅지를 타고 흘러내렸다. 구둣발에 제대로 얻어맞은 후유증을 지금에야 겪고 있었다. 혼자 일어서기도 힘에 부쳤다. 진통제의 효과가 나타나기까지는 어느 정도의 시간이 필요했다.

"아무래도 그러는 게 좋겠어요. 그럼 신세 좀 지겠습니다."

말이 떨어지기가 무섭게, 거실 안쪽에서 도어벨이 울렸다.

"아까 말했던 골치 아픈 일이 생각보다 빨리 벌어진 것 같다. 시간 여유를 갖고 천천히 준비하라는 말은 취소해야겠는데. 잠깐만 실례."

긴장으로 굳어 있는 설영을 강한이 조심스럽게 들어 올렸다. 무릎 아래를 받쳐 드는 손이 가뿐하게 그녀의 몸무게를 지탱했다. 거친 몸싸움의 후유증은 아마도 설영 혼자만 겪고 있는 모양이었다.

천천히 방 안을 가로지른 강한이 욕실의 정중앙에 그녀를 내려놓았다. 넓은 욕실을 둘러보는 설영의 시선이 샤워부스 앞에 세워 둔 선반에 가서 머물렀다. 나무색을 그대로 살린 선반위에 깨끗한 타월과 갈아입을 옷이 준비되어 있었다. 곱게 접힌 타월 사이에 들어 있는 호피 문양의 속옷이 눈에 들어왔다.

"너무 걱정할 것은 없어. 네가 생각하는 그런 종류의 문제는 아니니까. 씻고 나와. 맛없는 식빵보다는 나은 음식이 준비되어 있을지도 모르니까."

좁혀진 미간을 다른 의미로 해석한 강한이 그녀를 안심시켰다. 성큼성큼 욕실을 가로질러 문손잡이를 잡아당기던 강한이 갑자기 돌아섰다. 뭔가 묻고 싶은 게 있는데 주저하는 표정이었다.

"저기……."

"저한테 할 말 있으세요?"

무슨 일이냐며 물끄러미 올려다보는 설영을 향해 강한이 가벼운 미소로 응답했다.

"아니다, 나중에 얘기하자."

강한이 나가고 욕실 문이 닫혔다. 혼자 남은 설영은 삐죽이 나와 있는 브래지어의 끈을 집어 들었다. 호피 문양을 감싸고 있는 검정 레이스를 바라보던 시선이 저절로 닫힌 문을 향했다. 이런 취향이었나. 끈에 매달린 가격표를 눈으로 훑어보고는 다시 한 번 닫힌 문을 바라보았다.

"도대체 동그라미가 몇 개야?"

서른이라는 적지 않은 나이이니 사귀는 사람이 있다고 해서 이상할 것은 없었다. 본의 아니게 사생활을 훔쳐본 것만 같아 찜찜한 기분과 함께 묘한 배신감에 기분이 나빠졌다.

심술 난 사람처럼 호피 무늬 천 조각을 옷더미 위에 내팽개치다시피 던져 버렸다. 그 작은 동작만으로도 어깨에 무리가 가는지 뻐근한 아픔이 몰려왔다. 젠장. 다행히 아픔은 현실을 깨닫게 해 주는 훌륭한 각성제였다. 지금은 한가하게 속옷을 상대로 신경전이나 벌이고 있을 때가 아니었다. 해결해야 할 숙제가 산더미처럼 쌓여 있었다. 급한 대로 샤워기의 수도꼭지를 뜨거운 물이 나오는 방향으로 온전히 돌려놓았다. 시원스레 쏟아지는 물소리를 들으며 더러워진 옷을 하나씩 벗어 나갔다.

방을 나서기 전에 설영은 거울에 비친 모습을 눈을 확인했다.

"엉망진창이네."

말 그대로 엉망진창이었다. 오른쪽 어깨에 생긴 붉은 멍 자국에 설영이 이마를 찌푸렸다. 얼굴과 턱 밑에 새겨진 긁힌 자국들도 한동안은 없어지지 않을 것이다. 설영은 관자놀이 부근에 엄지를 대고 원을 그리듯 문질렀다. 뜨거운 온수 덕에 경직된 근육이 느슨하게 풀렸다. 진통제의 효력이 나타나기 시작하는지 움직임도 훨씬 가뿐해졌다. 그러나 머릿속은 독한 술에 취한 것처럼 개운하지 않았다.

김민호, 윤태상, 그리고 최강한. 연결 고리처럼 하나로 이어지는 그들의 관계. 야비한 독사와 같던 태상을 떠올리자 등골이 선득해졌다. 민호와 자신의 안전을 위해 지금이라도 어른들께 도움을 구하고, 이쯤에서 빠지는 것이 최선의 선택이었다.

하지만 강한도 그 일과 관련이 있는 거라면? 태상과는 적대적인 관계라는 그의 말이 거짓이라면? 어두운 뒷골목을 주름잡던 강한의 모습이 설영의 사고, 끄트머리에서 발목을 붙잡고 있었다.

쿵쿵쿵.

누군가 거침없이 방문을 두드렸다. 아마도 강한이 예고했던 골치 아픈 문제일 것이다. 당장 대면해야 할 숙제. 섣부른 결정을 내리기 전에 민호가 빼돌렸다는 물건의 정체부터 파악하자. 순차적으로 하나씩 풀어 가다 보면 해답이 나오겠지. 조금은 홀가분해진 마음으로 젖은 머리를 대충 손가락으로 빗어 넘겼다. 마지막으로 낯선 트레이닝복의 지퍼를 목까지 끌어 올리며 어깨의 붉은 멍을 가렸다.

문을 열자, 생각지도 못한 인물이 그녀를 기다리고 있었다. 문을 부수고 밀고 들어올 기세로 두드려 대던 민호가 설영을 보고는 그대로 동작을 멈췄다. 메말라 보이던 눈에 오늘은 감정이 차고 넘쳤다. 그의 어깨 너머로 굳은 표정의 강한이 보였다. 섹시한 속옷이 어울리는 여자와 대면해야 하는 것은 아닌가 은근 긴장하고 있던 설영의 눈매가 놀라움으로 휘둥그레졌다. 그러다 짙어지는 의문으로 눈썹을 찌푸렸다.

"이게 어떻게 된 거예요?"

민호에게 묻기보다는 강한을 향한 질문이었다. 여기를 어떻게 알고 찾아왔을까. 클럽에서 상호를 만난 걸까. 험악한 인상의 상호가 순순히 데려왔을 리는 없는데…….

초조하게 대답을 기다리는 설영의 오른쪽 어깨 위로 민호가 힘없이 고개를 떨어뜨렸다. 묵직하게 내리누르는 무게를 견디느라 성난 숨결이 저절로 흘러나왔다. 강한이 미간을 가운데로 그러모았다. 도와주기 위해 다가서는 그를 향해 설영이 가만히 고개를 가로저었다.

"심장이 터져 버리는 줄 알았잖아. 너는 어디를 가면 간다고 말을 해야 할 것 아니야. 어디 가서 맞고 다니는 것은 아닌가 걱정했잖아."

평상시에도 낮은 음색이 더욱 짙게 깔려 있었다. 걱정했었구나. 커다란 풍랑을 만난 듯 설영의 마음이 크게 동요했다. 거리감을 두던 녀석이 이 정도까지 마음을 표현할 정도면 도대체 얼마나 염려하고 있었던 걸까.

"바보같이. 내가 어디 가서 맞고 다닐 사람으로 보여?"

설영은 커다란 아이처럼 웅크리고 있는 민호의 머리를 툭 하고 건드렸다.

"누구 보고 바보래? 나는 그냥……."

본심을 들켜 쑥스러운 민호는 대충 얼버무리며 고개를 들어 올렸다. 눈앞에 설영이 서 있다는 사실만으로 크게 안도했었다. 그래서 미처 발견하지 못했던 붉은 상처 자국이 이제야 눈에 들어왔다.

"뭐야, 안 맞았다며? 누구랑 붙었어? 정민이 자식이야? 아니면 그……."

행여나 윤태상이라는 이름이 나올까 설영이 민호의 입을 틀어막았다. 아무것도 확실한 것이 없는 상태에서 윤태상을 만나러 간 이유가 민호 때문이었다는 것을 강한이 알게 하고 싶지 않았다.

"어떤 자식이 감히 널 이렇게 만든 거냐고?"

입술을 누르고 있던 손을 떼어 내며 민호가 바락바락 소리를 질렀다.

"거길 왜 가? 거기가 어디라고 겁도 없이 따라가? 왜? 내가 내 뒤치다꺼리 하나 제대로 못 하는 찌질이로 보여? 류설영 눈에는 여전히 나는 열 살짜리 철부지로밖에는 안 보이지? 아무리 나이를 먹고, 덩치가 커도, 칭얼대고 매달리는 등신으로밖에는 안 보이지?"

의도치 않은 순간에 한 꺼풀 베일이 벗겨졌다. 애써 부인해 오던 진실 하나가 훌러덩 정체를 드러내고 말았다. 강한의 눈썹이 미세하게 틀어지고, 어둡게 가라앉은 눈동자에 희미한 조소가 떠올랐다. 거짓말쟁이. 순간적으로나마 그의 내면을 들여다본 것 같은 묘한 기시감을 느꼈다.

"적당히 해라, 고삐리들. 시간 없으니까 눈물의 상봉은 5분 안에 끝내라."

강한의 뒤편에서 주인 없는 목소리가 존재감을 드러냈다. 목소리의 주인을 찾아 시선을 돌린 설영의 눈빛이 한차례 흔들렸다. 설영이 머문 방은 현관 입구에서 가장 가까운 곳에 위치해 있었다. 그래서 지난밤 어둠이 내려앉은 거실을 들여다볼 기회가 없었다.

눈에 익은 실내 구조와 건축 자재들은 그녀가 임시로 머물고 있는 공간을 그대로 가져다 놓은 복사판이었다. 가구라고는 소파 하나가 전부인 민호의 거실과 별반 다를 바 없이 썰렁한 공간이었다. 왜 몰랐을까. 지난밤에 지하 주차장을 통해 엘리베이터로 이동하면서도 같은 아파트일거라는 생각을 전혀 하지 못했다.

마침내 주방이 있는 공간에서 한 손에 텀블러를 든 상호가 걸어 나왔다. 지난밤에 입고 있는 것과 같은 종류의 슈트 차림이었다. 한숨도 못 잔 듯 눈 밑으로 깊게 내려앉은 다크서클이 유독 길게 늘어져 보였다.

“웬수 같은 고삐리들. 너희들 때문에 밤새 골치 썩은 걸 생각하면 지금도 뒷골이 땅긴다.”

뒷목을 손으로 문지르며 성을 내던 상호가 슬며시 곁눈질로 강한의 표정을 살폈다. 민호를 여기까지 끌고 들어온 것에 대해 눈치를 살피는 중이었다.

“한 번은 봐줬지만, 두 번은 얄짤없다. 특히 꼴통 네 녀석, 한 번만 더 클럽에 경찰 데리고 와서 난동 피워라. 그때는 눈물, 콧물 제대로 빼 줄 테니까.”

핸드폰을 꺼내 시간을 확인한 상호가 마른세수를 하듯이 얼굴을 반복적으로 쓸어내렸다.

“생사 확인 했으면 됐지? 꼴통, 너는 나 따라 나와. 아직 해결해야 할 일이 남았잖아.”

석연찮은 생각에 설영의 눈빛이 짙어졌다. 경찰까지 동원되었다면 심각한 문제였다.

“김민호, 너 설마…….”

“설마, 뭐? 그러게 전화는 왜 안 받아?”

민호는 별거 아니라는 투로 입술을 비죽댔다. 정민으로부터 설영이 클럽에서 사라졌다는 말을 듣고, 클럽과 그 주변을 이 잡듯이 뒤졌다. 다급한 마음에 경찰을 대동하고 클럽을 다시 찾았다. 물론 정 비서의 입김 없이는 불가능한 일이었다. 압수 수색 영장이라는 압박감에 상호가 어쩔 수 없이 협조했다는 것, 설영의 안부를 눈으로 확인하는 조건으로 이 일을 덮기로 한 것, 그리고 다시는 클럽에 얼씬도 하지 않겠다는 각서에 사인하기로 한 사실은 굳이 덧붙이지 않았다.

"미치겠다. 너, 나중에 두고 보자."

버릇처럼 설영이 핸드폰을 찾아 바지 호주머니에 손을 가져갔다. 정 비서에게 따로 연락이 왔었는지 확인하기 위해서였다. 어디까지 알게 된 걸까. 매끈거리는 원단의 느낌이 손끝에 닿은 직후에야, 지난 밤 클럽에서 상호에게 핸드폰을 빼앗겼다는 것을 기억해 냈다.

"나는? 나는 네 안중에도 없어? 내가 걱정하느라 밤새 미친놈처럼 헤매고 다녔을 거란 생각은 안 해?"

밤새 설영을 걱정하는 심장이 까맣게 타들어 가고 있었다. 그런 마음도 몰라주고, 여전히 철부지 취급 하는 설영에게 민호가 한껏 열을 올렸다.

"무술 유단자라며? 그런데 왜 맞아? 네가 동네북도 아니고, 왜 바보같이 당하기만 하냐고? 그깟 돈 몇 푼에 팔려 왔으면 더 독해져야지, 왜 병신같이 맞고 다니냐고?"

설영이 호흡을 다듬었다. 헝클어진 채 방치되어 버린 실타래처럼 겹겹이 쌓여 있는 오해들. 새삼스러울 것도 없었다. 알아 달라고 시작한 일도 아니었다. 그런데도 시간의 문을 통과한 과거의 그림자가 차갑게 식어 가는 심장을 할퀴고 지나갔다.

새까만 눈망울에 응집된 상처가 그럴 줄 알았다는 듯이 빠르게 사라지는 것을 강한이 하나도 빼놓지 않고 지켜보고 있었다. 집요한 시선을 의식한 듯 설영의 눈가가 어렴풋이 떨려 왔다. 그 작은 변화 하나까지도 강한은 놓치지 않았다.

적막한 공간을 무거운 침묵이 내리눌렀다. 어색하게 가라앉은 분위기를 깨기 위해 상호가 앞으로 나섰다.

"이것들 봐라, 호적에 잉크도 안 마른 것들이 어디서 싸가지 없는 돈타령이야? 꼴통 너는 볼일 다 봤으면 따라 나와."

상호가 버럭 소리를 질렀지만, 어느 한 사람 반응을 내보이지 않았다. 부풀어 가는 긴장감은 도무지 누그러질 기미가 없었다. 그 순간 모양 좋게 자리 잡은 민호의 귓불을 상호가 야무지게 잡아당겼다.

"내 말이 우스워? 볼일 다 봤으면 가자는 말 못 들었어? 어린놈이 성깔머리 하고는."

씩씩대는 숨소리와 함께 민호가 팔을 휘두르며 두터운 손을 단숨에 쳐 냈다.

"아씨, 이 오랑우탄같이 생긴 아저씨가……. 조폭이면 다야? 내가 그렇게 만만해 보여?"

"뭐, 조폭? 이게 감히 어디서 건실한 사업가한테 얼토당토않는 타이틀을 가져다 붙여? 엄마 치마폭에 휩싸여 소꿉장난하느라 눈에 뵈는 게 없지? 사내자식이 계집애처럼 곱상하게 생겨서는……."

"뭐야?"

곱상하게 생겼다는 말에 민호가 모나게 눈썹을 구기며 이를 드러냈다. 고삐 풀린 망아지처럼 상호에게 덤벼들려는 민호의 다리를 설영이 거침없이 걷어찼다. 담담한 설영의 눈빛에 감정의 찌꺼기는 더 이상 남아 있지 않았다.

"넌 또 왜?"

"적당히 하라고 내가 경고했었지, 더 이상은 안 봐준다고."

불꽃이 어른거리는 까만 눈동자가 민호를 잡아먹을 듯이 노려보았다.

"입 다물어라. 여기서 한마디만 더 지껄이면 이번에는 인정사정 안 봐준다."

호기심을 자극하지 말라는 경고. 설영은 말없이 자신들을 지켜보는 강한의 존재를 강하게 의식하고 있었다. 무슨 생각을 하는지 알 수 없는 표정이지만 초연한 시선 끝에 여운이 담겨 있었다. 꼭 무슨 질문을 던지는 것도 같고, 조소를 머금은 것도 같고. 설영의 의미심장한 표정에 민호가 슬그머니 뒤로 물러났다. 두 손을 호주머니에 집어넣고 항복의 의사를 표시하는 민호를 보며 상호가 감탄사와 함께 과장스럽게 손바닥을 이마에 부딪쳤다.

"세상에! 너란 여학생은 볼 때마다 감동이다. 살다 살다 너처럼 기 센 여자는 내가 또 처음 본다. 클럽에서 기 안 죽고 따박따박 말대꾸할 때부터 알아봤다. 그 엄청난 기로 남자들을 아주 들었다, 놨다 하는구나."

노려보는 설영을 의식하지 못하는지 상호의 한번 벌어진 입이 다물어 질 줄을 몰랐다.

"부잣집 철부지는 너 하나 찾겠다고 공권력까지 동원해서 생난리를 치지를 않나, 학교 선생은 너 하나 살리겠다고 양아치들을 상대로 길거리에서 패싸움을 하지를……."

꽈악. 설영이 상호의 발등을 있는 힘껏 밟았다. 흠칫하고 놀라 입을 다문 상호가 끙 하는 신음 소리와 함께 '쎄다, 쎄' 라는 말을 반복적으로 중얼거렸다.

"아저씨, 제발 그 입 좀 다물어요."

사태의 심각성을 안 민호가 놀란 눈을 크게 치켜떴다.

"뭐냐, 너? 설마 진짜 길거리에서 깡패들한테 맞은 거야?"

또다시 공기의 흐름이 어색하게 변했다. 무의식중에 상처를 가리기 위해 설영이 이미 다 올라간 트레이닝복의 지퍼를 또다시 턱 밑까지 끌어 올렸다. 그 동작이 민호를 더욱 자극했다. 갑자기 달려든 민호에 의해 눈 깜짝할 사이에 트레이닝복 재킷의 지퍼가 맨 아랫단까지 내려가고, 벌어진 옷깃 사이로 화려한 호피 문양의 브래지어와 탄탄한 복근이 모습을 드러냈다.

헉. 막무가내로 덤비던 민호가 그대로 동작을 멈춘 채 거친 숨을 들이마셨다. 휘둥그레진 눈에는 말로는 표현할 수 없는 당혹함이 담겨 있었다.

"너 미쳤어?"

설영이 황급하게 벌어진 옷깃을 하나로 움켜쥐며 뒤로 돌아섰다. 자유로운 한쪽 손으로 벌어진 지퍼를 채우려는데 자꾸만 헛손질을 했다. 당황해서인지 자꾸만 어긋나는 손길에 어찌할 바를 모르고 있을 때였다. 앞으로 다가온 강한이 차분한 손길로 트레이닝복의 지퍼를 채워 주었다. 옷매무새가 정돈되는 동안 설영은 동상처럼 뻣뻣하게 굳어 있었다. 긴장으로 호흡하는 법마저 잊고 있느라, 어깨에 붉게 퍼진 멍 자국을 발견한 강한의 아래턱이 경직되는 것을 알아채지 못했다.

"생각보다 많이 다친 것 같은데, 왜 말 안 했어?"

낮지만 분명한 목소리에는 별다른 감정은 드러나지 않았다. 강한이 몇 걸음 뒤로 물러났다. 여유 공간이 만들어지고, 설영은 멈췄던 숨을 길게 내보냈다. 호흡이 정돈되자 창백하게 굳어 있던 얼굴이 금세 붉은 홍조를 머금고 달아올랐다. 살아오면서 이보다 더 민망한 순간이 있었을까. 주체할 수 없는 민망함은 곧바로 민호를 향한 분노로 폭발하기 일보 직전이었다.

"야, 김민호. 적당히 하라고 몇 번을 말해? 내가 얼마나 더 참아 줘야 해? 네가 돈 가지고 유세 부릴 처지나 돼? 네 손으로 만 원 한 장이라도 벌어 봤어? 팔자 좋게 용돈이나 받아 쓰는 주제에. 나이 먹은 것 안 보이냐고? 키 큰 것 안 보이냐고?"

성난 황소처럼 설영이 비어 있는 공간을 헤집고 민호의 턱 밑까지 파고들었다.

"웃기지 마. 내 눈에 너는 영원히 덩치만 커다란 울보 꼬맹이야. 놀아 달라고 울며 보채는 열 살짜리 못난이 꼬……."

뒷말은 민호의 입술이 삼켜 버렸다. 아랫입술이 강한 흡입력에 정신없이 빨려 들어가고 나서야, 설영은 무슨 일이 벌어지고 있는지를 깨달았다. 거침없이 파고드는 입맞춤. 앙다문 치아 사이를 혀가 밀고 들어왔다. 거부하려 할수록 커다란 두 손이 한 치의 틈도 허용하지 않고 설영의 머리를 밀착시켰다. 민호는 더 이상 열 살짜리 꼬맹이가 아니라는 사실을 몸소 증명하려 하고 있었다.

텀블러가 대리석 바닥을 구르며 둔탁한 파열음을 만들어 냈다. 위험한 빛을 발산하는 강한이 움직이려는 찰나에 상호가 먼저 잽싸게 행동에 나섰다.

"어린것들이 뭐 하는 짓들이야? 니들 지금 영화 찍어?"

설영이 민호의 가슴을 밀어 냄과 동시에 상호가 민호의 어깨를 뒤로 잡아당겼다.

"너…… 이…… 너 정말……."

머리끝까지 열이 뻗친 설영은 무슨 말부터 꺼내야 할지 몰라 버벅거리고 있었다. 말이 막히자, 주먹을 휘두르려 들어 올린 손은 곧바로 단단한 팔 안에 갇혀 버렸다.

"잠깐만 이것 좀 풀어 봐요. 저 자식이 지금 무슨 짓을 했는지 보셨잖아요?"

"알아. 그러니까 그만해."

감정을 못 이기고 날뛰는 설영에 비해 강한의 말투는 차분하고 아무런 감정을 느낄 수가 없었다. 마치 그와는 전혀 상관없는 일인 것처럼. 왠지 그게 설영을 더욱 열받게 만들었다. 그래서 그의 품에서 벗어나기 위해 설영은 있는 힘껏 몸을 비틀었다.

"그럴수록 너만 다쳐. 이쯤에서 그만둬, 류설영."

단호하면서 냉정한 음성이 차가운 이성을 일깨웠다. 흥분으로 날뛰던 몸의 감각 기관에 아픔이 몰려오고, 설영은 무의식중에 아픔을 참느라 아랫입술을 깨물고 있었다. 벌겋게 부풀어 오르는 아랫입술을 하얀 치아로 짓이기며 설영은 대신 민호를 노려보았다. 무슨 일이 벌어졌는지를 자각하면 자각할수록 기가 막혔다.

"네가 지금 제정신이야? 내가 누군지 몰라?"

따져 묻는 설영을 정면으로 마주한 민호의 입꼬리가 길게 휘어졌다.

"내가 설마 상대가 누군지도 모르고 키스했겠어?"

"뭐, 키스? 이게 감히 어디다 그따위 몹쓸 단어를 갖다 붙여?"

간신히 차분해지려던 설영이 또다시 감정의 격랑에 휩싸여 버렸다. 흥분을 못 이기고 팔과 다리를 휘젓는 설영을 강한이 야무지게 감싸 안았다. 날뛰면 날뛸수록 강한의 품 안에 완벽하게 갇히게 되는 설영을 민호가 매서운 시선으로 노려봤지만, 열기를 띠고 있는 설영의 눈에는 아무것도 보이지 않았다.

"이게 어디서 못된 것만 배워 와서는……. 덩치 좀 크고, 힘 좀 세졌다고 다 어른인 줄 알아? 너는 진짜 어른이 되려면 한참 멀었어. 반항도 정도껏 해야 귀엽다고 봐주지."

"그러는 너야말로 진짜 어른이라고 생각해? 귀찮다고 버리고 갈 때는 언제고, 이제는 돈 때문에 돌아온 거잖아. 유학 보내 준다는 유혹에 너를 팔았잖아."

"내가 진짜 그깟 유학 때문에 이러는 것 같아? 이래서 너는 아직 어린애라는 거야."

"무시하지 마. 용돈 받는 주제라고 그랬어? 그딴 거 아니어도 너 하나 정도는 충분히 돌봐 줄 수 있어. 힘들게 공부 안 해도, 평생 온갖 명품을 몸에 두르고, 손에 물 한 방울 안 묻히게 해 줄 자신 있다고. 태어날 때부터 내 앞에 남겨진 재산만으로도 너 하나 정도는 공주님처럼 살게 할 수 있었다고. 그러니 너는 나를 버리지 말았어야 했어. 돈 때문에 다시 돌아오지 말았어야 했다고. 내가 다시 데리러 갈 때까지 내 기억 속의 류설영으로 남아 있어야 했다고."

설영은 아무런 말이 없었다. 그저 얼빠진 사람처럼 민호를 바라볼 뿐이었다.

"왜 하필 지금이야, 왜 하필 지금이냐고? 지금은 내가 할 수 있는 게 아무것도 없잖아."

민호가 뒷머리를 엉망으로 헤집었다. 처음으로 알게 된 민호의 속마음. 미움만 받은 것은 아니었구나. 그럼에도 진실을 털어놓을 수 없는 설영은 어설픈 미소와 함께 저릿한 아픔을 안으로 삼켰다.

"너만 어른인 척 굴지 마. 너 없이도 잘 살아왔고, 앞으로도 그럴 거야."

"오토바이 사고로 다치기나 하고, 학교에서 문제아로 낙인찍히는 게 잘 사는 거야?"

"내 앞가림은 내가 해. 그러니 이제 와서 간섭하고, 보호자처럼 유세 떨지 마."

"그렇게 못 하겠다면?"

기싸움이라도 벌이는 것처럼 서로를 노려보는 시선이 심상치 않았다. 민호와 설영의 사이에 형성된 오묘한 기류를 살피며 상호가 발밑에 굴러다니는 텀블러를 주워 들었다.

"니들은 뭐가 이리 복잡해? 단순한 소꿉친구는 아닌 것 같고. 어려서 사귀다가 부모님 반대로 헤어진 뭐 그렇고 그런 사이였어? 꼴통 집안이 그렇게 대단해? 그럼 도대체 몇 살에 사귀다 헤어졌다는 거야?"

상호가 손목에 걸린 시계를 힐끗 내려다보며 시간을 확인했다. 클럽으로 돌아가야 할 시간이 늦어지고 있었다. 민호가 벌인 일 때문에 아직 퇴근도 못 한 직원들의 원성이 귓가에 생생하게 들리는 듯했다.

"우리 최 선생님은 어린 학생들한테 이런 말 못 할 사연이 있다는 것을 알고 계셨나 모르겠네? 요즘 애들은 뭐가 달라도 다르다니깐. 너 없이도 잘 살아왔고, 앞으로도 그럴 거다. 뭔지는 몰라도 되게 거창하게 들리지 않아? 이게 사실은 너 없이 힘들었다, 앞으로는 너 없이 못 살겠다. 뭐 이런 뜻 아니겠어? 최강한, 너같이 감정이 메마른 놈이 듣기에도 아름답지 않냐?"

"바쁠 텐데, 적당히 좀 하지?"

강한이 말을 잘랐다.

"시간도 없는데 그래야겠지? 암튼 어린것들이 온 동네가 들썩댈 정도로 연애 한번 요란하게 한다. 꼴통, 시간 없다. 나머지 신파는 내 사무실에서 버티고 있는 김 형사부터 내보내고 마저 찍는 걸로 해라. 그리고 여학생은 최 선생이 적당히 훈계해서 집으로 돌려보내는 걸로 마무리하자고."

혼자 상황 정리를 마친 상호가 민호에게 다가왔다. 뒷덜미를 잡아챌 기세로 다가오는 손을 민호가 야무지게 뿌리쳤다. 벌여 놓은 일은 마무리 지어야 하기에 싫어도 상호를 따라갈 수밖에 없었다.

"내 발로 갈 겁니다. 그러니 더 이상 내 몸에 손대지 마요."

"야, 꼴통. 어디로 내뺄 줄 알고 혼자 가? 거기서 딱 기다려."

민호는 미간을 잔뜩 찌푸린 채로 현관을 향해 몸을 돌렸다. 현관으로 향하는 복도의 시작 부분에 설영과 강한이 나란히 서 있었다. 자꾸만 설영의 곁을 맴도는 강한이 마음에 안 드는지 함께 있는 두 사람을 노려보는 민호의 눈빛이 꽤나 매서웠다. 별거 아닐 거라고 가볍게 생각했던 일이 점점 이상한 방향으로 꼬이고 있었다. 그로 인해 설영이 다칠 수도 있다는 사실에 마음이 조급해졌다. 복잡하게 얽혀 드는 생각을 빠르게 정리하며 민호가 현관문의 손잡이를 돌렸다.

"네 관심 따위는 필요 없어. 그러니까 너는 네 자리로 돌아가."

문 밖으로 나가기 전 민호가 고개를 잠깐 돌리고 마지막으로 내뱉은 말이었다.

CHAPTER 04

마지막까지 수선을 피우던 상호의 뒤쪽으로 현관문이 굳게 닫혔다. 벽을 타고 전해지는 승강기의 기계음이 멀어졌다, 가까워지기를 서너 차례. 강한과 설영, 두 사람만이 남겨진 공간에 정적이 흘렀다.

"일부러 거짓말을 했던 것은 아니었어요."

설영이 먼저 어색한 침묵을 깨뜨렸다. 생각에 잠긴 강한의 눈길이 부풀어 오른 설영의 입술에 머물렀다. 온몸의 신경 세포가 입술 주위로 몰려드는 기분이었다. 설영은 손등으로 입술을 비비며 민호의 흔적을 지웠다.

"민호랑은 오래전부터 알던 사이였어요."

"그런 것 같더라."

자세한 설명을 요구한다면 어느 정도는 솔직하게 대답할 생각이었다. 그러나 강한은 그저 고개를 한 번 끄덕이더니 주방이 있는 곳으로 걸음을 옮겼다. 따라오라는 말은 없었지만 설영은 자연스럽게 그의 뒤를 따르고 있었다. 빚진 사람처럼 변명이라도 해야 마음이 조금은 편해질 것 같았다.

"속이고 싶어서 속였던 것은 아니었어요. 복잡한 사정이 있었어요."

"그랬을 거라고 생각해."

별일 아니라는 듯 무덤덤한 반응을 보이며 강한이 브렉퍼스트 바에서 스툴 하나를 밖으로 꺼냈다. 앉으라는 손짓에 설영은 잠시 망설였다.

"식어서 맛이 어쩔지 모르겠다. 그렇더라도 먹어 두는 것이 좋을 거야. 진통제가 생각보다 독하거든."

설영이 가죽 커버가 씌워진 스툴에 앉자마자 사기그릇에 담아진 묽은 죽이 앞에 놓였다. 의문이 담긴 시선으로 강한을 바라보는데, 식빵보다는 더 나은 음식이 기다리고 있을지도 모르겠다는 강한의 말이 떠올랐다. 상호가 주방에서 나왔던 이유가 아마도 이것 때문이었나 보다.

"별로 먹고 싶지 않아요."

기다란 브렉퍼스트 바에 달랑 그녀의 몫으로 놓인 사기그릇을 앞으로 밀며 설영은 강한의 움직임을 눈으로 좇았다. 강한은 커피 포트에 담긴 커피를 머그에 담아 설영의 맞은편에 앉았다.

"에너지를 재충전한다는 의미에서 먹어 두는 게 좋지 않을까."

진통제 덕에 움직임은 훨씬 가벼워졌다. 그러나 강한의 말대로 에너지를 보충하기 위해서라도 뭔가를 먹기는 해야 했다. 설영은 수저를 들고 식은 전복죽을 입으로 가져갔다. 배고픔을 해소한다는 생각에 묵묵히 손을 움직였다. 죽이 바닥을 드러낼 즘 강한이 물 잔과 함께 핸드폰을 그릇 옆에 놓았다.

"상호 형이 가져왔더라. 의도치 않게 네게 온 문자 메시지를 봤다. 일부러 훔쳐보려던 의도는 없었으니까, 오해하지 마. 핸드폰을 집어 들다 우연히 그렇게 된 거니까."

의문이 담긴 시선이 강한을 향했다. 임시로 사용하는 핸드폰이라 따로 문자를 주고받는 사람은 없었다. 별거 아닐 거라는 생각에 설영은 가볍게 고개를 끄덕였다.

“괜찮아요.”

수저를 내려놓는 설영을 바라보는 눈빛에 깊이가 더해졌다.

“오늘이 생일이라며? 학교생활기록부에 기록되어 있는 날짜는 11월 3일인 것 같던데.”

핸드폰을 집어 들던 손이 허공에서 멈칫했다. 불시에 설영의 머릿속에 떠오르는 이름이 있었다. 해마다 생일에 축하 메시지를 보내던 해수. 대충 문자의 내용이 상상이 되었다. 당황으로 흔들리는 모습을 보인 이상, 아니라고 잡아떼기에는 늦어 버렸다.

“어떻게 그걸 기억하세요?”

설영은 침착하게 핸드폰을 트레이닝복 상의 호주머니에 집어넣었다.

“내가 의외로 기억력이 좋은 편이라, 특히 숫자에 강하지. 생일날 아침에 미역국 대신 죽을 먹여서 미안하다. 친구가 알면 실망하겠지?”

“잔소리가 많은 친구이긴 하지만, 그러려니 생각할 거예요. 더구나 선생님이 제 가족도 아닌데 미안해하실 필요는 없죠.”

담담한 목소리로 대답하는 설영을 보며 강한이 입가에 미소를 떠올렸다.

“아니라고 할 줄 알았더니. 사실을 인정한다는 것은 내 궁금증에 대답해 줄 용의가 있다는 것으로 해석해도 되는 건가?”

어제와 다른 오늘, 강한이 그녀를 대하는 태도에 미묘한 차이가 있다는 것을 알게 모르게 눈치채고 있었다. 고등학생으로서의 그녀를 탐색하던 시선과는 다른 묘한 이질감. 이제야 그 이유를 알 것 같았다.

“뭐가 궁금한데요?”

"어디서부터 시작을 해야 할까. 우선은 가장 궁금한 것부터 물어보는 게 순서겠지?"

남자치고는 풍성한 속눈썹이 기다란 음영을 만들고 있었다. 생각에 잠긴 눈이 심연처럼 어두운 장막을 두르고 있었다.

"유성고등학교에 전학 온 이유가 김민호 때문이야?"

"그렇다고 해 두죠."

"김민호를 위해 버려두고 온 네 자리, 포기해야 했던 네 꿈은 과연 뭘까?"

민호와 설영이 주고받은 대화에 감춰진 내막을 강한은 정확하게 꿰뚫어 보고 있었다.

"상황에 따라 꿈은 달라지기 마련이에요. 그렇다고 꿈이 사라지는 것은 아니잖아요? 시기만 늦춰질 뿐 언제든 돌아갈 수 있는 자리예요."

미꾸라지처럼 대답을 피해 가는 설영을 보며 강한이 슬쩍 미소 지었다.

"좋아, 어차피 처음부터 원하는 대답을 들을 거라고 기대한 것은 아니니까. 다음 질문, 네가 김민호 옆에 있어야만 하는 진짜 이유는?"

메마른 눈이 강한을 똑바로 올려다보았다.

"선생님도 내가 돈 때문에 그 아이 옆에 있는 거라고 생각하세요?"

"내가 지금 무슨 생각을 하는지가 중요한 것은 아니잖아? 알았다. 질문을 바꿔 보지. 그럼 언제까지 김민호의 보호자 역할을 할 생각이야?"

"보호자 역할을 자처할 생각은 없어요. 힘들어 보여서 그냥 옆에 있어 주고 싶은 것뿐이에요."

"민호 부모님이 녀석을 해외로 보내고 싶어 한다는 것은 나도 들어서 알고 있었다. 그럼 같이 유학이라도 가겠다는 거야?"

"질문은 선생님이 원하는 대답이 나와야만 끝이 나는 건가요?"

도돌이표처럼 이어지는 대화에 강한이 양손을 목 뒤로 가져다 댔다.

“이런 식이라면 밤을 새도 우리 대화에 끝이 보이지 않겠지. 마지막으로 한 가지만 더 묻자. 오늘이 태어나서 정확하게 몇 번째 맞이하는 생일인 거냐?”

마지막 질문에 대한 답은 정해져 있었다. 그런데도 설영은 선뜻 대답하기가 망설여졌다. 나이를 입 밖으로 꺼내는 순간 그들의 관계에 커다란 변화가 올 거라는 예감. 가까스로 세우고 있는 마음의 장벽이 순식간에 허물어질 것 같은 불안감에 고집스럽게 입을 다물었다.

이어지는 침묵에도 강한은 재촉하지 않았다. 대신 죽을 담았던 사기그릇, 물 잔, 머그컵을 식기세척기에 차례대로 집어넣었다. 손을 씻고 말리느라 사용한 종이 타월을 휴지통에 버리고, 냉장고에서 사과 주스가 들어 있는 작은 유리병을 꺼냈다.

“고집 피울 입장이 아닐 텐데. 알아내려고만 하면 네 뒷조사하는 데 하루도 걸리지 않아.”

뒷조사라는 말에 설영이 초췌한 얼굴을 잔뜩 찡그렸다.

“아직 네 처지가 어떤 건지 모르는 것 같은데, 내가 설명해 줘? 넌 지금 교육 기관을 상대로 사기 행각을 벌이다 나한테 딱 걸린 거야. 이 사기 행각에 얼마나 많은 사람들이 관여했는지는 모르겠다만 네 치명적인 약점을 내가 쥐고 있는 거라고.”

틀린 말이 아니었다. 제대로 약점이 잡혔다. 강한이 바닥에 엎드리라면, 지금 당장 엎드리는 흉내라도 내야 할 처지였다. 자꾸만 시야를 가리는 앞머리를 털어 내는 설영의 입매가 저절로 아래로 처졌다.

“몇 살이냐고 물어보시는 거라면……. 스물네 살입니다.”

기운 없는 목소리에 강한이 피식, 여유로운 미소를 흘렸다. 뚜껑을 딴 사과 주스가 설영의 앞에 놓였다.

“오렌지는 싫댔지? 해마다 생일선물로 받는다는 노예 쿠폰의 용도가 궁금하긴 한데. 노예는 반성문을 대신 써 주기도 하나?"

설영이 혼자 살기 시작하면서부터 시작된 해수의 생일 선물. 작년 생일에 받은 쿠폰은 반성문 5장과 맞바꿨다. 해수가 써 준 반성문과 그녀가 쓴 반성문이 다르다는 것을 알고 있었을까? 이런 식으로 진짜 모습이 들통나는 것이 영 달갑지 않았다.

"어른의 지도 편달이 필요한 미성년자가 아니라는 것을 아셨으니, 이제 저에 대한 호기심은 접어 두시죠."

"처음부터 나이보다 어른스러워 보인다고 생각했을 때 의심을 했었어야 했는데. 스스로가 둔한 편은 아니라고 자만하다 제대로 뒤통수를 얻어맞은 격이야."

삐딱한 설영의 반응에도 강한은 전혀 흔들림이 없었다. 오히려 유들거리는 미소로 대응했다.

"그런데도 기분이 나쁘기보다는 정신이 번쩍 들었다는 표현이 생각나는 것을 보니 호기심을 접는 것은 어려울 것 같은데. 대신 이번에는 선생으로서가 아닌 개인적인 호기심이라고 해 두자."

불안한 듯 음료수 병을 만지작거리는 설영의 손길에 숨길 수 없는 초조함이 묻어났다.

"여자 친구분은 선생님이 쓸데없이 호기심이 많다는 것을 아세요?"

"여자 친구?"

질문의 뜻을 이해 못 한 강한이 고개를 한쪽으로 기울였다. 마치 여자 친구라는 단어를 처음 들어 보는 사람 같은 표정을 하고 있었다.

"화려한 호피 취향을 가지고 계신 분."

"아하……."

강한이 재미있다는 듯 말꼬리를 길게 늘어뜨렸다.

"신경 쓰였어?"

"전혀요."

"신경 쓸 필요 없어. 네가 생각하는 그런 사람은 없으니까."

"내가 언제 신경 썼다고……."

펄쩍 뛰며 반박하려던 설영이 갑자기 얼굴을 굳혔다. 지금 뭘 하고 있는 거지? 대화가 향하는 방향이 어디인지를 깨닫는 순간 머릿속에 위험을 예고하는 경고등이 울리고 있었다. 손으로 만지작거리던 사과 주스를 한 번에 쭉 들이켰다. 입가에 묻은 주스를 손등으로 닦으며 설영은 스툴 아래로 내려섰다.

"어차피 나랑은 상관없는 일이에요. 옷값은 얼마인지 알려 주시면 나중에 갚아 드릴게요."

"생일 선물이라고 생각해."

달라진 분위기를 빠르게 캐치한 강한이 빈 병을 물로 헹궈 냈다. 돌아서는 그의 눈빛에 재미있는 장난감을 놓쳤을 때의 아쉬움 같은 미련이 남아 있었다.

"여러 가지로 감사했습니다. 이제 집으로 돌아가는 게 좋겠어요."

"다시 까칠한 고등학생 류설영으로 돌아가는 건가. 나는 어른의 지도 편달이 필요 없는 스물네 살 류설영이 훨씬 흥미로운데 말이야."

강한은 그녀에 대한 관심을 숨기지 않았다. 단순한 관심이라기보다는 훨씬 농도 깊은 끌림이 그 뒤에 숨겨 있다는 것을 설영도 어렴풋이 느끼고 있었다.

"생일 선물로 부탁 하나만 더 드려도 될까요?"

사무적인 말투에 강한이 고개를 끄덕였다.

"비밀은 지켜 주세요. 지금 당장 언제라고 말씀드릴 수는 없지만, 민호가 안정을 찾는 대로 학교를 떠나겠습니다. 최대한 빠르게, 그리고 조용히 사라지겠습니다."

초연해 보이던 강한의 표정에 처음으로 균열이 생겼다. 조각처럼 매끄러운 아래턱이 바짝 당겨지며, 선이 고운 입매가 옆으로 길게 늘어졌다. 불편한 침묵이 이어졌다. 침묵이 길어지자 대답을 기다리는 설영의 초조함이 손에 잡힐 듯했다.

"필요하다면 비밀은 지켜 주지. 그렇다고 아무것도 모르던 때처럼 선생과 학생의 입장으로 돌아가겠다는 뜻은 아냐."

결론에 도달한 눈이 설영을 직시했다. 그녀의 머릿속 생각을 헤집어 보기라도 하듯 노골적인 시선이었다.

"아직 완벽하게 입장 정리가 안 된 상태라 뭐라고 말하기는 어렵지만, 분명한 것은 네가 신경이 쓰여. 처음 만난 순간부터 그랬던 것 같다. 누군가에게 이토록 강렬한 호기심이 든 적은 처음이었어. 학생이라고 생각했을 때는 최대한 자제하려고 노력했지. 하지만 이제는 그럴 필요가 없어졌어. 그래서 지금부터 스물네 살 류설영에 대해 본격적으로 알아볼 생각이야."

선전 포고와도 같은 고백에 설영의 눈빛이 크게 흔들렸다. 주책없는 맥박이 제멋대로 뜀박질을 시작했다. 그럴수록 본능과도 같은 불안감으로 심장이 파닥거렸다.

"왜요? 단순한 호기심 때문에? 아니면 호감이 있어서?"

"호감이 있으니 호기심도 생기는 거겠지."

"그러다 그 모든 것들이 사라지고 나면요? 나에 대한 흥미도, 호기심도 다 사라지고 나면 그때는 어떻게 되는데요? 그때는 서로 모르는 사람인 것처럼 살아가면 되는 건가요? 각자의 자리에서?"

설영은 손톱이 손바닥에 파묻힐 정도로 주먹을 힘껏 쥐었다. 언젠가 변해 버릴 사람의 감정에 휘둘려서 두 번 다시 상처받고 싶지 않았다.

"이런 재미없는 대화는 관두죠. 시간이 지나면 변해 버리는 감정 따위에 시간 낭비 하고 싶지 않아요. 게다가 나는 선생님한테 일말의 흥미도, 관심도 없습니다."

가볍게 어깨를 으쓱하고 주방을 나서려는 설영의 앞을 강한이 가로막았다. 부딪쳐 오는 시선에 장난기는 찾아볼 수 없었다. 오히려 진지한 눈빛에 압도되어 시선을 뿌리칠 수조차 없었다. 강한이 설영의 손목을 붙들었다. 그러고는 움켜쥔 손가락을 하나씩 풀기 시작했다. 주먹이 풀린 자리에 네 개의 손톱자국이 선명하게 모습을 드러냈다.

"글쎄, 과연 그럴까. 네 말이 사실이 아니라는 것을 증명하면 어떻게 할래?"

높낮이가 없는 단조로운 목소리. 그러나 짙게 가라앉은 눈빛은 그녀의 작은 변화 하나까지도 놓치지 않을 만큼 예리했다.

"증명한다고 달라지는 것은 없어요. 제가 지금 서 있는 이 자리는 잠깐의 경로 이탈 같은 거예요. 처음부터 제가 있어야 할 자리가 아닌 곳에서 시작된 인연이었습니다. 그냥 스쳐 가는 인연입니다."

붙잡힌 손목을 뿌리치고 설영이 돌아섰다. 현관을 향해 빠르게 걸어가는 그녀의 등 뒤로 '겁쟁이'라는 단어가 들려왔다. 어떤 말에도 반응하지 않겠다는 결심으로 설영은 묵묵히 걸음을 옮겼다. 현관의 자동 센서가 설영의 움직임을 감지하며 밝은 빛을 쏟아 냈다. 흙탕물에 엉망으로 변해 버렸을 검정 워커를 찾던 설영의 발 앞에 붙박이장에서 꺼낸 파란색 운동화가 얌전하게 놓여졌다.

"이것도 생일 선물이라고 생각해. 정 부담스러우면 내 생일에 노예 쿠폰이나 한 장 주든가."

가만히 서 있는 설영의 앞에 강한이 한쪽 무릎을 꿇었다. 단정한 정수리에 저절로 시선이 머물렀다. 결코 좁은 공간이 아님에도 공기가 꽉 들어찬 느낌이었다.

"농담이다. 쫄기는……."

"선물은 감사히 받겠습니다. 하지만 과잉 친절은 사절입니다."

별다른 선택의 여유가 없었다. 설영이 현관 입구에 엉덩이를 붙이고 주저앉았다. 앉자마자 한쪽 운동화의 끈을 느슨하게 풀고 있는 강한의 손에서 운동화를 뺏어 왔다. 바닥에 남겨진 나머지 한쪽마저 강한의 손이 닿을 수 없는 곳으로 멀찍이 밀어 버렸다. 할 일이 없어진 강한은 대신 무릎에 양팔을 받치고, 그곳에 머리를 기댄 채 설영을 관찰하기 시작했다.

"입술 밑에 흉터는 어쩌다 생긴 거야? 어려서 다친 건가?"

"……."

설영은 강한의 질문을 무시했다. 한쪽 운동화의 매듭을 능숙하게 마무리하고, 나머지 한쪽 운동화 끈을 느슨하게 푸는 데 온 신경을 집중했다.

"설마 싸우다 생긴 상처는 아니겠지?"

장난기가 묻어나는 질문을 끝으로 나머지 한쪽 매듭마저 마무리가 되었다. 한동안 움직임을 감지하지 못한 자동 센서등이 자동으로 꺼졌다. 푸르스름한 어둠이 순식간에 두 사람을 에워쌌다. 어색하게 흐르는 침묵이 유달리 적막하게 느껴지는 순간이었다. 센서등의 불을 켜기 위해 설영이 팔을 허공으로 휘젓는 찰나에 강한이 질문을 던졌다.

"윤태상이 노리는 게 김민호야?"

나지막하게 깔린 목소리에는 어느 정도 확신이 실려 있었다. 그리고 그 확신은 불빛에 드러난 설영의 얼굴을 보는 순간 더욱 확실하게 굳어졌다.

"네가 다칠 수도 있어."

"고등학생을 상대로 험한 장난이야 치겠어요?"

굳어진 표정을 풀고 설영이 자리에서 일어났다. 새 운동화의 쿠션을 확인하듯 제자리에서 발을 교대로 굴렸다.

"돈과 권력을 가진 사람들의 위력을 누구보다 잘 알고 있는 사람이던데요. 민호의 배경이 두려워서라도 함부로 행동하지 못할 사람이에요."

설영은 별일이야 있겠냐며 대수롭지 않게 행동했다. 지금 그녀에게 있어 가장 중요한 일은 새 신발에 문제점이 없는지를 찾아내야 하는 사람인 것처럼, 고개를 이리저리 돌리며 운동화의 상태를 살피고 있었다.

"류설영."

진중한 목소리가 그녀의 시선을 붙들었다. 어깨에 올려놓은 두 손이 태산을 얹은 것처럼 묵직하게 그녀의 심장을 내리누르는 순간이었다.

"너 나한테 들켰어."

윤태상의 이름을 들었을 때 자신도 모르게 내보인 속마음. 두려움을 읽혔을까. 투명한 눈동자가 고스란히 설영의 표정을 담고 있었다. 검은빛이 일렁이는 눈이 올무처럼 설영을 붙잡고 놔주질 않았다.

"나를 한번 믿어 보는 건 어때? 네가 생각하는 것보다 훨씬 괜찮은 사람일지도 모르는데."

익숙한 체향이 코끝을 건드릴 만큼 가까운 거리에 두 사람이 있었다. 그러나 고집스럽게 다물어진 설영의 입술은 더 이상 다가서는 것을 용납하지 않겠다는 명백한 거부의 의사를 표하고 있었다.

"싫어?"

"……."

"대답을 안 한다는 것은 믿지 못하겠다는 뜻으로 받아들여야 하는 건가. 아니면 믿기 싫다는 의사 표시로 받아들여야 하는 건가."

작은 한숨 소리와 함께 마침내 강한이 옆으로 물러났다. 한쪽 벽에 등을 기대고, 얼굴을 손으로 쓸어내리는 손길에 피곤함이 묻어났다. 시간을 확인한 강한이 핸드폰을 꺼내 어딘가로 메시지를 보내는 모습을 곁눈질로 확인하며, 설영은 말없이 현관문의 손잡이를 돌렸다. 문이 반쯤 열렸을 때 강한의 긴팔이 입구와 그녀 사이를 가로막았다.

"남들이 보기에 오해의 소지가 있어서 배웅은 못 해 줄 것 같다. 대신 지하 주차장으로 내려가면 차가 대기하고 있을 거야. 평상시라면 멀지 않게 느껴지겠지만, 지금 너의 상태에서는 걸어가기에도 만만치 않은 거리야."

강한이 말하는 거리는 서류상 기록된 주소지를 뜻하는 것이었다.

그녀에 대해 알아보기로 마음먹은 이상, 같은 아파트 단지에 산다는 것이 밝혀지는 것은 시간문제였다. 설영은 굳이 미리 나서서 잘못된 정보를 정정해 줄 필요성을 느끼지 못했다.

“호의는 고맙지만 사양하겠습니다.”

상반신을 수그린 설영이 팔 아래로 가볍게 빠져나갔다.

“제발 말 좀 들어라.”

말 안 듣는 학생을 타이르는 듯한 말투에 엘리베이터 버튼을 누르던 설영이 지그시 아랫입술을 깨물었다. 생각해 보면 처음부터 그에게 있어서만큼은 말을 지독히 안 듣는 학생이었다. 그래서 자꾸 신경 쓰이게 만들고, 관심이 가게 만드는.

엘리베이터가 도착하고, 안으로 걸음을 옮기며 설영이 천천히 돌아섰다. 문틀에 기대선 강한은 이미 설영이 뜻대로 따라 주지 않을 거라는 걸 알고 있었다는 얼굴이었다. 설영이 세워 놓은 울타리가 거기까지라는 것을 아는 듯, 강한은 그곳에 멈춰 서 있었다.

“문제아, 류설영 학생.”

꾸벅 머리를 숙여 인사하는 설영을 강한이 불렀다. 닫히려는 문 사이로 설영이 다음 말을 기다렸다.

“내가 준 전화번호 가지고 있지? 집에 도착하면, 무사히 도착했다는 문자 하나만 보내. 그리고 이건 부탁이 아니고 협박이다.”

강한은 이미 그녀의 울타리 안으로 훌쩍 넘어와 있었다. 닫힌 문 뒤로 설영의 심장이 덜커덩덜커덩 소리를 내고 있었다.

“사장님, 여기 자장면 1인분 추가요. 그리고 계산서는 따로 주세요.”

등받이가 없는 나무 의자를 원형 테이블 밖으로 빼내며 설영이 큰

소리로 주문을 했다.

"너, 뭐야? 니가 왜 우리 테이블에 앉아?"

질겁하며 소리를 지르는 고선미를 무시하고, 설영은 고슴도치처럼 머리를 바짝 세운 정민의 오른편에 앉았다.

"자장면 같은 것은 대충 학교 앞 중국집에서 먹어도 되는 것 아닌가? 데이트할 때는 꼭 이런 시내 중심가까지 나와서 먹어야 분위기가 사는 거냐?"

갑자기 벌어진 상황에 눈만 벙긋거리는 정민을 선미가 사납게 노려보았다.

"최정민, 씹떡 니가 불렀어?"

"내가 미쳤어? 너 여기 어떻게 알고 왔어?"

말도 안 되는 소리라며 펄쩍 뛴 정민이 주위를 두리번거렸다. 전면이 통유리로 된 가게의 내부는 흡사 세련된 커피 전문점을 연상시켰다. 바쁜 번화가답게 화요일 저녁임에도 손님들로 빈틈없이 들어찬 실내에 정민이 아는 얼굴은 옆에 있는 두 사람이 전부였다.

"혹시, 나 미행했냐?"

"행여나, 그럴 리가."

말도 안 되는 질문이라고 설영이 코웃음을 쳤다.

"그런 것도 미행이라고 부를 수 있다면, 미행은 니들 전문이겠지. 나 따라다니던 오기찬이라는 2학년이 그러더라. 너 여기서 오붓하게 데이트 중이라고, 친절하게 약도까지 그려 주던데?"

"뭐? 이 멍청한 자식을 그냥……."

기찬을 가만두지 않겠다는 기세로 자리를 박차고 일어나는 정민의 팔을 설영이 붙들었다.

"앉아. 나는 아직 점심도 못 먹었어. 배고파 쓰러질 것 같으니까, 설명은 나중에 듣자."

빛의 속도로 나온 자장면을 보며 설영이 나무젓가락 포장지를 벗겼다. 음식을 눈앞에 두니 허기가 두 배로 올라왔다.

“이게 미친 거지? 여기가 감히 어디라고 끼어들어?”

자장면을 막 젓기 시작하려는데, 풀메이크업을 장착한 고선미가 젓가락을 뺏으려고 덤벼들었다. 흥분했는지 앞에 놓인 자장면 그릇에 흰색 블라우스가 닿는다는 사실도 전혀 인식하지 못하고 있었다.

“조심 좀 하지. 옷이 엉망이다.”

설영의 지적에 선미가 아래를 내려다보았다. 블라우스의 가슴 아랫부분이 갈색으로 지저분하게 변해 있었다. 아니나 다를까 요란한 비명 소리가 뒤를 이었다. 종이 냅킨을 들고 급한 대로 자장 소스를 닦아 보지만, 얼룩을 지우기는 불가능한 일이었다. 정해진 수순처럼 선미가 종이 냅킨에 물을 묻히려 하자, 설영이 차분하게 제지했다.

“소용없어. 시간 낭비 하지 말고 근처 옷가게 가서 새로 하나 사 입는 게 현명할 거다.”

결국은 그것이 최선이라는 것을 알기에 선미는 분해 어쩔 줄 몰라 했다.

“잘 들어, 류설영. 언제까지 니가 잘나갈 것 같아? 이렇게 기고만장하게 구는 것도 얼마 안 남았어. 두고 봐, 며칠 내로 내가 너 매장시키고 반드시 학교에서 쫓아낼 거니까.”

자기 하고 싶은 말만 하고는 쌩하게 의자를 박차고 일어서는 선미를 따라 정민이 일어났다. 테이블에 놓인 계산서를 집어 드는 손등을 설영이 젓가락으로 지그시 눌렀다.

“앉아. 일부러 찾아온 친구를 두고 내빼는 것은 의리 있는 남자가 할 행동이 아니지. 한 번은 그냥 넘어갔지만, 두 번은 나도 용납 못 해.”

정확하게 일주일 전, 클럽에서의 일을 언급하자 정민이 슬그머니 의자에 주저앉았다. 당연히 따라 나올 줄 알았던 정민이 나오지 않자 씩씩대며 문을 열고 나가는 선미 옆을 라이더 재킷을 입은 남자가 스치며 들어왔다.

"일부러 나 좀 보쇼 하고 티 내는 거야, 뭐야."

혼잣말을 중얼거리며 설영이 종이에서 새 나무젓가락을 꺼냈다.

"이해해라. 선미가 좀 다혈질이라……."

그녀가 말하는 대상을 오해한 정민이 단무지가 들어 있는 접시를 앞으로 놔 주며 살살거렸다.

"클럽 일은 내가 미안했다. 비겁하게 혼자만 내뺐다고 오해할 만도 해. 내가 원래 막 떠벌리고 다니는 성격이 아니라 충분히 오해했을 거야. 사실은 갑자기 무지막지한 덩치들이 시비를 걸어오는 바람에 상대 좀 해 주느라 너한테……."

"물."

허망한 무용담을 늘어놓으려는 정민의 말허리를 냉큼 잘랐다. 서둘러 물 잔에 물을 따라 주는 폼이 제대로 켕기기는 하는 모양이었다.

"후배들한테 나 따라다니라고 지시한 것은 누구 아이디어야? 고선미? 아니면 클럽에서 만난 남자?"

"무…… 무슨 그런 말도 안 되는 억지를 부려? 미행을 누가 지시했다고 그래?"

정민은 말까지 더듬거리며 뻔히 보이는 거짓말을 둘러대고 있었다. 학교 내에서건, 학교 밖에서건, 금요일부터 귀찮게 따라다니는 얼굴들을 이제는 확연하게 구분할 정도였다. 학교 밖에서 따돌리는 것은 일도 아니었지만, 학교 내에서는 사정이 달랐다. 두 명씩 짝을 지어 다니는 사내 녀석들이 어찌나 시끄럽게 쫑알대던지. 그래도 덕분에 그녀를 따라다니는 사람이 더 있다는 사실을 일찌감치 알게 되었다. 물론 훨씬 조직적이고, 체계적인 방법으로.

"클럽 보안팀장한테 혼 많이 났지? 벌서는 것으로도 모자라, 다시는 클럽에 출입하지 않겠다는 각서까지 썼다면서?"

"누가 그런 마…… 말도 안 되는 헛소리를 해?"

행여나 듣는 사람이 없나 주변을 둘러보는 정민을 보며 설영이 피식 바람 빠지는 소리를 냈다.

"엄청 살벌하게 생긴 팀장 아저씨가. 그 아저씨 손가락 힘이 장난 아니더라."

"대박! 여자인데 너도 맞았냐? 생긴 대로네. 나도 그날 이마랑 뒤통수 얻어맞고 눈 튀어나오는 줄 알았다니까. 여기 봐 봐. 아직도 멍든 자국이……."

넘겨짚은 말에 제대로 걸려들었다. 뒤통수를 내보이며 침까지 튀기던 정민이 배시시 웃는 설영을 보고는 갑자기 입을 다물었다.

"걱정 마, 나 입 무거워. 묻는 말에 사실대로 대답하면 쪽팔리게 클럽에서 벌섰다는 것은 비밀로 해 줄게."

부드럽게 웃고 있는 설영이 어딘가 달라 보였다. 자신감 넘치는 말투 때문인지, 아니면 기백이 넘치는 눈빛 때문인지. 어딘가 함부로 대해서는 안 될 것 같은 묘한 분위기를 풍기고 있었다.

"시발. 어디 가서 떠벌리기만 해."

"걱정 말라니까. 대신에 내가 물은 말에 대답은 해 줘야지."

"비밀은 꼭 지켜라."

침울한 표정의 정민이 힘없는 목소리로 대답했다. 이제야 제대로 말이 통할 것 같았다.

"윤태상이라는 남자가 원하는 게 뭐야?"

"별거 없어. 윤 이사님이 너 뭐 하는지 잘 지켜보다가, 특이한 점 있으면 바로바로 보고하라고 그랬어."

설영은 입도 대지 않은 자장면 그릇을 앞으로 밀었다. 라이더 재킷을 입은 남자가 주문한 자장면이 테이블에 세팅이 되고 있었다.

강한의 집에서 마주친 이후로 민호는 설영을 피해 다니고 있었다. 클럽에서 난동을 부린 일 때문에 본가로 불려 간 후로, 그곳에서 쭉 머물렀다. 학교에서 얼굴을 마주칠 때조차 철저하게 외면당해 대화다운 대화를 나눌 기회가 없었다. 그러기에 차선책으로 정민을 직접 찾아올 수밖에 없었다.

"그 남자가 이사야? 나이트클럽 이사 뭐 그런 거야?"

"무식하기는. 프라임 타운이라고 들어 봤지? 아이돌 그룹 키우는 연예기획사잖아. 잘나가는 배우들도 있고. 거기서 엄청 높은 분이래. 미리미리 잘 봐 둬. 이 몸도 나중에 거기서 배우로 데뷔할지도 모르니까."

태평한 얼굴로 신이 나서 떠벌리는 정민을 보니 태상의 진면모에 대해서 아는 것은 없어 보였다.

"그런 사람이 김민호는 왜 찾는데? 민호도 연예인 될 거래?"

"그 새끼가 그래? 지도 나 따라서 연예인 할 거라고? 기가 막혀서……. 적반하장도 가분수지."

펄쩍 뛰며 나대려는 정민의 어깨를 눌러 앉힌 설영이 깊은 한숨을 내쉬었다.

"나도 모르니까 묻는 거잖아. 그런 남자가 민호를 못 잡아먹어 안달인 이유가 대체 뭐냐고?"

"몰랐어? 박유나가 그 자식이랑 한때 그렇고 그런 사이였잖아. 유나가 그 자식을 일방적으로 쫓아다녔다고 해야 정확한 표현인가? 바이크 클럽은 물론이고, 어떻게 알았는지 프라이빗 파티까지 몇 번 쫓아다니고 그랬을걸? 요즘은 뜸해진 것 같지만."

"우리 반, 박유나?"

의외의 이름이 나오자 설영의 목소리가 혼란스러움에 버스럭거렸다.

"맞아, 그 공붓벌레. 두고 봐. 박유나, 걔가 반반한 얼굴로 언제 사고 한번 크게 칠 거다. 싫다는데도 어찌나 뻔뻔하게 따라다니던지. 옛말에 얌전한 고양이가 구들장에 먼저 올라가는 법이라고 했다."

거들먹거리는 정민을 향해 설영은 억지로 미소를 지었다. 부드러운 곡선을 그리는 입술 아래 굳게 다문 어금니가 단단하게 맞물려 있었다.

"계속해."

"암튼 박유나가 그 자식 쫓아다니다 이사님 눈에 띄어서 연예계 데뷔할 거라는 소문이 있었는데, 민호 그 새끼가 계약서에 도장 찍기 직전에 제대로 깽판을 쳤다나 봐. 미친 새끼, 무시할 때는 언제고 막상 잘나갈 것 같으니까 배알이 꼴린 거지. 그렇다고 어디서 함부로 깝을 쳐? 이사님이 지금 그 새끼 버릇 고친다고 단단히 벼르고 있잖아."

"그럼 민호가 유나 때문에 그 남자한테 찍혔다는 말이지."

언젠가 복도에서 정민의 패거리를 보며 유나가 했던 경고가 떠올랐다. 설영이 잠정적으로 내린 결론에 정민이 크게 고개를 끄덕였다.

"누가 깽판 치는 것을 봤다고 했으니, 틀림없어. 아니 땐 굴뚝에 소문나는 것 봤냐?"

거기까지였다. 이야기의 흐름을 방해하지 않기 위해 간신히 참고 있던 인내심이 뚝 하고 두 동강이 났다.

"적반하장도 유분수, 고양이는 부뚜막을 좋아하고, 굴뚝에서는 연기가 나지."

어금니 사이를 단어들이 비집고 나왔다. 다음에는 무슨 엉터리 같은 속담이 튀어나올까 조바심이 나서 도무지 생각에 집중을 할 수가 없었다.

"얘가 뭐래는 거야? 왜 갑자기 뜬금포로 빠져? 너 돌아이냐?"

무슨 헛소리냐는 표정으로 정민이 설영을 위아래로 훑어보았다. 나열된 단어들을 듣고도 전혀 감을 잡지 못하는 멀뚱한 표정이었다.

"너네 집 알고 보면 어마어마한 부자냐?"

"그게 또 티가 나냐?"

정민이 자랑스럽게 어깨를 들썩이며 거드름을 피웠다.

"학교 식당에 구비된 최신식 주방 기구, 혹시 너네 집에서 바꿔 줬냐?"

칭찬받는 줄 알고 거드름을 피우던 정민이 정색을 했다. 기본적인 속담 하나 제대로 못 외우는 돌머리가 입학 시험은 무슨 수로 통과했나 싶은 마음에 학교에 떠도는 소문을 무심코 던져 본 말이었다.

"어떻게 알았어? 최강한이 그래?"

예고 없이 튀어나온 강한의 이름에 설영도 정색을 했다.

"수학도 알아?"

"알긴 뭘 알아?"

버럭 소리를 지르는 정민의 뒤쪽으로 라이더 재킷을 입은 남자가 계산서를 집어 들었다. 핸드폰을 귀에 대는 남자의 시선이 설영과 마주쳤다. 모른 척 시선을 피할 줄 알았더니, 슬며시 고개를 숙여 알은체를 한다. 이쯤 되면 뻔뻔하다고 봐야 하나. 처음에는 조심스럽게 지켜보던 것이, 설영이 그의 존재를 눈치챘다는 것을 안 후로는 아예 대놓고 쫓아다녔다.

"농담이야. 웃자고 한 얘기에 뭘 그리 정색을 하고 덤벼."

얼굴빛까지 벌겋게 달아오른 정민을 대충 달래 보지만, 설영의 신경은 여전히 핸드폰에 귀를 기울이는 남자에게로 향해 있었다. 아래턱을 바짝 당기고 긴장된 표정으로 가게를 나가는 남자로 인해 설영도 덩달아 자세를 바로잡았다.

"하던 얘기나 계속해. 그래서 그 이사님이 너보고 언제까지 나를 쫓아다니라던?"

슬그머니 화제를 원점으로 돌려 보려 했지만 이미 늦은 듯싶었다. 눈썹을 한일자로 모으고 있는 정민은 본래의 거들먹거리는 자세로 되돌아가 있었다.

"야, 촌년. 너 완전 재수 없다. 네가 지금 알량한 선생 하나 믿고 까부는 모양인데……. 너랑 말 섞어 준다고 착각하지 마. 나는 지금 니가 불쌍해서 상대해 주고 있는 거야."

"내가 불쌍해 보여?"

푸르스름한 자국이 남아 있는 갸름한 턱이 갸웃하고 옆으로 기울었다. 커다란 뿔테 안경을 다시 고쳐 쓰는 설영은 전혀 동의하지 못한다는 얼굴이었다.

"몰라서 물어? 학교에서 김민호가 너한테 쌩까는 거 다 봤거든. 양다리 걸치다 그 자식한테는 먼저 차인 것 같고, 수학도 곧 있으면 학교에서 짤릴 거고. 아니지, 수학이 짤리기 전에 네가 먼저 퇴학당할걸. 그러니 이렇게 노닥거릴 시간 있으면 미리미리 검정고시 학원이나 알아보는 게 좋을 거다."

며칠 내로 학교에서 쫓아낼 거라던 선미의 말을 허투루 들은 것은 아니었다. 뭔가 일을 꾸미고 있나 보다 생각은 했지만, 강한까지 언급되는 것은 의외였다.

"고선미가 그래? 나랑 수학이랑 같이 쫓아낼 거라고?"

"둘이 밤늦게 아파트 지하 주차장에서 엘리베이터를 타고 들어가는 것을 봤다던데? CCTV 어쩌고 하는 거 보니까, 니들 된통 잘못 걸렸어. 지금 니가 한가하게 김민호 얘기나 캐묻고 다닐 때가 아니다 이 말이시다. 내 말 알아들었냐?"

"혹시 이 얘기, 너네 이사님도 아셔?"

"당연하지. 나라고 언제까지 니 뒤나 쫓아다니고 싶겠냐? 양다리 걸치다 김민호랑 완전히 깨졌다고 확실히 보고 들어갔을 거다."

정민이 짜증을 내며 단무지 접시를 신경질적으로 밀었다. 뒤늦게나마 별것도 아닌 일로 살살거리며 비위를 맞췄다는 사실에 자존심이 상한 모양이었다. 가벼운 접시가 빙글거리며 설영의 앞으로 굴러왔다. 그대로 두면 테이블 아래로 떨어질 기세였지만, 설영은 잡지 않았다. 적절한 타이밍이었다.

"앗, 차가워. 뭐 하는 거야? 너 때문에 옷에 단무지가 쏟아졌잖아. 하필…… 남들이 오해하게 생겼잖아."

바지 한가운데로 쏟아진 단무지 접시를 손으로 털어 내며 설영이 의자에서 벌떡 일어섰다. 통유리 너머로 검은 양복을 입은 사내들이 차에서 내리는 것이 보였다. 한 사내가 줄줄이 연결된 상가 건물에서 설영이 있는 가게를 정확하게 지목했다.

"화장실 가서 물로 씻으면 더 이상하게 보이겠지? 아무튼 너는 여기서 딱 기다려라. 우리 얘기 아직 안 끝났다. 고선미가 무슨 말도 안 되는 수작을 꾸미는 건지 제대로 들어야겠으니까."

"내가 머리에 총 맞았냐? 니가 기다리란다고 기다릴 것 같아?"

입으로는 아니라면서도 가만히 앉아 있는 정민을 남겨 두고 설영은 입구의 반대 방향으로 향했다. 빠르게 뛰고 있는 가슴을 진정시키며 눈으로는 빠져나갈 출구를 찾고 있었다. 학교와 집이라는 안전거리를 벗어나 시내 중심가로 들어오면서 막연하게나마 염려했던 일이 벌어진 것 같았다. 그렇더라도 궁금증을 어느 정도 해결했으니 후회는 없었다. 다만 뭔가 더 골치 아픈 상황에 말려든 것 같은 불안감에 발걸음이 빨라졌다.

화장실 표시를 따라 좁은 복도로 접어들었다. 비상구나 커다란 유리창을 찾고 있을 때, 주방으로 통하는 문에서 키가 큰 그림자가 나타났다. 덜컥 놀란 심장을 추스를 새도 없이 남자가 설영의 손을 잡고 안으로 끌어당겼다. 음식 재료들을 쌓아 둔 조립식 선반 사이를 남자가 앞서갔다. 겨우 한 사람이 빠져나갈 수 있는 비좁은 공간이었다. 단단한 어깨가 선반에서 빠져나온 양파망 사이를 불안하게 스쳐 지나가는 것을 지켜보며 설영이 잡힌 손을 잡아당겼다.

"어디로 가는 거예요?"

한 단계 높게 흘러나온 목소리에서 불안해하는 심정을 지울 수는 없었다. 걸음을 멈추는 대신, 강한은 제 손안에 가두듯 설영의 손을 더욱 움켜쥐었다.

"여기보다는 안전한 곳."

평상시와 다름없는 느긋한 말투였다. 길게 나열된 조립식 선반을 지나 두 사람이 나란히 설 수 있는 공간이 확보되자 설영이 잡힌 손을 다시 한 번 잡아당겼다.

"도와줘서 고마워요. 여기서부터는 저 혼자 가겠습니다."

굳게 닫혔다고 생각했던 출입문 사이에 미세한 불빛이 스며들었다. 불빛을 향해 나아가려는 설영을 강한이 단호하게 가로막았다.

"그렇게는 안 되겠는데?"

"선생님과 곤란한 상황에 엮이고 싶지 않아요. 제 사정 아시잖아요. 더 이상 복잡한 인연으로 얽히는 것은 사양입니다."

"너한테 나는 그냥 스쳐 가는 인연이고 싶었겠지만, 불행히도 우리 인연은 훨씬 더 복잡하게 얽힌 것 같다. 좋든 싫든, 넌 내 눈에 들어왔고, 나는 지켜 준다고 마음먹은 것은 반드시 지켜."

수수께끼와도 같은 말에 감정은 실려 있지 않았다. 냉철하게 바라보는 강한의 시선은 무채색처럼 건조했다. 마주 잡은 손에서 전해져 오는 따뜻한 온기만이 그의 심장이 뜨겁게 뛰고 있다는 것을 증명하고 있었다.

"그러니 믿어. 나는 위험한 상황에 처한 너를 내버려 둘 생각이 전혀 없어."

강한이 한쪽 어깨로 비상구의 문을 밀었다. 어스름이 내려앉기 시작한 건물의 뒷골목. 삭막한 도시의 실루엣이 석양빛에 물들어 있었다.

"원래 이렇게 제멋대로예요? 여기서 제 의견 따위는 중요하지 않나요?"

길거리로 나서기 전, 설영이 잡힌 손을 비틀며 항의했다.

"이 상황에서는 그래. 네가 다치는 것을 보는 것보다 제멋대로라고 욕먹는 편이 더 나으니까. 그러니까 너는 내 고집 못 꺾어."

"그렇다고 이렇게 막무가내로……."

"투정은 나중에. 쫓아오는 사람이 없을 때, 그때 받아 줄게."

더 이상의 반론을 거부하며 강한이 설영의 손을 힘껏 그러쥐었다. 타협을 모르는 강한의 시선이 골목의 끄트머리에 대기하고 있던 SUV로 향했다. 강한이 한 번 고개를 크게 끄덕이자, 차가 타이트한 공간을 비집고 거침없이 후진해 다가왔다. 운전석의 문이 열리고, 시동을 켜 놓은 채 라이더 재킷을 입은 남자가 안에서 뛰어내렸다. 별다른 말 한마디 없이 왔던 길로 뛰어가는 남자를 설영이 성난 눈길로 바라보았다.

"타."

남자를 바라보느라 자동차 조수석의 문이 열린지도 몰랐다. 설영의 등이 가볍게 떠밀렸다. 차를 타는 순간, 거스를 수 없는 인연은 운명이 될지도 모른다.

"어디로 가는 거예요?"

"말했잖아. 여기보다 안전한 곳으로 데려갈 거라고."

차를 타지 않겠다며 버티는 설영의 정수리를 커다란 손이 아래로 눌렀다. 고개가 차 안으로 기울자 등이 순식간에 안으로 휩쓸렸다. 조수석 문이 닫힘과 동시에 강한이 자동차 보닛 위를 미끄러지듯이 타고 넘어갔다. 타고난 유연함과 훈련을 통해 단련된 민첩성, 흑표범을 연상시키는 일련의 동작은 일주일 전 어두컴컴하고 음습한 뒷골목으로 설영의 기억을 되돌려 놓았다. 그녀를 보호하기 위해 기꺼이 온몸을 내던지던 강한. 경계심과는 다른 종류의 불안이 슬금슬금 심장을 좀먹었다.

"그럼 한 가지만 약속해 줘요."

강한이 운전석에 앉자마자, 설영이 기다렸다는 듯이 말을 걸었다. 차를 출발하려던 강한이 힐끗 어깨 너머로 설영의 안전벨트를 확인했다.

"안전벨트."

"아직 약속 안 했어요."

반항이라도 하듯 움직임이 없는 설영을 대신해서 강한이 손쉽게 어깨 너머에서 안전벨트의 버클을 잡아당겼다. 하는 수 없이 설영은 그의 손에서 버클을 가져다 클립에 끼워 넣었다. 딸깍하는 소리를 확인하고 나서야 강한이 기어를 후진으로 바꾸었다. 그러자 후방 카메라의 화면이 모니터에 선명하게 나타났다.

"지킬 수 있는 거라면……."

모니터를 주시한 채 후진하며 강한이 건성으로 대답했다. 자동차는 후방 카메라를 길잡이 삼아 협소한 건물 사이를 빠져나가기 시작했다.

"그렇게 성의 없이 대답하지 말고, 진심을 좀 담아 봐요."

설영이 격양된 목소리를 높였다. 불안으로 바스락대는 심장은 뭐라도 확답을 들어야 마음이 놓일 것 같았다. 강한이 차를 멈췄다. 탐색이라도 하듯 설영을 살피는 눈빛에 장난기는 없었다.

"이런다고 달라질 것은 없어요. 그러니 나를 지킨다는 명목으로 무턱대고 위험에 나서지 마요. 다치면 선생님만 손해라구요."

강한은 그녀가 느끼는 불안의 실체가 어렴풋이 손에 잡힐 것도 같았다.

"다치면 책임지라고 생떼라도 부릴까 봐 미리 걱정인 거냐?"

"그래요, 그러니 나 때문에 다치지 마요."

한 음절, 한 음절, 또박또박 내뱉는 말은 흡사 명령과도 같았다. 정갈한 손이 불안을 깨뜨려 놓듯, 설영의 머리를 장난스럽게 흩트려 놓았다.

"그런 식으로는 책임지라고 안 할 테니 안심해. 하지만 이것 하나는 분명히 약속할게. 나 때문에 네가 다치는 일은 결코 없을 거다."

선이 분명한 붉은 입술이 담백한 미소를 머금었다. 입꼬리가 위로 말아 올라가며 한쪽 볼에 진한 보조개가 팼다. 점점 눈까지 싱그럽게 펴져 가는 미소에 설영이 야무지게 눈을 흘겼다.

"은근 우기는 데 선수라는 거 알아요? 내가 원하는 대답은 그게 아니잖아요."

"알아, 네가 원하는 대답이 뭔지. 그렇다고 명색이 학교 선생이 되어서는 책임지지 못할 거짓말을 남발할 수는 없잖아."

강한이 브레이크 페달에서 발을 떼자, 순식간에 자동차에 속도가 붙었다. 거침없이 후진하는 자동차의 사이드 미러가 벽면에 닿을 정도로 아슬아슬하게 스치고 지나갔다. 놀란 설영의 머릿속이 정지 상태가 되면서 복잡했던 생각들이 일순간에 날아갔다.

"뭐예요? 나한테는 막무가내로 돌진이면서, 운전은 왜 또 후진이에요?"

남아 있는 거리를 눈으로 확인하며 설영이 성마른 호흡을 삼켰다.

"선생이 학생 앞에서 교통 법규를 어기면 곤란하잖아? 눈치챘는지 모르겠지만 여기 일방통행이야."

말이 끝나기가 무섭게 차가 사 차선 도로로 빠져나왔다. 도로로 들어서자, 유턴 금지라는 표지판이 무색하게 자동차는 교차로에서 크게 유턴을 했다. 갑작스럽게 끼어든 차로 인해 도로간 정체 현상이 생기고 빵빵거리는 클랙슨 소리가 사방에서 울려 퍼졌다.

"이건 안 본 걸로 하자."

"봤는데 안 본 걸로 한다는 게 말이 돼요?"

백미러로 도로 상황을 확인한 강한이 힐끗 보조석으로 고개를 돌렸다.

"까칠하기는. 그럼 못 본 걸로 해."

"그게 우긴다고 되는 일이에요?"

"노력이라도 해 봐."

말투는 장난기 가득했지만, 사이드 미러를 살피는 강한의 눈매는 날카롭게 각이 잡혀 있었다.

"좋아요, 나는 못 봤다고 쳐요. 그럼 무인 단속 카메라랑은 무슨 수로 타협하실 건데요?"

설영의 말투도 한결 가벼웠다. 엉터리 같은 대화에 불안으로 꿈틀대던 심장이 조금씩 안정을 찾아가고 있었다. 차는 빨간색으로 바뀐 신호등 앞에 멈춰 섰다. 이마를 잔뜩 찡그린 강한이 고개를 들어 신호등 위에 설치된 카메라를 노려보았다. 혼잣말로 투덜거리는 강한을 보고 있으려니 피식 웃음이 나왔다.

한때는 거부감이 들었던 잘생긴 옆얼굴을 하나씩 뜯어보았다. 다행히 군데군데 보이던 상처 자국이 많이 희미해져 있었다. 그러고 보면 강한을 이렇게 가까이에서 보는 것도 거의 일주일 만이었다. 학교에서 민호가 설영을 피해 다녔다면, 설영은 죽기 살기로 강한을 피해 다녔다.

"고마워요, 허락도 없이 구하러 와 줘서."

차를 출발시키며 강한이 짧게 웃었다.

"스물네 살 류설영은 고맙다는 말을 그런 식으로 하나 보지? 기승전결이 이런 식이라면 가끔 교통 법규를 어기는 것도 나쁘지 않겠는데. 이왕 감사 인사를 들을 거라면 제대로 듣는 게 좋겠지. 꽉 잡아."

자동차의 속도가 빨라졌다. 강한이 급하게 핸들을 왼쪽으로 꺾자, 차선을 변경한 SUV가 커다란 트럭 사이로 모습을 감추었다. 보조석 사이드 미러를 통해 차선을 기웃거리는 차량 한 대가 눈에 들어왔다.

"무슨 일이에요?"

설영이 고개를 한껏 뒤로 젖혔다. 휘둥글게 커진 눈이 무모하게 차선을 바꾸는 두 대의 검정 세단을 주목했다. 거침없이 속력을 내며 뒤따라오는 차량은 분명 중국집 앞에 주차한 차와 같은 차종이었다.

"설마 나를 잡겠다고 여기까지 쫓아오는 거예요?"

"데려오라는 지시를 받았으니, 쉽게 포기할 리가 없지."

시니컬한 대답과 함께 강한이 급작스럽게 핸들을 반대 방향으로 꺾었다. 빵빵거리는 클랙슨 소리가 뒤에서 울렸다. 그들이 탄 차를 쫓아 검정 세단도 곡예를 넘듯이 차선에 끼어든 순간 강한이 또다시 차선을 원래의 자리로 바꿨다. 도망치고, 쫓아오고, 이리저리 비어 있는 공간을 아슬아슬하게 넘나들며 강한이 마지막 순간에 핸들을 오른쪽으로 꺾었다. 외곽 도로로 빠져나가는 도로 위에서 차선을 바꾸지 못한 두 대의 검정 세단이 고가 도로를 타고 멀어져 가는 것이 보였다.

한가한 고속도로로 접어들고, 속도를 내거나 무리하게 차선을 바꾸며 따라오는 차량이 없다는 것을 확인한 강한이 설영의 좌석 모퉁이를 손으로 탁탁 내리쳤다.

"이쪽으로 와서 편하게 앉아."

강한이 가리키는 여유 공간을 보고 나서야, 설영은 어시스트 그립에 매달리느라 차 문 옆에 바짝 붙어 앉아 있었다는 사실을 깨달았다. 비좁은 차간 사이를 넘나드는 순간마다 느꼈던 긴장감에서 아직 해방되지 못하고 있었다.

"계속 그렇게 있을 거야? 안 불편해?"

방금 무슨 일이 있었냐는 듯이 무사태평한 얼굴로 왜 굳이 불편함을 자처하고 있는지 모르겠다는 뉘앙스였다. 뭔가 엄청 억울하다는 생각에 설영이 톡 하고 쏴붙였다.

"놀란 간이 배 밖으로 튀어나올 지경인데, 불편해야 정상 아닙니까?"

강한이 슬쩍 설영을 돌아보았다. 긴장이 풀린 설영이 힘없이 의자 등받이에 머리를 기대는 것을 보고는 다시 고개를 정면으로 돌렸다.

"나 때문에 다치는 일은 없을 거라고 했잖아."

설영이 긴장했다는 사실에 강한은 오히려 재미있다는 말투였다. 도대체 얼마나 위험한 사람들을 상대하고 살았기에 저런 반응을 보일 수 있을까.

김민호, 이 자식은 무슨 사고를 얼마나 심각하게 친 거야? 사람 한 명 잡겠다고 저 정도의 인원을 풀 정도라면. 윤태상이라는 남자, 생각보다 절박한 모양이었다.

"이 자식, 내 손에 걸리기만 해라. 곱상하게 생긴 얼굴을 아예 죽사발로 만들어 버릴 테니깐."

흥분해서 혼잣말을 중얼거리던 설영이 불현듯 강한의 시선을 의식했다.

"오해 마세요. 선생님한테 한 말은 아니었으니까."

설영의 부정에도 강한은 의심쩍은 시선을 거두지 않았다.

"믿어도 되는 거지? 그리고 참고로 나는 남자답게 잘생긴 거다."

단정적으로 말하며 강한이 어두운 고속도로에서 속도를 올렸다.

"그런 농담도 할 줄 알아요?"

"농담처럼 들려?"

자기 입으로 아무렇지도 않게 잘생겼다고 말하는 강한을 향해 설영이 야유를 보냈다.

"여학생들이 나를 다비드라고 부른다면서? 다들 그러던데, 내가 다비드 조각상보다 더 잘생겼다고."

"그건 또 어떻게 알았어요?"

"모르기가 더 어렵지 않나? 복도에서 그렇게 떠들어 대는데……. 내가 기억력뿐만 아니라 청력도 좋은 편이거든."

창밖이 어두워 표정이 보이지는 않았지만, 어둠에 반해 밝게 빛나는 하얀 치아가 강한이 웃고 있다는 것을 말해 주고 있었다.

"다친 어깨는 괜찮아? 일주일 내내 물어보고 싶었는데, 이제야 겨우 기회가 생겼다."

장난기를 쏙 뺀 그윽한 목소리. 설영의 심장이 민감하게 반응했다.

"괜찮아요. 걱정해 주셔서 감사합니다."

설영의 말투가 사무적으로 변했다. 강한은 한쪽 눈썹을 비스듬히 추켜올렸다.

"일주일 내내 식당에 점심 먹으러 안 내려오던데, 나 때문이야?"

어렴풋이 질책이 느껴지는 질문에 설영이 차창 너머로 시선을 돌렸다. 어설픈 변명이 통하지 않다는 것을 알기에 설영은 화제를 돌렸다.

"지금 어디로 가는 거예요?"

"부정하지 않는 것을 보니 사실인 모양이네. 밥까지 굶을 정도로 나를 피해 다녔다. 그런데 어쩌지? 한동안은 싫어도 같이 지내야 할 것 같은데."

"같이 지내요? 서울로 돌아가는 것 아니었어요?"

한층 높아진 목소리에서 당혹감을 감추기는 불가능했다.

"너란 존재가 윤태상의 호기심을 제대로 자극한 모양이야. 너를 잡아들이기 위해 꽤 많은 인원이 동원되었어. 당장은 집도, 학교도, 안전하지 못해."

"민호 때문에요?"

"너를 통해 얻을 수 있다고 확신하는 게 한 가지 더 늘어났거든. 김민호가 녀석한테서 뭔가 중요한 것을 빼돌린 모양이던데, 그것을 되찾기 위해 안달이 난 상태에서 내 이름이 거론되니 제대로 필이 꽂힌 거지. 내가 말 안 했지? 태상이가 나를 엿 먹이는 일이라면 물불을 안 가리고 덤벼든다는 것을?"

태상을 언급하는 말투가 냉소적으로 변했다. 클럽에서 처음으로 그에 대해 경고했을 때도 강한은 지금처럼 첨예하게 가시를 세웠다.

"고선미가 그날 선생님과 나를 아파트 주차장에서 봤다고 들었어요. 밤늦은 시간이었다고는 하지만, 단순히 그것만 듣고 그 많은 사람들을 동원했다구요?"

"클럽에서 너를 빼내 간 사람이 나라는 것을 알았을 때는 얘기가 달라지지. 나를 오랫동안 봐 온 녀석이야. 남을 시켜도 될 일에 직접 나서는 성격이 아니라는 것쯤은 충분히 알고도 남을 시간이었지."

클럽에서 그녀를 데리고 나가는 일에 굳이 그가 나설 필요가 없었다는 것을 말하고 있었다.

"윤태상이 찾고 있는 것이 무엇인지 알아보는 중이야. 그것을 알면 녀석이 어느 선까지 무모해질 수 있을지 가늠할 수 있겠지. 시골에 친구가 별장을 가지고 있어. 당장은 그곳에 머물면서 시간을 벌어 볼 생각이야."

맞은편에서 달려오는 트럭의 헤드라이트 불빛이 강한의 옆얼굴을 비추었다. 뒤를 바짝 추격해 오는 미니 밴을 의식한 강한이 차선을 바꾸며 속도를 줄였다. 경직된 표정으로 경계를 늦추지 않는 강한의 귀에 꼬르륵 소리가 들렸다.

"점심 굶은 게 새삼 억울하지?"

미니 밴이 그들이 타고 있는 차를 지나쳐 고속도로 휴게소 입구 폴사인을 따라갔다. 강한이 차선을 변경하기 전에 배를 손으로 감싸는 설영을 힐끔 쳐다보았다.

"이럴 줄 알았으면 자장면을 마저 다 먹을 걸 하고 후회하는 중이에요."

짧은 웃음소리와 함께 강한이 운전석과 조수석 사이에 놓인 콘솔박스를 손으로 뒤적거렸다. 곧이어 내밀어진 손바닥 위에는 조그마한 초코바 몇 개가 놓여 있었다.

"차 주인이 군것질거리를 항상 차에 두고 다니거든. 아쉬운 대로 이거라도 먹어 두든지. 목적지까지 가려면 앞으로도 한두 시간은 더 있어야 할 것 같은데."

식당까지 따라 들어온 남자를 말하는 건가. 궁금증이 일었지만 묻지 않기로 했다. 보호받고 있었다는 사실을 굳이 확인받고 싶지 않았다.

"사양하겠습니다. 단 거 별로 안 좋아합니다."

설영은 초코바를 콘솔박스 앞에 있는 컵홀더에 집어넣었다.

"포기하는 게 좋을 거다."

"뭘요?"

설영은 의자의 등받이 높이를 조절하는 스위치를 찾아 누르며 딴청을 부렸다.

“지금 네 머릿속에서 바쁘게 굴러가는 생각. 목적지에 도착할 때까지 중간에 휴게소 들를 일은 없을 테니까.”

“젠장.”

소리가 입 밖으로 나오지 못하게 입술을 꽉 깨문다는 게 한발 늦었다. 밀폐된 공간에서 기분 좋게 울리는 웃음소리가 설영의 귓가로 예민하게 파고들었다. 머릿속 생각을 제대로 들킨 설영은 좌석을 최대한 뒤로 눕히며 고약스러운 한숨을 내쉬었다. 이제 한동안은 꼼짝없이 강한과 같이 지낼 수밖에 없었다.

“그렇게 땅이 꺼져라 한숨 쉴 필요 없어. 오래 걸리지는 않을 거야. 상호 형 인맥이 그 바닥에서 꽤 알아주는 편이거든. 최대한 안전하고, 빠르게 원래의 자리로 돌려보내 줄게.”

설영은 아무런 대꾸 없이 조용히 눈을 감았다. 원래의 자리. 이 여행의 끝에 무엇이 있을까. 침묵의 농도가 진해질수록 설영의 머릿속도 복잡하게 엉켜들었다. 별거 아닌 말 한마디가 긴 여운을 남긴다. 온몸으로 존재감을 표현하는 그에게서 한시라도 빨리 벗어나야 덜컹거리는 이성이 제대로 자기의 몫을 해낼 수 있을 것 같았다.

— 야, 내 말 듣고 있는 거야?

강한이 버럭거리는 전화기를 귀에서 떼었다가 다시 붙였다. 상호의 목소리에 주의를 기울인다 싶다가도, 집중력은 어느새 2층 침실 베란다에서 내려다보이는 전경에 촉각을 곤두세우고 있었다.

“듣고 있어.”

— 꼴통 녀석이 뭔가 대형 사고를 치긴 친 모양인데, 문제는 아직까지는 아무도 태상이 찾고 있는 물건이 정확하게 뭔지 모른다는 거야.

무슨 거래 장부가 들어 있는 메모리 카드라고 하는 것도 같고, 사진을 저장한 핸드폰이라고 하는 것도 같고, 아무튼 태상이 자식이 쉬쉬하면서 단단히 몸을 사리고 있는 모양이야. 경찰이 관련되면 곤란한 일인 것은 분명해. 그렇지 않고서야, 아무리 뒷배가 좋다고 해도 꼴통 녀석을 잡아다 가져간 물건 내놓으라고 한 번쯤은 닦달을 했겠지. 손가락 하나 건들지 못하는 것을 보면, 행여나 잘못 건드려서 경찰 쪽에서 나설까 겁을 집어먹고 있는 게 분명해.

"계속해."

강한이 젖은 머리를 커다란 목욕 타월로 대충 털며 전화기를 바꿔 들었다. 여전히 시선은 젊은 남자를 향해 걸어가는 설영의 뒷모습을 좇고 있었다. 남자는 별장 관리인의 아들로 아침 일찍 먹을거리를 자동차로 싣고 왔었다. 제대하기 전 마지막 휴가를 나온 군인답게 짧게 자른 머리와 검게 그을린 피부, 각이 잡힌 걸음걸이가 여지없는 군인의 모습이었다.

— 그래서 중간에 낀 류설영이라는 애만 골치 아프게 생겼다. 게다가 하필 엮여도 또…… 너에 관해서라면 물불 안 가리고 덤비는 태상이 놈한테 제대로 걸렸으니. 걔 팔자도 참.

여차하면 뛰어내릴 생각으로 베란다와 아래층의 간격을 대충 눈대중으로 재 보던 강한의 눈빛이 일순간 싸늘하게 식어 갔다. 짧은 순간이지만 기억을 더듬는 눈빛은 얼음송곳처럼 차갑고 날카로웠다. 아버지 집으로 들어간 후로 강한의 몸은 상처투성이였다. 어느 날 하늘에서 뚝 떨어진 강한은 태상에게는 눈엣가시 같은 존재였다. 동거인의 아들로 혈연이나 법적으로 인정받지 못한 자신의 영역을 위협하는 적. 처음 만난 순간부터 태상은 강한을 제거해야 할 적으로 간주하고 있었다.

태상은 치사하고 교활한 방법으로 그를 괴롭혔다. 같은 학교로 전학 간 첫날부터 단 하루도 맞지 않고 집에 들어오는 날이 없었다. 태상은 결코 자신의 손을 쓰는 법이 없었다. 그래서 표면상 두 사람은 서로에게 무관심을 가장했다. 그 사실을 알면서도 아버지는 철저하게 방관자였다. 아버지가 사는 세계에서 살아남는 법은 단순했다. 비굴하게 강자에게 붙거나, 힘을 키워서 강자가 되거나. 암묵적으로 강요된 선택. 그래서 강한은 어느 누구에게도 맞지 않는 법을 몸소 익히며, 강자로 살아남는 법을 터득했다.

— 그래서 너는 앞으로 어쩔 생각이야? 남철이한테 류설영 보호 임무를 맡겼다는 것은 분명 뭔가 있다는 뜻인데……. 남철이 놈 입 무거운 거야 두말하면 잔소리고. 도대체 뭐 때문에 그 애를 싸고도는 거냐? 혹시 그 애가 부모 없이 자라는 아이라서 특별히 신경 써 주는 거야?

"무슨 말이 듣고 싶은 거야?"

— 사실이 그렇잖아. 네가 원래 부모 없이 크는 애들한테 유독 약하잖아. 처음에 나한테 네 옆자리를 허락한 이유도 그것 때문이었고. 생각 안 나? 떡대 같은 사내 열 놈을 때려눕히고 집에 가는 길에 길냥이가 불쌍하다고 집에 몰래 데려갔던 거? 네가 류설영이라는 아이를 특별하게 생각하는 게 그거랑 같은 맥락이냐고.

"류설영에 대해서는 신경 끄라고 했을 텐데?"

— 했지. 그래서 궁금해 죽겠어도, 지금까지 모른 척하고 있었잖아. 하지만 지금은 사정이 다르잖아. 설마 키워서 잡아먹겠다, 뭐 이런 덜떨어진 생각을 하고 있는 것은 아니지?

"헛소리로 시간 낭비 할 거면 전화 끊어."

짜증을 숨기지 않는 반응에 상호가 정색을 했다.

— 뭐냐, 이 위험한 반응은. 이러니 내가 마음을 놓을 수가 있나. 적당한 선에서 발 빼. 행여나 노인네 귀에 들어가서 트집거리 잡히지 말고. 의사 집안에, 능력 있고, 미모까지 완벽하게 받쳐 주는 이하영 같은 퀸카는 나 몰라라 하고, 애 데리고 뭐 하는 짓이야? 절세가인도 아

니고, 성격이 유순한 것도 아니고, 여자애가 드세게 쌈질하는 것도 그렇고, 도대체 뭐에 꽂혔는지 나는 도통 이해가 안 된다. 아, 저번에 보니 매끈한 복부 하나는 마음에 들더라.

"헛소리 말라고 분명히 경고했다."

어두운 동굴을 뚫고 나오는 위협적인 말투에 능글거리던 상호가 새삼 목소리를 가다듬었다.

— 짜식, 아침부터 목소리 깔기는……. 알았다. 하긴 네가 언제 허튼짓하고 다니는 놈이냐. 본론으로 돌아가서, 태상이 요즘 들어 대진미디어 둘째랑 자주 목격된다는 보고다.

"대진미디어 둘째라면, 몇 년 전부터 대형 복합 리조트 사업을 본격적으로 추진하고 있지 않나? 내 정보가 맞는다면 이번 신도시 카지노 개발 사업을 목표로 세계 휴양 도시에 복합 리조트를 운영 중인 미국 기업과 공동 출자 해서 무슨 리조트 법인을 설립하려 한다고 들은 것 같은데?"

— 맞아. 언젠가 태상이가 그 카지노 투자 유치와 관련해서 사업 구상 중이라고 들은 적이 있어. 듣기로는 투자자들한테 돈을 끌어들여서 개발 사업 부지로 선정될 지역의 부동산을 매입하려 한다고 하더라. 그래서 태상이가 찾고 있다는 물건이 그 개발 사업권과 무슨 연관이 있지 않을까 추측 중이다. 그쪽을 한번 파 보고 다시 연락하마.

"최대한 조용히 움직여, 녀석이 눈치채지 못하게."

— 알았다. 이왕 이렇게 된 거 너도 류설영 잘 지키고 있어라. 설마 시골까지 내려가서 사고를 치겠냐만은, 워낙 천방지축이라 또 모르지.

상호의 마지막 당부에 쓴웃음을 삼키며 강한이 전화기를 침대 위로 내던졌다. 트러블이 따라다니는 설영을 사고 치지 않게 지키고 있으라는 것은 결코 쉬운 과제가 아니었다. 강한은 손에 들고 있던 목욕 타월을 베란다 옆으로 길게 뻗은 나뭇가지 위에 걸쳤다. 굵은 나뭇가지는 그의 몸무게를 지탱하기에 충분해 보였다. 하지만 따지고 재는 것도 거기까지였다. 설영이 짧은 머리 남자 옆에 나란히 선 순간 강한은 나뭇가지에 매달린 타월에 몸을 싣고 훌쩍 땅 위로 착지했다.

"언제부터 저랬어요?"

설영이 하얀 연기가 나는 자동차 뒷면을 손가락으로 가리켰다. 자동차 보닛을 심각한 표정으로 들여다보던 남자가 뒷머리를 긁적였다.

"저도 잘 모르겠습니다. 일주일 전에 자동차 정비소에 들어갔다 나왔다는데, 차가 낡아서 그런지 여전히 말썽입니다. 운전하고 오는 동안에도 저 상태였는데, 이대로 무턱대고 운전하고 내려가다 길거리에서 서지나 않을까 걱정입니다."

설영이 허리를 숙여 자동차 보닛의 내부를 대충 눈으로 훑어보았다. 낡기는 했지만 특별히 눈에 띄게 이상한 점은 발견되지 않았다.

"고무 탈 때랑 비슷한 냄새가 나네요."

자동차 뒤로 걸음을 옮기는 설영을 뒤따라오던 남자가 고개를 한쪽으로 틀고 신기하다는 표정으로 바라보았다.

"혹시 자동차에 대해 아십니까? 어머니 말로는 타임벨트랑 워터펌프, 또 뭐더라, 무슨 링이라고 들었는데……."

"텐션베어링 말이에요?"

이번에는 남자가 고개를 몇 번이고 크게 끄덕였다.

"맞는 것 같습니다. 암튼 싹 다 새로 교체하셨다고 들었는데 뭐가 또 문제인지 모르겠습니다."

"우선은 자동차 시동 좀 꺼 줄래요? 장담할 수는 없지만, 엔진 오일이 실린더 내부로 유입되어 소멸되는 경우도 이렇게 머플러에서 하얀색 매연이 발생하는 것을 봤거든요."

"아, 그렇습니까?"

남자가 대답을 마치고 운전석으로 가려는데, 강한이 한발 빨랐다. 어느새 시동이 꺼진 운전석에서 자동차 열쇠를 꺼내 든 그가 설영의 옆으로 성큼 다가왔다.

"여기서 뭐 해? 자동차에 무슨 문제 있어?"

상쾌한 바람을 안고 나타난 그로 인해 설영은 잠깐 대답할 말을 찾지 못했다. 젖은 머리가 이마를 덮고 있어서인지 평상시보다 훨씬 어리고 유순해 보이지만, 예리한 눈빛은 낯선 상황에 대한 경계를 늦추지 않고 있었다.

"자동차 배기구에서 하얀색 연기가 나서 말입니다. 엔진 오일에 문제가 있는 것 같다고 하는데……. 그래서 시동을 끄고 확인해 보려던 참이었습니다."

젊은 남자가 순진한 얼굴로 설영을 향한 질문에 대신 대답했다. 그녀를 향한 무한한 신뢰를 표현하는 남자를 강한이 말없이 바라보았다. 무슨 생각을 하는지 웃음을 참고 있는 강한을 보며 설영이 미간을 찌푸렸다.

"표정이 왜 그래요?"

설영이 눈을 새침하게 뜨며 시비조로 나와도, 강한은 별다른 반응이 없었다.

"깨끗한 휴지가 있으면 좋겠는데, 없으면 목장갑도 괜찮고."

강한이 남자를 향해 말을 걸자, 젊은 남자가 또다시 뒷머리를 긁적거렸다. 심각한 문제에 봉착한 것처럼 표정이 급격히 어두워졌다.

"그게 어젯밤에 커피를 쏟는 바람에 휴지를 다 써서……."

"쇼핑백에서 휴지 박스를 본 것 같은데."

"맞다. 장 봐 온 것들 중에 휴지 박스가 있었습니다. 제가 얼른 가서 가져오겠습니다."

문제의 해결점을 찾은 남자가 부지런히 별장을 향해 뛰어갔다. 남자가 어느 정도 시각에서 멀어져 가자 강한이 설영을 향해 돌아섰다.

"내 표정이 어떤데?"

"뭔가 엄청 못마땅한 얼굴이잖아요."

"내가?"

기다렸다는 듯이 따지고 드는 설영에게 건성으로 대답하며 강한은 자동차 앞쪽으로 걸어갔다. 설영은 따라가야 할지, 말지를 망설이며 주춤하고 있었다. 그런 그녀를 돌아보며 강한이 손가락을 까닥거려 가까이 오라는 사인을 보냈다. 설영은 반항의 의미로 차를 사이에 두고 반대편으로 돌아갔다.

"못마땅하게 굴어야 할 사람이 누군데요? 허락도 없이 납치하듯이 이런 시골로 데려오더니, 아침부터 이상한 얼굴로 바라보고 있었잖아요. 마치 내가 거짓말로 사기를 치다 들키기라도 한 것처럼."

"사기 친다고 한 적 없는데. 괜히 네가 찔리는 것은 아니고?"

자동차를 사이에 둔 강한의 눈썹이 꿈틀거렸다. 설영은 힐난에 가까운 말투의 의미를 단박에 알아챘다. 아마도 강한은 설영이 뭔가 꿍꿍이속이 있어서 남자에게 의도적으로 접근했다는 것을 눈치챘을 것이다. 거기다 사기를 친다는 것에는 나이를 속이고 학교를 다니고 있는 것에 대한 비난도 포함되었을 것이다.

"그거랑 이거는 차원이 다른 문제거든요. 지금 나는 곤경에 빠진 사람을 도와주고 싶은 순수한 마음에……."

"유성 센트럴 타운."

당황으로 말문이 막혀 버렸다. 지난 토요일 아침에 아파트 입구에서부터 그녀를 따라붙는 라이더 재킷의 존재를 처음으로 알게 되었다. 그를 보낸 사람이 강한이라는 것을 알면서도, 막상 그녀가 살고 있는 아파트 이름이 나오자 양심이 찔린 것도 사실이었다.

"그날 내가 걱정하는 것을 알면서도 일부러 같은 아파트에 살고 있다는 것을 말 안 해 준 것은 무슨 심보일까. 처음 보는 사람한테는 호의가 넘쳐 나는 것 같은데, 몇 달이나 알고 지낸 나한테는 너무 야박하다는 생각 안 들어? 협박이나 들어가야, 문자 하나 달랑 보내고."

차 지붕에 턱을 괸 강한이 미간을 찌푸렸다. 과장되게 화난 표정을 짓고 있는 그를 보자니 은근슬쩍 웃음이 나오려 했다. 잰걸음으로 자동차 앞부분까지 걸어간 설영은 잽싸게 보닛 뚜껑 뒤로 얼굴을 숨겼다.

"어디 사냐고 안 물어봤잖아요? 안 물어봐서 말을 안 했을 뿐인데."

"그걸 변명이라고 하는 거야? 학생기록부에 주소가 버젓이……."

바로 옆까지 다가온 강한을 못 본 척하고 설영은 엔진 오일을 측정할 수 있는 레벨 게이지를 눈으로 찾았다. 가벼운 한숨 소리와 함께 오른쪽 볼에 쏟아지는 시선을 꿋꿋하게 참아 냈다. 사방이 뻥 뚫린 넓은 공간이었음에도, 그가 옆에 있다는 사실만으로도 압도당할 지경이었다.

"하기야, 생년월일부터 사실이 아닌 학생기록부를 들먹이고 있는 내가 한심한 거지. 머리 좋다는 소리를 곧잘 들었는데, 너랑 있으면 어떻게 된 게 내가, 내가 아닌 것만 같다."

"치사하게, 은근 뒤끝 작렬이네."

혼잣말을 중얼거리며 레벨 게이지로 손을 뻗으려는 설영의 손목을 강한이 붙잡았다.

"청력 좋다고 분명히 말했다. 그리고 엔진이 꽤 달궈진 상태라 아직은 맨손으로 만지면 위험해."

붙잡힌 손목이 화끈거렸다. 여전히 보호자를 자처하는 강한을 피해 한 발자국 물러나는데 젊은 남자가 휴지 박스와 목장갑을 가지고 돌아왔다.

"이거면 되겠습니까?"

"충분해요."

강한보다 먼저 장갑을 받아 든 설영이 엔진 오일 게이지를 뽑아 휴지에 닦았다. 그러고는 게이지를 다시 엔진 오일 통에 넣었다 뺀 후, 휴지에 묻어나는 오일의 경계선을 확인하는 일련의 행동을 강한이 흥미롭게 지켜보고 있었다.

"아무래도 제 추측이 맞는 것 같아요. 오일의 양이 적정선을 넘어서 실린더 내부로 유입되는 것 같아요. 자동차 정비소에 가셔서 엔진 오일 상태를 다시 점검해 달라고 하세요."

"그럼 시내까지 이 상태로 쭉 달려도 괜찮은 겁니까?"

"장시간 운전이 아니라면요."

남자가 안도의 한숨을 길게 내쉬었다.

"30분 정도 달리면 가까운 정비소가 나옵니다. 잘됐습니다. 어차피 저도 시내로 나가야 하니, 번거롭게 택시 기다리지 마시고 제 차 타고 움직이시면 어떻겠습니까?"

"택시?"

강한이 말꼬리를 높이며 처음 듣는 말이라는 뉘앙스를 강하게 풍겼다. 충분히 예상한 일이었기에 흥미롭다는 반응이었다. 그래서인지 남자는 신이 나서 설영의 계획을 적나라하게 떠들어 대기 시작했다.

"아, 이 손님이 별장 주소를 모른다고 한 시간 후에 이곳으로 택시를 불러 달라고 부탁하셨습니다. 여기 보이는 산책로를 한 10분 정도 따라 내려가다 보면 과수원 농장이 나오는데, 큰길 앞 사과나무 농장에서 기다리겠다고……."

"그만하죠."

말을 중간에서 자른 설영이 신경질적으로 목장갑을 벗어 남자에게 던졌다. 순진하다고 생각했던 남자는 알고 보니 능구렁이가 따로 없었다.

"배신자."

더러운 오일이 묻어 시커멓게 변한 목장갑과 휴지를 능숙하게 받아 드는 남자의 표정이 능청스러웠다. 일부러 큰길까지 내려가서 택시를 기다리겠다는 것이 어떤 의미인지를 남자는 정확하게 파악하고 있었다. 그리고 누가 같은 편 아니랄까 봐, 설영의 계획을 고스란히 강한에게 일러바치고 있었다.

"그러고 보니 어머니가 가자마자 사골국부터 데우라는 말을 제가 깜빡했습니다. 저는 주방에 있을 테니, 시내까지 태워다 줄 사람이 필요하시면 언제든지 알려만 주십시오."

강한과 의미심장한 시선을 교환한 후에 남자는 시야에서 빠르게 사라졌다.

"아침 먹고 시내까지는 바래다줄게. 그러지 않아도 마땅히 갈아입을 옷이 없어서 쇼핑을 해야 하지 않을까 생각하고 있었어. 무슨 음식 좋아해? 한식, 중식, 아니면 이탈리안?"

"한식."

"그중에서도?"

"갈비탕이요. 왜요?"

"디저트는?"

"그러니까 그런 것들이 왜 궁금한데요? 나에 대한 뒷조사는 이미 끝나지 않았나요?"

"서류상 뒷조사만으로는 개인 취향까지는 파악이 안 되니까."

"뒷조사를 했다는 것은 인정하시네요."

"보호를 위해 어느 정도의 정보는 필요했으니까."

허탈하게 미소 짓던 설영이 이내 대범하게 어깨를 들썩였다.

"상관없어요. 어차피 그럴 거라고 예상했으니까요. 그럼 이제 제가 사귀는 사람이 있는지 없는지도 서류상으로 파악이 됐겠네요?"

"내가 신경 써야 하는 사람이라도 있는 거야?"

금빛 햇살 아래 강한의 까만 눈동자가 호전적으로 반짝하고 빛을 냈다.

"글쎄요……."

"그렇다 하더라도 상관없어. 여기서 물러날 생각 따위는 전혀 없으니까. 그러니까 너도 애써 머리 굴릴 필요 없다는 뜻이야."

진실과 거짓 사이에서 고민하는 설영의 갈등을 단박에 눈치챈 강한이 앞질러 말을 잘랐다.

"뭔가 불공평해요."

"너는 내가 같은 편이라는 확신도 없는데, 나만 너에 대해 아는 것 같아서? 직접 물어봐. 나는 성심성의껏 대답할 준비가 되어 있으니까. 시간은 많으니까, 우선은 아침부터 먹고 천천히 하자. 가자."

가자는 말에도 불구하고 꼼짝도 하지 않는 설영의 옆으로 다가온 강한이 어깨를 살며시 밀었다. 설영은 기다렸다는 듯이 강한의 손목을 양손으로 틀어쥐고 옆으로 유연하게 회전했다. 매 순간 설영보다 한발 앞서는 강한이 난처해하는 모습을 보고 싶었다.

그런데 무슨 일이 벌어지고 있는지도 의식하지 못할 짧은 순간에 널따란 품 안에 안겨 있었다. 원래의 계획대로라면 강한의 등 뒤에 서 있어야 할 그녀가 자진해서 갇혀 있는 꼴이었다. 분명 그의 손목을 틀어쥐었는데, 오히려 수갑을 찬 모양으로 붙들려 있는 손을 내려다보며 설영은 헛웃음이 났다.

"어쩐지 인생 최대의 강적을 만난 것 같네요. 사람 머릿속을 훤히 들여다보는 요술 거울이라도 가지고 있는 것은 아니죠?"

"세상에 그런 거울이 있다면 전 재산을 털어서라도 하나 장만해야지."

귓가를 간질이는 부드러운 숨결에 목뒤의 솜털까지 바짝 서는 기분이었다.

"그걸로 여자들 머릿속을 들여다보게요?"

"나를 뭐로 보고. 나는 오로지 세계 평화를 염두에 두고 하는 말이다."

"다비드 조각상이 오늘은 겸손하시네요."

가벼운 웃음소리가 그와 닿아 있는 등을 통해 작은 울림을 만들어 냈다. 묶인 팔을 그대로 밀어 팔꿈치로 배를 찌르자, 아파하기는커녕 오히려 웃음소리가 더 커졌다.

"포기를 모르는 네 도전 정신에는 경의를 표하는 바다."

"어쩐지 바보가 된 기분이에요."

뜻대로 되는 일이 없자, 심술 난 설영이 바닥을 구르는 돌멩이 하나를 발로 찼다. 포물선을 그리며 날아간 돌멩이가 SUV의 방향 지시등을 아슬아슬하게 스치고 지나가자, 강한이 가볍게 혀를 찼다.

"쯧쯧, 이쯤에서 포기하지그래? 가능성이 없어 보이는데……."

강한이 품에서 설영을 떼어 놓았다. 뒤로 돌아 마주 보는 시선에 연한 미소가 싱그러웠다.

"그건 선생님 희망 사항이겠죠. 사실대로 말해 봐요. 나한테 거짓말 했죠? 이 별장에 온 것이 오늘 처음 아니죠?"

"보이 스카우트의 명예를 걸고, 이곳에 온 것은 오늘이 처음이야. 너한테 거짓말은 안 해."

강한은 보이 스카우트 선서라도 하는 것처럼 엄지와 새끼손가락을 말아 쥐고 나머지 손가락 세 개를 들어 올렸다. 때를 맞춰, 유리로 된 현관문이 열리고 젊은 남자가 고개를 밖으로 내밀었다.

"형님, 빨리 오세요. 엄마가 형님이 좋아하시는 밑반찬 몇 개 보내셨어요. 아, 그리고 저녁에 별장 주인이 형님 생존 확인하러 친히 방문하시겠답니다."

깊은 한숨 소리와 함께 슬그머니 내려오는 세 개의 손가락을 설영이 잽싸게 쥐고 뒤로 꺾었다.

"명예는 개뿔. 보이 스카우드 클럽 문턱도 넘은 적 없죠?"

따라오는 자가 없나 경계하던 모습에서 낯선 타인을 별장으로 불러들일 만큼 무방비하지 않다는 것을 짐작했어야 했다.

"별장 관리인이라면서요?"

"관리인이랑 친분이 있느냐고는 안 물어봤잖아? 안 물어봐서 말을 안 했을 뿐인데."

강한은 유치하게 복수라도 하듯이 설영이 했던 말을 그대로 흉내 내고 있었다.

"예전에 알던 인연을 이곳 별장 관리인으로 추천한 사람이 바로 나야. 궁금해하는 줄 알았으면, 미리 말해 줄 걸 그랬나?"

"알았으면 바보 노릇은 안 했겠죠. 상관없어요. 어떻게든 돌아갈 방법만 찾으면 되는 거니까."

터벅터벅 걷기 시작한 설영의 앞을 강한이 막아섰다.

"당장은 위험하다고 말했을 텐데. 고집 피우지 말고 그냥 내 말대로 해."

"시골에 숨어 있다고 해결될 문제가 아니잖아요. 선생님하고 나, 갑자기 며칠씩 사라지면 다들 이상하게 생각할 거예요. 괜한 스캔들에 휩싸여서 우리 두 사람 모두 학교에서 쫓겨날 수도 있다구요. 그러면 선생님은 학교라는 공간으로 영원히 돌아갈 수 없을지도 몰라요."

"그게 네가 서울로 돌아가야 하는 이유야?"

"나는 어차피 진짜 학생도 아니고……."

강한이 설영의 어깨를 힘주어 잡았다. 걱정이 담긴 눈이 설영을 지긋이 바라보았다.

"그게 네가 서울로 돌아가야만 하는 이유냐고?"

"민호도 이대로 둘 수는 없잖아요. 그 녀석 성격상 얌전히 기다리고 있을 리가 없어요. 쓸데없이 어디 가서 사고 치기 전에 만나서 해결책을 찾아봐야죠. 학교랑 집 근처는 얼씬도 안 할게요. 윤태상 눈에 띄지 않으면 되는 거잖아요, 알아서 잘 피해 다닐 수 있어요. 그러니 선생님은 학교로 돌아가세요."

하아, 땅이 꺼질 듯한 한숨 소리가 강한에게서 흘러나왔다.

"너란 애를 어쩌면 좋을까……. 처음 만났을 때부터 그랬어. 네 안전 따위는 안중에도 없다는 식으로 남을 보호하는 일이라면 무모하리만치 용감하지."

흑요석처럼 빛나는 눈에 이채가 어렸다.

"그래서였을지도. 처음 본 순간부터 너에게서 눈을 뗄 수가 없었어. 너를 볼 때면 매번 불안하고, 걱정되고, 그래서 마음 한 곳이 늘 불편했지."

"선생님이 보는 내 모습이 진짜가 아닐지도 모른다는 생각은 안 해 보셨어요? 내가 민호 옆에 머무르는 이유, 돈 때문이라면 어쩌시겠어요?"

강한은 조심스럽게 말을 골랐다.

"네 선택의 모든 순간이 정의로울 필요는 없어, 세상의 잣대에 너의 가치를 맞출 필요도 없고. 만만치 않은 세상에서 혼자 이 정도로 버텨내고 있는 것만으로도 나는 네가 대견하다고 생각해."

진중한 눈빛에 갇힌 설영의 시선이 도망갈 곳을 찾지 못해 방황하기 시작했다.

"그러니까 너는 네가 좋아하는 남 걱정해. 대신 나는, 내가 좋아하는 네 걱정할 테니까. 그럼 공평하지?"

순식간에 심장이 얼얼해졌다. 이미 오래전부터 심장은 강한을 향해 반응하고 있었다. 서울로 돌아가야 하는 또 다른 이유. 속수무책으로 흔들린 마음을 들켜서는 안 된다. 설영은 비스듬히 시선을 옆으로 비껴 떴다.

"이마에 주름 좀 펴시지, 류설영 학생."

기다란 손가락이 설영의 미간을 툭 하고 밀었다.

"이래 가지고서야 어디 가서 고등학생이라고 사기 치고 다니겠어?"

"아, 진짜 좀……!"

갑작스러운 접촉에 설영이 과장되게 반응하자, 강한이 넉넉한 미소를 보냈다. 어색하던 분위기가 바뀐 것에 내심 감사하며 설영은 몸을 돌렸다. 기다리다 지쳤는지 젊은 남자가 현관 밖으로 나와 허리춤에 손을 올리고 있었다.

“내기해요. 누가 먼저 도착하나. 내가 이기면 두 번 다시 나이 속인 거로 타박하지 않기.”

“내가 이기면?”

“질문에 최대한 성실하게 대답해 드릴게요.”

“콜.”

“하지만 그럴 일은 없을걸요.”

설영이 말을 마치기도 전에 강한을 옆으로 힘껏 밀었다. 그러고는 비틀거리는 강한을 뒤로하고 전속력을 다해 뛰기 시작했다.

김이 모락모락 올라오는 갈비탕 뚝배기를 노려보던 설영은 닿을 듯 말 듯 이마를 스치는 손길에 퍼뜩 정신을 차렸다. 식당 입구에 자리 잡은 회중시계가 2시를 가리키고 있었다. 늦은 점심시간이었지만 시골의 오일장을 찾아온 손님들로 식당 안은 분주했다.

“갈비탕 먹고 싶다고 할 때는 언제고, 음식 앞에 두고 고사라도 지내는 거야?”

강한이 두툼한 살코기가 가득한 뚝배기를 설영의 앞으로 놓으며 가벼운 농담을 던졌다.

“좋아한다고 했지, 먹고 싶다고 한 적은 없어요.”

“그게 그거지. 하루 종일 까탈은…….”

설영은 인상을 펴지 않은 채 앞에 놓인 갈비탕을 원래의 자리인 강한의 앞으로 돌려놓았다. 그러고는 겨우 갈비 한두 조각에 희멀건 국물이 대부분인 자신의 뚝배기에 밥을 말았다.

“아침에 보니 자동차 정비에 관심이 있는 것 같던데. 원래 기계 쪽으로 관심이 있었어?"

"관심이 있다기보다는…… 친구 이모부가 자동차 정비소와 세차장을 운영하셨는데, 고등학교 다닐 때 가끔 세차 알바를 하면서 몇 가지 주워들은 게 다예요."

"혹시 아버지가 태권도 도장을 했다는 그 친구?"

"맞아요. 태권도 도장 건물 바로 옆에 정비소와 세차장이 있었거든요. 정비소 직원들 옆에 끼어서 밥을 먹다 보니 자연스럽게 듣게 되더라고요."

"아르바이트하는 날은 주로 거기서 밥을 먹었어?"

강한이 뚝배기에서 살이 두툼한 갈비를 골라 비어 있는 밥공기에 쌓기 시작했다.

"거기서 간단하게 때울 때도 있었고. 뭐 대충……."

이어지는 질문에 건성으로 대답하며 설영은 작은 갈색 항아리에서 소금을 퍼서 국물의 간을 맞추었다.

"나는 그 갈비 안 먹을 겁니다."

"좋아한다면서? 그래서 일부러 여기로 온 건데?"

"왠지 먹으면 체할 것 같아요."

설영은 주방으로 슬쩍 눈길을 돌렸다. 식당 직원 몇 명이 그들의 테이블을 가리키며 뭔가 수군거리고 있었다. 오전에 필요한 물건 몇 가지를 사기 위해 들른 매장에서도 상황은 크게 다르지 않았다. 끈질기게 따라다니던 과잉 서비스와 노골적인 관심. 설영을 따라 시선을 돌리던 강한이 머리에 쓰고 있던 검은색 군모를 깊숙이 눌러썼다.

"살아 있는 다비드상의 미모는 모자로는 숨겨지지 않나 봐요. 학교에서도 그렇고, 밖에서도 그렇고. 사람 눈에서 레이저가 나온다면 지금쯤 나는 형체도 없이 사라졌을걸요."

"이런 식의 관심이 달갑지 않은 것은 나도 마찬가지야. 그러니까 억지 그만 부리고 빨리 먹기나 해."

"억지 아니거든요. 그래도 밥은 먹을 겁니다."

"이럴 때 보면 영락없는 고등학생이 따로 없다."

"나이 가지고 그만 좀 놀리시죠."

크. 웃음소리와 함께 강한이 먹음직스러워 보이는 갈비 한 조각을 설영의 뚝배기에 올려 주었다. 내기에서 졌으니 놀림을 받아도 어쩔 수 없었다. 강한이 얇게 썰어진 대파를 넣어 주려 하자, 설영이 다급하게 손으로 뚝배기를 감쌌다.

"파는 못 먹어?"

강한이 작은 집게를 이용해 대파를 다시 통 속으로 집어넣었다.

"못 먹는 게 어디 있어요? 그냥 안 먹는 거지."

"그게 그거지. 하기야, 고등학생은 아직 파가 주는 담백함을 알기엔 너무 어리다고 봐야지."

탁. 열에 받친 설영이 수저로 거칠게 뚝배기를 한번 내려쳤다. 자신이 한 말에 천연덕스럽게 고개까지 끄덕이는 강한이 얄미웠다.

"이 양반이 진짜! 약점 좀 잡았다고 계속 이런 식으로 나오실 거예요?"

"선생님한테 양반이라니……. 학교를 벗어났으니, 이제는 대놓고 맞먹으시겠다?"

강한이 눈썹 바로 아래까지 눌러쓰던 군모를 벗었다. 답답하게 얼굴의 절반을 가리던 모자가 사라지자, 어이없다는 표정이 여실히 드러났다.

"봐요, 자꾸 놀리니까 말이 헛 나오잖아요."

"끝까지 잘했다지."

딸랑. 문에 매달린 종에서 경쾌한 소리가 났다. 문이 열리고 어수선한 움직임이 있었지만 설영은 고개를 돌리지 않았다. 티격태격하며 주고받는 대화 속에 간질거리는 마음을 감추기 급급해서 뚝배기에 코를 박고 수저를 놀렸다.

"이런 걸 우연이라고 해야 맞는 건지, 아니면 정해진 수순이라고 해야 맞는 건지. 오늘도 무사히 넘어가기는 그른 것 같고. 둘이서 마음 편하게 밥 한번 먹는 날이 과연 오기는 오려나 모르겠다."

푸념과도 같은 넋두리를 늘어놓으며 강한은 손목에 찼던 시계를 풀었다.

"시계는 선물 받은 거야. 잃어버리지 않게 잘 지키고 있어."

"갑자기 무슨 일로……."

"여어, 이게 누구시더라. 배짱 좋은 여학생이랑 선생이라는 작자들 아니신가."

사람의 그림자가 다가온다고 느낀 순간 익숙한 목소리가 두 사람의 대화에 끼어들었다. 느끼한 어투만으로도 대충 누군지 감을 잡은 설영은 절망적으로 고개를 숙였다. 기가 막힌 우연이 따로 없었다. 이쯤 되면 트러블이 강한과 설영을 운명처럼 따라다닌다는 말이 맞는 것 같았다.

"서울 바닥에서는 그렇게 찾아도 안 만나지더니, 어떻게 이런 시골 촌구석에서 딱 마주치냐. 착하게 살았더니 하늘이 감동이라도 했나 보다. 원수를 외나무다리에서 만나게도 해 주시고. 너희들도 다시 보니 겁나 반갑지?"

"여전히 쓸데없는 말이 많네. 여기서 분위기 흐리지 말고 나가서 기다려. 그럼 정식으로 상대해 줄 테니까."

강한이 유리창 너머를 턱으로 가리켰다. 척 보기에도 불량스러워 보이는 무리의 남자들이 길거리에 서서 식당 안을 주시하고 있었다. 위험스러운 분위기를 풍기는 남자들로 인해 식당은 이미 술렁이고 있었다.

"니놈도 똥배짱은 여전하네. 어디로 튈 생각 말고 곧바로 따라 나오는 게 신상에 좋을 거다. 꽃뱀 너도 마찬가지야."

갈색 머리 남자가 먼저 돌아서자, 설영이 따라 나가기 위해 주섬주섬 물건을 챙겼다.

"꿈도 꾸지 마. 오래 걸리지는 않을 거다. 너는 여기 앉아서 얌전히 30분만 기다리고 있어."

단호하게 설영의 어깨를 눌러 앉히며 강한이 자동차 키를 건넸다.

"30분이다. 내가 안 나타나면 핸드폰 단축키 5번을 눌러. 상호 형이 알아서 해 줄 거야."

"싫어요, 나도 같이 가요."

"나도 싫어. 네가 내 눈앞에서 얼쩡거리면 정신만 사나워. 괜히 따라와서 일 크게 만들지 말고, 말 들어."

"얼쩡거리지 않고 얌전히 있을게요, 지난번처럼 나대지도 않고. 약속해요."

"내가 류설영을 모르는 것도 아니고, 그 말은 못 믿겠다. 안전하게 여기서 기다려."

따뜻하고 힘 있는 손이 머리를 다정하게 토닥였다. 담백하지만 확신이 담긴 눈과 마주한 순간 불안으로 꿈틀대던 가슴이 차분하게 가라앉기 시작했다.

"약속 지켜요."

"물론이야. 그리고 다음에는 진짜 차분하게 밥 한번 먹어 보자."

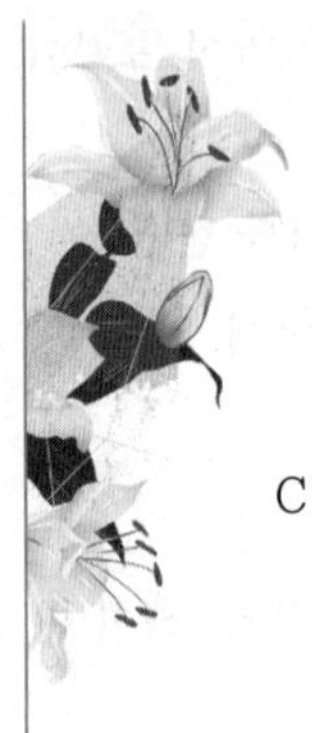

CHAPTER 05

차는 별장의 주차 공간으로 들어섰다. 아직은 해가 산 중턱에 머물러 있을 때임에도 하늘을 덮고 있는 먹구름 때문인지 사방이 어둑어둑해져 가고 있었다. 운전석에서 내린 설영은 재빨리 반대편으로 달려갔다. 보조석의 문이 열리자, 설영은 기다렸다는 듯이 팔을 내밀었다.

"도와주려는 마음은 고마운데, 환자 취급은 사양이다."

다리로 땅을 지탱하고 내리던 강한은 저도 모르게 흑, 하고 숨을 멈췄다. 옆구리를 압박하고 있던 수건에 다시 핏물이 고이자, 설영의 눈이 화등잔만 하게 커졌다.

"병원에 가자니까요. 생각보다 많이 다친 것 같은데, 의사한테 보이고 제대로 치료받아야 해요."

울퉁불퉁한 산길로 접어들어서야 강한이 생각보다 심각하게 다쳤다는 것을 알게 되었다. 날카로운 뭔가에 베인 것 같은데 상처 자국을 보여 주지 않으니 얼마나 다친 건지도 알 수 없었다.

"필요하면 치료받을 거야."

"이 정도로 다쳤으면 당연히 치료가 필요한 거죠. 지금이라도 병원으로 가요."

"우선은 좀 씻자."

강한은 상처를 돌보는 것보다는 땀과 흙먼지를 뒤집어써서 더러워진 옷에 온통 신경을 곤두세우고 있는 것 같았다.

"맘대로 해요."

계속 병원에 가지 않겠다고 고집을 피우는 강한에게 화가 난 설영은 뒤도 안 돌아보고 별장으로 향했다. 아무도 없는지 불 꺼진 실내는 현관문이 단단하게 잠겨 있었다. 비밀번호를 모르는 설영으로서는 싫어도 다시 강한을 기다릴 수밖에 없었다.

"옆으로 비켜 봐."

"싫어요. 선생님이야말로 고집 그만 피우고, 그것 좀 치워 봐요. 다친 부위가 옆구리 뒤쪽이라 선생님이 위에서 내려다봐서는 몰라요. 정면에서 제대로 봐야 반창고만 부쳐도 되는 상처인지, 꿰매야 하는지, 판단이 설 것 아니에요."

설영은 현관문의 키패드를 더욱 몸으로 가렸다. 강한이 상처 자국을 보여 주기 전까지는 비켜 줄 생각이 없었다.

"열상에 지방층이 보이면 반드시 봉합해야 해요. 칼에 다친 거라면, 2차 세균 감염에 대비해서 파상풍 주사도 맞아야 하구요. 그러니 좀 봐요."

상처 입은 옆구리를 손으로 압박하는 강한을 보는 설영의 눈빛이 걱정으로 어둡게 변했다.

"의사도 아니면서 어떻게 그렇게 잘 알아?"

"학교 다닐 때 기초 의학에 관한 수업을 들어서 그 정도는 알아요."

대학과 관련된 이야기를 자연스럽게 꺼내는 설영을 강한이 호기로운 시선으로 바라보았다.

"사실 이 정도로 피를 흘린다면, 당연히 의사한테 치료받아야 한다는 게 정상적인 사람들의 상식 아니에요? 도대체 어떻게 다친 거예요?”

“그저 운이 없었어. 넘어지면서 깨진 유리 조각 위에 살짝 긁힌 정도야.”

피가 묻어난 수건을 노려보며 잔뜩 인상을 구기는 설영을 향해 강한이 살며시 미소 지었다.

“운전은 언제 배웠어?”

“1학년 여름 방학에 배웠어요.”

“쭉 혼자 살았어?”

“대부분은요. 신입생 때는 기숙사에 들어갔었어요. 비슷한 나이대의 친구들과 북적거리며 생활해 보고 싶었거든요.”

“그래서 어땠는데?”

“대체로 즐거웠어요. 주말이나 방학이면 동기들과 봉사 활동도 하고, 룸메이트 따라 가입한 스킨스쿠버 동호회 활동도 재미있었고.”

허리를 숙이고 상처 부위를 찾는 설영의 머리 너머로 강한이 현관 비밀번호를 눌렀다. ‘디리릭’ 소리와 함께 문이 열리자, 강한이 일 초의 망설임도 없이 안으로 들어갔다. 게스트 룸이 있는 2층 계단을 향하는 강한을 따라가며 설영이 소리를 질렀다.

“이렇게 그냥 들어가면 어떻게 해요?”

설영은 뛰다시피 거실을 가로질러 강한을 앞질렀다. 넓게 벌린 양팔에 길이 막히자 강한이 가볍게 혀를 찼다.

“왜? 손이라도 잡아 줘?”

“손은 내가 내밀고 있잖아요. 방금 전에 엄청 친밀하게 굴었다는 거 못 느꼈어요? 굳이 필요 없는 설명까지 덧붙여 가며 모든 질문에 상냥하게 대답해 드렸잖아요.”

“그랬나? 어느 포인트에서 상냥했다는 건지는 씻고 나중에 다시 얘기하자.”

"말장난 치지 말구요. 씻는 것보다는 치료가 먼저예요. 진짜 이런 식으로 나오면 억지로 끌고라도 갈 거예요. 내가 못 할 것 같아요?"

결연한 표정으로 협박을 해도 강한은 그저 건조하게 웃으며 손목시계에서 시간을 확인할 뿐이었다.

"법대 전공과목 중에 법의학도 배우나?"

"아, 진짜 좀! 지금 그런 게 왜 궁금한데요. 치료부터 받아요. 그럼 제가 미리 생일 선물 땡겨서 노예 쿠폰 한 장 드릴게요."

"노예 쿠폰? 그 쿠폰만 있으면 마음껏 부려 먹을 수 있다는 뜻이야?"

"그래요."

"내가 뭘 시킬 줄 알고?"

"뭐든요. 불법 행위만 아니면 돼요. 그러니 빨리 병원부터 가요."

"치료를 받기 위해 반드시 병원에 가야만 하는 것은 아니잖아. 다행히 치료해 줄 사람이 생각보다 일찍 도착한 것 같다."

의구심으로 눈을 가늘게 뜨는 설영을 향해 강한이 거실 베란다 너머 주차장을 가리켰다. 다가오는 차 소리를 전혀 듣지 못했기에 낯선 차가 주차되어 있는 모습에 설영은 놀란 토끼처럼 눈을 동그랗게 떴다.

"내가 청각이 좋다고 했잖아. 약속은 지켜라."

디지털 잠금장치가 해제되는 소리가 들렸다. 방문자를 맞이하러 가는 강한을 보며 설영은 집주인이 생사 확인차 들를 것이라고 했던 말이 떠올랐다.

"혹시 별장 주인이 의사예요?"

강한의 대답을 듣기도 전에 현관문이 활짝 열렸다. 당차게 문을 열고 들어선 방문자는 클래식한 정장을 입은 젊고 아름다운 여성이었다.

"속도위반 범칙금은 별장 사용료랑 같이 청구할 테니까 그렇게 알고 있어. 그리고 이건 미리 주는 생일 선물 대신이라고 생각해."

그녀는 신발도 벗지 않고 집 안으로 들어서며 강한의 정강이를 걷어찼다. 다쳐서 거동이 불편해서인지, 아니면 처음부터 피할 생각이 아예 없었는지 뾰족한 하이힐의 앞부분에 제대로 정강이뼈를 맞은 강한이 인상을 찌푸렸다.

"생일 선물치고는 너무 고약한 것 아니야?"

여자는 구급 가방을 바닥에 내려놓고 신발을 벗었다.

"내가 지금 고속도로에서 얼마를 밟고 온지 알면 미안해서 그런 말 꺼내지도 못할 거다. 너 때문에 교통사고 나서 손가락 다쳐 수술 못해 짤리기라도 하면, 그때는 군말 말고 내 인생 책임져."

"상사한테 깨져서 사표 던져 놓고 나한테 떠넘길 생각 하지 마. 내가 널 몰라?"

"귀신같은 자식. 그런 쓸데없는 눈치 하나는 짱이라니깐."

친한 친구 사이에서나 가능한 대화였다.

"찢긴 부위가 거기야?"

여자가 스스럼없는 태도로 상처 자국을 누르고 있던 수건을 들춰 보았다. 손가락으로 상처 부위를 조심스럽게 누르자, 강한이 움찔했다.

"깊게 찔린 것은 아닌가 걱정했더니, 그 정도는 아니었네. 근육층이 두꺼워서 상처 부위가 깊지는 않지만, 그래도 몇 바늘 봉합은 해야겠다."

상처 자국을 눈으로 먼저 확인하고서야 여자는 거실 한복판에 우두커니 뒤에 서 있는 설영에게 관심을 돌렸다.

"상호 오빠 말로는 베이비 시팅 중이라던데……. 베이비라기보다는 숙녀에 가까워 보이는데. 설마 나 모르게 밀월여행을 베이비 시팅이라고 연막 친 것은 아니지?"

설영을 위아래로 훑어보는 시선이 꽤 날카로웠다.

"안녕하세요. 나는 이하영이라고 해요. 여기 있는 이 친구랑은 고등학교 동창이에요. 그쪽은?"

설영은 자신을 어떻게 설명해야 하나 잠시 망설였다. 하영이 그녀의 정체에 대해 어디까지 알고 있는 것인지에 대한 확신도 없었다.

"상호 형한테 벌써 들었을 텐데? 유성고등학교 3학년. 이름은 류설영."

머뭇거리는 설영을 대신해서 강한이 나섰다. 고등학생이라는 소개에 하영의 눈에 어린 안도의 빛을 설영은 놓치지 않았다.

"안녕하세요. 류설영입니다."

시큰둥한 반응에도 개의치 않고 하영이 손을 내밀며 반갑게 인사를 건넸다. 멀찍이 떨어져 있을 때는 미처 몰랐는데, 가까이 다가온 하영에게는 독특한 의약품 냄새가 배어 있었다.

"반가워. 요즘 학생들은 우리 때랑 달리 성숙해 보인다더니 사실인 모양이네. 깜빡 속을 뻔했어. 그러고 보니 우리는 최강한을 고등학교 때 만났다는 공통분모가 있네. 우연이라면 우연이고, 인연이라면 인연인 거겠지? 선생님으로서 이 친구는 어떨지 궁금했는데. 나중에 자세한 얘기 부탁해. 그 전에 우리는 치료부터 해야겠지?"

구급 가방을 든 하영이 손가락으로 현관에서 가장 먼 거리에 위치한 침실을 가리켰다. 강한은 설영에게 위층으로 올라가 쉬라는 말을 남기고는 하영을 따라 성큼성큼 걸음을 옮겼다. 위층으로 올라가는 대신 그들을 따라가던 설영을 제지한 사람은 하영이였다.

"혹시 뭐라도 도울 일이 있을까 해서요."

침대에 걸터앉는 강한을 보며 하영이 등 뒤로 문을 닫았다.

"제안은 고맙지만 익숙한 일이라 괜찮아. 어린 학생 정서에 그리 좋은 장면은 아니니까. 심심하면 거실에서 TV라도 보면서 놀고 있어. 오래 걸리지는 않을 거야."

하영이 침실로 들어가기 위해 다시 문을 열었다. 마지막으로 문이 닫히기 전에 설영이 본 것은 침대 위에서 셔츠를 벗는 강한의 모습이었다. 햇볕에 갈색으로 그을린 어깨를 드러내며 시야에서 사라진 순간 뜨거운 기운이 설영의 가슴 언저리에 묵직하게 걸렸다. 말로는 표현할 수 없는 불쾌함. 설영에게는 절대로 보여 주지 않던 상처를 하영에게는 스스럼없이 맡기는 강한으로 인해 기분이 저조해진 것도 사실이었지만, 침실이라는 비밀스러운 공간에 강한이 하영과 단둘이 있다는 사실이 설영은 이루 말할 수 없이 불쾌했다.

국소 마취제를 주사한 하영이 마취 여부를 확인하기 위해 상처 부위를 주삿바늘로 찔렀다.

"느낌이 와?"

"……."

이렇다 할 반응이 없자 하영이 주사기를 내려놓았다.

"최강한, 너는 내가 물으면 제발 대답 좀 해라."

협탁 위에 세팅된 봉합 세트와 실을 내려다보며 강한은 무표정하게 고개를 저었다.

"그냥 해."

"내 앞에서 엄살 한 번만 부려 주면 어디가 덧나냐? 귀염성 없는 얼음심장 같으니라고. 그럼 느낌이 없다는 뜻으로 접수하고 시작한다."

하영은 갈라진 피부층을 하나로 연결하는 작업에 신경을 집중하느라 한동안 말이 없었다.

"내가 너한테 말했던가? 피를 무서워했던 내가 의대를 가겠다고 결심하게 된 계기가 뭔지?"

"한 100번쯤?"

"나쁜 자식, 이럴 때는 대답도 잘해."

하영은 능숙하게 매듭을 매며 새치름하게 강한을 째려보는 것을 잊지 않았다.

"고등학교 입학하자마자 야자 끝나고 집에 돌아가는 길에 옆 학교 일진들한테 나쁜 짓 당할 뻔한 날 네가 구해 줬잖아. 나는 네가 누구인지 알고 있었지만, 넌 내 이름도 몰랐어. 그런데도 살려 달라는 말 한마디에 산적 같은 놈들한테 만신창이가 될 때까지 얻어맞으면서도 나를 감싸 주었지. 그때 피 흘리는 널 보면서 결심했어. 은혜를 갚기 위해서라도 의사가 돼서 평생 네게 난 모든 상처를 내 손으로 치료해 주겠다고."

"쪽 수에 밀려 몇 대 얻어맞기는 했지만 만신창이가 될 때까지 얻어맞은 기억은 없다."

"남자들은 꼭 이러더라. 흑역사라 이거지? 그렇게 우기면 무너졌던 자존심이 회복돼?"

"교복을 붙잡고 안 놔주던 사람이 할 말은 아닌 것 같은데. 그래서 지금은 의사가 돼서 만족해?"

"전혀. 막상 꿈이 현실이 됐을 때, 순진한 소녀의 꿈이 얼마나 허황되었는지를 깨닫게 되었다고나 할까. 허구한 날 상처투성이인 네 몸을 치료할 때마다 내 심장에 무리가 간다는 걸 그때는 상상도 못 했었거든."

신파조에 가까운 말투에 강한이 피식, 장난기 어린 웃음을 흘렸다. 그러고는 군살 없이 탄탄한 복근 사이로 보이는 오래된 흉터들 중에 하나를 손으로 가리켰다.

"의대 동기들이 돼지 다리를 상대로 봉합 연습을 할 동안, 나랑 상호 형을 상대로 실전 연습을 한 덕에 교수님한테 칭찬받았다고 신나서 자랑했던 사람이 누구더라?"

초짜 의대생이 엉성하게 꿰맨 흔적이 복부 한복판에 증거물로 떡하니 남아 있었다. 그리고 볼썽사나운 흔적은 복부 한 군데만은 아니었다. 하영은 상황이 불리해지자 바로 딴청을 피웠다.

"예쁘게 잘됐다. 내 입으로 이런 말 하기 뭐하지만, 바느질 솜씨 하나는 나를 따라올 사람이 없다니까. 요즘 말로 금손이 따로 없다."

만족한 표정으로 매듭진 부위의 경계를 확인한 하영은 봉합 부위에 흰색 반창고를 붙이는 것으로 치료를 마무리했다.

"고마워."

"고마울 것 없어. 치료비는 정식으로 청구할 생각이니까. 월급 의사 연봉이 박하다는 건 알고 있지?"

하영이 멸균 장갑을 벗었다. 그러고는 별장에 도착한 후로 가장 진지한 표정으로 강한을 마주했다.

"이제 무슨 사연인지 털어놔. 같이 온 여학생, 고등학생 아니잖아. 귀신은 속여도 내 눈은 못 속여. 피부 상태만 봐도 대충 나이가 나오거든. 손바닥에 박인 굳은살도 그렇고. 뭐 하는 애야? 아침에 우석이가 전화했더라, 신기한 여자애를 만났다면서. 너한테서 도망치지 못해 안 날 난 여자 사람은 그 애가 아마 처음일 거라고 하던데."

"조금 복잡한 일이 있어. 나중에 설명할게. 지금은 그냥 모르는 척 해."

강한이 피 묻은 셔츠를 몸에 걸쳤다. 빠르게 단추를 채우면서도 바지 호주머니에 들어 있는 자동차 열쇠를 손으로 확인하는 것을 잊지 않았다. 자동차가 아니라면 해 질 녘 산길을 걸어서 내려가기는 쉽지 않은 일이었다. 더구나 어두컴컴한 회색 구름으로 뒤덮인 하늘을 보고 무모한 생각을 할 만큼 어리석지는 않을 것이다. 과연? 류설영이 무모하지 않던 순간이 있었던가. 피식, 설영을 떠올리는 강한의 얼굴에 저절로 감미로운 미소가 떠올랐다.

"웬일이야. 그런 식으로 웃을 줄도 알았어?"

의자에서 일어나며 하영이 옆으로 고개를 돌렸다. 미처 감추지 못한 불안이 그녀의 눈빛을 어지럽혔다.

"잠깐 기다려. 옷장에 셔츠 사다 놓은 것 있어. 너한테 잘 맞을 거야."

삐이익. 가스레인지 위에 올려놓은 주전자에서 물이 끓었다며 시끄러운 소리를 냈다. 서랍장을 뒤적이던 설영은 급하게 돌아서다 열어 놓은 싱크대 수납장 모서리에 이마를 찧었다. 아파할 틈도 없었다. 치료하는 데 방해가 될까, 다급한 대로 가스레인지 불을 끄고, 주전자 뚜껑부터 열었다.

"뜨겁다, 조심해."

뒤늦게 손등으로 이마를 비비며 설영은 소리 나는 쪽으로 몸을 돌렸다.

"치료 벌써 끝났어요?"

"다행히 집주인이 상처 치료에는 금손으로 칭송받는 분이시라. 컵라면 먹게?"

"배고파서요. 선생님도 하나 드실래요? 점심도 안 드셨잖아요."

강한이 열린 수납장에서 컵라면을 꺼내 흔드는 설영을 못마땅하게 바라보았다.

강한이 입은 고급 재질의 감색 셔츠가 맞춤옷처럼 근육질의 몸매를 그대로 살려 주고 있었다. 마치 누군가 그를 위해 재단한 옷 같았다. 침대 위에 앉아 있던 강한을 떠올리자, 또다시 묵직한 돌덩이가 가슴을 짓누르는 기분이었다.

"앉으세요."

하영이 준비해 두었을 게 분명한 셔츠를 입고 나타난 강한을 애써 외면하고, 설영은 미리 준비해 둔 컵라면 용기에 뜨거운 물을 부었다. 그러고는 나무젓가락을 뚜껑 위에 올렸다.

"먼저 드세요."

컵라면을 받은 강한이 가장 가까이에 있는 식탁 의자에 앉았다. 식탁 위에는 낮에 시내에서 산 물건들이 너저분하게 늘어져 있었다. 마트에서 사 온 물건을 종류별로 수납장에 정리하고 있던 중이었다.

"용케 버리고 안 갔네."

미처 끝마치지 못했던 정리 작업을 계속하는 설영을 대신해서 강한이 새로 꺼낸 컵라면에 물을 부었다.

"아픈 사람을 버리고 갈 만큼 의리가 없지는 않거든요."

"그럴 거라고 생각했어."

단정적으로 말하는 강한을 힐끗 쳐다보고 설영은 생수병을 냉장고에 넣었다.

"버려두고 갈까 하는 유혹이 없었던 건 아니었어요."

마음에도 없는 말을 하려니 저절로 목소리가 투박해졌다.

"그런데 왜?"

"비 맞고 감기 걸리는 것은 싫거든요."

냉장고 선반에는 아침에 관리인이 두고 간 밑반찬이 줄을 맞춰 놓여 있었다. 주인 허락도 없이 함부로 먹어도 되려나. 주인이 나타난 후로 별장의 물건을 사용하기가 영 꺼림칙했다.

"내가? 아니면 네가?"

망설이던 설영은 이어지는 질문에 그대로 냉장고 문을 닫았다. 강한은 설영의 속마음을 꿰뚫어 보고 있었다. 비를 맞고 산길을 걸어 내려가면, 강한 역시 다친 몸으로 그녀를 찾아 나설 것을 알고 있었다. 그래서 설영은 아무 데도 갈 수가 없었다.

"우석이 표현이 정확했네. 최강한에게서 도망치고 싶어 하는 최초의 여자 사람을 만났다더니."

갑자기 끼어든 목소리에 설영은 아랫입술을 지그시 깨물었다.

"그 나이 먹도록 쌈질이나 하고 다니는 철없는 선생님, 어떤 학생이 도망치고 싶지 않겠어?"

긴 머리를 타월로 꾹꾹 누르며 하영이 모습을 드러냈다. 샤워를 했는지 민낯에 편안한 티셔츠 차림이었다. 워낙 이목구비가 뚜렷해서인지 화장 전이나 후에 별다른 차이는 없어 보였다. 그럼에도 어딘가 모르게 세련된 커리어 우먼의 이미지와는 다른 색다른 뭔가가 있었다.

설영은 냉장고에서 스스럼없이 맥주를 찾아 꺼내는 그녀를 보다 문득 깨달았다. 아! 머리를 풀었구나. 단정하게 하나로 묶었던 머리가 지금은 자연스럽게 어깨 아래로 흘러내리며 청초한 아름다움을 풍기고 있었다.

"내 것도 있어?"

"이거 먹어."

하영이 의자에 털썩 주저앉자, 강한이 앞에 놓인 컵라면을 그녀에게 양보했다.

"고마워. 배고파 돌아가시는 줄 알았다. 점심으로 샌드위치에 달랑 피자 한 조각 먹은 게 다야."

"평범한 사람들은 그런 걸 한 끼 식사라고 하지."

정신없이 면발을 들이켜는 하영을 보며 강한이 핀잔을 주었다. 하영은 전혀 개의치 않는다는 듯 나머지 면발을 순식간에 먹어 치웠다.

"평범한 사람들하고 다르다는 게 바로 내 매력 아니겠어. 그리고 이렇게 매력적인 내가 끊임없이 매력 발산을 하는데도, 내 매력에 넘어오지 않는 너란 남자, 어딘가 하자가 있는 게 분명해. 밥은 없어?"

강한은 별다른 대꾸 없이 전기밥솥을 열고 밥이 있는지 확인했다.

"학교에서 이 친구는 어때? 은근 잘난 척 재수 없지 않아? 그런데도 반반한 얼굴에 넘어간 여학생들한테는 인기 많을 거고."

강한이 수납장에서 그릇을 꺼내 밥을 담는 동안 하영의 시선은 줄곧 그를 좇고 있었다.

"대놓고 성격 까칠해서 남학생들한테는 인기 없을 거야. 학교 다닐 때도 그랬어. 남한테 고개 숙일 줄 모르고, 적당히 져 주고 들어가는 법도 없고. 그래서 안 싸우는 날보다 싸우는 날이 더 많았을걸. 지금은 어때? 학교 재단 이사장님 눈 밖에 나지 않으려고 눈치껏 잘하고 있는 것 같아?"

탁. 밥이 수북이 쌓인 밥공기가 하영의 앞에 소리 나게 놓였다.

"이하영, 자꾸 쓸데없는 소리 할 거면 대충 먹고 들어가서 자. 피곤하다며?"

세 개의 밥공기를 차례대로 식탁에 내려놓는 강한을 하영이 새침하게 노려보았다.

"인정머리 없는 자식, 다친 데 고쳐 놨더니 이제는 귀찮다 이거지? 너 보려고 그 먼 길을 달려온 친구한테 그게 할 소리야? 그러게 같은 서울 하늘 아래 살면서 가끔 얼굴이라도 보여 주면서 생사 확인시켜 주면 좋잖아. 야박하게 내가 문자를 열 번 정도는 해야 겨우 답장 하나 달랑 보내고."

투정을 부리면서도 하영은 맥주 캔을 앞으로 내밀었다. 당연하다는 듯 강한은 맥주 캔의 뚜껑을 따고, 하영에게 돌려주었다. 그녀를 보살펴 주는 게 익숙한 것처럼 꽤나 자연스러운 매너였다.

"근데 먹을 게 컵라면하고 밥뿐이야? 우석이가 밑반찬 냉장고에 채워 놨다고 하던데?"

이번에는 하영이 직접 냉장고를 뒤적이며 반찬통을 꺼냈다.

"맛있을 거야. 여기 관리해 주는 아주머니가 요리를 잘하시는데, 어릴 적 이 친구를 키워 주다시피 하셔서 입맛을 잘 알거든. 다만 문제는 아주머니 기억 속의 강한은 영원한 초등학생이라는 거지."

하영이 유리그릇에 담긴 반찬을 종류별로 접시에 담아 식탁 위에 나열했다. 잡채, 감자볶음, 떡갈비, 두부튀김, 확실히 어린아이들이 좋아할 만한 메뉴들이었다.

"아주머니에게 최강한은 여전히 노래 잘하고, 애교 많고, 주인 없는 동물을 그냥 지나치지 못하는 정 많은 꼬마 신사지. 상상이 돼? 이 얼음왕자가 노래 부르면서 애교 떠는 게?"

"그만해. 오늘따라 너답지 않게 왜 이래? 상대가 곤란해하는 거 안 보여?"

어떤 식으로 맞장구를 쳐야 할지 몰라 곤란한 표정을 짓고 있는 설영을 대신해 강한이 나섰다.

"미안. 내가 말이 좀 많지? 원래 낯선 사람 앞에서는 말이 없는 편인데, 이상하게 설영이 앞에서는 말이 많아지네. 아마 최강한이 아끼는 제자라서 그런가 보다."

하영이 멋쩍게 웃었다. 하영의 수다가 늘어날수록 설영의 표정은 딱딱하게 굳어 갔다. 강한에게 특별한 마음이 있다는 것을 굳이 숨기지 않는 하영과 마주 앉아 있는 게 상당히 불편했다. 설영은 퉁퉁 불어 버린 라면을 젓가락으로 몇 번 휘저었다. 하영의 등장과 함께 식욕은 이미 사라지고 없었다. 젓가락으로 면발을 집어 올렸다, 내렸다를 반복하는 설영의 무의미한 동작을 지켜보던 강한이 컵라면 용기를 빼앗아 싱크대에 그대로 부어 버렸다.

"불어서 맛없어. 컵라면 내일 다시 끓여 줄 테니까, 오늘은 밥 먹어."

먹고 싶은 생각도 없었지만, 왠지 아깝다는 생각에 싱크대를 기웃거리는 설영의 시선을 강한이 차단했다.

"그래도 아까운데……."

"하나도 안 아까워. 이미 버렸으니 깔끔하게 미련 버려."

강한이 대신 갈비찜이 담긴 찜기를 가져다 그녀 앞으로 밀어 주었다.

"점심도 제대로 못 먹었잖아. 저녁이라도 든든하게 먹자."

"저 사실은 별로 배가 안 고파요. 나중에 배고파지면 그때 먹을게요."

밥그릇을 멀찍이 밀어 내는 설영을 보며 강한이 미간을 슬쩍 모았다.

"나중에 언제? 또 대충 컵라면으로 때우려고? 내가 누누이 말하지만, 컵라면 같은 인스턴트 음식으로 식사를 대신하다가는 나중에 골병든다. 특히 너처럼 몸 쓰는 애들은 칼로리 소비가 많아서 잘 먹어야 해. 러닝머신에서 달리고 싶다고 하지 않았나?"

지하 방에 트레이닝 룸이 따로 있다는 말에 러닝머신도 있느냐고 낮에 물어본 기억이 났다.

"운동하고 싶어 좀이 쑤시지? 그러니까 운동하고 싶으면 밥부터 먹어."

설영은 멀뚱한 표정으로 강한을 노려보았다. 하영이 보는 앞에서 애 취급을 당하자 은근 자존심이 상했다.

"몸 쓴다고, 머리 안 쓰는 거 아니거든요. 내가 한두 살 먹은 어린애도 아니고. 운동하고 싶으면 밥부터 먹으라니……."

"오죽하면 내가 이럴까. 편의점에서 너를 본 게 한두 번이 아니다. 요즘은 도시락도 잘 나오던데, 너는 어쩌자고 주야장천 컵라면만 먹어 대는지 이해가 안 돼. 저런 인공적인 맛이 뭐가 좋다고."

"이해해 달라고 한 적 없거든요. 저는 피곤해서 이만 올라가겠습니다."

"류설영!"

"선생님 말이 맞아. 한창 열량이 많이 필요할 나이에 컵라면이 주식이 되면 안 되지. 아래층에 헬스 기구를 사 놓기만 했지 사용을 안 해서 먼지만 쌓이고 있었는데, 잘됐다."

강한의 부름에도 미련 없이 자리에서 일어나는 설영을 붙잡은 사람은 하영이였다. 친절한 미소 아래, 하영의 눈빛은 생각이 많아 보였다.

"그러니까 다친 사람 속 그만 썩이고 밥부터 먹자. 설영이가 밥을 먹어야, 이 친구가 뭐라도 먹을 것 같으니까. 최강한, 너도 밥 먹어. 이건 친구가 아닌 주치의로서 하는 말이야."

환자가 밥을 먹어야 한다는 사실에 이의를 제기할 수는 없었다. 작은 한숨 소리와 함께 설영이 젓가락을 들었다.

"이거 운동하려고 먹는 거 아닙니다. 환자 보호 차원에서 먹는 거예요."

설영은 가장 살이 두툼하게 붙은 갈비 한 점을 집어 강한의 밥그릇 위에 얹었다. 그러고는 한번 해볼 테면 해보라는 표정으로 턱을 치켜들었다.

"잘 먹어야 빨리 낫죠."

"인마, 착각하지 마. 주치의는 네가 아니거든. 그리고 얼렁뚱땅 환자 취급은 사절이다."

강한이 냉큼 설영과 밥그릇 위치를 바꿨다.

"나는 뜯어 먹는 고기는 딱 질색이라."

"뭐예요, 나한테는 먹는 걸로 잔소리하면서."

설영이 다시 그릇을 원래의 위치로 바꾸려는 찰나에 하영이 큼직한 갈비 한 쪽을 강한의 밥 위에 올렸다.

"이러면 공평하지? 최강한, 원래 학교에서는 학생들이랑 이러면서 놀아? 은근 재미있네. 동네 오빠처럼 친근하게 대하는 게 보기 좋아. 설영이 많이 먹어."

하영이 음식을 설영의 앞으로 한데 모았다. 싹싹한 말투와 부드러운 미소. 그러나 그 미소를 담고 있는 입꼬리가 어색하게 굳어지는 것을 감출 만큼 뛰어난 연기자는 아니었다.

"최강한, 너도 먹어. 주치의 명령이야. 한동안 무리한 운동 금지, 반찬 투정 금지."

"적당히 해. 분명히 말하는데, 난 환자 아니다."

싫은 내색을 하면서도 강한은 갈비를 입에 넣고 씹기 시작했다.

드르륵, 드르륵. 러닝머신의 컵홀더에서 핸드폰이 규칙적으로 진동했다. 진동이 멈췄다가 다시 울리기를 반복하는 핸드폰에 발신자 이름이 선명하게 떠올랐다. 김민호. 설영은 스피드 레벨 하향 버튼을 눌러 속도를 줄이며 호흡을 골랐다.

마침내 움직임이 멈춘 기계에서 내려온 설영은 차분하게 물병을 집어 들었다. 핸드폰보다는 몸에서 빠져나간 수분을 보충하는 것이 먼저였다. 활짝 열린 유리문을 통해 발코니로 나간 설영은 심호흡을 한 번 하고는 핸드폰의 통화 버튼을 눌렀다.

— 여보세요? 류설영? 왜 이제야 받아? 학교는 왜 안 나와? 진짜 친구네 집 맞아? 친구 집은 어디야, 서울이야?

따지듯이 몰아치는 질문을 들으며 설영은 수건으로 이마에 흐르는 땀을 닦았다.

"지금 1교시 수업 시간 아닌가? 너 또 땡땡이쳤구나."

차분한 설영의 음성에 전화기 너머에서 길게 내쉬는 한숨 소리가 들렸다.

— 이 와중에 그게 중요해?

"너 인간 한번 만들어 보겠다고 내가 이 고생인데, 그럼 중요하지, 안 중요해? 지금이라도 수업 들어가고 쉬는 시간에 다시 통화하자."

— 끝까지 잘난 척은……. 됐고, 지금 어디야?

"내가 보낸 문자 봤잖아. 친구가 다쳐서 며칠 돌봐 줄 사람이 필요해. 오래 걸리지는 않을 거야."

— 뻥치지 마. 책가방도 못 들 만큼 골골거리면서도 학교는 꼬박꼬박 나오던 약바리가 뜬금없이 친구 병간호 한다고 결석하면 누가 믿을 줄 알고? 도대체 무슨 일이야? 갑자기 수학도 학교에 안 나오고.

"……."

비스듬히 경사진 산 중턱에 지어진 별장은 전면이 탁 트인 근사한 언덕을 바라보고 있었다. 언덕길에 흐드러지게 피어 있는 철쭉꽃과 이름 모를 야생화를 바라보며 설영은 물병에 반쯤 남은 물을 마저 들이켰다.

— 왜 대답이 없어. 너 설마 지난번처럼 수학이랑 같이 있는 건 아

니지?

설영이 얇은 플라스틱 물병을 손아귀에 쥐고 힘을 주자, 안으로 찌그러지는 물병이 요란한 소리를 냈다.

"김민호, 이미 경고했다. 내가 미안한 게 있어서 지금까지 봐주고 넘어갔는데……. 한 번만 더, 너라고 부르면서 버릇없이 굴면, 그냥 확, 척추를 접어 버린다."

이번에는 민호 쪽에서 한동안 말이 없었다.

"딴청 피우지 말고 똑바로 대답해. 윤태상한테서 대체 뭘 훔친 거야? 피한다고 능사가 아니야. 이제는 나도 무슨 일이 어떻게 돌아가고 있는지 정확하게 알아야겠어."

— 척추를 어떻게 접을 건데?

대답 대신 딴소리를 하지만 민호의 목소리는 평상시보다 신중했다.

"상상하는 그대로. 장담하는데 최소 10분 동안은 숨 쉬기 버거울 정도로 고통스러울 거다."

— 핸드폰. 훔친 건 아니야. 그 안에 지워야 할 사진이 있어서 잠깐 빌려 온 거야. 사진만 지우고 되돌려 주려고 그랬어.

"그런데?"

— 잠금 장치를 못 풀었어.

평범한 고등학생이었다면 쉽사리 이해할 수 있는 변명이었다. 그렇지만 밤늦은 시간에 공권력까지 동원할 만큼 대단한 배경을 가진 아이의 입에서 나올 만한 대답은 아니었다.

"장난해? 풀 수 있는 전문가가 있을 거 아냐. 누군가에게 도움을 구할 생각은 안 해 봤어? 정 비서님이라면 충분히 전문가를 알아봐……."

— 그건 곤란해! 엄마는 절대로 몰라야 해.

"왜? 어른들이 보면 안 될 만큼 이상한 사진이라도 찍힌 거야? 빙빙 돌리지 말고, 똑바로 말해. 사진에 찍힌 사람이 정확하게 너야, 아니면 박유나야?"

— 어떻게 알았어?

"너랑 유나 관계는 정민이한테 대충 들었어."

— 입 싼 자식. 재수 없게 일이 꼬였어. 나를 찾아 클럽으로 온 유나를 윤태상의 사업 파트너가 눈여겨봤어. 연예인으로 데뷔시켜 준다는 미끼를 유나가 거절하자, 어떻게든 그 남자와의 만남을 주선하려고 혈안이 돼 있었어. 윤태상 개새끼, 겉으로는 엔터테인먼트 이사라고 그럴싸하게 포장하고 있지만, 뒤로는 나이 어린 연예인 지망생들 이용해서 지 욕심이나 채우는 쓰레기 같은 놈이야.

"계속해."

— 윤태상이 학교 앞에서 유나를 기다리다가, 유나가 어떤 남자 차를 타고 가는 모습을 사진으로 찍었어. 내가 그걸 봤고. 그래서 핸드폰을 훔쳤어.

"어떤 남자? 그럼 네가 지우고 싶은 게 유나와 그 남자랑 같이 있는 모습이 찍힌 사진이야?"

— 아니, 그 차의 번호판이 찍힌 사진.

민호의 목소리 톤이 미세하게 달라졌다.

"번호판? 그럼 유나를 데리러 온 남자가 그 차의 실제 소유주가 아니라는 말이네. 너는 그 차의 소유주와 유나의 관계가 밝혀지는 것을 막기 위해서 핸드폰을 훔친 거고."

불길한 예감에 설영은 발코니 유리문을 닫고 안으로 들어갔다. 민호와 유나가 교실에서 함께 있는 것을 처음 봤을 때, 어딘가 모르게 두 사람의 닮은 구석을 찾고 있던 자신을 기억해 냈다.

"의원님이랑 관계된 거야?"

— 눈치 하나는 칼이네. 엄마한테는 끝까지 비밀이야. 엄마가 상처받는 것을 원하지 않아.

무거운 침묵 후에 나온 대답이었다.

"너랑 박유나……."

쾅쾅쾅. 전화기 너머 나무문을 세게 두드리는 소리가 들렸다. 문 열라는 외침에 민호가 험한 욕설로 대답을 대신했다.

"너 지금 과학실에 있어? 그렇다면 우선 문부터 열고, 나중에 다시 이야기하자. 동창 중에 국제 해킹 대회에서 상금을 받은 애가 있어. 그 친구가 도움을 줄 수 있을 거야. 그러니까 너는 내가 돌아가서 연락할 때까지 아무것도 하지 말고 얌전히 기다리고 있어."

— 언제 올 건데?

"늦어도 내일까지는 돌아갈 거야. 가서 전화할게. 절대 아무 짓도 하지 말고 얌전히 기다려. 알았지?"

— 차라리 내가 데리러 갈게. 지금 있는 데 주소 찍어서……. 잠깐만. 야, 이 썅…….

문을 두드리는 소리가 격렬해졌다. 그러면서 주고받는 육두문자의 배틀도 더욱 적나라해졌다.

"전화할게. 사고 치지 말고 있어."

설영은 통화 정지 버튼을 눌렀다. 한쪽 벽면을 차지하고 있는 대형 거울이 최신 운동 기계 사이에 곧은 자세로 서 있는 그녀를 비추고 있었다. 허탈한 웃음이 비어져 나왔다. 민호가 온몸으로 질러 대는 소리 없는 아우성을 이제야 조금은 이해할 수 있을 것 같았다.

왜 의심조차 하지 않았던 걸까. 세상을 향해 벽을 쌓아 둔 게 아니고 상처받은 마음을 숨기느라 세상의 시선을 외면할 수밖에 없던 민호의 아픔이 손에 잡힐 것만 같았다. 내가 받은 상처의 깊이만 헤아리고 있었을까. 힘없이 프레스 기계에 몸을 의지하는 설영의 가슴 안쪽이 새삼스레 미안함으로 시큰거렸다.

투명한 아침 햇살이 실내를 환하게 밝혀 주고 있었다. 윤기 나는 베이지 톤의 천연 대리석 벽면이 빛을 반사하며 영롱한 금빛으로 아름답게 반짝거렸다. 샤워를 마친 설영은 가벼운 걸음으로 계단을 내려왔다. 복잡한 머릿속과 달리 무거웠던 몸은 어느 정도 가뿐해져 있었다. 1층에 내려서자마자 강한의 흔적부터 찾았다. 서울로 돌아가는 문제로 강한과 담판 지을 필요가 있었다.

아침에 운동 기구를 사용하기 위해 지하 방으로 내려가는 계단에서 아침 운동을 마치고 올라오는 강한과 마주쳤었다. 한동안 무리한 운동은 금지라는 하영의 말을 깡그리 무시한 처사였다. 설마 상처 부위에 탈이 나는 것은 아니겠지. 어처구니가 없어 하는 설영의 이마를 툭 건들고 지나쳐 가는 강한의 몸은 이미 땀으로 흠뻑 젖어 있었다.

거실을 기웃거리던 설영은 인기척이 느껴지는 주방으로 걸음을 옮겼다. 발걸음 소리에 커피를 내리던 우석이 고개를 돌리며 인사말을 건넸다.

"좋은 아침입니다."

설영은 가벼운 미소로 인사를 대신하며 노릇하게 구워진 식빵을 하나 집어 들었다.

"찾으시는 분은 저 방에 계십니다."

우석이 1층 침실로 향하는 복도를 손가락으로 가리켰다. 두리번거리는 설영을 보며 강한을 찾고 있다는 것을 짐작한 모양이었다.

"곧 나오실 때가 되었습니다. 뭘 잘못했는지 한참 잔소리 듣고 계시던데."

식빵을 한 조각 삼키던 설영은 목이 턱 막히는 기분이었다. 어쩔 수 없이 굳어지는 표정을 감추기 위해 포도 주스를 컵에 따라 마셨다.

"우리 엄마가 만든 특별식, 감자수프 대령이요. 맛있을 겁니다."

우석이 감자수프가 담긴 사기그릇을 설영의 앞에 놓았다. 맛깔스러운 색채를 띠는 수프를 보며 설영은 가까이에 있는 의자를 끌어당겼다.

"고마워요. 그런데 어머니는 직접 안 오시나요?"

"엄마가 몇 년 전에 사고로 얼굴을 많이 다치셨습니다. 그래서 이렇게 손님이 오시는 날은 요리만 따로 해서 보내십니다. 보통은 일주일에 세 번 정도 직접 오셔서 집 안 청소며 정원 관리를 하십니다."

"아, 그렇구나. 우리 때문에 일이 번거롭게 두 배로 느셨네요."

"전혀. 오히려 신세 갚을 기회가 생겼다고 즐거워하십니다. 들어서 알지 모르겠는데, 형님한테 신세를 많이 졌습니다. 어머니 사고 후에 마땅히 도움을 청할 곳이 없었는데 어떻게 아셨는지 여기 일자리도 주선해 주시고……. 병원비에, 학비까지. 정말 염치없이 받기만 해도 되나 싶어 죄송할 따름입니다."

"어려서 돌봐 주시던 분이라고는 들었지만, 그런 사정이 있는지는 몰랐어요."

미처 알지 못했던 사실을 전해 듣는 설영의 표정에 복잡 미묘한 감정이 스쳤다.

"그랬을 겁니다. 저도 잘은 모르지만 생색내는 이야기는 잘 안 하시는 분 같았습니다. 어려운 환경에서도 쉬운 길을 놔두고, 바르게 잘 커 줬다고 엄마가 입이 마르도록 칭찬하십니다. 어린 나이에 집안 도움 없이 자수성가한 건실한 사업가라고."

"사업가요?"

"네. 상당한 재력가라고 들었습니다. 모르고 계셨습니까?"

열정적인 칭찬에 설영은 나름 떨떠름한 미소를 지었다. 어느 정도 알았다 싶으면 매번 다른 모습으로 다가오는 강한으로 인해 혼란스러웠다. 대충대충 시간만 때운다고 생각했던 임시 교사가 어느 날은 어두운 골목을 지배하는 전사의 모습으로, 이제는 마음이 따뜻한 자선 사업가로 둔갑했다. 어느 쪽이 진짜 최강한의 모습일까.

"그러게요, 확실히 생색을 내는 타입은 아닌 것 같네요. 진즉에 돈 많은 재력가인 줄 알았다면 갈비탕 대신 호텔 뷔페로 데려가 달라고 할 걸 그랬어요."

"세상에! 돈 많은 최강한한테 갈비탕이나 사 달라고 그랬다고? 설영이 의외로 순진한 구석이 있네. 아무리 그래도 그렇지 갈비탕이 뭐냐? 최강한, 아끼는 제자라면서 너무 싸게 군 거 아냐?"

활달한 목소리가 설영의 사고로 끼어들어 왔다. 정신이 팔려 있어서였는지 안방 침실 문이 열리는 소리를 듣지 못했다. 세련된 커리어우먼의 모습으로 주방 입구에 나타난 하영을 향해 설영이 먼저 꾸벅 고개를 숙여 인사를 건넸다.

"굿모닝. 그거 혹시 커피?"

설영의 앞에 놓인 커피를 발견한 하영의 눈이 반짝하고 빛났다.

"제가 쓸데없이 말을 너무 많이 한 것 같습니다. 죄송합니다. 수프만 데워 놓고 막 나가려던 참이었습니다."

하영의 뒤로 나타난 강한을 보며 우석이 허둥대기 시작했다. 허락도 없이 너무 떠들어 댔다는 사실에 난감한 표정이었다.

"말씀하신 대로 도시락이랑 커피는 따로 준비해 뒀습니다. 저는 그럼 주차장에서 대기하고 있겠습니다."

우석이 도시락 가방과 텀블러를 챙겨 후다닥 현관으로 사라졌다.

"오늘 하루 운전기사로 고용했거든. 빠질 수 없는 미팅이 있어서 서울에 잠깐 다녀와야 해. 두 시간짜리 미팅이니까 늦어도 4시까지는 돌아올 수 있을 거야. 먹고 싶은 것이나 필요한 것 있으면 우석이한테 연락해 줘. 오는 길에 사 오면 되니까."

핸드폰을 이용해 메일을 작성하며 하영이 빠르게 바뀐 일정을 설명했다. 원래는 하룻밤만 묵고 오후에 서울로 돌아갈 예정이라더니. 가는 길에 시내 중심가까지만 태워 달라고 부탁하려던 계획은 접어 둬야만 할 것 같았다. 강한을 두고 보이지 않는 신경전을 벌이는 하영을 향해 어색한 미소를 지어 보이며 설영이 자리에서 일어났다.

"그냥 있어. 번거롭게 배웅하러 나올 것 없어. 대신 일회용 소독 세트를……."

가볍게 손을 흔들고 하영이 돌아섰다. 발걸음을 옮기려다 멈칫거리는 동작이 뭔가 미련이 남아 보였다.

“아니다. 어차피 내가 다시 올 거니까. 최강한, 내가 돌아올 때까지 얌전히 있어. 더 이상 몸에 흠집 내지 말고.”

“일 절만 해.”

“나도 내가 이 나이까지 이런 잔소리를 하고 있을 거라고는 상상도 못 했다. 최소 일주일은 무리한 운동 절대 금지야, 명심해. 실밥 터지기만 해라, 다시는 치료 안 해 줄 거야. 이거 빈말로 듣지 마.”

현관문이 닫힐 때까지 잔소리를 늘어놓는 하영을 강한이 배웅하고 돌아왔다. 조용해진 실내에 캡슐 커피머신이 윙 하며 작동을 시작했다.

“나한테 화난 것 같은데?”

커다란 머그에 커피를 담은 강한이 마주 보이는 의자에 앉았다.

“내가 언제요?”

“지금 화내고 있잖아. 운동하러 내려가면서는 무섭게 노려보더니, 지금은 눈도 안 마주치고. 뭐에 화가 났는지 말을 해 주면 훨씬 쉬울 텐데 말이야. 뭔지 몰라도 화 풀어. 사과할게.”

“뭘 사과할 건데요?”

여전히 시선을 외면한 채 설영은 감자수프를 한 모금 떠먹었다. 미지근하게 식었지만 감자 특유의 고소한 맛은 남아 있었다.

“글쎄, 뭐부터 시작하지. 인스턴트 음식만 먹는다고 타박해서 미안하다? 아니면 호텔 뷔페가 아닌 갈비탕을 사 줘서 미안하다? 또 뭐가 있더라……. 아, 이런 시골에 억지로 가두어 둬서 미안하다?”

“그게 질문이지 사과예요?”

설영이 불만스럽게 고개를 들자 곧바로 강한과 시선이 마주쳤다. 계속 바라보고 있었는지 그녀의 입가에 묻은 식빵 부스러기를 자연스럽게 손으로 털어 주었다. 거리낌이 없는 강한의 태도에 오히려 민망해진 설영은 다시 시선을 회피했다.

"혹시 아침에 운동한 것 때문에 화를 내는 것은 아니겠지? 만약 그런 거라면 걱정할 것 없어. 상처에 무리가 가지 않을 정도로만 가볍게 움직였으니까."

"가볍게 움직였는데, 그렇게 온몸이 땀에 흠뻑 젖었다는 게 말이 돼요? 그러다 상처 부위에 염증이라도 나면 어쩔 건데요?"

"화내는 거 맞네."

"이건 화내는 게 아니라 어처구니가 없어서……. 관둬요. 친구분 말마따나 고집쟁이를 누가 말리겠어요. 본인 몸이니 누구보다 본인이 잘 알겠죠."

고집스럽게 고개를 들지 않는 설영의 앞으로 얇게 썰린 토마토와 치즈가 얹어진 바게트가 놓여졌다.

"먹어. 배가 부르면 기분이 좀 나아질 거다."

거절한다고 쉽게 물러날 것 같지 않아 한입 베어 물자, 토마토에 뿌려 둔 샐러드 드레싱이 입가에 흘러내렸다.

"쯧쯧, 애처럼 흘리기나 하고."

이번에도 강한은 테이블에 진열된 종이 냅킨을 집어 아무렇지도 않게 설영의 입가를 닦아 주었다. 오히려 어색한 설영이 얼굴을 뒤로 젖히며 냅킨을 뺏어 갔다.

"오늘은 뭐 하고 싶은 것 없어? 어제처럼 사람들이 모이는 곳만 아니라면 어디든 데려다줄 용의가 있는데."

"원래 이렇게 자연스러워요?"

설영이 일부러 퉁명스럽게 질문을 했다. 그녀의 의도를 이해 못 한 강한의 눈빛이 혼란스러워 보였다.

"원래 이렇게 여자들 얼굴에 뭐 묻으면 닦아 주고, 맥주 캔 뚜껑도 따 주고, 대신 짐도 들어 주고, 암튼 그러냐구요."

"그래선 안 되는 이유라도 있는 거야?"

"다른 여자들은 어떨지 몰라도 나한테는 그러지 마세요. 여자라고 특별 대우 받는다는 느낌, 달갑지 않아요."
"배려라는 생각은 안 해 봤어?"
"보통 사람들은 그게 배려고 감동일지 모르지만, 난 아니에요. 내가 할 수 있는 일을 굳이 남에게 의존하고 싶지 않아요."
"익숙해질까 봐 걱정되는 것은 아니고?"
정곡을 찔리자, 설영은 아랫입술을 살며시 깨물었다.
"그렇다고 오해는 하지 마. 바람둥이는 아니니까. 캔 뚜껑 따 주고, 짐도 들어 주고, 날아오는 주먹을 대신 맞아 주기는 했지만, 얼굴에 뭐 묻었다고 닦아 주는 경우는 매우 드문 경우니까."
"바람둥이 맞네, 뭐. 너라서, 너니까……. 바람둥이들의 전형적인 수법이라는 것 정도는 알거든요."
"아직 진짜 바람둥이를 못 만나 봐서 그런 한가한 소리가 나오는 거다. 내가 바람둥이였으면, 넌 진즉에 나한테 넘어왔어."
"이거 봐, 이거 봐. 학교에서는 여학생들이 따라다니는 게 귀찮아 죽겠다는 표정이면서 속으로는 은근히 즐기고 있었어."
설영은 강한의 놀리는 말투를 고맙게 여기며 가볍게 농담으로 받아 넘겼다. 오고 가는 대화 속에 담긴 진의를 따져 볼 배짱까지는 아직 없었다. 그러고는 껄끄러운 분위기를 피하기 위해 급하게 화제를 돌렸다.
"윤태상이라는 사람은 정확하게 하는 일이 뭐예요?"
"여러 가지. 연예기획사에도 투자 지분이 있고, 부동산 투자에도 손을 댔고, 현재로서는 카지노 복합 리조트 개발 사업에 지분을 갖기 위해 혈안이 되어 있지."
"꽤 잘나가는 연예기획사 이사라고 들었어요."
"밑밥 같은 거야. 물고기가 모여들 수 있도록 던져 주는 먹이 같은 것. 예를 들면 토지 개발 프로젝트와 관련된 정치계 인사들의 뒷일을 봐주면서 정보를 흘려듣고, 그 흘려들은 정보를 비싼 돈을 받고 되파는 거야."

"연예인이 되고자 하는 아이들을 그런 모임에 이용한다는 거예요?"

"폭력, 술, 여자, 도박. 윤태상은 돈이 되는 거라면 뭐든 이용해."

"제이크 모던에서 그 남자를 만났던 날. 클럽 내부에 장식된 나비 그림과 그 남자 가슴에 새겨진 문신의 모양이 같았어요."

"나비 그림은 돌아가신 내 어머니가 즐겨 그리던 디자인이야. 나에게는 몇 개 남지 않은 어머니의 흔적이지. 윤태상은 내가 소중히 여기는 것들에 어떻게든 흠집을 내는 것에 희열을 느끼고 있고."

"그럼 그 남자가 무섭게 생긴 아저씨의 사업 파트너는 아니라는 말이네요."

설영은 강한이 민호에게 위협적인 존재가 아니라는 것을 확인받고 싶었다.

"결코 섞일 수 없는 물과 기름 같은 사이라면 확실한 설명이 될까. 대신 클럽에는 내 투자 지분이 있어. 고등학교 때부터 상호 형을 도와 클럽이나 바에 주류를 배달하는 아르바이트를 했었어. 그러면서 자연스럽게 상권의 흐름을 읽게 됐지. 어느 정도 돈이 모이자, 형이랑 동업으로 경매에 나온 상가를 사들였고, 운이 좋게 상권이 옮겨 가면서 시세 차익으로 꽤 큰돈을 벌었어. 그 후로 개발 가능성이 많은 지역의 낡은 상가 건물을 사들여 재건축을 해서 파는 방법으로 돈을 좀 모았지."

"성공한 재력가가 맞긴 맞는 거네요."

"재력가라고 하기는 무리가 있고. 모은 돈을 클럽에 투자해서 경제적으로 여유가 있는 것은 사실이야."

"그런데 왜 하필 투자한 곳이 클럽이에요?"

"상호 형이 제일 자신 있어 하는 일이 술장사거든. 그 세계에서 잔뼈가 굵은 사람이라. 이왕이면 파트너가 잘하는 분야에 투자하면 성공 확률이 높아질 테니까. 왜, 아직도 내가 윤태상이랑 같은 편이 아닐까 의심하는 거야?"

"차라리 나쁜 놈이었으면 어땠을까 하고 생각하는 중이에요."

"그랬더라면 버려두고 가기가 더 쉬웠겠지?"

강한이 자리에서 일어났다. 설영도 뒤따라 일어나며 먹다 남은 음식을 한데 모았다.

"돈이 문제가 아니라면 학교에서 임시 교사는 왜 하고 있는 거예요? 어린 학생들에 대한 애정이라든가, 학생들의 인성 발달에 긍정적인 영향을 만들어 주고 싶다든가 하는 어설픈 이유는 안 통해요. 학교에서 탈출하고 싶어 좀이 쑤셔 하던 것을 한두 번 목격한 게 아니라서요."

"네 말이 맞아. 대단한 사명감이 있어서 교사가 되려는 것은 아니야. 비겁하게 들리겠지만, 필요에 의해 잠깐 동안 그 자리를 지키고 있다고 하는 게 맞는 표현이겠다."

"그게 얼마 동안인데요?"

"정확하게 1년. 너한테 제대로 들킨 것을 보면 내가 그 정도로 형편없는 선생이었나?"

"그나마 쉽게 가르치는 재주는 있어서 다행이라고 생각했어요."

빈 접시를 옮기려는 설영의 앞을 강한이 막았다. 설영의 손에서 떠나간 접시는 강한에 의해 싱크대로 직진했다.

"관둬. 뒷정리는 내가 알아서 할게."

"매번 신세만 지는데, 설거지 정도는 해야죠."

"너도 할 수 있고 나도 할 수 있는 일, 나한테 맡길 생각은 없어?"

강한이 하고자 하는 말의 진의를 단박에 알아차렸다. 믿어도 될까. 민호와 태상의 관계를 털어놓고 서울로 돌아가야 하는 이유를 설명해 볼까. 그렇다면 유나와 민호의 관계는 어떤 식으로 이해를 시켜야 하나. 차마 쉽사리 결정을 내리지 못하는 갈등이 얼굴에 드러나자, 강한이 설영을 뒤로 돌려세웠다.

"긴장 풀어. 표정이 너무 비장해서 나까지 긴장되잖아. 산책로를 따라 올라가면 바위산 정상으로 가는 등산로가 나 있어. 여기까지 온 김에 소풍이나 가자."

"소풍이요? 서울은 어쩌구요?"

"오늘 당장 안 돌아가도 서울은 원래 모습 그대로 있을 테니까, 걱정 붙들어 매."

"하지만……."

주저하는 설영의 등을 떠밀며 강한이 재촉했다.

"나한테 선물로 주겠다던 노예 쿠폰, 치료받았으니 유효한 거지? 그럼 지금 쓰자. 냉동실에 넣어 둔 물병, 가능한 최단 시간에 바위산 정상까지 배달한다. 실시!"

그늘 한 점 없는 바위산 정상에 제법 짙은 회색 구름들이 그림자를 만들고 있었다. 정상에 오르기까지 정확히 두 시간이 소요되었다. 중간까지는 간간이 간편한 차림의 등산객을 지나쳤는데, 가파른 코스를 선택하고서는 두 사람 외에는 다른 등산객의 모습은 보이지 않았다. 목표 지점을 향해 쉼 없이 올라온 설영은 가장 높이 솟은 바위에 올라 하늘을 올려다보았다.

"금방이라도 비가 올 것 같은데 어쩌죠? 그냥 점심은 내려가서 먹죠."

휴식 없이 왔던 길을 도로 내려가려는 설영의 팔을 강한이 잡아당겼다. 그러고는 평평해 보이는 바위에 자리를 잡고, 등산용 가방에서 도시락과 생수병을 꺼냈다.

"도시락 먹을 시간은 충분해. 앉자."

"아무래도 불안한데……."

"여기까지 와서 그냥 가면 재미없잖아. 그러지 말고 차분하게 앉아."

불안하게 하늘을 보는 설영의 얼굴에 차가운 감촉이 닿았다. 출발할 때만 하더라도 꽁꽁 얼어 있던 생수병이 반쯤 녹은 물로 찰랑거렸다.

"너는 무슨 산행을 그렇게 전투적으로 해? 모르는 사람이 보면 훈련받으러 온 군인으로 착각하겠다."

"제가 그랬어요?"

"뒤도 한 번 안 돌아보더라. 소풍 안 다녀 봤지?"

"그러는 선생님이야말로 소풍 한 번도 안 가 봤죠?"

설영은 도시락 통을 난해한 표정으로 바라만 보고 있는 강한을 향해 질문을 되돌려 주었다.

"왜 그렇게 생각해?"

"척 보면 척이죠. 소풍 가기 전에 날씨 확인도 안 하고, 도시락 통을 어떻게 열어야 하는지도 모르는 것 같고, 설마 젓가락도 안 챙겨 온 것은 아니죠?"

"젠장."

강한의 얼굴에 낭패감이 어렸다. 뒤늦게 배낭을 뒤적거려 보았지만 보이는 것은 보온병과 여분의 옷, 그리고 구급약 상자가 전부였다.

"그럴 줄 알았어요. 이리 줘요."

설영이 세 개의 찬합을 하나로 연결하는 손잡이를 맨 아래 칸부터 잡아당겼다. 두둑거리는 소리와 함께 손잡이에서 분리된 찬합을 한 줄로 나열했다.

"식은 죽 먹기죠?"

"거들먹거리기는."

강한이 찬합 뚜껑을 차례대로 열었다. 각각의 찬합에는 한입에 먹기 좋은 크기의 김밥, 샌드위치, 그리고 과일이 정갈하게 담겨 있었다.

"우아, 맛있겠다. 우리 소풍 가는 걸 어떻게 알고 준비하셨을까? 설마 선생님이 도시락 싸 달라고 부탁드린 것은 아니죠?"

"맞아. 내가 일부러 부탁드렸어."

놀란 설영이 고개를 한쪽으로 기울였다. 도시락이 준비된 김에 소풍을 가자고 하는 줄 알았지, 소풍을 가기 위해 도시락을 부탁했을 거라는 생각은 못 했었다.

"왜요?"

"너랑 뭔가 평범한 것을 해 보고 싶어서. 만나기만 하면 사건 사고에, 도통 밖에서 편하게 밥 한 번 먹을 기회가 없었잖아. 가능한 한 사람이 없는 곳으로 오면 밥 한 끼는 편안하게 먹을 수 있지 않을까, 잔머리를 굴려 봤지."

"이쯤이면 사람이 아니라 날씨가 트러블 아닐까요? 불행히도 우리 두 사람이 같이 있으면 트러블은 운명처럼 따라오는 것 같아요."

"불운인지, 행운일지는 아직 단정 짓지 마. 지금까지는 기 센 두 사람이 만나서 운명을 시험하고 있었을 뿐이야."

"그럼 이왕 시험하는 김에 다음에는 놀이공원으로 가요."

"놀이공원 가고 싶어?"

말을 하고 보니 꼭 놀이공원으로 놀러 가자고 하는 것 같아 설영이 버벅거렸다.

"아! 제 말은 다른 뜻이 아니라……. 그냥 사람들이 많이 모이는 장소에서 사건 사고 없이 무사히 넘어갈 수 있을지 운을 테스트해 보잔 뜻이었어요."

강한은 무덤덤하게 고개를 끄덕이며 샌드위치를 집어 먹었다.

"그것도 재미있겠다. 사람들이 많이 모이면 모일수록 운을 시험하는 데 의미가 있겠지. 미리 양해를 구하는데, 처음이라 서툰 것이 많을 테니 이해해라."

"설마 놀이공원도 한 번 안 가 봤어요? 말도 안 돼."

휘둥그레진 눈으로 놀라움을 표현하는 설영에게 강한이 김밥이 든 찬합을 내밀었다.

"당연히 말이 안 되지."

"처음이라면서요?"

"내가 하고 싶은 말은 너하고 놀이공원에 같이 가는 것이 처음이라는 뜻이었지. 놀이공원이 처음이라고는 안 했는데."

강한의 한쪽 볼에 깊게 보조개가 팼다.

"그럼 그렇지. 천하의 바람둥이가 놀이공원 데이트를 안 해 봤을 리가 없죠."

"데이트라고도 안 했는데."

등을 보이며 돌아앉는 설영의 뒤로 유쾌한 웃음소리가 따라왔다.

"그래도 도시락 싸서 산에 소풍 온 것은 오늘이 처음이야."

"어련하실까."

믿지 못하겠다는 뜻으로 어깨를 들썩인 설영은 묵묵히 김밥을 먹었다.

"정말이야. 내가 그랬잖아, 너한테 거짓말은 안 한다고. 도시락 싸서 소풍 가고 싶다는 생각이 든 사람도 네가 처음이고, 최선을 다해 배려해 주고 싶다는 생각이 든 사람도 네가 처음이야. 산에 오르면서 힘들다는 투정 한마디는 기대했었는데, 너무 씩씩해서 오히려 서운하다 생각되는 여자도 네가 처음이다."

평상시와 다름없는 말투. 그런데도 이상하게 설영은 목이 가라앉았다. 시원한 얼음물을 마셔 봐도 묵직하게 잠겨 오는 목은 회복될 기미가 없었다.

"왜 나한테 잘해 주세요? 내가 불쌍해요? 부모 형제 하나 없는 외톨이라서? 내 앞가림도 못 하면서 남 일이라면 물불 안 가리고 나대는 멍청이라서? 그래서 나를 동정하는 거라면, 나에 대해 한참 잘못 봤어요."

"알 텐데. 나는 열심히 티를 낸다고 내는데, 내가 어설픈 거냐 아니면 네가 어설픈 거냐."

"무슨 뜻이에요?"

"잘해 주고 싶고, 같이 있고 싶고, 이 정도면 나는 너를 특별하게 생각한다고 확실하게 티 내고 있는 것 아니냐고."

차가운 빗방울이 설영의 기다란 속눈썹 위로 떨어졌다. 고개를 들어 하늘을 바라보는 설영의 머리 위로 강한이 판초 우의를 씌워 주었다.

"너도 나에 대해 한참 잘못 본 것 같다. 산에 오르면서 일기 예보 확인은 필수지. 비가 올 것을 알면서도 굳이 산에 가자고 했을 때는 뭔가 꿍꿍이속이 있었던 거지. 짧은 소나기라 금방 지나갈 거야."

깊고 그윽한 눈매가 그녀의 시선을 사로잡고 놓아주지 않았다.

"길이 미끄러우면 나한테 매달려도 돼. 손잡아 달라면 잡아 주고, 업어 달라면 업어 줄 준비도 되어 있으니까 말이야."

알게 모르게 강한이 끊임없이 표현하고 있던 말. 알면서도 모르는 척 외면하고 있던 말. 맑은 물 아래 가라앉아 있던 상념이 한바탕 휘저어져 어지럽혀진 흙탕물처럼 설영의 머릿속에서 부유했다.

산에서 내려오자마자, 비와 진흙으로 더럽혀진 옷을 벗고 대충 씻고 나오던 설영은 아래층에서 들려오는 시끄러운 대화 소리에 미간을 찌푸렸다. 김민호. 오후 내내 머릿속 가득했던 생각의 타래들이 일제히 소음을 타고 분산되어 버렸다. 어떻게 녀석을 까맣게 잊고 있었을까. 계단을 내려가는 설영의 발걸음이 빨라졌다.

"그러다 넘어지면 너만 손해다. 세탁할 게 그거뿐이야?"

계단 아래에서 기다리고 있던 강한이 설영의 손에 들린 세탁 바구니를 무심하게 살펴보았다.

"네. 그런데 어떻게 된 거예요? 민호 목소리가 들리던데. 여기에 있어요?"

"그건 네가 눈으로 직접 확인해."

강한이 엄지를 들어 어깨 뒤쪽을 가리켰다.

"김민호, 너 여기는 어떻게 알고 찾아온 거야? 설마 나한테 추적 장치 같은 거라도 붙여 놓은 건 아니지?"

"추적 장치 같은 소리 하고 있네."

세탁 바구니를 들고 다용도실로 향하던 강한이 거실을 가로질러 설영에게 다가가는 민호의 앞을 가로막았다.

"김민호. 경고하는데 지난번 같은 무례한 행동은 용납 안 된다. 쫓겨나기 싫으면 행동하기 전에 생각이라는 것을 미리 하는 게 좋을 거야."

"누군 좋아서 온 줄 알아요? 가지 말라고 해도 갈 겁니다. 류설영, 빨리 이리 와. 여자애가 겁도 없이……."

강한의 어깨를 밀치고 민호가 앞으로 다가왔다.

"이게 진짜. 오지 말라는데 기어이 왜 왔어?"

"몰라서 물어? 그러는 너야말로 겁도 없이 남자랑 이런 시골 별장에서 뭐 하는데? 나한테는 친구 병간호 한다고 뻥이나 치고……. 둘이 무슨 이상한 짓 벌인 것은 아니지?"

"미쳤어?"

"수상하잖아. 가족도 아니고, 그렇고 그런 사이도 아닌데 왜 저 인간한테 네 빨래를……. 아오!"

불시에 민호의 허리가 앞으로 꺾였다. 설영이 내다 꽂은 발길질에 복부를 맞고 튕겨져 나가듯 뒤로 몇 걸음 물러난 민호가 거친 호흡과 함께 바닥에 한쪽 무릎을 꿇었다.

"왜 이래?"

"몰라서 물어? 니들은 그렇고 그런 사이라는 말이 유행어냐? 툭하면 아무 데나 갖다 붙이게."

잡고 일어설 수 있게 내민 설영의 손을 민호가 밀어 냈다.

"한 번만 더 버릇없이 굴면 척추를 접어 주겠다고 했던 말 기억나지?"

"아무리 그래도 그렇지. 사람을 보자마자 패는 게 어딨어?"

"엄살떨지 마. 방금 것은 본편에 앞선 예고편 같은 거야. 그러니까 적당히 징징대고 일어나."

퉁퉁 부르튼 얼굴의 민호를 설영이 일으켜 세웠다. 남자치고는 작은 편에 속하는 얼굴이 오늘따라 유난히 갸름해 보였다.

"밥 안 먹었어? 얼굴은 왜 반쪽이야?"

"네가 얼마나 속을 썩였으면 사내놈 얼굴이 반쪽이 됐겠냐? 예고편이 그 정도면, 본편에서는 아예 사람 하나 잡겠다."

샌드위치가 들어 있는 찬합을 손에 든 상호가 주방에서 나오며 두 사람의 대화에 끼어들었다.

"볼 때마다 감탄사가 절로 나온다. 고삐리, 너는 어떻게 한결같이 폭력적인 건 변함이 없냐? 저 꼴통 자식 눈이 단단히 삐었지. 저런 드센 여자애가 뭐가 좋다고 밥까지 쫄쫄 굶어 가며 찾아다니는지."

심술궂은 비아냥거림에 설영은 상호를 노려보았다. 기세 좋게 한바탕 들이대고 싶은데, 고삐리라는 호칭이 발목을 잡았다. 기싸움이라도 하듯 서로를 노려보던 두 사람 중에 시선을 먼저 피한 것은 상호였다.

"관두자, 너 같은 애송한테 이겨 봤자 뭐가 남는다고. 눈을 부릅떴더니 눈만 아프네. 최강한, 이거 먹어도……."

"가벼운 입을 가진 아저씨, 딱 여기까지만 하죠."

다용도실을 향해 소리를 지르던 상호가 설영이 부른 호칭에 동작을 멈췄다. 믿을 수 없다는 표정으로 한동안 말문이 막힌 모양이었다.

"괜히 성질 더러운 나한테 들이받혀서 자존심 상하지 마시고 적당히 하시라구요. 어차피 여자인 나한테 맞아도 손해, 여자인 나를 때려도 손해 아닌가요?"

"너 지금 나도 때리겠다고 협박하는 거냐? 최강한, 너도 들었지? 지금 얘가 나한테 입 싸다고 한 소리."

"그러게 왜 형까지 찾아와서 정신 사납게 굴어?"

세탁기를 돌리고 나온 강한이 상호에게서 찬합을 뺏어 설영에게 넘겨주었다. 무표정한 표정에서 위로 올라간 한쪽 눈썹만이 유일하게 불편한 심정을 대신하고 있었다.

"나라고 오고 싶어서 온 줄 알아? 다쳤다면서? 그냥 다친 정도가 아니라 봉합 수술까지 받았다면서? 다 나을 때까지 침대에 묶어 놔야 한다는 둥 하영이가 하도 난리를 쳐서 와 본 거잖아. 근데 겉보기는 말짱한데?"

"그럼 너는 여기 어떻게 왔어?"

설영이 찬합에서 샌드위치를 집어 먹고 있는 민호에게 따지듯 물었다.

"그 화상은 내가 집어 왔다. 겁도 없이 클럽 주위에서 얼쩡거리다 태상이 똘마니들하고 시비가 붙기에, 할 수 없이 일이 이렇게 됐다. 말귀 못 알아듣는 망아지를 어디다 가둬 놓을 수도 없고, 갖다 버릴 수도 없고. 암튼, 물어볼 것도 있고 해서 여기로 끌고 올 수밖에 없었어."

상호의 설명이 끝나고, 설영은 다짜고짜 민호의 귀를 잡아당겼다. 사고 치지 말라던 말을 무시하고 멋대로 행동한 민호에게 따져 물을 것이 있었다.

"야야. 애 좀 살살 다루라고 그렇게 말해도……."

"잠깐 실례하겠습니다. 김민호, 너는 나 따라와."

못마땅하게 바라보는 강한의 시선을 의식했지만 급하게 해결해야 할 문제가 있는 설영은 민호를 끌고 1층 발코니로 나갔다. 그러고는 두꺼운 유리문을 닫아 소리를 완벽하게 차단시켰다.

"얌전히 기다리라고 했잖아. 정신 나갔어? 거기가 어디라고 얼쩡대?"

"그럼 등신같이 어디서 또 맞고 있을지도 모르는데, 얌전하게 기다리고만 있으라고? 그러는 너야말로……."

'너' 라는 단어에 설영이 주먹을 틀어쥐자, 민호가 잽싸게 팔을 올려 방어 자세를 취했다.

"아니, 그러니까 댁도 그렇게 큰소리칠 입장이 아니잖아? 나한테는 친구네 집이라고 거짓말하고 수학이랑 단둘이 뭐 했는데? 왜 이 시간에 니…… 아니 댁 빨래를 저 인간이 하는데?"

"애초에 거짓말한 것은 미안하게 됐다. 나도 어쩔 수 없는 사정이 있었어."

"그 사정이 뭔데?"

진실을 듣지 않고서는 결코 물러나지 않을 태세였다. 설영도 그럴싸한 변명만으로는 문제 해결에 도움이 되지 않는다는 것을 알고 있었다.

"윤태상이 나를 찾고 있어. 그래서 그 남자 피해서 도망 왔어. 빨래는…… 오늘 아침에 등산 갔다 산에서 비를 맞았고, 여벌의 옷이 없으니 아쉬운 대로 세탁이라도 해서 입어야만 하고, 내 집이 아니라 마음대로 세탁기를 사용할 수 없으니 도움이라도 받을 수밖에. 상황 설명됐지?"

"윤태상이 왜 찾아? 그 핸드폰 때문에?"

윤태상이 언급되자 민호의 안색이 변했다.

"꼭 핸드폰 때문만은 아닌 것 같아."

"그럼 왜? 혹시 광고주 소개시켜 준다고 그래? 유나한테처럼 CF모델로 데뷔시켜 준다고 쫓아다녀?"

"말이 되는 소리를 해. 이 얼굴이 CF모델로 가당키나 하냐?"

펄쩍 뛰는 설영의 반응에 민호도 어이없는지 피식, 웃음이 새어 나왔다.

"지금 비웃어?"

"내가 말해 놓고도 미친 소리다 싶었어. 현실을 제대로 직시하는 능력으로 보아, 학교 다닐 때 공부 잘했다는 것은 믿어 줄게. 그래도 공부하느라 연애 한 번 못 해 봤다는 것은 못 믿겠다. 사실은 못생겨서 쫓아다니는 남자가 없었던 거지? 그래도 너무 기죽지는 마. 세상 어딘가에 류설영이 예뻐 보이는 취향 이상한 놈이 반드시 있을 테니까."

"나 연애 한 번 못 해 봤다고 누가 그래?"

그녀의 학창 시절에 대해 잘 알고 있다는 뉘앙스에 설영이 의아하다는 표정을 지었다. 그 순간 민호도 자신이 무슨 말을 했는지 깨닫고는 얼굴빛이 잠깐 흐려졌다.

"척 보면 몰라? 아무 때나 발길질하는 여자를 누가 좋아해?"

과장되게 익살스러운 표정을 만들어 내는 민호를 보고도 설영은 모른 체했다. 아마도 범인은 해수겠지. 어쩌다 한 번씩 찾아와서 몰래 훔쳐보고 가던 민호의 발길이 뚝 끊겼던 시점이 아마도 설영이 대학에 입학하고 난 뒤였을 것이다. 사정을 아는 해수가 민호와 모종의 거래라도 한 걸까. 정에 굶주렸던 어린 민호를 떠올리는 설영의 마음에 작은 파동이 일었다. 흔들리는 눈빛을 감추기 위해 설영은 일부러 장난스럽게 주먹을 눈앞에서 흔들었다.

"내가 아무한테나 그러는 줄 알아? 네가 하도 버릇없이 구니까……."

설영의 주먹이 민호의 손에 갇혔다. 어느새 어른이 된 민호는 그녀의 주먹을 감싸고 남을 만큼 커다란 손을 가지고 있었다.

"아직 대답 안 했어. 윤태상이 류설영을 왜 찾는데? 그리고 수학은 이 일과 무슨 상관이야?"

신비스러워 보이는 까만 눈동자가 진실을 요구하고 있었다.

"수학과 윤태상이 어려서 같이 자랐나 봐. 서로 끔찍이 싫어한다고 들었어. 지난번 클럽에서 날 데리고 빠져나온 사람이 수학이야. 그걸로 윤태상이 화가 많이 난 모양이야. 그래서 나만 붙잡으면 너한테도, 수학한테도 한 방 먹일 수 있다고 착각하는가 봐. 이제 네가 대답할 차례야."

설영은 굳게 닫힌 유리문 너머 거실을 들여다보았다. 푹신해 보이는 패브릭 소파에 강한이 상반신을 앞으로 기울인 채 굳은 자세로 앉아 있었다. 소파에 온몸을 묻다시피 편안하게 앉아 있는 상호와는 대조되는 모습이었다.

"박유나랑 너, 정확하게 무슨 사이야? 대충 얼버무리지 말고 자세하게 말해 봐."

"알면서 뭘 물어?"

"추측이 팩트는 아니잖아. 난 정확한 팩트가 필요해."

"간단해. 고명하신 차기 대권 후보께는 젊은 시절에 사귀던 여자가 있었어, 별 볼 일 없는 집안이라 출세에 도움이 안 된다니 할 수 없이 결혼은 다른 여자랑 했겠지. 그게 바로 내 엄마고. 결혼식 당시에 임신 중인지 몰랐던 옛 애인은 딸을 낳고, 다음 해에 본부인은 아들을 낳고. 전형적인 막장 드라마지."

"헤어질 당시에는 유나가 배 속에 있었다는 것을 몰랐다는 거야?"

"알았다면 출세에 족쇄가 될 아이가 태어나게 두지도 않았겠지."

싸늘한 반응에 설영이 잡힌 손을 잡아 빼며 힐난조로 말했다.

"아무리 그래도 아버지인데, 꼭 그렇게 재수 없이 말해라. 유나와 의원님의 관계는 어떻게 알았어?"

"아주 우연히. 빼앗긴 오토바이 키를 찾으러 서재에 몰래 들어갔다가 보좌관이랑 통화하는 내용을 들었어. 꾸준히 그쪽으로 돈을 보내고 있었나 봐. 나랑 마찬가지로 그 애를 해외로 내보내고 싶어서 안달이 났더라고."

설영은 항상 잠겨 있는 서재에 어떻게 들어갔는지는 묻지 않았다. 어려서부터 민호는 출입이 금지된 방문의 열쇠를 용케 잘도 찾아냈었다. 자상하거나 헌신적인 아버지는 아니었지만, 최소한 존경할 수 있는 분이라고 생각했었다. 그런 아버지의 치부를 알고 혼자 끙끙 앓다, 속이 곪아 터진 아이를 철부지 취급만 했으니.

"미안하다."

"류설영이 왜?"

설영이 하고 싶은 말을 이해한 듯 민호의 목소리가 차분하게 가라앉았다.

"내가 미안하다면 그런 줄 알 것이지 무슨 말이 그리 많아? 어려서는 착하고, 순하기만 하더니……. 커서는 어쩜 귀여운 데라고는 눈 씻고 찾아봐도 없냐. 흔히들 말하는 역변이 바로 너 같은 애를 두고 하는 말이었나 보다."

"내가 복도를 지날 때마다 여학생들이 꺅꺅대는 소리 못 들었어? 유성중 · 고등학교 통틀어 최고 킹카라고 칭송받는 몸이 바로 나거든? 댁같이 평범한 사람은 함부로 넘볼 수 없는 레벨이 바로 나라고. 그러니까 내가 이렇게 쫓아다닌다는 사실만으로도 눈물 나게 감격스러워해야 한다고."

으스대며 거들먹거리는 민호를 쳐다보는 설영의 고개가 저절로 거실을 향했다. 입가에 머문 엷은 미소가 누군가를 향한 친근함을 표현하고 있었다.

"잘났다. 하여간 그놈의 꺅꺅 소리가 사람 여럿 망친다."

"뭐야, 기분 나쁘게 나를 누구랑 비교하는 거야?"

설영의 시선을 가로막는 민호의 얼굴에 그림자가 졌다.

"류설영, 언제까지 여기 숨어 있을 수도 없잖아. 나랑 같이 집으로 들어가자. 그 집에는 경호원 아저씨들이 지키고 있으니 안전할 거야. 내 배경 때문에라도 댁한테 함부로 굴지 못할 거고."

"너희 엄마한테는 뭐라고 설명할 건데? 지금도 네가 본가에 머무는 것에 대해 무슨 일인가 궁금해하시는 눈치인데. 엄마는 절대 알면 안 된다면서?"

"그렇지만……. 차라리 그럼 나랑 같이 유학 가."

"쫓겨나듯이 해외로 내보내지는 것은 싫다면서? 유학은 네가 진짜 하고 싶은 공부가 생기면, 그때 다시 얘기하자. 이런 식으로 피한다고 해결될 문제는 아닌 것 같아."

"그래서 내가 스스로 간다잖아. 여기서 졸업하나, 거기서 졸업하나 내 실력으로는 대학 근처도 못 가."

"공부 못하는 것도 자랑이다."

"못하는 게 아니라, 안 한 거야. 하겠다고 마음만 먹으면 댁만큼은 나도 한다고."

틀린 말은 아니었다. 어려서는 머리 좋고 집중력 좋다고 칭찬받던 아이니 하려고 마음만 먹으면 못할 것도 없었다.

"내가 유학 간다고 하면 제일 좋아할 사람이 류설영 아냐?"

"머리 좀 컸다고, 끝까지 네 멋대로지? 유학 때문에 네 옆에 있는 것이 아니라고 몇 번을 말해."

"그럼 뭔데? 예전에는 떼어 내지 못해 안달이더니, 지금은 싫다는데도 엉겨 붙는 진짜 이유가 뭐냐고?"

"그래서 그런다. 그때 억지로 떼어 낸 것이 못내 미안해서, 그래서 지금이라도 옆에 있어 주고 싶어서."

"누구 맘대로?"

"내 맘대로."

그 순간 설영이 민호의 목을 팔로 감아 헤드락을 걸었다.

"뭐 하는 거야? 당장 안 놔?"

민호는 커다란 키에 허리가 반쯤 꺾인 상태로 놓으라고 버둥대면서도 밀어 내지는 않았다. 타고난 하얀 피부는 햇볕에 쉽게 타지 않는지, 체육 대회 때 붉게 그을렸던 피부가 원래의 뽀얀 상태로 되돌아와 있었다. 변하지 않는 것도 있다는 사실에 반가운 마음이 든 설영은 한쪽 볼을 살며시 잡아당겼다.

"너도 나중에 후회하지 말고, 있을 때 잘해라."

"뭐라는 거야. 내가 댁 같은 줄 알아? 나는 후회할 일 안 만들어."

"곧 죽어도 큰소리는……. 이렇게 큰소리라도 치면 네 마음이 편해져? 이번 일만 마무리 짓고 보자. 예전처럼 누나, 누나 하며 따라다니게 만들어 줄 테니까."

"장담하는데 그럴 일은 절대로 없어."

발코니를 바라보는 강한의 아래턱이 눈에 띄게 굳어졌다. 가장 친한 사이이면서도, 속을 들여다보기 가장 힘든 인물이 바로 최강한이었다. 그런 그가 지금은 감정을 주체하지 못해 넘실대는 속마음을 여과 없이 드러내고 있었다.

"미쳤구나, 최강한. 지금 네가 보고 있는 애들이 몇 살인 줄이나 알아? 겨우 열아홉이야. 한 살만 더 보태면 너랑 띠동갑이라고."

듣는 둥 마는 둥, 자리를 박차고 일어나는 강한의 팔을 상호가 움켜쥐었다.

"어디 가려고? 저 애들 사이에 끼어들어서 무슨 망신을 당하려고 이래?"

옆으로 길게 찢어진 눈이 도전적으로 번뜩이자, 강한이 가벼운 한숨 소리와 함께 잡힌 팔을 뿌리쳤다.

"내가 저 사이에 왜 끼어들어."

"그렇지? 가서 훼방 놓으려던 건 아니지? 내가 또 오버하는 거지?"

"오버하는 거야."

"내 말이 맞네, 맞아."

강한이 손으로 마른 얼굴을 한차례 쓸어내렸다. 겨우 열아홉 살짜리라고 치부하기에 민호는 어엿한 성인 남자에 가까웠다. 그것도 위험한 사내 냄새를 물씬 풍기는 매력적인 성인 남자. 설영은 아니라고 부정하겠지만, 민호가 설영을 바라보는 눈빛은 바로 그런 사내의 눈빛이었다.

"형도 들었잖아. 어려서 같이 자랐어. 남들보다 각별할 수밖에 없는 사이야. 그러니까 단순하게 남녀 관계라는 이유로 모든 사람들을 연애 대상으로 엮는 이상한 취미 좀 갖다 버려. 그렇게 한가해?"

"봐 봐, 전혀 평상시의 너답지 않잖아. 왜 내 말에 일일이 대꾸하는데? 이러니 내가 걱정을 안 할 수 있어?"

"이제는 대꾸해 줘도 문제야?"

팔 안에 가둔 민호의 머리를 엉망으로 헝클어뜨리는 설영을 보며 강한이 양손을 바지 호주머니에 찔러 넣었다.

"당연히 문제지. 넌 원래 쓸데없는 말이다 싶으면 무시하기 일쑤잖아. 일일이 대꾸한다는 것은 뭔가 걸리는 게 있다는 명백한 증거잖아. 내 말이 틀려?"

"그래서 진짜 하고 싶은 말이 뭐야?"

"네가 류설영을 마음에 담는 것은 나도 뭐라 안 해. 다만 아직 학생이잖아. 딱 고등학교 졸업할 때까지만 참아. 행여나 성급하게 굴어서 책임져야 할 일 같은 건 만들지 말라는 뜻이야."

"미쳤어?"

"내 말이 그거다. 너 잠깐 미친 거야."

"……."

"특이한 상황에 특이한 애를 만나서 잠시 혹한 건지도 모르잖아. 원래의 네 자리로 돌아오면 감정이라는 게 또 어떻게 변할지 모른다고."

불끈, 강한이 이마에 핏대를 세우자 상호가 급하게 몸을 뒤로 뺐다.

"오죽하면 이래? 선생이 돼서는 여학생이랑 구설수에 올라 학교에서 쫓겨나기라도 하면 어쩔래? 학교도 문제지만, 당장 저 꼴통 자식

비위 건드려서 좋을 것도 없어. 어떻게든 살살 구슬리고 달래서 태상이한테서 빼내 간 물건이 무엇인지부터 알아내야 할 것 아냐."

"그만하지?"

설영이 거실로 통하는 유리문의 손잡이를 잡아당기려는 순간이었다. 민호가 당한 것에 대한 복수라도 하려는지 뒤에서 설영의 목을 감싸 안았다. 커다란 덩치에 감싸인다 싶더니 잽싸게 손목을 잡아 꺾은 설영으로 인해 상황이 금세 뒤집혔다. 큰 키가 무색하게 꺾인 팔의 어깨를 쳐 대며 항복을 외치는 민호를 보며 상호가 혀를 찼다.

"쯧쯧쯧, 여자애가 장난으로라도 져 주는 법이 없다. 저런 망아지가 네 짝으로 가당키나 하냐고. 차라리 허세 부리고 잘난 척하는 이하영이 백배 낫지."

"형은 그렇게 하영이가 마음에 들면 한번 사귀자고 고백이나 해 보지그래."

"야, 무슨 말도 안 되는 소리야? 언감생심, 하영이랑 나랑 레벨이 같아? 나는 그냥 네 상대로 그 정도면……."

당황으로 버벅대던 상호가 일순간 굳은 표정으로 강한의 어깨를 잡았다.

"설마 말도 안 되는 오해 때문에 하영이를 거부하고 있었던 건 아니지?"

"분명히 말했어. 하영이와는 좋은 친구, 그 이상도 그 이하도 아니라고."

"그럼 됐어."

어깨에 있는 손을 떼어 내고 지하로 향하던 강한이 발걸음을 돌려 상호를 마주했다. 진중한 눈빛에 압도당한 듯 상호가 몇 번 눈썹에 힘을 주었다.

"사실 일생에 한 번쯤은 형을 위해 사랑을 포기할 수도 있다는 생각을 했었어. 하지만 이제는 확실히 알 것 같아. 내가 아무리 형한테 진

빚이 있다고 하더라도 사랑은 양보할 수 없다는 걸 말이야."

"……."

"그 사람을 지키기 위해서 내가 어디까지 무모해질 수 있는지 궁금해지기 시작했거든."

"지금 나한테 선전 포고 하는 거냐? 네 마음은 이미 정해져 있으니, 더 이상 자극하지 말라고."

"편하게 생각해. 내가 뭐라고 한들, 하고 싶은 말을 참을 형도 아니잖아."

"이건 뭐, 아예 대놓고 무시하겠다는 통보 아냐."

유리문이 열리면서 설영이 안으로 들어섰다. 그 뒤를 따라 들어오는 민호를 바라보며 강한이 나직이 중얼거렸다.

"내가 얼마나 유치해질 수 있는지도 확인하고 싶지 않으면, 형이 벌여 놓은 일은 형이 알아서 해결해."

상호는 입이 깔깔해졌다. 심사가 꼬여서 두 계단씩 뛰어올라 내려가는 강한의 최종 목적지는 뻔했다. 일이 뜻대로 안 될 때면 숨이 턱까지 차오를 때까지 달려야 직성이 풀리는 성깔머리. 저 고집을 누가 말릴까. 무리한 운동을 하지 못하게 하라는 주문을 들어주기는커녕 부추기는 꼴이 되었으니. 하영에게 잔소리 꽤나 듣게 생겼다는 생각에 상호는 벌써부터 머리가 지끈거렸다.

CHAPTER 06

"돌았지? 미쳤지? 지금 제정신 아니지?"

"그만 좀 해. 미친놈은 최강한인데 왜 나한테 이래?"

"그러니까 끌어 내렸어야지. 환자가 턱걸이를 하는데 지켜만 보고 있었다는 게 말이 돼? 내가 그때 안 나타났으면 어쩔 뻔했어?"

"나보다 훨씬 큰 녀석을 무슨 수로 끌어 내려? 단순하게 키만 커? 네가 저 자식 주먹에 안 맞아 봐서 그런 말이 나오는 거야."

주방 입구에 서 있던 설영은 티격태격하는 대화 소리에 고개를 돌렸다. 상호가 하영을 따라 2층 계단을 내려오고 있었다.

"저 자식 별명이 괴물이야. 남들보다 회복력이 두 배는 빠르니 걱정할 것 없어. 저 자식도 그거 하나 믿고 저러는 거니까, 제발 나 좀 그만 괴롭혀."

상호는 냉장고에 넣어 둔 생수를 꺼냈다. 그러고는 식탁 테이블에 걸터앉아 캔 맥주를 홀짝거리고 있는 민호를 향해 가볍게 혀를 찼다.

"고삐리 주제에, 이제는 하다 하다 나하고 맞술이라도 하자는 거냐?"

"미성년자한테 술도 팔면서, 새삼 유세는."

억울하지만 틀린 말도 아니었다. 정곡을 찔린 상호가 적당한 변명거리를 찾느라 저자세로 말까지 더듬거렸다.

"야, 인마. 그건…… 요즘 애들은 워낙 성숙해서…… 성형수술이라도 해 봐. 조상님도 못 알아볼걸. 그걸 빌미로 가짜 신분증 가져와서 성형 전이라고 우겨 봐라. 그러려니 하고 넘어가는 수밖에 달리 도리가 없다니까."

"김민호, 그만해. 어른한테 계속 싸가지 없이 굴어라."

퍽. 설영은 민호의 옆을 지나치며 뒤통수로 손을 날렸다.

"이씨, 툭하면 폭력이야. 인간답게 말로 해도 되잖아?"

캔을 기울이다 날벼락을 맞은 민호가 얼굴로 쏟아진 맥주를 손으로 털어 내며 신경질을 부렸다. 설영은 눈 하나 깜짝하지 않고, 그대로 맥주 캔을 빼앗아 싱크대로 가져갔다.

"인간답게 대해 줘? 그럼 버릇없이 군 것부터 사과해."

"내가 왜?"

"몰라서 물어?"

"됐다, 그래. 차라리 그냥 맞고 말지. 그래도 뒤통수는 건드리지 마라."

식탁 테이블에는 하영이 사 온 치킨과 피자 박스가 펼쳐져 있었다. 주방으로 들어온 하영은 닭 다리와 피자 조각부터 양손에 하나씩 들었다. 그러고는 주방 입구에서 가장 가까운 의자를 발로 끌어당겼다.

"사나이 자존심이 뒤통수에 붙어 있는 줄은 오늘 처음 알았네. 나도 앞으로 후배들 기강 잡으려면 뒤통수부터 접수해야겠는데."

"아서라. 배울 것을 배워. 저게 하루 이틀 때려 본 솜씨가 아니다."

너스레를 떨며 하영의 맞은편에 앉으려는 상호를 목표로 민호가 발을 뻗었다. 긴 다리에 툭 하고 차인 의자가 멀찍이 밀려나며 상호가 바닥에 엉덩방아를 찧었다.

"야, 인마. 이 쥐방울만 한 놈을 그냥……."

"자리도 비좁은데 은근슬쩍 어딜 끼어들어요? 아저씨가 여기 앉으면 그림이 안 나오잖아요."

상호의 숨소리가 거칠어진다 싶더니 목울대가 한 번 꿈틀하고 움직였다. 꼴통 자식을 살살 구슬리고 달래서 태상이한테서 빼내 간 물건이 무엇인지 알아내자고 말한 사람이 바로 자신이라는 사실에 생각이 미쳤다. 고민에 잠긴 두툼한 입가에 금세 미소 비슷한 것이 드리워졌다.

"좋은 생각이다. 내가 끼어 앉으면 그림이 이상하겠지? 고삐리들끼리 사이좋게 이쪽으로 앉아. 뭐 마실래? 학교 선생님도 있는데 맥주는 그렇고, 대신 시원한 콜라는 어때?"

"아저씨, 뭐 잘못 먹었어요? 갑자기 우리 집에 아쉬운 소리라도 해야 할 일 생각났어요?"

민호가 눈을 가늘게 떴다.

"김민호!"

"그렇잖아. 이런 저자세로 나올 때는 뻔한 거 아냐? 내가 이런 사람들 한두 번 겪어 본 줄 알아."

"뻔하기는 뭐가 뻔해? 너야말로 계속 이렇게 사사건건 딴죽 걸어가며 뻔하게 나올래?"

설영이 민호를 노려보는 눈초리가 예사롭지 않았다. 금방이라도 한 대 칠 것 같은 분위기에 민호가 다급하게 뒤통수를 손으로 감싸 쥐었다.

"뒤통수는 안 된다고 경고했다. 그냥 말로 하자고, 말로."

"싸가지 없이 굴면 가만 안 둔다고, 나도 분명히 경고했다."

"서열 정리 하나는 확실하네. 류설영, 넌 도대체 정체가 뭐냐? 뭔데 다들 이렇게 너한테 꼼짝을 못 해? 눈에 안 보이는 특별한 주술이라도 쓰는 거냐? 하영이 네가 보기에는 어때?"

상호의 빈정대는 발언을 무시하고 설영은 주전자에 물을 받아 가스레인지에 올렸다.

"겉으로 봐서는 모르겠지만, 보통 깡이 센 게 아니다. 나를 처음 만난 날도 쫄기는커녕, 지루해 죽겠다는 표정이더라니깐. 그것뿐이면 다행이게. 주먹까지 쎄요. 멀쩡한 사내놈들이 저 작은 주먹에 맞고 코피까지 흘리며 나가떨어지더라. 믿어져?"

"적당히 좀 하시죠."

싸늘한 경고에도 상호는 건들건들, 주먹을 쥐고 잽을 날리는 모션을 취하며 그녀의 주위를 맴돌았다.

"봤지? 나한테 눈 똑바로 뜨고 대드는 거. 더 놀라운 게 뭔지 알아? 그 선생에 그 제자라고, 여자애가 배에 복근까지 있더라니까. 맷집 하나는 끝내주겠어."

흥분한 민호가 씩씩대며 콧김을 뿜어 댔다. 당장에라도 상호에게 덤벼들 것 같은 민호에게 가만히 있으라는 사인을 보내는 설영의 눈앞으로 주먹이 스쳐 갔다. 무시하자, 무시하자. 어금니를 지그시 깨물며 참고 있던 설영이 폭발한 것은 복부를 톡톡 건드리던 상호가 장난처럼 한 손으로 멱살을 잡았을 때였다.

"이 양반이 진짜……. 가만히 있으니 내가 졸로 보여요?"

화가 치솟은 설영이 멱살을 잡은 손의 손날을 잡아 돌리고는 그대로 팔꿈치를 뒤틀었다. 상호는 기다렸다는 듯이 꺾인 팔과 설영을 번갈아 가리켰다.

"봤지? 얘가 이래요. 이렇게 드세서 어디 시집이나 가겠냐?"

"남이야 시집을 가든, 평생 혼자 살든 아저씨랑 무슨 상관이에요?"

"왜 상관이 없어. 설마 너 어쭙잖게 독신주의니, 뭐니 그따위 생각을 하는 것은 아니지? 누구 속 터져 죽는 꼴 보고 싶지 않으면 지금부터라도 마음 바꿔 먹는 게 좋을 거다."

"내가 무슨 생각을 하든 도대체……. 말을 말자. 내 입만 피곤하지."

짜증이 난 설영이 잡고 있던 상호의 몸을 앞으로 밀어 냈다. 말도 안 되는 억지소리에 일일이 맞대응을 한 자신이 한심하게 느껴지는 순간이었다. 여전히 뒤에서 알짱거리는 상호를 무시하고 설영은 싱크대 서랍장 맨 위 칸에 진열된 컵라면을 향해 팔을 뻗었다.

"먹을 거 많은데 컵라면이 뭐냐? 하영이가 초밥 정식을 사 올까 하다, 고딩 입맛 생각해서 피자랑 치킨을 사 왔다는데. 너도 사 온 사람 정성을 생각해서……."

뒤로 다가온 상호가 짧은 신체에 비해 유난히 긴 팔을 이용해 설영이 먼저 잡은 컵라면을 빼앗다시피 가로챘다. 의도치 않게 작은 실랑이가 이어지고, 고개를 뒤로 젖힌 설영의 뒷머리가 상호의 입술에 부딪쳤다.

"아얏! 너 이거 완전 의도적인 거지?"

설영은 바지 뒤춤에서 느껴지는 작은 진동을 의식하며 그저 고개를 가로저었다. 진짜 마음 같아서는 얄미운 말만 해 대는 입술을 한 대 치고 싶었다.

"김민호, 들었지? 컵라면 대신 앞에 있는 피자 먹어."

"싫어, 나는 원래 근본 없는 피자는 안 먹어."

"쯧쯧, 누가 부잣집 아들 아니랄까 봐 생색은. 시골 동네에서 무슨 근본 있는 피자를 찾아? 이것도 바쁜 우리 의사 선생님이 니들 입맛……."

"그냥 처먹어."

끝도 없이 늘어질 것 같던 수다가 뚝 하고 끊겼다. 기가 막힌지 입술을 굳게 다물고 있던 상호가 설영이 가스레인지에 올려 두었던 주전자의 물을 싱크대에 쏟아붓고 나서야 다시 입을 열었다.

"너 지금 나 들으라고……. 윽윽."

또다시 상호의 수다가 중간에서 뚝 하고 끊겼다. 눈가를 구긴 상호가 설영이 막무가내로 집어넣은 닭 다리 한 조각을 물고 가슴 앞으로 팔짱을 꼈다.

"제가 마음에 안 든다는 것은 충분히 접수했으니 이제 그만하시죠. 나도 이 상황이 그리 썩 마음에 드는 것은 아니거든요. 이번 일만 마무리되면 아저씨 눈앞에서 영원히 사라져 드릴 테니 조금만 참으세요."

"진짜야? 어디로 사라질 건데?"

큼지막했던 닭 다리가 순식간에 뼈만 발라져 나오는 것을 신기하게 바라보는데, 상호가 급하게 말을 이어 갔다.

"어디로든요."

"진짜 유학 갈 거냐? 걔 집에서 같이 유학 가래? 가면 얼마나 있을 건데?"

길게 찢어진 눈을 부릅뜨고 따지고 드는 상호를 무시하고 설영은 핸드폰의 문자 메시지를 확인했다.

"아저씨, 혹시 류설영한테 관심 있어? 류설영이 유학을 가든, 가서 얼마를 있든 그게 아저씨랑 무슨 상관이야?"

"물어도 못 봐? 그리고 내가 왜 아저씨야? 둘이 짜기라도 한 것처럼 말끝마다 아저씨, 아저씨……. 나 아직 순결한 총각이거든?"

"세상에 순결한 총각들이 다 얼어 죽었나 보다."

조용히 손에 든 음식을 먹어 치우는 것에만 집중하던 하영이 한마디 끼어들며 냉장고에서 맥주 캔을 꺼냈다.

"누구 맥주 마실 사람?"

"이하영, 너는 내일 아침 일찍 수술 스케줄 있다면서 술 마셔도 돼?"

"목만 축일 거야. 그런데 설영이 보기와는 다르네. 보기에는 여리여리 말라 보이는데, 상호 오빠를 꼼짝 못하게 제압하는 솜씨가 제법이다. 같은 여자가 보기에도 멋있어."

"이하영, 맥주는 마시지도 않았는데 벌써 취했어? 내가 저 꼬맹이한테 제압당한 걸로 보여? 피라미들을 상대로 힘자랑할 일 있냐? 게다가 최강한이 두 눈 시퍼렇게 뜨고 있는데, 언감생심 류설영 몸에 스크래치 하나라도 내 봐라. 그날로 바로 전치 삼 주는 예상해야 할 거다."

"그 정도야?"

하영이 애써 아무렇지 않은 얼굴로 맥주를 한입 들이켰다.

"모르는 소리 하지도 마. 저 자식 성격에 자기 거다 싶으면……."

"무슨 헛소리야?"

자기 거라는 단어가 품고 있는 뉘앙스에 민호가 예민하게 발끈했다. 뒤늦게 자신이 한 말의 의미를 깨닫고 '아차' 하는 상호의 반응이 오히려 상황을 어색하게 몰고 갔다.

"누가 감히 류설영을 건드려? 건들기만 해, 내가 절대 가만 안 둬."

"당연하지. 내가 하려던 말이 바로 그거야. 선생이든 친구든, 내 편이다 싶으면 반드시 보호해야 한다, 뭐 이런 뜻이었어. 내 말뜻 이해하지?"

"보호는 무슨, 절제 안 되는 그 입술이나 소중하게 보호하시죠."

기름기로 번들거리는 상호의 입술을 노려보며 설영이 거실을 향해 걸음을 옮겼다. 뒤따라 나오려는 민호의 앞을 상호가 가로막았다.

"어디 가는데?"

"그러는 너야말로 어디를 따라가려고? 생사 확인만 하면 얌전하게 집으로 돌아간다고 약속했어, 안 했어? 돌아가는 차 안에서 배고프다고 징징거리지 말고, 눈앞에 먹을 거 있을 때 빨리 먹어."

"누가 징징거린다고 그래요. 필요 없어요. 분명히 말하지만, 나는 류설영 데리러 온 거예요. 서울로 돌아갈 차편은 내가 알아서 구할 거니까, 아저씨나 빨리 사라져요."

"무슨 소리야, 약속이 틀리잖아."

주거니 받거니, 티격태격하는 두 사람을 남겨 두고 설영은 재빨리 주방을 빠져나왔다. 처음으로 받은 박유나의 문자 메시지가 그녀의 걸음을 재촉하고 있었다. 무슨 일로 연락을 했을까. 밑도 끝도 없이 어디냐고 따져 묻는 듯한 말투가 어딘가 유나답지 않았다.

"왜들 저리 시끄러워?"

"새삼스럽게 뭘요. 선생님 친구분이 한순간이라도 안 시끄러웠던 적이 있었어요?"

계단을 내려오던 강한이 층계참에 서 있는 설영과 마주 보는 위치에 섰다.

"맞는 말이긴 한데. 왠지 말에 뾰족한 가시가 느껴진다. 형이 또 뭐라고 했어?"

강한에게서는 미세하게나마 소독약 냄새가 남아 있었다. 셔츠에 가려 보이지 않는 상처 자리를 힐끗 내려다보며 설영은 시선을 내리떴다.

"이 작은 머릿속에서 뭔가가 복잡하게 돌아가고 있는 모양인데……."

"……."

"물어본다고 선선히 대답해 줄 너도 아니고."

머리에 얹어진 손의 무게에 설영이 가만히 고개를 한쪽으로 기울였다.

"자기 몸 학대가 취미는 아니죠?"

"화제를 돌리는 것을 보니 진짜 뭔가 꿍꿍이가 있는 모양인데."

"진짜 궁금해서 물어보는 거예요."

"피학적인 취미는 없으니 걱정 붙들어 둬. 그리고 잔소리라면 이미 귀 아프게 들었으니, 너까지 갈구지는 말자. 대답해 봐, 사고 칠 생각은 아니지?"

천연덕스럽게 웃는 강한의 미소는 친근했다. 그 친근함에도 가려지지 않는 예리함을 피하려는 설영의 이마에 작은 땀방울이 맺혀 있었다.

"식은땀 나는 것 같은데…… 열 있어? 비 맞아서 감기 들었나?"

"그 정도로 약골은 아니에요. 실내에서 후드티를 껴입었더니 더워서 그럴 거예요. 옷 갈아입으러 방에 가려던 참이었어요."

굳은살이 박인 손바닥이 이마에 닿기도 전에 설영은 두 계단을 성큼 올라갔다.

"또, 또…… 까칠하게 나온다. 열 있나 체크만 할 거야."

"됐어요. 버젓이 의사 선생님이 있는데, 내가 왜 돌팔이 선생님한테 검진을 받아요. 본인 몸 상태를 봐요. 선생님은 그쪽으로는 한참 자격 미달이에요."

"이렇게 나온다 이거지."

언제든 손만 뻗으면 닿을 수 있는 거리였다. 금방이라도 뛰어 올라올 것 같던 강한이 시끄러운 주방을 한 번 돌아보고는 미간을 찡그렸다.

"뭔가 사고 칠 것 같은 얼굴인데……. 지금은 급하게 상대해야 할 사람들이 대기하고 있어서 이쯤에서 물러선다. 빨리 내려와. 상호 형이 본격적으로 먹기 시작하면 냉장고 거덜 나는 것은 시간문제니까."

"저는 신경 쓰지 마세요."

"신경 쓰여, 그것도 무지."

단호한 말투는 내려오지 않으면 반드시 찾으러 올라가겠다고 말하고 있었다. 어쩔 수 없이 동의한다는 의미로 고개를 끄덕이며 설영은 눈꺼풀을 천천히 감았다 떴다. 강한의 말대로 감기라도 걸린 건지 뜨거운 열기가 눈가로 몰려드는 기분이었다. 열기로 붉어진 눈동자를 들키지 않기 위해 설영은 일부러 밝은 미소를 지었다.

"알았어요. 최대한 빨리 내려갈게요."

"고분고분하니 더 이상한데……."

"이래도 시비고, 저래도 시비고. 어느 장단에 맞춰 춤을 추라는 거예요?"

"장단에 맞춰 춤까지 추는 것은 바라지도 않는다. 불안하니까, 내가 보이는 곳에 있어."

주방에서 들리는 소리가 커질수록 귀찮다는 내색을 숨기지 않는 강한의 머리 위에서 설영은 손가락으로 원을 그렸다. 그러고는 손가락의 방향에 따라 고개를 돌리는 강한을 힘껏 떠밀었다.

"어린애 취급은 여기까지. 냉장고 거덜 나기 전에 빨리 가 보셔야죠."

등이 떠밀리자 강한이 크게 소리 내어 웃었다. 공기를 가르는 기분 좋은 울림에 설영은 괜스레 가슴이 뭉클했다. 어디서든 그녀를 지켜 줄 것 같은 든든함. 강한에게 보호받고 있다는 사실에 가슴 안쪽으로 따뜻한 기운이 퍼져 나갔다. 그의 시선 아래 머무르고 싶다는 약한 마음을 다잡으며 설영은 2층 계단을 뛰어 올라갔다.

♦ ♦ ♦

두두둑, 두두둑. 굵은 빗줄기가 얇은 컨테이너 조립식 건물의 천장을 뚫을 기세로 쏟아져 내렸다. 설영은 열 때문인지 뻑뻑해진 눈을 손바닥으로 눌렀다.

"다 나 때문이야. 끅, 좀 더 조심했어야 했는데……. 끅, 이러다 민호에게까지 무슨 일이 생기는 것은 아니겠지?"

겁에 질려 딸꾹질을 멈추지 않는 유나의 등을 토닥이며 설영은 컨테이너 조립식 건물의 실내를 둘러보았다. 건축 현장에 임시로 지어 놓은 사무실 같았다. 그들이 앉아 있는 낡은 가죽의자 주위를 긴장한 남자들이 둘러싸고 있고, 실내의 안쪽에는 태상이 철제 책상에 기대고 서서 누군가와 통화를 나누고 있는 중이었다. 가끔 신경질적으로 책상을 주먹으로 내려치는 모습에서 대화가 뜻대로 풀리지 않는다는 것을 짐작할 뿐이었다.

"걱정하지 마. 아무 일도 없을 거야."

"미안해, 곡. 나 때문에 너까지 이런 일을 겪게 해서."

"민호가 사고 친 건데, 네가 왜? 다 잘될 거야."

"미안해, 다 나 때문이야."

자신의 핸드폰으로 걸려 온 연락을 받고 끌려온 설영에게 유나는 미안하다며 울먹거렸다.

"계집애들치고는 눈물 나는 우정이네."

서로를 다독이는 그들을 내려다보며 누군가 비아냥거렸다. 설영은 그 남자의 비아냥거림을 무시했다. 대신 그 남자 옆에 서서 담배를 피우는 연한 갈색 머리 남자를 노려보았다.

"뭘 봐? 야, 너도 거슬리니까 딸꾹질하지 마."

막상 큰소리를 치지만 남자의 말투에 힘이 빠져 있었다. 잡아먹을 듯이 노려보는 설영의 기세에 남자는 슬그머니 담배를 바닥에 비벼 껐다.

"의외의 장소에서 만났네요. 그렇지 않아도 서울로 돌아가면 클럽을 한번 뒤져 볼까 했었는데."

못 들은 척, 고개를 돌리는 남자의 얼굴 군데군데 보라색 멍 자국이 남아 있었다.

"뭐냐, 니들. 서울에서 만난 적 있어?"

설영의 시선을 의식해서인지 멍든 부위를 손으로 가리며 남자가 태상의 눈치를 살폈다.

"아닙니다."

태상의 질문에 거짓으로 대답하는 남자에게 설영은 도전적으로 아래턱을 내밀었다.

"모르는 척하고 싶은 모양인데, 지금은 그렇다고 해 두죠. 그래도 우리 나중에 한번은 꼭 보죠."

"설영아, 무슨 일이야?"

"별건 아냐. 내가 저 남자한테 갚아 줘야 할 게 있어서."

강한이 입은 상처를 떠올리는 설영의 눈빛이 분노로 일렁거렸다.

"얘들이 뭐라는 거야? 야, 너 똑바로 말해. 저 기집애 알아, 몰라?"

"아, 그게…… 안다기보다는, 어쩌다 한 번 불편한 상황에서 마주친 적이 있다고 하는 편이 맞는 것도 같고……."

"사내자식이 기면 기고, 아니면 아닌 거지, 무슨 말을 빙빙 돌려?"

태상이 바닥에 놓여 있던 쓰레기통을 신경질적으로 차자, 쓰레기통이 설영의 발밑까지 미끄러져 왔다.

"가만, 그러고 보니 얼마 전에 비리비리한 놈들이 클럽 뒷골목에서 최강한이랑 붙어서 일방적으로 당했다고 하던데, 설마 그게 니들이냐?"

"아, 그게 일방적으로 당한 것은 아니고…… 상대가 워낙 유단자라……. 같이 있던 여자애도 보통이 아니고……."

"저런 빙신 새끼. 여자애한테 맞은 게 자랑이다. 누가 이런 덜떨어진 놈들을 데려왔어?"

어물거리는 대답이 나오자 태상이 유나의 뒤에 서 있는 남자에게 소리를 질렀다. 설영도 클럽에서 본 적이 있던 남자였다.

"죄송합니다. 급한 대로 얼굴이 알려지지 않은 애들로 찾다 보니……."

"그런다고 저런 병신 같은 놈들을 데려와? 지금 돌아가는 상황을 몰라서 이따위로 일을 처리해?"

"이쪽 근방 지리를 잘 아는 자이기도 하고 해서……."

"무슨 변명이 그리 많아?"

"죄송합니다."

화를 참지 못한 태상이 주위를 두리번거렸다. 던질 것을 찾고 있다는 직감에 설영의 눈길이 철제 책상 위에 놓인 크리스털 재떨이로 향했다. 설영은 본능적으로 발밑에 나뒹굴고 있는 쓰레기통으로 손을 뻗었다. 보기에도 묵직해 보이는 재떨이를 태상이 있는 힘껏 던졌다. 역시나 무게를 이기지 못한 재떨이는 목표점을 벗어나 설영이 앉아 있는 방향을 향해 날아들었다.

퉁, 퍽! 아슬아슬하게 쓰레기통의 모서리에 맞은 재떨이가 튕겨져 나가면서 설영의 이마를 한 번 스치고는 바닥으로 떨어졌다. 재떨이에 맞은 부위가 금세 부어오르는 것을 확인한 설영은 가장 먼저 강한을 떠올렸다. 한 소리 듣게 생겼다는 생각에 아픔보다는 짜증이 먼저 올라왔다.

"생각보다 팔 힘이 없네."

중얼대는 말투에는 재떨이가 목표물을 비켜나 아래로 떨어진 것에 대한 불만이 배어 있었다. 태상이 꿈틀하고 눈썹을 추켜올렸다. 창백한 얼굴을 하고 있어서 겁에 질려 있는 거라고 착각했던 모양인지, 예상치 못했던 순발력과 배짱에 호기심을 감추지 않았다.

"여전하네, 깡다구. 게다가 주먹까지 쓰신다?"

비열한 눈길이 설영에게 머물자, 유나가 몸을 앞으로 내밀어 태상의 시선으로부터 설영을 보호했다. 놀랐는지 딸꾹질도 멈춰 있었다.

"내 친구 건드리지 말아요. 우리한테 무슨 일이 생기면, 우리 아빠가 절대로 당신……."

"박유나."

친아버지를 언급하는 유나의 손을 설영이 다급하게 잡았다. 설영을 돕기 위한 용기는 가상했지만, 유나와 의원님의 관계가 알려지면 오히려 태상에게 미끼를 물려 주는 꼴이었다.

"괜찮을 거야. 민호가 가져간 물건을 가지고 온다고 했으니까, 오래

안 걸려."

힘주어 쥐고 있는 손의 의미를 유나가 빠르게 이해했다. 고개를 몇 번 주억거리던 유나가 설영의 이마에 손을 갖다 댔다. 걱정을 담은 눈에는 눈물이 그렁그렁하게 맺혀 있었다.

"여기가 많이 부었어. 멍들면……. 가만, 이마가 뜨거워. 언제부터 이랬어?"

"그러게. 으슬으슬 추운 게 열은 좀 나는 것 같아."

"내 가방에 진통제가 있을 텐데. 우선은 그거라도 먹자. 열 내리는 데 도움이 될 거야."

아픈 설영을 위해 유나가 대담해졌다. 태상을 향해 눈초리를 길게 치켜뜬 눈 모양이 화가 난 민호를 연상시켰다.

"이봐요, 내 가방 어딨어요? 핸드폰 뺏어 갔으면 됐잖아요. 내 가방은 돌려줘요."

"니 가방을 왜 나한테서 찾아?"

"당신이 저 남자 시켜서 내 가방 가져갔잖아요."

앙칼지게 대들지만, 교복을 입은 유나의 어깨는 눈에 띄게 떨리고 있었다. 신경질적으로 변해 가는 태상의 표정을 살피며 설영이 유나의 어깨에 손을 올렸다. 그들을 이런 먼 곳까지 납치해서 민호를 찾는 것을 보면 뭔가 일이 크게 잘못된 것이 분명했다. 더구나 실력도 없는 패거리들을 얼굴이 알려지지 않았다는 이유로 끌어들인 것을 보면 누군가에게 쫓기고 있는 상황이 틀림없었다. 이런 상황에서 태상의 불편한 심기를 자극하는 것은 좋지 않았다.

"그럴 것 없어. 어차피 민호만 오면……."

설영이 미처 말을 끝맺기도 전에 임시 건물의 출입문이 벌컥 하고 열렸다. 태상이 유나 앞으로 가까이 다가서던 참이었다. 비에 젖은 흙냄새와 함께 등이 떠밀린 민호가 안으로 들어섰다.

"우리 도련님이 드디어 어려운 걸음 하셨네."

"그 애 털끝 하나만 건드려. 절대 가만 안 둬."

"이런 상황에서도 분위기 파악 못 하고 철없이 구는 것은 여전하시고."

태상이 이죽거리며 손을 앞으로 내밀었다. 민호와 설영의 시선이 마주쳤다. 설영이 고개를 한 번 끄덕이자, 민호의 손에 들린 핸드폰이 포물선 모양으로 날아갔다.

"진즉에 알아서 찾아왔으면 좋았잖아, 번거롭게 일 벌이기 전에 말이야."

전원을 켜고 수신 상태를 확인한 태상이 만족스럽게 한쪽 입가를 끌어 올렸다. 그러고는 곧바로 핸드폰의 뒷면에서 메모리 칩을 꺼내 재킷 안쪽에 집어넣었다. 핸드폰은 구둣발로 짓이겨 망가뜨리고는 신경질적으로 구석으로 차 버렸다. 그 모습에 설영은 안도의 한숨을 내쉬었다. 그나마 다행이었다. 아마도 태상이 절실히 원했던 것은 핸드폰이 아닌 메모리 칩 안에 저장된 내용물인 듯했다.

"이제 우리는 가도 되죠?"

"좋아. 니들 둘은 가도 좋아. 하지만 류설영은 나랑 같이 좀 있어 줘야겠다."

"그게 무슨 개 같은 소리야?"

태상이 설영을 손가락으로 지목하자, 민호가 펄쩍 뛰었다.

"내가 남으면 되잖아. 그러니까 저 애는 그냥 보내 줘."

"그건 곤란하지. 귀한 도련님 몸에 흠집이라도 생기게 되면, 그 후 폭풍을 누구보고 감당하라고. 얌전히 보내 줄 때 꺼지는 게 좋을 거다. 나야 막무가내 도련님보다는 말귀 통하는 저 애가 훨씬 낫지. 최강한이랑 어떻게 엮인 사이인지도 알아볼 겸 말이야."

설영이 미처 말리기도 전에 민호가 뛰어들었다. 눈앞에 건장한 민호가 달려드는데도 태상은 눈썹 하나 꿈쩍하지 않았다. 애초에 피할 생각조차 없어 보였다.

"이런 양아치 새끼가……."

거침없이 휘두르는 주먹이 태상의 턱 밑까지 다가갔다 싶은 순간에 주변을 경계하던 남자들이 민호를 제지했다.

"느려 터진 멍청이들 같으니라고. 몸놀림이 그렇게 둔해서 맡은 일을 제대로 할 수 있겠어? 그러니 저런 어린놈한테 양아치 소리나 듣고 사는 거 아냐."

"누가 누구보고 양아치래? 진짜 양아치가 누군데?"

민호의 조소에 태상의 유들거리던 눈빛이 한순간에 독기를 품었다.

"어린놈이 생각보다 하고 싶은 말이 많은 모양인데. 생각 없이 떠벌리는 말에 지 친구 명줄이 왔다 갔다 하는지도 모르고 말이야."

"무슨 말도 안 되는 개소리야? 그따위 협박이 통할 줄 알아? 비겁하게 힘없는 여자애들이나 위협할 생각 말고, 나랑 상대해. 나는 하나도 겁 안 나."

양팔이 뒤로 꺾인 채로 몸을 비틀어 대던 민호가 설영이 태상의 뒤에 서는 것을 보고서야 움직임을 멈췄다.

"류설영, 뭐 하자는 거야?"

"보면 몰라? 너는 어떨지 몰라도 나는 충분히 겁먹었어. 그러니까 유나 데리고 여기서 나가."

"그게 말이 돼?"

"내 말 들어. 일 더 복잡하게 만들지 말고 제발 가."

"너는, 진짜……. 우길 걸 우겨."

말도 안 되는 소리라고 펄쩍 뛰지만, 겁에 질려 금방이라도 쓰러질 것 같은 유나가 어깨까지 들썩이며 울고 있는 모습에 민호의 눈빛이 흔들리고 있었다.

"부탁이니까, 유나 데리고 가."

"너를 어디로 데려갈지 알고?"

"그건 나중에 생각할 거야."

의연하게 대답하지만, 불안으로 설영의 심장은 요동치고 있었다. 부디 민호가 어딘가에 흔적을 남겨 뒀어야 하는데. 일찍 잠자리에 든 것처럼 강한을 속이고 별장을 빠져나온 설영은 서울로 돌아가던 민호에게 상호를 따돌리고 오라는 메시지를 전했다. 유나를 볼모로 잡고, 별장 주위에서 대기하고 있다는 태상의 연락에 다른 선택은 없었다. 그럼에도 혹시나 강한이 그들을 찾으러 와 주지 않을까 희망의 끈을 놓지 않고 있었다.

"설마 바다 건너기야 하겠어."

남자들에 에워싸여 사무실 밖으로 끌려 나가는 유나와 민호를 바라보며 설영은 힘없이 중얼거렸다. 습한 공기와 함께 밀려드는 바다 냄새를 통해 그들이 머무는 곳이 항구 도시라는 것을 의식하고 있었다.

"가려고 마음만 먹는다면, 어디든 못 가겠어?"

"하지만 당장은 여권도 없고……."

최악의 시나리오를 머릿속에 그려 보는 설영의 얼굴이 불안으로 흐려졌다.

"여권? 그깟 서류 쪼가리 없다고 발목이 묶여서는 안 되지. 숨바꼭질 좋아하지?"

"전혀요. 그건 유치원생들이나 좋아하는 놀이죠."

"모르는 소리. 그건 네가 제대로 안 놀아 봐서 그래. 머리카락 한 올 안 보이게 꼭꼭 숨겨 놓으면, 찾는 사람은 얼마나 애가 타는데."

태상이 손가락으로 설영의 머리카락을 잡아당겼다. 벗어나려 뒷걸음치는 설영의 뒷목을 손바닥으로 감싸 쥐었다.

"그렇다고 너무 쫄지는 말고. 고분고분 말만 잘 들으면 집으로 고이 돌려보내 준다고 약속하지. 내 말 알아들었지?"

맨살이 닿는 느낌에 소름이 돋았다. 설영은 가만히 고개를 끄덕였다. 충분히 겁에 질렸다는 모습으로 태상을 안심시킬 필요가 있었다. 겁에 질린 것도 사실이었다. 그럼에도 혼자라면 어떻게든 도망칠 방법을 찾을 수 있을 거라 스스로를 다독였다.

“이제 그럼 최강한이 너를 찾기 위해 어디까지 쫓아올지 한번 알아볼까?”

같은 시각, 강한은 비에 젖은 해안도로를 무시무시한 속력으로 달리고 있었다. 새벽이라는 시간적 제약과 악천후 때문인지 도로는 텅 비어 있었다.

— 중국 투자자들까지 끌어들여 무모하게 부동산을 사들이다 문제가 터진 것 같습니다. 정부에서 경제자유지역으로 지정한 도시 두 곳 외에 추가로 개발을 추진하려던 계획을 철회한다는 발표가 나고, 미국 기업이 발을 빼려 한다는 소문입니다.

“대진미디어 쪽 반응은?”

— 아직까지는 별다른 움직임은 없습니다. 다만 문제는 윤태상이 현 시세의 두 배 가까이 주고 사들인 부동산이 투자 가치가 없을지도 모른다는 소문이 나면서 중국 투자자들이 그를 압박하고 있다는 겁니다. 말이 투자자지 사실 중국 흑사회 소속으로 제주도를 거점으로 마약 유통이나 불법 성형, 외국인을 상대로 하는 사금융 등을 통해 활로를 넓히고 있는 위험한 자들입니다.

“그래서 지금 태상이는 어디로 도망치겠다는 거야?”

여전히 냉철한 목소리를 유지하고 있지만 신경질적으로 핸들을 꺾는 모습에서 강한의 초조함이 묻어났다.

— 외국 배들이 자주 드나드는 평택으로 피신한 것으로 봐서는 아마도 배를 이용해서 밀항을 시도하든지, 아니면 어디 섬에라도 가서 시간을 벌 생각인 것 같습니다.

“시간을 벌 수만 있다면 그동안 힘 있는 자들 뒷일 봐주면서 엮어 놓은 인맥이 있으니 약점이든 비리든, 이용할 수 있는 모든 수단과 방법을 동원해서 살아날 방법을 모색하겠지. 문제는…….”

잔인하기로 소문난 흑사회 조직에 붙잡혔을 때 설영의 안전도 보장받을 수 없다는 사실이었다. 돈이 되는 일이라면 살인도, 인신매매도 거리낌 없이 자행할 수 있는 자들이었다. 그래서 무슨 일이 있더라도 그들보다 먼저 태상이 숨어 있는 곳을 알아내야만 했다.

— 알고 있습니다. 사람을 풀어 근방을 샅샅이 뒤지라고 했으니, 곧 윤태상이 숨어 있는 곳을 찾을 수 있을 겁니다.

남철이 확신에 찬 말투로 강한의 다음 말을 대신했다. 설영의 안전을 염려하는 그의 걱정을 덜어 주기 위함이었다. 그럼에도 미친 듯이 뛰고 있는 강한의 심장은 진정될 기미가 없었다.

어쩌다 설영이 몰래 빠져나가는 것을 눈치채지 못했을까. 상호와 함께 서울로 올라가던 민호가 사라졌다는 연락을 받고 설영의 방문을 열어 본 순간 제대로 뒤통수를 맞은 기분이었다. 피곤해서 먼저 자겠다던 설영의 침대는 누운 흔적조차 없이 말끔했다.

그때 느꼈던 감정을 떠올리자, 다시금 등줄기로 싸늘한 한기가 흘렀다. 설영이 그의 시야에서 사라졌다는 상실감, 어두운 뒷골목에서 맞고 쓰러지던 설영의 모습을 떠올리며 느껴야만 했던 분노와 두려움, 오만 가지 감정이 한꺼번에 밀려들며 그가 설영에게 가지고 있던 감정의 실체가 확연하게 손에 잡히는 순간이었다.

“흑사회 놈들이 찾기 전에 반드시 우리가 먼저 찾아야 해. 뒤를 신경 쓰는 녀석이니 누군가를 대동해서 움직일 거야. 시커먼 덩치들이 모여 있으면 어떻게든 눈에 띄겠지.”

— 아무래도 아래쪽 애들을 고용한 것 같습니다. 그중의 한 놈이 며칠 전 길거리에서 선배님과 시비가 붙은 자였습니다. 클럽 뒷골목에서 당한 것을 두 배로 갚아 줬다는 식으로 떠벌리는 말이 윤태상의 귀에까지 들어갔습니다. 그 때문에 선배님이 머무는 별장의 위치가 노

출이 된 것 같습니다.

제기랄, 작은 부주의가 끝내는 화를 불렀다. 시장에서 사내들과 시비가 붙은 이후, 다른 곳으로 이동해야 한다는 본능에 귀를 기울였어야 했다. 단 하루만이라도 쫓기는 기분 없이 설영이 평범하게 지내는 모습을 보고 싶다는 욕심이 이런 어처구니없는 결과를 만들어 냈다.

— 언제쯤 이곳에 도착하실 것 같습니까?

“늦어도 5분 내로 도착할 거야.”

스스로를 책망하는 강한의 목소리가 무겁게 가라앉았다.

— 네, 알겠습니다. 윤태상 측근에 심어 놓은 연락책에서 소식이 오는 대로 또 연락드리겠습니다.

블루투스의 통화 종료 버튼을 누른 후, 강한은 액셀을 밟았다. 속도가 올라가면서 커브길에 미끄러지듯 회전한 자동차는 그대로 빠르게 어둠 속을 내달렸다.

설영이 양 손목을 묶고 있는 가느다란 끈을 이빨로 깨물었다. 공업용 플라스틱 끈은 생각보다 단단해서 이빨로 물어뜯는다고 뜯겨질 것 같지는 않았다. 어선의 내부를 개조해 안락하게 꾸며 놓은 내실 유리창에 두꺼운 커튼이 내려져 있었다. 커튼을 살짝 걷고 밖의 상황을 지켜보던 태상이 구석 바닥에 앉아 있는 설영에게 경고했다.

“꼼지락거리지 말고 가만히 있어.”

“아파요.”

“그러니까, 신경 건드리지 말고 얌전히 있으라고 했잖아.”

목소리에 짜증이 잔뜩 묻어났다. 신경질적인 손짓에 커튼이 아래로 내려가자, 실내로 스며들던 조명 빛이 완벽하게 사라졌다. 칠흑처럼 어두운 실내에선 태상이 어떤 표정을 짓고 있는지 살피기 어려웠다.

"언제까지 이러고 있어야 하는데요?"

"네 몸값이 얼마나 될지 견적을 내고 있는 중이야. 쓸모가 있을지, 없을지……."

배가 출항하기만을 기다리며 낮게 읊조리는 목소리에 여유로움은 찾아보기 어려웠다.

"최강한이 직접 움직이는 것을 보면 분명 뭔가가 있는데 말이지. 그게 뭘까?"

"몸이 안 좋아요. 춥고 열도 나고……."

설영이 일부러 화제를 돌렸다.

"애들이 지껄이는 말과는 달리 학교 밖에서 따로 만나는 사이도 아닌 것 같고, 딱히 남자 홀리는 재주가 있는 것도 아니고, 금수저도 아니라 하고, 여자애가 배짱 좀 넉넉한 것 외에 딱히 봐 줄 만한 것도 없고……."

"……."

"분명 뭐가 있기는 있는데……."

"진짜예요. 오기 전부터 식은땀이 나고 아팠어요."

"엄살 부리지 마. 이게 어디서 되지도 않는 수작질을……. 가만, 너 혹시 유성재단 그 늙은이랑 관련 있는 거냐? 그래서 그 자식이 네 일이라면 물불 안 가리고 나서는 거야?"

"유성고등학교, 유성재단 말이에요?"

질문의 내용을 파악하느라 대답 사이에 공백이 있었다. 그 공백을 다른 의미로 해석한 태상이 이마를 손으로 찰싹하고 때렸다.

"바로 그거였어. 죽을 날 가까워진 늙은이 밑으로 제 발로 기어들어 가더라니……."

확신에 찬 태상이 비웃음을 흘렸다.

"세상 고고한 척은 혼자 다 하더니, 돈 앞에서는 개같이 비굴해지는 것은 그 자식도 매한가지였어."

"……."

"너, 뭐야? 그 늙은이랑 무슨 사이야? 너도 그 집안의 천덕꾸러기 사생아, 뭐 이런 거냐?"

방금 들은 말을 곱씹는 설영의 앞으로 태상이 성큼 다가왔다.

"아니지, 그럼 널 살려 둘 이유가 없잖아. 너만 없으면 그 많은 재산을 혼자 꿀꺽할 수 있을 테니……. 그럼 대체 넌 뭐야?"

고개를 숙이고 있는 설영의 아래턱을 태상이 쥐자 배가 크게 흔들렸다. 몰아치는 비바람에 물결이 거세게 일렁이며 배를 쉼 없이 흔들어 대고 있었다.

"개썅, 이 빌어먹을 배는 도대체 언제 출발하는 거야."

태상의 외침과 동시에 드르륵, 선실의 문이 열렸다. 그러자 어선 위에 켜 놓은 밝은 조명이 내부로 먼저 흘러 들어왔다. 그 뒤로 모습을 드러낸 사람은 클럽에서부터 태상을 보좌하던 젊은 남자였다. 검정 우비를 머리부터 뒤집어쓴 모습이 흡사 저승사자를 연상케 했다.

"이사님, 문제가 생겼습니다. 당장 이동하셔야 할 것 같습니다."

"무슨 개소리야?"

"폭풍주의보로 출항이 금지된 상태로 해경이 출항하려던 어선을 일일이 수색하고 있습니다. 아무래도 누군가를 찾고 있는 것 같습니다."

"제기랄! 해경이 어떻게 알고?"

좁은 선실 구석으로 한걸음에 다가온 남자가 앉아 있던 설영의 팔을 잡고 일으켜 세웠다.

"중국 놈들이 해경을 움직였을 리는 없고, 김민호 집에서 움직인 거야?"

"그건 아닌 것 같습니다."

"그럼 뭐야? 우리가 여기 있다는 걸 누군가 알 리가 없잖아. 설마 최강한한테 들킨 거야?"

태상의 날 선 물음에 조명을 등지고 선 남자가 고개를 숙였다.

"아무래도 어디선가 정보가 새어 나간 것 같습니다, 죄송합니다."

퍽. 구둣발에 인정사정없이 허벅지를 걷어차인 남자가 휘청거렸다. 남자의 과격한 움직임에 팔이 붙잡힌 설영도 고통에 얼굴을 찌푸렸다. 가느다란 끈이 여린 살갗을 파고들었지만, 상처를 살펴볼 여유조차 허락되지 않았다.

"멍청한 자식, 일을 이따위로밖에 못 해?"

"죄송합니다. 서두르셔야 합니다."

남자의 지시에 따라 갑판으로 나오자 굵은 빗줄기가 전신을 휘감았다. 태풍주의보 때문에 선착장에 묶인 배들이 겹겹이 붙어 있었다. 선박들이 파도가 밀려올 때마다 부딪쳐 중심을 잡고 서 있기가 힘이 들었다. 저승사자를 닮은 남자가 어선의 뒤쪽을 향해 먼저 앞장섰다. 따라가는 척 그들과 거리를 넓혀 가던 설영의 팔을 태상이 거칠게 잡아당겼다.

"썅, 죽기 싫으면 잔머리 굴리지 마."

"이쪽입니다, 이사님."

남자가 나란히 정박되어 있는 옆 어선을 가리키며 소리를 질렀다.

"저건 또 뭐야?"

태상이 빗소리에 묻히지 않게 큰 소리로 외치며 어딘가를 가리켰다. 머리 위로 펄럭이는 천막이 거친 바람에 제멋대로 휘날려 설영의 시야를 방해했다. 태상이 번잡스럽게 흔들리는 천막 지지대를 옆으로 쳐 내자, 마침내 탁 트인 선착장이 눈앞에 나타났다.

"씨발, 지금 당장 시동 걸어."

"그건 불가능합니다. 엔진을 개조했다고는 하나 이런 날씨에 배를 띄운다는 것은 위험합니다. 게다가 주변에 해경이 깔려 있는 상황에서, 오히려 집중 타깃이 될 가능성이 높습니다."

"저 새끼들 안 보여? 죽기 싫으면 당장 시동 걸라고……."

조타실로 몸을 돌리려는 태상을 막아서며 남자가 소리를 질렀다.

오고 가는 고성 사이에서 설영의 시선은 선착장을 누비는 익숙한 실루엣을 좇고 있었다. 온몸으로 비를 맞고 누군가를 향해 지시를 내리는 사람은 바로 강한이였다. 생각이라는 것을 할 겨를이 없었다. 강한에게 가야 한다는 일념에 사로잡혀 온몸으로 태상을 힘껏 밀어뜨렸다.

"뭐야, 너."

예상치 못한 공격과 빗물에 젖어 미끄러운 바닥 탓인지 태상이 중심을 잃고 크게 휘청거렸다. 팔이 자유로워짐과 동시에 넘어지지 않기 위해 버둥거리는 그를 남겨 두고 설영은 선착장을 향해 몸을 돌렸다.

"여기예요! 여기예요!"

있는 힘껏 목청을 세워 소리를 지르며 설영은 갑판 뒤쪽으로 뛰어갔다. 비 때문에 앞도 잘 보이지 않는 상황에, 배까지 흔들리니 앞으로 움직이기가 쉽지 않았다. 더구나 손까지 묶여 있어 중심을 잡는 게 배로 어려웠다.

"개썅, 거기 안 서?"

태상의 고함 소리가 바로 뒤에서 들려오는 것만 같았다. 앞만 보고 달리던 설영은 배의 끝머리에 도달해서야 시선을 어두컴컴한 바다로 향했다. 커다란 파도가 몰아칠 때마다 배가 출렁거렸다. 하염없이 쏟아지는 폭우로 갑판이 미끄러워 까닥 잘못했다가는 바다로 빠지기 쉬운 상황이었다. 설영은 서 있는 곳과 닻이 매어져 있는 선착장까지의 거리를 눈으로 가늠해 보았다. 맨몸으로 뛰기에는 턱없이 멀게만 보였다.

"당장 배부터 출발시켜."

태상의 외침에 설영은 고개를 옆으로 돌렸다. 나란히 놓여 있는 선박이 파도에 출렁이며 가까워졌다, 멀어졌다를 반복하고 있었다. 뛰어야 한다.

"류설영!"

빗소리를 뚫고 또렷하게 들리는 음성. 소리가 나는 방향을 좇아 설영이 고개를 들었다. 선착장에서 같은 곳을 향해 달려오는 한 무리의 사람들. 그들의 맨 앞에 강한이 있었다. 시야에 잡히는 형체가 뚜렷해지면서 가슴 안쪽에 야릇한 안도감이 샘솟기 시작했다.

"이게 어디서……."

희망이 설영에게 용기를 북돋아 주려는 찰나였다. 거칠게 어깨가 당겨졌다고 생각한 순간 발밑에 있던 밧줄이 움직였다. 뒤에서부터 팽팽하게 당겨진 밧줄이 그대로 설영의 발목을 뱀처럼 스치고 지나갔다. 간신히 다리를 들어 올려 갈고리처럼 밧줄에 엮여 가는 것은 피했지만, 버둥대던 설영의 다리가 갈 곳을 잃고 그대로 배 밖으로 떨어지려는 순간이었다. 이대로 바다로 추락하는구나. 공포에 사로잡혀 두 눈을 질끈 감은 순간 설영의 허리가 거친 손에 붙들렸다.

"안 돼!"

강한의 절박한 외침에 이어 곧바로 태상의 비꼬는 말투가 귓속을 파고들었다.

"안 돼라……. 과연 그럴까? 왠지 녀석이 말하면 반대로 하고 싶어지는 심보가 있어서 말이야. 아쉽지만 널 보내야 할 때가 온 것 같다. 내가 가질 수 없다면, 놈도 가질 수 없게 만들어야 직성이 풀리는 성격이거든."

허리를 붙들고 있는 팔이 느슨해졌다. 겁에 질려 커다랗게 뜬 눈에 입꼬리를 한껏 추켜올린 태상의 미소가 들어왔다.

"인연이 닿는다면, 또 만나게 되겠지."

시선은 선착장에 둔 채로 태상은 무심히 한마디를 덧붙였다. 그러고는 일말의 가책도 없이 설영을 붙잡고 있던 팔을 거두어 갔다.

"아디오스."

풍덩! 손목이 묶인 그대로, 설영은 바닷물로 떨어졌다. 얼음장같이 차가운 바닷물이 순식간에 온몸을 덮쳤다. 그 순간 짜디짠 소금물이 눈과 코로 거침없이 흘러 들어왔다. 폐까지 밀고 들어오는 바닷물에 숨을 쉴 수도 앞을 내다볼 수도 없었다. 시커먼 물이 커다란 독사처럼 똬리를 틀고, 당장에라도 그녀를 집어삼킬 것만 같았다. 위로 올라가야 해. 탈출구를 찾아 허우적대는 팔다리는 오히려 그녀를 더욱 깊은 바닷속으로 밀어 넣고 있었다.

침착하자, 침착하자. 죽을 것 같은 공포와 싸우며 마지막 이성의 끈을 놓지 않기 위해 설영은 안간힘을 다했다. 어기적대던 팔을 머리 위로 올렸다. 한 방향을 향해 양손을 같이 퍼덕이며 물결을 갈랐다. 그러고는 숨 쉴 곳을 찾아 두 다리를 있는 힘껏 움직였다.

푸아. 간신히 바다 위로 얼굴이 나온 순간 설영은 입 안에 든 바닷물부터 내뿜었다. 다급하게 입으로 맑은 공기를 들이마시는 순간 커다란 파도가 얼굴을 뒤덮었다. 아찔했다. 또다시 검은 물속으로 가라앉으려는 몸을 힘겹게 물 밖으로 내놓았을 때, 이번에는 파도에 떠밀려 온 어선에 머리를 세게 부딪치며 심연의 바닷속으로 가라앉아 갔다.

◆◆◆

"우선…… 고열부터……."

"해열제를 맞았는데 왜……."

"가능성도 배제……. 운이……."

"열은 언제쯤……."

띄엄띄엄 들려오던 낯선 목소리와 더불어 초조함이 묻어나는 음색이 설영의 의식을 깨우고 있었다. 여기는 어디지. 흐릿한 기억을 더듬는 설영의 눈꺼풀이 파르르 떨려 왔다. 눈꺼풀이 천근만근 무거웠다.

"설영아, 정신이 드니?"

무겁게 들어 올린 눈꺼풀 너머로 근심 어린 정 비서의 얼굴이 설영을 내려다보고 있었다. 정 비서 아줌마가 왜 여기에 있지. 환한 불빛에 시린 눈을 몇 번 깜빡이는데, 의사 가운을 입은 나이 든 남자 뒤로 하영의 모습이 보였다.

"설영아, 내가 누군지 알아보겠어?"

정 비서 아줌마라고 대답하고 싶었지만, 목이 타는 것 같은 아픔에 입도 벙긋할 수 없었다. 몸이 물먹은 솜처럼 무겁고 피곤했다. 손가락 하나 까딱할 기력조차 남아 있지 않았다. 간신히 고개를 한 번 끄덕이자, 정 비서가 눈에 띄게 안심했다.

"진짜 큰일 날 뻔했다. 어쩌다 그 멀리까지 간 거야?"

"학생, 여기 좀 볼까요."

침대를 사이에 두고 정 비서의 맞은편에 서 있던 의사가 펜라이트를 들고 설영의 동공을 확인했다. 불안정하게 움직이는 눈동자는 병실 안에 있을 다른 누군가를 찾고 있었다.

"설영아, 여기 병원이야. 민호는 잘 있으니 걱정 말고, 네 몸부터 추슬러. 온몸이 불덩이다. 손목에 난 상처는 또 무슨 일인지. 우선은 열부터 내리고 보자."

"선……."

바스락대며 간신히 쥐어짠 듯한 소리가 설영의 입에서 흘러나왔다. 다행히 하영이 눈치 빠르게 설영이 하고자 한 말을 이해했다.

"병원에 같이 왔던 사람은 지금 여기 없어. 도착하자마자 급하게 처리해야 할 일이 있다고 잠깐 어디 좀 갔어. 나 기억하지? 내가 괜찮다면, 괜찮은 거니까, 아무것도 걱정 마."

강한은 무사하구나. 하영의 확신에 찬 말투에 불안으로 날뛰던 맥박이 금세 안정을 찾아갔다. 그리고는 까무룩 정신없이 잠 속으로 빠져들었다.

이마에 와 닿은 따뜻한 온기가 곧이어 한쪽 볼을 감싸 안았다. 따스한 봄날의 햇살처럼 기분 좋은 온기를 따라 설영은 얼굴을 돌렸다.

"왜 이렇게 잠만 자는 거야?"

낮고 허스키한 강한의 목소리에 피곤이 묻어났다.

"아마 해열제 때문일 거야. 아픈 몸으로 바닷물에 빠지기까지 했는데 폐렴으로까지 번지지 않아서 천만다행이지. 이만한 것도 다 타고난 건강 체질 덕분이야. 해열제를 투여해도 열이 안 내려서 얼마나 걱정했던지……."

"그래, 수고 많았다."

"별말씀을. 의사로서 당연히 해야 할 일을 했을 뿐이니 공치사는 사양이야. 너도 이만 가 봐야지."

따스한 온기가 떨어져 나갔다. 가지 마요, 붙잡고 싶어 입술을 벙긋거려 봤지만 소리가 되어 나오지 않았다. 아쉬운 마음과 달리 몽롱한 의식은 자꾸만 설영을 잠의 세계로 밀어 넣었다.

"여기는 걱정하지 마. 간병인이 곧 출근할 거야. 네가 밤새 여기 있었다는 걸 보호자가 알면 곤란하지 않겠어? 아함……."

말이 끝나자마자 하영은 길게 하품을 했다.

"퇴근이야? 피곤해 보인다. 집까지 바래다줄까?"

"나야 그래 주면 고맙지. 누구 덕에 이틀 밤을 꼬박 샜더니, 운전대 잡을 힘도 없다. 병원 근처에 브런치 끝내주는 집 있는데, 이왕이면 밥까지, 콜?"

"준비되는 대로 주차장으로 내려와."

"오케이. 이따 봐."

하품과 함께 경쾌한 발소리가 멀어져 갔다.

"잠꾸러기 아가씨. 그만 자고, 빨리 일어나. 놀이공원으로 데이트 가야지."

귓가를 간질이는 달콤한 호흡을 마지막으로 설영은 무의식의 세계로 빠져들었다.

"학생, 학생 좀 일어나 봐요."

어깨가 흔들리는 느낌에 설영은 서서히 눈을 떴다. 눈앞에 보이는 인영에 초점을 맞추기까지는 어느 정도 시간이 걸렸다.

"괜찮아요. 일부러 깨울 필요까지는 없어요."

언뜻 듣기에도 교양 있는 목소리는 나이 지긋하신 여성분이었다. 한번 들으면 쉽게 잊힐 것 같지 않은 목소리였다.

"무슨 일이에요?"

설영은 어제 오후에 소개받은 간병인 아주머니가 손에 든 흰 봉투를 가방에 정신없이 구겨 넣는 모습을 멍하니 지켜봤다.

"학생한테 손님이 찾아왔어. 나는 잠깐 매점에 다녀올 테니 말씀 나눠요."

아주머니가 떠나고 병실에는 묘한 정적이 흘렀다. 도시의 새벽은 짙은 안개에 잠겨 있었다. 침대에서 일어나 자세를 가다듬는 설영을 관찰하는 방문객의 금테 안경이 병실의 조명 아래 차가운 빛을 발했다.

"자는 사람을 깨웠구나."

"괜찮습니다."

"내가 누군지 알고 있니?"

병실 한가운데 반듯하게 서 있는 자태에서 평범한 사람은 쉽게 범접하기 어려운 오라가 느껴졌다. 기품 있어 보이는 옷차림으로 거만하게 내려다보는 방문객은 평생 남에게 아쉬운 소리는 한 번도 안 해봤을 거라 설영은 추측했다.

"멀리서 한 번 뵌 적이 있어요, 유성고등학교 체육 대회에서. 유성재단 이헌자 이사장님, 맞으시죠?"

"제법 눈썰미가 있구나."

태상이 유성재단을 언급한 이후로, 이사장과 강한의 관계를 대충 가늠할 수 있었다. 체육 대회 날, 단상에 앉아 있던 이사장을 바라보던 강한의 비틀린 시선이 설영의 마음을 무겁게 짓눌렀다.

"혹시 절 찾아오신 이유가 최강한 선생님 때문인가요?"

"……."

대답을 미루는 이사장의 눈매가 여간 날카로운 게 아니었다. 뭐든 하나라도 더 캐내려 뚫어지게 쳐다보는 기세에 숨이 막힐 지경이었다. 그럼에도 빳빳하게 고개를 들고 마주 보는 눈빛에는 이사장에 대한 반감이 자리하고 있었다.

"꽤나 당돌한 학생이로구나. 그러니 겁도 없이 그런 장난을 저지른 게지, 그것도 바로 내 학교에서."

감정이 없던 설영의 얼굴에 조그만 균열이 생겼다.

"내가 알았다면 처음부터 네 입학을 허락하지 않았을 게다. 신성한 교육의 장소를 애들 소꿉놀이나 하는 놀이터로 전락시킬 생각 따위는 없으니까."

"학교 이미지에 피해를 입힐 의도는 전혀 없었습니다. 학교는 그만 다닐 생각이었어요."

꼬투리가 잡혔음에도 설영의 목소리는 당당했다.

"강한이도 아는 일이냐?"

"선생님과도 약속했던 일입니다."

"그래, 당연히 그 애도 알고 있었겠지."

생각에 잠기는 이사장의 눈매가 짙어졌다.

"다 큰 외아들 보모를 맡길 정도면 그저 그런 애는 아니라는 뜻인데……. 김 의원 안사람의 안목이라면 믿어도 되겠지."

속내를 알 수 없는 혼잣말에 설영의 미간이 좁아졌다. 왜 민호의 부모님이 아닌 힘없는 그녀를, 그것도 이렇게 이른 시각에 직접 찾아왔을까 하는 의구심이 들었다.

"무슨 뜻이에요?"

"너로 인해 일이 좀 시끄럽게 됐다. 학부모회에서 너와 최강한 선생의 부적절한 관계에 대한 진상 규명을 요구해 왔어. 증거 자료까지 들고 말이다."

가만두지 않겠다고 큰소리치더니, 끝내는 고선미가 제대로 한 방 날린 모양이었다.

"강한이에 대해 어디까지 아는지 모르겠다만, 나는 유성재단을 하나밖에 없는 혈육인 그 애한테 물려줄 생각이다."

"선생님과 이사장님이 가족인지는 몰랐어요."

"혈육이 반드시 가족이라는 법은 없지."

냉정한 이사장의 발언에도 설영은 크게 놀라지 않았다. 무표정한 얼굴로 그저 가볍게 고개를 한 번 끄덕일 뿐이었다.

"상황 판단이 빠른 것 같으니 돌려 말하지 않으마. 나는 내 후계자가 될 아이가 추잡한 스캔들에 휘말리는 것을 원하지 않는다. 그런데 그 아이가 추잡한 스캔들에서 벗어나는 방법은 의외로 간단하더구나."

설영의 나이가 밝혀지면 미성년자와 놀아나는 파렴치한 선생이라는 오명은 쉽게 벗을 수 있을 것이다. 다만 문제는…….

"김 의원 안사람 집안과는 오랜 친분을 유지해 왔었지. 그래서 친척 아이라며 전학을 부탁했을 때, 흔쾌히 허락했던 거고."

정치인은 청렴결백한 이미지가 생명이었다. 이사장은 사람의 약점을 제대로 이용할 줄 아는 사람이었다.

"제가 뭘 하면 되죠?"

"큰일 앞둔 사람인데, 나 하나 살겠다고 그 집안에 누를 끼쳐서야 쓰나. 병원에서 퇴원하는 대로 다시 학교로 돌아가렴. 네 무단결석은 폐렴 때문이라고 학교에 통보해 놓았다. 작은 거짓말 하나 더 보탠다고 새삼스레 달라질 것은 없지 않겠니. 사고 나기 전처럼 너는 고등학생처럼 행동하면 돼. 학부모회는 내 선에서 처리하마."

"그것뿐인가요? 단지 학생 신분으로 돌아가는 것?"

서늘한 이사장의 눈빛이 집요하게 설영을 주시하고 있었다.

"그 아이가 나랑 거래를 맺은 것이 있다. 나는 그 거래가 지켜지기를 바라고 있지. 그래서 네가 힘을 실어 주었으면 한다."

"저한테 그런 힘이 있을까요?"

설영이 얼굴에 건조한 미소가 어렸다.

"그럴 만한 힘이 있는지 없을는지는, 네가 판단해야겠지. 네가 저지른 방종을 눈감아 주는 조건으로 나쁘지 않은 거래인 것 같은데."

뭔가 일이 복잡하게 꼬이고 있었다. 산 넘어 산이라더니. 간신히 문제 하나가 해결되었다고 생각했더니, 또 다른 문제에 직면했다. 무슨 일이 있어도 유성고등학교로 돌아가는 것만은 피하고 싶었는데.

"저를 싫어하시면서 왜 곁에 두려 하세요?"

가면을 쓴 것같이 표정이 없던 이사장의 얼굴에 처음으로 감정 비슷한 것이 생겼다. 비웃음을 담은 한쪽 입술이 비릿하게 틀어졌다.

"착각하지 마라. 필요에 의해 잠시 거두는 것뿐이니. 학교로 돌아가거든, 학생으로서의 본분을 잊지 말거라. 다시금 그 아이가 추문에 휩싸이지 않기 위해 어떻게 처신해야 할지는 네가 더 잘 알겠지?"

학생과 선생의 선을 넘지 말라는 경고 같았다.

"선생님과 맺은 거래가 뭔지 알고 싶습니다."

"호기심 많은 사람은 뒤끝이 안 좋은 법이다. 너는 네 처지만 정확히 알면 돼."

설영의 호기심을 채워 줄 아량도 없는 모양이었다. 혈색 없이 핼쑥해 보이는 설영을 일별하고 돌아서는 이사장의 태도는 지극히 차갑고 냉정했다. 안부조차 묻지 않고 병실을 나가는 이사장을 보며 설영은 체육 대회 날의 강한을 떠올렸다. 단 하나의 혈육이면서 가족 대접을 받지 못한 강한은 어떤 눈으로 이사장을 바라봤을까. 혈육이라고 다

가족이 될 수 없다는 이사장의 말을 되새기자, 뜨거운 것이 명치 아래에서 솟구쳤다 가라앉으면서 분노는 이내 애잔함으로 바뀌었다.

차갑고 냉철해 보이는 모습 뒤에 감춰져 있던 아픈 가족사에 가슴 안쪽이 먹먹해졌다. 태상에게 잡혀 있던 매 순간 그를 생각했다. 두려움에 심장이 쪼그라들 때마다 그를 떠올리며, 도망칠 수 있다는 희망을 품었다. 그를 의존하는 마음이 커질수록, 그에 대한 그리움도 커져만 갔었다.

어느새 설영의 심장에 깊숙이 새겨진 존재.

"보고 싶다."

입 밖으로 꺼내고 보니 정말 그가 보고 싶었다. 잠시 망설이던 설영은 침대에서 훌쩍 내려왔다. 열이 내리고 깨어 있는 동안, 무슨 일인지 강한은 한 번도 병실을 찾지 않았다. 하영을 통해 그가 전해 주는 물건만 챙겨 받을 뿐이었다. 기다리는 것은 여기까지. 열도 내렸겠다, 더 이상 병원에 머물러 있을 이유가 없었다. 병실 문을 힐끗거리며 옷장에서 쇼핑백을 집어 드는 설영의 얼굴에 오랜만에 혈색이 돌았다.

택시가 아파트 입구에 정차했다. 시야를 가리던 희뿌연 새벽안개는 언제 그랬냐는 듯이 흔적도 없이 사라지고, 대신 도로를 밝히는 아침 햇살이 진해지면서 자동차의 행렬이 눈에 띄게 길어졌다.

"감사합니다. 안녕히 가세요."

운전기사에게 택시비를 지불하고 손잡이에 손을 얹으려던 설영은 갑자기 차 문이 벌컥 열리자 당황했다. 거침없이 다가온 손이 설영을 택시 밖으로 끌어냈다.

"도대체 생각이 있는 거야, 없는 거야? 이런 식으로 병원을 뛰쳐나오면 어쩌자는 거야?"

불같이 화를 내는 강한을 보며 설영은 그저 놀란 표정으로 눈만 깜빡거릴 뿐이었다.

"열은?"

강한이 이마에 손바닥을 대고 체온을 쟀다.

"내가 여기 있는 걸 어떻게……. 분명 따라오는 사람도 없었는데."

병원에서도, 달리는 택시 안에서도, 따라붙는 자가 없는지 눈으로 여러 차례 확인했었다. 혹시나 하는 생각에 재빨리 도로변을 훑어보던 설영은 문득 한 가지 사실에 생각이 미쳤다.

"맞다, 핸드폰. 이거 위치 추적되는 거죠?"

설영은 어깨에 메고 있던 가방을 흔들었다. 사라진 핸드폰을 대신해, 하영이 전해 준 핸드폰이 가방 안에 들어 있었다.

"류설영, 화제 돌리지 말고 똑바로 말해. 무슨 일이야? 병원은 왜 나왔어?"

"사람들이 봐요."

"대답부터 해, 어디 가는 거냐고 묻잖아."

정색을 하고 물으니 차마 보고 싶었다고 말할 용기가 사라졌다.

"선생님 만나러 가는 중이었어요."

"갑자기 왜?"

"다 나으면 놀이공원 데려가 준다고 했잖아요."

황당하다는 얼굴로 빤히 바라보는 강한의 옆으로 교복을 입은 여학생들이 다가왔다. 다행히 유성고등학교 교복은 아니었지만, 강한을 가리키며 수군거리는 모양새에 신경이 쓰였다.

"학생들이 쳐다봐요. 화낼 거면, 어디 조용한 데 가서 내면 안 될까요?"

강한의 눈빛이 흔들렸다. 원래도 갸름한 턱선은 손을 대면 베일 것처럼 날카로웠다.

"남의 이목이 그렇게 중요해?"

"중요해요. 아직 나는 유성고등학교 학생이에요."

한발 양보하며 강한이 뒤로 물러섰다. 그가 아닌 다른 사람들의 시선을 더 신경 쓰는 설영이 영 못마땅한 표정이었다. 아래턱을 씰룩대며 방향을 지시하는 모습은 여전히 화가 풀리지 않았음을 말하고 있었다.

"좋아, 어디로 가야 하는지는 알고 있지? 앞장서."

아파트 단지 내부를 잘 아는 설영은 그가 가리키는 곳이 어디인지 단박에 이해했다. 군소리 없이 앞장서는 설영의 뒤로 나지막한 한숨 소리가 이어졌다.

띠리릭. 도어록이 해제되는 소리가 들리자 강한이 스스럼없이 현관문 손잡이를 돌렸다. 그러고는 열린 문틈으로 설영을 밀어 넣었다. 주객이 전도되었다는 생각에 입술을 삐죽거린 것도 잠시, 설영은 파란색 운동화를 얌전히 벗어 붙박이 신발장 첫 칸에 올려놓았다. 그 옆으로는 같은 종류의 운동화 한 켤레가 이미 자리를 차지하고 있었다. 퇴원할 때 필요할 거라며 하영이 가져다준 쇼핑백. 그 안에 들어 있던 파란색 운동화를 보고 강한이 준비한 선물이라는 것을 알 수 있었다.

"인사가 늦었는데, 쇼핑백 고마웠어요. 그거 아니었으면 환자복 입고 돌아다닐 뻔했거든요."

"……."

고맙다는 인사가 깡그리 무시당했다. 그래도 설영은 기죽지 않고 다음 말을 이어 갔다.

"같은 아파트에 사니 따로 안내할 필요는 없죠? 2층 방은 민호가 쓰고, 아래층은 내가 쓰고 있어요. 평수가 넓어서 그런지, 같은 공간에 거주한다고 해도 마주칠 일은 별로 없어요. 민호는 지금 본가에서 지내고 있어요. 아마도 이번 일로 나한테 엄청 미안해하고 있을걸요."

못마땅하게 2층을 올려다보는 강한 때문에 일부러 하지 않아도 될 말까지 튀어나오고 말았다. 이번 사건을 언급함으로 강한의 표정이 더욱 굳어지는 것을 보며 설영은 다급하게 벽에 걸어 놓은 리모컨부터 찾아 켰다. 답답하게 빛을 차단하고 있던 블라인드가 천천히 움직이면서 어두컴컴한 공간에 빛이 새어 들어오기 시작했다.

"며칠 집에 없었다고 티가 나나 봐요. 공기가 습한 게 환기부터……. 헉."

거실을 가로지르던 설영은 갑작스레 다가온 손에 의해 돌려세워졌다. 놀라 옆으로 기울어지던 얼굴은 금세 단단한 가슴에 묻혀 버렸다.

"진짜 너를 어쩌면 좋을까."

"미안해요. 다시는 말도 없이 사라지지 않을게요."

"……."

"아직도 화 많이 났어요?"

"당연히 화가 나. 겁이라고는 개미 눈곱만큼도 없는 너 때문에 화나고, 허구한 날 상처투성이인 너 때문에 화나고, 믿어 달라고 그렇게 말했는데도 깡그리 무시하고 혼자 사라진 너 때문에, 화가 나서 미칠 지경이다."

"믿지 못해 그랬던 것은 절대 아니에요. 사정이 있어서……."

가슴팍에서 웅얼거리는 소리가 점점 힘을 잃어 갔다. 바짝 당겨진 품 안은 작은 공간조차 허용되지 않았다.

"내 사정은? 네가 사라졌다는 걸 알았을 때 내가 어떤 마음이었는지, 바다로 떨어지는 것을 무력하게 지켜봐야만 하는 내 심정이 어땠을지, 상상은 해 봤어?"

"……."

"너를 잃을지도 모른다는 두려움에 얼마나 가슴을 졸였는지, 넌 상상조차 하지 못할 거다."

감정이 고스란히 실린 고백에 설영이 고개를 들어 올렸다. 진지한 눈빛이 설영을 내려다보고 있었다.

"나는……."

입술이 덮치기 전까지 설영은 그에 대한 믿음과 확신이 없었더라면 견디기 힘들었을 거라는 말을 하고 싶었다. 성난 파도처럼 밀고 들어오는 침입자를 어찌 다루어야 할지 몰라 그저 강한의 옷깃에 매달려 눈을 질끈 감을 뿐이었다. 얼마나 시간이 흘렀을까. 긴장으로 뻣뻣이 굳어 있는 설영의 손등을 강한이 가만히 흔들었다.

"키스 겨우 한 번 하고 죽기는 너무 억울한데."

맞닿아 있는 입술이 움직일 때마다 간질거리는 감촉이 가슴 안쪽까지 간질거렸다. 거센 풍랑에 이리저리 흔들리는 배처럼 설영의 의식이 일순간 몽롱해졌다. 사람의 입술이 이렇게까지 부드러울 수 있나. 사고 회로가 마비된 설영은 몇 초의 시간을 멍하니 흘려보냈다. 그러고는 불현듯 깨달았다.

"아!"

후다닥 잡고 있던 멱살을 푸는 설영의 얼굴이 화덕에 달궈진 편자처럼 벌겋게 달아올랐다.

"미안해요. 스킨십이 처음이라……. 그게 키스는 처음이라……. 그러니까, 내 말은……."

변명이 길어질수록 얼굴은 더욱 화끈거렸다. 얼떨결에 연애 한 번 못 해 본 초라한 과거를 고백하고 말았다. 게다가 이 나이 먹도록 키스 한 번 못 해 본 것이 무슨 자랑이라고 떠벌렸을까. 창피해서 쥐구멍이라도 찾고 싶은 심정이었다. 울상을 하며 뒤로 물러서던 설영이 다시 강한에게 붙잡혔다. 허리를 바짝 끌어안는 강한의 입꼬리가 미세하게 움찔거렸다.

"웃지 마요, 지금도 충분히 쪽팔리니까."

"안 웃을 건데."

"티 났어요. 병원에는 왜 안 왔어요?"

"기다렸어?"

놀리는 게 분명한 말투에 설영은 콧잔등을 찡그렸다.

"간병인이 24시간 붙어 있어서 일부러 안 간 거야. 이모라는 분한테 나에 대해 설명하기 껄끄러울 것 같아서. 이제 네 차례야. 아침 일찍 병원에서는 왜 나온 거야?"

"말했잖아요. 선생님한테 가는 길이었다고."

깊이를 알 수 없는 검은 눈동자가 탐색을 시작했다. 당당하게 마주 보는 설영을 한참을 들여다보고서야 겨우 믿기로 한 눈치였다.

"윤태상은 어떻게 된 거예요? 누군가에게 쫓기는 눈치던데."

"일확천금을 노리며 중국 사조직까지 끌어들여 무리한 투자를 하다가, 놈들에게 쫓기는 신세가 됐어. 어제의 동지가 오늘의 적이 된 셈이지."

"설마 그 사람들한테 잡혔어요?"

"아직은 아냐. 당장은 놈들의 손이 닿지 않는 안전한 곳에 피신 중이야."

그 폭풍우를 뚫고 밀항에 성공했다는 뜻인가 싶어 의문이 담긴 설영의 눈꼬리가 가늘어졌다.

"안전한 곳, 어디요?"

"구치소."

"네?"

예기치 못한 대답에 설영의 목소리가 올라갔다.

"공무원 뇌물 청탁, 부동산 특별법 위반 혐의로 구속 중이야. 뇌물을 받은 공무원은 이미 구속돼서 수사가 진행 중이야. 뇌물을 주고받은 정황도 증거 자료에 남아 있으니, 쉽게 빠져나오지 못할 거야. 수사가 진척되면 추가 범죄 사실이 드러나고, 그에 따라 형량도 높아질 거야. 한동안 그곳에 있으면서 어떻게든 살아남을 방도를 찾아내겠지."

혼란스러워하던 설영은 설명이 이어질수록 그 배경에 누가 있는 것인지 정확하게 머릿속에 그려졌다.

"안됐네요."

"진즉에 끊어 내야 할 인연이었어. 여기까지가 내가 베풀 수 있는 마지막 아량일 거야. 아버지 집에서 사는 동안 유일하게 끼니를 챙겨 주시던 분이 태상이 친어머니야."

태상을 떠올리며 사납게 변했던 눈초리가 어느 순간 유순해졌다.

"돌아가시는 마지막 순간에 내게 태상이를 부탁하셨어. 죽이고 싶을 정도로 미운 순간에 딱 한 번만 자기를 봐서 용서해 달라고."

"불쌍하신 분이었네요."

"엇나가는 아들 때문에 속앓이를 많이 하셨지. 이제 불편한 화제는 여기까지. 아까 네가 뭔가 중요한 얘기를 하다 만 것 같은데, 뭐였더라?"

박하 향을 품은 바람이 훅 하고 불어오더니 설영의 속눈썹을 간질였다.

"그냥 잊어 줘요."

"그렇게는 못 하지."

시선을 피하는 설영을 바라보는 강한의 얼굴에 장난기는 없었다.

"첫 키스를 이렇게 흐지부지 끝낼 수는 없잖아."

강한이 설영의 손을 들어 그의 왼쪽 가슴 위에 올려놓았다. 쿵쾅, 쿵쾅. 평상시보다 배는 빠르게 뛰는 심장의 고동이 피부를 통해 느껴졌다.

"느껴져? 너 때문에 폭주하는 내 심장 소리. 아까부터 이랬어. 너만 보면 미친 듯이 뛰었다가, 어느 순간 바닥으로 곤두박질쳤다가……. 고장이 났는지, 내 의지로는 제어가 되질 않아."

기다란 손가락이 이마를 덮고 있는 앞머리를 옆으로 쓸어내렸다. 반듯하게 드러난 이마 한가운데 보라색 자국이 유독 눈에 띄었다. 강한이 어린아이에게 하듯 쪽 소리를 내며 상처 부위에 입술을 맞췄다.

"그런데 난, 고장 난 내 심장이 하나도 안 쪽팔려. 그러니까 너도 쪽팔린다고 외면하지 마."

장난처럼 시작된 버드 키스는 이마를 지나 섬세한 콧날, 긴장으로 굳게 다물어진 입술로 이어졌다. 긴장을 풀어 주듯 연이어 이어진 키스는 깃털처럼 가볍고 달콤하기 그지없었다. 자연스럽게 설영의 양팔이 강한의 목을 감싸 안았다. 살포시 포개져 오는 입술은 잠들어 있던 섬세한 감각을 일깨우기에 충분했다. 저릿한 전율에 온몸을 맡긴 채 강한이 선사하는 달콤함의 세계에 맹목적으로 빠져들고 있었다.

촉촉한 숨결이 귓등을 간질이는 느낌에 설영은 눈꺼풀을 들어 올렸다. 채 열기가 가시지 않은 눈동자가 사랑스럽게 그녀를 내려다보고 있었다. 마주 바라보는 시선에서 눈을 뗄 수가 없었다. 시공간을 초월해서 외딴섬에 강한과 단둘이 갇혀 있는 기분이었다. 그리고 이대로 시간이 멈춰서, 그 섬에서 영원히 벗어나고 싶지 않았다. 그런 그녀의 마음을 아는지 모르는지, 강한은 팔을 돌려 목을 감싸고 있는 설영의 손을 풀었다.

"환자는 무리하면 안 돼."

설영은 아쉬움이 남는다는 표정을 애써 지우지 않았다. 그를 향한 마음을 인정하고 받아들인 이상, 뒷걸음질 치고 싶지 않았다.

"그런 표정 하지 마. 양심이고, 뭐고 죄다 내다 버리고 싶은 걸 간신히 참고 있으니까."

강한이 잡고 있던 설영의 손을 입으로 가져갔다. 손바닥을 자극하는 따스한 감촉에 심장 안쪽까지 포근해졌다.

"간단히 뭐라도 먹자. 살이 너무 많이 빠졌어. 핼쑥한 것이 금방이라도 쓰러질 것 같은 얼굴이야. 그런 다음에 앞으로 어떻게 할지 천천히 얘기도 나누고……."

설영이 잡힌 손을 뺐다. 원래대로라면 약속대로 학교는 그만둘 생각이었지만, 이사장과의 만남으로 모든 것이 원점으로 돌아갔다. 강한이 임시 교사로 학교에 출근하는 이유가 이사장과 맺은 거래 때문이라면, 그도 분명 그 거래를 통해 원하는 것이 있을 것이다. 그녀 때문에 그가 모든 것을 포기하게 놔둘 수는 없었다.

"우선 학교부터 다시 가야죠. 무단결석 문제는 선생님이 해결해 주실 거죠?"

"다시 학교로 돌아가야 할 이유가 있을까. 민호도 태상의 위협에서 벗어났고, 이제 너도 본연의 모습으로 돌아가야지. 우리가 한 약속 기억하지?"

손을 뺀 순간부터 강한의 표정이 미묘하게 달라졌다. 경계를 띤 눈빛은 설영의 꼼수를 읽어 내겠다는 의지로 날카로워졌다.

"선생님은요?"

"다른 임시 교사가 채용되는 대로 학교는 그만둘 생각이야. 학교라는 공간을 벗어나야 너랑 나, 자유롭게 행동할 수 있을 테니까."

"고등학교에 다닌다고 만나지 못하는 것도 아니잖아요. 오히려 같은 공간에 있으니, 더 자주 부딪칠 테고. 선생님도 분명히 그랬어요, 해야 할 일이 있어서 그 학교에 다니는 거라고. 그러니 각자의 위치에서 맡은 역할이 끝날 때까지만 조심해요, 우리."

설영이 살살거리며 애교 섞인 눈웃음을 보냈다. 그러나 강한은 꿈쩍도 하지 않았다.

"다른 방법을 찾으면 돼. 그러니 너도 생각을 바꿔. 언제까지 민호 녀석 보모 노릇을 할 건데? 옆에서 지키고 있다고 다 큰 녀석이 달라지진 않아. 그 녀석에게 필요한 것은 베이비시터가 아니라 사고의 변화야."

강한의 표정은 단호했다. 임시 교사를 그만두는 게 어린 시절의 추억을 간직한 집을 포기하겠다는 의미는 아니었다. 단지 우선순위가 뒤바뀌었을 뿐이다. 설영이 고등학생으로 있는 동안은 크고 작은 사건에 끊임없이 휘말릴 거라는 불길한 예감이 들었다. 더구나 늑대 같은 사내 녀석이 사는 집에 설영을 두고 가는 것이 결코 내키지 않았다. 교활한 노인네의 농간에 귀찮은 일이 기다리고 있겠지만, 당장은 설영을 원래의 삶으로 돌려보내는 것이 일 순위였다.

"이 집에서도 나와. 성인 남성이나 다를 바 없는 녀석이랑 한집에 사는 것은 말이 안 돼."

"민호가 안정을 찾지 못한 상태에서 무책임하게 버려두고 갈 수는 없어요. 게다가 나는 민호와 사모님에게 마음의 빚이 있어요. 이렇게라도 그 빚을 갚지 않으면 평생 후회하며 살 것이 분명해요."

"10년 넘게 같은 집에서 살던 아이를 무책임하게 내보낸 사람들이야. 동정할 가치도 없어."

그녀의 과거를 속속들이 알고 있다는 사실에 설영은 잠시 동요했다. 그러나 강한에게 맞서는 눈빛에 흔들림은 없었다. 이사장의 협박이 아니더라도, 민호를 혼자 내버려 두고 나올 생각은 애초에 없었다.

"그 집에 머물 필요가 없어서 내가 나온 거예요. 법적으로 책임을 물을 관계도 아니었어요. 그런데도 민호의 부모님은 내가 다른 생각 안 하고 공부에만 집중할 수 있도록 경제적인 뒷받침을 해 주셨어요. 그분들이 비난받을 이유는 없어요."

해명에도 불구하고 냉소를 머금는 입매가 단단하게 굳어졌다. 메아리가 되어 돌아오는 아우성에 설영은 무거운 한숨을 내쉬었다.

"엄마가 아프셨을 때 내가 할 수 있는 일은 아무것도 없었어요. 엄마 돌아가셨을 때도 마찬가지였어요. 내가 한 일이라고는 그저 무능력하게 울고, 또 우는 것뿐이었어요. 그런 날 대신해서 엄마의 마지막을 챙겨 주신 분이 바로 사모님이에요. 돈만 있으면 누구나 할 수 있는 일이었다고 말하지 마세요. 갑자기 찾아온 엄마의 죽음을 누구보다 슬퍼하고 안타까워하셨던 분이에요. 그래서 나는 그분의 청을 외면할 수 없어요."

"……."

"다 큰 성인 남자라고 해도 민호는 나한테 귀여운 남동생 같은 아이예요. 걷는 것도, 말하는 것도, 한글을 읽는 법도 내가 다 가르쳤어요."

"함부로 장담하지 마. 질척대는 철없는 녀석이라도, 남자는 남자야. 그 나이 때 남자애들이 생각하는 게 뭔지도 모르면서. 언제 시커먼 늑대로 돌변할지 누가 알아?"

강한이 냉정함을 잃고 기어이 목소리를 높였다.

"에이, 무슨 말도 안 되는……. 뭐야. 설마 민호를 질투하는 것은 아니죠? 왜요? 선생님이 뭐가 아쉬워서요?"

눈까지 동그랗게 뜨고, 아무것도 모르겠다는 표정을 짓는 설영을 보며 강한은 그저 헛웃음만 나왔다. 진짜 남자라는 동물에 대해 무지한 건지, 아니면 똑똑한 머리로 잔꾀를 부리는 건지.

"뭐래든 상관없어. 약속은 약속이야."

"약속은 분명히 지켜요. 다만 그 시기가 언제라고는 내 입으로 말한 적 없어요."

이번에는 강한이 소리까지 내며 한숨을 내쉬었다. 깊게 내뱉는 날숨이 설영의 머리카락을 간질일 정도였다.

"증거가 없다고 발뺌하겠다, 이거지?"

"발뺌이 아니라, 팩트를 말하는 거예요."

기억을 더듬어 보면 분명 설영은 언제라고 딱 집어 선을 그어 말한 적이 없었다. 그저 두루뭉술하게 민호가 안정을 찾는다는 조건을 둘러댔을 뿐이었다. 새삼 꼬투리 잡을 핑계가 사라졌다는 사실에 강한은 입 안이 까칠해졌다.

꼬르륵꼬르륵. 때마침 설영의 배 속에서 사람이 낼 수 있는 가장 정직한 소리가 흘러나왔다. 멋쩍은 표정으로 꿈틀대는 배를 내려다보던 설영은 이내 해맑은 미소로 아랫배를 쓰다듬었다.

"어쩌죠? 배 속이 배고프다고 아우성인데. 몸이 회복되면서, 서서히 식욕도 돌아오나 봐요."

순진무구한 미소를 보는 순간 강한은 본능적으로 패배 의식에 사로잡혔다. 핼쑥한 얼굴로 식욕이 돌아왔다는 말에, 반가운 마음이 먼저 드는 것은 어쩔 수 없었다. 어차피 설영에 한해서라면 한없이 관대해지고 만다. 처음부터 승산 없는 싸움이었다.

"근처에 유명한 죽집이 있다고 들었는데, 거기 전화번호가 어떻게 되더라? 이 시간에도 배달은 해 주겠죠?"

핸드폰을 꺼내 근처 죽집의 전화번호를 검색하는 설영의 손길이 바빠졌다. 신경이 온통 정보 찾기에 가 있는 것 같지만, 작은 머릿속에 생각이 복잡하게 돌아가고 있다는 것을 강한은 알고 있었다.

따악. 정수리를 튕기는 손가락의 움직임에 설영이 과장되게 이마를 찡그렸다.

"아야! 또 왜요?"

"후회하게 될 거다."

강한의 표정이 많이 누그러졌다. 그 사실 하나만으로도 설영은 안심이 되었다. 그래서 강한의 경고가 가져올 파장까지 미리 걱정할 여유가 없었다. 아무것도 못 들은 척, 휘어지는 입꼬리를 숨기기 위해 설영은 다시 핸드폰에 고개를 파묻었다.

CHAPTER 07

오랜만에 등교한 교실 풍경은 별반 달라진 것이 없었다. 체육 대회 이후에 잠깐 반짝했던 설영에 대한 흥미도 시들해지고, 그녀에게 그동안 무슨 일이 있었는지 특별히 관심을 갖는 학생은 없었다. 다만 달라진 것이 있다면 아침 조회 시간에 보여 준 담임의 과도한 친절이었다. 폐렴으로 입원했다 퇴원한 설영에게 심심한 위로를 전하더니, 몸이 불편하다 싶으면 언제든지 조퇴해도 좋다는 허락까지 받았다.

덕분에 설영의 무단결석이 폐렴으로 인한 입원으로 간단하게 처리되었다는 것을 알게 되었다. 이사장의 입김이 제대로 작용한 모양이었다. 담임의 달라진 태도도 이사장실에서 무슨 언질을 주지 않았을까 추측하고 있었다.

조회를 마친 담임이 나가고, 교실은 아이들의 수다 소리로 북적대기 시작했다. 하필 학교로 돌아오자마자 첫 수업이 수학 시간이었다. 교복을 입고 교실에 앉아 교단에 서 있을 강한을 마주할 생각에 벌써부터 심란했다. 꼬투리 잡힐 일만 만들지 말자.

"설영아, 괜찮아? 폐렴까지 걸린 줄은 몰랐어."

사물함에서 수학 문제집을 꺼내는 설영에게 다가온 유나가 말을 걸었다.

"별거 아니었어. 그날 감기가 좀 심하게 걸렸었나 봐. 넌 괜찮아?"

설영이 그날 일을 언급하자, 유나의 표정이 금세 어두워졌다.

"무사하다는 말을 전해 듣고 안심했었는데, 병원에 입원한 줄은 몰랐어."

"진짜 별거 아니었어. 그러니 그렇게 다 죽어 가는 얼굴 할 필요 없어."

"그래도…… 정말 걱정했어."

말을 아끼는 유나의 어깨를 설영이 가만히 토닥여 주었다. 과연 유나는 그녀와 민호의 관계에 대해 어디까지 알고 있는 걸까.

"유나야, 너한테 물어보고 싶은 말이 있는데 점심시간에……."

갑자기 날아온 물건에 설영은 뒷말을 잇지 못했다. 얼굴 바로 앞까지 날아온 물건을 한 손으로 잡아채고, 물건의 정체부터 살폈다. 보름달 모양의 둥그스름한 물건의 정체는 화장품 파우치였다. 어쩌다 파우치 백이 그녀를 향해 날아들었는지 궁금해할 필요도 없었다. 다짜고짜 다가와서 설영의 머리채부터 잡아 뜯는 파우치 백의 주인은 바로 고선미였다.

"이 나쁜 년. 너지? 니가 꼰질렀지?"

"뭐야, 이거 안 놔?"

손목을 잡고 잡힌 머리를 빼내려 했지만, 악착같이 쥐고 있는 손은 끄떡도 하지 않았다. 사내 녀석이었다면 오히려 떼어 내기 쉬웠겠지만, 연약한 여학생을 상대로 주먹을 쓸 수는 없으니 같은 방법으로 맞설 수밖에 없었다.

"아야, 내 머리카락."

설영이 선미의 긴 머리를 정수리 부분에서 틀어쥐었다. 결이 부드러운 머리를 양손에 쥐고 손목 안쪽으로 제대로 꺾었다.

"얘들아, 이러지 마."

갑자기 벌어진 일에 당황한 유나는 두 사람의 손목을 붙들고 발만 동동 구를 뿐이었다.

"내 머리, 빨리 안 놔?"

"니가 먼저 시작했어. 너부터 놔."

"웃기지 마. 니가 내 사진 찍어서 학교에 꼰질렀잖아."

"무슨 헛소리야."

"내가 모를 줄 알……. 아아아, 내 머리, 내 머리."

아프다고 바락바락 소리를 지르면서도 선미는 설영의 짧은 머리를 다 뽑아 놓을 기세로 세게 잡아당겼다. 설영도 고선미에게만큼은 지지 않겠다는 마음에 머리칼을 움켜쥔 손목을 더욱 비틀었다.

"두 사람, 당장 떨어져."

교실 입구에서 강한의 불호령이 떨어졌다. 강한이 다가오는 것을 알고 있었지만 설영은 고집스럽게 손을 놓지 않았다.

"류설영, 너부터 그 손 놔."

"싫어요. 고선미가 먼저 시작했어요."

원색적인 싸움 앞에 설영도 감정이 앞섰다. 아픈 것도, 창피한 것도 이미 뒷전이었다.

"고선미, 그럼 너부터 손 놔."

"싫어요. 편드는 것, 누가 모를 줄 알고요?"

선미는 머리까지 흔들며 거부했다.

"좋아. 그럼 두 사람 다, 셋 하면 같이 놓는 거다. 알았지? 하나……."

한심해 어쩔 줄 모르겠다는 목소리가 카운트를 시작했다. 강한이 미처 둘을 세기도 전에 설영의 손에서 힘이 빠져나갔다. 어쩔 수 없이 선미도 설영을 따라 손에서 힘을 뺐다.

“기가 막혀서 내가 말이 안 나온다. 니들이 무슨 유치원생이야? 아님 여기가 시장통이라도 돼? 고3씩이나 돼서는 수업 시간에 이러고들 놀고 싶어? 류설영, 너는 할 말 없어?”

바로 앞까지 다가온 강한이 한심하다는 듯 설영을 바라보았다. 상처받은 자존심이 제대로 구겨졌다. 억지로 우겨서 학교에 등교한 첫날부터 이런 꼴이나 보이고. 구차한 변명을 늘어놓으며 자존심을 바닥으로 내려놓고 싶지 않아, 설영은 아랫입술을 질끈 깨물었다.

“잘못했습니다.”

넙죽 고개를 숙이는 설영을 힐끗 바라본 강한이 선미를 향해 돌아섰다.

“너는?”

“잘못했습니다.”

입이 댓 발이나 나온 선미도 고개를 까닥이며 사과를 했다.

“둘 다 잘못했다는 것은 알아? 박유나, 너는 자리로 돌아가고, 너희들도 다 자리에 앉아.”

강한의 지시에 유나와 학생들이 제자리를 찾아갔다. 선미도 당연하다는 듯이 자기 반을 찾아가기 위해 몸을 틀었다.

“고선미, 너는 어디 가? 교실을 난장판으로 만들어 놓고 죄송하다는 사과 한마디에 끝날 줄 알았어?”

강한의 부름에 선미가 돌아섰다. 이미 한 번, 교칙 위반으로 징계를 당한 적이 있어서인지 선미의 얼굴은 나름 겁에 질려 있었다.

“잘못을 했으면 벌은 받고 가야지. 둘 다 교무실 앞에서 한 시간 동안 손 들고 서 있어. 서 있는 동안 무슨 잘못을 어떻게 저질렀는지 곰곰이 반성하는 게 좋을 거다. 그리고 반성한 내용은 일목요연하게 반성문으로 제출해.”

“네.”

단순한 벌칙에 안심한 고선미가 잽싸게 먼저 대답했다.

"대답은 잘한다. 류설영, 너는 대답 안 해?"

철부지 아이처럼 다뤄지는 것에 자존심이 상한 설영은 고집스럽게 입을 다물었다. 그러나 강한이 끝까지 설영의 대답을 기다릴 것을 알기에 먼저 고개를 숙일 수밖에 없다는 것도 알고 있었다.

"네."

"반성문은 반드시 본인이 직접 쓴 것만 접수할 거니까, 새겨듣는 게 좋을 거다."

마지막은 설영을 겨냥해서 한 말이었다. 그러나 지레 찔린 선미가 몇 번이고 고개를 끄덕였다.

사람의 발길이 뜸하던 1층 복도가 갑자기 어수선해졌다. 주먹 쥔 손을 가슴 높이만큼 들고 꾀를 부리던 고선미가 놀라 두 팔을 번쩍 들어 올렸다. 그러다 이내 설영과 보조를 맞추듯 팔의 높이를 맞췄다.

"그래서 그분이 직접 학교로 오셨다는 거야? 교장 선생님은?"

다급하게 교무실 문이 열리고 교감 선생님이 밖으로 뛰쳐나왔다. 그 뒤를 이어 몇 명 선생님들이 모습을 나타냈다. 맨 마지막으로 나오던 체육 선생과 설영의 눈이 마주쳤다. 설영을 가리키며 손가락으로 동그라미를 그린 체육 선생은 교감을 따라 그대로 중앙 현관으로 사라졌다.

"뭐라는 거야? 벌칙 그만 받고 가라는 뜻인가?"

선미가 팔로 설영을 툭 치며 질문을 던졌다.

"글쎄, 그런 것도 같고, 아닌 것도 같고. 아무래도 가는 게 좋겠지?"

교무실이 단체로 들썩이는 것이 썩 예감이 좋지 않았다. 이럴 때는 무조건 피하고 보는 것이 상책이지. 설영은 선생님들이 지나간 반대 방향으로 몸을 돌렸다. 그러자 고선미가 뒤에서 팔을 붙잡았다.

"미쳤어? 그러다 아니면 어쩌려고. 너 때문에 또 나만 덤탱이 쓰라고? 그러지 않아도 학교 짤리게 생겼는데."

잡았던 팔을 확 밀치며 선미는 원래의 벌칙 자세로 돌아갔다.

"가기만 해. 나도 이판사판이니까."

"도대체 무슨 말을 하는 거야? 내가 학교에 뭘 꼰질렀는데?"

"몰라서 물어? 클럽에서 춤추고 노는 나를 도촬해서 교장한테 보낸 사람이 너잖아. 아냐? 수학이랑 원조하다 나한테 걸린 거, 복수하는 거잖아."

어떻게 돌아가는 상황인지 금세 감이 왔다. 학부모회에서 요구한 진상 규명을 이사장이 어떤 식으로 무마시킬지 궁금하기는 했었다. 그리고 이런 꼼수를 어느 정도 예상도 하고 있었다. 그렇기에 속내를 재빠르게 감춘 설영은 과장되게 펄쩍 뛰었다.

"무슨 그런 말도 안 되는 소리를 해? 수학이 뭐가 아쉬워서 나 같은 애랑 교제를 하겠냐? 너가 수학이라면 나랑 사귀고 싶겠냐?"

"내가 돌았냐?"

펑퍼짐한 교복 치마 밑에 체육복 바지를 껴입은 설영을 위아래로 훑어보던 선미가 비웃듯 코웃음을 쳤다.

"알았으면, 제발 나 좀 무시해 주라. 조용히 살고 싶다."

"그럼 그날 일은 어떻게 설명할 건데?"

"그날 일은 또 뭐? 다른 사람이랑 착각하는 것 아냐?"

"아닌데, 분명 실루엣이 너였는데. 키 크고, 머리……."

1층 중앙 현관문이 열리면서 대리석과 마찰한 구두 소리가 적막한 공간을 뒤흔들었다. 선생들이 돌아오는 낌새에 선미는 잽싸게 입을 다물었다.

"저 학생들은 왜 여기 있습니까?"

"너희들, 왜 아직도 여기 있어? 교실로 돌아가라는 말 못 들었어?"

교장의 지적에 체육 선생의 새된 소리가 뒤를 이었다.

"됐어요. 나 때문에 수선 피울 것 없어요."

정중하면서도 세월의 흔적이 느껴지는 교양 있는 목소리에 설영은 천천히 고개를 돌렸다. 그러자 선두그룹의 맨 앞에서 걷고 있는 이사장과 정면으로 시선이 마주쳤다. 무슨 꿍꿍이가 있어서 학교까지 찾아온 걸까. 다소곳하게 인사를 건네는 설영의 어깨가 긴장으로 굳어졌다.

"나 그렇게 꽉 막힌 노인네 아닙니다. 학교에서 친구들끼리 장난도 치고, 그러다 벌도 받고 그런 거지요. 그런 건 우리 때랑 별반 다르지 않네요."

자상한 할머니 같은 말투에 선생들 사이에서 경직된 웃음소리가 흘러나왔다. 예고 없던 이사장의 방문에 선생들 역시 긴장의 끈을 놓지 않고 있었다.

"최강한 선생은 보이지 않네요? 체육 대회 날, 농구 경기를 참 인상 깊게 봤습니다. 젊은 학생들을 상대로 전혀 밀리지 않는, 패기 넘치는 모습이 보기 좋더군요. 지금은 수업에 들어가셨나 봅니다?"

뜬금없이 강한을 찾자 선생들 사이에 혼란이 생겼다. 이사장이 직접적으로 언급한 부분 외에 놓친 부분을 찾아내려 주고받는 시선이 부산했다.

"김 이사."

이사장의 부름에 보좌관으로 보이는 은발의 중년 남자가 정중하게 옆으로 다가섰다.

"오늘 최강한 선생 수업 시간표가 어떻게 되는지 좀 알아보시게."

"네, 이사장님."

선두그룹에서 안내를 맡고 있던 교장의 낯빛이 흐려졌다. 수업 시간표에 관한 거라면 그에게 직접 물어보면 될 것을, 의도적으로 눈길 한 번 주지 않고 무시하는 이사장의 속내를 몰라 애가 타는 눈치였다. 미리 짜기라도 한 듯 얼어붙은 침묵이 공기를 무겁게 가라앉혔다. 이사장 눈치도 봐야 하지만, 교장 눈치까지 살피느라, 누구 한 사람 선뜻 시간표를 알려 주겠다고 나서는 사람이 없었다.

“최강한 선생님 지금 3학년 4반에서 수업 중이세요. 제가 가서 모셔 올까요?”

한없이 이어질 것 같은 정적을 깬 사람은 다름 아닌 고선미였다. 눈에 보이지 않는 기싸움에는 일말의 관심도 없는, 무사태평한 얼굴로 자진해서 강한을 데려오겠다는 제안까지 하고 있었다.

“호의는 고맙지만 사양해야겠지? 제일 중요한 선생의 본업을 방해해서야 쓰나. 그나저나 학생들은 무슨 잘못을 했기에, 이렇게 멀리까지 와서 벌을 서고 있나?”

“저, 그게…… 장난을 좀 치다가…….”

“무슨 장난을 어떻게 쳤기에, 교무실 앞에서 벌까지 받아?”

이번에는 고선미도 차마 대답할 말을 찾지 못했다. 교장까지 눈앞에 있는데, 머리채를 잡고 싸웠다는 사실을 차마 자기 입으로 떠벌릴 수는 없었다.

“그럼 학생이 대신 대답해 볼 텐가?”

이사장의 차가운 시선이 설영을 향했다. 자상한 할머니의 이미지 안에 감추고 있는 날카로운 발톱이 드러날 시간이었다.

“대답 못 할 만큼 큰 잘못이라도 저지른 모양이지?”

대답 대신 설영은 살며시 눈을 내리깔았다. 보나 마나 강한과 설영의 수업 시간표를 꿰차고 있을 것이다. 그들이 같은 수업에 참여하고 있다는 것을 알았을 테니, 설영을 벌준 사람이 강한인지 확인하고 싶은 거겠지.

“류설영, 빨리 대답 안 하고 뭐 해? 이사장님이 기다리시잖아.”

보다 못한 체육 선생이 나섰다. 급한 평소의 성격답게 닦달하며 호통치는 모습에 김 이사라 불리던 중년 남자가 차분하게 중재에 나섰다.

“그럴 것 없어요. 이사장님은 그저 요즘 학생들의 모습이 궁금하신 것뿐입니다. 학생, 오해하지 말아요. 혼내려는 것이 아니니까, 겁먹지 말고 편하게 대답하면 돼요."

고집스럽게 대답을 기다리는 이사장을 보며 설영은 한 번 숨을 길게 내쉬었다. 고집스럽게 눈썹을 가운데로 모으고 대답에 집착하는 모습에서 처음으로 강한이 겹쳐 보였다. 혈육이라더니 역시나 닮은 구석이 있었어.

"겁먹은 게 아니라, 쪽팔려서 그래요."

설영이 마침내 입을 벙긋거렸다. 가까이에 있던 김 이사만 간신히 들을 만큼의 기어들어 가는 목소리였다. 김 이사도 처음에는 무슨 말인지 모르겠다는 표정이더니, 이내 고개를 한 번 크게 끄덕였다.

"그래요, 학생. 나중에 이사장님께 그대로 전해 드리겠습니다. 조금 전에 선생님이 교실로 돌아가도 된다고 했던 것 같던데, 이만 돌아가도 좋습니다."

비죽비죽 올라가는 입꼬리가 억지로 웃음을 참고 있었다. 사람 좋아 보이는 인상이지만, 설영은 속지 않았다. 찔러도 피 한 방울 안 나올 것 같은 이사장이 데리고 있는 사람이니, 그 안에 어떤 능구렁이가 숨어 있을지 누가 알겠어. 그렇다고 호의를 거절할 이유도 없었다. 설영은 가도 된다는 허락이 떨어지자마자 고선미의 머리를 앞으로 눌렀다. 얼떨결에 허리까지 숙이는 고선미와 나란히 인사를 하고는 뒤도 돌아보지 않고 복도를 내달렸다.

녹음이 짙어지는 계절이 다가오면서 벽돌담을 감싸고 있는 이끼의 색이 진해졌다. 높고 푸른 하늘은 구름 한 점 없이 깨끗하고, 서쪽으로 기울기 시작한 금빛 햇살은 늦은 봄날의 오후를 청명하게 감싸고 있었다.

"언제까지 거기서 그러고 있을 거야?"

담장 위에서 하늘을 올려다보던 설영은 밑에서 들려온 소리에 깜짝 놀라 고개를 틀었다. 어디에서 나타났는지 맞은편 주택 담장에 강한이 등을 기대고 서 있었다.

"선생님, 거기서 뭐 하세요?"

담장 위에 오르자마자 반대편 주택가에 사람이 없다는 것을 눈으로 확인했었다. 그래서 안심하고 하늘을 올려다볼 여유까지 부리고 있었다.

"보고도 몰라? 땡땡이치는 불량 학생을 현장에서 잡고 있잖아."

털썩. 2미터나 되는 높이임에도 설영은 가볍게 땅바닥으로 착지했다.

"날다람쥐도 아니고. 너는 담 넘는 게 취미냐?"

벽에서 등을 떼며 강한이 못마땅함으로 얼굴을 찌푸렸지만, 설영은 일부러 모르는 척했다.

"오늘은 땡땡이 아닙니다. 담임한테 정식으로 조퇴 허가받았거든요."

"그럼 멀쩡한 교문 놔두고, 담은 왜 넘어?"

미리 담장 반대편으로 던져 놓은 가방을 주섬주섬 챙기며 설영은 대답을 회피했다. 반성문을 쓰기 싫어 도망쳤는데, 여기서 딱 마주칠 줄이야. 가방 앞주머니에 삐죽이 나와 있는 조퇴증을 손으로 구겨 넣으며 화제의 대상을 강한으로 돌렸다.

"선생님이야말로 언제부터 여기에 있었어요? 분명히 저 밑까지 아무도 없었는데……."

아래턱을 까딱거리며 텅 빈 거리를 가리키던 설영이 돌연 고개를 반대 방향으로 돌렸다.

"아니면 저긴가? 이 시간에 산에 갔다 왔을 리는 없는데……."

그들이 서 있는 곳에서 더 위로 올라가면 좁은 등산로로 통했다. 강한의 말끔한 차림에 고개를 갸웃거리던 설영의 눈길이 높다란 담장 아래 자리한 커다란 철제 대문에 가서 꽂혔다. 생각해 보니 언뜻 끼이익, 철문이 움직이는 소리를 들은 것도 같았다.

"설마 저기서 나온 건 아니죠?"

"지금 너는 내가 어디서 나타난 건지가 그렇게 궁금해?"

"네."

설영은 궁금해 죽겠다는 표정으로 과장되게 고개를 끄덕였다.

"땅에서 솟았다. 아니다, 이왕이면 하늘에서 떨어진 걸로 치자. 이제 됐지?"

"원래 이런 유치한 말장난 좋아하죠."

"유치해? 남들은 다들 유머 감각 있다고 칭찬하던데, 넌 왜 매번 질색이냐."

살갑게 웃는 강한의 미소가 눈까지는 펴지지 않는다. 가벼운 말투로 농담을 하지만 어딘가 감정을 억누르는 모습이었다. 아침과는 확연하게 달라진 분위기. 설영은 신경이 쓰였다.

"이제 학교에서도 안경은 안 쓰기로 했나 보지? 그럼 내가 골치 꽤나 아파질 것 같은데."

"왜요?"

"남학생들이 하는 말 못 들었어? 구닥다리 안경 쓴 네 얼굴이 핵무기 장착이래잖아. 그래서 밤길에 혼자 다녀도 끄떡없을 거라고."

"잘됐네요. 그런데 뭐가 문제예요?"

높다란 담장 너머로 겨우 보이는 기와지붕을 쳐다보며 설영이 건성으로 맞장구를 쳤다.

"네 얼굴에 지금 구닥다리 안경이 없잖아. 즉 그 말은 밤길에 혼자 다니면 위험하다는 뜻이기도 하고……."

"그게 왜요?"

"예쁘잖아."

진짜 앞집에서 나오기라도 한 건가 싶어 뒤꿈치를 들고 강한의 어깨 너머를 기웃거리던 설영이 그대로 굳어졌다. 진지한 말투로 예쁘다고 말하니 심장이 저절로 반응했다. 가끔 외모를 칭찬하는 말을 들을 때면 아무런 동요 없이 가볍게 받아넘기곤 했는데, 강한의 입에서 나온 말은 농담이라는 것을 알면서도 허투루 지나치기가 쉽지 않았다.

"난 나름 진심 심각한데……."

"나도 진심 심각해."

"그만해요. 하루 종일 사람을 놀리니 좋아요? 수업 시간에도 학생들 다 보는 데서 무안이나 주고. 교실 밖 복도에 세워도 될 것을 굳이 교무실 앞까지 가서 손 들고 있게 하고. 내 사정 뻔히 알면서 고선미랑 같이 애 취급 하니 재미있냐구요."

"기어이 고등학생으로 돌아가겠다고 우긴 사람이 누군데……. 그리고 예뻐서 예쁘다고 했는데, 그것도 잘못이냐?"

"진짜, 끝까지 이럴 거죠."

설영이 주먹을 쥐고 강한의 옆구리를 향해 힘껏 뻗었다. 퍽! 당연히 피할 거라고 생각했다. 주먹이 바위처럼 딱딱한 근육에 꽂히자, 놀라 펄쩍 뛴 사람은 다름 아닌 설영이였다.

"왜 안 피해요?"

"피할 틈을 안 줬잖아."

강한이 맞은 옆구리를 손으로 감싸며 한쪽 눈을 찡그렸다. 입으로 후 하고 숨을 몰아쉬는 모양새가 진짜 아파 보였다.

"많이 아파요?"

"당연하지. 너는 네 주먹에 안 맞아 봐서 모르는 거야."

상기된 볼로 노려보는 눈꼬리가 새치름하게 올라갔다. 둥그렇고 부드러운 눈매에 감싸인 새까만 눈동자가 성난 고양이를 연상시켰다. 설영을 빤히 쳐다보던 강한이 불만스럽게 미간을 구기더니, 이내 설영의 볼을 쭈욱 잡아당겼다.

"그렇게 노려보지 마. 반칙이야."

"아프잖아요."

늘어났던 볼을 쓰다듬으며 설영이 투정을 부렸다. 하지만 시간이 지날수록 여유로운 미소를 되찾는 강한을 보며 내심 안도하고 있었다.

"다른 사내놈들은 그런 눈으로 쳐다보지 말라고 미리 경고하는 거야. 시커먼 사내놈들이 늑대로 변하는 것은 순식간이야. 학교에서 사내놈들 뒤에 달고 다니기만 해. 그때는 나도 가만 안 있어."

말도 안 되는 억측에 설영은 코웃음이 절로 났다. 학창 시절, 설영은 남학생들이 따라오기는커녕 전화번호를 물어 오는 경우도 없었다. 설령 남자들이 귀찮게 따라오더라도, 발차기 한 방이면 두말없이 떨어져 나갔다.

"애들이 눈이 삐었어요? 변태가 아닌 이상 뒤를 왜 졸졸 따라다녀요?"

"그럼 나는 변태라서 지금 네 뒤를 졸졸 따라왔다는 거냐?"

무슨 억지냐며 한마디 하려던 설영은 곧 말도 안 된다는 표정으로 입술을 삐죽거렸다. 학교 담장 밖에 있던 사람이 학교에서부터 설영을 따라왔다는 것은 말이 안 됐다.

"그걸 믿으라구요? 학교 밖에 있던 사람이 어떻게 나를 따라왔다는 거예요?"

"너야 반성문 안 쓰고 도망치기 바빠서 뒤돌아볼 정신이 없었겠지, 당연히 쪽문에 달린 자물쇠가 사라진 것도 못 봤을 테고."

내심 뜨끔한 설영은 가방을 어깨에 둘러멨다. 반성문 안 쓰려고 도망치는 것을 알고 잡으러 왔나 싶어 마음이 급해졌다. 좋아하는 남자에게 구구절절 제 잘못을 나열하는 반성문을 써서 제출해야 한다는 사실 자체가 자존심이 상하는 일이었다.

"이게 출입이 가능한 문이었구나. 하도 녹슬어서 평생 사용 못 하는 건 줄 알았네. 어쩐지 끼이익거리는 소리가 귀에 거슬린다 했어요."

설영은 쪽문을 열었다 닫아 보며 강한과의 거리를 계산했다. 여차하면 주택가를 내달릴 생각이었다. 평지라면 얼마 못 가 붙잡히겠지만, 내리막길이니 가속도가 붙으면 승산이 아예 없는 것도 아니었다.

"포기해."

"뭘요?"

"내리막길에서 넘어져서 발목이라도 삐끗하면 학교는 다 갔다고 봐야지?"

그녀의 머릿속을 빤히 들여다보는 강한이 새삼 놀랍지도 않았다. 그만큼 서로에게 익숙해졌다고 해야 할까. 설영도 능청스럽게 맞받아쳤다.

"넘어져서 다치면, 병원에는 데려다주실 거죠?"

"아니."

"좋아요. 병원은 너무 멀어서 그렇다 치고, 그래도 큰길까지는 데려다주실 거죠?"

"모른 척 버리고 그냥 갈 거야."

"치사하게……."

퉁명스러운 대답에 설영이 미간을 모았다.

"너무 그러지 말아요. 나도 고선미가 다짜고짜 머리카락부터 잡아 뜯을 줄은 몰랐다구요. 나도 속상해요. 참을 걸 그랬나, 후회도 되고……. 그래도 이번만큼은 확실히 해 둬야 두 번 다시 귀찮게 안 할 것 같아서……."

"참지 마."

변명을 늘어놓으며 눈치를 보던 설영은 다정하면서도 단호한 음색에 입을 다물었다.

"네 선택의 모든 순간이 정의로울 필요는 없다던 내 말 기억나?"

"……."

"네가 아닌 다른 누군가를 위해 정의를 떠맡을 필요는 없다는 뜻이야. 싫으면 싫다고, 힘들면 힘들다고 해. 비겁한 어른들의 욕심을 네가 책임질 필요 없어. 그러니까 앞으로는 상대가 고선미든 이사장이든, 네 자신이 아닌 다른 누군가를 위해 참지 마."

밤의 장막처럼 어두운 눈동자에 억눌린 감정이 넘실댄다. 털어 내지 못하는 감정을 안으로 삭이는 그가 설영은 불안했다.

"왜 협박당했다고 말 안 했어? 내가 그렇게 못 미더웠어?"

"선생님이 이렇게 화내는 게 싫었어요. 처음부터 내가 벌인 일이었어요. 협박, 그런 거 아니에요. 그냥 게임 같은 거예요. 원래대로 약속된 기한까지 내가 맡은 역할만 잘 해내면 모두가 편안해지는 게임."

"그 게임에는 이제 나까지 포함된 거겠지?"

"……."

침묵은 의미는 긍정이었다. 하아! 깊게 내쉬는 강한의 한숨 소리가 설영의 어깨를 무겁게 짓눌렀다.

"학교에 내 의사는 분명히 전달했어. 임시 교사가 채용되는 대로 그만둘 거야. 교사가 채용이 되든 안 되든 내가 머무는 기한은 2주로 정해 뒀어. 그러니 그 모두에서 나는 빼는 게 좋을 거다."

이사장이 학교까지 찾아온 이유. 설영을 향한 경고라고 생각했던 것은 착각이었다.

"그러지 말아요. 선생님도 원하는 게 있어서 임시 교사를 맡으신 거잖아요. 거래를 맺었다면서요."

"내 인생의 우선순위가 달라졌어. 필요에 따라 거래는 언제든지 깨질 수 있는 거고, 거기에 대한 페널티를 내야 한다면, 그건 내 문제야. 네가 해 줄 수 있는 것은 아무것도 없다는 것만 알고 있어."

설영은 도무지 말이 통하지 않는 강한의 소매를 잡아당겼다.

"우선순위를 바꿔요. 그럼 되잖아요."

"……."

"다시는 사고 안 쳐요. 두 번 다시 담장 넘는 일도 없을 거예요."

매달리는 설영의 머리를 강한이 장난스럽게 헤집었다.

"아니, 사고 한번 제대로 쳐. 차라리 학교에서 짤리는 편이 더 나을 것 같으니까."

이렇게 막무가내인 강한은 처음이었다. 단단한 창살로 닫힌 마음은 도무지 틈새가 보이지 않았다.

"고집쟁이."

"너한테까지 학교 때려치우라고 강요는 안 해. 너는 그냥 네 마음이 가는 대로 해. 대신 나도 내가 하고 싶은 것 할 테니까."

"그게 뭔데요?"

"차차 알게 되겠지. 집에는 못 데려다줘. 무단결근 건으로 퇴근 전까지 시말서 써야 하거든. 사표는 사표고, 시말서는 시말서니까."

질척대는 설영의 손을 떼어 낸 강한이 그녀의 어깨를 잡고 뒤로 돌려 세웠다. 주택가의 내리막길에서 고급 세단 한 대가 올라오고 있었다.

"물론 반성문은 반성문이겠지?"

설영의 등을 강한이 가볍게 밀었다.

"차 조심하고, 내일 학교에서 보자."

고급 세단이 점점 가까이 다가왔다. 자동차 안에 앉아 있을 누군가를 의식한 설영도 순순히 앞으로 걸음을 옮겼다. '끼이익' 낡은 철문이 열렸다 닫히는 소리를 의식하는 사이, 맞은편 담장의 커다란 철제 대문이 스르르 소리도 없이 열렸다. 강한이 사라진 쪽문을 힐끗 돌아보는 설영의 시야에 자갈길로 연결된 녹색 잔디밭 뒤로 으리으리한 저택이 그 위용을 드러냈다.

미리 연락을 받은 것인지, 세련된 원피스 차림의 젊은 여자가 잔디밭을 뛰어오고 있었다. 원치 않게 남의 사생활을 엿보는 것 같은 찜찜한 기분에 설영은 황급히 고개를 돌렸다. 그러고는 세단이 지나갈 거리를 확보해 주기 위해 담장 옆으로 몸을 붙였다.

"차를 멈출까요?"

정중한 김 이사의 제안에 이사장은 고개를 저었다.

"그러실 필요 없네."

속도를 줄인 자동차가 무심히 설영의 옆을 지나쳤다. 냉정히 거절하지만 어두운 유리창 너머 이사장의 눈길이 설영을 따라갔다.

"그러지 마시고……."

"김 이사도 늙나 보네. 같은 얘기를 두 번 하게 하는군."

고집스럽게 다문 눈 밑으로 세월의 흔적이 팼다.

"죄송합니다."

바퀴가 자갈을 구르는 소리와 함께 차가 정차했다. 운전기사가 먼저 차 문을 열고 밖으로 나갔다.

"일전에 알아보라 한 일은 어찌 됐나."

작지만 뚜렷한 목소리에 앞자리에 앉아 있던 김 이사가 뒤를 돌아보았다.

"아직까지 류설영 학생과 관련해서 특별한 점은 발견하지 못했습니다. 윤태상이 벌여 놓은 일에 류설영 학생이 우연히 말려든 것 같습니다. 다만, 같이 잡혀 있었던 박유나라는 학생의 배경에 미심쩍은 점이 있어 알아보는 중입니다. 정확한 정보가 올라오는 대로 바로 보고드리겠습니다."

"윤태상이라는 자는 얼마나 있을 것 같던가?"

"현재 수사가 진행 중이라 이렇다 할 결론을 말씀드리기 어렵습니다. 일이 틀어지지 못하게 저희 쪽에서 미리 손을 쓸까요?"

편안하게 좌석에 몸을 기대고 있던 이사장이 허리를 꼿꼿이 폈다.

"아직은 그러실 필요 없네. 아쉬운 쪽에서 먼저 고개를 숙이고 들어오는 법이지. 조용히 지켜만 보시게."

"네, 알겠습니다."

김 이사가 밖으로 나가자, 대기하고 있던 운전기사가 이사장을 위해 차 문을 열었다. 차 밖으로 몸을 기울이는 이사장을 능숙하게 부축하는 사람은 다름 아닌 하영이였다. 짧지만 곱게 다듬어진 손톱을 물끄러미 바라보는 이사장 앞에 얼굴을 내민 하영이 귀여운 눈웃음으로 애교를 부렸다.

"오늘은 아버지 대신 이사장님 주치의로 왔습니다. 지난번에 먹은 구절판이 자꾸 생각이 나서요. 사실은 급하게 오느라 아직 점심도 못 먹었어요."

"쯧쯧, 젊은 사람이 끼니를 걸러서야 쓰나."

못마땅하게 혀를 차면서도 손등을 토닥이는 손길이 다정했다.

"김 이사, 주방에 연락해서 겉절이 재료부터 준비하라 하시게. 오늘 싱싱한 생굴이 들어왔나 모르겠군."

"준비하라 이르겠습니다."

정중히 대답하고 뒤로 물러나는 김 이사 옆을 화려한 꽃무늬 원피스가 스쳐 갔다. 쫑알쫑알, 쉴 새 없이 이어지는 하영의 수다를 듣고 있는 이사장의 입가에 희미한 보조개가 피어올랐다.

띠띠띠.

비밀번호를 누르고 현관문 안으로 들어서려던 설영은 장대 같은 그림자에 놀라 숨을 들이켰다.

"놀랐잖아."

"왜 이제 와? 조퇴한 지가 언젠데."

꽤 오랫동안 움직임이 없었던지, 벽에 기대고 있던 민호가 움직이자 센서등에 불이 들어왔다.

"그러는 너야말로 여기서 뭐 해? 내가 조퇴한 건 누구한테 들었어?"

"내 레이더망이 어디 한두 개인 줄 알아? 그리고 확실히 해. 집주인은 나거든?"

민호가 설영의 손에 들린 플라스틱 쇼핑백을 빼앗다시피 낚아채 갔다. 신발을 벗자마자 민호를 쫓아가던 설영은 확연하게 달라진 실내 분위기에 어안이 벙벙했다. 휑하니 썰렁하기만 했던 공간에 소파와 장식장이 채워지니 제법 사람 사는 집 분위기가 났다.

"여기 우리 말고, 다른 사람 이사 왔어?"

설영이 사 온 음료수를 냉장고에 넣으려던 민호가 빈 공간을 찾지 못하자, 대충 비어 있는 서랍장에 봉투째 쑤셔 넣었다.

"정 비서 아줌마가 냉장고 꽉꽉 채워 놓고 갔어. 앞으로는 인스턴트 음식은 입에도 대지 말라는 엄명이야. 배고파, 밥 줘."

이미 식탁에는 밑반찬들이 한 상 가득 차려져 있었다. 민호가 방금 데운 버섯전골을 식탁 한가운데 올려놓고, 말없이 자리에 앉았다. 설영은 카운터 탑 위에 놓인 새 전기밥솥에서 밥을 주걱으로 퍼서, 밥 한 공기는 민호의 앞에, 다른 한 공기는 맞은편 자리에 놓았다. 경쟁을 벌이는 것처럼 한동안 두 사람은 말없이 먹는 것에만 집중했다. 버섯전골의 반 정도가 비었을 때였다. 갑자기 설영이 '탁' 소리 나게 젓가락을 식탁 위로 내려놓았다.

"말해. 도대체 무슨 사고를 어떻게 친 거야?"

"뭐가?"

설영은 둥근 원형 식탁에서 자기 앞으로만 모여 있는 반찬 그릇들을 노려보았다. 설영의 젓가락이 닿기만 하면 민호가 긴 팔을 이용해 설영의 앞으로 죄다 밀어다 놓은 것들이었다.

"병원에 입원했었다며. 잘 먹어야 빨리 낫지."

태연한 대답에도 설영은 의심의 눈초리를 거두지 않았다.

"너만 속 안 썩이면 다시는 아플 일도 없어. 말해. 갑자기 이렇게 친절한 이유가 뭐야."

"앞으로는 속 안 썩여. 다시는, 의심도 안 할 거고."

무덤덤하게 밥공기를 마저 비운 민호는 빈 그릇을 차례대로 싱크대로 옮겼다. 그러고는 자연스러운 동작으로 스펀지에 세제를 묻혔다.

"계속 그렇게 멍청한 표정으로 앉아만 있을 거야? 밥 다 먹었으면 설거지 안 해?"

"너 어디 아파? 아니면 내가 아픈가?"

싱크대 옆으로 쪼르르 달려간 설영이 그녀와 민호의 이마를 번갈아 가며 손바닥으로 짚어 보았다. 분명 열은 없는데. 잘못 들었나 싶다가도 뿌리치지 않는 민호를 보니 그녀만의 착각은 아닌 것 같았다. 오히려 그녀의 손길을 피하지 않는 민호 때문에 덜컥 겁이 났다.

"본가에서 무슨 일 있었어?"

"엄마한테 다 들었어. 나간 것이 아니라 쫓겨난 거였다며……."

유달리 붉은 입술과 대조되는 까만 눈동자가 촉촉한 물기를 머금고 있었다. 맑은 눈 속에 서린 비난은 스스로의 어리석음에 대한 뒤늦은 원망이었다.

"왜 말 안 했어? 그동안 충분히 해명할 기회가 있었잖아. 나 혼자 바보짓 하는 거 구경하니 재밌었어?"

"이미 다 지나간 과거야. 잘잘못을 따진다고 현재가 달라질 것도 아니잖아."

"왜 아냐? 차라리 말해 주면 좋았잖아……. 그랬더라면 다시 만난 류설영 앞에서 철없는 등신처럼 구는 일은 없었을 거 아냐."

"그렇지 않아. 나는 너를 다시 볼 수 있어서 좋았어. 지금 이렇게 같이 있을 수 있다는 사실만으로도 충분히 감사해. 나한테 너는 하나뿐인 가족이야. 앞으로도 그 사실은 변함없어."

검게 번들거리는 눈망울에 감정이 넘실댄다. 차고 넘치는 감정이 폭발하겠다 싶은 순간 거짓말처럼 서늘하게 가라앉았다. 손에 묻은 거품을 물로 씻어 낸 민호가 젖은 손 그대로 설영의 어깨에 올려놓았다.

"가족? 누나, 동생 그런 가족 말이야?"

뚫어질 듯 바라보는 시선에 압도당한 설영은 무의식중에 고개를 한 번 끄떡였다.

"잘 들어, 류설영. 나는 당신이랑 누나, 동생, 이런 거 죽었다 깨어나도 안 해. 다시 만난 그 순간부터 지금까지, 류설영은 나한테 여자, 그 이상도 그 이하도 아니었어. 지금 당장 나를 좋아하라고는 안 해. 지금의 내 모습이 류설영에 비해 형편없이 부족하고, 보잘것없다는 것도 알아. 그래서 달라질 거야."

"……."

"다른 남자랑 연애하고 싶으면, 해. 나도 그깟 연애해 봤어. 별거 아냐. 지금은 좋아 죽을 것 같지? 그것도 금방 시들해져."

"……."

"자그마치 7년이야. 류설영 만나려고 나는 7년을 기다렸어. 10년이라고 더 못 기다릴 것 같아? 류설영을 차지하기 위해서라면, 얼마든지 공들일 각오가 되어 있어."

"……."

"그러니까 더 이상 나를 철부지 애 취급하지 마."

아무런 말 없이 미간을 좁히는 설영을 남겨 두고 민호가 돌아섰다. 물에 젖어 축축해진 교복 어깨를 슬쩍 내려다본 설영은 주방을 벗어나는 민호의 손목을 붙잡았다.

"꼬맹이, 거기 딱 서라."

넓은 어깨가 일순간 돌처럼 딱딱하게 굳어졌다. 손아귀에서 벗어나려는 민호가 팔을 앞으로 튕겼다. 그러거나 말거나 설영은 개의치 않고, 손목을 잡은 손가락에 힘을 주었다.

"사내자식이 한번 시작한 일은 끝을 봐야지. 스펀지에 거품을 냈으면 설거지는 마저 하고 가라."

감정의 동요가 전혀 없는 지극히 평온한 음색이었다. 민호의 눈빛이 일그러졌다. 분노에 찬 민호가 잡힌 손을 앞으로 홱 잡아당겼다. 손목을 잡은 채로 끌려오는 설영을 향해 돌아서는 민호가 어금니를 사리물었다.

"내가 우습지?"

"전혀."

천연덕스러운 대답이 도리어 민호를 미치고 환장하게 만들었다.

"사실은 학교 다닐 때 공부 잘했다는 말, 다 뻥이지? 내가 한 말이 무슨 뜻인지 하나도 이해 못 했지? 남자가 고백을 해도, 그게 고백인지도 모르지? 너 바보, 멍청이지?"

"이게 누구더러……."

커다란 손이 순식간에 설영의 얼굴을 감싸 안았다. 아무리 발버둥쳐도 철부지 어린애로밖에 봐 주지 않는 설영에게 그도 다 큰 어른이라는 것을 증명이라도 하듯 벽으로 밀어붙였다.

"이래도 내가 남자가 아냐?"

부자연스럽게 붙잡힌 얼굴 앞으로 민호의 얼굴이 클로즈업되었다. 성인 남자의 체취가 물씬 풍길 만큼 가까운 거리였다. 딱 거기까지였다, 민호가 물리적인 힘으로 설영과 가까워질 수 있는 거리는. 오목한 코끝이 시야에 또렷하게 잡혔다고 생각한 다음 순간 눈앞에 번개가 번쩍하더니, 민호의 얼굴은 그대로 거실 바닥으로 내리꽂혔다.

민호는 정확하게 어디를 공격당했는지도 몰랐다. 정신을 차려 보니 차가운 대리석 바닥에 얼굴이 짓눌리고, 설영이 등을 타고 꺾인 팔과 목을 조이고 있었다.

"이게 어디서 되먹지 못한 마초 흉내야?"

"야, 이거 안 놔?"

등 뒤로 꺾인 팔이 위로 눌리자, 민호가 기다란 발을 동동 굴렀다.

"아직 정신을 덜 차렸지? 한 번은 얼떨결에 당해 줬다만, 두 번은 어림도 없어."

"이거 놓고 얘기해."

"그깟 연애가 뭐? 10년을 어째? 이걸 확, 그냥! 그런 쓸데없는 일에 공들일 정성 있으면 차라리 공부를 해, 이 전교 꼴등아."

"여기서 전교 꼴등이 왜 나와?"

바르작대던 민호의 몸에서 일순간 힘이 탁 하고 빠져나갔다.

"백지 답안이었어."

바닥에 얼굴을 묻은 민호가 구시렁대는 소리에 설영은 픽, 웃음을 흘렸다.

"창피한 줄은 아는구나. 내일부터 학교 등교 할 거지? 앞으로는 속 안 썩인다는 말 믿는다."

몸이 자유로워진 민호가 앞으로 돌아누웠다.

"박유나는 앞으로 어떻게 할 거래?"

"그걸 왜 나한테 물어? 걘는 박씨고, 나는 김씨야. 김씨한테 박씨 성, 따다 안긴 사람이 알아서 하겠지."

"의원님은 뭐라셔? 이제는 네가 유나에 대해 알고 있다는 것을 아셨을 것 아냐."

"언제는 내가 무슨 생각을 하는지 관심이나 있었나? 정치는 개뿔……. 하고 싶은 거 다 하게 해 줄 테니 외국 가서 몇 년만 조용히 찌그러져 있으래. 그럼 다 해결된다고."

우두커니 허공을 응시하는 민호의 얼굴에는 아무런 감정도 떠오르지 않았다. 마치 무관심에 익숙한 듯, 공허한 눈빛이 오히려 서글퍼 보였다.

"네 말이 맞다. 정치는 개뿔……. 화 안 나?"

"화낸다고 달라져? 그 집에서는 내가 북을 치든, 장구를 치든 눈 하나 깜짝 안 할걸."

"……."

"그래서 내가 곰곰이 생각해 봤어. 이 거래에서 내가 얻을 수 있는 최고의 이득이 뭘까 하고…….”

건조한 말투에 생기가 돌았다. 천정을 바라보던 설영이 고개를 돌렸다. 민호는 줄곧 그녀를 바라보고 있었는지, 당돌한 시선이 정면으로 마주쳤다.

“그게 뭔데?”

질문을 받자 민호가 손가락을 까닥거렸다. 버릇없는 태도에 설영의 미간이 좁아졌다. 그럼에도 호기심에 못 이겨 민호의 얼굴 위로 고개를 숙였다.

“류. 설. 영.”

“그러니까 그게 뭐냐고?”

귓가를 간질이는 귓속말에 어깨가 쭈뼛거렸다. 빌어먹을 궁금증만 아니면…….

“너를 달라고……. 헉!”

두 번 생각할 필요도 없었다. 설영은 팔꿈치로 누워 있는 민호의 복부를 가차 없이 찍어 눌렀다. 턱 하고 숨이 막힌 민호가 배를 감싸 안고 바닥을 빙글빙글 돌았다.

“미쳤어? 사람 죽이려고 작정했어?”

“엄살 부리지 마. 내가 작정하고 덤볐으면 지금 너는 게거품 물고 쓰러졌어.”

“여자가 말을 해도 꼭……. 수학은 이런 폭력성에 대해 아무것도 모르지?”

“수학이 너 같은 줄 알아……?”

자신 없는 목소리로 설영은 슬쩍 말끝을 흐렸다. 떨떠름한 기억을 떠올리는 설영의 눈길이 저도 모르게 예리한 민호의 시선을 외면했다.

“뭐야, 수학도 벌써 당했어?”

벌떡 자리에서 일어난 민호가 확신에 찬 목소리로 쾌재를 불렀다.

"됐어, 그럼. 이건 처음부터 맷집 좋은 놈이 이기는 게임이었어."

"무슨 헛소리야?"

"생각해 봐. 그 돌주먹에 맞아 가면서 버틸 남자가 누가 있겠어? 나밖에 더 있어?"

민호를 따라 일어난 설영은 황당한 결론에 어이없다는 표정이었다. 민호의 고백에 대해서는 깊게 생각하고 싶지 않았다. 워낙 남녀 사이에 오가는 감정적 교류에 둔감하기도 했지만, 저 나이 때는 강해 보이는 연상에 쉽사리 마음이 흔들린다는 것쯤은 알고 있었다. 학교 다닐 때 선생님이나 나이 많은 오빠 친구들을 좋아하는 친구들 얘기를 많이 들었다.

감정의 기복이 심한 때이니만큼 쉽게 좋아하는 것만큼이나 포기도 빨랐다. 맞장구쳐 주는 건 오히려 금방 타 버릴 불씨에 기름을 부어 주는 꼴이었다. 오랫동안 떨어져 있던 민호가 그리움을 사랑으로 착각하는 건지도 모르고, 행여나 진짜 이성 비슷한 느낌으로 좋아한다 할지라도 한때에 지나지 않을 감정이었다. 설영까지 심각하게 받아들여 어색한 감정의 찌꺼기를 남기고 싶지 않았다.

"말 같지도 않은 소리."

한심하다는 표정으로 설영은 자기보다 머리 하나는 더 큰 민호의 귓불을 어렵지 않게 잡아당겼다.

"돌주먹에 맞아 죽고 싶지 않으면 헛소리 그만하고, 벌여 놓은 일이나 마무리해."

불편한 자세로 싱크대까지 끌려가면서도 민호는 불평하지 않았다.

"비눗물 남지 않게 뽀득뽀득 잘 헹궈라. 설거지를 해 본 적이 있는지는 모르겠다만."

"걱정 마. 예전에 가출해서 친구네 오피스텔에 얹혀산 적이 있었어. 이래 봬도 내가 댁보다는 깔끔할걸."

"자랑이다."

설영은 민호 손에 스펀지를 들려 주며 타박 한마디를 잊지 않았다. 설영이 피로한 얼굴로 뒷목을 주무르는데 민호가 스펀지를 손에 든 채 뒤로 돌았다.

"앞으로 한집에 살려면 역할 분담은 확실히 해. 나만 머슴처럼 일할 수는 없잖아."

"설거지 한 번에 오버는……."

설영은 잔잔한 미소를 머금었다. 까칠함을 벗어 버린 민호의 넉살이 결코 싫지가 않았다.

"그래서 어쩌자고?"

"앞으로 설거지는 내가 할 테니까, 저녁은 류설영이 차려."

"나는 요리할 줄 모르는데?"

"누가 요리하래? 나도 댁이 한 요리 먹고 싶은 마음 없어, 무슨 이상한 걸 넣을 줄 알고……. 정 비서 아줌마가 한 번씩 와서 냉장고 채워 두겠다고 그랬어. 그러니까 앞으로 저녁은 꼭 집에서 먹어."

설영은 심드렁한 표정으로 손을 내저었다. 번거롭게 집안일에 시간을 할애하는 게 시간 낭비라는 생각이었다.

"밖에 널린 게 식당이랑 편의점이야. 대충 한 끼 때우면 되지, 뭘 귀찮게 집에서 차려 먹어."

"맘대로 해."

설영의 대꾸가 마음에 안 들었는지 민호가 팽 하고 돌아섰다.

"밖에서 불량 식품 주워 먹고 아프든지 말든지……."

흐르는 물소리에 묻혀 뒷말은 제대로 들리지 않았다. 민호가 무슨 말을 했는지 대충 알 것 같았다. 식탁 위에 남은 반찬 그릇을 정리해 싱크대로 옮기는 설영의 얼굴에 따뜻한 미소가 떠올랐다.

설영이 슬쩍 옆으로 민호를 밀쳤다. 민호가 옆으로 밀려 나며 미끄러운 손에서 접시를 놓치는 바람에 비누 거품이 튀었다. 거품에 젖은 티셔츠를 내려다보는 민호의 눈썹이 심하게 구겨졌다. 뭐라 한마디

할 줄 알았더니, 민호는 그저 거품을 손으로 털어 내더니 묵묵히 하던 일에 집중했다. 거품이 묻은 그릇은 설영이 물로 헹궜다. 그릇이 달그락대는 소리가 그 어느 때보다 정겹게 들리는 순간이었다.

이른 아침 시간이라서인지 가파른 등굣길은 생각보다 한산했다. 드문드문 학생들과 교직원을 실은 자동차가 설영의 옆을 스쳐 갔다. 열 걸음 정도 거리를 두고 민호가 뒤를 따르고 있었지만 별로 신경 쓰지 않았다. 복잡한 등교 행렬이 시작되기 전에 교실로 들어가려면 서둘러야 했다.

"오랜만이다, 류설영."

정문에 다다르자, 익숙한 그림자가 그녀를 기다리고 있었다. 짧은 머리는 여전했지만, 젤을 바르지 않아서인지 잔디 인형처럼 퍼져 있는 머리카락을 바라보던 설영의 입에서 가벼운 한숨 소리가 흘러나왔다.

"오늘은 너냐?"

가능하면 트러블을 피하려고 남들보다 일찍 등교한 건데. 귀찮은 내색을 숨기지 않는 설영의 앞으로 정민이 쭈뼛거리며 다가왔다.

"어제 학교에 나왔다는 말을 듣고 찾아갔는데……. 아파서 일찍 조퇴했다고……. 걱정이 돼서……."

"걱정이 돼서 아침 일찍부터 나를 기다렸다고? 보시다시피 지금은 말짱해. 됐지? 가라."

오늘따라 답답할 정도로 굼뜬 정민이였다. 언제 끝날지 모를 정민을 대신해서 말을 마친 설영이 옆으로 걸음을 옮겼다. 그러자 앞을 막고 있던 정민도 같은 방향으로 몸을 움직였다.

"또 왜?"

"저…… 그날 이후로 네가 갑자기 학교에 안 나와서……. 걱정 많이 했어. 혹시나……."

태상이 잡혀갔다는 소식을 들은 모양이었다. 뒤늦게 클럽으로 불러들인 일이 마음에 쓰인 거겠지. 납치극에 동조했다는 것이 알려지기라도 하면 퇴학 수준으로 끝날 일이 아니었다. 멋모르고 거든 일에 중국 사조직까지 끼어 있을 줄은 상상도 못 했을 것이다.

근심으로 어두워진 얼굴에 이제 겨우 본격적으로 자라기 시작하는 수염 자국이 눈에 들어왔다. 새벽부터 와서 기다리고 있을 정도라면 마음고생 좀 했다는 뜻이겠지. 악의 없이 시작된 일이었다. 당한 만큼 갚아 주겠다는 유치한 계획도 없었다. 그저 철없는 녀석들이 이번 일을 계기로 정신이 번쩍 들었기를 바랄 뿐이었다.

"걱정할 것 없어. 아무 일도 없었어."

"진짜?"

어두웠던 정민의 낯빛에 금세 화색이 돌아왔다.

"그렇다고 내가 널 용서한 것은 아니다. 이번 일로, 너 나한테 크게 빚진 거야."

"물론이야. 도움이 필요하면 언제든지 연락해. 암튼 무조건 고맙다."

이걸로 됐다. 이번 일로 한동안은 귀찮게 굴지 않겠지. 더 이상 귀찮게 치근덕거리지 말고 이쯤에서 각자의 길을 가자는 의미로 설영이 아래턱을 까딱거리며, 턱이 움직이는 방향과는 반대 방향으로 걸음을 옮겼다. 그런데도 정민은 그녀의 의도를 반대로 이해했는지, 설영이 움직이는 방향대로 몸을 틀었다.

"이 새끼가 뭐 하자는 거야?"

어쩌다 보니 바로 코앞에서 만나 버린 두 사람 사이를 민호가 끼어들었다. 그러고는 인정사정없이 정민의 가슴을 두 손으로 밀어 냈다. 갑작스러운 공격에 맥없이 밀려 났던 정민도 곧바로 민호의 멱살을 쥐고 주먹을 치켜들었다. 주뼛대던 정민이 어디 갔나 싶을 정도로 빠른 반응이었다. 평소에 앙숙이던 사이답게 눈을 부라리며 당장에라도 상대방을 잡아먹을 태세였다.

"스톱!"

서로의 몸을 밀며 엎치락뒤치락 힘겨루기를 하던 두 사람이 정문을 지나치는 순간이었다. 날카로운 외침에 민호의 주먹이 허공에서 멈췄다. 민호의 턱 밑으로 머리를 들이대고 있던 정민도 무슨 일인가 싶어 우물쭈물하는 동안 엉켜 있는 두 사람을 설영이 갈색 선 너머로 밀어냈다.

"거기서 싸우고 싶으면 마음껏 싸워. 다만 그 선만 넘지 마라. 정문 안에서 주먹질하면 교내 폭력으로 취급돼서 골치 아파져."

설영의 말이 끝나자마자, 두 녀석이 다시 뒤엉켰다. 빠앙! 이번에는 바로 앞에서 울리는 클랙슨 소리에 녀석들이 주춤했다.

"야, 니들 뭐 하는 거야? 정신 나갔어? 거기서 꼼짝도 하지 마."

정문 앞에 당도한 자동차의 운전석 유리창이 내려가고 교감 선생님이 얼굴을 내밀었다. 당장에라도 자동차를 정차시키고 쫓아오나 싶더니, 보조석의 문이 열리고 대신 강한이 차에서 내렸다.

"최 선생님, 저 녀석들 혼쭐을 내 주세요. 학부모님들 다 보는 교문 앞에서 무슨 정신 나간 짓들인지, 원."

"걱정 마십시오."

"최 선생님만 믿습니다. 그리고 다시 한 번만 신중하게 생각해 보세요."

두 번째 말은 단순하게 학생들을 혼내 주라는 말이 아니라는 것을 설영은 눈치챘다. 사표를 낸 것에 대해 재고해 달라는 말이겠지.

"태워다 주셔서 감사합니다."

타협의 여지가 없어 보이는 대답에 교감의 얼굴은 아쉬움이 가득했다. 원하는 대답을 듣지 못해 차마 자리를 뜨지 못하는데, 뒤에서 다른 교직원 차가 정문 안으로 들어오기 위해 기다리고 있었다. 어쩔 수 없이 교감이 교문 안으로 자동차를 출발시켰다.

설영은 대충 강한이 서 있는 방향을 향해 고개를 숙였다. 껄끄러운 상황에 눈이라도 마주칠까 시선을 내려뜨린 채 걸음을 재촉했다.

"거기 학생, 동작 그만."

못 들은 척 앞만 보고 걸어가려던 설영은 뒤이어 들리는 간드러지는 목소리에 걸음을 멈출 수밖에 없었다.

"어머나, 최 선생님. 일찍 출근하셨네요. 타세요. 제가 본관 앞까지 태워다 드릴게요."

"괜찮습니다. 나중에 뵙겠습니다."

설영에게는 한 번도 사용해 본 적이 없는 지극히 사무적이고 딱딱한 말투였다.

"그러지 말고, 타세요. 날씨도 더워지는데 괜히 헛고생하실 필요 없으시잖아요."

"괜찮습니다. 회의 때 뵙겠습니다."

"그래도……."

옆에서 듣는 사람이 무안할 정도의 냉담한 반응이었다. 저런 차가운 강한과 마주하면 어떤 기분일까. 상상만으로도 심장이 시큰거려 설영은 아랫입술을 지그시 깨물었다.

"그럼 할 수 없네요. 그나저나 너, 김민호 아니니? 웬일이야, 이 시간에 널 학교에서 다 보고. 오늘은 해가 서쪽에서 떴나 보다, 야."

민호가 대충 고개를 까닥이며 인사를 건넸다. 뒤늦게 얼굴이 마주친 설영도 꾸벅 고개를 숙였다.

"우리 반 문제아들이 여기 다 모여 있었네. 특히 류설영 너, 제발 오늘은 사고 치지 말고 무사히 넘어가자. Oh, my gosh, 어제 너 때문에 교무실에서 망신당한 것을 생각하면……. 그럼 다들 See you later."

이제 보니 일부러 무안함을 숨기기 위해 담임이 호들갑을 떨고 있었는 것 같았다.

"저렴한 멘트하고는……. 이해해라. 니네 담임 그거 하나 보다."

어느새 다가왔는지 정민이 설영의 어깨에 팔을 둘렀다. 여성의 생리 주기를 언급하는 말에 설영은 미간을 찌푸렸다. 거추장스럽게 걸쳐진 팔을 풀어내려 어깨를 튕기는데, 오히려 정민이 손바닥으로 어깨를 단단하게 감싸 왔다. 하는 수 없이 설영은 정민의 손목을 잡은 상태로 몸을 회전했다.

"어디다 손을 대?"

붙잡은 손목을 비튼 채 한마디 쏘붙이는 설영의 어깨를 이번에는 민호가 자랑스럽게 토닥였다.

"잘했다, 류설영. 다시는 나대지 못하게, 이참에 확실히 밟아 버려."

어깨를 다독이던 손이 머리로 옮겨지는 순간 음침한 목소리가 공기를 장악했다.

"니들 눈에 나는 투명인간이냐?"

그랬으면 얼마나 좋았을까. 설영은 그가 지켜보고 있다는 것을 매순간 피부로 사무치게 의식하고 있었다. 그래서 정민이 어깨에 손을 올렸을 때, 다소 과격하게 반응할 수밖에 없었다. 아프다며 떼를 쓰는 정민을 놓아주는 설영의 얼굴이 뒤늦은 후회로 흐려졌다.

"무슨 여자애 힘이 이러냐. 손목 부러질 뻔했잖아."

"운 좋은 줄 알아, 새꺄. 류설영이 누군 줄 알고 함부로 손을 대. 한 번만 더 류설영 몸에 손가락 하나라도 갖다 대면, 그때는 내가 니 손모가지를 부러뜨릴 줄 알아."

손목을 주무르며 인상을 쓰는 정민의 어깨를 민호가 손으로 거칠게 밀었다. 질세라 정민도 민호의 어깨를 밀며 신경전을 벌였다.

"투명인간 맞네."

하. 짧은 한숨 소리와 함께 강한은 철없는 녀석들에게서 시선을 거

두어들였다. 규율과 규칙에 무심한 본래의 최강한 선생으로 돌아와 있었다.

"류설영, 니가 대답해 봐. 네 눈에도 내가 투명인간으로 보이냐?"

무미건조한 말투지만, 설영은 속지 않았다. 고집스레 설영을 바라보는 까만 눈에 이는 작은 불꽃이 불편한 그의 심리 상태를 말해 주고 있었다.

"아니요."

조심스러운 대답에 강한이 고개를 한 번 끄덕였다.

"아침은 먹었고?"

"네."

"반성문은 써 왔어?"

"네."

처음보다 훨씬 자신 있어 하는 대답에 강한의 턱에 잔뜩 힘이 들어갔다. 웃음이 나는 것을 억지로 참고 있는지, 아래턱의 한가운데 둥글게 홈이 파였다.

"그래? 그럼 류설영은 반성문 들고 교무실로 따라오고……. 거기 두 녀석……."

강한의 말이 끝나기도 전에 민호가 성큼 다가왔다. 그들의 대화에 귀를 기울이고 있었는지, 잔뜩 신경이 선 얼굴이었다. 딱 벌어진 두 어깨가 나란히 서니 뒤에 있는 정민은 아예 코빼기도 보이지 않았다.

"너희들은 계속 싸움박질하고 있을 거냐?"

"아닙니다."

정민의 목소리가 민호의 어깨 너머에서 들려왔다.

"좋아. 교감 선생님 명이 있으니 이대로 교실로 보낼 수는 없고, 운동장 다섯 바퀴만 뛰어라. 그 정도는 할 수 있지?"

"물론입니다."

또다시 명쾌한 정민의 대답이 이어졌다. 대답과 함께 멀어지는 정민과 달리 민호는 화난 표정으로 자리를 지키고 있었다.

"김민호, 무슨 할 말 있어?"

냉소를 머금은 눈길이 민호를 향했다. 해볼 테면 해보라는 도전적인 시선에 민호가 가슴을 앞으로 팽팽하게 당겼다.

"나, 류설영 좋아합니다."

"김민호, 미쳤어?"

뜬금없는 고백에 설영은 강한의 반응부터 살폈다. 굳게 맞물린 입술 끝에 옅은 미소가 걸려 있었다. 그래서 더 불안하고 위태로웠다. 말다툼이든, 주먹질이든 두 사람이 부딪친 순간 사람들의 구경거리가 될 것이 뻔했다.

"민호야, 우리 나중에……."

"그래서 류설영이 싫어하는 일은 하지 않을 생각입니다."

차분하면서도 설득력 있는 음색에 설영은 잠시 말을 잇지 못했다.

"내가 좋아하는 사람이 아파하는 것은 보고 싶지 않으니까요. 대신 상처 주지 말라고 경고하는 겁니다. 류설영 눈에서 눈물 나게 하는 사람, 그게 누가 됐든 절대 용서하지 않을 겁니다. 어리다고 우습게 보지 마세요. 인생은 길고, 내 성장은 지금부터 시작이니까요."

"그만해, 김민호."

민호의 성장을 기대하게 만드는, 제대로 된 선전 포고였다.

"벌은 받겠습니다. 그래야 류설영이 곤란해지지 않을 테니까."

미련이 남는 표정과 달리 민호는 단호하게 돌아섰다. 운동장을 향해 뛰어가는 민호의 다부진 모습이 설영의 마음에 잔잔한 파문을 일으켰다. 많이 컸네. 심술만 부릴 줄 알았던 녀석이 보호자를 자청하고 나서자 은근 듬직하면서 대견했다.

"그런 표정은 전혀 달갑지 않은데……."

잔뜩 움츠렸던 긴장이 풀리면서 설영의 속마음이 그대로 얼굴에 드러났다. 배시시, 앞머리에 반쯤 가려진 반달눈을 바라보며 강한이 불만스럽게 중얼거렸다.

"어른 흉내 내는 게 귀엽잖아요. 철든 것 같아 기특하기도 하고……."

"저 덩치가 퍽이나 귀엽다."

시야를 방해하는 앞머리를 넘겨 주려는 듯 강한의 손이 자연스럽게 다가왔다. 주변을 의식한 설영은 강한이 미처 얼굴 가까이 손을 가져다 대기도 전에 두 발자국 옆으로 물러났다.

"누가 봐요."

"이래서 이 연극이 싫은 거야. 좀처럼 거리를 좁힐 수가 없잖아."

후우. 허공에서 갈 길을 잃은 손은 새된 한숨 소리와 함께 그대로 바지 호주머니 속으로 들어갔다.

"시비 걸지 말아요. 이 연극이 아니었으면 우리가 지금 여기, 이렇게 같이 있지도 못했어요."

"그건 네 생각일 뿐이고. 공원에서의 첫 만남 기억 안 나? 하기야, 너는 내가 그 자리에 있었다는 것조차 기억 못 하지."

"……."

기억을 못 하니, 당연히 대답할 말을 찾지 못했다.

"이 연극이 아니었더라도, 어차피 우리는 만날 운명이었어. 내 머릿속에 그날의 기억이 남아 있는 한, 나는 너를 찾아냈을 거다. 설령 그날의 만남이 없었더라도, 나는 너라는 존재를 내 인생 어디쯤에서 반드시 찾아냈을 거야."

빠져들 것처럼 깊고 투명한 눈동자가 자석처럼 설영을 끌어당겼다. 자신감에 가득 찬 눈빛을 바라보며 설영도 고개를 끄덕였다. 운명이 엮어 준 끈처럼 서로를 향한 이끌림. 서로를 기억에서 지워 내더라도, 다시 만난 심장은 서로를 운명처럼 알아볼 수 있을 것이다.

빵빵.

시끄러운 경적 소리에 설영은 퍼뜩 정신이 들었다. 강한이 주는 여운에 빠져 교문 앞에 길게 늘어서기 시작한 자동차의 행렬을 미처 알아채지 못했다. 등교하던 여학생 둘이 핸드폰을 꺼내 강한을 찍는 모습에 설영은 한참을 더 옆으로 멀어졌다.

"선생님, 오늘 선보러 가시나 봐요. 슈트빨 죽여요."

"우리 두고 선보시면 절대 안 돼요."

"2년만 기다려 주세요."

등굣길의 여학생들이 소리를 질렀다. 여학생들이 과감하게 질러 대는 소리를 듣고서야, 설영은 강한이 입고 있는 옷을 눈여겨보았다. 평상시의 캐주얼한 셔츠와 카키 바지가 아닌, 비율 좋은 몸의 균형을 강조하듯 몸에 딱 붙는 남색 슈트는 투명한 아침 햇살 아래 눈이 부실 정도로 멋있었다. 흑표범을 연상케 했던 검정 슈트와는 또 다른 분위기를 연출했다.

처음 교감의 차에서 내릴 때 뭔가 달라 보인다고 느껴졌던 이유가 눈에 익숙하지 않은 슈트 때문이었구나. 강한이 큰 보폭을 이용해 성큼 한 발 가까이 다가왔다.

"딱 여기까지만이다."

설영이 손을 뻗으면 닿을 수 있는 거리.

"여기서 더 멀어지면 나도 내가 무슨 짓을 벌일지 몰라. 확인하고 싶지 않으면 이 경계선 밖으로 벗어나지 말고, 따라와."

"어디로요?"

"교무실. 반성문 제출해야 한다는 말, 그새 까먹었어? 운동 삼아 좀 돌아갈 거다."

학교 본관이 아닌 운동장을 향해 강한이 몸을 돌렸다. 앞장선 강한이 긴 다리를 이용해 빠른 보폭으로 걸음을 옮겼다. 설영은 눈 깜짝할 사이에 벌어진 간격을 따라잡았다.

"학교 끝나고는 개인적인 볼일이 있어서 어디 좀 다녀와야 해."

"선보는 건 아니죠?"

갑자기 장벽에 가로막힌 것처럼 설영이 움찔하며 걸음을 멈췄다.

"교복을 입으니 너도 진짜 고등학생이라도 된 거냐. 왜, 너도 1년만 기다려 줘?"

강한이 다시 걸음을 옮겼다. 한심하다는 것을 숨기지 않는 말투에 은근 자존심이 상했다.

"누가 그렇대요? 그냥 오늘 좀 멋있어 보인다, 뭐 그런 뜻으로 한 말인데…… 그럼 혹시……."

클럽에 가는 거냐고 물을 뻔했다. 생각해 보니, 꼬치꼬치 캐묻는 자신의 모습이 우스웠다. 서른 살이나 된 성인 남자에게 직장과 집 외에 다른 사회생활이 있는 것이 당연한데. 초짜 연애 티 안 내고 쿨하고 싶은데 자꾸 촌스럽고 어설픈 게 티가 난다.

"아니에요. 신경 쓰지 마세요."

"당연히 신경 쓰여. 어디 가는지 궁금하면 직접 물어봐. 네가 싫다면 안 갈 수도 있으니까."

멋지게 차려입고 누굴 만나는 걸까, 본능적으로 경계심이 생겼다. 그래서 끝내는 호기심이 자존심을 눌렀다.

"어디 가는데요? 누구 만나러 가는데요?"

등굣길 학생들이 시끄럽게 떠들어 대는 소리가 점점 커져 갔다. 운동장에서 농구를 하던 남학생들의 대화 소리도 뚜렷해졌다. 온갖 소음으로 어수선해진 상황에서 강한의 대답을 놓치지 않기 위해 설영은 귀를 쫑긋 세워야 했다.

"오늘 하영이가 근무하는 세대병원의 개원 30주년 파티가 있어. 안 나타나면 불이익이 있을 거라고 협박당했어. 오래는 안 걸려."

투박하게 변한 목소리가 감정을 절제하고 있었다. 특실에 입원하면서 특급 관리 대상이 되기는 했지만, 병원 실무자인 하영은 설영의 진짜 나이를 알고 있을 것이다. 강한이 원하는 대답을 알면서도, 차마

가지 말라는 말을 꺼낼 수는 없었다.

"죄송해요."

"그럴 줄 알았다. 대신 8시쯤에 우리 집에 가 있을래? 비밀번호는 네 생일."

등을 보이고 있는 강한은 보지도 못할 건데 설영은 그저 얌전히 고개만 끄덕였다. 빠르게 걷던 걸음이 느려졌다. 강한의 보폭에 맞추느라 설영의 걸음도 느려졌다.

"자율 학습 시작되기 전에 교실에 들어가 봐야 해요."

"잊었어? 넌 지금 벌칙 수행하는 중이야. 오늘 제대로 권력 남용 좀 해 보자. 운동장 한 바퀴 다 걸을 동안 너는 내 등만 보고 따라와. 다른 녀석한테 눈 돌리기 없기다."

뒤통수에 눈이라도 달린 건가. 운동장 러닝 트랙에서 민호를 찾던 설영은 재빨리 시선을 앞으로 고정했다. 직각으로 꺾인 어깨 너머로 하늘 높이 떠오른 태양이 화려한 빛줄기를 쏟아 냈다. 노랗고 투명한 빛에 마음을 빼앗긴 순간, 둥근 머리가 태양빛을 삼켜 버렸다.

"또 한눈판다."

못마땅하다는 말투와 달리 사랑스럽게 내려다보는 눈가에 미소가 걸려 있었다. 화사한 미소 뒤로 쏟아지는 태양빛이 설영의 심장을 뜨겁게 달구었다.

"절대 한눈 안 팔아요."

"왜?"

탐색하는 시선이 설영의 대답을 기다렸다.

"선생님만큼 싸움 잘하는 남자는 아직까지 본 적이 없거든요."

"그게 이유야?"

"그것보다 더 확실한 이유가 어디에 있어요. 나는 세상에서 싸움 잘하는 남자가 제일 좋아요."

좋아한다는 말이 쑥스러워 설영은 빙 돌려 얘기했다. 그러면서 뻔뻔하게도 해사하게 웃는다. 어딘가 어린아이를 연상케 하는 그 순박한 미소가 강한의 심장에 깊숙이 아로새겨지고 있었다.

최고급 샹들리에 아래 품격 있는 클래식 연주가 넓은 파티 홀의 분위기를 한층 고조시켰다. 홀 전체를 차지하고 있는 진보라색 테이블 클로스가 덮인 원형 테이블은 중앙에 놓인 플라워센터피스를 비롯하여, 고가의 샴페인 잔과 고급 리본이 부착된 선물 상자로 세팅된 채 초대 손님을 기다리고 있었다.

단상 위 스크린에서는 세대병원의 역사를 사진으로 담은 슬라이드 쇼가 펼쳐지고, 단상 아래에서는 감사패 전달을 위한 식순 예행 연습이 한창이었다. 뒷문을 통해 디너 만찬을 위한 케이터링 트레이가 속속 도착하는 가운데, 유니폼을 입은 호텔 직원들이 한입 크기의 애피타이저를 쟁반에 담아 테이블 사이를 오가며 미리 온 손님들에게 제공하고 있었다.

모두가 분주해 보이는 가운데, 강한은 손님이 가져온 초대장을 살펴본 후 예약석으로 안내하는 하영을 발견했다. 딥블루 컬러의 이브닝드레스는 잘록한 허리 라인을 강조하며 하영의 볼륨감 있는 몸매를 잘 드러내 주고 있었다. 타고난 자신감과 우아함은 전문가의 손을 빌려 탄생한 헤어와 메이크업과 어우러지면서 여느 때보다 하영을 빛나게 만들어 주었다. 그럼에도 하영에게 다가가는 강한의 표정에서는 그 어떤 찬탄이나 경외감도 찾아볼 수 없었다.

장내가 소란스러워졌다. 여성 스태프들이 웅성거리는 소리에 하영은 무심코 고개를 들었다. 우월한 기럭지와 보기 좋게 벌어진 어깨, 멋지다는 말이 무색할 정도로 완벽에 가까운 슈트 핏은 사람들의 탄성을 끌어내기에 충분했다. 같은 공간이면서 혼자만 다른 프레임에 존재하는 것처럼, 그 존재 자체로 빛을 발하는 남자. 그녀를 향해 정면으로 걸어오는 강한을 본 순간 하영의 심장은 고장 난 시계처럼 삐거덕거리기 시작했다.

"어서 와. 생각보다 일찍 왔네?"

심장을 파고드는 저릿한 아픔을 무시하고 하영은 살갑게 미소 지었다.

"쓸데없는 짓을 했다."

솜털이 곤두설 정도의 차가운 냉기.

"아직 식 시작하려면 30분도 더 남았어. 학교 끝나자마자 바로 여기로 온 거야?"

냉소가 깃든 미소에도 아랑곳하지 않고 하영이 말을 이어 갔다.

"한창 막힐 시간일 텐데, 차는 안 막혔어?"

"개원 30주년 축하해."

축하 인사만 전하고 돌아서는 강한의 팔을 하영이 붙잡았다.

"어딜 가?"

"얼굴 보여 줬으니 우리 거래는 끝난 거 아닌가?"

"그냥 가면 어떡해. 잔칫집에 왔으면 밥은 먹고 가야지."

무표정한 가면 아래 차가운 분노가 도사리고 있음을 알면서도 하영은 천연덕스럽게 강한의 팔을 이끌었다. 사람들의 이목이 집중됐다. 안쪽에 위치한 예약석으로 가는 동안 집요한 시선이 그들을 따라왔다. 젊고 아름다운 선남선녀인 강한과 하영이 함께 있는 곳이면 어디서고 선망의 눈길이 좇아 다녔다.

그런 시선들이 하영은 신경 쓰였다. 매달리는 자신의 모습이 남들 눈에 어떻게 비쳐질까, 자존심을 지키고 싶은 욕심에 쿨한 우정을 가장했었다. 하지만 이제는 사정이 달라졌다. 초조함과도 같은 긴장감에 하영의 입 안이 바짝 타들어 갔다.

"여기가 네 자리. 내 자리는 바로 네 옆. 간단히 뭐라도 먹자. 사실은 나도 스트레스 때문에 점심에 초밥 한 줄 먹은 게 다거든."

하영이 핑거푸드가 담긴 쟁반을 들고 근처를 지나가는 직원을 손으로 불렀다. 구운 토마토와 크림치즈, 말린 크랜베리가 얹어진 크래커를 집어 드는 손이 미세하게 떨리고 있었다.

"이건 누구의 아이디어였지? 너만의 순수한 창작은 아닐 것 같고, 두 사람의 합작품인 건가?"

테이블에 놓인 예약자 명단을 강한이 손가락으로 쓸었다. 병원 이사장 직계 가족석에 강한과 이헌자 이사장 이름이 나란히 걸려 있었다. 탐탁잖은 시선이 하영을 향했을 때, 하영은 바로 옆에 서 있는 강한이 아주 멀게 느껴졌다.

"주치의면 주치의답게 건강에만 신경 써야 하는 것 아닌가. 담당 환자 가족사까지 일일이 참견할 만큼 오지랖이 넓은 의사였어?"

"알고 있었어?"

"너희 가족이 할머니 주치의라는 것? 아니면 오늘, 여기서 나도 모르는 가족 상견례가 예정되어 있다는 것?"

"오해야. 나는 너랑 이사장님 사이가 회복되기를 바라는 마음에……."

"주치의까지만 해. 오지랖은 너한테 어울리지 않아."

위화감을 주듯 딱딱 끊어지는 말투에 하영은 조바심이 났다.

"강한아, 이사장님도 예전 같지 않으셔. 재작년에 심장 수술 받으신 이후로 많이 약해지셨어. 너를 많이 아끼시고……."

"이하영."

목 안 깊숙이에서 울리는 이름이 자신의 이름이 아닌 것처럼 낯설었다.

"내가 단 한 번이라도 너에게 헛된 미련을 품게 한 적이 있었던가?"

작은 미련조차 싹둑 잘라 내라는 듯한 오만한 말투. 하영의 가슴 안쪽에 날카로운 흔적이 생겼다.

"최강한."

"만약 그랬다면 미안하다. 사내답지 못했어. 모른 척 외면하는 게 서로를 위해 좋다고 생각했어. 시간이 지나면 감정은 자연스럽게 소멸될 거라고 착각한 내 잘못이야."

"그 아이 때문이야?"

"류설영이 내 인생에 나타나지 않았어도 마찬가지였어. 나는 너를 사랑하지 않아."

"그렇게 단정 짓지 마. 한 번쯤은 너도 나에게 흔들린 적이 있었을 거야."

"아니. 단 한 번도 흔들린 적 없어. 내 심장은 너를 향해 뛰지 않아. 단 한 순간도 너를 위해 뛰지 않는 심장에 너를 위해 내줄 자리는 없어."

맑고 투명한 눈물 한 방울이 눈가에 맺혔다 그대로 떨어졌다. 창백하게 얼어붙은 뺨에 흘러내리는 눈물을 하영이 손등으로 거칠게 훔쳐냈다.

"잔인한 자식. 그 말 하려고 일부러 여기까지 온 거지? 내가 한 협박 정도는 깡그리 무시할 수 있었잖아. 비록 네가 나타나지 않았더라도 내가 아무 짓도 하지 않을 거라는 걸, 너는 알고 있었잖아."

"알아. 네 위치를 확실히 하라고 말해 주고 싶었어. 내 적이 되지 마. 네가 내 반대편에 서는 순간, 우리 사이에 남는 것은 아무것도 없을 테니까."

상처 입은 눈에 눈물이 차올랐다. 울음을 참는 입가가 경련으로 떨리는 것을 알면서도 강한은 냉정하게 돌아섰다. 오랜 우정에게 그가 해 줄 수 있는 최선의 배려는 외면이었다.

"너는 세상에서 제일 나쁜 놈이야."

강한의 뒤통수로 곱게 접은 리넨 냅킨이 날아왔다. 쓰러지듯 의자로 주저앉는 소리가 들렸지만, 강한은 돌아보지 않았다. 호기심 어린 시선들을 싸늘하게 외면하고 흔들림 없는 자세로 유유히 파티 홀을 빠져나갔다.

집 안에 전등이란 전등은 모두 꺼져 있었다. 어둠이 내려앉은 거실을 바라보며 실망한 것도 잠시, 자동 센서등이 켜지면서 텅 빈 현관의 한쪽 구석을 차지하고 있는 운동화가 눈에 들어오자 강한의 얼굴에 환한 미소가 피어올랐다.

불도 안 켜고, 어둠 속에서 혼자 뭐 하는 걸까. 설마 잠든 것은 아니겠지? 강한은 핸드폰을 꺼내 시간을 확인했다. 약속한 시간에서 30분 정도가 지나 있었다. 차라리 대중교통을 이용했더라면 하는 작은 후회가 들었다. 퇴근하는 차량의 행렬에서 간신히 벗어났다 했더니, 2차선 도로에서 신호를 무시한 차량에 의한 삼중 추돌 사고로 한동안 도로에 묶여 있어야만 했다.

집 안으로 들어서며 강한은 슈트의 재킷을 벗어 옷걸이에 걸었다. 인기척을 내지 않기 위해 최대한 조용히 움직였다. 거실 전등 스위치를 올려야 하나 망설이던 끝에 설영을 깨우고 싶지 않다는 생각에 대신 핸드폰 플래시를 켰다. 어디에 숨어 있는 걸까. 가죽 소파 하나가 덩그러니 놓인 거실부터 아일랜드 식탁이 있는 주방까지, 설영이 있을 만한 곳을 찾아 구석구석 플래시 불빛을 비췄다.

“뭐 하세요?”

나지막한 속삭임이 등 뒤에서 들리자, 너무 놀란 나머지 강한은 석고상처럼 굳어 버렸다.

딸깍.

플래시 불빛이 비치는 곳 외에는 아무것도 보이지 않던 주방에 일순간 빛이 쏟아졌다. 소리 나는 방향을 따라 고개를 돌리니 검정 후드 아래 야구 모자를 눌러쓴 설영이 주방 입구의 가장 구석진 자리에 쪼그리고 앉아 있었다.

"혹시 이것 찾으셨어요?"

설영이 전등 리모트 컨트롤을 손에 들고 가볍게 흔들었다. 상황이 어찌 되었든, 강한은 반가운 마음에 한달음에 설영의 앞으로 성큼 다가갔다.

"왜 불편하게 거기에 앉아 있어?"

한참을 올려다보느라 불편하게 고개를 젖히는 설영을 향해 강한이 손을 내밀었다.

"상호 아저씨가 갑자기 들어오기라도 하면 이상하게 생각할까 싶어서요. 그러는 선생님은 왜 불도 안 켜고, 도둑처럼 들어오세요?"

활기차게 자리를 털고 일어나는 설영의 머리에서 모자와 후드가 동시에 벗겨졌다. 상큼한 비누 향과 더불어 기분 좋은 설영의 체취가 순식간에 강한의 후각을 자극했다. 이곳에 오기 직전에 샤워를 했는지, 후드 아래 감춰졌던 머리카락은 아직 촉촉한 물기가 남아 있었다. 헝클어진 채 앞으로 흘러내린 앞머리를 옆으로 넘겨 주는 강한의 손길이 너무나 자연스러웠다.

"신발은 있는데 인기척이 없길래 자는 줄 알았지."

"아직 10시도 안 됐는데요?"

"안 피곤해?"

"전혀요. 저는 원래 11시 이전에는 안 자요."

활기차게 대답하는 모습 어디에서도 피곤의 그림자는 찾아볼 수 없었다. 앞머리를 옆으로 넘겨 주던 손이 장난스럽게 설영의 콧잔등을 비틀었다.

"어련하시겠어."

별장에서 초저녁 해가 떨어지자마자 피곤하다며 방으로 올라갔던 그녀를 비꼬아서 하는 말이라는 것을 알아채곤 설영이 슬그머니 고개를 옆으로 틀었다.
“은근 뒤끝 작렬이라니깐…….”
“제대로 봤어. 나 알고 보면 무지 쪼잔한 사람이야. 사내놈들 뒤에 달고 다니지 말라던 경고 기억하지? 그 말 하고 겨우 하루 지났다. 학교에서 시커먼 사내놈들이 너를 사이에 두고 치고받고 싸우던 것은 어떻게 설명할래?”
“오해예요. 자기들끼리 힘자랑하느라고 벌이는 유치한 신경전이었어요. 그러는 선생님은요? 여학생 팬클럽부터, 이하영 선생님까지…….”
아차, 하영이 직접 강한을 좋아한다고 고백한 것도 아닌데. 강한이 하영을 만나러 간다는 사실에 아닌 게 아니라 하루 종일 신경이 예민해져 있었다. 그러다 보니 웬만해서는 하지 않을 말실수가 튀어나왔다.
“죄송해요, 쓸데없는 말을 해서…….”
“신경 쓰였어?”
“신경 쓰지 마세요. 그냥 선생님이랑 친한 것 같아서 나도 모르게 샘이 났었나 봐요.”
상기된 표정으로 설영이 시선을 내리떴다. 시선을 떨구는 설영의 아래턱을 강한이 조심스럽게 들어 올렸다.
“미안해할 것 없어. 나도 네 주위를 얼쩡대는 사내놈들을 보며 본능적으로 경계심부터 세우게 되니까. 솔직히 네가 질투하는 것 같아서 기분이 나쁘지 않아. 나만 너 때문에 애타 하는 것 같아서 조바심이 났었거든.”
강한도 이미 알고 있었구나. 조심스럽게 말을 고르는 그를 보며 설영은 확신했다.
“하영이는 신경 쓰지 않았으면 좋겠다. 똑똑한 녀석이니 내가 해 줄 수 있는 게 아무것도 없다는 걸 알고 있었을 거야. 시간은 좀 걸리겠지만, 현명하게 판단할 거라고 생각해."

"나 때문에 오랜 우정이 깨지는 것은 원치 않아요."

"한 번쯤은 짚고 넘어가야 할 문제였어."

지긋이 내려다보는 시선 끝에 전에 보지 못한 열기가 너울거렸다. 신경세포 하나하나를 일깨우는 낯선 긴장감에 설영은 아랫입술을 질끈 깨물었다.

"내가 불편해?"

치아에 짓눌린 아랫입술을 바라보는 눈빛이 흐려졌다. 어색하거나 불편한 상황에 나타나는 버릇이라는 것을 강한도 알고 있었다.

"불편하다기보다는…… 잘 모르겠어요. 떨리고 긴장되는데, 어떻게 반응해야 하는지 모르겠어요."

솔직한 대답에 강한이 소리 내어 웃더니 한쪽 팔로 설영의 허리를 끌어당겼다.

"그냥 씩씩한 류설영 해. 넌, 너일 때가 가장 예뻐 보이니까."

강한의 심장 어딘가가 뭉클해졌다. 낯선 환경에 홀로 내동댕이쳐지고, 상처받지 않기 위해 강해져야만 했던 아이. 강해 보이는 겉모습 아래 숨겨진 연약함이 그의 눈에는 보였다. 비슷한 아픔을 나눠 가진 그들이기에 서로에게 본능적으로 빠져들었는지도 모르겠다.

"보내기 싫다."

나직이 속삭이는 말에 여운이 묻어났다.

"민호가 걱정하고 있을 거예요."

"평생 가도 도움이 안 되는 녀석이야."

깊어진 강한의 눈동자가 이채를 띠었다. 연인들끼리 통하는 은밀하면서도 자극적인 육체의 언어. 얼굴만 보고 보내 주겠다던 약속에도 불구하고, 강한은 새치름하게 올려다보는 설영의 눈빛에 속수무책으로 빠져들고 있었다. 세상과 단절이라도 된 것처럼 그의 눈에는 오롯이 설영만 존재했다.

"키스할 거다."

강한이 설영의 양팔을 하나씩 들어 올려 그의 목을 감싸게 만들었다. 허리를 감싸 오는 손은 한 치의 공간도 허용하지 않았다. 마주 닿은 가슴을 통해 빠르게 뛰는 심장의 박동이 느껴졌다. 엉키듯 다리와 다리가 포개지고, 강한이 눈빛만으로 설영의 입술을 집어삼키듯 쓰다듬었다.

"미리 말하는 거야. 이번에는 중도에서, 아……."

아랫입술이 깨물린 강한이 작은 탄성을 내질렀다. 놀림에 대한 앙갚음이라도 하려는 것인지 갑작스러운 공격에 강한은 당황했다. 놀라 벌어진 입술을 다물 사이도 없이 보드라운 혀가 과감하게 상처 자국을 헤집고 들어왔다. 낯선 감각이 입술을 부드럽게 훑고 지나갔다. 엄살을 피울 정도로 아프게 물린 것도 아니었지만, 민감한 입술에 전해진 보드라운 혀의 자극은 강한의 말초신경을 예민하게 들쑤셔 놓기에 충분했다.

탐색하듯 맞물린 입술이 촘촘히 포개졌다. 조각처럼 굳어 있는 강한의 뒷머리를 설영이 잡아당긴 순간, 결박에서 풀려나기라도 한 것처럼 마침내 강한이 움직이기 시작했다. 입술이 벌어지고, 공기가 들어오기 시작한 공간에 뜨거운 열기가 가득 찼다. 부드럽게 머금고, 빨아들이기를 반복하는 입술의 움직임에 몸속 세포 하나하나가 반응했다.

강한의 혀가 대범하게 입 안으로 침범하며 구석구석을 휘저었다. 거칠게 토해 내는 호흡을 삼키며 전진해 들어오는 감각에 설영의 심장 박동이 빨라지고, 긴장은 눈 녹듯이 사라졌다. 앙큼하게 주도권을 잡아 보고자 했던 욕심도 머릿속 어딘가에서 흔적도 없이 사라져 버렸다. 강한의 리드에 따라 그가 전진하면 뒤로 밀려 나고, 강한이 잠시 주춤하면 그녀가 파도처럼 몰아붙였다.

허리를 붙잡고 있던 강한의 손이 설영의 얼굴을 다정하게 감싸 안았다. 길고 깊은 키스가 마침내 끝이 났다. 아쉬운 듯 간신히 벌어진 입술 사이로 탁한 숨결이 새어 나왔다. 거친 호흡을 다스리는 설영의 목 안쪽에 강한이 얼굴을 묻었다.

"여기서 더 가면, 멈출 자신이 없다."

허스키하게 잠긴 목소리가 암시하는 내용에 설영의 얼굴로 피가 몰려들었다. 델 것처럼 뜨겁게 달아오른 볼에 훅 하고 습한 바람이 불어왔다.

"보내기 싫다."

"가야 해요. 민호가 기다려요."

설영이 상기된 표정으로 뒤로 물러서자, 강한이 팔 안에 그녀를 가둬 옴짝달싹 못 하게 만들었다. 그러고는 품에 쏙 들어오는 설영의 정수리에 부드럽게 입술을 비볐다.

"이대로 10분만 더 있자. 그때는 고분고분하게 보내 줄게."

따뜻한 온기로부터 떨어지기 싫은 것은 설영도 마찬가지였다. 그리운 향기를 들이마시며 탄탄한 가슴에 얼굴을 묻었다. 규칙적인 심장 박동은 설영의 마음까지 차분하게 가라앉혀 주었다. 처음부터 하나의 조각으로 제작되었다 분리된 것처럼 두 사람은 서로의 품 안에 완벽하게 흡수되었다. 공기의 흐름조차 정지된 것처럼 한동안 두 사람은 미동이 없었다.

드르륵. 냉동실 얼음 칸에서 얼음이 쏟아지는 소리에 설영은 고개를 들어 올렸다.

"이제는 진짜 가야 해요."

"10분만 더."

머릿속 상념은 흔적도 없이 사라지고, 온전히 서로에게 흠뻑 취한 그들만의 시간. 이제는 현실로 돌아올 시간이었다.

"안 돼요. 내일 아침이면 학교에서 다시 볼 텐데요, 뭘. 게다가 친절히 밀린 숙제까지 내 주는 통에 그것 끝내고 자려면 시간이 턱없이 부족해요."

"언제부터 숙제를 꼬박꼬박 해 왔다고……."

"교무실에서 손 들고 벌서면서 쪽이란 쪽은 다 팔리고 난 후부터요. 사실은 아까부터 다리가 아팠어요."

품에서 빠져나오기 위해 꼼지락대는 설영을 차마 힘으로 누르지 못한 강한이 가벼운 한숨을 쉬었다. 핑계라는 것을 알면서도 아프다는 말에 마음이 편치 않았다.

강한의 품에서 빠져나온 설영이 바닥에 아무렇게나 떨어져 있던 야구 모자를 집었다.

"대신 토요일에 나랑 같이 갈 데가 있어. 꼭 보여 주고 싶은 곳이 있거든. 그러니 딴 데로 튈 생각하지 말고."

고개를 끄덕이는 설영의 머리에 강한이 모자를 씌워 주었다.

"거기가 어딘데요?"

"가 보면 알아. 너도 좋아할 거야. 보통 아침에는 몇 시에 등교하지?"

"7시 30분쯤? 그건 왜요?"

"그럼 늦어도 7시에는 버스 정류장에 도착하겠네?"

"그럴걸요."

건성으로 대답하며 복도를 걸어가는 설영을 따르던 강한이 현관 입구에서는 그녀는 앞질렀다. 설영보다 먼저 운동화를 집고, 끈을 느슨하게 풀며 강한이 펑퍼짐한 후드티 호주머니를 눈여겨보았다.

"시계는?"

"운동하고, 샤워하느라 잠깐 풀어 놓았는데……."

변명과 함께 설영이 호주머니에서 스마트워치를 꺼냈다. 외향은 평범해 보이는 아날로그 시계지만 위급한 상황에서 구조 신호를 보내거나, 위치 추적이 되는 기능이 탑재되어 있었다. 혹시 모를 만일의 경우에 대비해 강한이 학교나 집 밖에서는 꼭 몸에 지니고 다니라며 전해 준 것이었다. 시계를 가져간 강한이 버튼을 눌러 이상이 없음을 확인하고는 설영의 손목에 채워 주었다. 강한의 손목에도 비슷한 종류의 시계가 자리하고 있었다.

"윤태상은 어떻게 되었어요?"

설영이 운동화를 신자, 강한이 자연스럽게 한쪽 무릎을 바닥에 꿇었다.

"아직 수사가 진행 중이야. 곧 있으면 재판 날짜가 잡힐 것 같아. 상호 형이 지켜보고 있으니 너는 걱정할 것 없어."

운동화 끈이 조여지고, 매듭이 묶여지는 동안 설영은 강한의 단정한 정수리를 쓰다듬었다. 혼자서 해 왔던 일들을 강한에게 맡기는 게 어느새 자연스러워졌다. 실크처럼 부드러운 머리카락이 손가락 사이를 빠져나갔다.

"남자가 나보다도 머릿결이 좋으면 반칙이에요."

머리를 매만지던 손을 잡고 일어선 강한이 손바닥을 뒤집어 다정하게 입술에 가져갔다.

막상 헤어질 시간이 다가오자 조금이라도 더 같이 있고 싶다는 솔직한 심정이 설영의 발목을 붙잡았다.

"입술 선도 나보다 더 고운 것 같고……."

손가락이 유달리 뚜렷한 입술 선을 따라 움직였다. 입술 라인을 따라 움직이던 손가락이 촉촉한 입술 위를 더듬자, 강한이 입술을 벌리고 위협적으로 으르렁거렸다. 벌려진 입술 사이로 하얀 치아가 모습을 드러낸 순간, 설영이 냉큼 손가락을 잡아 뺐다.

"무는 것은 반칙이에요."

"반칙도 기술이야."

대답과 동시에 강한이 모자를 벗기고는 설영의 아랫입술을 깨물었다. 얼얼한 느낌과 함께 짜릿하게 전신으로 퍼지는 감각은 키스보다도 노골적이었다. 괜한 도발이었다. 아프지는 않았지만, 다른 쪽으로 흔적을 남길 거라는 후회가 들자 부풀어 오르기 시작하는 아랫입술을 손으로 감쌌다.

“무식한 방식이지만, 그냥 영역 표시라고 해 두자.”

앞머리를 옆으로 젖힌 강한이 잔뜩 찡그린 설영의 이마에 쪽 하고 입 맞추더니 모자를 다시 머리에 씌워 주었다. 그 위에 검정 후드까지 씌워지자 그림자가 얼굴의 절반을 가렸다. 현관문이 열리고 엘리베이터의 하향 버튼에 불이 들어왔다.

“안타깝지만 배웅은 여기까지. 집에 도착하면 바로 문자 하는 것 잊지 말고.”

띵. 도착 음과 함께 엘리베이터 문이 열렸다. 미련 때문인지 자꾸만 행동이 굼뜨는 설영에게 강한이 나직이 경고했다.

“내 자제력을 시험하고 싶지 않다면, 셋 셀 동안 빨리 사라지는 게 좋을 거다. 안 그러면 뒷일은 책임 못 진다. 하나…….”

설영이 잽싸게 엘리베이터 안으로 뛰어들었다. 닫힘 버튼을 찾아 몸을 돌리는 설영이 자존심을 세우듯 고개를 빳빳이 쳐들었다. 학생과 선생의 관계로 만난 사이라서 그런지 가끔 저렇게 강압적으로 나오면 몸이 본능적으로 복종 모드로 돌입한다. 그런 설영의 생각을 읽었는지 강한이 큰 소리로 웃음을 터트렸다. 심장을 울리는 기분 좋은 웃음소리였다.

“내일 학교에서 뵙죠.”

붉어진 얼굴로 퉁명스레 말하는 설영을 보며 강한이 어린아이처럼 밝게 웃었다. 눈까지 활짝 웃는 그를 보며 미소를 되돌리지 않을 수 없었다.

“내일 늦지 마.”

확답을 요구하는 말투에 설영이 무의식적으로 고개를 끄덕였다. 스르륵, 엘리베이터의 문이 자동으로 움직이기 시작했다. 좁아지는 문 틈새로 강한의 따스한 눈빛이 그녀를 따라왔다. 혼자 남겨진 공간에서 설영은 손목에 찬 시계를 왼쪽 가슴에서 멀찍이 떼어 놓았다. 두근두근, 빠르게 뛰고 있는 심장 박동은 GPS로는 추적이 되지 않겠지.

빠르게 내려간 엘리베이터가 지하 주차장에서 멈췄다. 문이 열리자, 설영은 후드를 앞쪽으로 잡아당기며 뛰기 시작했다.

CHAPTER 08

아침 6시 22분. 버스 정류장에 도착한 설영은 시간부터 확인했다. 몇 시에 등교하느냐는 강한의 질문이 무의식에 남아 있던 모양이었다. 행여나 어제의 불상사가 반복될까, 귀찮게 따라붙는 민호를 따돌리기 위해 평상시보다 일찍 집에서 출발했다.

이제 막 도시가 본격적으로 깨어나고 있었다. 그래서인지 버스 정류장 부스 안에는 설영 외에 다른 사람의 그림자는 없었다. 멀찍이서 나이 지긋하신 환경미화원이 밤새 도보 위에 버려진 쓰레기를 치우고 계셨다.

한낮의 더위가 여름이 가까워졌음을 시사하고 있었다. 하복에 얇은 카디건을 걸쳐 입은 설영은 타야 할 버스의 도착 시간을 확인했다. 도착 예정 시간 6시 35분. 아직 여유가 있음에 핸드폰에 깔아 둔 법전을 펼쳤다. 당장 내년이라고 기간이 정해진 것도 아니지만, 로스쿨에 진학하기 위한 준비를 게을리할 수는 없었다. 혼자 있을 때면 짬짬이 법학적성시험과 토익 공부에 시간을 투자하고 있었다. 주위에 사람이 없음을 확인하고 설영은 성폭력범죄의 처벌 등에 관한 판례를 찾아 읽기 시작했다.

그 순간 어디선가 강풍과도 같은 바람이 설영의 발밑을 한차례 휩쓸고 지나갔다. 일기예보에 비 소식이 있었던가, 고개를 갸우뚱하며 발밑까지 날아온 학원용 홍보 전단을 집어 휴지통에 버렸다. 때를 같이 해서 시내버스 한 대가 바로 앞에서 정차했다. 시계를 확인하니 바늘이 이제 막 6시 30분을 지나고 있었다. 기다리던 버스가 아니라는 생각에 시선을 핸드폰 화면으로 옮겼다.

"류설영, 안 타고 뭐 해?"

귀에 익은 말투에 놀라 설영이 번쩍 고개를 들었다. 바로 앞, 열린 유리창 너머로 강한이 장난기 가득한 표정으로 그녀를 바라보고 있었다. 휘둥그레진 눈으로 설영은 버스 안을 살펴보았다. 다행히 이른 시간이라서인지 좌석에 드문드문 앉은 승객들 사이에 유성고등학교 교복을 입은 학생은 보이지 않았다.

타야 하나, 말아야 하나. 갈팡질팡 결정을 내리지 못하는 사이, 운전기사 아저씨가 말을 걸어왔다.

"학생, 안 타?"

"친구 기다려요."

그럴싸한 변명이라고 만족하는데 곧바로 핸드폰에 문자 메시지가 도착했다.

[타는 게 좋을 거다.]

그녀가 버스를 타지 않으면 강한이 직접 내리겠다는 협박처럼 들렸다. 우연이라 치기에는 너무나 절묘한 타이밍이었다. 설마 하는 의혹으로 설영은 버스에 올랐다.

"친구 안 기다려?"

"늦는다고 문자 왔어요."

"주번인가 보네. 이 시간에 학교를 다 가고……."

"수학 선생님이 따로 좀 보자고 하셔서요."

친절한 기사아저씨의 질문에 대답하며 단말기에 교통카드를 찍자, 그대로 버스가 출발했다.

"안녕하세요, 선생님."

보는 시선을 의식한 설영은 정중하게 허리까지 숙이며 인사를 건넸다. 강한은 턱으로 옆 좌석을 가리키며 인사를 대신했다. 설영은 잠시 주저하는 것 같더니 책가방을 사이에 두고 털썩 자리에 주저앉았다. 그러고는 무심한 표정으로 가방에서 수학 문제집을 꺼냈다.

"아침부터 뭐 하세요?

"네가 다 큰 사내놈 보모 노릇 하느라 도통 시간이 없잖아. 우연을 가장해서라도 시간을 만들어야지."

"내가 이 시간에 버스 정류장에 있는 건 어떻게 아셨어요?"

강한은 당당한 태도로 손목에 찬 시계를 가리켰다.

"성능 좋더라."

"……."

대놓고 뻔뻔하게 나오니 오히려 헛웃음이 났다. 입가로 번져 가는 웃음을 참느라 설영은 문제집에 고개를 파묻었다.

"아침부터 문제집에 코 박고 자려고?"

수업 시간에 익히 들었던 빈정대는 말투. 뿌루퉁하게 노려보는 시선 끝에 한쪽 볼에 깊이 팬 보조개가 들어왔다.

"어제부터 네 뒤만 졸졸 따라다니는 녀석은 어떻게 된 거야? 오늘도 버릇없이 굴면, 혼쭐을 내 주려고 단단히 벼르고 있었는데."

"유치합니다. 어린애를 상대로……."

"나도 알아. 그러니 그렇게 꼭 집어서 말하지 않아도 돼."

등굣길에도, 점심시간에도, 하굣길에도, 강한의 말대로 민호는 하루 종일 설영의 뒤만 졸졸 따라다니고 있었다.

"시간을 좀 줘요. 잃어버린 시간을 그렇게라도 보상받으려는 것 같아요. 아직 어린애잖아요. 대신에 앞으로는 순한 양이 되겠다고 약속했어요."

"그래서 문제인 거다. 엉큼한 늑대가 네 눈에만 순한 양으로 보이니……."

설영이 볼펜으로 문제집에 쓱쓱 뭔가를 그리기 시작했다. 교문 앞에서 손을 번쩍 들고 벌을 서는 양 인형이었다. 양 인형 옆에 줄을 그어 민호라고 썼다. 문제집을 슬쩍 내려다본 강한이 풋, 소리 내어 웃더니 금세 표정을 가다듬고 유리창 너머로 시선을 돌렸다.

"아침은 먹었어?"

"가방에 샌드위치 넣어 왔어요."

고개를 끄덕이는 것은 만족스러운 대답이라는 뜻이었다. 설영은 새삼 궁금해졌다. 없어서 못 먹는 시절도 아니고, 돈만 있으면 어디서든 배를 채울 수 있는 풍요로운 환경에서 왜 매번 끼니를 챙기는 게 세상에서 가장 중요한 일인 것처럼 구는 것인지. 문제집에서 쉬운 수학 문제를 골라 답을 풀어 나가며 설영이 가벼운 마음으로 질문을 던졌다.

"선생님은 왜 자꾸 밥 먹었냐고 물어보세요?"

"내가 그랬나?"

"만날 때마다 나한테 밥 먹었냐고 물어보시잖아요."

"내가 그랬어?"

같은 질문을 반복하는 강한은 미처 알지 못했다는 말투였다.

"그냥 네가 편의점에서 컵라면으로 끼니를 때우는 게 싫었어. 나한테도 한때는 편의점 라면이 주식일 때가 있었거든. 한창 클 때는 컵라면 5개를 먹고도 허기지다고 느낄 때가 많았어. 젊어서 버틴 거겠지? 지금의 내 나이였으면 아마 골로 갔을 거다."

어깨를 으쓱하며 아무렇지도 않게 말하는 강한을 보는 설영의 눈빛이 한차례 거세게 흔들렸다. 아버지 집에서 살면서 끼니를 챙겨 준 유일한 사람이 태상의 어머니였다는 말이 떠올랐다. 윤태상과의 관계를 보면 그것도 여의치 않았겠지. 편의점에서 컵라면을 먹는 설영을 보며 어릴 적의 그를 본 것은 아닐까. 그래서 더 신경이 쓰였던 걸까. 애틋한 마음 한 자락이 가슴 한편에 쌓였다.

"도시락 세트를 드시죠."

"그때는 지금처럼 편의점 음식이 잘 발달되지 않았었거든."

"그럼 삼각 김밥이라도 같이 먹으면 됐잖아요."

"축축해진 김에서 나는 냄새가 싫었어. 지금도 마찬가지고."

"누가 까칠한지 모르겠네."

입으로는 핀잔을 주면서도 설영은 가방 아래로 커다란 손을 꼭 쥐었다. 서걱거리는 심장에 따뜻한 온기가 필요했다.

— 이번 정차할 곳은…….

안내 방송이 흘러나왔다. 내려야 할 정류장이 다가오고 있었다. 설영이 문제집을 접어 가방에 넣으려는데, 강한이 대충 끼적거려 놓은 답안지를 손가락으로 가리키며 가볍게 혀를 찼다.

"쯧쯧, 오답이다. 다시 풀어서 점심시간에 교무실로 가져와."

딱 봐도 정답이었다. 다음 페이지에 정답 풀이가 나와 있었지만, 설영은 슬그머니 문제집을 접고 가방에 넣었다. 심술궂은 수학 선생의 보고 싶다는 표현. 두 사람이 동시에 일어났다. 손등이 마주쳤다. 아쉬움에 떨어지기 싫은 설영의 새끼손가락이 살며시 강한의 새끼손가락과 교차했다.

◆ ◆ ◆

녹음이 짙어진 교정에 꽃향기가 가득했다. 등나무 벤치에 길게 늘어뜨려진 보라색 향연에 설영은 잠시 시선을 빼앗겼다. 초록과 어우러져 주렁주렁 매달린 꽃송이들이 눈부시게 탐스러웠다.

"미국에도 등나무 벤치가 있을까?"

하굣길에 설영의 옆에서 나란히 걷던 유나가 살갑게 물었다.

"인터넷에 물어보면 알 수 있지 않을까?"

"대박! 한번 찾아봐야겠다."

말을 마치자마자 유나는 손에 들고 있던 핸드폰에서 서치를 시작했다. 소극적이고 얌전하기만 하던 전과는 달리 또래 아이들처럼 웃음이 한결 많아졌다. 주변의 시선을 의식하지 않는 목소리 톤부터 활기가 넘쳤다.

한 무리의 학생들이 그들의 곁을 지나쳤다. 그들의 대화 소리가 멀어지기를 기다렸다, 설영이 마음에 담고 있던 질문을 던졌다.

"전교 1등으로 졸업하면, 미국에서도 알아주는 아이비리그 대학에 지원서를 넣을 수 있는 것 같던데. SAT 시험공부도 따로 해야 한다면서……. 한 학기 마저 여기서 마치는 게 좋게 않을까?"

유나는 비자 수속이 끝나는 대로 미국으로 유학을 갈 예정이었다. 모두를 위해 그러는 게 좋겠다며 스스로 내린 결정이었다. 2학기를 마저 채우고 한국에서 졸업을 하면, 복잡하게 미국 고등학교에서 대학 진학을 준비하지 않아도 된다고 설득을 해 보지만 유나는 그저 배시시 웃을 뿐이었다.

"잘 생각해 봐. 거기서는 1년을 또 꿇어야 한다며? 여기서도 출생신고 때문에 1년 늦게 학교에 들어온 거라면서. 나이 어린 애들이 같은 학년이라고 기어오르는 거, 그거 보기보다 엄청 열받는다."

자신을 빗대어 한 얘기에 유나가 핸드폰을 아래로 내렸다. 정확한 배경은 모르지만, 설영이 민호를 위해 고용된 사람이라는 것은 대충 알고 있었다.

"너는? 만약에 민호가 미국으로 오면, 너도 같이 올 거야?"

순수한 눈망울이 기대감으로 일렁거렸다.

"글쎄……."

교문이 보이자, 앞서 걸어가던 여학생들의 비명 소리가 선명하게 들렸다. 교복 장벽 너머로 기둥에 기대고 서 있는 민호가 보였다. 언젠가 본 적이 있는 커다란 헤드폰을 쓰고 가끔 짜증스럽게 소리를 지르는 모습을 보며 설영은 고개를 가로저었다. 그래도 짜증 난다고 냅다 책가방을 던지지는 않는다.

"순한 양 다 됐네. 굳이 내가 따라갈 필요는 없을 것 같지?"

소리 지르고 협박을 하면 한 무리의 여학생들이 자리를 떠난다. 그러면 다시 새로운 그룹이 나타나 그 자리를 채웠다. 길게 이어지는 하굣길 행렬에 언제 끝날지 모를 악순환이 계속되자 끝내는 민호가 몸을 움직였다. 발에 걸리는 돌멩이 하나가 교문을 향해 날아가고, 여학생들의 비명 소리가 귓가에 쨍쨍했다.

"그냥 가면 될 것을, 개폼은……."

교문 밖으로 사라지는 민호를 보며 설영이 못마땅하게 투덜댔다. 교문에서 기다리던 민호가, 버스 정류장에서 기다린다고 상황이 별반 다를 것 같지는 않았다. 환호성을 지르는 대상이 유성고등학교 여학생에서 타 학교의 학생으로 바뀔 뿐이었다.

"그러게. 조금만 더 친절해도 좋았을 텐데."

좀처럼 옆자리를 허락하지 않는 민호에 대한 아쉬움이 묻어나는 말투였다. 민호가 사라진 방향을 미련스럽게 바라보며 걷던 유나가 설영이 어깨를 톡톡 건드리자 화들짝 놀랐다.

"저기 저, 올라오는 흰색 자동차. 너희 엄마 맞지?"

"어, 맞아. 같이 가자. 버스 정류장까지 태워 줄게. 일부러 걸어갈 필요 없잖아."

"아냐, 됐어."

스스럼없이 차를 태워 주겠다고 제안하던 유나의 얼굴이 이내 시뻘겋게 달아올랐다. 일언지하에 거절함으로 무안을 줄 생각은 없었지만, 유나의 엄마가 설영에게는 껄끄러운 존재일 수밖에 없었다.

"엄마 기다리시겠다. 가 봐, 내일 학교에서 보자."

"어……. 그래 그럼. 내일 봐."

길게 늘어선 자동차 행렬로 유나가 뛰어갔다. 앞 유리창 너머로 선글라스를 쓴 유나의 엄마가 보였다. 마주하고 싶지 않은 인연에 설영의 발걸음이 느림보가 되었다. 행여나 교문 앞에서 마주쳐 어색한 인사라도 하게 될까, 흰색 자동차가 빠져나가기를 기다리는데, 오래된 홍콩 영화의 한 장면에서 빠져나온 것처럼 하와이언 셔츠를 걸친 남자들이 검정 SUV 두 대에서 차례대로 내렸다.

척 보기에도 불량스러운 남자들의 등장으로 평화롭던 하굣길에 일대 혼란이 생겼다. 자동차들이 일제히 클랙슨을 울려 대고, 떡하니 길을 막고 서 있는 검정 SUV 때문에 교통은 마비 상태였다.

저 남자. 본능적으로 위험을 감지한 설영이 제일 앞에 서 있는 갈색 머리의 남자를 알아보았다. 키가 큰 여학생의 얼굴을 살펴보는 남자의 노골적인 시선에 찾는 대상이 누구인지 쉽사리 짐작이 되었다. 징글징글한 악연이다.

"저기다. 잡아!"

뒤로 돌아선 설영의 뒤로 갈색 머리 남자가 소리쳤다. 설영은 등에서 덜렁거리는 책가방을 대충 내팽개쳤다. 가방 앞에 달린 호주머니에 넣어 둔 핸드폰을 챙길 여유 따위는 없었다. 무시무시한 소리를 내며 달려오는 남자들을 피해 죽기 살기로 뛰기 시작했다.

"아무래도 이번에는 우리가 역으로 당한 것 같다."

핸드폰을 손에 든 상호가 바짝 긴장한 목소리로 돌아보았다. 서울구치소를 향해 가던 자동차가 신호등 앞에서 대기했다. 뒷좌석에서 전화로 남철에게 지시를 내리던 강한은 본능적으로 뭔가 일이 틀어졌음을 깨달았다.

부동산 특별법 위반과 뇌물 수수 혐의로 수사 중이던 공무원이 유서를 쓰고 감옥에서 자살을 시도했다. 유서의 내용은 강압적 수사에 의해 허위 사실을 제공했다는 것이었다. 사건을 담당하던 검사는 과잉 취조를 의심받아 징계되고, 법원은 과잉 수사와 증거 불충분으로 윤태상의 구속영장을 기각했다. 이 모든 것이 단 하루 만에 이루어졌다.

누가 봐도 정치권의 움직임에 의한 짜고 치는 고스톱이었다. 문제는 누가 절차를 무시하고 이런 일련의 일들을 단 하루 만에 이루어 낼 수 있었을까 하는 것이었다. 윤태상이 그 대단한 누군가의 약점을 제대로 쥐고 있었다. 태상의 능력을 과소평가했다. 아니면 어설픈 과거의 인연에 얽혀 숨통을 제대로 조이지 못한 강한의 불찰이었다. 그리고 지금 그 불찰을 바로잡기 위해 강한은 몸소 태상을 만나러 가는 길이었다.

"무슨 소리야?"

"우리가 속았어. 태상이 놈은 이미 두 시간 전에 풀려나서 자유롭게 서울 시내를 활보하고 있단다."

"젠장!"

강한이 앞좌석의 헤드보드를 주먹으로 내리쳤다. 잘못된 정보에 역으로 당한 게 확실했다. 태상이 이번에는 머리를 제대로 썼다. 강한을 학교 밖으로 유인해 내기 위해 끄나풀을 통해 일부러 잘못된 정보를 흘렸다. 강한은 다급하게 설영의 위치부터 확인했다. 스마트워치의 GPS 기능은 꺼져 있었다. 아직은 학교에 있을 시간이니까, 시간을 확인하며 위치 추적이 되지 않는 이유에 정당성을 부여해 본다. 그러나 불안은 똬리를 틀며 심장을 좀먹었다.

"차 돌려."

강한이 지시를 내리기도 전에 차는 이미 중앙선을 지나 반대편 도로를 달리고 있었다. 강한이 초조하게 설영의 핸드폰으로 전화를 걸었다. 신호음은 가는데 설영은 전화를 받지 않았다. 전화 통화를 시도한지 세 번째, 음성메시지로 넘어가자, 강한은 대신 민호에게 전화를 걸었다.

— 왜요?

까칠한 답변에도 강한은 개의치 않고, 곧바로 본론으로 들어갔다.

"윤태상이 출소했다. 설영이 지금 어디 있어?"

— 무슨 소리예요? 그 나쁜 놈은 감옥에서 몇십 년은 썩을 거라고…….

"젠장할, 지금 어디 있냐고 묻잖아?"

인내심을 잃은 강한이 버럭 소리를 질렀다. 전화기 너머로 짧은 침묵이 흘렀다. 침묵 끝에 민호가 거친 숨을 들이마셨다.

— 아직 학교 내에 있을 거예요. 박유나랑 같이 교실에서 나가는 걸 봤어요. 내가 지금 다시 학교로 돌아가서…….

민호가 뛰기 시작하면서 말소리가 불안하게 흔들렸다. 촉각을 곤두세우는 강한의 귀에 어느 순간 거친 욕설이 흘러 들어왔다.

— 시발. 교문 앞에 조폭같이 생긴 놈들이 나타났어요. 분명히 내가 교문을 나섰을 때는 못 봤던 놈들이었는데…… 저 새끼들이…… 야, 이 개자식들아.

드문드문 들리는 민호의 외침은 운전석에 앉아 있는 상호마저 조마조마하게 만들었다. 교차로의 신호등이 빨간불로 바뀌었지만 자동차는 무시하고 직진으로 달렸다.

"5분 후면 남철이 유성고등학교에 도착할 거다. 걱정하지 마, 그 애는 괜찮을 거야. 이번에도 미꾸라지 새끼처럼 잘도 빠져나갈 거야."

바짝 긴장해 금방이라도 차 문을 열고 뛰쳐나갈 것 같은 강한을 달래며 상호가 룸미러를 힐끗 쳐다보았다. 큰 싸움을 앞두고는 오히려 담담하고 냉철하게 돌변하던 강한이 지금은 핏기 없이 파리한 얼굴로 핸드폰 너머로 들리는 작은 소리 하나에도 극도로 예민하게 반응하고 있었다. 류설영한테 제대로 빠졌구나. 만약 그 애가 잘못되기라도 하면, 강한도 제명에 못 살겠다는 생각에 상호는 액셀러레이터를 힘껏 밟았다.

♦ ♦ ♦

무사히 따돌린 걸까. 숨이 턱 밑까지 차오르자, 설영은 나무 뒤에 몸을 숨기며 거친 숨을 몰아쉬었다. 다행히 헉헉거리는 설영의 숨소리 외에 사면은 고요했다. 따라붙는 그림자가 없다는 확신이 들자, 설영은 이내 털썩 바닥에 주저앉았다. 긴장이 어느 정도 풀리면서 목이 타는 고통과 함께 가슴이 터질 듯이 조여들었다.

교내에 몸을 숨길 만한 별관이 많아서 그나마 다행이었다. 덕분에 요리조리 건물 뒤를 빙빙 돌아 쪽문이 있는 돌담 아래까지 피신할 수 있었다. 본관 건물로 뛰어들어 도와 달라고 하지 않기를 잘했다. 만약 그 때문에 학생들이 다치기라도 했다면. 상상만으로도 덜컹대는 심장을 손으로 쓸어내리며 헛된 생각은 이내 머릿속에서 떨쳐 냈다. 앞으로 어쩐다. 낭비할 시간이 없었다. 남자들이 여기까지 쫓아오면 독 안에 든 쥐나 마찬가지였다. 한시바삐 학교를 벗어나야만 했다.

돌담을 바라보며 설영은 생각을 정리했다. 우선은 돌담 넘어 주택가로 나가 보자. 내려가는 길은 학교 정문으로 연결되어 있으니, 등산로를 타고 뒷산으로 가자. 곧 있으면 해가 질 테고, 핸드폰도 없는 상황에서 밤에 돌산을 오른다는 게 썩 내키지 않지만 별다른 선택이 없었다. 가능하다면 주택의 현관 벨을 누르고 도움을 청하는 것도 방법이었다. 높은 담장을 쌓고 사는 사람들이 낯선 사람을 집 안에 들여보내 줄지가 의문이지만.

계획이 생기자, 덕분에 자리를 털고 일어나는 설영의 다리에도 힘이 들어갔다. 쪽문에는 자물쇠가 없었다. 돌담을 넘을 체력이 남아 있지 않은 설영에게는 천만다행이었다. 문에 귀를 기울여 바깥 동태부터 살폈다. 평상시와 다름없이 주택가는 조용했다. 아직 사람들이 여기까지는 찾아다니지 않는 모양이었다. 안심이 된 설영은 조심스럽게 문을 열고 밖으로 나갔다.

"잡아."

그녀가 거리로 나가자 학교 돌담에 기대고 있던 검은 그림자가 일제히 몸을 일으켰다. 제기랄. 사태를 파악할 겨를이 없었다. 설영은 그림자의 반대편으로 무조건 뛰었다. 등산로는 반대편이었지만 다른 선택은 없었다. 다리에 힘이 풀려 얼마 못 버틸 거라는 것도 알았다. 그럼에도 최대한 시간을 벌어야만 했다.

차체가 낮은 스포츠카 한 대가 다가오고 있었다. 자동차 잡지책에서나 봤을 것 같은 흔치 않은 디자인이었다. 설영은 스포츠카 앞으로 달려들었다. 속도를 늦춘 자동차의 운전자는 다름 아닌 하영이였다. 구세주라도 만난 것 같은 반가움에 설영은 운전석 뒷좌석으로 달려가 손잡이를 잡아당겼다.

"도와주세요."

도와 달라는 간곡한 외침에도 하영은 운전대를 붙잡은 채 꼼짝도 하지 않았다. 설영은 다급하게 운전석 유리창을 두드렸다. 겁에 질린 하영과 시선이 마주쳤다. 설영은 유리창 아래 버튼을 손가락으로 가리켰다. 잠금 장치를 해제해 달라는 제스처였다. 설영의 뒤쪽으로 검은 그림자가 생겼다. 그림자를 바라보는 하영의 눈이 점점 커져 갔다. 그 안에 담겨진 공포가 손에 잡힐 것 같다고 생각한 순간 설영의 어깨가 거칠게 당겨졌다.

퍽. 남자의 거친 주먹이 복부를 강타했다. 숨 쉬는 것조차 버거운 고통에 허리가 저절로 앞으로 꺾였다. 그제야 설영은 '잡아'라고 소리친 목소리의 주인공을 기억해 냈다. 클럽에서, 어선에서 태상을 보좌하던 남자. 표정이 없는 얼굴에 온통 검은색을 두르고 있어 저승사자 같다고 생각했던 남자였다. 설영은 신음 소리를 참기 위해 아랫입술을 질끈 깨물었다. 그 순간 남자의 손등이 그녀의 턱을 인정사정없이 후려쳤다. 입술이 찢어지고, 연약한 입 안의 살이 터졌다. 비릿한 피 냄새와 함께 순식간에 입 안에 핏물이 가득 고였다.

"그만하면 됐어."

동정심이라고는 전혀 느껴지지 않는 시니컬한 말투에 설영이 천천히 고개를 들어 올렸다. 검은 양복을 입은 사내들이 양쪽으로 갈라지며 길을 만들었다. 분명 윤태상의 목소리였는데. 설영이 흐릿한 시선에 초점을 맞췄다.

"날 보고 꽤 놀란 얼굴인데."

혼란스러워하는 설영을 비웃듯 윤태상이 한 발 한 발 가까워졌다. 그의 모습이 뚜렷해질수록 설영의 심장이 거세게 폭주하고 있었다.

"기억 안 나? 내가 장담했잖아, 살아 있으면 다시 보게 될 거라고."

"어떻게……."

"내가 어떻게 여기에 있는지 궁금해? 그건 나중에 설명해 준다고 약속할게. 대신 그 전에 고약한 네 버릇부터 길들여 놔야겠지."

태상이 이미 부풀기 시작한 오른쪽 턱의 반대편을 손바닥으로 힘껏 갈겼다. 입 안에 고여 있던 피가 밖으로 뿜어져 나왔다. 어딘가에서 날카로운 비명 소리가 들렸다. 하영이 내는 소리인지, 다른 누군가가 내는 소리인지 분간이 가지 않았다.

"앞으로는 내가 옆에 있으라면 얌전히 있는 게 신상에 좋을 거다."

태상의 주먹이 설영의 복부로 날아왔다. 처음 맞았을 때보다 강도는 약했지만, 설영이 받은 타격은 별반 다르지 않았다. 창자가 비틀리는 고통은 숨소리를 내는 것조차 사치였다. 입에서 흐르는 피가 목을 타고 체크무늬 교복 칼라와 크림색 카디건을 붉게 적셨다. 무릎에서 힘이 빠져나갔다. 앞으로 쓰러지려는 몸을 태상의 재킷을 붙잡고 힘겹게 버텼다.

"독한 계집애."

탁. 태상의 눈짓에 그녀를 잡고 있던 남자가 뒷목을 내려쳤다. 급소를 맞고 의식을 잃은 설영은 그대로 아래로 꼬꾸라졌다.

덜컹거리는 움직임에 설영은 눈을 떴다. 아파. 정신이 돌아오면서 맨 처음 머릿속에 떠오른 단어였다. 이리저리 흔들리는 차 안에는 클래식 음악이 흐르고 있었다. 서정적인 멜로디를 연주하는 바이올린 소리가 깊은 울림을 만들어 내자 온몸에 으스스한 소름이 돋았다. 폭력을 서슴지 않는 잔인한 남자에게는 어울리지 않는 고급스러운 취향이었다.

그래서 더 소름 끼치게 끔찍했다. 설영은 아픈 몸을 살짝 움직여 봤다. 등에 닿는 딱딱한 바닥은 분명 자동차 시트는 아니었다. 아마도 정신을 잃은 그녀를 SUV의 트렁크에 던져 놓은 모양이었다.

차 바퀴가 심하게 덜컹거릴 때마다 뻐근한 목과 복부에 통증이 심해졌다. 무슨 일이 있었는지 기억이 또렷이 떠오르며 맞았던 부위의 감각이 되살아났다. 젠장, 진짜 아프잖아. 설영은 신음 소리를 참느라 어금니를 가만히 사리물었다. 그 탓에 퉁퉁 부은 입술과 아래턱에 날카로운 아픔이 스쳐 갔다.

유리창 밖은 까만 어둠에 덮여 있었다. 간혹 뒤에서 달려오는 자동차의 헤드라이트 불빛이 듬성듬성 떨어진 나무들을 비춰서 설영은 그들이 산길을 달리고 있다고 추측했다. 이번에는 바다가 아닌 산인가. 바다에 떨어지면 흔적조차 찾을 수 없는 망망대해가 아닌 대한민국 영토 내에 있다는 사실만으로도 내심 안심이 되었다. 어떻게든 강한에게 연락을 취하기만 하면…….

설영은 불현듯 왼쪽 손목을 들어 올렸다. 연한 살갗을 날카롭게 조이는 아픔에 이번에도 양 손목이 공업용 끈에 묶여 있다는 것을 깨달았다. 가슴 앞으로 묶인 손목을 더듬어 보니 시계는 왼쪽 손목에 그대로 채워져 있었다. 곧바로 손목을 비틀었다. 가는 줄이 연한 살을 쓸어 내 아린 아픔이 느껴졌지만 설영은 신경 쓰지 않았다. 감각을 느낀다는 것은 아직 살 만하다는 증거였다.

다행히 끈을 너무 꽉 조이지 않은 덕에 손가락이 시계의 둥근 테두리에 달린 버튼을 찾을 수 있었다. 설영은 지체 없이 스마트 워치의 GPS 기능을 되살리기 위해 버튼을 눌렀다. 이것만 있으면 강한이 그녀의 행방을 추적할 수 있을 것이다.

"내려."

차의 움직임이 멈추고, 트렁크 문이 자동으로 열렸다. 차가운 밤 기온이 순식간에 공기의 흐름을 바꿔 놓았다. 밤이 갖는 특유의 습하고 쾌적한 공기에 정신이 번쩍 들었다. 남자들이 부산스럽게 움직이는 소리가 들리더니, 누군가 설영의 다리를 거칠게 끌어당겼다. 갑작스러운 동작에 한차례 고통이 맞은 부위를 휩쓸고 지나갔다. 제대로 몸을 추스르고 똑바로 설 정신도 없었다. 일반 승용차보다 차체가 높아 그대로 땅으로 추락하려는 것을 태상이 허리를 받쳐 막아 주었다.

전에도 이런 적이 있었지, 바다에 떨어지기 직전. 그때의 공포를 떠올리자 설영은 온몸에 소름이 돋았다.

"조심해야지. 이런 산속에서 뼈라도 부러지면 어쩌려고."

태상이 얼굴을 귓가에 바짝 들이댔다.

"또다시 도망가면, 이번에는 다리를 부러뜨려 주겠다고 경고하는 거야. 내 말 무슨 뜻인지 알지?"

치 떨리게 싫은 남자였다. 돈으로 고용한 사람들 위에 군림하며, 강하다는 것을 인정받고 싶어 했다. 설영은 비겁한 태상에게 굴복하지 않기 위해 악착같이 두 다리에 힘을 주었다.

"혼자……."

메마르고 갈라진 목소리였다. 뒷말을 잇지도 못하면서 간당간당하게 서 있는 설영을 보며 태상이 한쪽 입술을 비틀었다.

"깡다구는 여전해, 인정."

태상이 손을 까딱하자, 뒤에 있던 저승사자 같은 남자가 그녀를 번쩍 들어 포대기처럼 어깨에 둘러맸다. '헉' 소리 없는 비명이 저도 모르게 흘러나왔다. 걸을 때마다 어깨뼈가 복부를 파고들었다. 한 걸음, 한 걸음 보폭에 맞춰 복부에 힘을 줬다. 남자가 침대가 있는 방에 설영을 내려놓자, 100미터 달리기라도 한 것처럼 마른 숨이 차올랐다.

"문은 밖에서 잠기고, 사람들이 지키고 있을 거다. 분명히 장담하는데 지난번 같은 요행은 없어."

잭나이프가 손목을 조이는 끈을 간단하게 잘라 냈다. 제대로 피가 돌기 시작하는 손목을 주무르는데, 갑자기 남자가 왼쪽 손목을 잡아 당겼다.

"지금이 새벽 2시, 눈 좀 붙여야겠다. 내 말뜻 알아먹었지?"

상호보다 훨씬 인상이 험악한 남자였다. 옆으로 부러진 매부리코와 날카롭게 찢어진 눈은 그 자체만으로 위협적이었다. 얇은 입술은 항상 한일자로 굳어 있었다. 감정이 메마른 남자, 여자에게 폭력을 휘두름에 있어 일말의 주저도 없었다. 태상이 옆에 끼고 있는 이유가 바로 그것 때문이겠지.

남자가 나가고 밖으로 도어록 잠기는 소리가 들렸다. 설영은 왼쪽 손목에 차고 있는 시계를 오른손으로 감싸고 천천히 침대 옆으로 이동했다. 걸을 때마다 둔탁한 아픔이 있었지만, 참지 못할 정도는 아니었다. 방 안에는 단조로운 2층 침대 외에 다른 가구는 없었다. 입구에서부터 커다란 홀로 연결된 것으로 보아 수련회나, 단체 모임을 위한 장소인 듯, 평범한 산장처럼 보이지는 않았다.

설영은 조심스레 아래층 침대에 몸을 뉘이며 바깥세상에 귀를 기울였다. 벌써 다들 잠자리에 든 건지 사방이 고요했다. 도시에서 들리는 흔한 사이렌 소리도, 자동차 경적 소리도 없는 이곳에서 설영은 세상과 단절된 외톨이가 된 기분이었다. 불안으로 자꾸만 몸이 움츠러들었다. 새우처럼 등을 웅크린 자세로 설영은 왼쪽 손목에 달린 시계를 끌어안았다.

아침이 밝기 전에 강한이 저 문을 열고 짠 하고 나타날 거야. 앞으로 세 시간만 기다리면 돼. 설영은 째깍, 째깍, 째깍, 규칙적으로 움직이는 시곗바늘 소리를 따라 머릿속으로 숫자를 세었다. 1초, 2초, 3초…….
9분 59초, 10분, 10분 1초…….

"설영아."

속삭이듯 이름이 불리자 잠든 설영은 웅크린 몸을 더욱 안으로 움츠렸다. 옆으로 드러누워 한쪽으로 드러난 선영의 얼굴을 내려다보던 강한은 휘몰아치는 분노에 주먹을 불끈 쥐었다. 입술이 여러 군데 찢기고, 볼과 턱은 실핏줄이 터져 기이한 색을 띠고 있었다. 누가 봐도 심하게 맞은 자국이었다.

다른 상처가 없나 강한의 눈이 빠르게 설영의 몸을 훑었다. 하복 밑으로 길게 빠져나온 팔과 다리를 살피던 눈길이 스커트의 허리춤에 멈추었다. 기분 나쁜 예감에 허리춤에서 삐져나온 블라우스를 들춰보던 강한이 자제심을 잃고 몸을 벌떡 일으켰다. 윤태상, 이 개새끼. 살인 충동을 제어하지 못하는 성난 눈에 검은 불길이 일렁거렸다.

"최강한, 침착해."

들릴 듯 말 듯, 최대한 숨죽인 목소리로 상호가 경고했다. 이성을 잃고, 폭주하기 일보 직전의 강한에게 그런 말은 아무런 의미가 없었다. 당장에라도 태상이든 누구든, 설영의 몸에 손을 댄 자의 숨통을 끊어 놓아야만 직성이 풀릴 것 같았다.

"개새끼들, 죽여 버릴 거야."

강한의 입에서 뼈가 갈리는 듯한 음침한 소리가 새어 나왔다. 상호는 모골이 송연해졌다. 냉철함을 잃은 강한은 한 마리의 성난 들짐승이었다. 온몸의 근육이 팽팽하게 일어나고 먹잇감을 찾아 번뜩이는 증오에 찬 눈동자는 살벌함 그 자체였다.

"정신 차려, 지금은 설영이 안전이 최우선이야."

상호가 다급하게 강한의 몸을 팔로 밀었다. 으르렁대며 주먹을 움켜쥔 강한이 몸을 비틀었다. 죽을힘을 다해 밀어붙여도 강한의 힘에 밀려 몇 발자국 뒤로 밀려 났다. 성난 짐승을 제지하려는 상호의 관자놀이에서 맥이 불거져 나왔다. 위험스레 눈을 번뜩이는 강한을 보며 상호는 처음으로 공포 비슷한 감정을 느꼈다. 첨예하게 대립하는 강한의 몸은 언제 폭발할지 모를 활화산이었다. 이대로 폭발하면 누군가는 목숨을 잃을지도 모른다.

"제발 정신 좀 차려, 제발."

성난 불길을 달래기 위해 상호는 거의 애원하다시피 매달렸다.

"선생님?"

끼이익. 매트리스가 움직이며 작은 소음을 만들었다. 간신히 쥐어짜는 듯한 목소리에 묻어나는 혼란스러움. 강한의 팽팽한 근육에서 긴장이 빠져나갔다. 검게 타오르던 불꽃이 일순간 사그라지고, 얼음조각처럼 싸늘한 무채색을 띠더니 이내 작은 온기가 살아났다. 단 몇 초 사이에 벌어진 일련의 과정을 지켜보며 상호는 성마른 안도의 한숨을 내쉬었다.

"괜찮아?"

강한은 한쪽 무릎을 꿇고 설영과 눈높이를 마주했다. 오른쪽 아래턱이 퉁퉁 붓고, 눈 밑까지 진보라색 멍이 퍼져 안쓰러운 얼굴이 힘겹게 미소를 만들었다. 낯선 격통이 강한의 가슴 안쪽을 고통스럽게 짓이겼다.

"늦어서 미안해."

이마로 흘러내린 앞머리를 옆으로 단정하게 넘겨 주고, 보기 좋게 자리 잡은 이마에 강한이 다정하게 키스했다. 차마 아프게 할까 봐, 배회만 할 뿐 얼굴을 만지지도 못하는 손끝을 설영이 붙들었다.

"선생님."

볼에 와 닿은 따뜻한 감촉에 설영은 그가 옆에 있다는 것을 마침내 실감했다. 상처 입은 얼굴을 쓰다듬는 손길은 깨지기 쉬운 도자기 인형을 다루듯 조심스럽고 섬세했다. 소중하게 다뤄지고 있다는 사실 하나가 잔뜩 움츠러들었던 마음에 커다란 위로와 용기를 주었다.

"아파?"

괜찮다며 고개를 옆으로 흔들던 설영이 '아' 하며 작은 신음을 흘렸다. 단박에 표정이 굳어진 강한이 목뒤에 자리한 붉은 자국을 보며 낮게 저주의 말을 퍼부었다. 설영은 무턱대고 강한의 품 안으로 파고들었다. 든든하게 감싸 오는 팔 안에서 보호받고 있다는 안정감을 만끽하고 싶었다.

"미안해요, 시계를……."

힘들게 내던 목소리가 강한의 가슴에 묻혀 버렸다. 정수리에 닿은 입술에서 '미안하다'는 말이 반복적으로 쏟아져 나왔다. 그녀가 사라지고, 혼자 애달아 했을 그의 시간들이 눈에 선하다. 상처 입은 볼을 쓰다듬으며 아파하던 강한의 얼굴이 떠오르자, 명치끝이 아픔으로 조여들었다.

"난 괜찮아요."

뭔가 위로의 말을 전하고 싶은데 갑자기 몸이 흔들렸다. 날카로운 시선으로 바깥 상황을 경계하며 상호가 두꺼운 워커로 강한의 등을 툭툭 차고 있었다.

"적당히 해. 시간 없어."

움직임이 없는 강한을 대신해서 설영이 바르작거리며 품에서 빠져

나왔다. 앞뒤 상황 설명이 없어도 상호가 속삭이듯 목소리를 낮추는 이유를 빠르게 이해했다. 설영을 위해 정면 승부를 피하려는 것이었다. 밖에 있는 남자들은 전문적으로 고용된 사람들이었다. 얼마나 많은 사람들이 고용된 건지도 모른다. 그러니 남자들이 잠들어 있는 어둠을 틈타 안전한 지역으로 이동하기 위해서는 일분일초가 아쉬웠다.

"가요."

"걸을 수 있겠어?"

"물론이에요."

설영은 침대 아래로 다리를 내렸다.

"진짜 괜찮겠어?"

시선을 마주한 강한이 속삭이듯 물었다. 상호가 민첩하게 바깥 동태을 살피는 것을 곁눈질로 확인하며 설영이 고개를 한 번 끄덕였다. 앞으로 내밀어진 손을 잡고 일어서던 설영이 한차례 멈칫했다. 송곳에라도 찔린 듯한 날카로운 아픔이 허리 아래쪽에서 시작해서 발끝으로 퍼졌다. 얼굴에서 혈색이 순식간에 빠져나가고 앙다문 입술에 둥그런 핏물이 새어 나왔다. 그러나 설영은 얼음가면을 둘러쓴 것처럼 무표정한 얼굴로 몸을 마저 일으켰다. 보이지 않는 공포와 싸우는 것에 비하면 이깟 육체적 고통 따위는 사치에 불과했다.

'가요.'

설영은 간신히 입 모양만으로 말을 전했다. 무딘 칼날에 베인 것처럼 서걱거리는 강한의 가슴에 시퍼런 멍이 들었다. 아프다고 찡그리기라도 하면 오히려 나았을까. 나 때문에 다치는 일은 없을 거라 큰소리쳤던 어리석은 자만심이 강한의 심장을 아프게 파고들었다. 지울 수 없는 죄책감과 함께 태상을 향한 미칠 듯한 분노에 강한은 손톱이 손바닥에 박힐 정도로 주먹을 꽉 쥐었다.

상호가 문손잡이를 잡고 뒤를 돌아보았다. 문을 열기 전에 설영의 상태를 확인하기 위함이었다. 눈이 마주치자 설영이 무덤덤하게 엄지를 들어 올렸다. 눈빛이 살아 있는 설영을 만족스럽게 바라보며 상호도 슬그머니 엄지를 들어 올렸다.

문밖에서 보초를 서던 남자는 의식을 잃은 상태로 방 안 한쪽 구석에 쓰러져 있었다. 건물 밖에서 보초를 서는 사람들의 형편도 다르지는 않을 것 같았다. 상호의 리드에 설영이 조심스럽게 방 밖으로 걸음을 옮겼다. 건물은 생각보다 크고, 넓었다. 대형 홀에서 출입구와 가장 가까운 방에 설영이 갇혀 있었다. 바로 출구로 나갈 것이라고 생각했는데 상호가 갑자기 샤워장이라고 써진 방향으로 몸을 틀었다. 강한은 바로 뒤에서 그들을 엄호했다. 곧이어 샤워장 입구가 나타났다. 상호가 문을 열고 기다리자, 설영과 강한이 먼저 안으로 들어갔다.

여러 명이 함께 옷을 갈아입을 수 있는 탈의실은 어둠에 싸여 있었다. 그곳에서는 강한이 리더가 되어 앞으로 나섰다. 상호와는 달리 느긋한 걸음걸이였다. 느리게 전진하는 속도는 설영을 위한 배려라는 것을 알고 있었다. 옷장이 즐비하게 늘어선 탈의실 맞은편에는 밖으로 연결된 유리창이 보였다. 어슴푸레한 불투명 유리창 밖으로 자동차 헤드라이트 불빛이 비쳤다. 불빛을 보고 강한이 설영의 머리를 아래로 눌러 주저앉혔다. 불빛을 피해 상호도 몸을 숙이더니, 바로 핸드폰을 꺼내 누군가에게 차를 대기시키라는 명령을 내렸다.

빠앙, 빠앙. 클랙슨 소리가 고요한 밤의 정적을 깼다. 곧이어 사내들의 외침이 넓은 홀 안에 메아리쳤다.

"10분이면 될 거다. 그때까지 버틸 수 있지?"

몰래 잠입하기 위해 어딘가에 대기시켜 놓은 차가 10분 후에 도착할 것이다. 상호는 그렇게 말하고 있었다. 누구에게 한 질문인지도 모른 채 설영은 고개를 끄덕였다. 강한이 지체 없이 설영을 번쩍 안아 들었다. 그 순간 상호가 가죽 워커를 신은 발로 유리창을 박살 냈다.

"이쪽이야."

창틀에 남아 있는 유리의 잔재를 제거한 상호가 가볍게 창틀을 뛰어넘었다. 반대편에서 손을 내민 상호에게 강한이 설영을 넘겨주었다.

"놓치는 순간, 제삿날이다."

조용하지만, 결코 허투루 들리지 않는 경고와 함께 강한이 창틀을 가뿐히 뛰어넘었다. 워커 아래에서 바싹, 유리 깨지는 소리가 신경을 긁어 댔다.

"끙. 야, 임마. 몇 킬로인지 경고도 안 해 주고 갑자기 던져 주면 어쩌자는 건데."

유리 파편이 없는 안전한 곳을 찾아 걸음을 옮기며 상호가 속삭이자, 설영이 다리를 땅으로 내렸다. 얄밉게 구는 상호에게 고맙다는 말은 생략했다. 오늘따라 말을 자제하고 듬직한 모습을 보여서 다른 사람인 줄 착각했다. 그럼 그렇지. 저 수다가 어디를 가겠어. 덕분에 긴장으로 뾰족하게 날 선 신경에 조금은 여유가 생겼다.

"쉬!"

강한이 긴장된 손짓으로 어두운 주차장을 가리켰다. 방금 도착했는지 15인승 밴에서 남자들이 뛰어 내려오며 사방으로 흩어지고 있었다. 상호가 입으로 새소리를 만들었다. 근처에 대기하고 있었는지 남철이 달려와 민첩하게 상호와 어깨를 나란히 하며 설영을 보호하듯 위치를 잡았다.

이슬을 머금은 풀잎이 맨다리를 스쳤다. 밤새 낮아진 기온으로 인해 한기가 올라오는 다리를 내려다보며 설영은 미세하게 떨리는 손으로 교복 스커트의 후크를 풀었다. 지퍼까지 내리니 스커트가 훌러덩하고 발목 아래까지 내려갔다. 약속이라도 한 것처럼 그 순간 사면이 환해졌다. 야외 행사를 위해 건물 벽에 설치된 대형 조명이 건물 주위를 대낮처럼 환하게 밝히고 있었다.

"너……?"

당황한 강한이 다급하게 고개를 돌렸다.

"반바지 입었어요."

설영은 거추장스러운 스커트 밖으로 발을 뺐다. 스커트 안에 무릎 바로 위까지 내려오는 신축성 좋은 소재의 반바지를 입고 있었다. 다시 고개를 돌린 강한의 눈빛에는 당혹함 대신 엄격한 단호함이 있었다.

"꿈도 꾸지 마. 그 몸으로는 절대 안 돼. 내 뒤에서 꼼짝도 하지 마."

"저기다."

누군가의 외침에 설영은 대답할 기회를 놓쳤다. 흩어졌던 남자들이 일제히 그들을 향해 돌아섰다. 남자들은 최소한 손에 무기 하나씩은 들고 있었다.

"여기 있습니다. 다들 10분만 버텨 주십시오."

남철이 어디서 구했는지 가느다란 쇠파이프 3개를 각자 세 사람이 서 있는 위치를 향해 던졌다. 강한이 자기 앞으로 날아온 쇠파이프를 재빨리 움켜쥐고, 설영의 앞으로 날아가던 쇠파이프도 중간에서 가로챘다.

"넌 안 돼."

"적당히 해. 고삐리도 방어는 해야 될 거 아냐."

설영이 반박하기 전에, 상호가 남철에게 받은 쇠파이프를 그녀에게 양보했다. 상호를 한 번 매섭게 노려보던 강한도 현실을 깨달았는지 설영에게 가로챈 쇠파이프를 신경질적으로 앞으로 던졌다. 연변 사투리로 떠들어 대는 남자들이 타원형 모형의 진을 만들며 서서히 거리를 좁혀 왔다.

"류설영 씨, 스물네 살입니다."

쇠파이프의 하단 부위를 손바닥으로 감싸며 싸울 태세를 갖추던 상호가 뜬금없는 남철의 고백에 고개를 획 돌렸다. 휘둥그렇게 뜬 눈에 몸은 반쯤 설영을 향해 돌려세우고 있었다.

"정신 바짝 차려."

어이없어하던 상호가 강한의 진중한 목소리에 자세를 바로 했다.

"니들 진짜……."

상호의 말소리는 남자들이 내지르는 포효에 그대로 묻혀 버렸다. 휘이익, 바람을 가르는 쇠파이프가 상호의 눈앞까지 치고 들어왔다. '쨰강' 쇠파이프와 쇠파이프가 부딪치며 내는 마찰음을 시작으로 상호는 무자비한 싸움꾼으로 돌변했다.

어둠에 모습을 가리고 있던 동쪽 하늘에 붉은 해가 떠오르며 산기슭까지 제 모습을 드러냈다. 살이 터지고, 뼈가 부서지고, 여기저기서 패잔병들의 신음 소리가 속출했다. 그럼에도 마지막 승부를 가리지 못한 양쪽 진영은 팽팽한 긴장감에 둘러싸여 있었다.

"견딜 만해?"

15인승 밴에 등을 기대 호흡을 고르는 설영의 옆으로 다가온 상호가 걱정스럽게 물었다. 설영은 괜찮다는 의미로 왼손을 들어 올렸다. 손바닥과 손가락 주변은 이미 물집이 잡혔다 터져 붉은 생채기가 나 있었다.

그들로부터 두 발치 떨어진 곳에서는 강한이 앞뒤로 공격해 들어오는 남자 두 명을 동시에 상대하고 있었다. 날아오는 각목을 피해 상반신을 숙이더니 휙, 휙, 강한의 손에 든 쇠파이프가 몇 번 허공을 날랐다. 곧이어 사내들이 발 아래로 힘없이 쓰러졌다.

"괜찮아?"

한걸음에 다가온 강한의 질문에 상호가 무의식중에 쇠파이프에 맞은 왼쪽 어깨를 더듬으며 대답했다.

"견딜 만해. 너는?"

상호의 질문은 무시당했다. 어차피 괜찮냐는 질문도 애초에 그를 향한 것이 아니라는 것을 뒤늦게 깨달았다. 세상 무너질 것 같은 얼굴로, 다친 데 없나 설영을 꼼꼼히 살피는 강한을 보며 상호는 가볍게 혀를 찼다. 달라진 강한의 모습에 도무지 적응이 되지 않았다. 다정한 눈빛으로 누구를 바라볼 줄도, 곰살맞게 굴 줄도 모르는 녀석이었다. 고삐리한테 미쳐도 단단히 미쳤구나.

'류설영 씨, 스물네 살입니다.'

새삼스레 남철의 말이 떠오르자 상호가 버럭 신경질을 부렸다.

"젠장. 이 빌어먹을 밴을 어떻게 해야 뭐라도 할 것 아냐."

상호가 서울에서 끌고 온 차동차가 두 대의 밴에 갇혀 있었다. 명령을 내리고, 정확히 10분 후에 대기하고 있던 차들이 도착했다. 그러나 그 뒤를 이어 태상이 고용한 남자들을 실은 밴 한 대가 주차장으로 들어서며 나가는 길을 막아 버렸다.

이건 흡사 인해전술이나 마찬가지였다. 우수수 쏟아지는 사내들을 상대하느라 지치기는 했지만, 실력 면에서는 상호가 데려온 애들이 단연 한 수 위였다. 시간이 지날수록 승리의 여신이 누구를 향해 웃고 있는지 패가 보였다. 태상이 고용한 사람들 중에 싸울 여력이 남은 사람들은 불과 다섯 명 미만이었다.

쓰러진 사내들을 하나씩 일으키며 밴 운전자를 수소문하고 있던 남철이 한 남자의 바지 호주머니를 뒤적였다. 곧이어 팔을 높이 들고 손에 쥔 밴 열쇠를 흔들었다.

"찾았습니다."

타앙! 순간 커다란 총성이 새벽을 여는 공기층을 흔들어 놓았다. 그 자리에 있던 모두가 싸늘하게 얼어붙었다. 움직임을 멈춘 사람들 사이를 뚫고 나타난 태상이 높이 뻗은 남철의 손에서 밴 열쇠를 여유롭게 낚아챘다. 그 옆에는 저승사자를 닮은 남자가 사냥총을 어깨에 대고 있었다. 기다란 사냥총의 총구는 정확하게 강한을 겨누고 있었다.

"깡다구 너, 이리 와."

태상의 명령에 설영이 밴에 기댄 몸을 힘겹게 일으켰다. 그 순간 강한이 설영의 팔을 움켜쥐었다.

"여기서 한 발자국도 움직이지 마."

설영을 똑바로 바라보는 강한의 눈동자는 검은 늪지대처럼 음습하고 고요했다. 한번 발을 들여놓으면 숲의 마력에 벗어나지 못하고 맥없이 끌려 들어갈 것만 같았다. 그래서 섬뜩하리만치 아름다웠다.

"네가 다치는 일은 두 번 다시 보고 싶지 않아. 그렇게 되면 나는 내 자신을 용서하지 못할 거다."

강한의 손가락이 아프게 살갗을 파고들었다.

타앙! 두 번째 총성과 함께 총알이 강한의 머리 바로 옆으로 날아들었다. 총알이 뚫고 지나간 밴의 유리창이 거미줄처럼 조각조각 금이 갔다.

"퉤. 저 자식, 특수 부대 스나이퍼 출신이야. 마음만 먹는다면 저 자리에서 우리 머리통 하나쯤은 충분히 날리고도 남을 놈이야."

상호가 바닥에 침을 뱉으며 강한을 보호하듯 앞으로 나섰다. 이제 총구는 정확하게 상호의 심장을 겨냥하고 있었다.

"제대로 봤어. 그동안의 정을 봐서 다음 목표는 당신 오른쪽 어깨쯤으로 해 주지, 그다음은 왼쪽 어깨. 앞으로 그 바닥에서 쌈꾼으로 불리기는 힘들어질 거야. 그런 몸으로 술병 하나라도 나를 수 있다면 기적이겠지? 참고로 총알은 넘치게 많다는 것도 알려 주지."

"저 건방진 개새끼가……."

탕! 감정이 격해진 상호가 앞으로 치고 나가자 총알이 어깨를 스치고 지나갔다. 살점이 뜯겨 나가고 불에 지진 것처럼 뜨거운 감각에 상호가 움찔했다. 총알과 함께 살점이 떨어져 나가면서 뿜어진 피가 거미줄처럼 얼키설키 깨진 유리창에 흩뿌려졌다. 검붉은 피가 쏟아져 나오며 검정 가죽점퍼를 금세 핏빛으로 물들였다.

"쏘지 말아요. 내가 갈게요."

설영이 절박하게 외치며 팔을 뿌리쳤다. 설영은 팔을 뿌리치다 안 돼, 다리를 발로 걷어찼지만 강한은 바위처럼 꿈쩍도 하지 않았다.

"선생님, 놔줘요."

"꿈도 꾸지 마."

"찾으러 올 거잖아요. 나는 선생님 믿어요. 아저씨를 다치게 둘 수는 없어요."

"……."

설영은 불그스름하게 물들어 가는 강한의 눈가를 아프게 바라보았다. 금방이라도 투명한 물방울이 깊고 어두운 눈망울에 차고 넘칠 것만 같았다. 뜨거운 기운이 가슴으로부터 올라와 목이 메었다.

"저 사람은 내가 필요해요. 그러니 당장은 나를 해치지 않을 거예요. 제발 놔줘요."

강한의 얼굴에서 서서히 표정이 사라졌다. 얼음조각처럼 싸늘하게 굳어 버린 강한에게 설영은 울며 매달렸다.

"제발 부탁이에요. 놔줘요. 아저씨 살려야 해요. 저승사자의 총에 아저씨가 맞게 내버려 둘 수는 없잖아요. 저 남자는 심장이 없어요."

발로 차고, 이로 물고, 주먹으로 때리고. 할 수 있는 모든 방법을 동원해 온몸을 버둥거렸다. 아무리 몸부림을 쳐도 벗어날 수 없을 것 같더니 어느 순간 수갑처럼 조여 오던 팔이 자유로워졌다. 설영이 그대로 뒷걸음질 쳤다.

"손에 있는 무기 버리고, 움직이지 마. 안 그럼 이 애가 다쳐."

어느새 뒤로 다가온 태상이 칼날이 예리한 잭나이프를 설영의 턱 밑으로 들이밀었다. 강한이 꿈틀거리며 한 발 앞으로 움직였다.

"경고했을 텐데."

날카로운 칼날이 턱 밑의 연한 살을 스치자 붉은 피가 새어 나와 은색 칼날 위로 선명한 줄을 만들었다. 쨍. 쇠파이프가 강한의 손에서 힘없이 땅으로 떨어졌다.

"그 상태로 얼마나 버틸 것 같아?"

"가능한 버틸 수 있을 때까지 버텨야지. 시궁창 같은 뒷골목에서도 버티고 여기까지 온 나야. 평생 먹고살 자금도 마련해 놨어. 너만 제대로 머리를 굴리면 떵떵거리며 천년만년 버틸 수 있어."

"너에 대해 출국금지명령이 떨어졌어. 중국 흑사회에서 너를 찾고 있는 동안 밀항은 어림도 없어. 하늘길도 막히고, 바닷길로 막힌 이상, 너는 독 안에 든 쥐야. 잔인한 흑사회의 먹잇감이 되지 않으려면, 그나마 감옥이 제일 안전해."

"네 말대로 국내에서 나는 죽은 목숨이야. 감옥이라고 안전할 것 같아? 그래서 내가 류설영을 잡고 있는 것 아니겠어? 처음부터 나한테 약점을 잡히지 말았어야지. 이 애를 이 모습 그대로 되찾고 싶으면 내가 해외로 안전하게 빠져나갈 방법을 좀 모색해 줘야겠다."

"내가 무슨 수로?"

"니 잘난 할머니가 있잖아. 그 노인네 파워 정도면 나한테 내려진 출국금지명령을 풀어 주는 것은 일도 아닐 것 아냐. 아니면 네 능력껏 일본으로 밀항할 수 있는 루트를 알아내든가. 그 정도는……."

먼 거리에서 정체를 알 수 없는 사이렌 소리가 울렸다. 태상이 긴장하는 게 느껴졌다. 목을 조여 오는 팔에 힘이 들어갔다. 숨을 쉴 수 있는 기도가 막힌 설영이 양손으로 태상의 팔에 매달렸다. 그 순간 태상이 설영의 왼쪽 손목에 채워진 시계를 유심히 내려다보더니 목을 조이는 팔에 힘을 주었다.

"앙큼하네. 이것 덕분이었나? 최강한이 여기까지 쫓아올 수 있었던 것이? 당장 그 시곗줄부터 풀어."

"그만두지 못해?"

숨이 막혀 창백하게 굳어지는 설영의 얼굴을 보며 강한이 분노했다.

"너는 반드시 내 손으로 죽인다."

붉게 타들어 가는 눈을 더 이상 쳐다볼 수 없었다. 강한의 지독한 절망감이 손에 잡힐 것만 같았다. 손에 힘이 들어가지 않아 몇 번이나 헛손질을 하면서도, 설영은 악착같이 시곗줄을 풀었다. 땅바닥에 떨어진 시계를 발로 걷어찬 태상이 가장 가까이에 쓰러져 있는 남자에게 15인승 밴의 열쇠를 던졌다.

"다시 연락할 때까지 무슨 수를 써서라도 방법을 찾아내. 야, 너 운전해. 내가 지정해 준 장소에 최대한 빠르게 도착하면 약속된 금액의 열 배를 준다."

허겁지겁 몸을 일으킨 남자가 운전석에 올라 시동을 걸자, 태상이 설영을 운전석 뒷자리에 밀어 넣었다. 그동안에도 사냥총의 총구는 상호를 겨냥하고 있었다. 밴이 출발하며 바퀴가 크게 회전하자, 칼날이 설영의 목을 아슬아슬하게 스쳐 갔다.

"기다려. 반드시 찾으러 간다."

뒷좌석 문이 완전히 닫히기 전, 강한의 새된 외침이 가까이에서 들렸다. 겁에 잔뜩 질린 눈이 닫히는 문 사이로 강한을 찾았다. 밴을 쫓아 뛰어오는 강한의 뒤로 은색 총구의 방향이 바뀌었다.

탕!

"안 돼!"

경악에 찬 설영의 외침은 굳게 닫힌 문을 통과하지 못했다. 몸을 틀어 유리창 너머로 강한의 모습을 찾지만 거미줄처럼 깨진 유리창은 불투명한 그림자만 비출 뿐이었다.

"차를 세워, 세우라고."

절망에 빠진 설영이 운전석을 발로 차며 울부짖었다. 뿌연 눈물이 앞을 가려 눈에 보이는 것도, 두려울 것도 없었다. 지금 당장 강한이 무사한지 확인해야 했다. 그것이 설영이 생각할 수 있는 전부였다. 목 아래 차가운 물체가 위협하고 있었지만 상관하지 않았다. 오른손으로 왼쪽 손목을 쥐고 팔꿈치를 옆으로 힘껏 휘둘렀다. 거미줄처럼 조각

난 유리창은 한 번의 자극에도 쉽게 떨어져 나갔다.

"미쳤어? 죽고 싶어 환장했어?"

창틀 너머로 기우는 설영의 몸을 태상이 끌어당겼다. 무게 중심이 흔들리며 칼이 반대쪽 손으로 넘어갔다. 설영은 순간의 기회를 놓치지 않았다. 손등을 세워 태상의 목을 치고, 그길로 칼을 쥐고 있는 태상의 손목을 꺾었다. 갑작스러운 급습에 엎치락뒤치락, 칼날이 위험스레 허공을 베었다. 아침 햇살에 반짝이는 칼날은 눈부신 금빛이었다. 남자의 힘을 당해 낼 수는 없었다. 점차 아래로 내려오는 칼날에 찔리겠다 싶은 아찔한 순간이었다.

운전석 앞바퀴가 바위를 밟고 덜커덩 흔들렸다. 흔들린 칼날을 설영이 밀어 냈다. 날카로운 비명과 함께 피가 허공으로 튀었다. 운전대를 놓친 남자의 귀에서 피가 줄줄 흘러내렸다. 한쪽 눈에 튄 피로 집중력이 흐트러진 태상의 허벅지에 잭나이프의 칼날이 꽂혔다. 중심을 잃은 밴이 커브길에서 도로를 벗어났다. 밴은 커다란 나무 기둥을 받고 옆으로 방향을 틀었다. 뒤늦게 운전자가 한 손으로 핸들을 붙잡고 중심을 잡으려 하지만 앞은 경사진 낭떠러지였다.

창밖으로 뛰어내리려는 설영의 팔을 태상이 악귀처럼 잡고 늘어졌다. 밴의 무게 중심이 앞으로 기울었다. 내리막길을 향해 달리는 속도가 빨라졌다. 일말의 망설임도 없이 설영은 태상의 허벅지에 꽂힌 나이프 손잡이를 옆으로 비틀었다. 새된 비명 소리와 함께 태상의 흰자위에 붉은 핏줄이 차올랐다. 살이 찢기는 고통에 태상의 얼굴이 무섭게 일그러졌다. 아비규환 속에서 망설일 시간이 없다. 자유로워진 팔로 창틀을 붙잡고 설영은 밴 밖으로 몸을 날렸다.

달리는 밴에서 점프한 설영은 반동으로 내리막길로 굴러떨어졌다. 내리막길 바로 아래는 절벽이었다. 멈춰야 한다는 절박감에 눈에 보이는 나무 넝쿨을 맨손으로 붙잡고 매달렸다. 한바탕 치른 전쟁으로 이미 만신창이가 된 손바닥이 넝쿨의 가시에 찢어지며 불에 타는 것만 같았다. 그러나 살고 싶은 본능에 붙잡은 손을 놓지 않았다. 얇은 가지가 추락하는 속도를 늦춰 줬다고 생각하는 순간 설영의 몸은 커다란 나무둥치에 부딪쳤다.

엄청난 고통이 회오리바람처럼 설영을 단숨에 휩쓸었다. 온몸의 뼈가 산산이 부서지는 공포를 느꼈다. 비명조차 내지르지 못할 고통이 입을 틀어막았다. 세상이 노란색 장막을 두른 것처럼 눈에 보이는 모든 것이 노란색이었다. 입으로 공기를 들이마시는 것조차 버거웠다. 간신히 숨통이 트였다고 느낀 순간, 헉헉거리는 숨소리가 귓가에 또렷이 들렸다.

곧이어 노랗던 하늘이 눈앞에서 빙그르 돌기 시작했다. 어디서 귀 안에 벌레 한 마리가 들어왔는지 부산스러운 날갯짓에 윙윙거리는 소리가 멈추지 않았다. 그 혼란을 뚫고 아스라한 폭발음이 희미하게 들렸다. 그리고 그 뒤를 이어 강한이 외치는 소리가 또렷이 들렸다. 그 외침이 너무나 절박해서, 심장 바로 위에 놓인 손끝이 저려 왔다. '나 여기 있어요.' 소리를 지르고 싶은 마음이 간절했다. 가능하다면 기어서라도 가서 그를 안심시키고 싶었다. 그러나 설영의 의지로는 손가락 하나 까닥할 수 없었다.

이게 죽는 건가. 죽음이 바로 가까이에 있다고 처음으로 의식하는 순간이었다. 아이러니하게도 죽음의 공포와 마주한 순간 육체적 고통에 둔감해져 갔다. 무거운 눈꺼풀이 서서히 세상을 가로막았다. 메아리처럼 귓가에 울리던 강한의 절규가 사라지고, 설영은 그대로 의식을 잃었다.

전용 엘리베이터가 최고급 VIP 병실이 있는 21층에서 멈춰 섰다. 상호는 양손으로는 능숙하게 목발을 짚으며 엘리베이터 밖으로 걸어

나왔다. 사고가 있고 닷새째가 되는 아침이었다. 태상이 타고 있던 밴이 가파른 산길 낭떠러지로 굴러떨어졌다. 몇 차례 내리막길을 구른 밴은 바위로 뒤덮인 절벽 아래에서 폭발했다. 설영이 그 안에 타고 있다고 굳게 믿고 있던 강한의 피맺힌 절규가 지금도 귓가에 생생하게 들리는 것만 같아 상호는 한차례 몸을 떨었다.

병원이라기보다는 특급 호텔의 스위트룸을 연상케 하는 고급스러운 입구를 한 번 둘러본 상호는 한쪽 겨드랑이에 목발을 끼웠다. 그러고는 환자복 호주머니에서 핸드폰을 꺼내 최근 통화 목록에서 설영의 이름을 터치했다. 귀에 꽂은 블루투스 이어폰을 만지작거리며 상호는 다시 목발에 의지해 걸음을 옮기기 시작했다.

달리는 차 밖으로 탈출한 설영에게는 천운이 따랐다. 나무둥치가 설영을 낭떠러지 아래로 떨어지는 것을 막아 주지 않았더라면, 가느다란 목뼈가 부러졌을지도 모를 일이었다. 비탈길을 구르며 몸이 성한 데가 없을 정도로 다쳤지만, 늑골 몇 대가 나가고, 찢기고 멍든 것을 제외하고 설영은 정말 기적처럼 멀쩡했다. 워낙 운동으로 다져진 몸이기에 가능했던 기적일지도 몰랐다.

태상에게 끌려간 설영을 쫓아가던 강한은 제정신이 아니었다. 총을 든 자의 경고를 무시하고 움직이는 밴을 따라잡기 위해 죽기 살기로 달려가던 강한을 봤을 때의 아찔함이란. 그를 타깃으로 발사된 총알이 바위를 맞고 빗겨 갔을 때, 벌렁거리는 심장이 천 길 낭떠러지로 수직 낙하했다. 방아쇠가 당겨지기 바로 직전, 남철이 몸을 던지지 않았더라면 총알이 강한의 몸 어딘가를 관통했을지도 모르는 위기의 순간이었다. 남철과 사내가 뒤엉켜 있는 것을 확인하고, 상호는 강한을 가장 가까이에 주차되어 있는 자동차로 이끌었다.

한발 늦게 출발한 차로 그들을 쫓아갔지만, 설영을 태우고 갔던 15인승 밴이 중심을 잃고 낭떠러지를 향해 달려가는 것을 두 눈 뜨고 지켜봐야만 했다. 달리는 차에서 뛰쳐나가려는 강한의 어깨를 손으로 잡았지만, 불가항력이었다. 살점이 떨어져 나간 어깨에서 계속 흘러내리는 피로 상호의 의식도 또렷하지 못했다. 그래서인지 기억도 띄엄띄엄 나누어진 퍼즐 조각처럼 분산되어 있었다.

그가 힘겹게 차에서 내렸을 때, 강한은 이미 가파른 절벽 위에 위태롭게 서 있었다. 쾅! 귓가를 울리는 폭발음에 상호를 받치고 있던 지반까지 흔들리는 충격을 받았다. 절망의 끝자락에서 모든 사물이 초 단위로 움직인다. 어느새 따라붙었는지 총 대신 쇠파이프를 든 태상의 심복이 강한의 뒤로 다가갔다. 쇠파이프가 머리 위에서 번쩍하고 위험한 빛을 발했다. 슬로모션처럼 천천히 돌아서는 강한의 이마 위로 검붉은 피가 빗물처럼 흘러내렸다.

'안 돼.' 피맺힌 절규와 함께 상호는 피 묻은 쇠파이프를 다시 한 번 내려치는 사내를 향해 미친 듯이 달려들었다. '119 불러, 119.' 피투성이 강한를 안고 상호가 부르짖었다. 불투명한 의식과 힘겹게 싸우는 상호의 귓가에 사이렌 소리가 점차 가까워졌다. 상호의 기억은 거기까지가 마지막이었다.

침대에서 깨어나 희미하게 정신이 들었을 때 처음으로 든 생각은 어떻게 구급차가 그 먼 곳까지 늦지 않게 도착했는가 하는 것이었다. 그리고 지금도 그 질문은 미스테리로 남아 있었다.

몇 번의 신호음이 가고 마침내 통화가 연결되었다. 흥분에 겨운 상호는 상대방의 반응도 기다리지 않고 떠들어 대기 시작했다.

"여보세요, 류설영? 왜 이렇게 전화를 안 받아? 내가 몇 번이나 전화했는지 알아? 놀라지 마……."

— 누나는 아직까지 자요. 무슨 일이신데?

이어폰 너머에서 굵직한 음성이 들려오자 상호는 이마에 주름을 잡았다. 전화를 받은 대상이 설영이 아니라는 사실에 흥분으로 들떴던 마음에 찬물을 끼얹은 기분이었다. 민호의 어정쩡한 반말도 도통 적응이 되지 않았다. 설영을 새삼스레 누나라고 부르는 호칭도 영 마음에 들지 않았다.

"설영이는 좀 어때?"

— 점점 좋아지고 있어요. 시꺼멓게 멍들었던 부위도 제법 피부색이 돌아오고……. 의사 선생님이 며칠 더 지켜보고 퇴원해도 될 것 같다고. 물론 퇴원하더라도 금이 간 늑골 때문에 한동안은 침대에서 안정을 취해야 하지만.

차분한 민호의 설명을 들으며 상호가 가족 응접실로 꾸며진 거실을 천천히 걸었다.

"다행이다. 나도 기쁜 소식이 있어서 전화했다. 마침내 강한이 자식이 깨어났단다. 지금 연락받고 가는 길이야. 썩을 놈, 사람 애간장은 있는 대로 다 태워 놓고……."

피로 낭자했던 강한의 얼굴을 떠올리자 목 아래로 뜨거운 덩어리가 올라와 상호는 잠시 말을 잇지 못했다.

— 잘됐네요.

감격에 겨워 눈시울이 붉어지는 상호와 달리 이어폰에서 흘러나오는 민호의 목소리는 담백하기 그지없었다.

— 이제 끊어도 되죠?

"야, 인마. 그냥 끊으면 어떡해? 설영이야말로 오매불망 강한이 깨어날 날만 기다리고 있었는데. 자는 애를 깨워서라도 데려와야 할 것 아냐. 당장 설영이 깨워서 나 좀 바꿔 봐."

— 깨어났다면서요? 그럼 된 거잖아. 지금은 누나가 안정을 취하는 게 최우선이야. 보고 싶으면 그쪽에서 알아서 찾아오든가.

민호가 매정하게 전화를 끊었다. 상호가 서둘러 다시 설영의 번호를 눌렀다. 통화음은 곧바로 음성사서함으로 연결이 되었다. 심술궂은 자식. 두 번째 전화도 연결이 되지 않자, 상호는 블루투스 이어폰과 핸드폰을 환자복 호주머니에 집어넣었다. 좋아하는 사람을 빼앗기고 싶지 않아 까탈을 부리는 민호의 심정을 이해 못 하는 것은 아니었다.

마침내 상호가 강한이 머물고 있는 병실 자동문 버튼을 손으로 눌렀다. 한강이 한눈에 내려다보이는 초특급 병실로 들어선 상호는 한걸음에 침대 옆으로 달려갔다. 조각 같은 두상과 넓은 왼쪽 어깨가 하얀 붕대로 칭칭 감싸인 강한이 침대 상단에 나른하게 등을 기대고 창밖의 전경을 바라보고 있었다. 생기 없는 몰골이지만 눈빛은 살아 있었다. 상호는 보이지 않게 가슴을 쓸어내렸다.

"최강한, 이게 몇 개냐?"

다짜고짜 상호는 강한의 눈앞에 손가락 3개를 펼쳐 보였다. 대답 대신 하얀 붕대 아래 한쪽 눈썹이 위로 치켜 올라갔다.

"그럼 혹시 내가 누군지는 기억나? 여기 의사 선생님은?"

상호가 자기 가슴을 검지로 찌르더니, 침대 옆에 서서 심각한 표정으로 상황을 주시하고 있는 하영을 손가락으로 가리켰다. 역시나 돌아오는 대답은 없었다. 대신에 천천히 내리떴다 들어 올린 눈꺼풀 아래 짜증이 배어났다.

"말짱하구나, 최강한."

시답잖은 질문이 무시당하자, 상호의 얼굴에 환한 미소가 번졌다. 머리를 다쳐 걱정이 많았던 만큼, 원래의 까칠한 모습이 반갑기 그지없었다. 감격에 겨워 눈시울까지 벌게진 상호가 강한을 끌어안기 위해 다가갔다. 그러나 곧바로 붕대를 감지 않은 오른쪽 팔에 의해 제지당했다.

"우리 사이에 이러지 말자, 좀."

"맞네. 내가 알던 그 최강한이 맞아. 야, 이 나쁜 놈아. 우리가 얼마나 걱정했는지 알아?"

내밀어진 팔이라도 가슴에 안고 기뻐하는 상호를 보며 강한이 끝내는 피식, 성긴 웃음을 흘렸다.

"형은 몰골이 왜 그래? 이삿짐 트럭을 따라가던 중이었던 걸로 기억하는데, 도대체 무슨 일이 있었던 거야?"

"이삿짐 트럭? 15인승 밴이 아니고?"

"밴이라니? 무슨 소리야?"

질문에 담긴 뜻을 되짚어 보고서야 상호는 뭔가가 이상하다는 낌새를 알아차렸다. 강한이 정상으로 돌아왔다면 이렇게 태평스러운 모습을 하고 있을 리가 없었다. 설영이 무사하다는 말을 전해 들어서 그런 건가? 그렇다 하더라도, 저 성깔머리에 눈으로 직접 보고 확인하겠다며 난동을 부려야 정상인데.

"최강한, 너 지금 무슨 헛소리를……."

"오빠, 저랑 잠깐 얘기 좀 해요."

건조한 눈빛으로 설명을 기다리는 강한을 대신해서 하영이 나섰다. 아까부터 심각한 표정을 하고 자리를 지키고 있는 하영을 보며 뭔가 상황이 크게 잘못됐음을 깨달았다. 설영이 납치되던 날, 학교 담장 옆 주택가에서 무슨 일이 벌어졌는지 CCTV 녹화 화면을 통해 확인한 강한의 분노가 떠올랐다. 그때의 기억이 살아 있다면 강한이 결코 하영에게 옆자리를 허락할 리가 없었다.

하영에게 팔이 잡혀 순순히 병실 밖으로 따라나선 상호는 문이 닫히자마자 잡힌 팔을 냉정하게 뿌리쳤다.

"갑자기 끌어내서 미안해요."

"저 녀석한테 무슨 일이 생긴 거지?"

"우선은 좀 앉아요."

손님 접대용 거실로 상호를 데려간 하영이 딱딱한 가죽 소파에 간신히 엉덩이만 걸치고 앉았다.

"무슨 일이냐고 묻잖아."

"머리를 다친 후유증으로 지난 몇 달간의 기억을 잃은 것 같아요. 강한의 시간은 유성고등학교에 출근하기로 하고, 근처 아파트로 이사가기로 한 시점에서 멈춰 있어요. 그 후로는 아무것도 기억하지 못해요. 학교도, 류설영도, 그날 일도."

그날을 언급하는 하영을 바라보는 상호의 눈빛에 경멸이 스쳐 갔다. 태상의 구속영장을 기각한 배경에는 정치계에 몸을 담고 있는 하영의 작은 아버지가 있었다. 강한을 차지하겠다는 일념에 설영을 죽음의 위험으로 내몬 당사자가 바로 하영이었다. 치밀어 오르는 분노를 억지로 삼키고 상호는 질문을 이어 갔다.

"나랑 너는 기억하는데 설영이는 기억하지 못한다는 건 무슨 뜻이야? 몇 달의 기억만 통째로 사라졌다, 이게 말이 돼?"

"좀 더 정밀한 검사를 해 봐야 알겠지만, 지금으로 봐서는 그래요."

"일시적인 현상인 거지? 단지 요 몇 달만 기억을 못 하는 거면, 금방이라도 기억이 다시 돌아올 수 있다는 뜻이지?"

초조해진 상호가 목발을 짚고 좁은 거실을 왔다 갔다 걷기 시작했다.

"특별한 뇌 기능에 문제가 있는 것 같지는 않아요. 기억하고 싶지 않은 고통스러운 기억으로 인한 극심한 스트레스와 불안을 느껴, 스스로를 보호하기 위해 부분적으로 기억을 삭제하는 경우가 있어요. 이런 경우는 케이스마다 사례가 달라서 딱히 언제 기억이 돌아올 거라고 장담할 수도 없어요."

의도적으로 기억이 지워졌을지 모른다는 가설에 상호가 모든 동작을 정지했다. 설영이 죽었다고 착각한 강한이 괴로움에 그녀와 관계된 기억을 의도적으로 지웠다는 건가. 지금 생각해 보면 절벽 위에서 강한은 이미 삶의 의지를 내려놨었다. 공격해 들어오는 기척을 느꼈을 텐데도 기본적인 방어의 의지조차 보이지 않았다.

"네 말은, 강한이 사고를 당하기 전에 설영이 죽었다고 생각해서, 일부러 그 애에 대한 기억을 지웠다는 거야? 그럼 지금 당장 설영이 살아 있다고 말해 주면 되는 것 아니야?"

"지금은 확신을 갖고 말할 수 있는 것이 아무것도 없어요. 억지로 기억을 되살리려다 보면 오히려 역효과가 날 수도 있으니 심리 치료

등의 재활 치료를 받으면서 자연스럽게 기억이 돌아오기를 기다려 주는 게 최선이라고 생각해요."

"강한의 기억이 돌아와서 너에게 복수할까 두려운 것은 아니고?"

"의사로서의 전문가적 소견을 말하는 것뿐이에요."

질문의 의도를 알면서도 하영은 흔한 변명 한마디 늘어놓지 않았다. 차가운 무표정의 가면을 쓴 것처럼 병실에서 지금까지 인상 한 번 찌푸리지 않았다. 원래 이런 지독한 인간이었나. 상호는 슬금슬금 자라나는 불안감에 목발을 한 손에 쥐고 하영이 앉은 맞은편 소파 손잡이에 걸터앉았다.

"그거야, 정신과 전문의 소견을 들어 보면 더욱 확실해지겠지. 깨어났으니 병원을 옮길 생각이다. 언제든 기억이 돌아왔을 때, 네가 베풀어 준 호의로 이런 방에 묵었다는 것을 알면 그 불똥이 나한테 떨어질 게 뻔해. 애초에 그날의 배경에 네가 있었다는 것을 알았다면, 이 병원으로 오지도 않았어."

선언하듯 자르고 일어서는 상호의 앞을 하영이 막았다. 처음으로 무표정의 가면에 작은 틈이 생겼다.

"그건 우리가 결정할 수 있는 사항이 아니에요."

"무슨 뜻이야? 보호자인 내가 다른 병원으로 환자를 옮기겠다는데."

"뭔가 착각하고 있나 본데, 여기 VIP룸 하루 입원비가 얼마인 줄은 아세요? 6인실 병실 기준의 500배예요. 나랑 최강한, 아직까지는 친구, 그 이상도 그 이하도 아니에요. 그런데 저희 집에서 단지 친구라는 명목하에 이런 혜택을 베풀어 주었을까요?"

"됐다 그래. 최강한이 돈이 없는 놈도 아니고, 이깟 병원비 떼먹고 도망갈까 봐……."

상호는 갑자기 망치로 머리를 맞은 것처럼 멍해졌다. 미스터리라고 생각했던 수수께끼 하나가 방금 막 풀린 느낌이었다.

"지금 무슨 말을 하고 있는 거야? 설마 여기 병원비를 내주는 사람이 강한이 할머니라는 뜻이야?"

"맞아요. 이사장님은 오빠가 생각하시는 것보다 훨씬 많은 것을 강한이에게 줄 수 있어요. 그냥 순리대로 흘러가게 지켜봐 주세요."

"그렇게는 못 하겠는데. 나는 녀석이 원하지 않는 것은 목에 칼이 들어와도 안 해."

상호의 매서운 눈빛은 단 한 순간도 흔들리지 않았다. 단호하게 돌아서는 상호의 앞을 하영이 다시 막아섰다.

"쉽게 보지 마세요. 자기 뜻에 어긋난다 싶으면 오빠가 가진 모든 것을 빼앗아 갈 수 있는 분이에요."

"나도 그렇게 만만한 놈이 아냐."

상호는 콧방귀를 뀌었다. 거친 세계에서 나고 자라면서 오만 가지 협박을 다 들어 봤다. 이 정도의 협박은 애교 수준이었다.

"류설영한테 전하라는 메시지가 있어요."

거추장스럽게 앞을 가로막는 하영을 목발로 치우던 상호가 멈칫했다.

"박유나. 그 아이를 세상에 내놓고 싶지 않으면 알아서 처신하래요. 지금까지 지키고자 애써 왔던 것을 한꺼번에 잃을 수도 있다고 전하랬어요."

"박유나가 누군데?"

높게 솟은 광대뼈 위로 자리 잡은 매서운 눈동자가 사납게 번뜩였다. 그를 살리고자 설영이 태상에게 자진해서 걸어간 순간, 상호는 그녀에게 마음의 빚을 졌다.

"나도 몰라요, 알고 싶지도 않고. 하지만 한 가지는 분명히 말할 수 있어요. 이제 선택은 류설영의 몫이에요. 오빠나, 내가 나설 자리는 없다는 뜻이에요."

목발이 힘없이 아래로 내려갔다. 설영이 왜 나이를 속이고 고등학생 행세를 했는지 정확한 속사정은 모르지만, 뭔가를 애써 지키고자 한다는 것쯤은 충분히 알 수 있었다. 온갖 고초를 겪은 설영에게는 미안하지만, 그 애가 20년간 이어진 강한과 태상의 지독한 악연을 마침내 끊어 줬다. 고마움을 넘어 이제 설영은 상호에게도 지켜 줘야만 하는 소중한 인연이 돼 버렸다.

부르르. 때마침 상호의 호주머니에서 핸드폰이 진동했다. 발신자의 이름을 확인한 상호의 낯빛이 갈등과 혼란으로 흐려졌다. 차마 통화 버튼을 누르지 못하는 상호를 남겨 두고 하영이 자리를 떠났다. 잠시 멈췄던 진동이 다시 시작됐다. 강한이 깨어났다는 소식을 들었구나. 본능적으로 감이 왔다. 피하기에는 너무 늦었다. 하영의 말대로 선택은 온전히 설영의 몫이었다. 망설임 끝에 상호는 블루투스 이어폰을 귀에 꽂았다.

쾅! 어디선가 폭발음이 들렸다. 뭐지. 눈을 뜨고 싶지만, 천근만근 내려앉는 눈꺼풀이 너무 무거웠다. 가물가물해지는 의식 너머로 강한의 절박한 외침이 들린다. 소리를 지르고 싶은데, 꽉 다물린 입이 벌어지지 않았다. 억지로 눈을 떠 보지만 쏟아지는 빛이 너무 강렬했다. 강한이 그녀가 있는 곳으로 다가왔다. 그러나 강한은 군중에 섞인 낯선 타인을 대하듯 그녀를 무심히 스쳐 지나갔다. 혼란스러웠다. 왜 나를 모르는 척하지?

차갑게 그녀를 외면하고 멀어져 가는 강한을 쫓아가는데, 갑자기 설영의 몸이 깊은 바닷속으로 빨려 들어갔다. 간신히 허우적대 보지만 시커먼 바닷물은 끈적끈적한 늪처럼 설영의 몸을 꽁꽁 휘감았다. 한 치 앞도 내다볼 수 없었다. 물 위로 올라가기 위해 팔다리를 저을수록 누군가 발목을 잡아당기는 것처럼 아래로 곤두박질쳤다.

시커먼 아가리를 벌리고 뭔가가 그녀를 향해 돌진해 왔다. 놀라 소리를 지르는 설영의 입으로 바닷물이 밀려 들어오며 폐를 가득 채웠다. 숨을 쉴 수가 없다. 마치 누군가가 목을 조르는 느낌이었다. 공포에 떠는 설영의 귓가에 웅성거리는 소리가 들렸다. 누구지? 강한이 찾으러 온 걸까. 절망으로 무너져 가는 심장에 한 줄기 희망의 빛이 샘솟았다. 익숙한 모습을 찾아 손을 뻗어 보는 설영의 심장이 저릿하게 아려 왔다.

"최강한 선생님!"

들뜬 목소리가 강한의 이름을 불렀다. 그 순간 설영의 의식이 현실 세계로 돌아왔다. 눈을 뜨고 바라본 익숙하지 않은 전경에 후다닥 몸을 일으켰다. 주위를 둘러보고서야 지금 있는 곳이 양호실이라는 것을 기억해 냈다. 2학기가 시작되고 일주일간 밤마다 잠을 제대로 못 잔 후유증으로 극도로 피곤한 상태였다. 잠시 양호실에서 눈만 붙인다는 것이 끝내는 악몽을 꾼 모양이었다. 한동안 꿈을 꾸지 않고 잠드는 밤이 많아졌다 싶었는데, 요즘 다시 끔찍한 사고의 기억들이 선명하게 꿈에 나타나기 시작했다.

"여기는 어쩐 일이세요?"

"이제니 선생님이 계단을 올라가다 다리를 삐끗하셨습니다."

"저런, 어쩌나. 이쪽이에요."

대화 소리가 가까워지며 설영의 어깨가 긴장으로 굳어졌다. 잠결에 흘린 식은땀이 턱을 타고 목 아래까지 흘러내렸다. 손등으로 축축해진 이마와 턱을 훔치며 침대 밑에 놓아둔 실내화를 찾는데 원목 파티션이 한쪽으로 밀렸다.

"저기 비어 있는 침대에 앉혀 주세요. 제가 한번 볼게요."

비어 있는 설영의 옆자리를 가리키며 사십 대 중반의 보건 교사가 먼저 모습을 드러냈다. 그 뒤를, 담임을 부축한 강한이 걸어 들어왔다. 담임은 상기된 얼굴로 강한의 목에 한쪽 팔을 두르고 있었다.

"붓기의 상태를 봐서 심하게 다친 것 같지는 않습니다."

강한이 담임을 조심스럽게 침대에 앉혀 주었다. 그러고는 한쪽 무릎을 바닥에 대고, 담임의 하이힐을 차례대로 벗겼다.

"앞으로는 실내에서는 실내화를 신는 게 좋겠습니다."

하이힐을 침대 밑에 단정하게 놓고 일어서며 강한이 무덤덤하게 한마디 툭 내던졌다. 걱정을 해서 그런 건지, 이런 일련의 일들이 귀찮아서 그런 건지, 도통 속을 들여다볼 수 없는 무심하기 그지없는 말투였다. 그러나 담임은 강한의 진의 따위는 크게 신경 쓰지 않는 것 같았다. 강한이 관심을 보여 줬다는 사실에 감격해서인지 수줍은 얼굴로 몇 번이나 고개를 끄덕였다.

"그래요, 이 선생. 이렇게 높은 하이힐을 신고 계단을 오르락내리락하다가는 발목 부러지기 십상이에요. 다행히 최 선생님 말대로 많이 부어 보이지는 않네요. 그래도 혹시 모르니 우선은 냉찜질부터 하죠."

보건 교사가 발목을 여기저기 만져 보더니 상담실 안에 위치한 냉장고에 얼음 팩을 가지러 갔다.

"고마워요. 요즘 애들은 워낙 체격이 좋아서 저같이 작은 사람은 조금만 부딪쳐도 타격이 장난 아니에요. 최강한 선생님이 바로 밑에 계셨기에 망정이지 정말 큰일 날 뻔했어요."

"그랬어? 정말이지, 최 선생님이 아니었으면 큰일 날 뻔했네. 애들한테 계단에서 뛰지 말라고 그렇게 주의를 줘도 소용없다니까요. 일주일에 한두 명은 꼭 계단에서 넘어졌다고 절뚝거리면서 와요."

얼음 팩 두 개를 가져와 발목에 대 주며 보건 교사가 담임이 가슴에 품고 있는 종이 뭉치를 가리켰다.

"그런데 그건 뭐예요?"

"급식 설문지예요. 우리 반 애들 점심 먹으러 가기 전에 나눠 주러 가는 길이었어요."

"그래? 그럼 이왕 신세 진 김에 최 선생님한테……."

"아니에요. 이런 것까지 부탁드리면 제가 너무 죄송하죠."

강한을 보내기 싫은지 담임은 서둘러 손사래를 쳤다.

"마침 우리 반 학생도 있으니, 이 학생한테 가져가라고 하면 돼요."

담임은 침대에 불안정하게 걸터앉은 설영에게 종이 뭉치를 내밀었다. 양호실에 와 있는 설영의 상태는 안중에도 없다는 태도였다. 예전이나 지금이나 담임이 설영을 못마땅해하는 것은 하나도 달라진 것이 없었다. 대신 얼이 빠져 보이는 설영이 신경 쓰였던지 보건 교사가 걱정스럽게 쳐다보았다.

"어지럽다더니, 괜찮겠어? 교통사고 후유증이 꽤 가는 것 같다."

설영은 말없이 앞으로 내밀어진 종이 뭉치를 바라보았다. 목소리가 잠겨 짧은 대답을 내놓는 것조차 쉽지 않았다. 그저 고개를 주억거리고 다리가 바닥에 닿자마자, 어정쩡한 자세로 그것들을 받았다.

"그럴 것 없습니다. 어차피 3학년 교실로 올라가야 하니 설문지는 제가 가져다 놓겠습니다. 학생은 아직 몸이 불편해 보이는데, 여기서 쉬도록 해."

지끈. 마음의 벽을 충분히 쌓지 못한 설영의 심장에 균열이 생겼다. 기대하지 말자고 하면서도 매번 이런 식이다. 강한에게 설영은 그저 유성고등학교에 다니는 학생들 중의 한 명일 뿐, 더 이상 그에게 특별한 존재가 아니었다. 언제쯤이면 이 상황을 능숙하게 대처할 수 있을까. 흔들리는 눈빛을 들킬세라 서둘러 몸을 숙였다. 더듬더듬 손으로 보이지 않는 실내화를 찾아 침대 밑을 더듬거리는데, 강한이 담임이 앉아 있는 침대 근처에서 흰색 실내화를 집어 들었다.

"이름이 류설영? 류설영……. 류설영."

강한은 음미하듯 검정 사인펜으로 적힌 이름을 몇 번이나 입 안에서 굴렸다. 그러고는 이내 무심하게 설영의 발밑에 실내화를 내려놓았다.

"이리 줘. 설문지는 내가 가져가면 되니까."

강한이 가까이 다가오자, 연한 담배 냄새와 뒤섞인 레몬 캔디 향기가 설영의 후각을 먼저 자극했다. 다시 담배를 피우는구나.

"뭐 해? 안 줄 거야?"

상반신을 숙인 불편한 자세로 설영은 움직이지 않았다. 얼얼해지는 눈동자를 반복적으로 깜박거리며 평상심을 찾고자 노력했다. 그런 그녀를 향해 강한이 손을 내밀었다. 굳은살이 박인 손바닥을 내려다보는 설영의 시선이 아득해졌다. 손을 뻗으면 만질 수 있는 거리에 그가 있었다.

움직임이 없는 설영의 눈높이에 맞춰 강한이 고개를 숙였다. 수술을 하느라 면도기로 밀어 버렸던 머리가 여름이 지나는 동안 많이 자랐다. 직업 군인처럼 세련되게 다듬어지고, 젤을 발라 스타일리시하게 모양을 내었다. 그래서인지 작고 둥근 두상이 참 멋스러워 보였다.

"무슨 문제 있어?"

고집스럽게 종이 뭉치를 손에서 놓지 않는 설영을 바라보는 까만 눈동자에 의문이 어렸다. 하지만 이내 손목시계의 시간을 확인하고는 지루한 표정으로 손을 앞으로 까닥거렸다.

"네가 갈래?"

설영은 별다른 대꾸 없이 대신 종이를 넘겨줬다. 강한은 종이에 적힌 설문지의 내용을 대충 한번 훑어보더니, 설영을 힐끗 쳐다보고는 미련 없이 멀어져 갔다. 문을 닫고 나가는 순간까지 뒤를 돌아보는 법도 없었다. 복도를 빠르게 걷는 발소리가 멀어지고, 설영은 힘없이 침대에 주저앉았다. 그 순간 힘들게 버티고 있던 무표정이 허무하게 무너져 내렸다. 금방이라도 눈물을 떨어뜨릴 것 같은 눈시울을 담임이 애매모호한 눈빛으로 바라보고 있었다.

"힘들어? 정 못 견디겠다 싶으면 조퇴증 끊어 줄게, 집에 가서 쉬든지."

침대에 모로 돌아눕는 설영을 보며 담임이 퉁명스럽게 한마디 건넸다. 눈앞에서 사라져 달라는 뜻인가. 담임의 말뜻에 담긴 빈정거림을 캐치하지 못한 보건 교사는 그저 안됐다며 설영의 어깨를 토닥였다.

"그렇게 힘들어서 어쩐다니, 교통사고 후유증은 평생 간다는데……. 그러고 보니 최강한 선생님도 교통사고 후유증 때문에 기억상실증에 걸리셨다면서?"

"글쎄요. 저희도 자세한 것은 몰라요."

"하기야 워낙 자기 얘기는 별로 안 하시는 분이라. 이 선생한테도 통 자기 얘기는 안 하지?"

별다른 사이가 아니라는 것을 안다는 뉘앙스에 담임이 새침하게 목소리를 가다듬었다.

"흠흠. 사고가 있어서 머리를 다치셨다나 봐요. 수술까지 하고 병원에 꽤 오랫동안 입원해 있었다고 하더라구요. 그런데 신기하게도 수술하고 깨어난 후에 지난 몇 달 동안의 일만 전혀 기억을 못 한다나 봐요."

"그러니까. 하필 그 시점이 우리 학교로 출근하면서부터라니……. 머리를 다쳐서 1학기 기억이 통째로 날아갔다는 게 사실인가 봐요. 머리가 워낙 좋아서, 수업받는 학생들 이름은 죄다 외우신다고 들었었는데. 이 선생 반에서도 수업했었지? 그런데도 저 학생 이름도 기억 못 하시고……. 하긴 학교로 돌아온 지 이제 겨우 일주일인데. 금방 또 외우시겠지."

수다를 이어 가는 보건 교사의 목소리에 안타까움이 묻어났다.

"그래도 사고 전보다 훨씬 더 멋있어진 것 같아. 최강한 선생님을 보고 있으면, 꼭 무슨 유럽 귀족 군인이 주인공으로 나오는 순정 만화를 보는 것 같다니까."

"선생님도 참……. 하긴 짧은 머리가 잘 어울리기도 쉽지 않죠. 아직 다 완쾌된 것도 아닌데 학교에 다시 출근하신 것도 대단해요. 저처럼 교사가 천직인가 봐요."

"글쎄, 과연 그럴까?"

길게 여운을 남기는 질문에 담임이 냉찜질을 하던 얼음 팩을 귀찮다는 듯이 침대 위로 던져 버렸다. 다리를 끌어 모아 무릎을 팔로 감싸 안는 모습에 발목을 삐어서 아파하는 기색은 전혀 없었다.

"무슨 소문이라도 들으셨어요?"

"우리 시아버님이 유성재단에 줄이 좀 닿잖아. 최측근한테 들은 바에 의하면 최 선생이 이사장님의 친손자라는 소문이 있다더라. 그래서 경영 승계 차원에서……."

목소리까지 낮추고 속삭이던 말이 중간에서 딱 끊겼다. 담임이 다급하게 보건 교사의 팔을 잡고 고갯짓으로 설영의 존재를 알리자, 보건 교사의 입에서 낮은 한탄 소리가 새어 나왔다.

"내가 또 이런다. 학생 앞에서 쓸데없는 소리를……."

어차피 설영도 불편한 마음에 그 자리를 벗어나야겠다고 마음먹고 있었다. 그녀의 눈치를 살피는 교사들을 보며 설영은 침대 아래로 내려왔다. 강한의 손길이 닿은 실내화가 발 아래 놓여 있었다. 하지만 선뜻 실내화로 발을 뻗을 수가 없었다. 지끈지끈 심장이 짓이겨 들었다. 바보같이. 평생 혼자 해 오던 일을 강한이 몇 번 해 줬다고, 그새 버릇이 나빠졌다.

"저기, 학생. 이건 그냥 내가 주책없이 한번 해 본 말이야. 무슨 뜻인지 알지? 이런 근거도 없는 말이 학교에 퍼지기라도 하면, 내가 아주 많이 곤란해져."

"네, 알겠습니다. 걱정하지 마세요. 조퇴해도 되겠습니까?"

설영은 두 번 다시 망설이는 법 없이 실내화에 발을 집어넣었다.

"당연하지. 고3 막바지인데 컨디션 조절부터 해 가면서 버텨야지. 이 선생, 괜찮지?"

조퇴증을 끊어 주기에 앞서, 보건 교사가 담임의 동의를 얻었다. 담임은 귀찮다는 식으로 손만 까닥거렸다. 어서 눈앞에서 설영이 사라져 주기만 바라는 눈치였다.

"그럼 안녕히 계세요."

"류설영."

조퇴증을 교복 호주머니에 넣고 돌아서는데 담임이 까칠한 목소리로 설영의 이름을 불렀다.

"너 혹시 우리 반 김민호랑 사귀니?"

"아니요. 어려서부터 가족끼리 알던 사이에요."

"그래? 떠도는 소문은 그럴싸하던데, 본인이 아니라면 아닌 거겠지. 가 봐."

차갑게 내뱉는 말투에서 설영을 향한 적대감을 느꼈다. 선생님들까지 민호와 관련된 소문을 떠들고 다닌다는 것은 이미 알고 있었다. 보기에 따라 당연히 의심받을 수밖에 없었다. 민호는 그녀가 병원에 입원해 있을 때 어미 새가 아기 새를 보살피는 것처럼 정성을 다해 돌봐 주었다. 퇴원한 후에도 민호의 과보호는 별반 다르지 않았다. 집에서도, 학교에서도, 과할 정도로 주위를 맴돌며 보호자 역할을 자처했다.

문을 열고 나가기 전에 설영은 돌아서서 정중하게 허리를 숙였다. 고개를 들어 올리자, 호기심으로 반짝거리는 보건 교사의 눈과 시선이 마주쳤다. 묘하게 신경을 자극하는 눈길이 설영의 짧은 커트 머리부터 볼품없는 실내화를 재빠르게 훑어 내려갔다. 다음 화제의 대상은 내가 되겠구나. 불시에 답답하게 조이는 왼쪽 가슴을 쓸어내리며 설영은 조용히 문을 닫았다.

CHAPTER 09

불볕더위가 기승을 부렸던 한여름이 지나가고 있었다. 아스팔트조차 녹아내릴 것 같던 폭염으로 담벼락 아래 푸르던 잔디는 칙칙한 누런색으로 겨우 형태만 보존하고 있었다. 흰색과 보라색 꽃이 만개하던 나무들도 오래전에 꽃향기를 잃은 채 가을 단풍을 기다렸다. 그러고 보니 지독한 생명력을 자랑하는 이끼만이 돌담을 진한 녹색으로 에워싸고 있었다.

몇 달 사이에 여기도 달라졌구나. 설영은 오랜만에 찾은 비밀 장소를 둘러보았다. 태상이 보낸 남자들에게 쫓기던 날 이후로 이 장소를 다시 찾아온 것은 오늘이 처음이었다. 병원에서 깨어났을 때 상호는 운이 좋았다고 했다. 달리는 차 밖으로 뛰어내린 것은 무모했지만, 그 덕에 목숨을 구할 수 있었다면서.

불현듯 그날의 광경이 눈앞에 아른거렸다. 남자들을 피해 도망 다니던 때의 긴장감과 함께 복부를 파고드는 아픔이 순식간에 되살아났다. 형체가 없는 고통에 호흡이 가빠졌다. 이제는 잊었다고 착각했다.

고통스러운 시간과 마주할 수 있다고 자신했던 것은 섣부른 자만이었다. 스멀거리며 올라오는 공포심으로 손바닥은 이미 축축하게 젖어 들어갔다.

설영은 고개를 한차례 옆으로 흔들었다. 땀에 젖은 손바닥은 교복 치마에 박박 문질렀다. 쪽문에는 튼튼해 보이는 새 자물쇠가 달려 있었다. 깡패들이 학교 안까지 침범했으니 당연히 그럴 거라고 예상은 했었다. 설영은 먼저 책가방을 반대쪽 담장 너머로 던졌다. 털썩. 가방이 땅으로 떨어지는 소리를 확인했다. 뛰어야 할 거리를 눈대중으로 재고는 가뿐하게 돌담 위에 안착했다.

"어떤 날다람쥔가 했더니……."

하얀 연기가 공기 중에 희미한 흔적을 남겼다. 텁텁한 담배 냄새를 맡은 콧잔등이 이내 시큰하게 아려 왔다. 목이 꽉 메는 느낌에 설영은 헛기침을 몇 번 시도했다.

"땡땡이?"

손톱이 피부에 박힐 정도로 주먹을 야무지게 쥐었다. 플래시백처럼 비슷한 과거의 만남이 설영의 머릿속에 빠르게 펼쳐졌다. 침착하자. 처음 만난 그때처럼 자연스럽게 행동하면 되는 거야. 스스로를 야무지게 채근하며 설영은 훌쩍 담장 위에서 뛰어내렸다.

"아닙니다. 정식으로 허가받고 집에 가는 길입니다. 그러는 선생님은 여기서 뭐 하세요?"

"나는 지금 자유 시간."

"학교 밖 담장에서요?"

한두 모금 겨우 피웠을까 싶은 기다란 담배꽁초를 바라보며 설영이 무심한 듯 바라보았다.

"오랜만이라 그런가, 독한 맛이 영 텁텁하네. 혹시 레종 있어?"

"그런 거 안 키웁니다."

강한이 피식, 의미심장한 미소를 지었다. 설영이 담배를 피운다는 확신하에 슬쩍 던져 본 질문이었다.

"안 넘어오네. 정식 조퇴는 맞아?"

담 한 번 넘었다고 문제아로 낙인이 찍히는 것은 아니겠지. 탐색하는 시선이 묘하게 신경 쓰였다.

"여기 조퇴증……."

조퇴증을 찾아 호주머니를 뒤적이던 설영은 뒤늦게 엉성하게 말려 들어간 교복 치마를 발견했다. 이래서 강한이 시선을 어디에 둬야 할지 몰라 하늘을 보고 있었구나. 허겁지겁 치맛단을 잡아 빼는 설영의 얼굴이 단박에 노을빛으로 물들었다.

"여기 조퇴증 있습니다. 이제 됐죠?"

당황해서인지 말투가 호전적으로 변했다. 쓱 눈앞으로 서류 한 장을 들이미는 설영을 보는 강한의 검정 눈동자에 이채가 떠올랐다.

"재미있는 학생이네. 이름이 류설영이라고 했었나?"

강한의 질문을 무시하고 설영은 땅에 떨어진 책가방을 집어 어깨에 멨다.

"저 정도의 돌담을 타고 넘을 정도면 운동 신경이 보통은 아니라는 뜻인데……."

걸음을 옮기려던 설영은 속으로 크게 움찔했다. 들켰다. 평범함과는 다른 설영의 특징이 단박에 강한의 눈에 띄고 말았다. 망설임 끝에 천천히 돌아서며 설영은 불편한 시선을 아래로 내리떴다.

"어려서부터 태권도를 배웠습니다. 덕분에 운동 신경이 남들보다 좋은 편입니다."

"그래? 그럼 이 동네 주먹짱이 너라는 소문이 사실인 건가?"

잘못 들었겠지. 말도 안 되는 말이라 부인할 가치도 없다고 치부하는 설영의 귀에 강한의 혼잣말이 이어졌다.

"남자 주먹짱이라는 최정민이도 너한테는 꼼짝을 못 한다면서? 너를 스카우트하기 위해 조폭들이 학교로 찾아와 칼부림까지 했다던데……. 네 주먹이 그렇게 대단해?"

황당함을 넘어 기가 꽉 막힌 설영이 강한의 눈을 똑바로 쳐다보았다.

"누가 그런 말도 안 되는 소리를 해요?"

"이름이 고선미라던데. 내 팬클럽 회장이었다면서? 어제 교무실로 찾아왔더라. 친절하게 이것저것 알려 주던데? 특히 너에 대해서."

보건실에서 설영의 이름을 의미심장하게 되새기던 이유가 이것 때문이었다니. 혹시나 그녀의 이름을 듣고 뭔가가 떠오르지 않았을까 헛된 희망을 품었다는 사실에 황당함이 배가 되었다. 설영은 한동안 강한을 잡아먹을 듯이 노려보았다.

"아냐? 아니면 됐다."

강한은 노려보는 설영을 보고도 그저 어깨를 한 번 으쓱할 뿐이었다.

"그렇게 노려볼 것 없어. 나도 내가 왜 이런 황당한 얘기를 너한테 주절거리고 있는지, 웃기지도 않는다고 생각하니까."

남의 속은 있는 대로 뒤집어 놓고, 아니면 말라는 식의 무심함. 처음 설영이 강한에 대해 가지고 있던 이미지가 선명하게 떠올랐다. 수업 시간 외, 학교생활 전반에 관해 무관심하고, 교칙이나 룰에 관해서도 슬렁슬렁 넘어가곤 하던, 특히나 사람들과의 관계에 무심하기 짝이 없던 얼굴만 번지르르한 임시 교사.

여름 방학이 시작되기 전에 설영은 유성고등학교로 돌아갔다. 학교는 그녀와 기억을 잃은 그를 연결해 주는 유일한 끈이었다. 2학기가 시작되고, 마침내 기다리던 강한이 학교에 나타났다. 그것이 불과 일주일 전이었다. 다시 만난 그는 낯선 타인이 되어 있었다. 강한은 그녀의 존재를 철저하게 머릿속에서 지워 버렸다. 그들의 첫 만남부터 태상에게 납치된 사건 당일까지, 그의 시간은 완벽하게 봉인되어 있었다.

풍성한 무화과나무 줄기가 담장 너머까지 뻗어 존재감을 과시하고 있었다. 설영이 무화과나무 가지가 걸려 있는 담벼락 아래로 바짝 붙었다. 어른 둘이 지나가고도 남을 충분한 여유 공간이 있음에도 일부러 보란 듯이 옆으로 몸을 틀었다. 그 바람에 키 높이까지 내려온 무화과나무 잎사귀가 흔들리며 설영의 머리카락을 흩트려 놓았다.

"내려가시는 길이면 먼저 가세요. 저는 천천히 가겠습니다."

정중하게 허리를 숙여 인사를 했다. 손까지 옆으로 펼쳐 어서 가시라고 요구했다. 그런데도 강한의 다리는 도무지 제자리에서 움직일 생각을 안 했다. 성급하게 고개를 들어 올리자 이마를 덮은 앞머리가 눈을 찔렀다.

"까칠하기는. 상대하기 귀찮다 이거지?"

익숙해진 습관처럼 강한이 손을 들어 올렸다. 흘러내린 앞머리를 옆으로 넘기던 손이 이내 허공에서 갈 길을 잃었다. 거리낌 없이 친밀감을 표현하는 자신의 행동에 꽤 놀란 표정이었다.

"미안하다. 머리카락이 답답하게 눈을 가리는 것 같아서……."

강한은 굳은 표정으로 머리를 만지던 손을 바지 호주머니에 찔러 넣었다.

"버릇이 돼서 괜찮습니다."

설영은 앞머리를 손으로 털면서 교묘하게 감정을 감췄다. 습관처럼 머리를 만져 주던 강한이였다. 언제 내가 너를 모른다고 했냐며 지금이라도 다정하게 손을 내밀어 줄 것만 같았다.

"식사는 하셨어요?"

주제넘은 질문이었다. 잠깐 동안이나마 사고 나기 이전의 그로 돌아간 것만 같아 마음이 흔들렸었다. 질문의 의중을 파악하려는 강한의 눈빛에 경계가 어렸다 사라졌다. 그러고는 이내 웃음기 하나 없는 얼굴이 뒤로 성큼 물러났다. 멀어지는 거리만큼 눈에 보이지 않는 벽이 세워지고 있었다.

"그건 왜 물어?"

"그냥 궁금해서요. 밥 사 달라는 뜻은 아니었어요."

"남자 친구가 밥은 잘 사 주나 보지?"

설영은 저도 모르게 한 발 다가서려던 걸음을 뒤로 물렸다. '밥은 먹었어?' 강한이 입버릇처럼 하던 질문이 생각나 밥을 먹을 때마다 그리움이 해일처럼 밀려들었다. 꽁꽁 숨겨 두었는데 무의식이 강한의 옛 모습을 찾고 있었나 보다. 그렇더라도 이런 식으로 다가서는 것은 아니었다. 차라리 아무 말도 하지 말걸. 아무렇지도 않게 민호를 남자 친구라고 칭하는 강한으로 인해 저릿한 아픔이 상처 난 가슴을 헤집었다.

서운해하지 말자. 아직은 아니다. 이사장의 협박에 대응할 만한 힘을 키우기 전까지 강한을 자극해서는 안 돼.

돈도, 정보력도, 인맥도 없는 설영이 이사장에게 대응하는 법은 받은 만큼 돌려주는 것이었다. 눈에는 눈, 이에는 이. 유성고등학교의 명성을 지키고 싶은 이사장에게 그 명성에 흠집이 날 만한 약점을 찾아 들이대면 게임 오버였다.

그 약점은 학생들과 선생들의 유착 관계에 조금만 관심을 가지고 지켜보니 쉽게 찾아낼 수 있었다. 대학 입시에서 학생부종합전형의 비중이 늘어나면서 몇몇 학생들의 종합생활기록부가 조작되고 있었다. 불성실한 수업 태도는 물론 조퇴와 결석이 동아리 활동과 봉사 활동이라는 이름으로 대체되고 있었다.

여기서 더 나가, 사회적 이슈가 될 만한 제대로 된 한 방. 그것을 기다리고 있었다. 문제는 학생의 입을 통해 나오는 증거만으로는 불충분했다. 발뺌하지 못할 확실한 물증을 찾아야만 했다. 확실한 증거 하나만 찾으면, 이사장을 찾아가 제대로 된 거래라는 것을 해 볼 계획이었다. 밑밥은 충분히 깔아 뒀다. 디데이도 정해져 있었다.

지금부터 7일. 그때까지만 참자. 약해지는 스스로를 책망하며 설영은 마음을 다잡았다.

"남자 친구 같은 거 안 키웁니다. 그리고 내 밥은 내 돈으로 사 먹습니다. 먼저 안 가실 거면, 제가 먼저 가겠습니다."

돌담길을 따라 설영이 걸음을 옮겼다. 내리막길이라 거의 뛰다시피 걷는데, 강한의 긴 다리가 손쉽게 그녀를 따라잡았다.

"안 키우는 것도 많다. 아프다면서? 아픈데 배고프면, 더 서럽다."

나란히 보조를 맞춘 강한의 손에는 어느새 지폐 한 장이 들려 있었다.

"밥 사 달라고 했다고 오해하는 것 아니야. 대충 편의점에서 컵라면으로 때우지 말고, 제대로 된 음식 사 먹으라고 주는 거야. 인스턴트 먹고 골골하니까 어지럽다고 양호실 신세를 지는 거다. 남은 돈으로는 택시 타든지."

"필요 없어요. 누가 싫어해서, 컵라면은 안 먹습니다."

"그래?"

단 한 번의 거절에 강한은 미련 없이 지폐를 바지 뒷주머니에 찔러 넣었다. 그게 또 설영은 서운했다. 무심한 강한이 인사도 없이 성큼성큼 앞질러 나간다 싶더니, 갑자기 홱 뒤를 돌아서서 질문을 던졌다.

"궁금해서 그러는데, 너도 혹시 내 팬클럽 회원이었냐?"

"그럴 리가요."

못내 서운해하던 감정을 숨기느라 설영은 눈을 부릅떴다. 강한은 화라도 난 것 같은 설영을 물끄러미 응시하며 뒤로 걷기 시작했다.

"그렇겠지?"

시선은 그녀를 향한 채, 내리막길을 뒷걸음으로 걸어가는 걸음걸이가 영 불안했다. 뭔가를 말을 꺼내고 싶어 하는 것 같은데 망설이며 주저하는 강한은 쉽사리 돌아설 것 같지 않았다. 마음이 급해진 설영이 대신 강한을 앞질러 갔다.

"나, 너 병원에서 본 적 있어."

어느새 옆으로 걸음을 나란히 한 강한이 불쑥 꺼낸 한마디에 설영의 심장이 철렁하고 움직였다.

"내가 맞아서 멍든 거랑 교통사고로 멍든 거랑, 구별을 좀 하는데 말이야……."

"다른 사람이랑 착각하셨나 보죠. 선생님을 봤다면, 제가 기억을 못할 리가 없잖아요?"

도둑이 제 발 저린다고, 정곡을 찔린 설영이 성급하게 반격했다.

"글쎄, 아닐걸. 내가 기억력이 좋은 편이라 마음에 담아 둔 것은 반드시 기억하거든. 아……. 이렇게 말하면 안 되는 건가?"

시니컬하게 말끝을 늘리던 강한이 피식, 건조한 미소를 지었다. 머리 좋다고 자부하던 사람이 지난 몇 달의 기억을 통째로 날려 먹었다는 사실을 받아들이는 것이 쉽지는 않아 보였다.

"유성고등학교 교복을 입은 긴 머리 여학생이 같이 있었는데. 개학하고 그 여학생은 못 본 것 같다."

설영이 불편한듯 아랫입술을 질근질근 깨물었다. 설영이 퇴원하기 직전, 유나가 병원으로 찾아온 적이 있었다.

"욕을 속사포처럼 잘도 쏟아 내더라. 나는 무슨 프리스타일 랩이라도 하는 줄 알았다."

병원 밖에서부터 유나를 따라 들어온 남학생들이 병실 복도까지 따라왔었다. 짓궂게 구는 것을 쫓아내려는데, 몸이 불편하니 그것도 마땅치 않았다. 교복을 보고, 다음 날 교문 앞에서 기다리겠다며 질척대니 하다못해 입으로라도 제압해 주는 수밖에. 비상계단으로 데리고 가서 대뜸 유성고등학교에서 배운 욕이란 욕은 죄다 퍼부어 주었다.

낮게 조아리는 쌍욕으로도 부족해서, 한 번만 더 귀찮게 치근덕거리면 입으로 게거품을 물게 해 주겠다고 호언장담을 했었다. 온몸에 시퍼런 멍을 달고 그런 말을 하니 의외로 먹혔던지, 녀석들은 그길로 줄행랑을 쳤다.

일반 병실과는 다른 출구를 사용하는 VIP동에 머물던 강한이 그곳에 있었을 줄이야. 정해진 수순처럼 강한은 그녀의 싸움꾼 면모를 가장 먼저 발견했다.

"맞아서 멍든 것이 맞나 보네."

아무런 대꾸가 없는 그녀를 바라보는 강한의 눈매가 깊어졌다. 뭔가 골똘한 생각에 빠진 강한은 더 이상 말이 없었다. 무슨 생각을 하는 걸까. 바지 호주머니에 양손을 찔러 넣고 앞만 보고 걷고 있는 강한의 옆모습을 설영이 슬쩍 훔쳐보았다. 맞춘 것처럼 어깨를 감싸 주던 셔츠가 조금은 헐렁해 보인다. 턱선도 전에 없이 날카롭고. 원래도 슬림한 체형이었지만, 사고 이후 빠진 살이 쉽사리 돌아오지 않고 있었다.

돌담길의 모퉁이를 돌면 교문이 나타난다. 설영은 일부러 발걸음을 늘어뜨렸다. 일정한 보폭을 유지하는 강한이 점점 앞서 나갔다. 나란히 걸어가는 모습을 들키고 싶지 않은 속마음을 아는지 뒤로 처지는 그녀를 모른 척, 강한은 앞만 보고 걸어갔다.

빠앙!

강한이 모퉁이 너머로 사라지자마자, 조용한 주택가에 자동차 경적이 울렸다. 위험 신호. 설영은 그저 본능이 시키는 대로 뛰었다. 모퉁이를 돌아 눈앞에 나타난 평화로운 광경에 놀란 근육의 긴장이 풀린 것도 잠시, 온몸의 신경 세포가 날카로운 각을 세웠다.

차체가 낮은 매끈한 스포츠카에서 내린 하영은 환하게 웃고 있었다. 강한을 향해 손을 흔드는 그녀를 보며 설영은 담장에 등을 기대야 했다. 그날도 저 차를 타고 있었지. 숨이 답답하게 막혀 왔다. 잔인한 기억이 의학적으로는 완벽하게 치유된 과거의 상처를 헤집어 놓는다. 둔탁한 무기에 맞은 것처럼 얼얼한 아픔이 불시에 갈비뼈 아래를 들쑤시고 지나갔다. 들뜬 호흡이 불안정하고 이마에 몽글몽글 식은땀이 맺혔다.

'이건 환상이야.' 주문을 외우듯 설영은 힘없이 입술을 달싹거렸다.

화사한 선드레스를 입은 하영이 아랫배를 감싸고 있는 설영을 발견한 것은 그때였다. 환한 미소가 일시에 무너졌다. 어색하게 변하는 표정을 감추느라 늘어진 입매가 부자연스러웠다. 하영의 눈길을 좇아 뒤를 돌아본 강한은 주저 없이 설영에게 단숨에 뛰어갔다.

"무슨 일이야? 배 아파서 그래?"

땀이 맺힌 이마에 강한이 손바닥을 올렸다. 얼음장처럼 차가운 이마에 따스한 온기가 전해진 순간 고통은 거짓말처럼 사라졌다. 그의 체온이 닿았다는 사실 하나만으로 꽉 막혔던 기도가 기적처럼 맑은 공기로 가득 채워지고 있었다. 탁하게 흐려졌던 눈동자에 초점이 생기는 것을 바라보며 강한이 뒤를 향해 소리를 질렀다.

"이하영, 차 이리 대."

흐리게 보이던 세상이 다시 중심을 찾아갔다. 머뭇머뭇하던 하영이 운전석 안으로 들어가는 것을 보며 설영은 여전히 이마를 감싸고 있는 손을 거칠게 밀어 냈다. 그 반동으로 비틀거리는 설영의 팔을 강한이 붙잡아 주었다. 그러나 설영은 그것마저도 단호하게 뿌리쳤다. 나 보고 저 차에 타라고? 하영의 차에 탄다는 상상만으로도 위장이 뒤틀리는 기분이었다.

"내 몸에 다시는 손대지 말아요. 아니면 소리 지를 거예요."

매스꺼운 속을 간신히 진정시키며 설영이 한마디 톡 쏴 주었다.

"내가 치한이냐?"

강한은 어이없다는 표정으로 물러났다.

"죄송해요. 생리통이에요. 그게 어떤 건지는 아시죠?"

"내가 그런 것까지 알아야 해?"

손바닥에 느껴지는 아랫배의 감촉에 무작정 떠오른 단어가 생리통이었다. 껄끄러운 화제를 꺼내 놓고 어색해하는 것도 잠깐, 깊이 파고들기 어려운 화제니 귀찮게 캐묻지는 않을 거라는 생각에 오히려 잘 됐다는 생각을 했다.

"요즘 여학생들은 참……."

차마 말을 잇지 못하는 강한의 표정은 황당함 그 자체였다. 만져서는 안 되는 것을 만진 것처럼 땀이 묻은 손바닥을 한 번 쳐다보고는 설영의 교복 어깨에 닦는 표정이 영 까칠했다. 다시 살 만해진 설영도 강한이 슥슥 만지고 간 어깨를 바라보며 못마땅하게 미간을 찡그렸다.

"그러게, 누가 만지래요?"

"끝까지 치한 취급이지. 나라고 만지고 싶어서 만졌겠냐? 금방이라도 쓰러질 것 같은 얼굴로 놀라게 한 사람이 누군데?"

"그래서 사과했잖아요."

"끝까지 잘했다지. 물에 빠진 사람 건져 줬더니 보따리 내놓으란 심보나 똑같은 거네. 걱정 마. 치사해서 다시는 네 몸에 손끝 하나 대지 않을 테니."

"누가 치사한지 모르겠네."

"꼬박꼬박 말대꾸하는 것 보니, 이제는 살 만한가 보네. 병원에 안 가도 되겠어?"

유치한 말싸움을 벌이는 것 같지만, 강한은 설영의 변해 가는 표정 하나하나를 예리하게 살피고 있었다. 창백했던 볼에 혈색이 돌아오고, 꼿꼿하게 다리에 힘이 들어가는 모습을 차분하게 지켜보고 있었다.

"가방은?"

강한의 지적을 듣고서야 설영은 책가방이 어깨에 없다는 사실을 깨달았다. 정신없이 뛰어오느라 땅에 떨어진 모양이었다. 뒤늦게 가방의 행적을 찾아 고개를 기웃거리는 설영의 시선에 블루펄 칼라의 곡선이 매끈하게 빠진 스포츠카 외관이 들어왔다. 곧이어 부드러운 엔진 소리와 함께 운전석에 앉은 하영이 나타났다.

"괜찮아? 진통이 또 시작된 거야? 병원이 싫으면 약국이라도 데려다줄까?"

호흡이 조금 가빠진 설영을 살피는 강한의 얼굴이 걱정으로 흐려졌다. 주먹을 꼭 쥐고 눈을 부릅뜬 설영은 위안이라도 찾는 듯 강한의 눈을 똑바로 직시했다. 숱이 많은 선명한 눈썹 아래 선한 눈빛이 그녀를 마주 보고 있었다. 자세히 들여다보지 않으면 눈치채지 못할 만큼 옆으로 살짝 휜 콧날이 오뚝하게 아래로 뻗어 있었다. 때로는 자신만만하고, 때로는 오만하게 느껴지던, 모든 게 그녀가 기억하던 그대로였다. 그 순간 환상과 현실 사이에서 갈팡질팡했던 혼란이 사라졌다.

"이제는 괜찮아요. 고맙습니다."

숨 쉬는 것이 훨씬 자연스러워진 설영은 거짓말이 아니라는 것을 증명하듯 차분한 목소리로 대답했다.

"최강한, 무슨 일이야? 학생, 어디 아파?"

스포츠카에서 내리는 하영은 완벽한 포커페이스를 갖추고 있었다. 거리낌 없이 운전석 뒷문을 여는 하영을 바라보는 설영의 입가에 깊은 조소가 스며들었다.

"병원에 갈 정도는 아닌 것 같아. 여기서 잠깐만 기다려, 나는 저 책가방 좀 집어 올게."

10미터 정도 뒤에서 나뒹굴고 있는 책가방과 설영을 번갈아 바라보던 강한이 이내 마음의 결심을 굳히고 빠르게 멀어져 갔다.

"괜찮아? 타. 병원까지 데려다줄게."

설영의 눈에 깃들인 경멸을 보고서도 하영은 일말의 동요도 없었다. 어떠한 감정도 드러내지 않은 채 병원의 환자를 대하는 것처럼 형식적인 미소를 지었다. 친절을 가장한 미소에 속아 넘어가는 것은 한 번으로 족하다.

"지랄하십니다."

하영의 눈빛이 흔들렸다. 한 꺼풀 벗겨진 가면 아래 싸늘한 숨결이 거칠어졌다. 쾅 하고 닫힌 문소리에 강한이 힐끗 뒤를 돌아보았다.

"최강한 선생님 말씀대로 병원까지 갈 정도는 아닌가 봐."

하영은 손바닥 뒤집듯 성난 표정을 숨기고 상냥하게 웃었다. 그러고는 운전석에서 세대병원 로고가 박힌 명함 한 장을 꺼내 내밀었다.

"그사이에 입이 많이 거칠어졌네. 혹시 나중에라도 필요하면, 이리로 전화해. 병원에는 내가 미리 연락해 놓을게. 물론 별다른 이상은 없어 보이지만."

강한의 관심을 끌기 위해 설영이 아픈 연기를 한다고 확신하는 눈빛이었다.

"지랄도 풍년이십니다."

설영은 이름 석 자 앞에 Dr.가 들어 있는 명함을 삐딱하게 내려다보며 코웃음을 쳤다.

"항상 궁금했어요. 윤태상이 어떻게 알고 주택가 담장에서 나를 기다리고 있었을까. 전에 거기서 나를 본 적이 있죠?"

하영의 아래턱이 굳어졌다. 그리고 이내 설영의 시선을 외면했다. 아무렇지도 않은 척, 다가오는 강한을 향해 메마른 미소를 보내지만, 명함을 구기는 하영의 손이 눈에 띄게 떨리고 있었다.

"여기 학생이 도움은 필요 없다는데. 괜히 고3 수험생 신경 건드리지 말고, 우리도 이만 가자. 너 기다리느라 점심도 건너뛰었더니 배고프다. 운전은 네가 할 거지?"

하영이 불평을 늘어놓으며 자동차가 서 있는 방향을 향해 몸을 틀었다. 그러나 강한은 설영을 향한 관심을 거두지 않았다.

"진짜 이대로 혼자 가도 되겠어? 택시 다니는 큰길까지만이라도 같이 가면 어때? 그 상태로 걸어가기에는 꽤 먼 거리인데."

앞으로 내밀어진 가방을 한 손으로 받으며 설영은 거절의 의미로 고개를 가로저었다. 시선은 바닥을 향한 채였다.

"정 불편하면, 내가 가방이라도 큰길까지……."

평상시의 무심한 성격답지 않게 친절을 베푸는 강한의 팔을 하영이 끌어당겼다. 그러고는 그대로 운전석으로 밀어 넣었다.

"학생이 싫다고 하잖아. 괜히 어린 학생한테 부담 주지 말고, 그만 가자. 사실은 외과 김 과장님한테 너 잡아 오라는 명령받고 오는 길이야. 지난주에도 후속 치료 하러 안 갔다면서? 벌써 두 번째라고 화가 머리끝까지 나셨어."

운전석 문이 닫히기 전, 강한이 슬쩍 설영을 돌아보았다. 땅바닥에 진귀한 보물이라도 발견한 것처럼 설영은 고집스럽게 시선을 아래로 향하고 있었다. 하영이 보닛을 돌아 옆자리에 착석하자, 시끄러운 엔진 소리와 함께 차가 출발했다. 물끄러미 멀어지는 차를 바라보는 설영의 모습이 사이드미러에 잡혔다.

"저 여학생이랑 친해?"

사이드미러에서 시선을 떼지 못하는 강한에게 질문을 던지는 말투에 전에 없던 조바심이 묻어났다. 질문에 대한 대답 대신 하영을 바라보는 강한의 눈에 질책 비슷한 것이 스쳤다, 사라져 갔다.

"이하영, 오늘따라 너답지 않다."

"무슨 뜻이야?"

"연락도 없이 이렇게 갑자기 학교로 찾아온 것도 그렇고, 아픈 학생을 쫓아내지 못해 안달 난 것도 그렇고, 전혀 너답지 않아."

"나다운 건 뭔데?"

언젠가 연극의 막은 내리게 되어 있었다. 화려한 무대의 조명이 꺼진 순간, 초라하게 무대에 혼자 남겨질 사람도 정해져 있었다. 강한의 기억이 돌아오고, 거센 비난이 누구를 향할지 누구보다 하영, 본인이 잘 알고 있었다. 비난보다 더 두려운 것은 차가운 경멸이었다.

처음부터 내 것이라고 정해 둔 자리, 10년을 바라보기만 하다 허무하게 빼앗긴 자리. 뭔가를 해 볼 엄두조차 내지 못했기에, 쉽사리 패배를 인정할 수도 없었다. 두 번 다시 같은 실수를 반복할 생각은 없었다. 기억이 돌아오기 전에, 반드시 강한의 심장을 흔들어 그녀의 자리를 만들어 놓을 심산이었다.

"네가 생각하는 나는 뭔데? 좋아하는 남자가 다른 여자한테 잘해 주는 것을 아무렇지도 않은 척, 지켜만 봐야 하는 여자 사람 친구? 친구라도 되고 싶어, 좋아한다는 말도 못 하고 10년째 다친 상처나 치료해 주는 만만한 의사 동창? 그게 나다운 거야?"

"이하영."

낮게 깔리는 음성에는 선을 넘지 말라는 경고가 실려 있었다. 하영의 눈빛이 불안으로 흔들렸다. 큰길로 나가기 전, 차가 보도 옆에 멈춰 섰다. 엔진 버튼을 누르는 강한의 손에는 망설임이 없었다. 시동은 꺼졌지만 실내 스피커에서는 잔잔한 재즈 음악이 흘러나오고 있었다. 지나간 사랑에 대해 구슬프게 노래하는 여가수의 목소리가 절정을 향해 치닫자, 숨 막힐 것 같은 긴장감을 참지 못한 하영이 먼저 입을 열었다.

"더 이상 바보처럼 기다리는 것은 그만할래. 네가 싫다고 해도 상관없어. 오늘처럼 불쑥불쑥 예고 없이 찾아올 거야. 고등학교 때부터 너만 바라봤어. 겉모습은 차갑고 냉정한 것 같아도, 속은 누구보다 정이 깊다는 것도 알고 있어. 그래서 어려서 널 돌봐 주던 분이 어려운 일을 당하면 모른 척 못 하고, 엄마랑 살던 집도 못 잊고."

딸각. 문손잡이의 락이 열리며 자동으로 오디오가 꺼졌다.

"그러니 너는 10년을 넘게 알아 온 나도 쉽게 내치지 못할걸."

작게 열린 문틈 사이로 큰길 교차로를 통과하는 오토바이의 시끄러운 엔진 소리가 뚜렷이 들렸다. 그때까지 별다른 움직임이 없던 강한이 관자놀이 근처를 손가락으로 지그시 짓눌렀다.

"그동안의 세월을 봐서 한 번은 못 들은 걸로 할게. 여기까지만 해. 억지로 강요한다고 없던 감정이 생기지는 않아. 그냥 친구로 남아. 그게 힘들면 언제든 떠나도 좋아."

깊은 피로감이 느껴지는 목소리에 하영에 대한 배려는 없었다. 걱정스럽게 바라보는 하영의 시선은 철저하게 외면당했다.

"이미 예상한 반응이었지만, 그래도 아프네. 뭐, 상관없어. 예상 못했던 것도 아니고. 자주 보게 될 거야, 클럽이든, 학교든. 안 보이면 서운하다 싶은 날이 오겠지. 그때가 오면 꼭 말해 주기다."

"내 옆에 네 자리는 없어."

감정 없는 표정으로 강한이 차에서 내렸다. 기대고 매달린 미련 한 톨조차 남기지 않는다. 창립 기념 파티에서의 대화가 오버랩되면서, 빠르게 고이는 눈물을 하영이 손등으로 감췄다. 두 번째였다, 강한의 앞에서 초라함을 넘어 비참해지는 순간이. 그리고 그 비참함의 강도가 진해질수록 오기가 생겼다.

"나쁜 자식. 그래도 나는 너 절대 포기 안 해."

"결국에는 너만 다칠 거다."

차가운 말을 마지막으로 운전석 문이 닫혔다. 헤드쿠션에 머리를 기댄 하영이 천천히 눈을 가린 손등을 들어 올렸다. 시큰하게 달아오른 눈동자에 강한의 뒷모습이 아프게 박혔다.

유럽풍의 아늑한 카페를 연상시키는 제과점 유리창은 고급스러운 모양의 베이커리와 먹음직스럽게 장식된 빙수 광고지로 도배가 되어 있었다. 요즘 가장 핫하다는 아이돌 여가수들이 모델로 나선 광고지를 뚫어지게 바라보던 강한은 제과점 입구에서 우수수 쏟아져 나오는 여학생들의 시선을 피해 모자를 깊숙이 눌러썼다.

"미치겠다. 이걸 꼭 오늘 먹어야겠어? 대충 아무 케이크나 사서 먹으면 안 돼?"

— 안 돼. 오늘만큼은 반드시 우리 바니가 광고하는 그 케이크를 먹어야겠다. 그것도 오늘 밤 자정이 지나기 전에.

"미쳤구나. 이제 겨우 고등학교 갓 졸업한 애들한테 형은 우리 바니라는 호칭이 나와?"

— 그러는 너야말로 우리 바니들이 고등학교 갓 졸업한 것은 어떻게 알았어? 너도 혹시 삼촌 팬이냐?

"얼굴도 모르는 애들한테 삼촌은 무슨……. 학교에서 애들이 떠들어 대니 아는 거지. 아무튼 그 동네도 여기랑 똑같은 제과점 있을 거 아냐. 거기서 사다 먹어. 아니면 배달을 시키든가."

짜증이 잔뜩 밴 격앙된 말투에 옆을 지나치던 행인이 힐끗 고개를 돌렸다.

— 그게 요즘 가장 잘나가는 케이크라고 몇 번을 말해? 이 동네는 이미 다 팔려서 없다고. 전화로 알아보니 너희 동네에 딱 하나 남았다더라. 그래서 내가 이렇게 너한테 통사정을 하는 거잖아.

"그럼 내일 아침에 사 먹으면 되겠네."

— 야, 이 인정머리 없는 자식아. 생일이 오늘인데, 케이크를 내일 사 먹으라는 말이 나오냐? 내가 네 사고 후유증 때문에 마음고생을 얼마나 했는지 몰라서 이래? 스트레스로…….

"알았어, 알았으니까 일 절만 해."

강한은 끝없이 이어질 것 같은 상호의 불평을 신경질적으로 잘랐다. 굳이 듣지 않아도 다음으로 이어질 레퍼토리를 충분히 예상할 수 있었다. 1년으로 약속된 이사장과의 계약이 내년 여름까지, 한 학기 더 연장이 되었다. 학기 중간에 휴직을 해서 한 학기를 제대로 마치지 못했다며 이사장이 새로이 요구한 계약 조건이었다. 그 조건에는 강한도 순순히 수긍했다. 나중에 계약을 제대로 이행하지 못했다며 꼬투리를 잡히는 것보다는 뭐든 명확히 해 두는 편이 나았다.

게다가 학교에 있다 보면 통째로 날려 버린 1학기의 기억을 되찾는데 도움이 되지 않을까 하는 기대감도 있었다. 병원에서 깨어나고, 그가 기억하는 마지막 시점에서 무려 4개월이 훌쩍 지나가 있다는 사실을 받아들이는 게 결코 쉬운 일은 아니었다. 지난 몇 달간의 일만 감쪽같이 머릿속에서 사라졌다. 왜? 수천 번도 넘게 스스로에게 던져 본 질문이었다.

모든 게 그가 기억하는 그대로였다. 그가 이사 가기로 한 아파트 계약서, 열 개도 넘는 은행 계좌번호, 신용카드, 클럽 사무실에 놓인 금고의 비밀번호. 모든 것들을 숫자 하나 틀리지 않고 또렷이 기억해 냈다. 하다못해 이삿짐 트럭의 번호판까지 어제 일처럼 선명하게 떠올랐다. 그런데 이삿짐 트럭을 따라가다 눈이 부시다고 느낀 그 이후의 시점부터 텅 빈 도화지 상태였다.

상호가 설명해 준 사고 경위도 뭔가 꺼림칙했다. 클럽 이미지에 막대한 해를 입힐 수 있다며, 존재하지도 않는 이중장부를 가지고 위협하는 태상을 쫓다 사고가 있었다고 했다. 해외로 도피해야 할 만큼 상황이 절박했다는 태상이 왜 그 먼 산길까지 상호를 유인했을까. 그리고 상호는 태상이 어디로 달아났는지 신원 파악조차 되지 않지만, 더 이상 위협적인 존재는 아니라는 말로 두루뭉술하게 사건 경과만 보고했다.

— 냉정한 자식. 꼭 이런 식으로 사람 말을 냉큼 잘라먹더라. 어떻게 된 게 사고 전이나 후나, 듣기 싫은 말은 싹둑 자르는 싸가지만 그대로냐?

"언제는 그대로라 다행이라며?"

— 그때야 상황이 워낙 절실해서 그랬던 거고. 이왕이면 기억이 아니라 성격이 뒤죽박죽으로 바뀌었으면 오죽 좋아?

"시비 걸 거면 그냥 끊는다."

강한이 한다면 하는 성격임을 알기에 상호가 다급하게 목소리 톤을 바꿨다.

— 야, 야. 끊지 마. 그 케이크가 진짜 먹고 싶어서 그래. 우리 사이에 그 정도는 해 줄 수 있잖아. 우리가 이렇게 실랑이 벌이는 사이에 누가 채 갔을지도 모른다고. 제발 가게에 한 번만 들어가 주라. 응, 응, 제발, 응?

강한은 어처구니없다는 표정으로 핸드폰을 귀에서 뗐다. 이 형이 뭘 잘못 먹었나. 콧소리에 비음까지 섞어 가며 앙탈을 부리니 일부러 작정하고 놀리는 것 아닌가 싶은 의심까지 들었다.

고등학교나 졸업했을까 싶은 앳된 인상의 여자 모델을 바라보는 강한의 시선에 불신이 가득했다. 치즈케이크에 생과일 블루베리와 딸기를 얹은 게 뭐가 그리 대단하다고. 과연 치즈케이크가 무슨 맛인지는 알고 이렇게 조르는 건가. 한국 사람은 밥이 진리라며, 빵이라고는 편의점에서 파는 호빵 외에는 눈길도 안 주던 사람이기에 더 기가 막혔다.

그렇다고 다른 날도 아닌 생일날 하는 부탁을 딱 잘라 거절할 수도 없었다. 생일이 아니더라도 이런 간단한 부탁 하나 들어주는 것은 어렵지 않았다. 다만 문제는 광고지 사이 유리창 너머로 보이는 실내 전경에 선뜩 안으로 들어갈 마음이 내키지 않는다는 것이었다.

"진짜 오늘 꼭 먹어야겠어?"

— 몇 번을 더 말해. 먹고 싶어 환장하겠다.

음색에 반 정도는 포기한 여운이 느껴졌는지, 상호가 단호하게 쐐기를 박았다.

— 나 지금 진짜 우울하다. 어떻게 생일이 다른 날보다 더 바빠. 1년 내내 무슨 놈의 행사들이 이리도 많은지. 지금 할로윈 파티랑 연말 이벤트 준비 때문에 돈 잡아먹는 컨설턴트팀이랑 미팅 중이다. 내가 가방끈 짧은 것을 알고는 어디서 죄다 베낀 아이디어로 벤치마케팅이다 큰소리만 치고, 못 알아들을 영어로 주야장천 잘난 척들만 하고 있다.

갑자기 전화기 너머가 소란스러워졌다. 강한도 아는 목소리들이 하나가 되어 원망이 빗발치자, 상호가 태연하게 '내 말이 틀려?' 라고 반문하고 있었다.

— 그중에서 그나마 괜찮다 싶은 시안 몇 개 뽑아 놓을 테니 최종 결정은 네가 해라. 그래도 머리 쓰는 것은 네가 나보다 나으니까.

"알았어."

이벤트 시안을 점검하겠다는 뜻으로 대답한 말을 상호가 냉큼 받았다.

— 고맙다. 초도 빼먹지 말고 챙겨라. 여기 일 정리되는 대로 갈게. 자지 말고 꼭 기다려. 아니다, 그냥 자라. 케이크는 내가 알아서 챙겨 먹을게. 이만 끊자.

속사포처럼 자기 하고 싶은 말만 늘어놓더니 일방적으로 전화가 끊어졌다. 강한은 할 수 없이 제과점 입구의 문턱을 넘었다.

"안녕하세요, 어서 오세요. 손님, 특별히 찾으시는 것 있으세요?"

솔도 아니고 시에서나 시작된 것 같은 경쾌한 인사말에 매장 내 고객들의 시선이 강한에게 쏠렸다. 그중에는 유성고등학교 교복을 입은 여학생들도 섞여 있었다. 그 아이들이 요란스럽게 쑥덕거리는 소리에 녹색 가루가 뒤덮인 빙수를 앞에 둔 설영이 고개를 들었다. 그의 존재를 알아본 설영의 눈이 왕방울만 하게 커지면서 입에 넣고 있던 플라스틱 수저를 급하게 빼냈다. 그 때문에 뭐가 흘러내렸는지, 맞은편에 앉아 있던 민호가 냅킨을 집어 입술을 닦아 주었다.

"저기 광고지에 나온 케이크 주세요."

"초는 몇 개나 필요하세요?"

"서른두 살, 아니 서른세 살로 계산해 주세요."

"네, 그럼 큰 초 세 개와 작은 초 세 개를 같이 넣어 드릴게요."

계산을 위해 지갑에서 신용카드를 꺼내면서 강한의 신경은 온통 유리창에 반사된 안쪽 테이블에 쏠려 있었다. 민호가 꼼꼼하게 입술 주위를 냅킨으로 닦아 줄 동안, 설영은 정자세로 꼼짝도 않고 앉아만 있었다.

강한은 아래턱을 손으로 쓸어내렸다. 남자 친구 같은 것은 안 키운다더니. 포장용 리본으로 예쁘게 장식된 사각형의 박스를 들고 돌아서는데 민호가 설영의 앞머리를 다정하게 넘겨 주었다.

지끈. 또다시 이해할 수 없는 감정의 격랑에 휘말리며 가슴 안쪽이 답답했다. 뭐지, 이 느낌은. 머리를 다친 후유증은 예고 없이 찾아오는 두통과 단기 기억상실만이 아닌 것이 분명했다. 감정 조절 호르몬에 이상이 생겼든지 아니면 제대로 미친 거다. 의학적으로는 설명이 불가능한 낯설고 생뚱맞은 심장의 반응에 강한은 초조했다. 이래서 여기로 들어오는 게 그토록 싫었던 거다.

거리에서 유리창을 통해 실내를 살펴보던 강한의 시선에 제일 먼저 들어온 사람이 바로 류설영이었다. 서른다섯 명의 학생들이 앉아 있는 교실에서도, 백 명이 넘는 학생들이 들락거리는 학교 식당에서도, 강한의 눈은 귀신같이 설영을 찾아냈다. 다른 여학생들에 비해 키가 커서라고 변명도 해 보고, 예사롭지 않은 첫 만남 때문이라고 마음을 다잡아 봐도, 명치끝이 답답하게 조여드는 이유는 도무지 설명할 방법이 없었다.

모든 게 호기심과 독특한 그 눈 때문이었다. 한눈에 봐도 불량스러운 남학생들을 상대로 욕부터 퍼부어 대는 여학생의 배포가 궁금했었다. 게다가 험한 욕을 상스럽지 않게 하는 묘한 재주까지. 지금까지도 낮게 깔린 목소리가 주절대는 욕설이 귓가에 맴돌았다.

그리고 잊을 수 없는 그 눈. 금방이라도 눈물을 한 바가지 쏟아 낼 것 같은 슬픈 눈망울을 하고서는, 절대로 울지 않는 특이한 눈. 양호실에서 처음으로 그 눈을 가까이에서 보고 난 후로 심장 박동에 오류가 생겼다. 시도 때도 없이 설영의 존재를 심장이 먼저 알아본다.

"선생님, 저희랑 사진 한 장만 같이 찍어요."

강한이 제과점을 나서기 직전에, 여학생 하나가 용기를 내서 다가왔다. 강한은 사진을 위해 포즈를 취하는 대신, 지갑에서 꼬깃꼬깃하게 접혀진 오만 원짜리 지폐 한 장을 꺼내 내밀었다. 일주일 전 주택가에서 만난 설영에게 주었다 거절당한 돈이었다. 지갑에 담아 둔 내내 신경에 거슬렸었다.

"미안, 난 사진 찍히는 것을 싫어해서. 대신 친구들이랑 이 제과점에서 제일로 맛있는 걸로 사 먹어."

여학생 뒤에서 감사 인사와 함께 환호성이 들렸다. 쭈뼛거리며 망설이는 여학생의 손에 지폐가 들려졌다. 이걸로 됐어. 진즉에 다른 학생에게 줘 버릴걸. 설영이 쳐다보는 것을 알면서도 강한은 모르는 척 차갑게 돌아섰다.

젠장. 또 이런다. 미리 정해진 수순처럼 명치끝이 조여들면, 관자놀이 근처에서 극심한 편두통이 시작된다. 강한은 손가락으로 두통이 시작된 지점을 세차게 눌렀다. 그리고 한차례 머리를 흔들었다. 한심한 놈. 어린애를 상대로 흔들리는 감정을 변명하는 것으로도 모자라 분석하고, 해석하고 있는 자신이 한심하기 그지없었다.

무시하자, 무시하자. 시간이 지나면서 슬픈 눈망울의 이미지도 희미해지겠지. 그럼 설영을 보고 느끼는 감정의 혼란도 자연스럽게 사라질 것이다. 두꺼운 종이 상자의 손잡이가 손바닥을 파고들자, 차갑게 굳은 얼굴로 강한은 제과점을 나섰다.

씩씩하게 걸어가는 설영의 뒤로 달그림자가 짙어졌다. 민호가 장난스럽게 그림자의 어깨에 팔을 두르고, 머리를 쓰다듬었다. 그러다가 한 번씩 그림자 머리를 톡톡 두드리는 손길이 짓궂었다.

"계속 까불어라. 너는 말로 하면 안 듣지?"

— 또 꼴통 자식이 이상한 짓 해? 그럼 말로만 하지 말고, 이번에는

확실히 척추를 접어 버려. 너 요즘 민호를 대하는 게 너무 나긋나긋해졌어. 마음에 안 들어.

"언제는 한결같이 드세고 폭력적이라 싫다면서요."

설영의 반박에 상호가 껄껄껄 크게 웃었다. 웃음소리가 핸드폰 너머까지 들리자, 민호가 갑자기 그녀의 손에서 핸드폰을 가로채 갔다.

"범인은 아저씨지? 아저씨가 일부러 데이트 방해하라고 제과점으로 수학 보낸 거지?"

데이트라는 표현에 설영이 둥그런 뒤통수로 손을 날리고는 가차 없이 핸드폰을 뺏어 갔다.

— 그래, 내가 보냈다.

"아야. 지금 백스물한 번째다. 천 번 채우는 날, 무조건 책임지는 거다."

"멍청이."

— 그놈 멍청이 맞다. 여자한테 맞고도 좋다고 횟수 세는 덜떨어진 놈은 세상에서 그 자식이 유일할 거다.

"누구보고 멍청이래? 달랑 두 달 공부해서 모의고사 성적으로 전교 95등 찍었으면 천재라고 해야 정상 아냐?"

양쪽에서 동시에 떠들어 대는 소리에 설영은 미간을 찌푸렸다. 상호가 수다스러운 것은 첫 만남부터 알고 있었지만, 민호의 수다스러움은 도무지 적응이 되지 않았다. 가끔은 과묵했던 학기 초가 그리울 지경이었다. 중요하게 나눌 얘기가 있어 상호에게 전화를 건 설영으로서는 정상적인 대화를 위해 민호부터 쫓아 버려야 했다.

"시끄러워, 김민호. 천재는 개뿔. 전교 꼴등의 늪에서 구원해 주신 예쁘장한 과외 선생님한테 고맙다고나 해."

"예쁘기는 개뿔."

"사내자식이 점점 푼수처럼 말만 많아져서는……. 그만 떠벌리고, 빨리 손에 들고 있는 샌드위치나 조 실장님한테 드리고 와. 벌써 세

번 말했다. 입 아프다. 네 번째는 말로 안 한다."

민호의 경호 업무를 담당하는 경호원들이 10미터 정도 떨어진 안전거리에서 그들을 지켜보고 있었다. 두 명의 경호원들이 세 팀으로 나눠 조를 짜서 움직이는데, 하굣길을 담당하는 지금의 경호원들과 자주 부딪치다 보니 가끔씩은 먹을 것도 챙겨 주는 편한 사이가 되어 있었다.

— 너 지금 나한테 푼수라고 빙 돌려 말한 거냐?

"나는 그런 말 한 적 없어요. 아저씨가 괜히 찔리나 보죠."

— 내가 왜? 그런데 민호 자식 과외 선생이 그렇게 예뻐?

"말 돌리지 말아요. 진짜 선생님을 제과점으로 보낸 사람이 아저씨였어요?"

— 그래, 내가 그랬다. 그럼 하나밖에 없는 제수씨가 새파랗게 어린 놈이랑 데이트를 한다는데 그걸 그냥 둬? 바람피우는 현장 제대로 잡으라고 강한이 놈 보냈다, 어쩔래?

"제수씨는 무슨……. 그런데 내가 제과점에 간 건 또 어떻게 알았어요?"

— 김민호 푼수가 그러더라. 시험 성적 오르면 데이트하기로 약속했다고. 오늘이 그날이라고 매시간마다 문자로 생중계를 해 대니, 내가 속이 뒤집어지겠냐, 안 뒤집어지겠냐?

"저 자식을 진짜……."

여전히 옆에서 샌드위치가 담긴 종이봉투를 들고 밍기적거리는 민호를 노려보는 눈초리가 예사롭지 않았다. 잔잔하던 숨결이 점점 거칠어졌다. 피부로 느껴지는 위기감에 눈치 빠른 민호가 냅다 줄행랑을 쳤다.

"결론부터 말하자면, 아저씨랑 나랑 민호의 술수에 놀아난 거예요. 선생님은 거기에 내가 있었다는 사실도 모를걸요. 제과점에 들어와서는 단순하게 생일 케이크만 사 가지고 가셨어요."

교문 앞에서 헤어진 이후로 설영만 보면 찬바람이 쌩쌩 분다는 말은 차마 하지 못했다. 그럴 때마다 벙어리 냉가슴이 차가운 가시에 찔려 움츠러드는 것은 그녀만 아는 비밀이었다.

— 진짜야? 그냥 케이크만 사 가지고 나갔어?

“그러고 보니 그것만은 아니었네. 사진 한 장만 같이 찍자는 학생들한테 싫다고 튕기더니, 대신 빵값을 주면서 잘난 척하고 갔어요.”

감추지 못한 서운함이 살며시 투정으로 고개를 내밀었다.

— 너는? 너한테는 빵값도 안 주고?

“쳐다도 안 봤다니까요.”

— 갈수록 가관이네. 그 덜떨어진 놈 눈에 너는 안 보이고, 다른 학생들은 보인다던? 내가 못살아. 어쩌다 세상 제일 똑똑한 놈이 세상 제일 바보가 되어 버린 건지. 아무리 자기 때문에 네가 희생됐다는 죄책감에 너를 지웠다지만, 그래도 감정이라는 놈은 본능 어딘가에 남아 있을 것 아니냐고. 내가 그렇게 말려도 좋다고 쫓아다닐 때는 언제고, 이제는 물심양면으로 밀어줘도 본척만척이냐구. 멍청한 자식.

“아저씨.”

상호를 부르는 목소리가 낮고 을씨년스러웠다. 불러 놓고 한동안 말이 없자, 상호가 목청을 가다듬으면 분위기를 살폈다.

— 내가 오늘따라 쓸데없이 조금 말이 많지?

“나중에 다 이를 거예요.”

— 뭐?

“나중에 선생님한테 아저씨가 오늘 한 쓸데없이 조금 많은 말들을 죄다 이를 거라구요.”

— 뭘 또 그렇게 무섭게 협박하고 그러냐. 미안하다, 그 빌어먹을 케이크 먹을 생각에 말이 다 헛 나왔다.

전화기 너머에서 머쓱하게 웃고 있을 상호가 머릿속에 그려졌다. 사고 이후, 상호는 그녀의 든든한 후원자이자 조력자였다. 의연한 척

해도 속상할 수밖에 없는 마음을 누구보다 잘 알고, 이렇게 대신 표현해 주고 있다는 것을 잘 알았다.

"이제 하루 남았어요. 더 이상 협박 따위에 뒤로 물러나지도 않을 거고, 거래를 이유로 선생님을 휘두르게 두지도 않을 거예요."

— 그래, 너만 믿는다. 노인네가 학교에서 너를 쫓아내고 싶어 안달일 텐데도, 지금까지 못 하는 거 보면 확실히 구린내가 나. 이미 파티룸 구석구석에 고성능 카메라와 녹음기를 숨겨 놨다. 전문가들이 워낙 교묘하게 숨겨 놔서 자기들끼리 주고받는 대화와 표정 하나까지 녹화되고 있다는 것은 상상조차 못 할 거다.

"대신 선생님은 절대 몰라야 해요. 지난번처럼 정민이나 다른 학생들이 클럽에 나타난 것을 들키면 끌려 나올지도 몰라요. 그러면 파티는 시작하기도 전에 끝이 날걸요."

— 그건 걱정하지 마. 강한이는 연말 이벤트 준비로 컨설팅 회사랑 내일 저녁에 미팅이 있어. 사무실이 도시 반대쪽이라 이쪽으로 넘어올 일 절대 없어.

"장담할 수 있죠?"

— 물론이야. 대신에 너도 약속 하나 해. 이번 일만 마무리되면, 강한이한테 너에 대해 사실대로 말하는 거다. 요즘 하영이가 강한이 주위를 맴도는 게 영 마음에 안 들어.

그건 설영도 마찬가지였다.

Shooting Star. 소위 상위 몇 프로 안에 든다는 재력가의 자제들로만 구성된 유성고등학교 내의 비밀 소사이어티 클럽 이름이었다. 사실 일반 학생들과 선생님들은 학교 내에 그런 사교 클럽이 존재한다는 것조차 알지 못했다. 사교 클럽 자체가 문제 될 것은 없었다. 다만 문제는 그 사교 클럽을 거쳐 간 학생들 중의 일부는 눈에 띄는 교내외 활동이 없음에도 불구하고 특기 전형으로 대학에 수시 합격한 전적이 있다는 것이었다.

민호는 입학과 동시에 초대를 받았지만, 아웃사이더적인 성향에 관심조차 두지 않아 설영도 그 존재 자체를 모르고 있었다. 최정민의 말실수가 없었더라면 결코 꼬투리를 잡지 못했을 것이다. 정작 본인은 모르겠지만, 밑밥을 까는 데 정민의 역할이 컸다.

정민의 입김으로 이번 클럽의 정기 모임은 제이크 모던 클럽 프라이빗 파티룸으로 결정되었다. 2층 프라이빗 룸 근처에서 얼쩡거릴 설영을 파티로 초대하기로 약속도 되어 있었다. 졸업과 동시에 민호와 약혼할 거라는 헛소문을 철석같이 믿고 있는 그는 설영이 돈 많은 집 자제들과 친분을 만들고 싶은 욕심에 사교 클럽에 눈독을 들이고 있다고 알고 있었다. 의미 없는 노력이라고 비웃으면서도, 기부금 입학에 발목이 잡혀 어쩔 수 없이 협력하고 있었다.

주사위는 던져졌다. 종합생활기록부가 어떤 식으로 조작되고, 이름만 있고 실체가 없는 교내 수상대회 기록에 대한 증거만 잡으면, 이 사기극의 판도를 확실하게 뒤집어 놓을 것이다.

— 내일 클럽 뒷골목 비상 출입문에 도착하면 남철이한테 전화해.

"알았어요. 내일 봬요."

"뭐야, 나만 따 시키고 두 사람만 따로 만나는 거야?"

상큼한 밤바람과 함께 민호가 설영의 어깨에 팔을 둘렀다.

"저 형이 누나 먹으래. 근데 취향은 좀 후져."

민호는 딱딱하게 긴장하는 어깨를 모르는 척 손에 쥐고 있던 커다란 박하사탕을 눈앞에서 흔들었다.

"데이트 방해 안 해. 상호 아저씨한테 내 몫까지 맛있는 거 사 달라고 해."

"툭하면 데이트래."

정답게 어깨를 양팔로 한 번 꽉 끌어안고는 민호가 뒤로 물러났다. 설영이 뭔가를 꾸미고 있다는 것을 눈치챘으면서 끝까지 묻지 않는다.

"돈벌레 과외 선생이 엄마 집에서 아직까지 나를 기다린다네. 무식한 책임감인지, 아니면 내가 만만한 돈줄로 보이는 건지. 아무래도 가 봐야 할 것 같아. 여기서부터는 혼자 갈 수 있지?"

"무슨 소리야? 오늘 과외 선생님 감기 걸려서……. 어어."

민호가 비닐봉지를 벗겨 박하사탕을 설영의 입에 넣었다. 커다란 사탕이 작은 입의 절반을 차지하자, 이제 막 시작되려는 잔소리가 웅알거리는 소리로 변했다.

"그러게. 돈벌레는 사람이 아니라, 감기도 안 걸리나 봐. 오늘이랑 내일은 엄마 집에서 잘 거야. 일요일에 봐."

민호가 나른하게 팔을 펼치고 기지개를 켜며 손가락을 까닥거렸다. 그 신호에 맞춰 자동차 한 대가 미끄러지듯 옆으로 다가왔다.

"누나."

출발하는 자동차 유리창에 고개를 내민 민호가 설영을 불렀다. 개구지게 웃는 민호의 눈가에 예쁜 초승달이 드리워졌다.

"밑에서 보니까, 진짜 못생겼다. 못생겼으니까, 다치지 마. 그러다 시집 못 간다."

"누구보고 못생겼대?"

장난스럽게 주먹을 휘두르며 쫓아오는 설영을 보는 민호의 눈빛이 어렴풋이 흔들렸다. 밝고 쾌활한 웃음 뒤에 감춰 둔 녀석의 속마음을 모르는 바도 아니었다. 빨리 성인이 되고 싶다던 민호는 제법 그럴듯한 어른으로 성장하고 있었다. '도착하면 전화해.' 멀어지는 차를 향해 설영이 소리 질렀다. 들었는지 못 들었는지, 민호가 차창 밖으로 손을 흔들었다.

쿵쾅, 쿵쾅.

고막이 울리는 화려한 비트와 현란한 사이키 조명, 그리고 지칠 줄 모르는 젊음의 열기가 토요일 밤을 뜨겁게 달구고 있었다. 끝이 보이지 않는 높은 천장에 매달린 금속 샹들리에는 형형색색의 조명을 반사하며 제이크 모던 클럽만이 갖는 고급스러운 분위기를 한껏 빛내주고 있었다.

2층 유리 난간에 기대선 설영은 상호에게 온 문자 메시지를 확인하고는 회심의 미소를 지었다. 이렇게 되면 굳이 정민을 통해 파티에 초대받을 필요가 없어진 건가. 대입이 코앞으로 다가온 후배에게 조언을 한답시고, 자신의 경험담을 술술 풀어놔 준 졸업생으로 인해 일이 쉽게 풀렸다.

중국 여행 중인 학생이 유성미술관 후원으로 열린 미술 대회에서 금상을 받았다, 맹장 수술을 받던 학생이 교내 일본어 말하기 대회에서 우수상을 받았다. 누군가 대리로 대회에 나갔거나, 미리 수상자가 정해져 있었다는 말이었다. 이런 수상 기록들을 이용해 예체능이나 외국어 특별전형의 특혜로 눈 가리고 대학에 입학하고 있었다. 눈에 빤히 보이는 거짓말은 추적이 쉬웠다. 졸업생의 출입국 기록이나 병원 기록을 조사해 수상 날짜와 대조해 보면 확실해 물증이 될 것이다.

1층 메인 스테이지에서는 비보이들의 댄스 공연이 한창이었다. 발 디딜 틈 없이 사람들로 빼곡히 들어찬 플로어는 스모그가 깔려 누가 누군지 분간하기도 어려웠다. 정민은 1층 댄스 플로어에 있을 거라 문자를 보냈다. 설영은 열광하는 군중 사이에서 정민의 흔적을 찾으며 핸드폰에서 정민의 번호를 눌렀다. 신호는 가는데 전화는 연결되지 않았다. 그냥 문자로 통보해야 하나. 수많은 인파를 헤치고 녀석을 찾아낼 엄두가 나지 않았다.

그래도 얼굴 보고 작별 인사를 하는 게 낫겠지. 기껏 자리를 마련했더니, 코빼기도 보이지 않았다고 비난을 듣는 것보다는, 혹시 모를 나중을 위해서도 그편이 자연스러웠다. 결심을 굳힌 설영이 아래층으로 연결된 계단을 내려가려는데, 원형 기둥을 중심으로 설치된 칵테일 바에 앉아 있던 블랙 티셔츠를 입은 남자가 접근했다.

"헤이, 왜 혼자야? 파티가 재미없어? 뭐 좋아해? 내가 한잔 살게."

시끄러운 음악 소리에 지지 않기 위해 남자가 소리를 질렀다. 해골 모양의 반지를 낀 손가락으로 바를 가리키는 남자의 시선이 대담하게 쇄골을 드러낸 어깨 라인에서부터 늘씬하게 뻗은 다리를 훑어 내려갔다. 한참 허리에 머물던 시선이 위로 올라오기를 기다렸던 설영은 남자의 가슴팍 위에서 대롱대는 은색 체인을 거리낌 없이 잡아당겼다.

"이게 어디서 하늘 같은 선배도 못 알아보고, 수작질이야."

남자가 놀란 눈을 치켜떴다. 한 치의 흐트러짐 없이 단정하게 올라간 올백 머리 아래 진한 메이크업으로 선명하게 살아난 이목구비를 살펴보는 눈동자에 혼란이 어렸다.

"누구야, 너?"

"오기찬, 눈 깔아라. 선배라고 분명히 말했다. 한 번만 더 나한테 반말하면 죽여 버린다."

"설마 류설영……요?"

목소리만으로 설영을 알아본 기찬의 눈이 휘둥그레졌다. 입술이 달싹대는 모양을 살피며 설영이 눈앞에서 대각선 모양으로 팔을 치켜들자, 기찬은 곧바로 '요' 자를 붙이며 꼬리를 내렸다. 기찬의 손목에는 설영의 것과 같은 문양의 팔찌가 걸려 있었다. 프라이빗 파티가 열리는 2층으로 올라오기 위해, 파티 초대장이 있어야만 받을 수 있는 팔찌였다.

"최정민이 어디에 있는지 알지?"

처음 보는 사람을 쳐다보듯 낯선 눈빛으로 기찬이 고개를 끄덕였다. 숍에 들러 완벽하게 클럽용 메이크업을 하고 온 설영과 펑퍼짐한 교복을 입던 사람은 도저히 같은 사람이라고는 매치가 되지 않는 모양이었다.

“가서 최정민이 좀 찾아와. 내가 할 말이 있는데 핸드폰으로는 연락이 안 돼. 중간에 어디로 튈 생각 말고, 곧장 가라.”

가는 도중에 또다시 여자한테 치근덕대기라도 할까 주의까지 주는데도 기찬은 그저 눈만 껌뻑거리고 있었다. 정신 나간 사람처럼 멍하게 풀린 눈앞에서 손가락을 튕기자, 그제야 기찬은 정신없이 계단을 뛰어 내려가기 시작했다.

설영은 다시 시선을 유리 난간 아래로 향했다. 비보이들이 물러가고, 대신 대형 스크린에 얼굴이 제법 알려진 힙합 가수가 DJ로 등장했다. 등장과 동시에 선보인 현란한 디제잉으로 댄스플로어는 열광의 도가니였다.

쩌렁쩌렁 울리는 비트에 맞춰 환호성을 지르며 몸을 흔들어 대는 사람들을 내려다보며 설영은 한쪽 눈을 찡그렸다. 아무래도 저 틈바구니에 끼어든 기찬이 순순히 정민을 데리고 오지는 않을 것 같았다. 얼떨결에 내려는 갔지만, 다시 올라올 필요성까지는 느끼지 못하겠지. 비트 소리가 강렬해지고, 환호성이 커질수록 설영은 기분이 저조하게 가라앉았다. 이런 꽉 막힌 공간에서 숨 쉴 틈 없이 부대끼는 클럽은 확실히 체질에 맞지 않았다.

설영은 핸드폰을 꺼내 정민에게 다시 전화를 걸었다. 이번에도 받지 않으면 두통을 핑계로 음성 메시지를 남길 생각이었다.

“여보세요? 이제야 연결이 됐네. 어디야?”

— 여보세요. 넌 또 누구냐?

정민이 서 있는 곳이 대형 스피커 근처인지 빵빵거리며 울리는 음악 소리에 목소리를 분간하기 힘들었다.

“나야, 류설영. 안 들려? 지금 2층에 있는데, 머리가 아파서 집에 가야 할 것 같아.”

— 2층 어디…….

“뭐라고? 잘 안 들려. 나 지금 계단으로 내려가니까, 할 말 있으면 입구로 나와서…….”

핸드폰 너머에서 들리는 소리는 시끄러운 소음에 묻혀 정확하지 않았다. 설영은 한쪽 귀를 손가락으로 막고, 상대방 말소리에 집중하며 계단을 향했다.

— 내려올 필요 없어. 어디에 있는지 알았으니까, 거기서 기다려.

띄엄띄엄 들리던 말소리가 점차 또렷해지며 설영은 혼란에 빠졌다. 정민일 거라고 단정 지었던 단호한 목소리는 분명 다른 사람의 것이었다. 설마 아니겠지? 강한은 분명 도시 반대편에 있다고 했는데. 클럽에 나타났으면 상호가 분명 경고라도 줬을 텐데……. 머릿속에 떠오른 의문을 되새김질할 필요가 없어졌다. 한 손으로 정민의 목덜미를 틀어잡고, 전화 통화를 하면서 계단을 올라오는 사람은 분명 최강한이었다.

뭔가 나쁜 짓을 하다가 걸렸을 때의 위기의식. 심장이 두근거렸다. 저 긴 다리로 서너 계단만 더 올라오면 여지없이 붙잡히고 만다. 다음으로 뭘 어떻게 해야겠다는 생각이 떠오르지 않았다.

두 눈이 정면으로 마주친 순간, 설영은 계단 핸드레일을 훌쩍 건너뛰어내렸다. 강한이 커다랗게 뜬 눈으로 뭐라 소리친 것도 같은데 사람들이 내지른 환호성에 묻혀 아무것도 들리지 않았다. 그저 도망쳐야 한다는 생각에 사로잡힌 설영은 무작정 북적대는 사람들의 틈바구니로 파고들었다.

딱히 어디로 가야겠다는 생각도 없이 음악에 취해 몸을 흔들어 대는 사람들 사이를 뚫고 지나갔다. 그중에는 짓궂게 몸을 비벼 대는 남자들도 있었다. 대충 무시하고 앞으로 걸어가는데, 치근대는 손길 하나가 대담하게 허리를 감싸 안았다. 그냥 얌전히 빠져나가기 위해 상대편 손목을 살짝 비틀려는데, 끈적거리던 팔이 저절로 떨어져 나갔다.

순식간에 주위가 소란스러워졌다. 불길한 예감에 돌아보니, 강한이 질척대던 남자의 팔을 잡아 뒤로 꺾어 누르고 있었다. 남자는 팔을 빼려 시도해 보지만 뒤에서 날아든 발길질에 힘없이 바닥에 한쪽 무릎까지 꿇었다. 어두워서 표정은 자세히 보이지 않았다. 하지만 뚜렷하게 불거진 어깨 근육으로 강한이 팔을 부러뜨리지 않기 위해 간신히 참고 있다는 것을 짐작할 수 있었다. 강한과 남자를 중심으로 작은 원이 형성되었다.

말려야 한다고 생각하던 찰나였다. 귀에 리시버를 착용한 보안 직원 둘이 그 원형 안으로 들어왔다. 처음부터 강한을 따라온 사람들 같았다. 무슨 일인가 서서 구경하는 사람들 사이로 비어 있는 공간이 보였다. 설영은 잽싸게 몸을 움직였다. 하지만 순식간에 넓은 품 안에 포로처럼 갇혀 버렸다.

"끌려갈래, 걸어갈래?"

낮게 으르렁대는 목소리가 귓가를 파고들었다. 여전히 한 수 위라는 것을 증명하듯 강한은 설영을 손쉽게 제압했다. 도망칠 때와는 또 다른 의미로 심장이 두근거렸다. 몸을 버둥거릴수록, 가슴 앞에서 겹쳐진 팔이 단단하게 조여들었다.

"이대로 번쩍 들고 갈 수도 있는데……. 선택해."

춤을 추던 사람들의 동작은 멈췄어도, 음악은 멈추지 않았다. 스피커 소리에 지지 않기 위해 강한이 입술을 귀에 바짝 대고 소리를 질렀다. 빠른 비트 음보다 더 빠르고 역동적으로 설영의 심장이 날뛰고 있었다.

"도망 안 가요."

시끄러운 소리에 묻힐까, 설영이 뒤쪽으로 고개를 돌리며 소리를 질렀다. 그러자 순식간에 강한의 팔이 떨어져 나갔다. 의도치 않게 마주 닿은 피부의 감촉으로 볼은 열기로 후끈 달아올랐다. 강한이 앞장서자 구경꾼들이 길을 터 주며 공간을 만들었다.

여성 전용 파우더 룸을 지나자 직원 전용이라는 팻말이 붙은 문 앞에 도착했다. 문이 열리고, 강한이 들어가라는 신호를 보냈다. 주뼛거리며 망설이는 설영을 안쪽으로 밀어 넣고 강한도 따라 들어갔다. 뒤로 문이 닫히고, 소음이 차단된 복도에 단둘만 남았다. 강한은 잔뜩 화가 난 몸짓으로 복도를 왔다 갔다 하기 시작했다. 훤히 드러난 어깨와 허리를 바라보는 날카로운 눈길에 설영는 저도 모르게 긴장했다.

"너는 도대체 생각이 있는 거냐, 없는 거냐? 거기가 어디라고 뛰어내려? 밑에 사람이라도 있었으면 어쩔 뻔했어?"

강한이 버럭 소리부터 질렀다. 왜 저렇게까지 화를 내지. 무섭게 다그치는 이유가 설영이 다쳤을지도 모른다는 걱정 때문인지, 아니면 계단 아래에서 누군가 다쳤을지도 모른다는 가정 때문인지 판단이 서지 않았다.

"아무도 안 다쳤잖아요."

"그런 무책임한 말이 어디 있어? 오늘만 안 다치면 된다, 이거야? 날다람쥐도 아니고. 겁도 없이 왜 자꾸 뛰어내려? 그리고 주먹짱이라면서? 그 대단하다는 주먹은 어디에다 쓰려고, 사내놈들이 집적대는 걸 그냥 둬?"

"누가 그냥 둔대요? 선생님이 잡으러 오니까 그런 거잖아요."

"누가 먼저 도망을 갔는데? 고3이나 돼서는 그런 불량한 차림으로 성인용 클럽에 드나드는 게 잘한 거야?"

"잘못한 것을 아니까 도망친 거잖아요."

"꼬박꼬박 말대답은……. 그래서 끝까지 잘했다 이거야?"

처음 클럽에 왔다가 끌려 나갔을 때도, 강한은 이렇게까지 격한 감정을 드러내지 않았다. 지금 상황으로서는 분명 강한이 그녀를 걱정해서 화를 낸다는 것이 맞았다. 학생으로서 설영이 잘못된 처신을 한 것도 맞았다. 그렇지만 무턱대고 화만 내고 다그치는 그에게 고개를 숙이고 싶지 않았다.

슬그머니 자존심이란 놈이 고개를 쳐들었다. 사과 대신 설영은 턱을 빳빳이 치켜들었다. 직선으로 이어진 복도의 끝에 밖으로 나갈 수 있는 출구가 보였다. 우선은 이 자리를 벗어나고 보자.

"저 문은 비밀번호 없이는 못 열어. 무슨 말인지 알지?"

건장한 가슴이 시야를 가로막았다. 그녀의 꼼수를 훤히 내다본 강한이 앞을 가로막고 서서 다리를 넓게 벌렸다. 양손을 허리에 올린 모습에 빈틈이 없었다.

"다른 애들은요? 어차피 그 애들도 혼내실 거라면, 그 애들이랑 같이 혼나면 안 되나요? 혼자만 일방적으로 당하는 것은 억울해요."

"그쪽은 여기 직원이 알아서 처리할 거야. 나한테 걸린 것을 감사하게 생각해. 여기는 어떻게 들어왔어? 신분증 내놔 봐."

여전히 화난 표정으로 강한이 손바닥을 펼쳤다. 물품 보관함에 넣어 뒀다고 할까. 하긴 그것도 사람을 시켜 보관함을 뒤져 보라 하면 금방 들통날 거짓말이었다. 투박한 손바닥이 턱 바로 아래까지 밀고 들어왔다. 할 수 없이 설영은 해수한테 빌려 온 운전면허증을 내밀었다. 사진 속 세련된 미인과 설영을 대비해 보던 강한은 마땅찮은 표정으로 눈썹을 찡그렸다.

"신분증 검사가 이렇게 허술하단 말이지. 이거 혹시 훔친 것은 아니겠지?"

"빌린 거예요."

"그건 나중에 이 사람한테 확인해 보면 알게 될 거고……. 사실대로 말해 봐. 이번이 처음 아니지? 혹시 여기 말고 다른 클럽에도 다녀? 어디야? 이름 대."

"……."

설영은 부루퉁하게 나온 입술만 달싹거렸다. 차라리 도망치지 말고 다른 애들이랑 같이 붙잡힐 걸 그랬나. 그럼 다른 직원의 손에 넘어갔을 거고, 상호가 중간에 빼내 줬을지도 모르는데. 때늦은 후회와 함께 퍽퍽한 한숨만 나왔다.

"뭘 잘했다고 한숨이야? 옷차림은 그게 또 뭐고?"

어두운 클럽 조명 아래 형광색으로 빛나던 오프숄더 티가 밝은 복도에서 나오는 빛에 본연의 하얀색으로 돌아와 있었다. 강한이 입고 있던 재킷을 벗으면서 뒤로 물러났다. 이때 직원 전용 도어가 다시 열리면서 직원 한 명이 불청객을 데리고 나타났다.

"여기 있었구나. 분명 너를 본 것 같아서, 이분한테 찾아 달라고 부탁드렸었거든. 고마워요."

하영이 인사를 건네자, 직원이 다시 왔던 문을 열고 사라졌다.

"넌 또 여긴 어쩐 일이야?"

달갑지 않은 게 분명한 말투지만, 하영은 그저 환하게 웃기만 했다.

"병원 식구들이랑 회식이 있었거든. 과장님한테 심하게 깨진 후배가 있어서 스트레스 풀 겸, 겸사겸사. 혹시나 널 만날지도 모른다는 기대감도 조금은 있었고. 그래도 거의 기대하지 않았던 터라 더 반갑다. 지금 바빠?"

"류설영, 저쪽으로 가서 기다려."

하영은 설영의 이름을 듣고서야 시선을 옆으로 돌렸다. 스모키 화장으로 깊어진 눈매와 또렷한 콧날을 바라보는 하영의 눈이 경악으로 한차례 일그러졌다. 설영을 전혀 알아보지 못한 모양이었다.

"대충 무슨 상황인지 짐작이 된다. 화장을 해서 지난주에 교문 앞에서 봤던 학생인지 전혀 몰랐어. 우연인지, 인연인지. 신기하네, 이런 식으로 또 만나고. 고3이라더니, 이런 데 드나들 여유도 있나 봐?"

"남이사……."

펄이 들어간 피치톤의 블러셔로 강조된 광대뼈가 얼굴에 균형을 잡아 주며 한층 세련된 성숙미를 풍기는 설영을 바라보는 눈에 서늘한 냉기가 흘렀다.

"어른한테 버릇없는 것은 여전하네."

"나이만 많으면 어른인가?"

두 사람이 날카로운 신경전을 벌였다. 그를 사이에 두고 잡아먹을 듯이 하영을 노려보는 설영을 향해 강한이 미간을 찌푸렸다.

"류설영, 그게 무슨 버릇없는 태도야? 저리 가 있으란 말 안 들려?"

"싫어요. 왜 나한테만 뭐라 그래요? 시비는 저쪽에서 먼저 걸었는데."

"류. 설. 영."

경고하듯 딱딱 끊는 말투에 설영은 입술을 질끈 깨물었다.

"알았어요. 가면 되잖아요. 대신 빨리 끝내세요. 추워요."

"그러게 처음부터 그런 허접한 것은 입지 말았어야지."

강한이 손에 들고 있던 재킷을 던졌다. 어차피 설영의 어깨를 덮어주기 위해 벗어 둔 옷이었다. 머리를 향해 날아든 재킷을 받고서도 설영은 고집스럽게 한 발자국도 움직이지 않았다.

"계속 그러고 있을 거야?"

"갑니다. 그 전에 추우니까 옷부터 입고요."

커다란 재킷에 몸을 집어넣으며 설영은 아주 천천히 움직였다. 의도적으로 꿈지럭대는 설영을 바라보는 강한의 시선 끝에 복잡한 감정이 뒤엉켜 있었다. 말 안 듣는 학생을 앞에 두고 짜증을 내기보다는 '어쭈, 요것 봐라.' 하는 이채가 서려 있었다. 본능적으로 설영에게 끌리고 있는 그를 보는 하영의 입매가 딱딱하게 굳어졌다.

"아냐, 됐어. 우선은 급하게 처리할 용무가 있어 보이니 내가 양보할게. 대신 끝나고 전화 줄래? 안에서 기다릴게."

"기다리지 마. 회식하러 왔다며? 사람들이 찾을 거다. 자리로 돌아가."

"다들 즐기러 온 거야. 내가 안 보이면 갔으려니 할 거야."

"늦어질 거야. 그러니 기다리지 말고 그냥 가."

"아무리 늦어도 전화 올 때까지 기다려. 내 고집 알지?"

"그만하시죠. 모냥 빠지게."

버석거리는 마음을 숨길 수 없는 설영이 기어이 한마디 보태며 빈정거렸다.

"듣자, 듣자 하니 끝이 없네. 학생이 낄 자리가 아니라는 것을 모르겠어?"

"중간에 끼어드신 분이 할 말은 아닌 것 같네요."

설영은 말 한마디를 지지 않았다. 툭툭 내뱉는 비아냥거림에 하영은 배알이 꼴렸다.

"어리다고 오냐오냐 봐줬더니. 네 주제가 어디까지인지 아직도 파악이 안 되지? 쥐뿔도 없는 주제에……."

"이하영, 어린애를 상대로 뭐 하자는 거야?"

설영을 무시하는 발언에 강한이 먼저 싸늘한 반응을 보였다. 하영은 도발에 넘어갔다는 사실에 뒤늦은 후회를 했다. 말실수를 인정하고 빠르게 한발 뒤로 물러섰다.

"미안해. 저 학생이 너무나 무례하게 굴어서 나도 모르게 말이 거칠게 나왔다."

"됐다. 너도 그만 가 봐."

강한이 차갑게 일별했다. 하영은 흡사 뺨이라도 한 대 얻어맞은 것처럼 얼굴이 얼얼하고 화끈거렸다. 다른 사람도 아니고 설영이 보는 앞에서 철저히 무시당했다는 생각에 간신히 붙들고 있던 이성이 무너졌다.

"네가 어떻게 나한테 이럴 수 있어. 어린 학생 앞에서 내 꼴이 이렇게 우스워졌는데……. 너한테 난, 이렇게 하찮은 사람이었어? 겨우 몇 달을 알아 온 학생 한 명이 10년을 넘게 알고 지낸 나보다 더 중요해? 내가 얼마나 힘든지 알면서, 어떻게 그만 가 보라는 말이 그렇게 쉽게 나와?"

"그만해. 다음에 다시 얘기하자."

"다음에 언제? 그럼 뭐가 달라져?"

"너답지 않게 왜 이래?"

"몰라서 물어? 나는 왜 안 되는데? 얘한테는 있고, 나한테는 없는 게 대체 뭐야? 그게 대체 뭐냐고?"

돌아서는 강한의 팔을 붙잡은 하영은 버럭 소리를 질렀다.

"이하영."

단정한 입매가 단단하게 굳어졌다. 잇새로 내뱉는 이름이 차가운 경고를 담고 있었다.

"그렇게 부르지 마. 네가 내 이름 그렇게 차갑게 안 불러도, 나 이하영 맞아. 자존심이 하늘을 찌르고, 평생 잘났다는 소리를 귀가 아프게 듣던 이하영이라고. 그런 내가, 나 좀 봐 달라고 구걸하니 우습니? 자존심도 내팽개치고 너한테 매달리는 꼴이 우스워? 아무리 그렇다고 너는 나에 대한 기본적인 배려라는 것도 없어?"

"나는 너한테 충분히 배려하고 있다고 생각하는데. 살면서 단 한 번도 너를 친구 이상의 감정으로 눈여겨본 적 없었어. 그러니 더 이상 복잡해지지 말자."

"나쁜 놈, 인정머리 없는 놈. 네가 이러는 게 너한테는 단지 복잡해지는 거야? 기껏 그것뿐이냐고."

"……."

"아아아아!"

하영은 미친 여자처럼 소리를 질렀다. 호락호락하지 않을 거라는 것은 알고 있었다. 힘들게 붙들고 있던 자존감마저 비참하게 무너지고 있었다. 숙이고 매달리는 그녀는 차갑게 내치고, 기억에서조차 지워 버린 설영에게 허우적거리는 강한을 보자 절망의 나락으로 빠졌다.

초라하게 망가진 자신의 모습이 상처받은 자존심을 아프게 긁어 대고 있었다. 뿌옇게 흐려진 하영의 눈에 그 모든 것을 지켜보고 있는 설영이 들어왔다. 그녀가 느끼는 모든 절망과 분노가 설영의 탓인 것만 같았다.

"예의도 없고……. 주제도 모르고……. 자존심도 없고……."

"그래도 누구처럼 도둑질은 안 합니다."

하영이 끝내는 폭주했다. 어떻게든 설영을 상처 주고 말겠다는 생각에 온몸을 던져 달려들었다.

"너 따위가 감히……."

설영이 움직였다. 이미 그런 사태를 예견했다는 듯이 여유 있게 뒤로 몸을 뺐다. 그런데도 강한은 그녀를 보호하듯 앞을 막아섰다. 그리고 그 순간, 갑자기 나타난 착시 현상에 눈을 질끈 감았다. 짧은 파노라마 영상처럼 하나의 장면이 눈앞에 빠르게 펼쳐졌다, 사라졌다. 엉망으로 붓고 터진 설영의 얼굴. 날카로운 아픔이 심장 한가운데를 관통했다. 스르륵 지나쳐 간 짧은 영상 뒤로 환자복을 입고 비상계단에서 있던 설영의 모습이 스쳐 갔다.

극심한 두통을 동반한 어지럼증이 뒤따르며 강한이 잠시 비틀거렸다. 강한은 혼란에 빠졌다. 뭔가 떠오를 듯하다, 이내 뿌연 안개 속으로 사라져 버린, 풀리지 않는 실마리에 가슴이 답답하고 호흡이 가빠졌다. 무슨 일이 있었던 거지. 그가 만들어 낸 환상인가, 아니면 기억하지 못하는 과거의 한 장면이 떠오른 건가.

짧은 비명 소리에 강한은 눈을 떴다. 미처 뇌가 의식하지 못하는 사이에 벌어진 일이었다. 팔이 등 뒤로 꺾인 하영이 벽에 몸을 붙이고 고통스러워하고 있었다. 불안정하게 흔들리는 강한의 시선이 하영을 붙들고 있는 자신의 손에 닿았다. 불에 덴 듯 화들짝 놀라 뒤로 물러서지만, 이미 지독한 마음의 상처를 받은 하영의 얼굴은 창백하게 얼어붙어 있었다.

후끈거리는 클럽의 열기를 식히기 위해 건물 내 에어컨은 쉬지 않고 돌아가고 있었다. 서늘한 한기마저 도는 복도에 무거운 침묵이 깔렸다. 어느 누구도 쉽사리 먼저 입을 열지 못하는 상황에서 하영이 바닥으로 무너졌다.

강한이 붙잡기 위해 손을 내밀자, 하영이 움찔했다. 하영의 반응에 강한 역시 충격을 받은 얼굴이었다.

"젠장, 나도 모르게……."

강한은 자기 손을 내려다보며 얼이 나간 표정을 하고 있었다. 차마 두 번 다시 손을 내밀지도 못하고, 그저 미안하다는 말만 되새기고 있었다.

"그 정도였어? 그 정도였어?"

하영은 떨고 있었다. 강한의 거대한 힘에 붙들려 붉게 변한 손목을 내려다보며 나약하게 입술만 달싹거리고 있었다. 볼을 타고 뜨거운 눈물이 흘러내리고 있었지만, 스스로가 울고 있다는 사실도 인식하지 못하고 있는 것 같았다.

복도 끝 비상 출구의 문이 열렸다. 손에 무전기를 든 보안 직원이 다급한 걸음으로 다가왔다.

"여기서 뭐 하십니까? 여기는 관계자 외 출입금지 구역입니다."

남자는 걸어오면서 귀에 꽂은 리시버를 손으로 만지작거렸다. 무전기가 직직거렸다.

"C2 구역에 도착했습니다. 지금 바로……."

가까이 다가온 직원이 강한을 알아보고는 입을 다물었다. 당황한 표정으로 천장에 달린 카메라와 강한을 번갈아 가며 살피는 보안 직원을 보면서 설영은 상호가 보낸 사람이라는 것을 짐작해 냈다.

"괜찮으십니까? 무슨 일이십니까?"

아무도 대답하는 사람이 없었다. 차마 더 이상은 다가오지 못하고 망설이는 직원을 보며 설영은 컬러 렌즈를 껴서 뻑뻑하고 건조한 눈을 한 번 감았다 떴다. 하영이 바닥에서 힘겹게 일어나고 있었다. 설영은 그녀를 부축하기 위해 손을 뻗었다. 미웠지만, 지금 이 순간은 상처받은 짐승처럼 떨고 있는 그녀가 안쓰러웠다. 그러나 설영의 시도는 강한으로 인해 제지당했다. 하영의 얼굴이 비참하게 일그러졌다.

"끝까지 잔인하구나."

하영은 자조적으로 한마디를 내뱉고는 들어왔던 문을 통해 클럽 안으로 사라졌다. 그 뒤를 보안 직원이 재빠르게 따르고 있었다. 강한은 감정이 메말라 버린 얼굴로 한참을 서 있었다. 설영도 혼란스럽기는 마찬가지였다.

조금 전에 보여 주었던 강한의 행동을 어떻게 받아들여야 하는 걸까. 무의식중에 설영을 보호해야 한다는 본능이 일으킨 과잉 반응이었을까. 기억에는 없지만, 심장 어딘가에 그녀를 향한 마음이 자리하고 있다는 뜻으로 받아들여도 되는 걸까. 소리가 되어 나오지 못하는 수많은 질문들을 삼키며 설영은 묵묵히 강한을 지켜보고 있었다.

고개를 살짝 모로 틀고 앉아 있는 강한의 옆모습은 깎아 놓은 조각상처럼 인간미가 없었다. 강한은 클럽에서부터 줄곧 저조한 기분으로 혼자만의 생각에 빠져 있었다. 냉정하게 곧바로 집으로 데려다주겠다는 것을 간신히 졸라 식당까지 들어왔다. 배고프다고 징징대면 차마 거절하지 못할 거라는 걸 알고 있었다.

들어올 때는 뭘 먹겠다는 생각이 아니었는데, 막상 공기 중에 퍼져 있는 음식 냄새를 맡으니 텅 빈 위장이 배고프다며 아우성을 쳤다. 긴장한 탓에 저녁을 건너뛰었다는 사실을 지금에야 기억해 냈다.

무겁게 이어지는 침묵을 견디지 못한 설영은 그들이 앉아 있는 실내 포장마차를 둘러보았다. 클럽에서 그리 멀지 않는 곳에 위치한 곳으로, 포장마차라는 이름에 어울리지 않게 깔끔한 내부 구조와 일식당을 연상케 하는 인테리어가 인상적이었다.

"실내에서는 금연이래요."

설영이 한쪽 벽에 걸린 글귀를 손가락으로 가리키고는 강한이 손가락 사이에 끼우고만 있던 담배를 낚아챘다. 그러고는 겁도 없이 간이 테이블 아래 놓인 휴지통에 던져 버렸다. 파문 없는 수면처럼 잔잔한 눈동자가 처음으로 설영을 향했다.

"이번 기회에 금연하시는 건 어때요? 학교에서는 마땅히 피울 곳도 없을 텐데. 학생들한테는 담배가 몸에 해로운 거라고 가르치면서 선생님이 피운다는 것은 반칙이잖아요."

언젠가 강한에게 들었던 말을 되새김질하듯 설영이 되풀이했다. 급격하게 어두워진 눈이 설영을 뚫어지게 응시했다. 예사롭지 않은 분위기에 설영의 심장이 쿵쾅거렸다.

"우리가 학교 외적인 공간에서 따로 만난 적이 있었던가?"

"같은 아파트 단지에 사는데 모르셨죠? 편의점이랑 버스 정류장에서 한두 번 부딪친 적도 있었어요."

설영은 교묘하게 대답을 피해 갔다. 진실을 캐묻는 눈빛이 집요하게 그녀를 따라붙었다. 때마침 김이 모락모락 올라오는 우동이 나왔다. 설영은 젓가락을 집는 척, 흔들리는 시선을 감추었다.

"우동 2인분 나왔습니다. 뭐, 더 필요한 것은 없으세요?"

"사장님, 계란말이도 한 접시 주세요. 생각해 보니 배가 고프네요. 괜찮죠, 선생님?"

"네, 금방 갖다 드릴게요. 맛있게 드세요."

두 쌍의 커플이 가게 안으로 들어왔다. 새로운 손님을 받기 위해 가게 주인이 서둘러 자리를 떠났다. 뜨거운 우동 국수를 후후 입으로 불며 입맛을 다시는 설영을 강한은 묘한 표정으로 바라보았다.

"그렇게 이상하다는 표정으로 보지 마세요. 혼날 때, 혼나더라도 배 속은 채우고 봐야죠. 어떻게 해요? 일은 이미 저질러졌고, 저녁을 굶었더니, 뱃가죽이 등가죽이랑 친구 먹게 생겼는데……. 선생님은 안 드세요? 김밥 싫어하시는 것 같아서, 김밥은 일부러 안 시켰는데."

날카로운 시선이 정수리에 꽂혔다. 설영은 모르는 척 가볍게 어깨를 한 번 들썩거리고는 국수 한 움큼을 집어 입 안에 넣었다. 순식간에 우동 그릇의 양이 절반으로 줄어들었다. 뜨거운 국물 때문인지 설영의 이마와 콧잔등에 땀방울이 맺혔다.

"내가 김밥 싫어하는 것은 어떻게 알았어?"

"학교에서 봤어요. 체육 대회 때도 도시락으로 나온 김밥은 안 드시던걸요."

"별걸 다 기억하네."

한층 누그러진 말투, 그러나 날카로운 눈빛은 기세를 꺾지 않았다. 강한은 나무젓가락을 반으로 갈랐다. 그러고는 곧장 자기 앞에 놓인 우동 그릇에서 국수의 반 정도를 설영의 그릇으로 옮겨 담았다.

"아까 복도에서는 왜 그러셨어요? 아무렴 내가 그 의사 선생님한테 맞기라도 했을까 봐? 그거 엄청 오버액션인 거 아시죠? 그분 상처받으신 것 같던데……."

"못 본 걸로 해. 네가 상관할 일 아니야."

조금이나마 기분을 풀어 주고 싶어 던진 말에 강한은 엄한 말투로 선을 그었다. 설영은 살며시 눈을 내리깔았다.

"신경 쓰시는 것 같아서요. 원래 그렇게 과격한 분 아니잖아요. 다 나 때문에 벌어진 일 같아서 나도 마음이 편치 않아요. 그래서 그냥 편하게 교통사고 후유증 같은 거라고 생각하세요. 어차피 지금 선생님이 겪고 있는 일들이 결코 평범한 것은 아니잖아요."

강한은 한동안 말이 없었다. 설영은 그릇을 통째로 들고 국물을 마시며 눈치를 살폈다.

"네 코가 석 자다. 네 걱정이나 해."

"알아요. 입시가 바로 코앞이죠. 그래서 생각해 봤는데……."

우동 국수를 입에 가득 넣고 오물거리던 설영이 꿀꺽하고 삼켰다.

냅킨으로 입가를 닦는 표정이 사뭇 진지했다.

"진로에 대해 심각하게 고민 중이에요. 돌아가신 아빠 꿈이 검사였대요. 그래서 저도 어려서부터 검사가 되고 싶었어요. 사회 부조리도 바로잡고, 힘없는 사람들을 괴롭히는 나쁜 사람들도 때려잡고……. 내 적성에 그만한 직업도 없다고 생각했어요. 그런데 지금은 생각이 조금 바뀌었어요. 내가 혼자 몸부림친다고 세상이 달라질 것 같지 않아서요."

나이에 맞지 않게, 세상을 벌써 살아 본 것 같은 말투에 강한이 미간을 찡그렸다.

"바람직한 생각은 아닌 것 같은데."

"죽을힘을 다해 싸운다고 악당이 줄지는 않잖아요? 한 놈을 때려잡으면, 그 뒤를 이를 제2의, 제3의 악당이 나타날 테니까요. 그래서 선생님처럼 교사가 되면 어떨까 생각 중이에요."

학교 담벼락을 넘어 조퇴를 하고, 가짜 신분증으로 클럽에 드나드는 류설영의 입에서 교사가 되겠다는 말이 나오자 강한은 의외라는 표정을 지었다.

"아이들이 바로 서야, 나라의 미래가 바로 선다면서요. 나쁜 악당으로 자라기 전에 미리미리 좋은 길로 인도해 주는 것도 좋을 것 같아서요."

"그런 이유로 선생님이 되겠다고?"

"너무 거창한가. 그것도 이유라면 이유고……. 사실은 복수해 주고 싶은 사람도 있고."

도전적으로 타오르는 눈동자가 밝은 조명 아래 보석을 뿌려 놓은 것처럼 반짝거렸다.

"복수?"

"네, 복수. 남의 약점을 무기 삼아, 타인의 인생을 멋대로 휘두르려는 나쁜 악당. 학생들 교육은 뒷전이고 자기들 잇속이나 챙기는 사립

재단을 등에 지고 잘난 척하는 못된 악당. 선생님이 돼서 그 사람한테 보란 듯이 보여 줄 거예요. 진짜 참교육이 뭔지를. 평생을 일궜다며 자랑스럽게 떠벌리는 그 대단한 재단이 얼마나 허술하고 엉망진창인지를 내 손으로 직접 파헤쳐 줄 생각이에요."

강한의 눈빛이 흔들렸다. 한때 그도 비슷한 생각을 해 본 적이 있었다. 근본 없는 깡패 자식이 얼마만큼 해낼 수 있는지 보란 듯이 증명해 보이고 싶었다. 사업을 병행하면서도 방학도 없이 미친 듯이 공부해서 부전공으로 교직을 이수한 것도 바로 그 이유 때문이었다. 그러다 문뜩 깨달았다. 그 치열했던 열정 또한 할머니의 손아귀에서 놀아나는 짓이라는 것을. 보일 듯 말 듯, 시니컬한 미소가 강한의 입가에 맴돌았다.

"복수를 위해서 네 인생을 걸지는 말았으면 좋겠다. 네 인생의 목표를 바꿀 만큼 대단한 사람은 분명 그런 하찮은 사람이 아닐 테니까."

"선생님한테 그런 말을 들으니까 무지 설득력이 있는데요. 혹시 경험담은 아니죠?"

"허투루 듣지 마. 나 지금 농담하는 것 아니다."

"걱정 마세요. 누군가에게 복수하기 위해 인생의 목표를 바꿀 만큼 나도 그렇게 허술한 사람은 아니에요. 게다가 내 인생이 그리 막장극을 달릴 만큼 드라마틱한 것도 아니고……. 그냥 학교에서 아이들과 부대끼면서 정이 들다 보니, 좋은 선생님이 되고 싶다는 생각이 들었어요. 아이들에게 필요한 영양분이 5대 영양소만은 아닌 것 같아서요. 우아, 여긴 계란말이도 죽음이다."

제법 어른스러운 말을 내뱉고는, 설영은 방금 막 나온 계란말이를 냉큼 집어 먹고 감탄사를 연발했다. 강한이 지그시 눈을 감았다가 떴다. 생각에 잠긴 눈동자가 설영을 똑바로 응시했다. 처음부터 진짜 배가 고파서 식당에 오자고 우긴 것이 아니라는 것쯤은 알고 있었다. 저조해진 그의 기분을 살피고 풀어 주고자 나름 애를 쓰고 있는 것도.

미처 깨닫지 못하는 사이에 그녀와의 대화에 빠져들고, 맞장구를 치며 기분이 나아진 것도 사실이었다. 머릿속 그의 생각을 들여다보기라도 하는 것처럼 설영은 교묘하고도 자연스럽게 그를 대화에 끌어들였다.

모든 게 의문투성이였다. 설영은 분명 뭔가를 숨기고 있었다. 하영과 설영 두 사람 사이에 흐르던 반감, 마치 그에게 직접 듣기라도 한 것처럼 그를 잘 알고 있는 듯한 설영의 태도. 그의 오감이 분명하게 말하고 있었다. 그와 설영 사이에는 특별한 뭔가가 존재하고 있다고. 머릿속이 뒤엉킨 실타래처럼 복잡했다. 하지만 한 가지는 분명해 보였다. 기억의 실마리를 설영이 쥐고 있다.

강한이 손을 설영의 얼굴 바로 앞까지 내밀었다. 깜짝 놀란 설영이 고개를 뒤로 젖히는데, 손에 든 운전면허증이 눈앞에서 흔들렸다.

"이건 어떻게 설명할래? 미래의 제자들이 지금의 네 모습을 보면 뭐라고 할까? 그다지 썩 훌륭해 보이지는 않는데 말야."

"이것도 좋은 선생님이 되기 위한 하나의 과정 같은 거예요. 눈높이 현장학습."

설영이 잽싸게 손을 올려 면허증을 가로챘다. 자신이 한 말에 정당성이라도 부여하고 싶은지, 입술을 한껏 추켜올리고 해맑게 웃는다. 입꼬리에서 시작된 미소가 달맞이꽃처럼 서글서글한 인상의 눈매까지 이어졌다.

"웃었다."

설영의 감탄에 강한의 얼굴 근육이 굳어졌다. 자신이 웃고 있었다는 것도 깨닫지 못하고 있었다. 시원스레 뻗어 나간 미소가 봄바람처럼 싱그러워 저절로 따라 웃게 만들고야 말았다. 지끈. 강한이 테이블 한쪽 구석에 놓인 계산서를 들고 자리에서 일어났다.

화라도 난 사람처럼 계산서를 든 손에 하얀 관절이 불끈 도드라져 있었다. 심장에 경고등이 켜졌다. 마른 모래알을 씹은 것처럼 까칠해진 입 안에 강한은 찬물을 들이부었다. 굳은 시선은 가게 벽면에 붙여진 금연 사인에 고정되어 있었다.

"가자."

"벌써요? 아직 다 안 먹었는데……."

"이미 늦었어."

차갑게 돌변한 강한은 뒤도 한 번 돌아보지 않았다. 그런데도 설영은 의연하게 자리를 털고 일어났다. 강한이 웃었다. 그 사실 하나만으로 이곳에 들어온 목적은 이룬 셈이었다. 성큼성큼 걷는 발걸음에 보조를 맞추기 위해 설영도 씩씩하게 다리를 움직였다.

CHAPTER 10

마침내 커다란 철제 대문이 열렸다. 매주 이 시간이면 새벽 기도에 간다더니 상호의 정보력은 정확했다. 타이어 바퀴가 자갈을 구르는 소리에 설영은 몸을 일으켰다. 검은색 고급 세단이 미끄러지듯 다가오자 설영은 팔을 옆으로 넓게 펼쳤다. 갑작스레 나타난 설영의 존재에 운전사가 크게 당황하는 모습이 유리창을 통해 고스란히 비쳤다. 차가 멈추고, 운전석 문을 열고 나오는 기사를 무시하고 설영은 곧바로 보조석 유리창을 주먹으로 두드렸다.

"오랜만이에요, 류설영 학생. 학생이 이 시간에 여긴 어쩐 일이지요?"

유리창이 내려가고 예의 친절한 얼굴의 김 이사가 설영을 향해 상냥한 미소를 지었다. 곱게 세팅된 머리가 좌석 등받이에 닿지 않게 허리를 꼿꼿하게 펴고 있는 이헌자 이사장은 운전석 뒤편에 앉아 있었다. 설영은 인사도 없이 불쑥 김 이사에게 주먹에 쥐고 있던 USB를 내밀었다.

"국제해킹대회에서 상금까지 받은 친한 친구가 있어요. 그 친구한테는 국가안보를 다루는 극비사항이 아닌 이상 웬만한 전산망에 침입해서 간단한 기록 몇 개 뽑아내는 것은 식은 죽 먹기거든요. 그래서 염치를 불고하고 자는 애를 깨워서 필요한 자료 몇 장 구해 왔어요."

"이봐, 학생. 지금 뭐 하는 거야?"

운전기사가 설영의 팔을 잡고 차에서 밀어 내려 하자, 김 이사가 멈추라는 사인을 보냈다.

"보시면 아시겠지만, 이미 2년 전에 졸업한 학생의 기록도 있고, 현재 3학년에 재학 중인 학생의 기록도 있어요. 졸업생이 재학 중에 맹장 수술로 병원에 입원했던 날짜와 유성재단에서 주관하는 대회에서 입상한 날짜를 대조해 보시면 이해가 빠르실 거예요. 차마 출입국 관리 기록까지는 접근하지 않았어요. 대신에 그 학생이 SNS상에 친구들에게만 공개했던 여행 사진이랑 날짜를 비교해 보시면 몇몇 권위 있는 대회의 입상 기록과 묘하게 일치하는 것을 확인할 수 있을 겁니다. 한 번은 학기 중에 하와이로 가족 여행 간 사진을 올렸는데, 출석부에는 친척이 상을 당해 장례식에 조문 간 걸로 기록이 남았더라고요. 그 외에도 놀러 다니느라 학교에 출석하지 않은 날들이 봉사 활동이나 병원 치료 등의 이유로 묵인되었고요. 그 학생, 꽤 명망 있는 대학교에 스페인어 특기자전형으로 입학을 했더라구요. 그 외에 재학생들 중에도 눈에 띄는 생활기록부가 있으니 한번 살펴보세요."

설영은 뒤에서 석고상처럼 미동도 없이 앉아 있는 이헌자 이사장을 힐끗 쳐다보았다. 태연한 척 정면을 응시하지만 주름진 이마 위로 푸른 힘줄이 도드라져 보였다.

"확실히 고인 물은 썩기 마련인가 봐요."

김 이사의 미소가 어색하게 굳어졌다.

"그동안 꽤 바빴겠군요."

"철없는 애들 비위 맞추느라 골치가 아프기는 했어요. 앞으로 김 이사님이 훨씬 더 골치 아파지시겠죠?"

"그래서 지금 류설영 학생이 원하는 게 뭐지요?"

상대방의 기분을 배려한 정중한 말투. 그러나 중후한 목소리는 냉철하고 감정이 없었다.

"최강한 선생님이 꼭 사고 싶어 하는 집을 이사장님이 소유하고 계시다고 들었습니다. 현 시세보다 좋은 조건으로 사겠다는 제안을 몇 차례나 거절하셨다면서요? 왜 그러셨어요? 손해 보는 장사는 아닐 텐데요. 사겠다는 임자가 나타났을 때 파시는 게 현명한 선택 같은데요."

나에게 주도권이 넘어왔으니, 더 이상 거래를 미끼로 강한을 건드리지 말라는 무언의 압력이었다. 김 이사가 고개를 한차례 끄덕였다.

"듣고 보니 그것도 그렇군요. 긍정적인 방향으로 고려해 보겠습니다. 다른 할 말이 남았나요?"

"하고 싶은 말은 많습니다. 하지만 바쁘신 것 같으니 우선은 하나만 묻겠습니다. 김민호 부모님에 대한 협박은 언제까지 하실 건지 궁금합니다. 의원님과 그 가족들을 건드리고 무사할 사람이 대한민국에 과연 몇 명이나 있을까요? 가진 것이 많은 사람일수록 잃을 것도 많을 테고, 같이 죽겠다는 극단적인 선택이 아닌 이상에야 굳이 험난한 가시밭길을 선택할 리는 없을 테고, 나도 아는 사실을 이사장님이 모르시지는 않을 테고……."

"학생이 하고자 하는 말이 뭔지는 대충 알겠어요. 그래도 빙 돌려 말하지 말고 원하는 것을 정확하게 말해 주면 좋겠네요."

김 이사는 여전히 얼굴에서 점잖은 미소를 지우지 않고 있었다. 어쩌면 진짜 고단수는 이 사람일지도 모른다는 생각이 들었다.

"더 이상 저 건드리지 마세요. 필요하다면 협박할 준비도 되어 있고, 맞장 뜰 준비도 되어 있습니다. 싸움이 시작된다면……. 제가 반드시 이길 겁니다."

확신에 찬 말투에는 자신감이 넘쳐흘렀다. 분명 반란의 열쇠는 설영의 손으로 넘어갔다. 전쟁이 시작된다면 승리의 여신은 설영을 향해 손을 들어 줄 것이다. 김 이사가 설영의 어깨 너머로 시선을 돌렸다. 더 이상의 대화는 무의미하다는 의미였다. 운전기사가 눈치껏 자기 자리에 올라타 시동을 걸었다. 그건 설영도 마찬가지였다. 달갑지 않은 만남은 이것이 마지막이기를 바랐다. 차가 출발하기 전, 설영은 빈손을 내밀었다.

"명함 한 장만 주세요. 서로 얼굴 보기 불편한 사이잖아요. 앞으로 할 말은 문자로 했으면 좋겠습니다."

"늦었네. 이만 출발하시게."

뒤쪽에서 이헌자 이사장의 음성이 들렸다. 그동안 들었던 날 선 목소리가 아닌 어딘가 지쳐 보이는 음색이었다. 김 이사가 유연하게 명함 한 장을 건네며 미소를 지었다. 끝까지 여유를 잃지 않는 모습이었다. 명함을 손에 쥐고, 설영이 뒤로 멀찌감치 물러났다. 차가 앞으로 나가며 유리창을 통해 이사장의 옆모습이 스쳐 갔다. 곱게 손질한 머리를 좌석 등받이에 기대고 눈을 감고 있는 모습에서 처음으로 나이 많은 백발 할머니의 모습을 봤다.

차가 떠나고 설영은 맥없이 땅으로 주저앉았다. 긴장이 풀리면서 다리에서 힘이 풀려 나갔다. 입으로는 협박이 통하지 않았다 큰소리를 쳤지만, 아주 적은 확률의 가능성이라도 배제할 수는 없었다. 이것으로 됐다. 마침내 무겁게 압박해 오던 이사장의 그늘에서 해방되었다. 통쾌한 승자의 미소가 아지랑이처럼 피어올랐다. 그녀를 발아래 깔고 보던 이사장의 콧대를 납작하게 눌러 줬다는 통쾌함에 손끝까지 짜릿했다.

그럼에도 김 이사의 마지막 미소가 마음 한구석을 묘하게 불편하게 만들었다. 씁쓸해 보이기보다는 오히려 흡족해하던 미소. 그 미소의 의미가 마음에 걸려 쉽사리 자리를 털고 일어날 수가 없었다.

♦ ♦ ♦

신호등의 불빛이 빨간색으로 바뀌었다. 차가 멈춰 서고, 강한은 진통제를 물도 없이 입 안으로 털어 넣었다. 그러고는 손가락으로 관자놀이 부근을 마사지하듯 원을 그렸다. 가능하면 약에 의존하고 싶지 않지만, 지금처럼 운전 중에 두통이 심해지면 다른 방법이 없었다. 일요일 아침이라 그런지 차량 행렬이 없는 도로는 한산했다. 신호등이 바뀌고 차를 출발시키려는데, 블루투스 모드로 전화가 걸려 왔다.

"어디야?"

— 애들이랑 한잔하고, 사우나에 들렀다 가는 길이야. 새벽부터 아파트 앞에서 기다린다면서, 왜 그냥 가? 비밀번호 알잖아. 차라리 집에 들어가 있지 그랬어.

"주인도 없는데 뭐 하러."

— 왜? 숨겨 둔 여자라도 튀어나올까 봐?

자연스럽게 농담을 건네지만 상호의 목소리는 어딘가 조심스러웠다.

"농담할 기분 아냐."

— 무슨 일이 있었는지는 대충 보고받았다. 그래서 아침부터 닦달하려고 찾아온 거냐?

"류설영에 대해서 어디까지 알아?"

— 누…… 누구?

밑도 끝도 없이 던져진 질문에 상호는 당황함을 감추지 못했다. 그러나 강한은 지끈거리는 두통 때문에 날카로운 사고를 할 여유가 없었다.

"클럽 복도에서 나랑 같이 있던 여학생 말이야. 발뺌하지 마. 보안카메라를 통해 보고 있었다는 걸 알아."

— 그…… 그래, 말 한번 잘 꺼냈다. 그 얼굴이 어디를 봐서 고등학

생이냐? 딱 봐도 스물네 살이더구먼. 요즘 애들은 보통 영악한 것이 아니라니까. 우리 애들이 무슨 죄야? 속이려고 작정하고 덤비는데, 속아 넘어가야지. 별수 있어? 최첨단 지문 감식기라도 들여놓든지 해야지, 원. 그런 기계는 얼마나 주면 살 수 있냐?

"얼렁뚱땅 이상한 화제로 대충 넘어갈 생각하지 마."

— 사실이 그렇잖아. 내가 알면서 너한테 모른다고 할 이유가 없잖아. 설마 그 여학생에 대해 캐물으려고 새벽부터 날 기다린 거야? 너랑 친한 학생이야? 그 학생에 대한 기억이라도 떠올랐어?

아파트 단지 입구가 가까워지면서 과속 방지 턱이 나타났다. 강한은 속도를 줄였다.

"모르겠어. 어떤 단편적인 장면들이 떠오르는데 확실하지는 않아. 하나만 더 물을게. 요즘 들어 이하영에 대해 이상한 점 못 느꼈어? 형 입에서 하영이에 대해 일절 언급이 없는 것도 이상하고. 나랑 엮지 못해 안달이었잖아."

— 무슨 일은……. 그냥 네가 하영이를 불편해하는 것 같으니까 나도 모르는 척하는 거지. 병원에서부터 하영이가 너한테 대놓고 질척대는 것, 대충 눈치 깠다. 네가 싫다면, 나도 싫어.

"단지 그것뿐이야?"

— 나랑 이하영이랑은 노는 물이 다른데, 엮일 일이 너밖에 더 있어? 아까 하려던 말이나 마저 해 봐. 기억이 조금씩 돌아오고 있는 거야? 그 류설영이라는 여학생에 대해 뭔가 떠올랐어? 지금 어디냐? 내가 너한테 갈게. 얘기를 하다 보면 다른 것들이 떠오를지도 모르잖아. 아니다, 이럴 게 아니라 같이 홍 박사님을 찾아가 보자. 뭔가 물꼬가 확 트일지도 모르잖아. 참, 오늘이 일요일이라 박사님 출근 안 하시겠구나. 그럼 그냥 내가…….

두서없는 말들이 이어지고 있었다. 상호의 수다에 시달리다가는 오히려 혼란만 가중될 것 같았다. 단지 입구에 설치된 게이트 앞에서 강한은 잠시 차를 세웠다.

“아파트에 들어가는 길이야. 밤새 한숨도 못 잤더니 피곤하다, 머리도 아프고. 형도 피곤할 테니 쉬고 다시 얘기하자.”

— 야! 그러지 말고 자세히 좀 털어놔 봐. 내가 그 장소에 있었을지도 모르잖아.

통화 종료 버튼을 누르려던 손이 상호의 다급한 음성에 잠시 망설였다. 게이트가 열리고, 강한은 지하 주차장으로 차를 몰았다.

“형이랑은 상관없는 기억이었어. 끊는다, 형.”

전화를 끊고, 강한은 산책로 쪽을 뚫어지게 바라보았다. 자전거 도로 옆, 나무 벤치에 불편한 자세로 누워 있는 사람은 분명 설영이였다. 잠이 들었는지 몸을 한쪽으로 틀고 웅크린 자세였다. 옷차림이 달라진 것으로 봐서는 새벽부터 자고 있었던 것은 아닌 것 같았다. 자전거를 탄 젊은 남자가 벤치를 지나쳐 갔다, 설영을 힐끗 돌아보더니 자전거를 돌리고 있었다. 마음이 급해진 강한은 주차 공간이 아닌 곳임에도 대충 차를 세우고 벤치 앞으로 먼저 성큼성큼 다가갔다.

진짜 잠이 들었는지 설영은 꼼짝도 하지 않았다. 어깨라도 흔들어 깨울 생각에 상반신을 기울이던 강한은 편안하게 잠들어 있는 얼굴에 먼저 시선이 갔다. 샤워를 했는지, 찰랑거리는 앞머리가 자연스럽게 흐트러지고, 원래의 피부색으로 돌아온 얼굴은 적당히 햇볕에 그을려 건강해 보였다. 새근거리는 숨소리가 어린아이의 것만 같았다. 클럽에서 봤던 섹시한 여자와 동일인이라고는 상상이 되지 않는 천진스러운 모습이었다.

여자들은 어떻게 꾸미느냐에 따라 여러 가지 모습으로 변할 수 있다는 사실을 새삼 인정했다. 전화 통화로 류설영임을 먼저 확인하지 않았더라면, 아마 클럽에서 그녀를 보고도 그냥 지나쳤을지도 모른다. 본인 치수보다 한 사이즈는 더 커 보이는 교복을 입고 다니던 모습과 비교해서 동일인이라고는 상상도 할 수 없을 정도로 대담한 변신이었다.

화려하게 치장한 설영을 노골적으로 바라보던 남자들을 향해 가졌던 적대감을 뭐라고 표현해야 할까. 그것은 분명 내 것을 지켜야 한다는 야성의 본능 같은 것이었다. 이성이고, 뭐고 당장 변태 같은 놈들을 죄다 때려눕혀 아무것도 보지 못하게 하고 싶다는 위험한 생각에 사로잡혔다. 설영이 계단을 훌쩍 뛰어내려 혼을 쏙 빼놓지 않았더라면, 진짜 미친놈처럼 질주했을지도 모르는 상황이었다. 마치 깊은 잠재의식 속에 그가 알지 못하는 또 다른 최강한이 살고 있는 기분이었다.

류설영. 도대체 너는 정체가 뭐냐. 나에게 무슨 의미였기에, 날 이렇게까지 흔들어 놓는 것으로도 모자라, 그렇게 아픈 기억으로 내 머릿속에 살아 있는 거냐. 굳게 다물어진 입술에서 무거운 한숨이 흘러나왔다.

"류설영, 일어나. 잠은 집에 가서 자야지."

강한이 설영의 어깨를 조심스럽게 흔들었다. 전동 킥보드를 탄 남학생 둘이 환호성을 지르며 자전거 도로 위를 지나갔다. 휴일 오전이라 그런지 느긋하게 산책을 나선 사람들이 많아지고 있었다. 낯선 이들의 사이에 설영을 무방비 상태로 놔둘 수는 없었다.

"선생님?"

졸음이 가득한 눈이 강한을 발견하고 살갑게 미소부터 지었다.

"네가 거지냐? 멀쩡한 집 놔두고 왜 여기서 자. 나 말고, 진짜 정신 나간 놈이라도 다가왔으면 어쩌려고 이러고 있어? 너는 진짜 경각심이라는 게 아예 없는 거냐?"

설영을 향해 흔들리는 마음에 경계를 세우다 보니 저절로 혀끝이 날카로워졌다.

"그런 거라면 그 정신 나간 놈을 걱정해 주셔야죠. 그놈이 내 몸에 손가락 하나라도 댔으면, 지금쯤 그 손가락이 무사할 리가 없죠."

잠에서 덜 깬 말투는 너무도 평온하고 무사태평했다. 불편하게 구부렸던 몸을 일으킨 설영이 기지개를 활짝 켰다.

"선생님은 어디 갔다 오는 길이에요, 아니면 나가는 길?"

"오는 길. 너는?"

"배고파서 편의점에서 뭐 좀 사 먹으려고 나왔어요. 그런데 깜빡하고 지갑을 안 가져왔잖아요. 밤새 무리했더니 피곤했었나 봐요."

대충 둘러대며 설영은 핸드폰을 찾아 시간을 확인했다. 밤새 한숨도 못 잔 상태로 긴장까지 풀려서인지 아파트 단지에 들어서니 피곤이 몰려들었다. 잠깐 앉아서 쉬었다 간다는 게 무려 한 시간이나 잠을 잤다. 설영은 한결 편안해진 동작으로 목을 길게 뺐다. 지금쯤이면 아침밥 하는 식당 한두 군데는 열었을 것이다.

보고 싶던 강한이 바로 눈앞에 있었다. 우연히 얻어걸린 행운을 놓칠 수는 없었다.

"배고파요. 우리 밥 먹으러 가요."

"됐다. 학생이랑은 밥 안 먹는다."

"그러지 말고 가요. 나랑 새벽에 포장마차는 갔었잖아요."

"그건 스물네 살 김해수라는 여성분과 같이 간 것 같은데?"

호주머니를 뒤적거리던 강한이 멀찍이 세워 둔 차를 향해 고개를 돌렸다. 때마침 건물 관리인이 지하 주차장 입구에 대충 세워 둔 검정 세단으로 다가가고 있었다. 불법 주차 단속을 위함이었다.

"여기서 기다려. 지갑 가져올게."

당황한 표정이 여실한 강한이 빠르게 걸음을 옮기자 설영이 따라붙었다.

"돈은 필요 없어요. 내가 열아홉 살이 아니고, 스물네 살이면 나랑 같이 밥 먹어 줄 수 있어요?"

"아니. 말장난은 그만두자. 지금 내가 급하게 처리해야 할 일이 생겼으니까 너는 저기 가서 얌전하게……."

"핸드폰 번호, 010-3254-XXXX 맞죠? 밥 안 사 주면, 그 번호 학교 게시판에 올릴 거예요."

강한이 우뚝 걸음을 멈췄다. 그 번호를 설영이 알고 있다는 사실에 의아함이 가득한 얼굴이었다.

"너 그 번호 어떻게 알았어?"

"선생님이 알려 줬으니까 알죠."

예상치 못한 선제공격을 받은 것처럼 순간 정신이 멍해졌다. 강한은 유성고등학교에 출근하면서 다른 전화번호로 등록된 핸드폰을 사용하고 있었다. 설영이 알고 있는 번호는 예전부터 써 오던 번호로 학교 측에는 알려지지 않은 번호였다. 학교와 관계된 어느 누구도 알 리가 없는 번호였다.

"진짜 내가 너한테 그 번호를 줬어?"

"네, 도움이 필요하면 언제든지 전화하라고도 하셨어요. 배고파요. 밥 먹어요. 네?"

거듭 진실을 강요하는 강한의 표정이 미묘하게 변했다.

빵빵.

"이봐요. 길을 막고 뭐 하는 겁니까?"

차들이 지나다닐 도로 한복판이었다. 멈춰 선 자동차의 운전자가 클랙슨을 울리며 소리를 질렀다. 길을 내줘야 했다. 설영이 먼저 움직였다. 차가 빠져나갈 충분한 공간을 만들기 위해 옆으로 성큼성큼 물러나는데, 전동 킥보드를 탄 남학생이 내리막길에서 빠른 속도를 감당하지 못하고 지그재그로 달려오고 있었다.

"거기, 비켜요, 비켜."

우왕좌왕. 충돌을 피하기 위해 방향을 틀던 두 사람이 부딪쳤다. 넘어지지 않기 위해 휘청거리던 두 사람이 끝내는 중심을 잃었다. 남자의 몸무게에 비해 가벼운 설영이 먼저 바닥에 깔리고, 남자가 그 위를 덮쳤다. 차가 통과하는 건너편에 머물렀던 강한이 번개처럼 뛰어왔다. 충격으로 멍하게 누워만 있는 남자의 어깨를 잡아 한쪽으로 패대기치고, 땅 위에 엎드려 있는 설영을 단숨에 일으켜 세웠다.

"괜찮아? 어디 봐. 서 있을 수 있겠어?"

"괜찮아요. 안 다쳤어요."

설영은 한쪽 눈썹을 찡그린 상태로 손바닥에 묻은 자잘한 흙을 털어 냈다. 킥보드를 탄 남학생의 친구가 다가와, 바닥에 누워 있는 학생을 일으키고 있었다. 비싼 킥보드 망가지게 생겼다며 타박하는 소리를 시작으로 친구들끼리 말싸움이 시작되자, 강한이 미간에 주름을 잡았다.

"아래턱이 쓸린 것 같은데……. 고개 좀 들어 봐."

강한이 턱 끝을 조심스럽게 들어 올렸다. 넘어지면서 턱 아랫부분이 거친 표면에 스쳤는지 긁힌 자국에서 피가 묻어 나왔다. 못마땅하게 늘어진 눈매가 상처 자국을 들여다보다, 바로 아래 자리한 살색 반창고를 발견하고 더욱 가늘어졌다. 생각해 보면 병원에서도 그 부분에 커다란 반창고가 붙어 있었다. 크기만 달라졌을 뿐 항상 같은 자리에 같은 종류의 반창고가 붙어 있었다. 턱을 들어 올리지 않으면 특별히 눈에 띄는 위치가 아니라서 강한도 지금까지 별로 신경 쓰지 않았던 부분이었다.

"여긴 어떻게 다친 거야? 꽤 오랫동안……."

'처음부터 나한테 약점을 잡히지 말았어야지.'

비열한 목소리가 귓가에 아른거린다. 흙먼지를 뒤집어쓴 태상이 날카로운 칼날로 설영을 위협하며 그를 죽일 듯이 노려보고 있었다. 예고 없이 펼쳐진 영상 하나가 엄청난 충격을 남기고 흔적도 없이 사라졌다. 머리가 깨질 것 같은 두통이 강한을 엄습했다. 후들거리는 다리를 지탱할 기력이 없었다. 두 손으로 머리를 감싸고 비틀거리는 그를 설영이 부축했다.

"선생님, 괜찮아요?"

'선생님, 놔 줘요.'

'찾으러 올 거잖아요.'

부드러운 목소리 위에 덧씌워진 절박한 외침. 걱정스럽게 그를 바라보는 선한 눈망울에 엉망으로 부어터지고 상처 입은 눈이 겹쳐 보였다. 강한은 머리가 터질 것 같았다. 머릿속 시한폭탄이 재깍재깍 초를 달린다. 한 번도 겪어 본 적이 없던 두려움과 절망이 그를 송두리째 집어삼킬 것만 같았다.

머리를 깨부술 것 같은 고통이 절정에 달하고, 버티지 못한 무릎이 무력하게 꺾였다. 힘없이 쓰러지는 강한의 무게를 견디지 못한 설영이 짧은 외마디 비명을 질렀다. 그 순간 팟! 하고 마른하늘에 날벼락이 치듯, 눈앞에 불빛이 번쩍거렸다.

"선생님!"

설영의 외침에 남학생들이 달려왔다. 남학생들의 손에 의해 강한이 나무둥치에 몸을 기대고 앉았다. 창백한 얼굴로 고통스러워하는 강한을 보며 설영은 미칠 것 같은 두려움에 사로잡혔다.

"선생님, 괜찮아요? 내 말 들려요? 머리 아파요? 진통제 어딨어요?"

"저기, 119를 부를까요?"

"당연히 불러야지, 새끼야. 사람이 저렇게 죽어 가는데."

수선스럽게 떠들어 대는 소리가 하나도 귀에 들어오지 않았다. 설영은 다급하게 강한의 호주머니를 뒤졌다. 사고 이후 편두통이 심해지면 진통제를 먹는다는 것을 상호에게 들은 기억이 있었다. 호주머니에는 아무것도 없었다. 차까지 뛰어갔다 올까 하다 강한의 곁을 떠날 수 없어, 설영은 핸드폰으로 상호를 찾았다.

"아저씨, 선생님이 쓰러졌어요. 어떡해요."

— 강한이가 왜? 의식을 잃고 쓰러졌어? 지금 어디야?

"아파트 단지요. 의식을 잃은 것은 아닌데, 나도 모르겠어요. 이렇게 아파하는 모습은 처음이라 뭘 어떻게 해야 할지 모르겠어요."

— 내가 지금 갈게. 방금 아파트 입구에 도착했다.

"여기 지하 주차장으로 가는 입구……."

커다란 손이 심하게 떨고 있는 설영의 손을 감쌌다. 따스한 손의 감촉에 설영은 우선 안심했다. 그렁그렁한 눈망울에서 눈물 한 방울이 마침내 툭 하고 강한의 손등 위로 떨어졌다.

"괜찮아?"

"나는 아무렇지도 않아요. 겨우 넘어진 걸로는 끄떡없어요. 선생님, 머리 아파요?"

"진짜……. 괜찮아?"

말 한마디 내뱉기도 버거워 보이는 상태에서 눈빛만은 타오를 듯이 뜨거웠다. 설영의 눈빛이 흔들렸다. 서로의 시선이 엉키었다. 심해처럼 어두운 눈에 폭풍우 같은 감정이 담겨 있었다. 그 순간 깨달았다. 강한의 기억은 지금 태상에게 납치된 날, 벼랑 끝에 머물러 있었다.

"나는 진짜 괜찮아요."

"분명 밴이 절벽 아래로 떨어지는 것을 봤는데……."

"그렇지 않아요. 봐요, 이렇게 씩씩하게 잘 살고 있잖아요."

"난 그때……."

강한의 손끝이 설영의 얼굴에 닿았다. 볼과 입술에 걸쳐 따뜻하고 보드라운 피부의 감촉을 느끼며 설영이 살아 있음에 안도했다.

"널 영영 잃어버렸다고 생각했어."

"절대 그럴 일 없어요. 선생님 혼자 두고 떠나는 일은 결코 없어요. 약속할게요."

강한이 으스러지게 설영을 끌어안았다. 또다시 잃어버릴까, 아무도 건드리지 못하게 그의 품 안에 그녀를 철저하게 가뒀다.

"왜 말 안 했어?"

"……."

"왜 병원에서 말하지 않았어?"

설영은 단단한 품 안에 얼굴을 묻었다. 새삼스레 꾹꾹 눌러두었던 서러움이 울컥하고 올라와 목이 메었다. 말없이 설영은 강한의 허리에 팔을 둘렀다. 미치게 안기고 싶었던 가슴이었다. 미치게 그리웠던 체향이었다. 한동안 두 사람은 말이 없었다. 서로의 숨결을 느끼고, 서로의 시간을 공유했다.

마침내 강한이 설영의 얼굴을 바라보기 위해 몸을 떼었다. 기억을 더듬어 상처 입었던 얼굴을 쓰다듬는 손길이 조심스러웠다. 이제는 흔적조차 남지 않았지만, 강한의 가슴에는 결코 지워지지 않을 상처.

"아직 내 질문에 대답하지 않았어. 왜 사실대로 털어놓지 않았어. 왜 아무 상관도 없는 사람인 것처럼 오해하게 놔둔 거야?"

원망이 담긴 눈길이 목으로 향하자 설영이 반창고를 손으로 가렸다.

"다 나았어요. 많이 다치지도 않았어요. 흉터 남지 않게 수술을 여러 번 하느라 아직 반창고를 떼지 않았을 뿐이에요."

강한의 얼굴에 순간 어두운 그림자가 졌다. 분노로 일렁이는 눈동자가 금방이라도 폭발할 것처럼 위험스럽게 빛났다.

"최강한, 어떻게 된 거야?"

상호가 헐떡거리며 뛰어오고 있었다.

퍽.

매서운 주먹이 상호의 얼굴을 강타했다. 자신이 내려치고도, 강한은 심하게 비틀거렸다. 어지러운 듯 머리를 세차게 흔들고, 극도의 정신력으로 자세를 가다듬었다. 상호는 턱이 빠개질 것 같은 아픔에도 불구하고 어금니를 지그시 물었다. 두 번째 주먹이 날아들었다. 반대편으로 얼굴이 돌아가고 눈이 튀어나올 것만 같은 충격에 상호의 다리가 후들거렸다. 주먹이 다시 하늘을 향해 높게 솟구쳤지만, 상호는 피할 생각이 없었다.

"그만해요. 아저씨는 아무 잘못도 없어요."

설영이 팔을 잡고 매달렸다. 극도의 배신감에 휩싸인 강한에게 그런 말은 설득력이 없었다. 다른 사람도 아닌 상호가 그를 철저히 속여 왔다는 사실에 강한은 분노했다. 설영의 간절한 애원에도 강한은 다부지게 붙잡은 상호의 멱살을 놓지 않았다.

"설영이 너는 빠져 있어. 이건 우리 두 사람이 풀어야 할 문제야. 최강한, 마음이 진정될 때까지 마음껏 때려."

"감히 그 입으로 설영이 이름 함부로 말하지 마. 형이 자격이 있다고 생각해?"

"말하고 싶었어. 다, 너와 저 애를 위해 적당한 때를 기다리고 있었어. 너도 너희 할머니가 어떤 사람인지 알잖아."

"그걸 변명이라고 하는 거야?"

잇새로 내뱉는 분노에 찬 음성에 상호도 지지 않고 맞섰다.

"나라고 말하고 싶지 않았겠어? 나도 괴로웠다고. 이게 최선이었어."

"다른 사람은 몰라도 형은 모든 것을 사실대로 말해 줬어야지."

강한의 분노는 쉽사리 사그라지지 않았다. 설영이 뒤에서 허리를 감싸 안고 강한을 떼어 놓기 위해 애를 썼다. 하지만 팽팽한 힘으로 버티는 두 사람은 꿈쩍도 하지 않았다.

"제발 그만둬요. 내가 부탁했어요. 내가 반드시 해야 할 일이 있었어요. 아저씨도 어쩔 수 없었어요."

그 순간 강한이 눈매를 가늘게 떴다. 포장마차에서 설영이 했던 의미심장한 말들. 복수하고 싶다던 악당. 이를 지그시 사리물고 상호를 응시하는 눈빛에 자괴감이 흘러넘쳤다.

"그런 거였어?"

"이제 다 끝났어요. 내가 통쾌하게 한 방 먹였어요. 진짜예요. 아저씨가 도와줬어요. 그러니 더 이상 아저씨한테 화내지 마요."

상호가 단호하게 고개를 끄덕였다. 설영의 말에 힘을 실어 주기 위해서였다.

"설영이한테 설명할 기회를 줘. 제대로 복수하고 오는 길일 테니까."

멀리서 들리던 사이렌 소리가 점차 가까워지고, 앰뷸런스가 시야로 들어왔다. 멀찍이 떨어져 있던 남학생들이 앰뷸런스를 향해 손을 흔들었다.

"그래도 형은 말해야 했어. 내 마음이 어땠는지 누구보다 잘 알면서……. 설영이 혼자 감당하게 두지 말았어야지."

강한에게는 다른 건 중요하지 않았다. 얼마나 힘들었을까. 묵묵히 혼자 버텨 내야 했을 고통의 시간들이, 혼자 감당해야 했을 슬픔의 무게를 상상하는 것만으로도 심장이 너덜너덜해졌다.

"말을 했어야지. 이 아이, 혼자 버티게 하지 말았어야지."

원망스럽게 노려보는 강한의 흰자위에 붉은 선혈이 맺혔다. 보일 듯 말 듯, 야트막하게 물기가 고인 눈을 바라보며 상호는 주먹으로 한 대 얻어맞은 것보다도 더 얼이 빠져나간 기분이었다.

강한의 눈물을 마지막으로 본 것이 언제였던가. 10년, 아니 12년? 아마도 친아버지가 폐암으로 병원에서 돌아가신 날이었을 것이다. 병원 밖에서 혼자 눈물을 삼키던 모습을 훔쳐본 적이 있었다. 이제는 기억조차 나지 않는 까마득한 옛날이었다. 그 이후로 강한은 아무리 힘든 순간에도 눈물을 내보인 적이 없었다.

"내가 실수한 거냐?"

"형은 말을 해 줬어야지."

고장 난 라디오처럼 같은 말을 반복하며 강한이 차갑게 돌아섰다. 차마 붙잡지 못하는 사이, 설영의 손을 움켜쥔 강한이 멀어져 갔다.

♦ ♦ ♦

설영은 환한 빛이 쏟아져 들어오는 넓은 침실을 차분하게 둘러보았다. 집 안의 다른 곳과 달리 유일하게 강한의 개인적 취향이 묻어나는 곳이었다. 남성 취향이면서도 개성이 드러나는. 심플하고 모던하면서도 고급스러워 보이는 침실 가구는 주변에서 흔히 볼 수 있는 디자인은 아니었다. 제이크 모던의 독특한 인테리어가 아마도 그의 영향을 받은 모양이었다. 침대는 특별히 주문 제작 한 것인지 키가 큰 강한이 누워도 불편함을 전혀 못 느낄 만큼 안락해 보였다. 설영은 가만히 침대 모서리에 앉았다.

강한은 그녀를 자신의 아파트로 데리고 들어오자마자 침실 안쪽에 자리한 화장실로 데려갔다. 그곳에서 넘어지면서 더러워진 손바닥과 얼굴을 물로 씻겨 주었다. 다정하게 수건으로 물기까지 닦아 내면서도 말은 한마디도 건네지 않았다. 대신 설영이 주절주절, 그동안 있었던 일들을 상세하게 털어놓았다.

간혹 이마에 굵은 힘줄이 생기고, 굳게 다물어진 입술이 꿈틀대는 변화로 못마땅함을 표현할 뿐이었다. 강한은 표면적으로 화를 내고 있었다. 그러나 그 이면에 더 복잡한 감정들이 숨겨져 있다는 것을 알기에 설영은 조심스러웠다.

거실로 향한 문이 열리고, 강한이 돌아왔다. 손에는 커다란 약상자를 들고 있었다. 딸깍. 상자의 뚜껑이 열리자, 상처 치료에 필요한 다양한 약품들이 모습을 드러냈다. 설영은 그가 손바닥과 턱 밑에 연고를 바르는 동안에도 인내심을 갖고 기다렸다.

"그렇게 살살하지 않아도 돼요. 하나도 안 아파요. 연고까지는 좀 오버다. 반창고 하나면 충분한데……."

"앞으로는 몸에 상처 하나씩 늘어날 때마다, 반성문 한 장씩이다."

여전히 무표정을 지우지 않았지만, 설영은 강한이 다시 대화를 시작했다는 사실에 기분이 좋아졌다.

"그런 억지가 어딨어요? 옷에 가려 눈에 보이지 않는 상처는 무슨 수로 확인할 건데요?"

"내가 못 할 것 같아?"

빤히 내려다보는 눈이 꽤나 노골적이었다. 당황한 설영의 볼이 금세 복숭앗빛으로 물들었다.

"나 이제 선생님한테 학생 아니에요. 그러니 앞으로는 두 번 다시 반성문 써서 제출할 일도 없어요."

"그거야 두고 보면 알겠지."

큼지막한 반투명 반창고가 손바닥을 감쌌다. 설영은 불편한 감각에 주먹을 쥐었다 폈다를 반복했다. 그러다 약상자를 들고 일어서려는 강한의 손목을 다급하게 붙잡았다.

"아직도 화났어요?"

"……."

"그 상황에서는 그게 최선의 선택이었다고 이해해 주면 안 돼요? 유나를 세상의 이목으로부터 지켜 주고 싶었어요."

"내가 할 수 있었어. 너를 협박하는 할머니에 맞설 무기 하나 정도는 나도 가지고 있었다고."

"내게 걸어온 싸움이었어요."

"네게 걸어온 싸움은 나를 향한 싸움이나 마찬가지야."

"선생님이 언제까지나 내 바람막이가 돼 줄 수는 없어요. 나도 뭔가 선생님을 위해 해 주고 싶었어요. 이사장님이 끝까지 선생님 포기하지 않을 거라고 들었어요. 보통 분이 아니라는 것은 나도 알아요. 그 무기라는 것, 언젠가 할머니와의 전면전에 대비해 준비해 둔 거잖아요. 그러니 그건 온전히 선생님을 위한 몫이에요."

"너의 그 넘치는 배려가 나에게 상처가 될지도 모른다는 생각은 안 해 봤어?"

"……."

"다른 사람들 때문에 네가 힘들어지는 게 싫었어. 그런데 그 중심에 내가 있었다는 사실이 미치게 화가 나."

"화내지 말아요. 나는 단지……."

설영은 힘없이 고개를 떨어뜨렸다. 가느다란 목덜미에 아침 햇살이 그림자를 드리웠다.

"미안해요. 비겁했어요. 사실 나는 시간을 끌고 있었던 건지도 몰라요."

어두운 표정의 강한이 상자를 바닥에 내려놓았다. 침대 가장자리에 걸터앉으면서 설영의 몸을 마주 보는 위치로 돌려놓았다. 부드러운 손길이 찰랑거리며 흘러내린 머리카락 한 줌을 차분하게 정리했다.

"무슨 뜻이야?"

"두려웠어요. 언제 기억이 돌아올지도 모르는 상황에서 억지로 붙잡아 두는 거라면 어떻게 하지, 날 좋아하지도 않으면서 의무감으로 내 옆에 있겠다고 하면 어떻게 하나, 그러다 그 의무감이 버거워서 날 떠나고 싶어지면……."

"바보구나."

커다랗고 따뜻한 손이 볼을 다정하게 감싸 안았다.

"차라리 억지로 붙잡아 놓지 그랬어. 의무감이든, 책임감이든, 힘들게 버텼을 그 아픈 시간들을 내가 옆에서 지켜 줬으면 좋았잖아."

"견딜 만했어요."

목 언저리가 잠겨 와서 설영은 성마른 호흡을 삼켰다.

"내가 널 다시 사랑하게 될 거라는 생각은 안 해 봤어?"

"그때랑은 상황이 달라졌으니까요."

자신 없는 목소리가 점점 움츠러들었다.

"상황은 달라졌지만, 넌 너야. 아파도 엄살 피울 줄 모르고, 높은 곳에서 겁도 없이 번쩍번쩍 뛰어내리고, 남 생각 하느라 네 안전은 뒷전이고, 그래서 여전히 난 너만 보면 정신을 못 차려. 사랑해서는 안 된다고 생각했어. 선생이 돼서는 열한 살이나 어린 학생에게 마음이 흔들려서는 안 된다고. 하지만 넌 여전히 대단하다고 자부했던 내 자제력을 한 방에 날려 버렸지."

"날 사랑했어요?"

놀라 동그랗게 치켜뜬 눈꺼풀 위에 깃털처럼 부드러운 입맞춤이 내려앉았다.

"열아홉 살 류설영을 머릿속에서 지우기 위해 밤새 러닝머신 위에서 뛰느라 발뒤꿈치에 피멍이 잡힐 정도로……."

둥근 이마에 한 번, 정수리에 또 한 번. 강한의 입술이 스치는 곳마다 붉은 열꽃이 피어난다. 웅크렸던 심장이 기지개를 켜며 파닥파닥 날갯짓을 하기 시작했다. 첫 키스의 여운이 아직도 기억에 남아 있었다. 설렘과 긴장으로 맥박이 빠르게 뛰었다. 몸이 공중으로 붕 하니 떠오를 것만 같던 아찔함. 설영은 지그시 두 눈을 감았다. 두근거리는 마음으로 호흡마저 아끼는데, 진짜로 몸이 공중으로 붕 하니 떠오르더니, 설영은 어느새 침대 한복판에 누워 있었다.

"뭐 하는 거예요?"

"확인하고 싶은 것은 많지만, 우선은 잠부터 자자."

당황한 설영이 주먹을 앞으로 모으고 긴장했다. 강한이 옆으로 몸을 기울이자, 깜짝 놀라 그대로 반대편으로 몸을 굴렸다. 그러나 설영보다 강한의 반응이 더 빨랐다. 미처 몸이 반 바퀴 구르기도 전에, 단단히 손이 허리를 감싸 끌어당겼다.

"진도가 너무 빨라서……."

가슴팍에 얼굴을 묻은 채 설영이 중얼거렸다. 사랑하는 연인 사이에서 육체적 관계는 당연히 따라오는 일이었다. 언젠가는 두 사람 사이에서도 일어날 일이었다. 하지만 설영은 아직 준비가 되어 있지 않았다. 어쩔 줄 몰라 하며 꼼지락거리는 몸을 강한의 긴 다리가 포개가뒀다.

"잠을 자는데 진도가 필요해?"

귓가에 파고드는 낮은 음색에 장난기가 묻어났다. 설영이 경계하듯 몸을 굳혔다.

"긴장하지 마. 진짜 순수하게 잠만 자자는 뜻이었어. 눈이 퀭해. 다크서클이 턱까지 내려올 판이다. 우선은 잠부터 자자. 체력이 돌아오면 그때 다시 뭐라도 하자."

"괜찮아요. 아까 잠깐 자서 그런지 안 졸려요."

"내가 졸려서 그래. 나도 누구 때문에 밤새 한숨도 못 잤거든."

강한의 목소리가 그윽하게 내려앉았다. 그러자 설영의 신경이 파르르 하니 곤두섰다. 품에서 잠들라니. 심장이 제어하지 못하게 빠르게 뛰고 있었다. 이 상태로는 잠은커녕 숨조차 제대로 편안하게 쉴 수 없었다.

"미안해요. 그럼 선생님이 여기서 자요, 나는 지난번에 묵었던 손님용 침실에 가서 잘게요."

강한이 품에서 빠져나가려 몸을 비트는 설영을 품 안으로 힘껏 끌어안았다.

"그만 좀 버둥대. 나를 파렴치한 놈으로 만들 생각이 아니라면……. 그 진도, 제대로 빼고 싶어질지도 모르니까."

몸이 밀착되면서 허리 아래쪽으로 낯선 느낌이 전해져 왔다. 우뚝 솟아올라, 존재를 내세우는 남자의 상징. 허벅지 안쪽으로 파고드는 딱딱한 물건의 정체를 알아챈 설영은 하얗게 얼어붙었다.

"저기……. 알았으니까, 몸이라도 풀어 줘요. 이 상태로는 잠들 수 없을 것 같아서 그래요."

"미안하지만 그렇게는 못 하겠는데. 두 번 다시 너를 놓치지 않을 거야. 그러니 지금부터 내 옆에서 자는 것에 익숙해지는 것이 좋을 거야."

포개졌던 다리가 슬그머니 풀렸다. 그 틈에 설영이 재빨리 마주 닿은 허리를 뒤로 빼고는, 참았던 숨은 내쉬었다. 쿡, 작게 내뱉는 웃음소리가 머리맡에서 울렸다. 웃었다. 화가 풀렸다는 뜻으로 해석해도 되는 건가. 그가 웃고 있다는 사실 하나만으로 설영은 내심 안심이 되었다.

"이제 됐지? 그럼 자자."

강한이 목을 감싸 안은 상태에서 뒷머리를 쓰다듬기 시작했다. 그리고 나머지 한 손으로 진득하게 등을 토닥였다. 일정한 규칙을 가지고 움직이는 손길에 불규칙하게 뛰던 호흡이 차분하게 안정을 찾아갔다. 설영의 몸에서 긴장이 풀려나갔다.

"자?"

대답이 없었다. 대신 새근새근 고른 숨소리가 강한의 가슴을 간질였다. 긴장으로 뻣뻣하게 굳어서는, 절대 쉽사리 잠들 것 같지 않던 설영은 채 5분도 되지 않을 것 같은 짧은 시간에 깊은 잠의 세계로 빠져들었다. 시간의 경과를 파악하기 위해 손목을 들어 올리자, 작은 기척에 설영이 몸을 옆으로 움직였다.

어딜. 멀어지려는 몸을 다시 품 안으로 끌어당겼다. 그에 비해 턱없이 작고 갸름한 어깨가 품 안으로 쏙 들어왔다. 확실히 전에 비해 많이 말랐다. 워낙 슬림한 체형이라 살집이 있다고 느낀 적은 없었지만, 꾸준한 운동으로 다져져 있어 오히려 건강하다고 느껴지는 편이었다. 하지만 지금은 어깨뼈가 도드라지고, 등 뒤로 만져지는 감촉이 달랐다. 안쓰러움에 명치끝이 아련해졌다.

한 뼘도 되지 않을 것 같은 연약한 어깨를 조심스럽게 어루만졌다. 이 조그마한 어깨에 짊어져야 했던 고통을 상상하는 것만으로도 가슴 한복판이 날카로운 가시에 찔린 것처럼 따끔거리고 아팠다. 떨어질 듯, 차마 떨어뜨리지 못한 눈물의 의미. 견딜 만했다는 한마디에 응축된 고통의 시간들.

그에게 보고해야 할 의무라도 있는 것처럼 지난 일들을 쫑알쫑알 떠들어 대던 설영의 수다에 그녀가 보내야 했던 아픈 시간들은 일절 생략되어 있었다. 그래서 강한은 더 마음이 아팠다.

어쩌자고 그 긴 시간을 혼자 내버려 뒀을까. 상처 입은 몸과 마음을 왜 알아보지 못했을까. 돌이킬 수 없는 시간에 대한 후회와 아쉬움으로 감정이 엉켜들었다. 죄책감과 분노, 다른 누구도 아닌 자신을 향한 분노에 강한은 저도 모르게 몸에 힘이 들어갔다.

"선생님?"

불편한지 설영이 꿈틀거렸다. 무의식중에 그를 찾으며 품 안으로 파고들었다. 울컥, 뜨거운 뭔가가 명치 아래에서 솟구쳤다. 그가 없는 시간 동안 얼마나 많은 밤을 그를 찾아 헤맸을까. 강한은 어린아이를 달래듯 설영의 등을 부드럽게 토닥였다.

"쉬! 나 여기 있어. 걱정 말고 자."

그의 말이 들렸는지 설영의 몸에서 긴장이 빠져나갔다. 한결 편안해 보이는 얼굴이 턱 밑으로 파고들었다. 강한은 한참 동안 잠든 얼굴을 바라보았다. 잃어버린 시간을 보상받기라도 하려는 듯 이마, 눈, 코, 입, 하나하나를 눈에 새기고 마음에 담았다.

강한은 설영을 품 안으로 바짝 끌어안았다. 코끝을 감도는 상큼한 샴푸 냄새와 함께 설영만의 독특한 체향이 가슴 깊숙이 스며들었다. 달콤하게 퍼지는 향에 취한 가슴에 온기가 새록새록 차올랐다. 그러다 문득 떠오른 기억에 작은 손을 펼쳐 그의 손바닥 위에 얹었다. 굳은살이 박여 거칠지만, 가늘고 기다란 손가락은 어딘가 그의 것과 닮아 있었다.

병원에서 깨어나기 직전에 꿈을 꾸었다. 절벽 위에서 애타게 누군가의 손을 붙잡으려 애를 쓰던 절박한 순간. 같은 꿈이 반복되고, 꿈을 꾸는 횟수가 잦아질수록 뜬눈으로 지새우는 밤이 늘어났다. 그리고 밤새 그 손의 주인을 궁금해했었다. 마침내 흩어졌던 퍼즐 조각이 완벽하게 하나로 맞춰졌다. 무의식의 세계에서조차 그는 항상 그녀의 존재를 의식하고 그리워하고 있었다.

마주 닿은 손가락 사이로 깍지를 꼈다. 처음부터 하나였던 것처럼 두 손이 꼭 들어맞았다. 다시는 이 작은 손을 놓치지 않는다. 나의 운명. 마법의 주문처럼 같은 말을 반복하며 강한은 눈을 감았다. 그리고 아주 오랜만에 깊은 숙면을 취했다.

♦ ♦ ♦

늦은 하굣길, 그들이 타야 할 버스가 다가오고 있었다. 설영은 슬쩍 고개를 돌려 뒤를 살폈다. 말없이 설영을 바라보는 강한과 그런 그를 노려보는 민호를 발견하고는 앞으로 나가려던 발걸음이 다시 주춤했다.

차라니 택시를 탈 걸 그랬나. 이제라도 택시를 불러야 하는 것이 아닐까 고민하는 사이, 버스는 마지막으로 남아 있던 학생을 태우고 정류장을 떠났다. 하늘은 이미 오래전부터 진회색의 그림자를 드리우고 있었다. 학생들이 붐비는 시간을 피하기 위해 느지막이 학교를 벗어나서인지, 정류장에 남은 사람은 민호와 강한, 설영 세 사람뿐이었다.

기억이 돌아오고 이틀이 지났다. 그날의 기억이 선명한 강한은 이제 와 납치의 후유증을 겪고 있는지 학교와 집이 아닌 공간에서 설영이 눈에 보이지 않으면 극도로 불안해했다. 그래서인지 아침 등굣길에도, 하굣길에도, 우연인 듯 이렇게 그녀의 곁을 지키고 있었다.

교복을 입은 그녀에게 차마 다가오지 못하는 강한을 보며 설영은 새삼 미안한 마음에 고개를 떨어뜨렸다. 교복을 입는 것도 이번 주가 마지막이다. 굳이 학교로 다시 돌아올 필요는 없었다. 갑자기 사라지기보다는 자연스럽게 학교를 떠나는 게 좋겠다는 강한의 충고에 따른 결정이었다.

학교 측에는 원래 다니던 학교로 전학 갈 것이라고 말해 두었다. 설영이 학교에 남는 것을 껄끄러워할 이사장 측에서 나머지 절차는 알아서 처리해 줄 거라는 계산이 있었다. 그렇다고 학생들의 기억 속에서조차 사라질 수 없다는 것은 알고 있었다.

언젠가 설명을 필요로 하는 순간이 오겠지. 뭐라고 변명할지는 나중에 생각하기로 했다. 아직 일어나지도 않은 일을 상대로 골머리를 썩이고 싶지 않았다. 지금은 강한과 함께 있다는 행복감을 즐기고 싶었다.

"무슨 죽을죄라도 지었어? 왜 그렇게 눈치를……. 윽!"

표정이 어두운 설영의 어깨를 팔로 감싸던 민호가 인상을 찡그렸다. 어깨를 파고드는 압박감을 참아 보려 하지만, 예리하게 근육을 조이는 손가락 힘에 무력하게 굴복할 수밖에 없었다. 힘없이 팔을 거두는 얼굴이 불그스름하게 그을렸다.

"누가 깡패 아저씨 친구 아니랄까 봐 툭하면 폭력에 협박이지. 전직을 의심해 봐야 한다니까."

"병신 되기 싫으면 팔 간수 잘해라. 한동안 못 쓰게 만드는 수가 있으니까."

"그게 선생이라는 사람 입에서 나올 소리입니까?"

"선생이 아니라, 류설영 애인으로 하는 경고다."

애인이라는 말에 매섭게 노려보는 민호를 향해 강한이 싸늘하게 응대했다.

"잘 새겨듣는 게 신상에 좋을 거다."

"애인은 무슨, 몇 달씩이나 나 몰라라 방치해 놓고서는."

"……."

"학교에서 모른 척 쌩깔 때는 언제고……. 기억 좀 돌아왔다고 새삼스레 아끼는 척은……."

강한이 눈썹을 구겼다. 기억이 돌아왔다는 것을 안 순간부터 민호는 강한의 주위를 얼쩡거리며 아픈 소리를 해 댔다. 무슨 일인지 아직까지는 별다른 대꾸 없이 잘 참아 주고 있지만, 언제까지 참아 줄지는 미지수였다. 눈치를 살피던 설영이 중재에 나섰다.

"김민호, 자꾸 깐죽대지. 집에는 안 갈 거야? 오늘 과외 수업 하는 날이잖아. 늦으면 벌금 낸다며?"

"지금 그깟 벌금이 문제야? 교복 입은 여학생을 바라보는 남선생의 눈길이 불쾌할 정도로 끈적거리잖아."

선을 넘어가는 발언에 저러다 진짜 무슨 일 나겠다 싶었다. 설영은 슬쩍 민호의 운동화를 발로 밟았다. 적당히 하라는 경고였다. 그러나 민호는 흔들림 없는 시선으로 강한을 노려보았다.

"불안해서 이대로는 못 가. 앞으로 내 여자가 될지도 모르는 사람인데……."

순식간에 민호가 도로변으로 튕겨 나갔다. 생각 없이 떠벌리는 입을 손으로 막으려던 설영보다 강한의 발이 빨랐다.

"버릇없이 나대는 것을 봐주는 것도 딱 여기까지다."

"누가 봐주랬어요?"

"여기 있는 류설영이 봐서 참아 준 거야. 동생으로라도 옆에 남아 있고 싶으면, 그 입 조심하는 게 좋을 거야."

"동생일지, 아닐지……. 우리 사이를 왜 댁이 결정해요? 지금 나 질투해요?"

"전혀. 그냥 류설영 옆에 다 큰 사내놈이 얼쩡대는 것이 싫을 뿐이야."

"질투하는 것 맞으면서, 끝까지 잘난 척은……. 그동안은 어떻게 참았대?"

도로변에 선 채 양손을 허리에 얹은 민호의 뒤쪽으로 강한이 사인을 보냈다.

"나잇값 하느라고."

"지금은 나이를 거꾸로 먹기라도 했나 보죠?"

"더 이상 잃을 것도, 쪽팔릴 것도 없어. 나잇값 한다고 점잖은 척할 생각은 더더욱 없고. 그러니까 앞으로는 손이든 입이든 함부로 놀리지 않는 게 좋을 거다. 누구든 신경에 거슬린다 싶으면 인정사정 봐주지 않을 생각이니까."

검정 세단이 민호의 바로 뒤에 섰다. 택시라도 부르는 줄 알았던 설영은 운전석에서 내리는 남철을 보고 깜짝 놀랐다.

"어쩔래? 순순히 타고 갈래? 아니면 억지로 태워 줄까?"

남철은 지체 없이 자동차 뒷좌석의 문을 열었다. 민호를 의식해서인지 표정이 꽤 의연했다. 강한의 지시가 있으면, 무력으로라도 태우고 갈 사람이었다. 떨어져서 지켜보고 있던 민호의 경호원이 차에서 내리는 것이 보였다. 설영은 굳어진 얼굴로 앞으로 나섰다.

"여기서 이러면 곤란해요. 김민호, 그러지 말고……."

"걱정 마. 버스 기다리기 지겨워져서 나도 가려고 했었어. 그러니 그런 곤란한 얼굴 하지 마. 대신 본가로 안 가고 우리 집으로 갈 거야. 내 말 무슨 뜻인지 알지? 우. 리. 집."

민호가 다가오려는 설영을 향해 손을 내저었다. 화가 나서 씩씩대던 얼굴이 어느새 의미심장한 미소로 밝아졌다.

"집에 가서 기다릴 거야. 엄마가 냉장고 채워 놨다고, 꼭 저녁은 집에서 먹으래. 오늘 메뉴는 아마 류설영이 좋아하는 보리굴비랑 등갈비구이일걸? 나 혼자서는 밥 못 먹는 거 알지? 점심이 카레라서 대충 건너뛴 것도 알 거야. 배고파 죽겠으니까, 늦지 마."

"무슨 억지야? 언제부터 혼자서는 밥을 못 먹었다고 그래?"

"오늘부터."

호기롭게 외친 민호가 열린 문을 지나 자동차 뒷좌석에 올라탔다. 이렇게까지 나오면 설영으로서도 밖에 있는 시간이 불편할 수밖에 없었다. 뒤쪽에서 낮게 중얼거리는 저주의 말이 여과 없이 흘러나왔다. 의문의 1패임을 인정하는 강한의 반응에 설영은 삐져나오려는 웃음을 참았다.

민호를 태운 차가 떠남과 동시에 기다리던 버스가 도착했다. 비어 있는 의자에 나란히 앉자마자, 설영은 옆에 앉은 강한의 눈치를 살폈다.

"왜 자꾸 내 눈치를 봐?"

"화났을까 봐."

"왜 내가 화가 났을 거라고 생각해?"

설영의 무릎에 놓인 가방을 들어 올리며 강한이 손을 잡았다. 마주 보는 눈동자에 확연한 의문이 담겼다.

"학교에서도 도통 눈도 안 마주치고……."

"학교에서는 일부러 쳐다보지 않으려고 노력했어. 김민호 말대로, 끈적거리는 시선으로 쳐다보다 무슨 트집이라도 잡힐까 싶어서. 네가 신경 쓰고 있는지 몰랐어."

"다행이다. 부쩍 말수도 없어지고, 표정도 어두워서 걱정했어요."

"문득문득 널 차갑게 외면했던 순간들이 떠올라서 내 자신한테 화가 나는 것은 사실이야. 기억력 좋다고 자만하다, 제대로 천벌받은 기분이랄까. 어쩌자고 너와 관련된 시간만 깡그리 지워졌을까……."

"그만큼 나를 사랑했으니까. 나를 잃어버렸다는 생각에 버텨 낼 자신이 없었으니까."

강한이 손안에 잡힌 작은 손을 꽉 쥐었다. 그러고는 손가락으로 손등을 부드럽게 쓸어내렸다.

"그런 이유로 면죄부를 주고 싶진 않아."

"좋아요. 내가 줄게요, 그 면죄부. 이제 스스로를 용서하고 과거는 잊어버려요. 덕분에 우리의 사랑이 얼마나 단단한지도 확인했으니까……. 이제 내 차례예요. 나 좀 살려 줘요."

"무슨 뜻이야?"

"남철 씨 좀 어떻게 해 줘요. 모르면 몰라도, 누가 나를 따라다니고 있다는 것을 안 이상은 내 모든 일상이 엉망이 된다구요. 쇼핑을 가도, 식당을 가더라도 누가 밖에서 기다리고 있다는 것을 알면 일분일초가 좌불안석이 될걸요."

"무시해. 자신의 일을 하는 것뿐이니까. 경호 업무가 그 친구 본업이야."

"경호는 신변의 위협을 받을 때나 필요한 거죠. 할머니가 날 어떻게 하겠대요?"

대답할 말을 찾던 강한이 잠시 망설였다.

"그렇게 무모한 분은 아니야. 자신의 이기심을 채우기 위해 남을 해치거나 하실 분은 아니라고 봐."

"그럴 거라고 생각했어요. 그렇다면 그만둬요. 이건 숫제 학교와 집 외에는 돌아다니지 말라는 뜻이잖아요. 내 실력 몰라요? 내 몸 하나 지킬 능력은 충분하다고 보는데요."

"알아. 그래서 걱정인 거지. 네 몸만 지키면 다행인데, 타고난 정의감을 어쩌지 못해서 무모하게 나서길 좋아하니 문제인 거다."

말로는 아니라고 해도, 그가 기억을 잃은 동안 혼자 모든 것을 해결하려 했던 설영의 태도에 여전히 꽁한 마음을 품고 있는 것이 분명했다.

"그건 걱정 말아요. 나도 이번 일로 낄 자리 빠질 자리 정도는 터득했어요."

자신 있게 말하는 설영의 콧등을 강한이 손가락으로 가볍게 튕겼다. 별로 아프지는 않았지만, 과장되게 인상을 찡그리는 얼굴을 내려다보는 강한의 눈매가 부드러운 곡선을 그렸다.

"어련하실까. 어제도 담배 피우는 학생들 꾸짖다가, 한판 할 뻔했다면서?"

과학실에 숨어서 몰래 담배 피우려는 학생들을 발견해, 한차례 시비가 붙은 것을 두고 하는 말이었다. 절대 아니라고 발뺌을 하는 녀석들과 말다툼을 벌이다 교무실까지 끌려갔었다.

"다른 곳도 아니고, 위험한 약품이 즐비한 과학실이었어요. 실수로 불이라도 붙으면 큰일 날 뻔했다구요."

"그러니까. 왜 남들은 무심히 지나치는 일들이 너에게는 매번 큰일로 닥치는 건지 나도 궁금하다. 사고 치지 못하게 손목을 묶어 놓을 수도 없고……."

강한이 콧잔등을 쓰다듬는 설영의 손을 바라보았다. 힘을 주면 금방이라도 부러질 것처럼 가냘파 보이는 손목을 바라보는 시선이 아련했다.

"그러지 말죠. 요즘 운동을 게을리해서 근육이 빠져서 그렇지, 이래 봬도 통뼈거든요."

"누가 뭐래. 우선은 어디 가서 밥부터 먹자. 근육이 빠진 건지, 살이 빠진 건지는 모르겠지만, 그 상태로 휘두르다가는 부러지기 십상이야. 잘 아는 한정식집이 있는데, 어때?"

일요일은 잘 안다는 스테이크 레스토랑, 월요일은 숯불갈비. 매번 배가 고프다며 3인분을 시켜 놓고, 2인분은 설영의 몫이었다. 이런 템포로 가다가는 금방 몸이 둔해질 것이다.

"어영부영 넘어갈 생각 말아요. 아직 우리 대화 안 끝났어요. 분명히 말하는데, 경호원은 필요 없어요. 선생님이 걱정하는 게 뭔지 알아요. 차마 사고 치지 않겠다는 장담도 못 해요. 최대한 자제는 해 보겠지만……. 원래 사람이 쉽게 변하지 않잖아요."

"나 때문에 너를 변화시키라는 뜻이 아니라……. 모르겠다, 나도 내가 무슨 말을 하고 싶은 건지. 그냥 마음이 불안해서 그래. 불안증이라고 해 두자. 내 불안증이 어느 정도 사라질 때까지만이라도 참아 주면 안 될까?"

흔들리는 눈빛에 설영도 마음이 약해졌다. 여전히 그의 시간은 절벽에서의 마지막 순간에 머물러 있는 것만 같아 안타까웠다. 기억을 찾으면서 알게 된 태상의 갑작스러운 죽음. 죽이고 싶을 만큼 미워했다고는 해도, 생과 사의 갈림길 앞에선 누구라도 초연할 수 없다.

거기다 오늘 신문 헤드라인을 장식한 세대병원 의료 과실 사건과 하영의 횡령. 강한이 움직이기 전에 유성재단 김 이사 측에서 먼저 손을 썼다고 들었다. 오랜 친구라고 생각했던 하영의 배신은 강한에게는 또 다른 충격이었다. 숨겨졌던 진실이 한꺼번에 휘몰아치면 아무리 강한 사람이라도 마음을 다스릴 여유가 없을 것이다. 그에게는 시간이 필요했다.

"알았어요. 그럼 참아 볼게요."

"오래 걸리지는 않을 거야. 약속할게."

커다란 손이 머리를 토닥였다. 꼭 집어 말하진 않아도, 강한은 설영의 머릿속에서 무슨 생각이 오가는지 다 알고 있는 사람 같았다.

"대신에 선생님도 한 가지만 양보해 줘요."

"……."

"상호 아저씨랑 화해해요. 아저씨는 잘못 없어요. 싫다고 하는 아저씨를 내가 설득했어요."

강한은 대답 대신 버스에서 내릴 준비를 했다. 하지만 설영은 고집스럽게 의자 등받이에 허리를 기대고, 확답 없이는 움직이지 않겠다는 의사 표시를 했다. 강한과 상호의 우정은 진한 형제애 같은 것이었다. 이런 일로 흔들리지 않는다는 것쯤은 그녀도 잘 알고 있었다. 다만 지금은 강한의 곁에 상호가 필요하지 않을까 하는 생각이 들었다. 지난 세월의 발자취를 알고 있는 상호의 위로가 누구보다 도움이 되지 않을까.

"여기서 내리면 집으로 가는 방향이고, 다음에서 내리면 한정식집으로 가는 방향이야. 나도 점심을 대충 먹어서 그런지 배고프다. 오늘도 3인분은 거뜬할 것 같은데. 어쩔래?"

선전 포고와도 같은 질문에 설영은 가방을 어깨에 메고 부산스럽게 일어났다. 또다시 2인분을 먹어 치워야 할지도 모른다는 생각에 약속을 받아 내겠다는 의지 따위는 바람 앞의 등불처럼 허무하게 사라지고 없었다.

"멀리 갈 필요 있어요? 민호네 본가에서 일하는 아주머니가 솜씨가 좋으시거든요."

"그럴까, 그럼. 김민호가 혼자서는 밥을 못 먹는다고 하니 나름 신경이 쓰이기도 하고……. 가자, 등갈비구이가 어떤 맛인가 궁금하다."

"네? 선생님도요?"

"바늘이 가는데, 당연히 실도 가야지."

강한이 장난스럽게 한쪽 눈을 찡긋했다. 아마 처음부터 한정식 식당에 갈 생각이 없었을지도 모른다. 불현듯 설영은 강한이 쳐 놓은 덫에 걸린 기분이었다. 민호의 도전에 제대로 앙갚음을 해 줄 모양이었다.

또 다른 전쟁의 서막인가. 앞으로 집으로 들락거릴 강한을 보며 민호가 어떤 반응을 보일지 눈에 선했다. 설영은 자포자기와도 같은 심정으로 하차벨을 눌렀다.

설영은 부동산 사무실을 나오면서 한가로운 동네 전경을 둘러보았다. 유성고등학교에서 한참 떨어진 곳이었다. 모든 것이 느긋하게 돌아가는 평화로운 동네였다. 편의점 앞 평상에서 바둑을 두시는 할아버지들의 말다툼에서, 길거리 포장마차에서 떡볶이를 사 먹는 아이들의 수다에서 여유로움이 묻어나고 있었다.

"이 동네 원룸도 가격이 만만치 않네요, 서울 시내도 아니면서."

같은 부동산 사무실에서 볼일 보고 나오던 남자가 말을 걸었다.

"그러게요. 대신에 평수가 넓어서 나쁘지는 않은 것 같아요."

"그렇죠? 평수가 여유가 있어서 그건 맘에 드네요. 저기, 혹시 시간이 괜찮으시면……."

"당신 뭐야? 지금 유부녀한테 들이대는 거야?"

"아, 몰라뵙고……. 죄송합니다."

말을 건네던 남자가 갑자기 나타난 남철의 존재에 정중히 사과를 했다. 뒤도 안 돌아보고 줄행랑을 치는 모습을 보니 겁에 질린 것 같았다. 그도 그럴 것이 셔츠 깃 아래로 보이는 총천연색 문신이 상징하는 의미를 얕잡아 볼 수 있는 사람이 과연 몇이나 될까. 버스 정류장을 향해 걸음을 옮기며 설영은 눈동자를 위로 굴렸다.

학교를 그만두고 두 번째로 맞이하는 금요일이었다. 남철은 꾸준히 설영을 그림자처럼 따라다녔다. 처음에는 멀찍이 떨어져서 그녀를 지켜보다 우연히 눈이라도 마주치면 아예 바로 뒤에서 천연덕스럽게 쫓아다녔다. 그러면서 지금처럼 낯선 남자가 접근하기라도 하면 말도 못 붙이게 쫓아내기 바빴다.

"언제까지 따라다닐 거예요?"

설영이 갑자기 걸음을 멈추고 가슴 아래까지 풀어 헤쳐 놓은 셔츠로 눈을 흘겼다. 심히 못마땅해 보이는 눈빛에 남철이 셔츠 단추를 잠그며 겸연쩍게 웃었다.

"그거야 고용인 마음이겠지? 나야 일당 받고 일하는 사람이라……."

"그렇다고 꼭 이렇게까지 해야겠어요? 경호 업무라는 게 원래 있는 듯 없는 듯 지켜보기만 하는 것 아니었어요? 그쪽으로 전문가라면서요."

"무슨 소리야? 내 전공은 미행과 감시인데……. 거기다 그쪽이 경호를 필요로 하는 약골도 아니고……."

"그럼 지금까지 나 감시당한 거였어요?"

"뭐, 겸사겸사."

솔직함을 넘어, 뻔뻔한 대답에 설영은 웃음밖에 안 나왔다.

"그렇단 말이죠. 그럼 지금부터 제대로 된 숨바꼭질을 해 볼까요?"

"그럼 안 되지. 쇠파이프 휘두르며 같이 싸운 의리가 있는데……. 좀만 봐줘. 갚아야 할 빚이 있어서 그래. 그쪽 몸에 상처 자국이 하나씩 늘어날 때마다 이자가 늘어날 거라고 협박하셨다니까. 알잖아, 원래 형님이 한번 한다면 하시는 분이라는 것을."

"뭘 모르시나 본데, 나도 한번 한다면 하는 사람이거든요?"

"무슨 사고를 또 어떻게 치려고 미리 경고까지 해?"

엄지손가락으로 가슴을 꾹꾹 누르며 큰소리치는 설영의 뒤로 강한이 나타났다. 예고도 없이 불쑥불쑥 나타나는 것에 익숙해질 만도 하건만, 놀란 맥박이 빠른 박자로 뛰기 시작했다.

"약속하신 시간보다 한 시간 늦으셨습니다. 이건 오버타임으로 계산하겠습니다. 그리고 이건 부탁하신 건. 뒷정리는 완벽하게 해 뒀습니다. 그럼 행복한 시간 보내십시오."

남철이 나비 문양 열쇠고리를 강한에게 던졌다. 그러고는 붙잡을 틈도 없이 바람보다 빠르게 시야에서 사라졌다.

"아직 학교에 있어야 할 시간 아니에요?"

"말썽꾸러기가 없으니, 학교가 너무 조용해서 말이야."

강한은 슈트 차림이었다. 답답했는지 와이셔츠는 두 번째 단추까지 풀어 놓고, 넥타이는 재킷 호주머니에 들어 있었다. 어딘가 정돈되지 못한 차림이었지만 사람들의 시선을 앗아 가기엔 충분히 매력적이었다.

"오늘은 바쁠 거라더니……. 저녁에 이벤트 회사 관계자랑 미팅이 잡혔다고 했잖아요."

"그 미팅을 일찍 당겼어. 그것보다 훨씬 더 중요한 사안이 생겼거든."

설마 하는 생각에 설영은 눈을 가늘게 치켜떴다.

"아니죠?"

"그건 내가 묻고 싶은 말이다. 민호랑 단둘이 저녁 먹으러 간다며?"

"오늘이 민호 생일이에요. 그래서 같이 저녁 먹기로 했어요. 그게 중대한 사안이에요?"

"레스토랑을 통째로 빌려서 먹는 거라면 얘기가 달라지지."

"레스토랑을 통째로 빌려요? 진짜? 이 자식이 정신이 나갔구나. 돈이 얼만데……. 빨리 취소하라고 해야겠어요."

핸드폰을 꺼내려는 설영을 강한이 막았다. 문제의 핵심을 이해 못 하는 반응에 어이없다는 얼굴이었다.

"지금 그 자식 돈 걱정해 주는 거냐? 척 보면 몰라? 돈 많은 재벌 2세라고 너한테 돈으로 어필하려는 거잖아."

"어필은 무슨. 학생이 그런 큰돈이 어디에 있다고……."

"생일이라며? 밥 한 끼는 제대로 먹게 해 줘야지. 네 대신 상호 형이 갈 거야. 생일 선물 두둑이 챙기라고 했으니, 걱정할 것 없어."

"다 큰 어른 둘이 어린애를 상대로 장난이 심한 것 아니에요?"

"이러라고 화해하라는 것 아니었어?"

놀리는 말투에 설영이 눈을 곱게 흘겼다. 둘이 작당해서 민호를 놀리라고 화해를 부추긴 것이 결코 아니었다. 뭐라 한마디 해 줄까 하다, 간신히 화해한 마당에 심술이라도 부릴까 싶어 화제를 돌렸다.

"그건 뭐예요? 자동차 키는 아닌 것 같은데."

설영이 호기심 어린 얼굴로 열쇠고리에 달린 열쇠를 살폈다. 강한은 대답 대신 설영이 손에 쥐고 있던 원룸 팸플릿을 뺏어 갔다. 팸플릿 첫 장에 보이는 평면도를 들여다보는 눈이 찡그려진다 싶더니, 못마땅한 게 분명한 눈으로 조용한 동네를 둘러보았다.

"언제까지 숨어 있을 생각이야?"

"한동안은요. 여기에 있으면서 가까운 학원을 알아볼 생각이에요.

복학할지, 편입할지는 천천히 고민해 보려구요. 당장은 영어 학원부터 등록해야 할 것 같아요."

"쯧쯧. 또 못된 고집 나왔다. 따라와."

여전히 학생 대하듯 따라오라는 명령을 내리고는 가까이에 주차해 둔 차로 이동했다. 자동차가 매끄럽게 교통 흐름 속으로 들어서고, 강한이 손을 내밀었다. 설영은 위를 향해 내밀어진 손바닥에 손을 얹고 깍지를 끼었다. 신경전은 신경전이고, 예정에 없던 만남에 행복이 뭉클거리며 마음을 들뜨게 만들었다.

"내가 분명히 말했잖아. 살 집은 이미 마련해 뒀다고."

"나도 분명히 싫다고 말했어요. 엄마가 남겨 주신 돈이 있어요. 남한테 의지하고 싶지 않아요."

"내가 남이야?"

"그건 아니지만……. 그냥 남들처럼 평범한 연애를 하고 싶어요. 평범한 사람들은 경호원에 살 집까지 마련해 주지 않아요."

"내가 이사 갈 집으로 들어와서 같이 사는 거잖아. 공부에 방해되지 않게 공부방도 따로 마련해 뒀어."

"이봐, 이봐. 나한테는 물어보지도 않고. 진도가 너무 빠르다는 생각 안 들어요? 우린 아직 정식으로 데이트다운 데이트도 못 해 봤어요."

"밥도 같이 먹었고, 지방으로 여행도 갔고, 산도 타고, 죽을 고비도 넘겨 보고, 병원에 같이 입원도 해 봤고, 비록 손만 잡고 잤어도 한 침대에서 잠까지 같이 잤어. 그 정도면 진도 뺄 만큼 뺀 것 아닌가?"

"그걸 말이라고……."

차가 사거리에서 멈추고, 강한이 그녀를 끌어당겨 이마에 키스했다. 말도 안 되는 억지를 부리고는 매번 이런 식이었다.

"행여나 선생님과 나를 아는 사람들 눈에 띄기라도 했다가는 원조교제 아니냐고 손가락질당할걸요."

"모르시는 말씀. 지금 당장 네 정체가 탄로 나도 아무도 이의를 제기할 사람이 없을걸."

"그건 무슨 뜻이에요?"

강한의 입꼬리가 한쪽으로 휘었다. 비웃는 건지, 웃음을 참는 건지 분간이 되지 않았다.

"널 재단에서 심어 놓은 스파이로 만들어 놨더라. 학교 내 비리를 캐기 위해 이사장 측에서 너를 학생으로 위장시켜 잠입시킨 걸로 그럴싸하게 말을 맞춰서 말이야."

"스파이요?"

"네가 놓은 덫에서 빠져나갈 방법을 교묘하게 찾은 거지. 공은 끝까지 자기 덕으로 돌리면서 말이야."

"와우. 대단한 할머니를 두셨네요."

한 손으로 능숙하게 핸들을 조정하며, 강한은 깍지 낀 손을 장난스럽게 비틀었다.

"그런 식으로 비웃지 말지. 동기가 어찌 되었건 결론은 나쁘지 않은 방향으로 흘러가고 있으니까."

"듣고 보니 그것도 그러네요. 사실 유성고등학교 졸업생을 사회에서 만나면, 나에 대해 뭐라고 설명해야 하나 고민했었는데. 그분이 나한테 도움이 될 줄은 몰랐어요."

"신분 문제가 해결되었으니, 굳이 숨어 살 필요도 없어진 건가. 집으로 들어올 거지?"

"또, 또……. 그런데 지금 우리 어디 가는 거예요?"

도심을 벗어난 풍경에 설영은 도로 표지판을 유심히 바라보았다. 양평으로 가는 길은 설영도 익히 알고 있었다.

"혹시 양평 가는 건가요? 어린 시절을 엄마랑 보냈다던 그곳?"

"맞아. 사실은 예전부터 꼭 데려가고 싶었는데 시간이 좀 걸렸다."

차분한 것 같으면서도 어딘가 감정이 깃든 목소리에 설영이 고개를 돌렸다. 깊게 파인 보조개가 단박에 설영의 시선을 사로잡았다.

"아까 그 열쇠! 요즘 누가 카드키 대신 열쇠를 쓰나 했더니, 대문 열쇠 맞죠? 그럼 이제 그 집은 완전히 선생님 소유가 되는 거예요?"

강한과 시선이 마주쳤다. 흥분에 들뜬 설영이 얼굴을 턱 밑까지 들이대자, 강한이 고개를 숙여 입술에 짧은 입맞춤을 남겼다.

"앞마당에 커다란 소나무와 단풍나무가 있어. 남한강이 한눈에 내려다보이고, 가을이면 떨어진 잎들을 긁어모아 태우곤 했던 기억이 나. 너도 분명 좋아하게 될 거야."

"선생님이 좋다면 나도 좋아요."

"내가 기억하는 한 엄마는 항상 집에서 그림을 그리셨어. 사람이 많은 곳을 싫어하셨거든. 유일하게 엄마와 함께 햇볕을 쬐며 놀았던 장소가 앞마당이었어. 내 어린 시절의 대부분을 보낸 장소지."

"소중한 추억이 담긴 곳이네요. 선생님이 왜 그토록 그 집을 찾고 싶었는지, 나는 알 것 같아요."

설영에게도 엄마와 함께 살던 본가의 별채가 그리움의 대상이었다. 엄마를 기억할 때면 항상 엄마와의 추억이 남아 있는 장소를 떠올리곤 했었다. 열 살이라는 나이에 엄마를 잃고, 낯선 곳으로 보내졌으니 어린 마음에 새겨진 그리움의 무게는 짐작도 되지 않았다.

"내 추억의 장소를 함께해 준다면 영광이겠다."

"초대해 줘서 제가 영광이죠."

"늦었지만, 고마워. 네 덕에 일이 수월하게 풀렸어. 하지만 다시는 혼자 나서고 그러지 마."

"또 그 소리……."

"사랑해."

낮게 조아리는 고백에 물색없이 가슴 안쪽이 울컥했다. 내가 이 사람을 진짜 사랑하는구나. 짧은 시간에 만감이 교차했다. 독특했던 첫 만남에서부터, 두 사람이 함께 거쳐 왔던 위기의 순간들. 평범한 일상에 젖어 잠시 착각하고 있었다. 억지로 남이 정해 놓은 규칙에 그들의 사랑을 끼워 맞추려 했다. 그들에게는 그들만의 사랑 방식이 있었다. 재지 말고, 따지지도 말고, 운명이 이끄는 대로 따라가 보자.

"그 집에 공부방 있는 거 확실하죠?"

"나는 거짓말은 안 해."

강한은 그녀의 손을 끌어당겨 손등에 키스했다. 장난스러운 미소가 매력적인 보조개를 한층 깊게 팼다. 뭔가 꿍꿍이속이 있는 것 같지만 설영은 모른 체했다. 또 다른 시작. 막연한 기대감에 심장이 터질 듯이 부풀어 오른다. 마주 잡은 손을 꽉 움켜쥔 설영의 눈동자가 그 어느 때보다 생동감 있게 빛났다.

"사랑해요."

에필로그

"교생 선생님, 누가……. 교문 앞으로……."

헐레벌떡 뛰어온 여학생이 가쁜 호흡을 가다듬으며 손으로 교문을 가리켰다. 설영은 쉬는 시간을 이용해 벤치에 앉아 따스한 볕을 쬐고 있었다. 무슨 일인가 싶어 고개를 들어 보니 교문 앞은 어느새 구경꾼이 된 여학생들로 북새통을 이루고 있었다.

"누가 왔는데? 연예인이라도 왔어?"

설영의 옆에 있던 동료 교생이 호기심에 자리를 박차고 일어났다. 같이 가 보자며 팔을 잡아끌지만, 설영은 그저 고개를 흔들었다.

"아뇨. 수학 교생 선생님 말고, 체육 교생 선생님이요."

여학생이 손끝으로 설영을 지적했다.

"분명히 키가 큰 체육 교생 선생님이라고 했어요."

"나? 누가?"

"엄청 잘생긴 아저씨가요. 연예인만큼 잘생겼어요. 키도 엄청 크고, 근육질에, 패션도 엄청 세련되고……."

남자의 외모를 열거하던 여학생이 어색하게 말끝을 흐렸다. 멋진 남자로 묘사하고 싶었는데, 흥분하는 바람에 구구절절 일차원적인 표현만 늘어놓고 있었다.

"암튼 엄청 핫해요. 빨리 가 보세요."

여학생이 쏟아 내는 미사여구를 듣고 있던 설영은 가늘게 미간에 주름을 잡았다. 엄청 핫하다는 표현에 떠오르는 사람이 한 사람 있기는 했다. 설마, 그럴 리가. 아침에 아무 말도 못 들었는데……. 아닐 거라는 생각에 설영은 주저하며 움직일 기미가 없었다. 그러자 성질 급한 동료 교생과 여학생이 양쪽 팔을 하나씩 잡아당겼다.

설영은 팔이 붙잡힌 상태로 학교 정문까지 끌려갔다. 초록색 교문 옆에는 설영이 고등학교 재학 시절부터 있었던 유람여고라는 간판이 보여야 했다. 하지만 지금은 인간 장벽에 가려 모서리만 겨우 보였다. 그 위를 웬만한 여학생 머리보다 작은 얼굴 하나가 우뚝 서 있었다. 눈이 마주치자, 민호는 각이 제대로 살아 있는 거수경례를 했다.

"단. 결."

우렁찬 외침에 여학생들의 대열이 홍해가 갈라지듯 양옆으로 벌어졌다. 그 공간으로 민호가 똑바로 걸어 들어왔다. 고등학교를 졸업한 민호가 미국으로 유학을 가고 3년 만이었다. 군기가 바짝 들어 있는 걸음걸이를 보며 설영의 눈이 화등잔만 하게 커졌다. 유난히 짧은 머리에 햇볕에 그을려 까무잡잡해진 남자는 그녀가 알던 김민호가 아닌 것 같았다.

"너 진짜 김민호 맞아?"

"보고 싶었다, 당신."

어느새 눈앞까지 다가온 민호가 그녀를 번쩍 안아 올렸다. 일순간 사방에서 동시다발적으로 격양된 환호 소리가 터져 나왔다. 쳐다보는 시선에도 아랑곳없이 민호는 설영을 안고 빙글빙글 제자리에서 회전했다. 격한 인사에 정신이 팔린 설영은 땅으로 내려오자마자, 민호의 얼굴을 손으로 감싸 안았다. 당장은 반가운 마음이 우선이었다.

"어떻게 된 거야? 외국에 있어야 할 네가 왜 여기에 있어?"

"조국의 부름을 받고 달려왔지. 대한민국의 자랑스러운 아들이라면 누구나 지켜야 할 의무를 지키기 위해……. 그게 바로 내 여자를 지키는 방법 아니겠어?"

"와아아아아아."

"멋져요, 선생님."

"완전 부러워요."

여학생들의 시기 어린 외침에 설영은 현실로 돌아왔다. 민호에게 안기다시피 서 있던 상태에서 한 발짝 벗어나며 거리를 두었다. 그러고는 곧장 곤란한 표정으로 그들을 에워싼 구경꾼들 사이에서 동료 교생을 찾았다. 눈치 빠른 동료가 곧바로 정리에 나섰다.

"학생들, 여기서 이러면 곤란해요. 이상한 상상 하지 말고, 빨리 교실로 들어갑시다."

"5분만 더요. 아저씨 군인이에요?"

"선생님 남친이에요?"

"남친, 잘생겼다."

"지금 무슨 이벤트 하는 거예요?"

아직은 권위가 없는 교생의 말은 학생들의 호기심에 묵살당했다. 선생이라기보다는 학생 신분인 교생이라 친숙하게 느껴지는지 학생들은 두서없는 말을 내던지며 둥글게 원을 만들었다.

삑삑.

때마침 5교시 수업을 위해 운동장으로 나오던 또 다른 체육 교생이 호루라기를 불며 뛰어오고 있었다.

"여기서 다들 뭐 해? 방금 예비종 울리는 소리 못 들었어? 5교시 지각이면 일주일간 화단청소다."

"으아아아아악."

다행히 태권도 전공이라는 남자 체육 교생의 엄포가 통했다. 누가 먼저랄 것도 없이 우수수 교문 안으로 뛰어 들어가는 틈새에는 수학 교생도 포함되어 있었다. 나도 지각은 곤란한데……. 걱정스럽게 운동장을 바라보는 설영의 어깨를 동료 교생이 툭 하고 건드렸다.

"누나, 2학년 체육 선생님께는 제가 말씀드릴게요. 그렇다고 너무 늦지는 말아요."

다 안다는 미소와 함께 왔던 길을 되돌아가는 그를 보니 설영은 오히려 마음이 급해졌다.

"들었지? 곧 있으면 수업 시작이라서 가 봐야 해. 실습 평가 기간이라 중간에 빠져나갈 수도 없어. 어디 가서 좀 기다려. 저녁 사 줄게."

"교생은 학생 아냐? 학생이 무슨 돈이 있다고……."

"나 요즘 용돈 받아. 너 밥 사 줄 여유는 충분하거든?"

"그깟 용돈 얼마나 한다고."

"또 까분다. 이메일에 통 답장이 없어서 걱정했어. 궁금한 것 많으니까, 저녁때 보자."

설영은 돌아서다, 휘파람 소리에 살짝 고개를 돌렸다. 민호가 양쪽 엄지를 척 하고 들어 올리더니, 헐렁한 운동복만으로는 감춰지지 않는 날씬한 모습을 칭송했다.

"못 보던 사이에 더 멋있어졌다. 역시 당신은 머리 쓰는 것보다는 몸 쓰는 게 어울려. 운동복이 체질이야."

설영은 능청스러운 말투에 피식 웃고 말았다. 나이를 먹더니 넉살이 좋아졌다고 해야 하나. 고등학생 때랑은 풍기는 분위기가 확연하게 달라졌다. 투명하기조차 했던 하얀 얼굴이 햇볕에 그을려 건강해 보이고, 넓은 어깨 역시 규칙적인 훈련으로 훨씬 늠름해 보였다. 못 보던 사이에 소년의 이미지를 완벽하게 떨쳐 버리고, 성인 남자의 페로몬을 물씬 풍기고 있었다. 핫하다는 여학생의 표현은 정확했다.

"매를 벌지?"

"그 눈빛, 마음에 안 들어. 로봇 심장이야? 꼭 엄마가 아들을 보는 것 같잖아. 이렇게 잘생긴 날 보고 그런 눈빛이 가당키나 해?"

"미안하지만, 내 취향은 잘생긴 남자보다는 싸움 잘하는 남자라서……. 너 선생님 이길 자신 있어?"

"칫, 취향 참 한결같네. 두고 봐. 제대할 때쯤이면 상황이 역전되어 있을 테니까."

"어련하실까."

허황된 자신감으로 큰소리치는 것을 보니, 정신적인 성숙함까지 기대하기는 아직 무리인 것 같았다. 그래서 더 반갑기도 했다. 그녀가 알던 어린 민호의 모습이 아직 남아 있는 것 같아서.

"진짜 가 봐야 해. 어디 멀리 가지 말고, 꼭 기다려. 나중에 전화할게."

설영이 뛰어갔다. 단정하게 하나로 묶은 머리가 뒤에서 찰랑거렸다. 한참을 뛰다 뒤를 돌아보자 민호는 여전히 제자리에 서 있었다. 두 손으로 사각의 프레임을 만들어 그녀의 뒷모습을 담고 있는 모습이 흡사 사진이라도 찍는 것 같았다. '저 자식이.' 하며 주먹을 쥐어 보이자, 싱긋 웃으며 손을 흔드는 모습에 여유가 넘쳤다.

좋아 보이네. 미국에서 같은 학교에 다니는 유나와도 잘 지내고 있다고 들었다. 그래서 연락이 뜸한 민호보다는 오히려 유나를 통해서 녀석의 소식을 자주 듣고 있었다. 장기간 외국 여행을 떠났다기에 그런 줄로만 알고 있었다.

유나까지 한통속일 줄이야. 피는 물보다 진하다 이건가. 나중에라도 한마디 해 줘야지. 아니다, 멋진 모습으로 돌아왔으니 없던 일로 해야겠다.

학생들이 운동장에 집합하고 있었다. 대열을 향해 달려가는 설영의 입가에 기분 좋은 미소가 걸렸다.

◆ ◆ ◆

버튼을 누르자 자동문이 열렸다. 한복을 곱게 차려입은 종업원의 친절한 미소에 응답하며 한정식 식당으로 들어가려던 설영은 뒷덜미를 잡아채는 손길에 주춤거리며 또다시 뒤로 물러났다. 뒤를 돌아보자, 강한은 말없이 고개를 저으며 아니라는 의사 표시만 했다.

이것으로 세 번째였다. 강한은 식당들이 즐비한 먹자골목으로 그녀를 데려와서는 '알아서 찾아가라' 는 말만 남기고, 출입문을 열고 들어서면 번번이 뒷덜미를 붙잡았다.

"아, 진짜……."

정식으로 한판 붙어 보자는 말이 혀끝에서 맴돌자, 설영은 아랫입술을 질끈 깨물었다. 어차피 죽었다 깨어나도 강한을 상대로 이기지 못할 승부였다. 평상시에는 세상에 둘도 없이 자상한 연인이었다가도, 어쩌다 한 번씩 이렇게 까다롭게 굴어 설영의 성질을 뒤집어 놓곤 했다.

"그냥 어느 레스토랑인지 속 편하게 말해 주면 안 돼요? 민호가 기다린단 말이에요."

"그러게 누가 핸드폰을 잃어버리래?"

"잃어버린 게 아니라, 학교 선생님 차에 두고 내린 거라니까요."

"그러게 왜 남의 차를 얻어 타고 다녀?"

"퇴근 시간이라 전철 두 번 갈아타면 힘들 거라면서요."

"누가 뭐래? 민호 기다린다며? 빨리 안 가?"

강한의 재촉에 발길을 돌리던 설영이 멈춰 섰다. 상호로부터 식당 주소를 문자로 받기는 했는데, 핸드폰을 남의 차에 두고 오는 바람에 어디로 가야 하는지 도통 감이 잡히지 않았다. 강한이 전철역 근처로 마중 나온다고 해서 한식인지, 중식인지 신경도 쓰지 않았다. 이런 불상사를 예측했더라면, 이름이라도 제대로 봐 둘걸. 마뜩잖은 표정으로 서 있는 강한의 앞에서 설영은 팔짱을 꼈다.

"도대체 불만이 뭐예요? 언제 상호 아저씨랑 밥 한번 먹자면서요. 민호도 왔겠다, 겸사겸사 같이 먹자는데 그게 그렇게 싫어요?"

"누가 밥 먹는 게 싫대?"

"그럼 설마 아직도 민호를 신경 쓰는 것은 아니죠?"

"내가 철없는 꼬맹이를 왜 신경 써?"

"그럼 왜 이러는데요?"

"너는 오늘이 무슨 날인지도 모르지?"

뜬금없는 질문에 설영은 눈을 가늘게 떴다.

"오늘이 무슨 날이에요? 선생님 생일도 아니고, 내 생일도 아니고, 크리스마스는 더더욱 아니고……."

기념일 챙기기에 젬병인 설영은 급하게 머리를 굴렸다. 강한의 생일은 12월이니, 따뜻한 봄인 지금과는 시기적으로 맞지 않았다. 생일 이외의 기념일에 별다른 의미를 두지 않던 강한이기에 설영은 더욱 의아했다. 고개를 갸웃거리는 설영의 귀에 나지막한 한숨 소리가 들렸다.

"진짜 전혀 감도 못 잡고 있었네. 너는 어떻게 된 게 처음으로 맞이하는 결혼기념일도 기억을 못 해? 유령 신랑 만들어 놓고 학교에서 미혼 행세 하는 것으로도 모자라서, 아예 결혼했다는 것 자체를 잊어버린 것은 아니지?"

"아, 맞다. 오늘이 5월 21일이지."

뒤늦은 깨달음에 설영은 철썩 이마를 손으로 때렸다. 하루 종일 출석부에 적힌 날짜를 확인했으면서도, 오늘이 그날이라는 것을 전혀 인지하지 못했다.

"그래, 5월 21일. 우리가 법적으로 부부가 된 날."

"그럼 아침이라도 말을 해 주지 그랬어요."

"그렇게 눈치를 줬는데……. 너는 꼭 말로 해야 알아? 오늘은 끝나면 바로 집으로 오라던 내 당부를 기억은 하고?"

설영은 아차 싶었다. 레스토랑 예약해 뒀다고 오늘은 아무 약속도

잡지 말고 집에 일찍 들어오라던 당부가 이제야 생각이 났다. 3년을 넘게 한집에서 살았다. 각자의 일이 있어 자주는 아니지만, 시간이 날 때마다 강한은 그녀를 데리고 외출하는 것을 좋아했다. 그래서 그 당부에 이런 의미가 담겨 있을 줄은 꿈에도 생각하지 못했다. 설영은 잔뜩 기죽은 모습으로 강한의 팔에 팔짱을 꼈다.

"미안해요. 나는 그런 쪽으로는 진짜 구제 불능인 것 같아요. 핸드폰 캘린더에 결혼기념일 날짜를 설정해 놓는다고 하고서는 깜빡했어요. 지금 당장 해 놓을게요."

"핸드폰은 있고?"

머리에 새기는 것도 아니고 핸드폰 기기에 의존하겠다는 말에 강한이 손가락으로 콧잔등을 튕겼다. 투덜대는 말투가 의외로 귀여웠다. 설영은 아프다며 엄살 피우는 것도 잊고 안면 가득 미소를 지었다.

"차라리 네가 밀당이라도 하는 거라면 좋겠다. 이건 도무지 당기면 끌려오기만 할 줄 알지, 당기는 법도 모르지. 어쩔 때는 나 혼자 사랑하는 것은 아닐까, 의심이 들 정도라니까."

"왜 이래요. 내가 선생님을 얼마나 사랑하는데……. 둔탱이라 밀당은 몰라도, 대신에 밀어내는 법도 없잖아요."

어느새 두 사람은 보조를 맞춰 거리를 걷고 있었다. 하루 종일 운동장에서 뛰어다녔을 설영을 생각해서 강한은 작은 보폭으로 천천히 걸음을 옮겼다.

"유성고등학교에서 교생 실습을 하면 좋았잖아. 출퇴근도 같이 하고. 이제는 너를 알아보는 학생들도 없을 테고……."

"또 그 소리. 나를 기억하는 선생님들은요? 나를 보면 스파이가 잠입했다고 다들 기겁을 하실걸요."

"모르는 소리. 지난 3년간 내가 들인 노고를 헛되이 보지 마. 썩어서 고인 물을 맑게 정화시키느라 골치깨나 썩었으니까."

"그게 또 다른 이유예요. 유성재단 이사장님하고 한집에 산다는 소문이라도 나 봐요. 선생님들이 내 눈치 보느라 얼마나 껄끄럽겠어요. 함부로 부려 먹지도 못하고……. 게다가 그 많은 여고생 팬클럽은 무슨 수로 감당하라구요.”

“임시 이사장 직무 대행이라는 호칭은 왜 빼먹어. 누누이 말하지만, 적당한 후임이 물색되면 바로 물러날 거야.”

이헌자 이사장의 갑작스러운 건강 악화로 강한은 우여곡절 끝에 임시로 이사장 직무 대행의 역할을 떠맡게 되었다. 학생들을 위해 정직한 교육 환경을 만들어 보자는 설영의 설득이 없었더라면 불가능했을 결정이었다. 적당한 후보자를 찾고 있다고는 하지만, 재단 내에 보이지 않는 검은 실세와의 숨 가쁜 전쟁을 치르느라 벌써 3년이라는 시간이 훅 하고 지나갔다.

“왜요? 내 생각에는 선생님이 최고의 적임자인 것 같은데. 학생들 교육 환경 개선하느라 개인 사비까지 써 가며 도서관 확장하고, 실력 있는 교사진 충원하고……. 이보다 더 좋은 이사장을 어디서 찾아요? 게다가 클럽에서도 완전히 손 뗐으니 이제 할 일도 없잖아요.”

“그건 낮밤이 바뀌어서는 너랑 생활이 불편하니까 그런 거고. 사업을 시작할 당시에는 내 생활 패턴을 다른 누군가와 맞춰야 한다는 생각을 못 했으니까. 너야말로, 나한테 그렇게 말할 입장이 못 될 텐데? 김 이사님한테 유언장에 대해 들었잖아.”

유언장에 대한 이야기가 나오자 설영은 손으로 귀를 막았다. 그것만으로는 부족했는지 고개를 도리도리 흔드는 모습에 강한은 웃음소리와 함께 설영을 한 팔로 다정하게 감싸 안았다.

두 사람이 법적으로 부부가 된 직후, 할머니는 변호사를 통해 유언장을 선 공개했다. 유언장의 내용에는 두 사람이 아들을 낳는다는 조건하에 할머니가 소유한 재단 지분의 반을 설영에게 물려주겠다는 것이었다. 언젠가는 설영이 재단 경영에 참여해 주었으면 좋겠다는 유지와 함께.

"김 이사님 말씀으로는 너를 계속 눈여겨보셨다던데……. 당돌하게 치켜뜬 눈을 마음에 들어 하셨다나. 물욕이 없는 눈이라고."

"언제는 버릇없다고 못 잡아먹어 안달이시더니……. 관두라 그래요. 난 물욕도 없고, 아들 욕심도 없으니까. 설마 선생님도 아들, 딸 구별해요?"

"그런 게 어디 있어? 너 닮은 딸이면 난 무조건 사랑으로 키울 거야."

"선생님 닮은 딸이면요? 그래도……. 잠깐! 여긴 아까 우리가 처음으로 왔던 곳이잖아요?"

고개를 들어 보니 붉은색 간판에 火라는 글자가 눈에 익었다. 초행길이라 자세히 보지 않아서 몰랐는데, 건물 하나를 사이에 두고 빙 돌아서 처음으로 갔던 고급 중식당으로 향해 가는 중이었다. 민호의 식성을 누구보다 잘 아는 설영의 추측이 제대로 맞아떨어졌다. 그런데도 아닌 척 심술궂은 얼굴로 내 뒷목덜미만 못살게 굴었다 이거지. 강한이 천연덕스럽게 웃고 있었다. 그게 더 얄미워서 설영은 눈초리를 마름모꼴로 만들었다.

"못됐어."

"이 눈이 물욕이 없다고? 내가 보기에는 똘기가 가득한데?"

"진짜 이러기예요? 선생님이 가끔은 진짜 얄미운 거 알아요?"

"사랑해."

강한은 태연하게 그녀의 아래턱을 잡고 입술에 키스했다. 가벼운 키스로 끝날 줄 알았던 입맞춤이 점차 대담해지려 하자, 설영은 가슴을 두 손으로 밀어 냈다.

"불리하다 싶으면 꼭 이런 식으로 나오더라. 비겁하게……. 말 나온 김에 오늘 밤에 한판 붙죠? 요즘 하루 종일 운동장에서 뛰어다녔더니 체력도 꽤 단련된 것 같은데."

"또 승부욕 도졌다. 매번 질 거면서……. 이번엔 팔다리를 묶어 놓고 하는 게임 어때? 침대 기둥에 묶어 놓는다는 조건이면 나도 제대로 전투력 상승할 것 같은데 말이야."

한쪽 눈을 찡긋하며 헐렁한 카디건 안에 감춰진 허리를 끌어안는 손이 순식간에 맨살을 더듬었다.

"무슨……. 나는 러닝머신을 말하는 거거든요? 갈수록 이상해져."

"내가 봐도 이상해. 끈적끈적……. 저렇게 좋을까. 와이프만 보면 정신을 못 차리고, 공공장소인지 부부 침실인지도 구분을 못 하니, 원……. 눈꼴셔서 봐 줄 수가 있나."

뒤에서 들리는 반가운 목소리에 돌아서려던 설영은 허리가 붙잡힌 상대로 강한의 품에 얼굴이 묻혔다.

"그렇게 보기 싫으면 알아서 떨어져 있으면 되겠네. 형은 얘가 담배 냄새 싫어하는 것을 알면서 꼭 그러더라."

얘라는 호칭에 설영은 얇은 셔츠에 감싸인 가슴을 이빨로 깨물었다. 단단히 붙들린 품에서 벗어나기 위해서였다. 아프다고 투덜거리는 강한을 보며 상호도 눈치껏 담배를 껐다.

"얘가 뭐예요? 나도 낼모레면 서른인데……. 호칭 좀 정리하시죠. 상호 아저씨도 그래요. 언제는 담배 끊었다면서요? 사나이가 한번 내뱉은 말은 반드시 지킨다더니……. 이번에도 내기에서 진 거예요."

"두 사람 또 내기했어?"

강한의 눈썹이 꿈틀하고 움직였다. 번번이 내기에서 져서는 밥 산다는 핑계로 황금 같은 두 사람의 데이트를 방해하는 상호가 마음에 안 든다는 표정이었다.

"어이쿠야. 어쩌다 보니 우리 모두 늦었네? 꼬맹이 자식이 혼자 열 받아 있겠는데……. 휴가 반납하고 군대로 돌아간다고 난리 치기 전에 빨리 들어가자. 강한이 너도 안 들어가고 뭐 해?"

상호는 능청스럽게 대답을 회피하며 설영의 팔을 잡아당겼다. 상황이 불리하게 돌아간다 싶어 화제를 바꾸는 것 같지만, 사실은 눈치껏 도와주고 있었다. 어떻게든 혼자서만 그녀를 독차지하고 싶은 강한이 심술을 부리기 전에 설영을 레스토랑 안으로 데리고 들어가려는 것이었다. 등이 밀리는 느낌에 설영은 주저 없이 걸음을 옮겼다.

눈가에 주름이 한두 개 더 늘어난 것을 제외하면 상호는 3년 전과 하나도 변한 게 없었다. 여전히 인상이 매섭고, 수다스럽고, 정 많은 키다리 아저씨였다.

"낼모레 서른 되시는 류설영 씨, 거기 딱 서라. 내기는 더 이상 안 된다고 분명히 말했지. 그리고 네가 강아지야? 툭하면 물게?"

터벅거리는 구두 소리가 가까워지고 있었다. 그 소리에 맞춰 설영의 심장이 빠르게 뛰기 시작했다. 잡힐지도 모른다는 위기감 때문인지, 잡아 줬으면 하는 기대감 때문인지는 분명치 않았다. 도망치는 그녀를 잡고 의기양양하게 웃는 강한의 미소가 새삼스레 보고 싶었다.

어느덧 구두 소리가 지척에서 들렸다. 익숙한 설렘으로 가슴 안쪽이 간질거린다. 강한이 옆에 있으면 항상 심장은 파도가 몰아치는 것처럼 파동을 일으킨다. 스치듯 손등이 부딪치며 따뜻한 숨결이 목덜미에 와 닿았다.

"오늘 밤 각오해. 당한 만큼 그대로 갚아 줄 테니까."

강한이 귓속말을 속삭였다. 물린 것을 똑같이 되갚아 주겠다는 암시에 순식간에 설영의 얼굴은 핑크빛으로 물들었다. 자동문이 열렸다. 뒤쪽 창가 자리에 앉아 있던 민호가 일어서는 것이 보였다. 모든 것을 지켜보고 있었는지, 얼굴 가득 한심하다는 표정이었다. 그러거나 말거나 신경도 쓰지 않는 강한과 수선스럽게 환영 인사를 건네는 상호의 틈에 낀 설영의 미소가 반짝반짝 빛나고 있었다.

— The end